Sommaire

W0201898

Français

Sommaire

Se raconter, se représenter

Dénoncer les travers de la société

Visions poétiques du monde

Agir dans la cité : individu et pouvoir

Progrès et rêves scientifiques

Notions d'analyse littéraire

Langue : grammaire, vocabulaire, orthographe

Réussir à l'oral

Écriture de soi et autoportrait

1

FRANÇAIS

Les ingrédients

L'AUTOBIOGRAPHIE

Rédiger son autobiographie, c'est écrire soi-même l'histoire de sa vie.

auto	bio	graphie
=	=	=
soi-même	vie	écriture

LE PACTE AUTOBIOGRAPHIQUE

Un autobiographe entreprend de raconter directement sa vie ou une partie de sa vie dans un esprit de sincérité. Selon l'universitaire spécialiste de l'écriture autobiographique Philippe Lejeune, l'auteur s'engage ainsi dans un «**pacte autobiographique**».

« C'est ici un livre de bonne foi, lecteur. […] Je veux qu'on m'y voie en ma façon simple, naturelle et ordinaire sans contention et artifice : car c'est moi que je peins. Mes défauts s'y liront au vif, et ma forme naïve, autant que la révérence publique me l'a permis. […] Ainsi, lecteur, je suis moi-même la matière de mon livre […]. »

Montaigne, « Au lecteur », *Les Essais*, 1580.

LE DÉFI DE L'INTROSPECTION

- L'autobiographe se livre à une **introspection**, c'est-à-dire à l'examen de ses propres sentiments.
- Les souvenirs (faits, événements, sentiments, émotions) sont **analysés** à la lumière du **présent de l'écrivain**.

- Le texte autobiographique est écrit à la **première personne** («je») : l'auteur, le narrateur et le personnage se confondent. Les dates et les noms de lieux sont **réels**.

Auteur = Narrateur = Personnage = «Je»

- Il s'agit d'un récit **rétrospectif**, c'est-à-dire évoquant des faits passés.
- Les motivations des autobiographes sont multiples : **chercher à comprendre** sa vie, **justifier** ses actes, ou **témoigner** et se libérer de souvenirs douloureux.

La recette pour réussir

SAVOIR FAIRE

Comment repérer les différentes formes littéraires de l'autobiographie

- Si les souvenirs sont consignés au jour le jour, il s'agit d'un **journal intime**.
- Si le récit témoigne d'une période de l'Histoire que la vie de l'écrivain reflète, il s'agit de **Mémoires**.
- Si l'œuvre possède des qualités autobiographiques, mais également une part de fiction, parce que la mémoire est imparfaite ou la vérité difficile à révéler, il s'agit d'un **roman autobiographique**.
- Enfin, lorsque la part de fiction dépasse celle de l'autobiographie, on parle d'**autofiction**.

ASTUCES DU CHEF

- Avant de raconter par écrit un souvenir, lisez attentivement la consigne : il s'agira sans doute d'ajouter, au simple récit des faits, les sentiments et les émotions qui ont accompagné leur déroulement, ainsi que l'analyse de l'événement, à la lumière de votre présent. N'hésitez pas à évoquer par exemple la leçon que vous en avez tirée.
- Souvenez-vous des caractéristiques des différentes formes d'autobiographie.

À VOS FOURNEAUX – EXERCICE COMMENTÉ BREVET

Qu'est-ce qui permet d'affirmer que ce texte est une autobiographie ?

J'étudiais un jour seul ma leçon dans la chambre contiguë à la cuisine. La servante avait mis sécher à la plaque les peignes de mademoiselle Lambercier. Quand elle revint les prendre, il s'en trouva un dont tout un côté de dents était brisé. À qui s'en prendre de ce dégât ? Personne autre que moi n'était entré dans la chambre. […] Il y a maintenant près de cinquante ans de cette aventure […] ; hé bien ! je déclare à la face du ciel que j'en étais innocent […].

Jean-Jacques Rousseau, *Les Confessions*, livre I, 1782.

→ **Se rappeler les caractéristiques du genre autobiographique.**
Rousseau est l'auteur, le narrateur et le personnage principal.
L'enfance est évoquée de manière rétrospective, comme le montre l'expression : « Il y a maintenant près de cinquante ans de cette aventure ».

→ **Utiliser le paratexte.**
Le titre, « Confessions », indique l'aveu d'un auteur à son lecteur.

→ **Rédiger la réponse à l'aide des éléments précédents.**
Dans ce texte, l'auteur est également le narrateur et le personnage principal : il s'exprime en employant le pronom personnel « je ». Il évoque son enfance de manière rétrospective, comme le montre l'expression : « Il y a maintenant près de cinquante ans de cette aventure. » En outre, le titre, « Confessions », indique l'aveu d'un auteur à son lecteur.

Auteur, narrateur et points de vue

Les ingrédients

AUTEUR ET NARRATEUR

- L'auteur est une **personne réelle** dont on peut dresser une **biographie**, c'est-à-dire rassembler les informations relatives à sa vie, comme ses dates de naissance et de mort.
- Le narrateur est une **simple voix**, qui déroule le fil de l'intrigue (→ *voir fiche 19*).

Exemple : l'auteur du *Monde perdu* est sir Arthur Conan Doyle, un écrivain britannique né en 1859 ; le narrateur, en revanche, est un personnage, Edward Malone, un jeune journaliste.

LE POINT DE VUE (OU FOCALISATION)

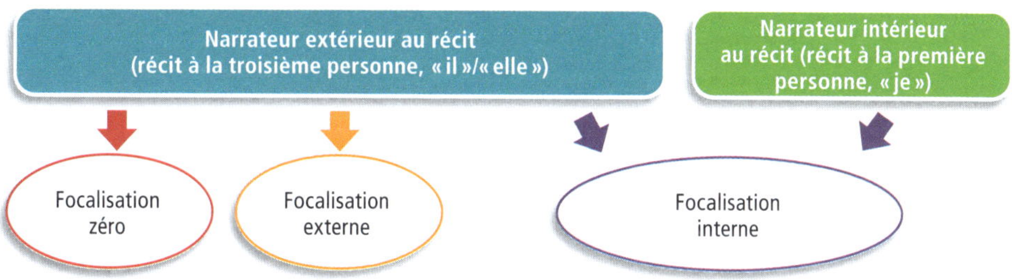

- Le point de vue correspond à la manière dont le narrateur présente les événements.
- Si le narrateur **connaît à l'avance** l'intrigue et les personnages, dont il juge éventuellement les actions, et s'il peut décrire des événements se déroulant **simultanément** dans des endroits différents, on parle d'un **narrateur et d'un point de vue omniscients.**
- Si le narrateur extérieur au récit se place en position d'**observateur impartial**, décrit les lieux et les personnages sans évoquer ni leurs pensées ni leurs sentiments : **son point de vue est externe.**
- Si le narrateur est un **personnage** du récit et que la perception de la scène est limitée à son regard : **le point de vue est interne**. Attention : dans un **récit à la troisième personne**, le narrateur peut adopter un point de vue interne et limiter les informations qu'il délivre à ce qu'un personnage sait, perçoit et pense.

> - L'auteur est la **personne physique** qui a écrit le livre, et le narrateur **la voix qui raconte**.
> - Le narrateur peut être **extérieur au récit** (les personnages sont désignés par la troisième personne, « il » ou « elle »), ou **intérieur au récit** (un personnage raconte l'histoire à la première personne, « je »).
> - Le narrateur peut adopter trois **points de vue** différents : **interne, externe ou omniscient**.

La recette pour réussir

SAVOIR FAIRE

Comment identifier le narrateur et le point de vue

- Observer les **pronoms personnels** pour savoir si le narrateur est intérieur (il dit « je ») ou extérieur au récit.
- Être attentif aux **informations données sur les personnages** : lorsque le narrateur est omniscient, il fournit des informations abondantes et de toute nature (caractère, passé, liens familiaux, anecdotes, etc.).

ASTUCE DU CHEF

Lorsque le point de vue est **interne**, on trouve souvent des **verbes de perception** (*entendre*, *observer*, etc.), de sentiments ou de jugement.

Ex. : « Plus Paul observait sa grand-mère, plus elle lui semblait fragile. »

À VOS FOURNEAUX – EXERCICE COMMENTÉ BREVET

Quel type de narrateur prend le récit en charge dans chacun de ces textes ?

Texte 1

Cet homme était composé de deux sentiments très simples et relativement très bons, mais qu'il faisait presque mauvais à force de les exagérer, le respect de l'autorité, la haine de la rébellion ; et à ses yeux le vol, le meurtre, tous les crimes, n'étaient que des formes de la rébellion.

Victor Hugo, *Les Misérables*, 1862.

Texte 2

Je ne disais rien. Madame mère ne se donnait même pas la peine de m'observer à la dérobée, sachant très bien quelles réflexions pouvaient m'agiter. Déjà très mortifié par le peu de cas qu'elle semblait faire de ma complicité, je l'étais encore plus par l'opinion que Freddie n'allait pas manquer d'avoir de moi, si je ne me solidarisais pas immédiatement avec lui.

Hervé Bazin, *Vipère au poing*, 1948.

Texte 3

Ce cri rauque, nous l'attendions, nous n'attendions que lui, mais il nous surprend, il nous perce comme si nous ne l'attendions pas ; et nos cœurs se glacent. Et puis ce n'est pas un lion seulement, ce n'est pas Kondén Diara seulement qui rugit : c'est dix, c'est vingt, c'est trente lions peut-être qui, à sa suite, lancent leur terrible cri et cernent la clairière […].

Camara Laye, *L'Enfant noir*, 1953.

→ **Se rappeler les caractéristiques qui différencient les deux types de narration, notamment les pronoms personnels employés.**

Dans le texte 1, le pronom personnel « il » indique un narrateur extérieur au récit.
Dans le texte 2, le pronom personnel « je » indique un narrateur intérieur au récit.
Dans le texte 3, le pronom personnel « nous » indique également un narrateur intérieur au récit.

Exprimer ses sensations et ses sentiments

3

FRANÇAIS

Les ingrédients

EXPRIMER SES SENSATIONS

- Les sensations sont souvent générées par les **cinq sens**. Comme la faim, le froid ou la fatigue, elles peuvent également prendre naissance dans les **mécanismes physiologiques**.
- Pour les exprimer avec précision, on utilise les verbes, les noms et les adjectifs liés aux perceptions (« entendre », « voir », « sentir », « toucher », « goûter »).

Ouïe

- **Verbes :** *écouter, ouïr, chanter, jouer du piano…*
- **Adjectifs :** *strident, sourd, fort, mélodieux…*
- **Noms :** *le son, le tintamarre, le bruissement…*

DÉFINIR LES SENTIMENTS

- Les sentiments (l'amour, le bonheur, etc.) sont des **états affectifs plus ou moins durables**, qui procèdent du **ressentir**. Ce que l'on ressent provoque en nous une **émotion** particulière, souvent passagère, comme la joie, la colère ou la surprise.
- Le **lexique** doit être adapté et **nuancé**. La **ponctuation**, et notamment les phrases **exclamatives**, participent également à l'expression d'un état d'émotion particulier.

surpris	peiné	en colère	amical	apeuré
émerveillé, étonné, stupéfait, abasourdi, déconcerté…	trise, affligé, malheureux, chagriné, désespéré, consterné…	enragé, furieux, furibond, forcené…	amoureux, épris, passionné…	inquiété, effrayé, effaré, épouvanté, terrifié…
	≠	≠	≠	
	joyeux, heureux, enchanté…	calme, serein, flegmatique…	indifférent, blasé, haï…	

- Les **sensations** sont générées par le corps et les cinq sens. Les **sentiments** sont des états émotionnels durables et nuancés.
- **Exprimer ses sensations, ses émotions et ses sentiments** passe par le lexique, mais aussi par la ponctuation.

FRANÇAIS

La recette pour réussir

SAVOIR FAIRE

Comment exprimer sentiments et sensations lors de la rédaction

- Utiliser un **vocabulaire précis et nuancé.**
- Employer des **phrases exclamatives** pour exprimer la joie ou la tristesse.
- Les **questions rhétoriques** permettront de montrer l'indignation ou le mépris : « Qu'avais-je à faire de sa pitié ? »
- Certains écrivains procèdent par **images littéraires.** Dans *La Civilisation, ma Mère !...*, Driss Chraïbi écrit par exemple que les yeux de sa mère sont « deux boules de tendresse noire ».

ASTUCES DU CHEF

- Le dictionnaire des **synonymes** sera d'une grande aide pour préciser et nuancer le propos.
- Certaines **expressions** sont tout à fait parlantes pour exprimer une émotion, et montrent par la même occasion à quel point celle-ci peut se traduire corporellement : « rougir de honte », « trembler de peur ». N'hésitez pas à y avoir recours !

À VOS FOURNEAUX – EXERCICE COMMENTÉ BREVET

Quel sentiment Lamartine exprime-t-il dans cette strophe ? Justifiez votre réponse en analysant le lexique et les figures de style.

Tristesse qui m'inonde,
Coule donc de mes yeux,
Coule comme cette onde
Où la terre féconde
Voit un présent des cieux !

Alphonse de Lamartine, extrait du poème « Tristesse »,
Harmonies poétiques et religieuses, 1830.

→ **Repérer le lexique évident.**
Le mot « Tristesse » qui ouvre la strophe montre clairement le sentiment de Lamartine.

→ **Analyser ensuite les figures de style.**
Le mot « tristesse » est sujet du verbe « coule » et forme une métaphore qui désigne les larmes.

→ **Organiser les termes de la réponse.**
Dans cette strophe, le poète exprime sa « tristesse », comme il le signifie clairement grâce à l'emploi de ce terme. Il utilise ensuite une métaphore pour évoquer ses larmes, désignées comme la « tristesse » qui « coule de [ses] yeux ».

Les genres et les formes de la satire

4

FRANÇAIS

Les ingrédients

- Un texte satirique a pour objectif de **ridiculiser** son sujet à des fins **comiques**. La satire peut porter sur une époque, des idées ou un régime politique, une œuvre littéraire ou artistique, ou encore un personnage. La façon dont elle s'exprime dépend bien souvent de la **liberté d'expression** que lui laisse la société.

La satire

Définition	Objectifs	Manière de procéder
La satire est une critique moqueuse d'un sujet (comportement, personnage, fait)	Dénoncer les travers d'une situation ou de la société	Recherche d'une complicité avec le lecteur, caricature

- La satire est souvent utilisée dans les **fabliaux** médiévaux, pour se moquer de la brutalité des seigneurs ou du manque de générosité des prêtres.
- Dans *Le Roman de Renart*, le lion, qui est roi, est chargé de rendre la justice et de protéger ses vassaux : le texte **parodie ainsi les scènes de cour**. Par exemple, lorsque le roi soupire : « aucune bête […] n'est assez hardie pour ne pas trembler […] », les auteurs précisent que « Couart le lièvre éprouva une telle peur qu'il en eut la fièvre pendant deux jours. »
- La satire occupe également une grande place dans la **presse** orale et écrite, à travers la caricature ou certaines chroniques télévisées ou radiophoniques visant les personnalités célèbres, les hommes politiques ou plus généralement certains comportements.

La satire est reconnaissable à son ton violent, voire même polémique. Elle conjugue la **dérision** (elle se moque de son sujet) et la **critique**.

La recette pour réussir

SAVOIR FAIRE

Comment reconnaître la satire

- Identifier l'utilisation des **procédés comiques** (caricature, hyperboles et formules ironiques).
- Repérer la relation de **complicité** que l'auteur, qui montre par ailleurs volontiers son indignation, cherche à nouer avec son lecteur.
- Observer le **vocabulaire**, souvent réaliste et caractérisé par des termes péjoratifs.

ASTUCE DU CHEF

Pour déterminer le thème, repérez de quels **défauts** des hommes ou de la société l'auteur fait la satire en relevant les **champs lexicaux**. Demandez-vous quelle est la position de l'auteur vis-à-vis de ce thème.

À VOS FOURNEAUX – EXERCICE COMMENTÉ BREVET

Quelle satire le narrateur mène-t-il dans cet extrait ? Justifiez votre réponse.

À la fin du XIXe siècle, Octave Mouret dirige le premier « grand magasin » parisien, nommé Au Bonheur des Dames.

Sa création apportait une religion nouvelle, les églises que désertait peu à peu la foi chancelante étaient remplacées par son bazar, dans les âmes inoccupées désormais. La femme venait passer chez lui les heures vides, les heures frissonnantes et inquiètes qu'elle vivait jadis au fond des chapelles : dépense nécessaire de passion nerveuse, lutte renaissante d'un dieu contre le mari, culte sans cesse renouvelé du corps, avec l'au-delà divin de la beauté.

Émile Zola, *Au Bonheur des Dames*, 1883.

→ **Pour déterminer le sujet de la satire, il faut se demander quels individus et quel comportement font l'objet d'une moquerie.**
Le comportement des femmes, devenues des acheteuses passionnées et incontrôlables, est ici critiqué.

→ **Le vocabulaire de la satire, péjoratif et ironique, doit être relevé pour justifier la réponse.**
Le narrateur évoque la « passion nerveuse » de consommer qui habite les femmes et le « culte sans cesse renouvelé du corps » qui les pousse à se rendre au magasin.

→ **Rédiger la réponse.**
Le narrateur mène une satire ayant pour objet le comportement des femmes, devenues des acheteuses passionnées et incontrôlables. Il utilise ainsi un vocabulaire péjoratif, comparant le magasin à une nouvelle église qui comblerait leurs « âmes inoccupées désormais ». Il évoque ainsi la « passion nerveuse » de consommer qui les habite, et le « culte sans cesse renouvelé du corps » qui les pousse à se rendre au magasin.

5

La satire, de Molière à nos jours

Les ingrédients

- Plusieurs comédies de **Molière** dressent un portrait satirique des médecins. **Exemple :** dans *Le Médecin malgré lui*, Martine fait ainsi passer sans honte Sganarelle, son mari bûcheron, pour « le plus grand, le plus habile, le plus docte médecin qui soit dans la faculté végétale, sensitive et minérale » (acte I, scène 4).
- Au **XVIIIe siècle**, les philosophes des **Lumières** blâment la société dans laquelle ils évoluent. Dans les *Lettres persanes* (1721) de **Montesquieu**, Rica, un Persan en voyage à Paris, s'étonne de la vanité des gens qu'il rencontre : « Je vois de tous côtés des gens qui parlent sans cesse d'eux-mêmes ; leurs conversations sont un miroir qui présente toujours leur impertinente figure. » **Voltaire** se sert quant à lui du **conte philosophique**. Dans *Candide*, il dénonce ainsi l'esclavage dont l'Europe profite en donnant la parole à un esclave mutilé : « Quand nous travaillons aux sucreries et que la meule nous attrape le doigt, on nous coupe la main ; quand nous voulons nous enfuir, on nous coupe la jambe [...]. C'est à ce prix que vous mangez du sucre en Europe. »
- Au **XIXe siècle**, **Victor Hugo** publie *Les Châtiments* (1852), une violente satire contre « Napoléon le petit » (Napoléon III, qui a accédé au pouvoir par un coup d'État en 1851).
- La satire est aussi très présente dans la **chanson**. Ainsi, reprenant un thème fort de l'opéra de Bizet, *L'amour est un oiseau rebelle*, Stromae, dans sa chanson *Carmen*, se moque de la place que les nouvelles technologies occupent désormais dans la vie sentimentale de ses contemporains.

> « L'amour est comme l'oiseau de Twitter
> On est bleu de lui, seulement pour 48 h
> d'abord on s'affilie
> Ensuite on se follow
> On en devient fêlé
> Et on finit solo
> Prends garde à toi »
>
> **Stromae,** *Carmen*,
> album *Racine carrée*, 2015.

- La satire occupe également le **roman**. Au **XXe siècle**, dans *La Ferme des animaux* (1945), **George Orwell** tourne en dérision la révolution russe et le régime soviétique, et plus largement le totalitarisme sous toutes ses formes.

Quelques exemples de textes satiriques

Théâtre	Poésie	Contes philosophiques	Romans
• Molière, *Le Médecin malgré lui* • Marivaux, *L'Île des esclaves*	• Boileau, *Satires* • Victor Hugo, *Les Châtiments*	• Voltaire, *Candide ou l'Optimisme* • Voltaire, *Jeannot et Colin*	• Montesquieu, *Lettres persanes* • George Orwell, *La Ferme des animaux*

La recette pour réussir

SAVOIR FAIRE

Comment parler de la satire

- On nomme un portrait exagéré, écrit ou dessiné, une **caricature** ou un **portrait à charge**.
- On dira d'une satire particulièrement violente que c'est un **pamphlet** ou une **diatribe**.
- On appelle un petit poème satirique se terminant par un trait d'esprit (ou une pointe) un **épigramme**.

ASTUCE DU CHEF

Soyez attentifs : certains sujets (la mode, les réseaux sociaux, les défauts moraux, le manque de liberté, l'aveuglement des puissants, etc.) sont les objets privilégiés de la satire.

À VOS FOURNEAUX – EXERCICES COMMENTÉS BREVET

1 De quelle façon Molière tourne-t-il son personnage en ridicule ? Sur quoi la satire porte-t-elle ?

HARPAGON (*Il crie au voleur dès le jardin, et vient sans chapeau.*) – Au voleur ! Au voleur ! À l'assassin ! Au meurtrier ! Justice, juste ciel ! Je suis perdu, je suis assassiné, on m'a coupé la gorge, on m'a dérobé mon argent. Qui peut-ce être ? Qu'est-il devenu ? [...] N'est-il point là ? N'est-il point ici ? Qui est-ce ? Arrête. Rends-moi mon argent, coquin... (*Il se prend lui-même le bras.*) Ah ! C'est moi.

Molière, *L'Avare*, acte IV, scène 7, 1668.

→ **Le ridicule provient des procédés comiques et notamment de l'exagération.**
Molière tourne son personnage en ridicule en utilisant des procédés d'exagération tels que des répétitions, des anaphores comme « Au voleur ! », des questions rhétoriques (« Qui peut-ce être ? ») et un vocabulaire outré : « assassin », « meurtrier », « je suis assassiné », « on m'a coupé la gorge ».

→ **La satire peut porter sur un comportement ; c'est le cas ici.**
La satire porte sur l'avarice du personnage.

2 Où se trouve le trait d'esprit (ou la pointe) de l'épigramme ? À quel temps est-il rédigé ?

Sur Gellia

Gellia a perdu son père, et ne le pleure pas quand elle est seule.
Voici quelqu'un : des larmes de commande jaillissent.
On ne pleure pas pour être admiré, Gellia ;
La vraie douleur, c'est la douleur sans témoin.

Martial, *Épigrammes*, I, 33, Ier siècle apr. J.-C.

→ **Repérer où l'idée principale est énoncée.**
Le trait ou la pointe de l'épigramme est le dernier vers. Il est rédigé au présent de vérité générale.

L'implicite, l'ironie et les figures d'opposition

6

FRANÇAIS

Les ingrédients

LES FIGURES DE STYLE D'OPPOSITION

- Les figures d'opposition soulignent les **contradictions**.
- L'**antithèse** rapproche **deux termes contraires** à l'intérieur d'une même phrase, soulignant un **contraste**.

Exemple : « Le gamin de Paris, c'est le nain de la géante » (Victor Hugo, *Les Misérables*).

- L'**oxymore** rapproche deux termes de **sens contraires** dans une même expression, provoquant une **image** surprenante.

Exemple : le « Soleil noir de la Mélancolie » (Gérard de Nerval, « El Desdichado »).

- Le **chiasme** est à la fois une figure d'**inversion grammaticale** et d'**opposition de termes**.

Exemple : « Ajoutez quelquefois et souvent effacez. » (Boileau, *L'Art poétique*)

Verbe — Adverbiale — Adverbe — Verbe

L'IMPLICITE

- Contrairement à une indication **explicite**, une information implicite n'est **pas clairement exprimée** : on la **devine** grâce à des **indices**. Si l'on dit : « Tu es en retard, tu ne verras pas le début du film », l'information délivrée est **explicite**. En revanche, dans la phrase : « Cours, sinon tu ne verras pas le début du film », l'information « tu es en retard » est implicite.
- L'implicite est parfois utilisé pour **faire réfléchir** le lecteur. Dans *L'Enfant* de Jules Vallès, le jeune narrateur décrit les sévices que lui fait endurer sa mère. Le lecteur comprend que l'auteur, implicitement, s'élève contre cette éducation traumatisante.

L'IRONIE

- On utilise l'ironie pour **se moquer** d'une personne, d'une situation ou d'une idée. Un locuteur ironique dit une chose **en pensant le contraire**, et en parvenant à faire comprendre **implicitement** à ses lecteurs ce qu'il pense.
- Figure privilégiée de l'ironie, l'**antiphrase** consiste à **dire le contraire** de ce que l'on veut signifier, grâce une relation de **connivence** avec l'auditeur. Le professeur consterné s'écrie, lisant la copie d'un élève : « Ah ! c'est du bon travail ! » ; la classe comprend alors que le propos n'est **pas à prendre au sens littéral**. Il est ironique.

Les figures d'opposition, l'implicite et l'ironie sont très employés dans les textes satiriques.

La recette pour réussir

SAVOIR FAIRE

Comment repérer les figures d'opposition

- Être attentif au **sens** des mots.
- Observer la **syntaxe** de la phrase.

ASTUCE DU CHEF

N'hésitez pas à relire plusieurs fois le texte : c'est la meilleure manière d'en percevoir les contenus implicites.

À VOS FOURNEAUX – EXERCICE COMMENTÉ BREVET

Comment l'ironie se déploie-t-elle sur la couverture du livre de Mana Neyestani ?

→ **Le procédé privilégié de l'ironie est l'antiphrase.**
L'ironie s'exprime dans le titre *Tout va bien !* qui est une antiphrase que l'illustration nous aide à comprendre.

→ **Analyser le texte, mais également les éléments de l'image.**
Le visage du personnage est complété par un sourire dessiné sur un gourdin, tenu par la main d'un personnage dont l'essentiel se situe hors du cadre de l'image : l'expression du visage du personnage est donc modifiée par ce sourire, « forcé » par la menace du gourdin.

Décrire et dresser un portrait

7

FRANÇAIS

Les ingrédients

LA DESCRIPTION

Réalisée selon un certain **point de vue**, la description est composée d'un **ensemble de termes** se rapportant à un même **thème**, qui constituent un **champ lexical**. Dans le texte ci-contre, les mots et les expressions « marcher », « voitures lentes », « le pas réglé » composent le champ lexical de la lenteur. Dans le cas d'une description satirique, comme ici, le lexique (« tomber en syncope », « j'enrage », etc.) **dévalorise** le comportement décrit, qui se révèle brutal.

« Tu ne le croirais pas peut-être : depuis un mois que je suis ici, je n'y ai encore vu marcher personne. Il n'y a pas de gens au monde qui tirent mieux partie de leur machine que les Français ; [...] les voitures lentes d'Asie, le pas réglé de nos chameaux, les feraient tomber en syncope. Pour moi, [...] j'enrage quelquefois comme un chrétien : car encore passe qu'on m'éclabousse depuis les pieds jusqu'à la tête ; mais je ne puis pardonner les coups de coude que je reçois régulièrement et périodiquement. »

Montesquieu, *Lettres persanes*, lettre XXIV, 1721.

LE PORTRAIT

- Le **portrait physique** donne des informations sur l'**allure** du personnage, et le **portrait moral** détermine son **caractère.** Le portrait est en général organisé dans un **ordre précis** : de la silhouette au visage, ou bien de la tête aux pieds. En outre, il peut être statique ou en mouvement.

- L'auteur se focalise sur les traits importants pour l'intrigue, de manière à fournir des **indices** au lecteur.
Exemple : en décrivant Michel Strogoff comme un homme « haut de taille, vigoureux », aux « épaules larges », Jules Verne lui donne les qualités physiques du héros de roman d'aventures.

- Le **portrait satirique** met l'accent sur les aspects qui **dévalorisent** le personnage.
Exemple : dans *Les Caractères* (1688-1696), La Bruyère peint ainsi un égocentrique : « Gnathon ne vit que pour soi, et tous les hommes ensemble sont à son égard comme s'ils n'étaient point. Non content de remplir à une table la première place, il occupe lui seul celle de deux autres. »

Un **champ lexical** est un ensemble de termes se rapportant à un même thème. Le lexique utilisé dans une description doit être précis et tisser un champ lexical cohérent.

La recette pour réussir

SAVOIR FAIRE

Comment écrire un portrait satirique

- Se focaliser sur les **défauts** du personnage.
- Utiliser des **figures de style** permettant la caricature.

ASTUCE DU CHEF

Constituez une banque de vocabulaire thématique (la campagne, la maison, les éléments du visage, les caractéristiques morales, etc.) et révisez-la avant la rédaction.

Quelques mots pour faire le portrait d'un personnage

Caractéristiques morales	Caractéristiques physiques	Le portrait satirique
Triste, intelligent, lâche, taiseux, populaire…	*Grand, nez camus, l'air hagard, vêtu d'un costume sombre…*	Exagération des défauts physiques (*massif, rougeaud…*) et des défauts moraux (*égoïste, lâche, rancunier*) jusqu'à la caricature

À VOS FOURNEAUX – EXERCICES COMMENTÉS BREVET

1 Quels éléments appartiennent au portrait moral du personnage ? Pour chacun, donnez une expression synonyme.

Il adorait sa mère. Jamais il ne s'est marié. Un mètre quatre-vingts centimètres à douze ans. Deux mètres dix à l'âge adulte. La force et la joie de manger et de rire, de se lever et de se coucher avec le soleil.

Driss Chraïbi, *La Civilisation, ma Mère !…*, 1972.

→ **Le portrait moral évoque les traits de caractère.**
On pourra relever : « il adorait sa mère », « la force de manger et de rire, de se lever et de se coucher avec le soleil ». C'est ainsi un garçon aimant, bon vivant et respectant le rythme de la nature.

2 La description suivante est-elle méliorative ou péjorative ?

[…] une étoffe criante, qui a des reflets de tigre au soleil ; une étoffe comme une lime, qui exaspère les doigts quand on la touche, et qui flambe au grand air comme une casserole.

Jules Vallès, *L'Enfant*, 1878.

→ **Analyser le vocabulaire employé.**
La description est péjorative, car les mots et expressions employées pour décrire l'étoffe (« criante », « comme une lime », « qui exaspère les doigts ») ont une connotation négative.

La poésie lyrique, du romantisme à nos jours

8

Les ingrédients

QU'EST-CE QUE LE LYRISME ?

Dans l'Antiquité, le lyrisme caractérisait toutes les formes de **poésies chantées**. **Aujourd'hui**, on définit le lyrisme comme **l'expression des sentiments personnels.**

LE LYRISME DANS LA POÉSIE ROMANTIQUE

- Au XIXe siècle, le lyrisme est le registre privilégié des **romantiques**. **Exemple :** Alphonse de Lamartine trouve ainsi refuge dans la nature pour composer un poème intitulé « Le Lac », en l'honneur d'Elvire, son amour de jeunesse (voir l'extrait ci-contre).

- **Paul Verlaine** (1844-1896) fait naître un lyrisme porté en grande partie par le rythme et la musique du vers, comme le montre l'extrait du poème « Il pleure dans mon cœur » ci-contre.

« Ô lac ! l'année à peine a fini sa carrière,
Et près des flots chéris qu'elle devait revoir,
Regarde ! je viens seul m'asseoir sur cette
[pierre
Où tu la vis s'asseoir ! »

Alphonse de Lamartine, « Le Lac », *Méditations poétiques*, 1821.

« Il pleure dans mon cœur
Comme il pleut sur la ville ;
Quelle est cette langueur
Qui pénètre mon cœur ? »

Paul Verlaine, « Il pleure dans mon cœur », *Romances sans paroles*, 1874.

- Au XXe siècle, les **surréalistes** cultivent quant à eux le lyrisme amoureux en formant des images surprenantes.

« Tes yeux sont si profonds qu'en me penchant pour boire
J'ai vu tous les soleils y venir se mirer »

Louis Aragon, *Les Yeux d'Elsa*, 1942.

Très présent dans la poésie, le lyrisme se définit comme **l'expression des sentiments personnels et des émotions**, tristes ou gaies.

La recette pour réussir

SAVOIR FAIRE

Comment savoir si un texte est lyrique

Il faut vérifier que l'auteur s'exprime à la **première personne** et met en valeur ce qu'il ressent, à travers un **lexique** dédié aux sentiments et aux émotions, mais aussi en utilisant des phrases exclamatives et interrogatives traduisant les élans de son cœur.

ASTUCE DU CHEF

Bien souvent, les poèmes lyriques évoquent les thèmes de l'amour, du temps qui passe et de la beauté de la nature.

À VOS FOURNEAUX – EXERCICE COMMENTÉ BREVET

Quels éléments lyriques relevez-vous dans cet extrait ?

Mon enfant, ma sœur,
Songe à la douceur
D'aller là-bas vivre ensemble !
Aimer à loisir,
Aimer et mourir
Au pays qui te ressemble !

Baudelaire, « L'Invitation au voyage »,
Les Fleurs du mal, 1857.

→ **Vérifier d'abord la présence de la première personne.**
Le poète s'exprime à la première personne, comme le montrent les déterminants « mon » et « ma ».

→ **De quelle manière le poète exprime-t-il ses sentiments ?**
Le poète évoque la « douceur » et l'amour : le verbe « aimer » est répété deux fois. Il y a en outre plusieurs phrases exclamatives, qui montrent son enthousiasme.

→ **Prendre en compte les thèmes développés.**
Les thèmes développés sont des thèmes chers au lyrisme : l'amour, le rêve, le voyage et la mort (« aimer et mourir »).

→ **Rédiger la réponse.**
Plusieurs éléments montrent que ce poème est lyrique. Tout d'abord, le poète s'exprime à la première personne, comme le montrent les déterminants « mon » et « ma » dans le premier vers. Il évoque un rêve dont les caractéristiques sont la « douceur » et l'amour : le verbe « aimer » est répété deux fois. En outre, les thèmes développés, l'amour, le rêve, le voyage et la mort (« aimer et mourir »), sont chers au lyrisme. Enfin, il y a plusieurs phrases exclamatives montrant l'enthousiasme du poète.

Le vocabulaire de la poésie

Les ingrédients

- Tous les sujets peuvent faire l'objet d'un poème. L'amour reste cependant l'un des thèmes les plus traités.
- De nombreux poèmes sont écrits en une succession de vers qui riment et comportent un **nombre de syllabes identique (la mesure)**.
- Cependant, les poètes modernes ont popularisé le **vers libre**, dont la mesure n'est pas fixe. Certains poètes ont même écrit des œuvres en **prose**.

> « Ma valise m'accompagne au massif de la Vanoise, et déjà ses nickels brillent et son cuir épais embaume. Je l'empaume, je lui flatte le dos, l'encolure et le plat. »
>
> **Francis Ponge**, « La Valise », *Pièces*, 1962.

- Le nom des vers change en fonction du nombre de **syllabes** qui le composent. La **strophe** est un ensemble de vers formant une unité syntaxique et thématique.

Nom des strophes en fonction du nombre de vers

1. monostique ou monostiche
2. distique
3. tercet
4. quatrain
5. quintil
6. sizain

- Pour connaître le nombre de **syllabes** d'un vers, il faut les compter en respectant certaines indications. Ainsi, le **-e en fin de mot** se prononce à l'intérieur du vers lorsque le mot suivant commence par une consonne. **Exemple :** on comptera ainsi le -e dans le vers d'Hugo « J'aim**e** l'araignée et j'aim**e** l'ortie ».

> « J'aime l'araignée et j'aime l'ortie
> Parce qu'on les hait ;
> Et que rien n'exauce et que tout châtie
> Leur morne souhait »
>
> **Victor Hugo**, *Les Contemplations*, 1845-1856.

- Certains vers comportent une **diérèse** : on doit alors prononcer séparément deux sons habituellement confondus. On dira par exemple « mi-el » au lieu de « miel ».

> - La poésie peut être écrite **en vers ou en prose**.
> - Dans les poèmes versifiés, lorsque l'on compte les syllabes, il faut avoir à l'esprit la règle du -e muet et de la diérèse.

La recette pour réussir

SAVOIR FAIRE

Comment distinguer les rimes plates, embrassées, alternées

La succession des vers offre trois combinaisons de rimes :

- les rimes **plates ou suivies** (schéma AABB) ;
- les rimes **embrassées** (schéma ABBA) ;
- les rimes **alternées** (schéma ABAB), comme dans le poème de Victor Hugo page 21.

Comment distinguer les rimes riches, suffisantes, pauvres

- Si un seul son rime avec la fin d'un autre vers (« **hait** »/« sou**hait** »), la rime est **pauvre**.
- Si deux sons riment avec la fin d'un autre vers, la rime est **suffisante**
- Si trois sons ou plus riment avec la fin d'un autre vers, la rime est **riche**.

ASTUCE DU CHEF

Certains poèmes ont des **formes fixes**, c'est-à-dire qui comportent toujours les mêmes caractéristiques. Ainsi, un poème de quatorze vers répartis en deux quatrains et deux tercets consécutifs se nomme un **sonnet**.

À VOS FOURNEAUX – EXERCICE COMMENTÉ BREVET

Une aube affaiblie
Verse par les champs
La mélancolie
Des soleils couchants.

Paul Verlaine, « Soleils couchants »,
Poèmes saturniens, 1866.

Quel(s) type(s) de vers entre(nt) dans la composition de ce poème ?

→ **Les mots du premier vers présentent des -e finaux : il faut donc se rappeler de la règle pour savoir s'ils comptent ou non dans la mesure du vers.**
Les -e finaux sont suivis d'un mot commençant par une voyelle. De ce fait, ils sont muets. Le vers comporte cinq syllabes.

→ **Observer ensuite si les autres vers ont le même nombre de syllabes ou non.**
Les autres vers sont également des vers de cinq syllabes. Le poème est donc construit en vers réguliers. Verlaine utilise le pentasyllabe.

Quel est le schéma de rimes choisi par le poète ? Les rimes sont-elles riches ou suffisantes ?

→ **Repérer à quelle combinaison de rimes on a affaire : AABB, ABBA ou ABAB.**
Les vers riment alternativement : « affaiblies » rime avec « mélancolie » ; « champs » rime avec « couchants ». Les rimes choisies sont donc des rimes alternées.

→ **Pour connaître la qualité des rimes, il faut se demander combien de sons se répètent.**
Ici, deux sons se répètent à chaque fois : les rimes sont donc suffisantes.

Les figures de style

Les ingrédients

COMPARAISON, MÉTAPHORE, ALLÉGORIE ET PERSONNIFICATION

- La **comparaison** unit deux mots se référant à un même domaine grâce à un **lien syntaxique** évident (*comme*, *tel que*, *pareil à*…) qui peut être un **comparatif** (*autant… que*, *aussi… que*) ou une **forme verbale** (*paraître*, *sembler*, *avoir l'air*).
- La **métaphore** est un rapprochement entre deux réalités qui se ressemblent, **sans utilisation de mots comparatifs** : « Ce colonel, c'était donc un monstre ! » (Céline, *Voyage au bout de la nuit*, 1932).

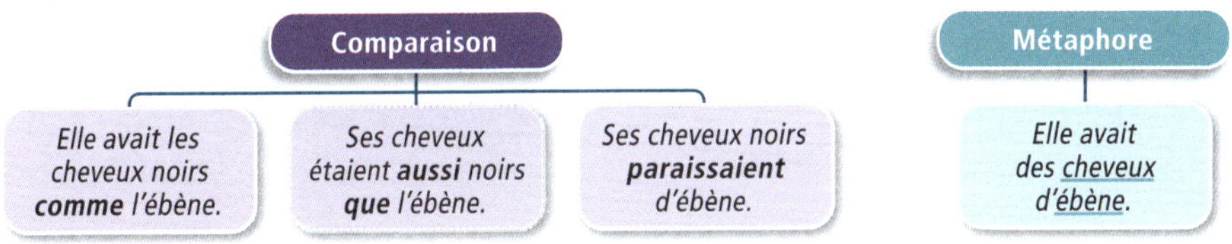

- Une **allégorie** est une **image** qui rend une idée **concrète**. On parle ainsi de « la Faucheuse » pour évoquer la mort.
- La **personnification** attribue à des objets, ou des animaux, des comportements humains, comme dans ce vers d'Apollinaire : « Le Rhin le Rhin est ivre » (« Rhénanes », *Alcools*, 1913).

MÉTONYMIE ET PÉRIPHRASE

- On crée une **métonymie** lorsque l'on désigne un objet par un mot en rapport avec celui-ci, et qui caractérise sa matière, l'une de ses parties, etc. On parle ainsi d'une « plume » pour désigner un écrivain.
- La **périphrase** est un groupe de mots qui remplace un terme. On évoquera ainsi « le septième art » pour parler du cinéma.

LES FIGURES D'AMPLIFICATION ET D'EXAGÉRATION

- La **répétition** permet souvent de donner de la force au propos, ou de faire rire. Intervenant en début de phrase ou de vers, l'**anaphore** est une forme de répétition particulière : « Paris a mis de vieux vêtements de vieille / Paris dort tout debout sans air dans le métro » (Paul Éluard, « Courage », *Au rendez-vous allemand*, 1944).
- L'**énumération** est la juxtaposition de plusieurs éléments qui permettent de donner de l'importance au propos : « tout est mouillé, suintant, lavé, naufragé, et la lumière blafarde a l'air de couler » (Henri Barbusse, *Le Feu*, 1916).
- L'**hyperbole** est une **exagération** du propos. De nombreuses figures de style, et notamment les procédés d'amplification, participent à sa formation.

La recette pour réussir

SAVOIR FAIRE

Comment repérer une hyperbole

- Observer le vocabulaire employé : des **termes excessifs** sont souvent utilisés pour former une hyperbole.
- Identifier aussi s'il y a des **répétitions**, autre caractéristique fréquente de l'hyperbole.

Comment reconnaître une gradation

- Repérer d'abord si la figure de style est bien une **énumération**.
- Au sein de l'énumération, vérifier que les termes ou les expressions sont **ordonnés** selon leur intensité de sens ou leur longueur.

ASTUCE DU CHEF

Dans les rédactions ou autres travaux d'écriture, utilisez la **périphrase** et la **métonymie** pour éviter les répétitions.

À VOS FOURNEAUX – EXERCICES COMMENTÉS BREVET

1 Quelle figure de style repérez-vous dans ce vers ? Justifiez votre réponse.

Son regard est pareil au regard des statues

Verlaine, « Mon rêve familier »,
Poèmes saturniens, 1866.

→ **Repérer le mot outil utilisé, s'il y en a un.**
Le mot outil employé est « pareil au ». Il indique une comparaison.

→ **Rédiger la réponse en analysant la comparaison.**
Dans ce vers, on observe une comparaison, annoncée par l'outil de comparaison « pareil au ». Le « regard » du personnage est comparé « au regard des statues ».

2 Relevez, dans l'extrait suivant, les termes qui forment une hyperbole. Quelle atmosphère l'utilisation de cette figure de style crée-t-elle ?

Ce fut par une lugubre nuit de novembre que je vis enfin mon œuvre terminée. Avec une anxiété mêlée de terreur, je rassemblai autour de moi les instruments qui devaient me permettre d'infuser l'étincelle de vie dans cette chose inerte gisant à mes pieds. Une heure du matin venait de sonner et la pluie frappait lugubrement contre les vitres.

Marie Shelley, *Frankenstein*, 1818.

→ **L'hyperbole se construit grâce à l'utilisation, entre autres procédés, d'un vocabulaire excessif.**
Ici, nous relèverons les termes « lugubre nuit de novembre », « anxiété mêlée de terreur », « lugubrement ». L'hyperbole crée une atmosphère propice à la peur.

L'engagement et la résistance au xxe siècle

11

FRANÇAIS

Les ingrédients

LE XXe SIÈCLE, UNE ÉPOQUE DE GRANDS CONFLITS

Au xxe siècle, se succèdent des conflits graves et meurtriers, à l'image des **deux guerres mondiales** et des **guerres de décolonisation**. Ces conflits font réfléchir les écrivains à la fragilité et à la complexité de la **condition humaine**, à la nécessité de la **résistance**, à l'importance de la **mémoire** et de la réflexion **morale**. Les récits se centrent donc souvent autour de **personnages témoins ou acteurs de ces conflits**.

POÉSIE ET RÉSISTANCE

- La Seconde Guerre mondiale donne naissance à la **poésie engagée** : Louis Aragon, René Char, Robert Desnos et d'autres **prennent position** en faveur de la **résistance, face aux totalitarismes et au colonialisme**.
- Comme le poème d'Éluard « Liberté », les textes sont écrits dans un **langage simple**, sillonné d'images marquantes et de répétitions favorisant leur mémorisation. Ils s'adressent au **plus grand nombre**, et délivrent un message exaltant tantôt le combat, tantôt la paix, mais toujours la liberté, l'amour et la fraternité.

> Sur mes cahiers d'écolier
> Sur mon pupitre et les arbres
> Sur le sable sur la neige
> J'écris ton nom
> [...]
> Et par le pouvoir d'un mot
> Je recommence ma vie
> Je suis né pour te connaître
> Pour te nommer
> Liberté.
>
> **Paul Éluard**, « Liberté »,
> *Au rendez-vous allemand*, 1944.

AU THÉÂTRE : LE RENOUVEAU DE LA TRAGÉDIE

- Le **ton** de la tragédie, très solennel au xviie siècle, change. Ainsi, dans *La guerre de Troie n'aura pas lieu* de Jean Giraudoux (1935), la **modernité du langage** introduit une **distance** et une **ironie** nouvelles. En outre, les pièces prennent souvent une dimension philosophique et **politique**.
- Enfin, durant les années qui suivent, se développe chez les écrivains un sentiment d'**impuissance** et d'angoisse devant les atrocités vécues. **Ionesco** porte cette angoisse au théâtre, à travers des pièces teintées d'humour noir : c'est le **théâtre de l'absurde**. L'intrigue se dilue ou s'absente, privant le spectateur de **repères**, et les dialogues ne permettent plus de communiquer. Dans *La Cantatrice chauve*, jouée en 1950, les personnages sont même interchangeables.

Les conflits du xxe siècle poussent les écrivains à s'engager et à **réfléchir à la condition humaine**. Roman, poésie et théâtre en sont fortement influencés.

La recette pour réussir

SAVOIR FAIRE

Comment parler de l'engagement

- Évoquer la **cause défendue**, par exemple la liberté, la résistance, l'abolition de la peine de mort, etc.
- Discerner le **contexte d'écriture** pour comprendre si l'auteur s'oppose à une idéologie ou à une décision, se révolte, entre en résistance, s'indigne, ou encore témoigne de son espérance.

ASTUCE DU CHEF

Observez le type de texte utilisé : certaines formes d'expression comme les articles de presse, les essais ou les débats sont particulièrement propices à l'expression de l'engagement de l'auteur.

À VOS FOURNEAUX – EXERCICES COMMENTÉS BREVET

1 Dans les vers suivants, Paris est personnifié. En quoi est-ce le signe de l'engagement du poète ?

Paris a froid Paris a faim
Paris ne mange plus de marrons dans la rue

Paul Éluard, « Courage », *Au rendez-vous allemand*, 1944.

→ **En tenant compte de la personnification, se demander ce que le poète veut que le lecteur ressente pour la ville, et être attentif au paratexte.**
Éluard a écrit son poème en 1944. Il veut que le lecteur éprouve de la compassion pour Paris (en l'occurrence, le peuple de Paris). Il s'engage donc contre le sort que les occupants font subir aux Parisiens.

2 Pour quelle cause Simone de Beauvoir s'engage-t-elle ? Quelle expression montre qu'elle s'oppose à une opinion couramment admise ?

La passivité qui caractérisera essentiellement la femme « féminine » est un trait qui se développe en elle dès ses premières années. Mais il est faux de prétendre que c'est là une donnée biologique ; en vérité, c'est un destin qui lui est imposé par ses éducateurs et par la société. L'immense chance du garçon, c'est que sa manière d'exister pour autrui l'encourage à se poser pour soi.

Simone de Beauvoir, *Le Deuxième Sexe*, tome 1, 1949.

→ **Chercher la cause pour laquelle s'engage l'auteur, c'est repérer le sujet du texte.**
Simone de Beauvoir s'engage pour la cause des femmes.

→ **Pour repérer l'expression qui montre que l'auteur s'oppose à une opinion, il faut chercher les connecteurs logiques marquant l'opposition (*mais, pourtant*...).**
L'expression marquant l'opposition de Simone de Beauvoir à une opinion couramment admise est « mais il est faux de prétendre ».

Exprimer son opinion

Les ingrédients

DONNER SON AVIS

Pour exprimer son opinion sur un sujet, on formule un **avis personnel** à l'aide de verbes ou d'expressions comme *je suis convaincu, je crois, il me semble…*

Exemple : à la question : « Que pensez-vous du temps que passent les jeunes devant les écrans de leurs smartphones, tablettes ou ordinateurs ? », on pourra répondre : « Le temps que les jeunes consacrent aux écrans me semble trop long. »

EXPRIMER SON DÉSACCORD

On peut également exprimer son **désaccord**, en **réfutant** l'opinion adverse. Pour **discuter** une opinion, une idée, on emploie des **articulations logiques** exprimant la **contradiction** (*mais, cependant…*)

Exemple : « Le temps passé par les jeunes sur les écrans de leur smartphone ou de leur ordinateur est nocif. Pourtant, Internet se révèle un outil d'apprentissage indispensable. »

EMPLOYER UN VOCABULAIRE ÉVALUATIF

On peut aussi utiliser un **vocabulaire évaluatif**, comprenant des **termes mélioratifs ou péjoratifs** (les modalisateurs → *voir fiche 19*), pour faire comprendre sa position.

Exemple : on dira ainsi des sites Internet à vocation culturelle qu'ils sont « enrichissants », « bien construits », « didactiques », etc. ; à l'inverse, on **dénigrera** les jeux en ligne à l'aide d'un vocabulaire péjoratif : on les trouvera « peu intéressants », « comportant des règles trop simples », etc.

Exprimer son opinion

Énoncer son avis	S'opposer et réfuter	Utiliser un vocabulaire évaluatif
Énoncer son avis en commençant par : *je pense, je trouve, je suis convaincu, je crois, il me semble, il me paraît, j'ai l'impression, à mon avis, selon moi…*	**S'opposer et réfuter** un propos à l'aide des mots : *mais, cependant, pourtant, en revanche, toutefois…*	**Utiliser un vocabulaire évaluatif** : mélioratif ou péjoratif

Exprimer un jugement revient à **donner son avis** sur un sujet. Cette opinion doit être exprimée clairement, grâce à des **verbes d'opinion** et un **vocabulaire évaluatif**, et doit aussi être **nuancée** et construite.

La recette pour réussir

SAVOIR FAIRE

Comment convaincre

- Il ne faut pas hésiter à **nuancer son propos** en utilisant des adverbes comme *assez, trop, parfois, souvent*, etc., ou des expressions telles que *on peut regretter, malgré cela, il est vrai que*, etc.
- Le propos doit être **ordonné** de manière logique.

ASTUCE DU CHEF

Si vous prenez part à un débat, préparez au brouillon les arguments sur le sujet donné en faisant quelques recherches préalables, de manière à pouvoir vous concentrer également sur la forme de vos interventions : elles devront être claires et construites pour être bien comprises.

À VOS FOURNEAUX – EXERCICES COMMENTÉS BREVET

1 À propos de quel sujet l'auteur de ce texte donne-t-il son avis ? Résumez cet avis en termes clairs.

Mille gens se ruinent au jeu, et vous disent froidement qu'ils ne sauraient se passer de jouer : quelle excuse ! Y a-t-il une passion, quelque violente ou honteuse qu'elle soit, qui ne pût tenir ce même langage ? Serait-on reçu à dire qu'on ne peut se passer de voler, d'assassiner […] ? Un jeu effroyable, continuel, sans retenue, sans bornes, où l'on n'a en vue que la ruine totale de son adversaire, […] est-ce une chose qui soit permise ou dont l'on doive se passer ?

La Bruyère, *Les Caractères*, 1888.

→ **Chercher le sujet revient à chercher le thème du texte.**
La Bruyère donne son avis à propos de la passion du jeu.

→ **Pour résumer cet avis, il faut comprendre quelle est la position de La Bruyère par rapport au sujet.**
Pour La Bruyère, le jeu est une mauvaise passion dont il faut « se passer ».

2 Montrez que, dans cet extrait, Claire Gratias donne son avis personnel.

Claire Gratias évoque les raisons de sa difficulté à féminiser le nom de son métier en « autrice » ou « écrivaine ».

Pourquoi ces mots provoquent-ils chez moi une telle réticence ? Certes, la musicalité de la langue a toujours été capitale pour moi. Quand je dis *« une autrice »*, j'entends « une motrice » ou « une eau triste ». Le son que rend « une femme écrivain » me séduit infiniment plus que celui d'une « écrivaine » que je trouve plus lourd.

Claire Gratias, « Pourquoi je ne suis pas une autrice », *Libération*, 26 novembre 2019.

→ **Relever les mots du texte qui montrent que Claire Gratias formule un avis, exprime son opinion.**
Claire Gratias s'exprime en son nom propre et utilise les expressions « chez moi », « pour moi », et encore « je trouve ».

Argumenter

Les ingrédients

- Argumenter consiste à **défendre des idées** ou une cause, et à combattre les idées que l'on ne soutient pas.
- Le discours argumentatif met donc en présence deux thèses : **l'une défendue, l'autre réfutée, à propos d'un thème ou d'un sujet particulier**.
- La thèse est parfois **explicite**. Ainsi, Robert Badinter, dans son discours devant l'Assemblée nationale en 1981, déclare : « J'ai l'honneur [...] de demander [...] l'abolition de la peine de mort en France ». Il arrive cependant que la thèse soit **implicite**, et qu'on la comprenne « entre les lignes ». C'est de cette façon que les interrogations et la mort du condamné dans *Claude Gueux*, de Victor Hugo, permettent au lecteur de comprendre la position abolitionniste du romancier.
- Les arguments sont des **idées** avancées pour **soutenir** la thèse défendue qui doivent être **pertinentes**, autrement dit entretenir une relation **logique** avec la thèse.
Exemple : « Le seul résultat auquel ont conduit toutes les recherches menées par les criminologues est la constatation de l'absence de lien entre la peine de mort et l'évolution de la criminalité sanglante. » (Robert Badinter)

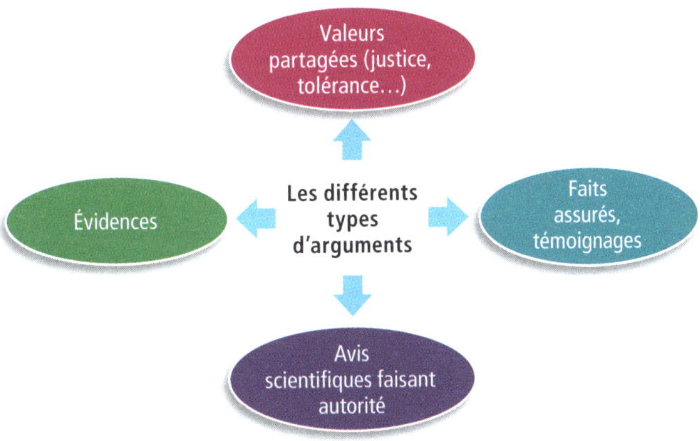

- Chaque argument est en général suivi d'un **exemple**, qui permet de le rendre **concret**, en donnant une illustration.

On argumente pour **convaincre** l'auditeur ou le lecteur, afin qu'il épouse la thèse défendue.

POUR CONVAINCRE → J'affirme une **thèse** → Je prouve son bien-fondé par des **arguments** → J'illustre chaque argument par un **exemple**

La recette pour réussir

SAVOIR FAIRE

Comment bien argumenter

- Trouver des **arguments valables** en citant des faits assurés, des évidences, des événements historiques ou des faits scientifiques faisant autorité.
- Construire son **raisonnement**, c'est-à-dire une succession d'arguments justifiant son avis, logiquement et progressivement pour ne pas « perdre » le lecteur.

ASTUCE DU CHEF

Pour montrer que les arguments se suivent en toute logique, utilisez des **connecteurs** indiquant l'addition (*de plus*...), la cause (*car, en effet*...), la conséquence (*ainsi, c'est pourquoi*...), le but (*afin*...) ou l'opposition (*mais*...). Revenez **à la ligne** lorsque vous énoncez un nouvel argument.

À VOS FOURNEAUX – EXERCICES COMMENTÉS BREVET

1 Défendez la thèse suivante en construisant un paragraphe argumentatif : « Je trouve que le travail des enfants est absurde. »

→ **Un paragraphe argumentatif se compose tout d'abord d'un argument.**
Ici, il peut être : « En effet, un enfant passant plusieurs heures par jour à travailler n'a pas le temps d'étudier. »

→ **Cet argument doit être suivi d'un exemple précis, qui comporte souvent des indications de temps et de lieux.**
On achèvera ainsi le paragraphe par : « Au XIXe siècle, en France, la plupart des enfants travaillant dans les usines, et notamment les filatures, étaient illettrés. »

2 Dans l'extrait ci-dessous, quel est l'argument donné par la journaliste pour encourager le lecteur à voir la pièce ?

On a vu avec Joséphine, 13 ans, une pièce de théâtre sur Samia, une jeune Africaine qui voulait accomplir son rêve : devenir athlète. On te la conseille parce que c'est une histoire vraie. Samia Yusuf Omar, une jeune fille somalienne, ne pense qu'à aller courir dans son quartier de Mogadiscio ou dans le stade. Elle se fait remarquer, participe aux Jeux olympiques de Pékin en 2008... Son rêve de devenir une athlète professionnelle est encore plus fort. Mais son pays, la Somalie, est en guerre.

Claire Laudereau, « Trois raisons d'aller voir *Samia : de Pékin à Lampedusa* », *Le Monde des ados*, 9/11/2019.

→ **L'argument est une idée au service de la thèse défendue (ici : il faut aller voir la pièce de théâtre).**
L'argument, introduit par le connecteur logique « parce que » indiquant la cause est donc : « parce que c'est une histoire vraie ».

S'opposer, exprimer la concession et la condition

14

FRANÇAIS

Les ingrédients

L'OPPOSITION

- Dans un débat ou une discussion, on peut exprimer un **avis contraire** à celui de son interlocuteur, ou différent de l'idée présentée.
- L'opposition peut être exprimée par la **négation** du verbe ou par des expressions familières comme : « Jamais de la vie ! » La proposition **subordonnée circonstancielle d'opposition** (introduite par *tandis que*, *alors que*) permet également de marquer la contradiction.

LA CONCESSION

- C'est un accord qui se limite à un point, une **acceptation partielle** de l'opinion adverse. On peut l'exprimer sous la forme d'une **précaution oratoire**, en nuançant son propre avis.

Exemple : « Vous avez certainement raison : la violence est humaine. Mais il me semble qu'elle doit être combattue. »

- On indique également la concession grâce à des subordonnées circonstancielles de concession, introduites par *bien que*, *malgré*, *même si*…

Exemple : « Malgré le mauvais temps, le match opposant Bastia au Real de Madrid a eu lieu. »

Opposition

Ex. : *Je ne peux l'accepter.*

Concession

Ex. : *Bien que j'en aie envie, je ne peux l'accepter.*

Condition

Ex. : *Si j'en ai envie, je peux l'accepter.*

LA CONDITION

- Pour exprimer la condition, on utilise une **subordonnée** introduite par *si*, *pourvu que*, *à condition de*, *à moins que*.

Exemple : « Nous sortirons en mer à condition que la météo s'améliore. »

- Exprimer l'hypothèse équivaut à mesurer, grâce à l'emploi de l'**indicatif** ou du **conditionnel** dans la subordonnée, le degré de certitude de l'action.

Exemple : le degré de certitude est plus élevé dans la phrase « Si la météo s'améliore (Indicatif), nous sortirons (Indicatif) en mer », que dans la phrase « Si la météo s'améliorait (Conditionnel), nous sortirions (Conditionnel) en mer. »

Opposition, concession et condition servent à exprimer un avis contraire ou soumis à une circonstance particulière.

La recette pour réussir

SAVOIR FAIRE

Comment exprimer l'opposition

Utiliser des **conjonctions de coordination** (*mais, or*) ou des **adverbes** (*au contraire, pourtant, cependant…*).

Ex. : « De part et d'autre ils sont des hommes. […] Mais la soif de l'or et de la conquête transforme les nôtres en démons. » (Jean-Claude Carrière, *La Controverse de Valladolid*, 1992).

Comment exprimer la concession sans faute de syntaxe

Exprimer la concession demande quelques précautions.

- L'adverbe ***malgré*** est toujours suivi d'un **nom** : on dira « malgré la pluie » et non « ~~malgré qu'il pleuve~~ ».
- Les locutions ***bien que*** et ***quoique*** sont suivies d'un verbe au **subjonctif**.
- La locution ***même si*** est en revanche suivie d'un verbe à **l'indicatif.**

ASTUCE DU CHEF

Les marqueurs « je pense plutôt » et « en ce qui me concerne » indiquent une prise de position contraire.

À VOS FOURNEAUX – EXERCICE COMMENTÉ BREVET

Les phrases suivantes marquent-elles l'opposition, la concession ou la condition ?

1. « Même si elle a des difficultés en mathématiques, Joséphine obtient de bons résultats. »

→ **Relever la locution conjonctive introduisant la subordonnée circonstancielle.**
La locution conjonctive introduisant la subordonnée circonstancielle est « même si ».

→ **Quelle nuance de sens contient-elle ?**
Elle exprime une acceptation partielle de la thèse adverse.

→ **En déduire la nuance exprimée par la phrase.**
La phrase exprime une concession.

2. « Si je prenais le train, j'arriverais probablement à l'heure. »

→ **Relever la conjonction de subordination introduisant la subordonnée circonstancielle.**
La conjonction de subordination introduisant la subordonnée circonstancielle est « si ».

→ **Quelle nuance de sens contient-elle ?**
Elle exprime une hypothèse, une condition.

Exprimer la cause, la conséquence et le but

15

FRANÇAIS

Les ingrédients

EXPRIMER LA CAUSE

- Deux **propositions indépendantes**, reliées ou non par une conjonction de coordination, permettent d'exprimer la cause.

Exemple : « Ce bébé a pleuré toute la nuit, [car] il était malade. »

- On peut également employer un **groupe prépositionnel** ou **adverbial**, introduit par *de*, *par*, *à cause de*, *en raison de*, etc. ; ou une subordonnée circonstancielle de cause, introduite par ***parce que***, *puisque*, *comme*, etc., suivie d'un verbe à l'**indicatif**.

Exemples : « Ce bébé a pleuré de douleur toute la nuit. »
Groupe prépositionnel

« Ce bébé a pleuré toute la nuit parce qu'il était malade. »
Proposition subordonnée circonstancielle de cause

EXPRIMER LA CONSÉQUENCE

- La conséquence peut être indiquée par l'emploi d'un **adverbe** (*alors, ainsi*) ou par une **conjonction de coordination** (*donc, et...*).

Exemple : « Je suis arrivé en retard en cours, et/donc/alors j'ai eu une punition. »

- La subordonnée circonstancielle de conséquence est introduite par *de sorte que*, *si bien que*, ou encore *si/tant/tellement... que*, suivi d'un verbe à **l'indicatif**.

Exemple : « Je suis arrivé **tellement** en retard **que** j'ai eu une punition. »

« La chétive Pécore
S'enfla **si** bien qu'elle creva. »

Jean de La Fontaine, « La Grenouille qui se veut faire aussi grosse que le Bœuf », *Fables*, 1668.

Cause

Ex. : Les bateaux sont restés au port **en raison du mauvais temps**.

Conséquence

Ex. : Les bateaux sont restés au port **si bien que la course n'a pu avoir lieu**.

But

Ex. : Les bateaux sont restés au port **pour éviter d'être emportés par la tempête**.

EXPRIMER LE BUT

On exprime le but grâce à des groupes prépositionnels introduits par *pour, afin de, de manière à*, etc. ; ou à l'aide d'une subordonnée circonstancielle introduite par une conjonction de subordination (*pour que, afin que, dans l'espoir que*, etc.), suivie du **subjonctif**, car l'action n'est pas réalisée.

Exemple : « Il s'est déguisé afin qu'on ne le reconnaisse pas. »

La recette pour réussir

SAVOIR FAIRE

Comment repérer l'expression de la cause, de la conséquence ou du but

Il faut se poser les questions suivantes.
- « Pour quelle raison ? » → la cause
- « Pour quel effet ? » → la conséquence
- « Dans quel objectif ? » → le but

ASTUCE DU CHEF

Si la nuance de sens d'une proposition subordonnée semble ambiguë, n'hésitez pas à changer la locution conjonctive par une autre, plus évidente.
Ex. : « Il faisait si froid que j'ai dû abandonner. » → J'ai abandonné parce qu'il faisait très froid (*parce que* = expression de la cause).

À VOS FOURNEAUX – EXERCICE COMMENTÉ BREVET

Dans les phrases suivantes, la proposition subordonnée soulignée exprime-t-elle le but, la cause ou la conséquence ?

1. « Sous prétexte qu'il n'est pas doué, il préfère éviter de cuisiner. »

→ **Remplacer la locution conjonctive par d'autres (*afin de, parce que, si bien que*...) exprimant ces différentes nuances de sens.**
La locution conjonctive qui convient le mieux est *parce que* : « Parce qu'il n'est pas doué, il préfère éviter de cuisinier. »

→ **Déterminer ce qu'exprime la locution sélectionnée.**
Parce que exprime la cause.

→ **Rédiger la phrase réponse.**
La proposition subordonnée « sous prétexte qu'il n'est pas doué » exprime donc la cause.

2. « Louise a refait tous les exercices du chapitre pour que le contrôle du lendemain soit un succès. »

→ **Poser la question à laquelle répond la proposition subordonnée.**
La proposition subordonnée répond à la question : « Dans quel objectif Louise a-t-elle refait tous les exercices ? »

→ **Déterminer la nuance de sens de la proposition subordonnée.**
La proposition subordonnée « pour que le contrôle du lendemain soit un succès » exprime le but.

Science-fiction et anticipation : progrès et rêves scientifiques

Les ingrédients

LE PROGRÈS AU XIXe SIÈCLE

- La **révolution industrielle** donne naissance au monde moderne, dont les **inventions** (la machine à vapeur, l'électricité) modifient la vie de chacun.
- Ce **climat d'investigation** tous azimuts **stimule l'imagination** des auteurs. L'image du « **savant fou** » apparaît ainsi dans *Frankenstein*, un roman écrit par Mary Shelley en 1818 : un scientifique, Victor Frankenstein, donne vie grâce à l'électricité à une créature constituée de lambeaux de chair humaine.
- La **science-fiction** est un genre littéraire qui se structure autour d'hypothèses sur **ce que pourrait être le présent ou le futur**. Ces récits proposent donc des mondes « parallèles » ou futuristes, accessibles grâce à une découverte scientifique ou à l'invention d'une machine.

LES VOYAGES EXTRAORDINAIRES DE JULES VERNE

De 1862 à 1905, Jules Verne écrit plus de soixante romans destinés à amuser les lecteurs tout en popularisant les avancées scientifiques. Il **met ainsi au goût du jour la « fiction scientifique »**, autrement dit la « science-fiction ».
Exemple : *Voyage au centre de la Terre* (1864) évoque la découverte d'une peuplade primitive par des explorateurs, descendus dans les entrailles de la planète en empruntant la cheminée d'un volcan.

LA MACHINE À REMONTER LE TEMPS DE H.G. WELLS

Si dans les romans de Jules Verne on observe une confiance face au progrès, ce n'est pas le cas de ceux de H.G. Wells. En 1895, dans *La Machine à remonter le temps*, un roman d'**anticipation**, c'est-à-dire prenant place dans le futur, il évoque les Eloïs, créatures simples descendant des hommes, qui servent de nourriture aux Morlocks, des singes vivant sous la surface que le héros devra combattre.

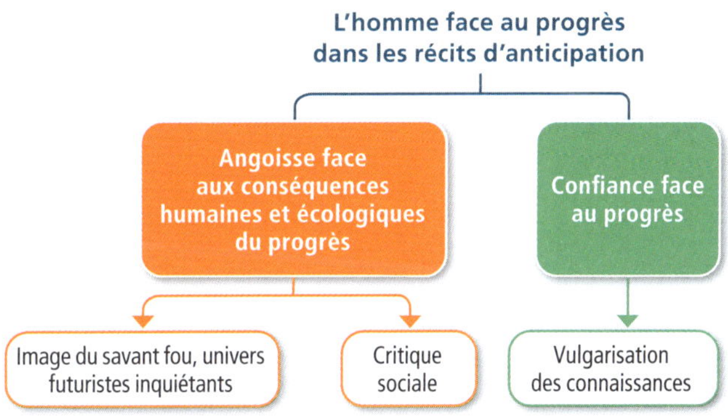

La science-fiction est un genre littéraire qui propose des récits dans des mondes parallèles ou futuristes, accessibles grâce aux découvertes scientifiques.

La recette pour réussir

SAVOIR FAIRE

Comment reconnaître un récit d'anticipation ?

- Les récits d'anticipation permettent souvent de mener une **critique sociale**. Les univers présentés sont alors inquiétants, en proie à la destruction, aux épidémies et aux catastrophes. Ils traduisent les **angoisses** des auteurs face au progrès et à ses conséquences humaines et écologiques.
- En outre, à la manière des voyageurs des *Lettres persanes* de Montesquieu, **l'extraterrestre** se révèle un terrible **juge des actions humaines**. Souvent présenté comme intellectuellement supérieur, il porte un regard incisif sur les hommes irresponsables.

ASTUCE DU CHEF

Attention à ne pas confondre fantastique et science-fiction. Le fantastique naît de l'irruption inexplicable du surnaturel dans la réalité.

À VOS FOURNEAUX – EXERCICES COMMENTÉS BREVET

1 À quoi voit-on qu'il s'agit d'un texte de science-fiction ?

Un énorme courant de voitures roulait sur la chaussée lumineuse. Le plastec luminescent, qui remplaçait les pavés et le bitume triste, renvoyait en douce la lumière qu'il avait absorbée pendant toute la journée.

René Barjavel, *Ravage*, 1943.

→ **Observer le lexique.**

Le néologisme « plastec » et le verbe « remplacer » nous montrent que nous sommes dans un récit d'anticipation qui se déroule dans un monde parallèle ou futuriste.

2 Le monde décrit dans ce passage du roman *1984* vous paraît-il angoissant ou bienveillant ?

De tous les carrefours importants, le visage à la moustache noire vous fixait du regard. Il y en avait un sur le mur d'en face. BIG BROTHER VOUS REGARDE, répétait la légende, tandis que le regard des yeux noirs pénétrait les yeux de Winston. [...] Au loin, un hélicoptère glissa entre les toits [...]. C'était une patrouille qui venait mettre le nez aux fenêtres des gens. Mais les patrouilles n'avaient pas d'importance. Seule comptait la Police de la Pensée.

George Orwell, *1984*, 1948.

→ **Lire plusieurs fois l'extrait pour repérer les expressions décrivant un univers bienveillant ou angoissant.**

Les expressions qualifiant l'univers décrit sont essentiellement angoissantes : « le visage à la moustache noire », « vous fixait », « le regard des yeux noirs pénétrait les yeux de Winston », « une patrouille », « mettre le nez aux fenêtres des gens », la « Police de la Pensée ».

Types et genres de textes

Les ingrédients

LES TYPES DE TEXTES

- Le **texte narratif** sert à **raconter une histoire**, en rapportant des événements, réels ou imaginaires, selon un déroulement **chronologique.**
Exemple : le début de *Germinal*, d'Émile Zola.

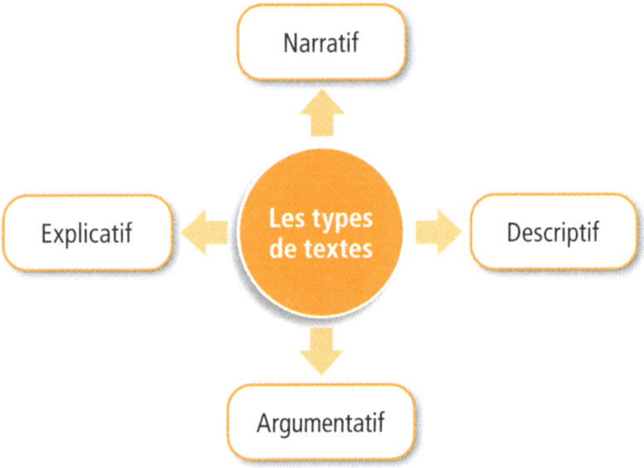

- Le **texte descriptif** permet de **décrire** un objet ou un paysage. Si la description concerne une personne, on parlera d'un **portrait** (→ *voir fiche 7*).
- Le **texte argumentatif** a pour but de défendre une **opinion**, et cherche à **convaincre** le lecteur.
Exemples : un discours contre la peine de mort, un article de presse pour la sauvegarde des espèces menacées.
- On utilise le **texte explicatif** pour **faire comprendre** un processus.
Exemple : le professeur de sciences emploiera ainsi le discours explicatif pour évoquer la tectonique des plaques aboutissant à la formation des continents.

LE GENRE D'UN TEXTE

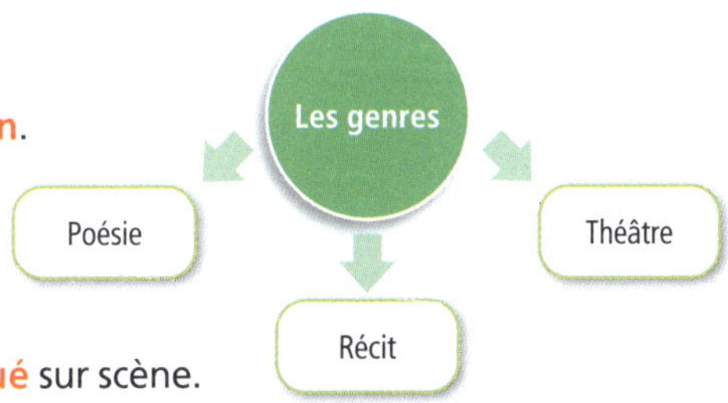

- Le **récit** peut prendre la forme d'un **roman**. C'est alors un récit long. S'il est court, on parlera d'une **nouvelle.** Il peut également se décliner sous la forme d'un **conte**, d'une **autobiographie** ou d'un récit **historique**.
- Le texte de **théâtre** est destiné à être **joué** sur scène.
- La **poésie** utilise le langage d'une façon particulière, accordant autant d'importance aux **sonorités** des mots qu'à leur **sens**. Les œuvres poétiques se déclinent **en vers ou en prose**, et obéissent souvent à des contraintes **formelles**.

> - Il existe quatre **types** de textes (narratif, descriptif, argumentatif, explicatif) qui ont chacun une visée différente.
> - Les **genres** sont des catégories qui permettent de regrouper des textes ayant des caractéristiques semblables.

La recette pour réussir

SAVOIR FAIRE

Comment distinguer les sous-genres ?

- On classe les pièces de **théâtre** en plusieurs sous-genres :
  – la **comédie** a pour vocation de **faire rire** le public ;
  – au contraire, la **tragédie** est une œuvre qui doit **émouvoir** ;
  – le théâtre de l'**absurde**, au XXe siècle, déstabilise le public et propose une **réflexion sur la condition humaine.**
- Le **roman** possède lui aussi plusieurs sous-genres : roman **policier**, roman d'**apprentissage**, de **science-fiction**, d'**analyse**, **historique**, **épistolaire**, **autobiographique**, etc.

ASTUCE DU CHEF

Gardez à l'esprit que différents types de textes peuvent se succéder au sein d'une même œuvre : ainsi, une narration peut prendre la suite d'une description.

À VOS FOURNEAUX – EXERCICE COMMENTÉ BREVET

De quel genre littéraire est issu cet extrait ? Quel est le type de texte utilisé ici ?

Voici la réponse du capitaine Nemo à une question du professeur Aronnax portant sur le fonctionnement du canot arrimé au Nautilus, *un extraordinaire sous-marin.*

Ce canot adhère à la partie supérieure de la coque du *Nautilus*, et occupe une cavité disposée pour le recevoir. Il est entièrement ponté, absolument étanche, et retenu par de solides boulons. Cette échelle conduit à un trou d'homme percé dans la coque du *Nautilus*, qui correspond à un trou pareil percé dans le flanc du canot. C'est par cette double ouverture que je m'introduis dans l'embarcation. On referme l'une, celle du *Nautilus* ; je referme l'autre, celle du canot, au moyen de vis de pression ; je largue les boulons, et l'embarcation remonte avec une prodigieuse rapidité à la surface de la mer.

Jules Verne, *Vingt Mille Lieues sous les mers*, 1869-1870.

→ **Pour trouver le genre, on observe le paratexte.**
Le texte est issu d'un roman de Jules Verne. Il s'agit donc d'un récit.

→ **Pour trouver le type de texte, il faut se demander s'il s'agit de la description d'un endroit ou de l'explication d'un processus.**
Le capitaine Nemo explique le fonctionnement du canot. Il s'agit donc d'un texte explicatif.

Énonciation et modalisation

Les ingrédients

LA SITUATION D'ÉNONCIATION

La situation d'énonciation est la situation dans laquelle se trouve l'énonciateur au moment où il parle ou écrit. On la détermine en se posant les questions suivantes : ***qui parle ? à qui ? où ? quand ?***

Exemple : au début d'*Antigone*, Antigone parle à Ismène, sa sœur. Elles se trouvent à Thèbes. L'époque à laquelle se déroule l'action est le temps du mythe d'Œdipe.

> *Le lieu de la scène est à Thèbes, devant le palais de Créon.*
>
> ANTIGONE
>
> Ismène, ma sœur, tête chérie, de tous les maux qu'Œdipe a légués à sa race, en sais-tu un dont Jupiter n'ait pas encore affligé notre vie ?
>
> **Sophocle**, *Antigone*, 441 av. J.-C.

DISCOURS ET RÉCIT

- Le **discours** est un énoncé **ancré** dans la situation d'énonciation : les **repères de temps et de lieux** se définissent en fonction de la position du locuteur dans l'espace et le temps.
- Le **récit**, en revanche, est un énoncé **coupé** de la situation d'énonciation. Les repères de temps et de lieux **appartiennent à l'histoire** racontée : on évoquera « l'an 1789 », « la veille », etc.
- Dans un même roman, discours (un dialogue) et récit (un passage narratif) peuvent se suivre, et alterner.

Discours	Récit
Énoncé ancré dans la situation d'énonciation	Énoncé coupé de la situation d'énonciation
Les indices temporels et spatiaux appartiennent à l'univers du locuteur : *ici, maintenant, hier, demain.*	Les indices temporels et spatiaux appartiennent à l'univers du récit : *à cet endroit, le lendemain, en ce moment, la veille.*

- La **situation d'énonciation** est la situation dans laquelle se trouve l'énonciateur au moment où il parle ou écrit.
- Le **discours** est un énoncé ancré dans la situation d'énonciation, alors que le **récit** est un énoncé coupé de la situation d'énonciation.

La recette pour réussir

SAVOIR FAIRE

Comment distinguer discours et récit

Pour savoir s'il s'agit d'un discours ou d'un récit, il faut :

- observer les pronoms personnels ;
- repérer les indices spatio-temporels.

ASTUCE DU CHEF

Lorsque l'on transforme une phrase qui est au discours direct (issue d'un dialogue) en une phrase au discours indirect, on passe du discours au récit. Faites attention aux pronoms !

Ex. : « Dis-moi ce qui t'amène ! » (= discours) → « Il m'ordonna de lui dire ce qui m'amenait. » (= récit)

À VOS FOURNEAUX – EXERCICE COMMENTÉ BREVET

Ces extraits appartiennent-ils au discours ou au récit ?

Texte 1

Il arriva à Paris avec seulement sept francs en poche, mais, le matin même, il était embauché pour le lendemain dans une maison de Levallois.

Roland Dorgelès, *Les Croix de bois*, 1919.

Texte 2

Mon cher Martin,

Te voilà de retour en Allemagne. Comme je t'envie… Je n'ai pas revu ce pays depuis mes années d'étudiant, mais le charme d'Unter den Linden agit encore sur moi […].

Kathrine Kressmann Taylor, *Inconnu à cette adresse*, lettre 1, 1938.

→ **Relever les indices spatio-temporels employés puisque ce sont les indices d'énonciation.**

Texte 1 : les indices spatio-temporels sont « Paris », « le matin même », « le lendemain ».

Texte 2 : les indices spatio-temporels sont « ce pays », « depuis mes années d'étudiant ».

→ **Pour déterminer si une phrase appartient au discours ou au récit, il faut se demander si l'émetteur de l'énoncé évoque, au moment où il parle, sa propre situation.**

Texte 1 : les indices relevés appartiennent au récit, c'est-à-dire à un énoncé coupé de la situation. Il s'agit donc d'un récit.

Texte 2 : les indices appartiennent au discours, c'est-à-dire un énoncé ancré dans la situation d'énonciation (ici, une lettre). Il s'agit donc d'un discours.

Intervention du narrateur et modalisateurs

Les ingrédients

INTERVENTION DU NARRATEUR

Un récit à la troisième personne est mené par un narrateur extérieur, qui peut intervenir dans le récit en **commentant** la situation (→ *voir fiche 2*).

Exemple : dans *14*, Jean Echenoz coupe ainsi court à son récit mettant en scène Anthime durant la Première Guerre mondiale : « Tout cela ayant été décrit mille fois, peut-être n'est-il pas la peine de s'attarder sur cet opéra sordide et puant. »

LES MODALISATEURS

- Cependant, certains **indices** plus subtils, les **modalisateurs**, révèlent également la présence du locuteur et trahissent sa **subjectivité** : ses **émotions**, ses **sentiments** ou son **degré de certitude.**

- Certains verbes (*penser, croire*), l'emploi du **conditionnel**, du **subjonctif**, et d'adverbes comme *probablement*, indiquent un degré de certitude.

Exemple : dans la phrase : « le navigateur prétend qu'il arrivera ce soir », le degré de certitude est atténué par le verbe « prétendre ».

- D'autres indices concernent l'**appréciation** portée par le locuteur ou le narrateur, qui peut être **méliorative ou péjorative**.

Exemple : « Ce chef [...] paraissait à première vue ni cruel ni héroïque » (Céline, *Voyage au bout de la nuit*). L'évaluation proposée ici par le narrateur est **positive**, mais le **doute**, instillé par la locution « paraissait à première vue », subsiste.

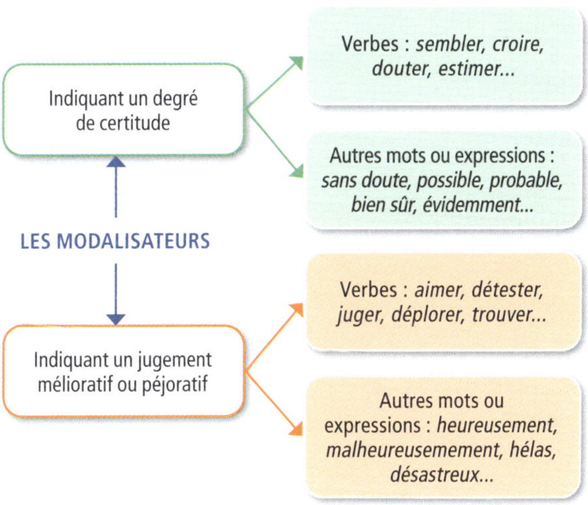

- Dans un récit à la troisième personne, le narrateur peut intervenir directement.
- Tout locuteur peut **manifester sa subjectivité** dans son énoncé en laissant des indices concernant son degré de certitude ou une évaluation péjorative ou méliorative de la situation.

La recette pour réussir

SAVOIR FAIRE

Comment repérer les interventions du narrateur

- Être attentif aux phrases qui rompent le déroulement du récit pour proposer un « **commentaire** ».
- Remarquer les phrases interrogatives ou exclamatives qui expriment un **jugement** sur les faits qui se déroulent.
- Noter le surgissement inattendu de la voix du conteur, qui parfois emploie le « **je** » pour donner son avis sur les faits qu'il raconte à la troisième personne.

ASTUCE DU CHEF

Pour repérer les modalisateurs, soyez particulièrement attentif aux adverbes qui indiquent un degré de certitude : *probablement*, *vraisemblablement*, *honnêtement*, etc.

À VOS FOURNEAUX – EXERCICE COMMENTÉ BREVET

Dans cet extrait, à quel moment le narrateur intervient-il ? Justifiez votre réponse.

Mademoiselle Pinson n'était pas précisément ce qu'on appelle une jolie femme. [...] Quoi qu'il en soit, un petit bonnet autorise un nez retroussé, qui à son tour veut une bouche bien fendue, à laquelle il faut de belles dents et un visage rond pour cadre. Un visage rond demande des yeux brillants ; le mieux est qu'ils soient le plus noirs possible, et les sourcils à l'avenant. [...] Ainsi était mademoiselle Pinson. Marcel s'était mis dans la tête qu'Eugène devait faire la cour à cette demoiselle ; pourquoi ? je n'en sais rien, si ce n'est qu'il était lui-même l'adorateur de mademoiselle Zélia, amie intime de mademoiselle Pinson. [...] Il avait résolu de donner un souper, et ne trouva rien de mieux que de choisir pour prétexte le jour de sa propre fête.

Alfred de Musset, « Mimi Pinson », *Nouvelles et Contes*, 1888.

→ **Avoir en tête que le narrateur intervient souvent pour se faire l'écho des interrogations ou des commentaires du lecteur.**

Le narrateur intervient à la première personne : « pourquoi ? **je** n'en sais rien, si ce n'est qu'il était lui-même l'adorateur de mademoiselle Zélia, amie intime de mademoiselle Pinson. »

Il se fait l'écho d'une question que pourrait se poser le lecteur.

Les classes de mots variables

20

Les ingrédients

- Le **verbe** forme le **noyau** de la phrase traditionnelle.
- Les **noms communs** désignent une personne (ex. : *cet homme*), un objet (ex. : *la table*) ou une notion abstraite (ex. : *le bonheur*).
- Les **déterminants** (voir tableau ci-contre) précèdent le nom.
- Les **adjectifs** indiquent une caractéristique du nom qu'ils déterminent (ex. : *des chocolats appétissants*).

Les déterminants	
Articles définis	*le, la, les, l'*
Articles indéfinis	*un, une, des*
Possessifs	*son, sa, notre, leur…*
Démonstratifs	*ce, cet, ces, cette…*
Indéfinis	*certains, chaque, quelques…*
Interrogatifs et exclamatifs	*quel, quelle, quels, quelles…*
Numéraux ordinaux et cardinaux	*un, deux, trois… ; premier, deuxième…*

- Un **pronom** est un mot qui remplace un nom ou un groupe de mots déjà cités.

Les pronoms

Pronoms personnels	Ils varient selon leur fonction dans la phrase : • sujet : *je, tu, il/elle…* • complément d'objet : *me, le, la, lui, eux…*
Pronoms possessifs	Ils sont précédés d'un article : *le mien, la tienne, les nôtres, le leur…*
Pronoms démonstratifs	Formes simples : *celui, celle, ceux…* Formes composées : *celui-ci, celle-ci…*
Pronoms indéfinis	Ils expriment la pluralité (*plusieurs, quelques-uns*), la singularité (*chacun*), la totalité (*tout*), la négation absolue (*aucun, personne*) ou l'identité (*le même, l'autre*).
Pronoms relatifs	Ils servent de lien entre deux propositions : *qui, que, quoi, dont, où, lequel* et composés
Pronoms interrogatifs	Ils servent à poser une question : *qui ? que ?…*
Pronoms numéraux cardinaux et ordinaux	*un(e)(s), deux, le premier, le deuxième…*

La recette pour réussir

SAVOIR FAIRE

Comment ne pas confondre les articles définis (*le, la, les, leur(s)*) et les pronoms personnels (*le, la, les, leur*)

Il faut regarder quel mot les suit.

- Si c'est un nom, il s'agit d'un article défini.

Ex. : La fiche est dans ton classeur.

- Si c'est un verbe, il s'agit du pronom personnel.

Ex. : Tu dois la lire.

ASTUCE DU CHEF

Lorsque vous employez des pronoms en rédaction, veillez à garder une bonne cohérence textuelle de manière à ne pas perdre votre lecteur.

À VOS FOURNEAUX – EXERCICES COMMENTÉS BREVET

1 Transformez la phrase en remplaçant le groupe de mots soulignés par un pronom. Quelle est la fonction de ce pronom ? À quel changement orthographique doit-on procéder ?

« Mon père a conduit ma tante à la gare. »

→ **En opérant le changement, il faut veiller à conserver le temps du verbe.**
Mon père l'a conduite à la gare.

→ **La fonction du pronom est la même que celle du nom qu'il remplace.**
Le pronom personnel « l' » est COD du verbe « conduire ».

→ **Le changement orthographique concerne la terminaison du participe passé du verbe « conduire ».**
Le pronom personnel COD est placé avant le verbe conjugué au passé composé à l'aide de l'auxiliaire « avoir ». De ce fait, le participe passé s'accorde avec le pronom, qui garde le genre et le nombre du nom « ma tante » qu'il remplace, c'est-à-dire féminin singulier.

2 Les mots soulignés sont-ils des déterminants ou des pronoms ?

« Plusieurs régions ont été victimes d'inondations : certaines ont subi de gros dégâts, d'autres ont été quelque peu épargnées, mais toutes bénéficieront de l'aide des bénévoles. »

→ **Se rappeler qu'un déterminant précède un nom, et qu'un pronom remplace un nom cité avant dans la phrase ou le texte.**
« Plusieurs » est un déterminant, car il précède le nom « régions ».
« Certaines », « d'autres » et « toutes » sont des pronoms indéfinis, qui remplacent le nom « régions ».

Les classes de mots invariables

Les ingrédients

LES ADVERBES

- Les adverbes **modifient le sens** d'un mot ou d'une phrase. On peut presque toujours les **supprimer**.
- Les **adverbes d'intensité** (*assez, beaucoup*…) induisent une variation de degré. L'état ou l'action est alors évoqué à un degré faible, moyen ou fort.

Exemples : « Théo est très triste. »
« Ce devoir est assez réussi. »

- On distingue également les **adverbes de temps** (*demain, hier*…), **de lieu** (*dehors, ici*…) et **de manière** (*vite, gentiment*…).

Les classes grammaticales des mots invariables

Classe	Exemples
Adverbes	*assez, beaucoup, infiniment, très, vite, dehors…*
Conjonctions de coordination	*mais, ou, et, donc, or, ni, car*
Conjonctions de subordination	*quand, comme, si, que, alors que, bien que…*
Prépositions	*à, de, par, pour, sans, sous, avec…*
Interjections	• onomatopées : *chut, plouf…* • exclamations : *ah !, oh !*

LES CONJONCTIONS

- Les **conjonctions de coordination** servent à relier deux éléments d'une phrase selon une logique de sens. On utilisera par exemple « ou » pour poser une alternative.

Exemple : « Tu prends le jaune ou le bleu ? »

- Les **conjonctions de subordination** sont des mots qui mettent en relation une proposition subordonnée avec une proposition principale (→ *voir fiche 32*). Elles sont très nombreuses et expriment un rapport de sens.

Exemple : « Bien que j'aie peu de temps, je fais du sport. » *Bien que* exprime une relation de concession.

- Les **conjonctions de subordination** peuvent être de formes simples (*quand, comme, si*…), ou de formes composées et l'on parle alors de locutions conjonctives (*pendant que, alors que*…).

LES PRÉPOSITIONS

Les **prépositions** introduisent le complément d'un nom ou d'un verbe.

Exemples : « Je vais à l'école. » ; « Je range mon cahier sur la table. »

LES INTERJECTIONS

Les **interjections** marquent la présence du locuteur. On place dans cette catégorie les onomatopées (*toc, toc*), les exclamations (*ah, oh !*), ou encore des expressions figées (*Au secours !*).

La recette pour réussir

SAVOIR FAIRE

Comment écrire correctement les mots invariables

- Apprendre l'orthographe des mots invariables par cœur.
- Les conjonctions de coordination « et » et « ou » ont des homophones appartenant à d'autres catégories grammaticales. Pour ne pas se tromper, il faut se rappeler que « et » indique l'addition (on peut le remplacer par « et puis ») et « ou » l'alternative (on peut le remplacer par « ou bien »).

ASTUCE DU CHEF

Beaucoup d'adverbes de manière sont construits à partir du radical d'un adjectif, mis au féminin, auquel est ajouté le suffixe *-ment* : *long* → *longue* → *longuement*.

À VOS FOURNEAUX – EXERCICES COMMENTÉS BREVET

1 À quelle classe grammaticale appartient le mot souligné ? Remplacez-le par une conjonction de subordination dont le sens est équivalent.

« Jean a été dispensé de sport car il était malade. »

→ **Se rappeler de la liste des conjonctions de coordination.**
« Car » est une conjonction de coordination.

→ **« Car » indique la cause. Il faut donc le remplacer par une conjonction de subordination indiquant la cause.**
La conjonction de subordination équivalente est « parce que ». On écrira :
« Jean a été dispensé de sport parce qu'il était malade. »

2 Les mots invariables « quand » et « souvent » donnent des indications de temps. Appartiennent-ils pour autant à la même classe grammaticale ?

Quand le repas nous réunissait, souvent je tournais les yeux du côté de mon oncle et généralement, au bout d'un moment, je réussissais à rencontrer son regard […].

Camara Laye, *L'Enfant noir*, 1953.

→ **Se rappeler quel type de proposition le terme « quand » introduit le plus souvent et se souvenir de la liste des conjonctions de subordination.**
« Quand » est une conjonction de subordination introduisant la proposition circonstancielle de temps « quand le repas nous réunissait ».

→ **Le mot « souvent » indique une nuance de temps facile à repérer.**
Il s'agit d'un adverbe de temps, indiquant plus précisément la fréquence.

→ **Conclure.**
Les mots « quand » et « souvent » n'appartiennent donc pas à la même classe grammaticale.

Accords orthographiques et homophonie grammaticale

22

Les ingrédients

LES ADJECTIFS DE COULEUR

- Dans la plupart des cas, les adjectifs de couleur **s'accordent avec le nom**.

Exemple : des stylos bleus.

- Cependant, ils sont **invariables** si on leur ajoute un terme qui nuance la couleur (ex. : une robe bleu foncé), ou lorsque la couleur vient d'un nom commun (ex. : des collants orange).

Exceptions : bien qu'ils soient issus de noms communs, « pourpre », « écarlate », « rose », « mauve » et « fauve » s'accordent (ex. : des fleurs mauves).

QUELQUE/QUEL QUE

- **Quelque(s)** est un déterminant indéfini, qui signifie « plusieurs » (ex. : « quelques jours »). Au singulier, **quelque** a le sens également de « un certain, un quelconque » (ex. : « Quelque temps plus tard, il lui arrivera malheur. »).

Exemple : « **Quelques** instants après, il claqua violemment la porte. Avez-vous **quelque** idée de ce qu'il advint ? »

- **Quel que** suivi du verbe *être* au subjonctif signifie « de n'importe quelle nature », et s'accorde avec le sujet du verbe.

Exemple : « **Quelles que** soient ses exigences, elles seront satisfaites. »

(soient : Verbe *être* au subjonctif ; ses exigences : Sujet)

QUOIQUE/QUOI QUE

- ***Quoique***, introduisant une subordonnée au subjonctif, signifie « bien que ». On emploie aussi « quoique » suivi d'un adjectif.

Exemples : « Quoique je sois peureux, j'ai essayé. » ; « Quoique jeune, il n'en était pas moins prudent. »

(Quoique je sois peureux : Prop. sub. au subjonctif)

- ***Quoi que*** signifie « quelle que soit la chose que ».

Exemple : « **Quoi que** tu en penses, il te faudra venir. »

(→ *Voir également fiche 28.*)

- Les **adjectifs de couleur** s'accordent avec le nom qu'ils qualifient, sauf s'ils sont suivis d'un mot exprimant une nuance, ou si la couleur vient d'un nom commun (attention aux exceptions).
- ***Quelque*** est un déterminant indéfini, ***quoique*** une conjonction de subordination.

La recette pour réussir

SAVOIR FAIRE

Comment orthographier *quelque/quel que*

Il faut regarder les mots qui suivent.

- Placé devant un adjectif, un nom ou un adverbe, ***quelque*** s'écrit en un seul mot.

Ex. : « Quelque confiant qu'il semble, il ne gagnera pas pour autant. »

- Placé devant un verbe, parfois précédé de *en* ou des pronoms personnels il(s) ou elle(s), ***quel que*** s'écrit en deux mots, et *quel* s'accorde avec le sujet du verbe.

Ex. : « Nous acceptons votre retard, quelles qu'en soient les raisons. »

ASTUCE DU CHEF

Pour mémoriser les adjectifs de couleur provenant de noms communs faisant exception à la règle d'invariabilité, souvenez-vous de leurs initiales : **p**ourpre, **é**carlate, **r**ose, **m**auve et **f**auve → « permf ».

À VOS FOURNEAUX – EXERCICES COMMENTÉS BREVET

1 Complétez la phrase suivante à l'aide de *quelque* ou *quel que*. Attention aux accords !

« .... soient les résultats, gardons à l'esprit que nous devons marquer .... points. »

→ **Observer les termes qui suivent le mot à trouver.**

Dans la première occurrence, il s'agit du verbe *être* au subjonctif. On écrira donc *quels que* en deux mots et au masculin pluriel puisqu'il faut l'accorder avec le sujet du verbe être : « les résultats ».

Dans la deuxième occurrence, le mot à trouver est suivi d'un nom ; il fait partie d'un GN : il s'agit d'un déterminant. On écrira donc *quelques* en un seul mot et au pluriel car on l'accord avec le nom qui le suit (« points »).

« **Quels que** soient les résultats, gardons à l'esprit que nous devons marquer **quelques** points. »

2 Accordez correctement l'adjectif de couleur en ajoutant si besoin la terminaison correspondante.

[…] le cocher et le valet de pied, avec leur livrée bleu ... sombre […] se tenaient raides, graves et patients […].

Émile Zola, *La Curée*, 1871.

→ **Se rappeler que les adjectifs de couleur suivis d'un mot exprimant une nuance restent invariables.**

« bleu sombre » exprime une nuance, l'adjectif « bleu » ainsi employé restera donc invariable.

On écrira : « leur livrée bleu sombre ».

Les expansions du nom

23

Les ingrédients

- Dans la phrase « La maison de Sophie se trouve sur le chemin qui mène à l'école », les groupes de mots soulignés sont des **groupes nominaux** (GN), accompagnés d'une **expansion**, c'est-à-dire d'un ou plusieurs mots qui les précisent.

- Le **complément du nom** est une expansion reliée au nom par la **préposition** *de*, *en* ou *à*.
Exemple : « un toit **en tuiles** », « un sac **d'école** » ou « ce jardin **à défricher** »

- L'**adjectif épithète** est une expansion fréquente. Lorsque l'adjectif est collé au nom, on parle d'**épithète liée**. Lorsqu'il est séparé du nom par une virgule, il est **épithète détachée**.
Exemple : « Une **haute** montagne **escarpée** dominait l'horizon. » « Haute » et « escarpée » sont deux adjectifs épithètes liées au nom « montagne ». Dans la phrase « **Haute** et **escarpée**, la montagne dominait l'horizon. », ils sont épithètes détachées.

Déterminant + nom (GN minimal)
Les feuilles

Complément du nom
Les feuilles du grand chêne sont belles.

Adjectifs épithètes liées
Les feuilles pourpres et nervurées sont belles.

Adjectifs épithètes détachées
Pourpres et nervurées, les feuilles sont belles.

Apposition
Colorées par l'automne, les feuilles sont belles.

Proposition subordonnée relative
Les feuilles qui jonchent le chemin sont belles.

- Une **apposition** est un autre GN qui précise le sens du groupe nominal principal, dont il est séparé par une **virgule**.
Exemple : « **Le chapeau sur la tête**, les hommes les plus vieux s'en allaient devant ». « Le chapeau sur la tête » est apposé au groupe nominal « les hommes les plus vieux ».

- La **proposition subordonnée relative** est introduite par les **pronoms relatifs** *qui*, *que*, *quoi*, *dont*, *où*, *lequel* (et ses composés), qui **reprennent** le nom. Ce nom est l'**antécédent** du pronom relatif.
Exemple : dans la phrase « La femme **qui parle** est écrivaine. », le pronom « qui » reprend le nom « femme ». « Femme » est l'antécédent de « qui ».

Les **expansions du nom** permettent de préciser et d'enrichir le nom. Avec lui, elles forment un **groupe nominal étendu**.

La recette pour réussir

SAVOIR FAIRE

Comment employer la proposition subordonnée relative

- Choisir le bon **pronom** : « le livre que je tiens » ; le livre dont je parle ».
- Éviter de construire des propositions relatives trop longues.
- Séparer si besoin l'antécédent du pronom par une **virgule** : « Le chat, qui dormait sur le fauteuil, était repu. »

ASTUCE DU CHEF

Lorsque vous rédigez une description, variez et combinez les expansions du nom pour enrichir et préciser vos propos.

Ex. : « Les arbres exhalaient une douce odeur. » → les arbres en fleurs ; les grands arbres centenaires en fleurs ; en fleurs, les arbres centenaires qui longeaient l'allée...

À VOS FOURNEAUX – EXERCICES COMMENTÉS BREVET

1 Repérez l'expansion du nom souligné et indiquez sa nature.

Ils s'étaient construits des huttes avec des troncs d'arbres, pour s'abriter contre le soleil, dont la flamme brûle tout dans ce pays-là [...].

Émile Zola, *Le Ventre de Paris*, 1873.

→ **« Soleil » est suivi du pronom relatif « dont », qui introduit une proposition relative.**

Le nom « soleil » est suivi de la proposition relative « dont la flamme brûle tout dans ce pays-là ».

2 Repérez les deux propositions subordonnées relatives dans cet extrait.

Mais je prenais des leçons de calcul, d'histoire, de géographie et de littérature d'une succession de professeurs dont les visages ont laissé aussi peu de traces dans ma mémoire que les matières qu'ils étaient chargés de m'enseigner.

Romain Gary, *La Promesse de l'aube*, 1960.

→ **La proposition subordonnée suit un nom et commence par un pronom relatif (*qui, que, quoi, dont, où, lequel* et composés) : il faut donc chercher les noms suivis d'un pronom relatif.**

Les noms suivis d'un pronom relatif sont « mémoire » et « matières ».

→ **Attention : une proposition relative peut en inclure une autre.**

Les deux propositions relatives sont :

– « dont les visages ont laissé aussi peu de traces dans ma mémoire que les matières qu'ils étaient chargés de m'enseigner » (cette proposition complète le nom « mémoire ») ;

– « qu'ils étaient chargés de m'enseigner » (cette proposition complète le nom « matières »).

Le verbe

Les ingrédients

Le verbe se conjugue selon un **temps** et un **mode**, et peut varier en personnes. Il s'accorde en genre et en nombre avec son sujet.
Exemple : « Les enfants (Sujet) viennent (Verbe) dîner. » Qui est-ce qui vient dîner ? → « les enfants ».

VERBES D'ACTION, VERBES D'ÉTAT

- Le verbe peut indiquer une **action** (*manger, penser*). S'il admet un COD, comme le verbe *manger*, on dit qu'il est **transitif**. Dans le cas contraire (ex. : *dormir*), on parle de verbe **intransitif**.
- Le verbe peut également indiquer un **état** (*paraître*, *sembler*, etc.). Il introduit alors très souvent un **attribut du sujet**.

Exemple : « Cette femme paraît malade. »

LES ACCORDS VERBAUX

Si le sujet est…	alors…
un singulier collectif **Le peuple…**	le verbe est au singulier **…gronde.**
un nom comportant des expansions **Le livre des mystères…**	le verbe s'accorde avec le noyau **…est intéressant.**
coordonné par « ou » : **Pierre ou Paul…**	le verbe est au singulier **…viendra.**
la première personne du pluriel ou équivalent **Mon cousin et moi…**	le verbe s'accorde comme tel **…adorons le surf.**
la 2e personne du pluriel ou équivalent **Ton ami et toi…**	le verbe s'accorde comme tel **…allez au théâtre.**
« on » **On…**	le verbe est au singulier (« on » = « il ») **…sourit.**
« aucun », « personne », « rien » **Rien…**	le verbe est au singulier (= « il ») **…ne m'amuse.**

LE PARTICIPE PASSÉ

Le participe passé sert à former les temps composés et la tournure passive. Il peut aussi s'employer seul et fonctionne alors comme un adjectif.

Exemples : « Il pleura car il avait perdu (Passé composé) sa montre. »

« Perdu (Adjectif), il pleura. »

Le verbe est l'élément central de la phrase. On différencie les **verbes d'action**, transitifs ou intransitifs, et les **verbes d'état**.

La recette pour réussir

SAVOIR FAIRE

Comment accorder le participe passé

- Le participe passé des verbes conjugués **avec l'auxiliaire « être » s'accorde avec le sujet.**

Ex. : « Elles sont parties. »
Sujet

- Le participe passé des verbes conjugués **avec l'auxiliaire « avoir »** ne s'accorde jamais avec le sujet. Il s'accorde avec le COD seulement lorsque celui-ci est **placé avant la forme verbale.**

Ex. : « Il a mangé les tartes avec plaisir. »
« Ces tartes, il les a mangées avec plaisir. »
COD placé avant le verbe

ASTUCE DU CHEF

La plupart du temps, le participe passé des **verbes pronominaux** s'accorde comme s'il était conjugué avec l'auxiliaire « avoir », bien qu'il soit conjugué avec l'auxiliaire « être ».

Ex. : « Elles se sont acheté une maison. » → *Elles ont acheté quoi ? Une maison.*
Le COD est placé après la forme verbale, donc le participe passé ne s'accorde pas.

À VOS FOURNEAUX – EXERCICE COMMENTÉ BREVET

Accordez les participes passés.

« Mes voisins sont all.... au marché et voilà qu'ils ne retrouvent plus les feuilles qu'ils avaient laiss.... sur la table : ils ne se sont pourtant pas absent.... longtemps ! »

→ **Observer quel auxiliaire est employé et en déduire l'accord du participe passé.**
Le participe passé du verbe « aller » est conjugué avec l'auxiliaire « être ». Il s'accorde donc en genre et en nombre avec le sujet « mes voisins » qui est au masculin, pluriel. On écrira donc : « Mes voisins sont allés au marché ».
Le participe passé du verbe « laisser » est conjugué avec l'auxiliaire « avoir ». Il s'accorde donc avec le COD si celui-ci est placé avant le groupe verbal.

→ **Si c'est l'auxiliaire « avoir », repérer s'il y a un COD et, si oui, observer si celui-ci est placé avant le verbe.**
Le COD du verbe « laisser » est le pronom relatif « qu' », qui a pour antécédent « les feuilles », et qui se trouve **avant** la forme verbale. On écrira donc : « les feuilles qu'ils avaient laissées ».

→ **Si l'on a affaire à un verbe pronominal, l'accord de son participe passé obéit à la règle qui régit la conjugaison avec l'auxiliaire « avoir ».**
On écrira donc : « ils ne se sont pourtant pas absentés longtemps ! ». Le pronom réfléchi « se » est en effet mis pour « eux-mêmes », masculin pluriel.

Temps et modes personnels

25

Les ingrédients

L'INDICATIF

Le **mode indicatif** sert à exprimer des faits. Il comporte **quatre temps simples** et **quatre temps composés**.

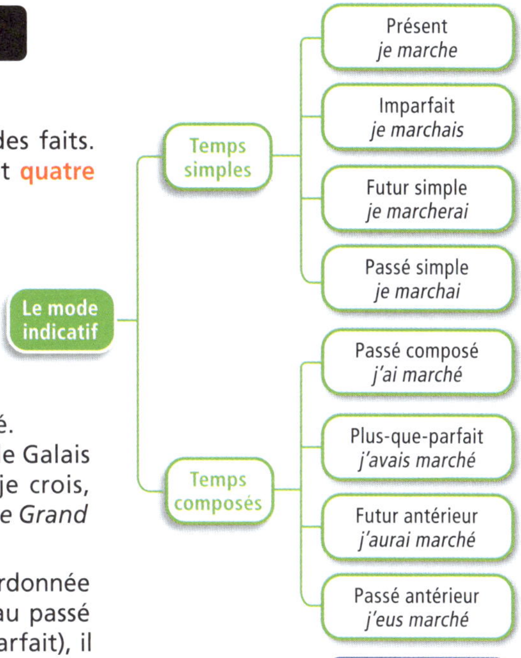

LE CONDITIONNEL

- Le **conditionnel** indique que la réalisation de l'action est **éventuelle**, **soumise à une condition**.
- Si l'action paraît **irréalisable**, on parle d'irréel du présent ou du passé.
Exemple : « Si la fenêtre d'Yvonne de Galais s'était allumée aussi, j'aurais osé, je crois, monter l'escalier. » (Alain-Fournier, *Le Grand Meaulnes*, 1913).
- Employé dans une proposition subordonnée suivant une proposition principale au passé (imparfait, passé simple, plus-que-parfait), il sert à exprimer le futur dans le passé.
Exemple : « Il ne savait pas encore qu'il deviendrait peintre. »

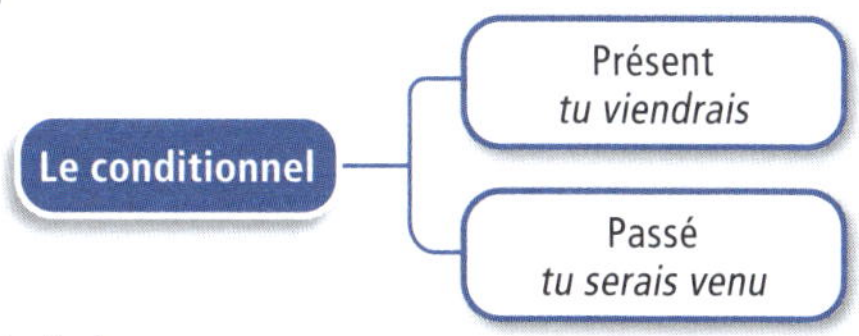

LE SUBJONCTIF

- Il permet d'exprimer un **fait possible**, qu'il soit réel ou irréel, ou un **souhait**, une **volonté** ou un **doute**.
- Il comporte **quatre temps**. On l'emploie obligatoirement dans les **propositions complétives** introduites par « **que** ».
Exemple : « Elle souhaite que tu sois patiente ».

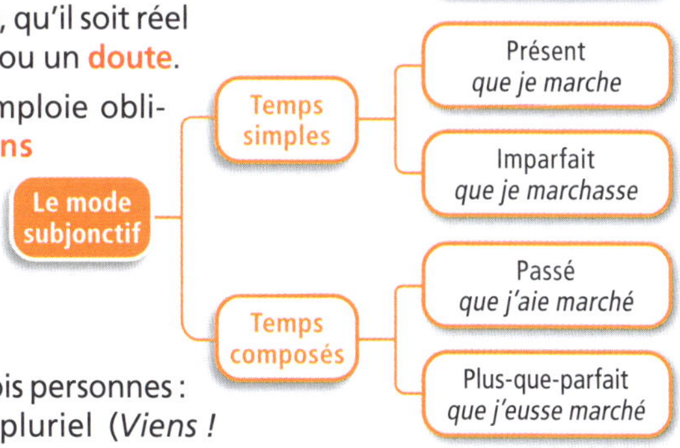

L'IMPÉRATIF

On ne l'utilise qu'au **présent** et qu'à trois personnes : la 2e personne du singulier et du pluriel (*Viens ! Venez !*), et la première personne du pluriel (*Mangeons !*).
L'impératif sert à donner un **ordre**, **interdire** ou **conseiller**.
Exemple : « Ne nous dérangez sous aucun prétexte. »

La recette pour réussir

SAVOIR FAIRE

Comment identifier ou conjuguer les temps composés de l'indicatif

- S'assurer de l'emploi de la forme composée en notant la présence de l'auxiliaire et du participe passé du verbe
- Être attentif à l'auxiliaire : il porte la marque du temps simple correspondant :

« Elle a pris » = passé composé → l'auxiliaire est conjugué au présent.

« J'avais chanté » = plus-que-parfait → l'auxiliaire est conjugué à l'imparfait

« Tu seras venu(e) » = futur antérieur → l'auxiliaire est conjugué au futur simple

« Nous eûmes mangé » = passé antérieur → l'auxiliaire est conjugué au passé simple

ASTUCE DU CHEF

Pour ne pas confondre la première personne du futur simple de l'indicatif (*je dirai*) et celle du présent du conditionnel (*je dirais*), transformez la phrase en utilisant la deuxième personne (*tu*).

Ex. : « Je dir**ai** merci à ma grand-mère. » → « Tu dir**as** merci à ta grand-mère. » (= futur simple)

« Si je réussissais, je dir**ais** merci à ma grand-mère. » → « Si tu réussissais, tu dir**ais** merci à ta grand-mère. » (= conditionnel)

À VOS FOURNEAUX – EXERCICE COMMENTÉ BREVET

À quel mode et à quel temps sont les verbes soulignés ?

Surtout, si elle te <u>témoigne</u> de la haine, ne bronche pas. […] Nina est une enfant. Toi, non. Alors ne te <u>laisse</u> pas avoir. Elle a été trompée. Toi, tu connais la vérité. Quand tu <u>auras gagné</u>, tu <u>aviseras</u>. […] »

Véronique Massenot, *Lettre à une disparue*, 2007.

→ **Pour déterminer le mode, observer de quelle manière est envisagée l'action. Si les faits sont exprimés de manière neutre, il s'agit de l'indicatif. Si l'action est envisagée sous la forme d'un ordre, il s'agit de l'impératif.**

« Témoigne », « auras gagné » et « aviseras » sont au mode indicatif.

« Laisse » est au mode impératif.

→ **Pour déterminer le temps, il faut savoir si l'action s'accomplit dans le passé, le présent ou le futur, puis regarder s'il s'agit d'un temps simple ou d'un temps composé (auxiliaire + participe passé).**

« Témoigne » est au présent de l'indicatif. « Laisse » est au présent de l'impératif. « Auras gagné » est au futur antérieur de l'indicatif. « Aviseras » est au futur simple de l'indicatif.

Les valeurs des temps de l'indicatif

26

Les ingrédients

LE PRÉSENT

Le présent de l'indicatif prend différentes **valeurs**.

Présent d'énonciation ou d'actualité
Il exprime une action proche du moment où l'on parle.
À qui téléphones-tu ?

Présent de narration
Dans un récit au passé, il rend l'action plus vivante.
À qui s'en prendre de ce dégât ? Personne d'autre que moi n'était rentré dans la chambre. On m'interroge : je nie d'avoir touché le peigne. (Rousseau)

Présent d'habitude ou de répétition
Il exprime des actions qui se répètent ou sont habituelles.
Je prends toujours mon sac de sport le lundi.

Présent de vérité générale
Il exprime des observations vraies de tout temps, comme dans les proverbes ou les moralités.
Tout flatteur vit au dépend de celui qui l'écoute. (La Fontaine)

LES TEMPS DU PASSÉ

- Dans les **récits au présent**, le passé se construit à l'aide du **passé composé**.
- Dans les **récits au passé**, le **passé simple** sert à décrire les actions de premier plan et les événements qui se succèdent, l'**imparfait** évoque les actions de second plan et les descriptions et le **plus-que-parfait** des événements antérieurs au récit.

Exemple : « Il se cala dans un recoin du bâtiment, [...] attendit quelques secondes pour être certain qu'aucun monstre n'avait détecté ses mouvements, et lâcha un instant la souris [...]. Il avait encore soif. » (Christian Lehmann, *No Pasarán, le jeu*, 1996)

LE FUTUR

Le **futur simple** exprime un **fait postérieur** aux événements racontés. Le **futur antérieur** exprime une action **postérieure** aux événements racontés, mais **antérieure à un autre événement**.

Exemple : « Dès que tu auras rendu (Futur antérieur) cette évaluation, tu te sentiras (Futur simple) bien mieux. »

Les **temps composés** expriment des faits antérieurs aux faits exprimés par les verbes conjugués aux **temps simples**.

La recette pour réussir

SAVOIR FAIRE

Comment trouver les valeurs du présent

- Noter la présence de compléments circonstanciels de temps (*souvent*, *chaque soir*...) : ils indiquent le **présent d'habitude** ou de répétition.
- Garder à l'esprit que le **présent de narration** intervient dans un texte majoritairement au passé : les verbes qui précèdent les verbes au présent de narration doivent donc être au passé simple, à l'imparfait et/ou au plus-que-parfait.
- Observer les dialogues : le **présent d'énonciation** ou d'actualité s'y déploie souvent.
- Pour isoler le **présent de vérité générale**, lisez attentivement les faits énoncés : on ne doit pas pouvoir mettre en doute ces observations scientifiques, morales et objectives.

ASTUCE DU CHEF

Imparfait et passé simple sont très souvent employés ensemble dans les textes au passé.
Pour savoir comment choisir l'un ou l'autre, lisez votre phrase ou votre texte à haute voix en essayant l'un et l'autre temps : vous percevrez ainsi que le choix du temps modifie la manière dont on envisage l'action.

Ex. : « Elle rassembla ses affaires quand son téléphone sonna. »
→ Les deux actions sont successives : l'emploi de « quand » n'est pas adapté.

« Elle rassemblait ses affaires quand son téléphone sonna. »
→ La première action, qui se prolonge en arrière-plan, est interrompue par la seconde, qui est une action de premier plan.

À VOS FOURNEAUX – EXERCICE COMMENTÉ BREVET

Quelle est la valeur du présent pour les verbes soulignés ?

Je <u>suis</u> jeune il est vrai ; mais aux âmes bien nées
La valeur n'<u>attend</u> pas le nombre des années.

Corneille, *Le Cid*, II, 2, 1637.

→ **Se rappeler des valeurs du présent de l'indicatif. Attention : il est possible que le temps ait une valeur différente pour l'un et l'autre verbe.**

Le verbe *être* est au présent d'actualité : le fait énoncé évoque le moment où le personnage parle.

Le verbe *attendre* est au présent de vérité générale : le fait énoncé est vrai « de tout temps », et la phrase ressemble à un proverbe.

Familles, formation et sens des mots

27

Les ingrédients

LE RADICAL, LA RACINE, LES FAMILLES DE MOTS

● L'**histoire** des mots, l'étymologie, s'intéresse aux racines **grecques et latines**. Chercher l'étymologie permet souvent d'éclairer le sens d'un mot.
Exemple : on trouvera facilement le sens de « puéril » (« enfantin ») si l'on sait que *puer*, en latin, signifie « enfant ».

● Le **radical** est le mot simple qui compose nécessairement un terme. Ainsi, ***tabl-*** est le radical des mots ***tabl**ette* et *at**tabl**é*. Les mots ayant le même radical forment une **famille**.

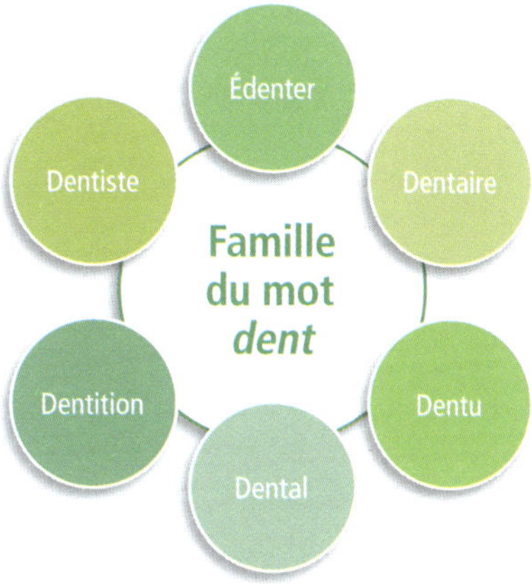

LA FORMATION DES MOTS ET L'ENRICHISSEMENT DU LEXIQUE

● En ajoutant un **préfixe** (*content* → ***mé**content*) ou un **suffixe** (*regret* → *regrett**able***) au radical, on forme des **mots complexes par dérivation**.

● Le lexique s'enrichit également par **composition**, c'est-à-dire grâce à la fusion d'un terme avec un autre terme (*timbre-poste*, *portefeuille*) et par **emprunts** à d'autres langues. Le verbe *hisser* vient ainsi de l'allemand.

LES MOTS ET LEURS SENS

● Certains auteurs créent des **néologismes**, c'est-à-dire de nouveaux mots. On utilise par exemple le néologisme *courriel* pour désigner le courrier électronique.

● Certains termes sont **polysémiques**, c'est-à-dire qu'ils ont plusieurs sens, identifiables grâce au contexte. L'ensemble des sens d'un mot constitue son **champ sémantique.**
Exemple : *vivre* signifie, selon le contexte, « habiter », « respirer », « traverser des épreuves » ou « subsister ».

● Le **sens propre** des mots se réfère souvent au sens concret, alors que le sens figuré concerne l'usage du terme dans une **expression**.
Exemple : le terme *chat* est employé au sens figuré dans l'expression « avoir un chat dans la gorge ».

Un mot est composé au minimum d'un **radical**, auquel on peut ajouter préfixe et suffixe. La langue évolue ainsi par dérivation, mais également par composition et emprunts.

La recette pour réussir

SAVOIR FAIRE

Comment déterminer le sens d'un mot complexe

Observer les **préfixes** : ils donnent d'importantes indications de sens : ainsi, dans le terme *périurbain*, *péri-* a le sens de « autour », et dans le mot *subaquatique*, *sub-* signifie « sous ».

Comment trouver la classe grammaticale d'un mot complexe

Observer les **suffixes** : ils indiquent la classe grammaticale du mot. Ainsi, on saura qu'*égali**ser*** est un verbe, *égale**ment*** un adverbe, *égali**té*** un nom.

ASTUCE DU CHEF

Il ne faut pas confondre le **champ sémantique** et le **champ lexical**. Ce dernier désigne, dans un texte, l'ensemble des mots se rapportant à un même thème (→ *voir fiche 7*).

À VOS FOURNEAUX – EXERCICES COMMENTÉS BREVET

1 Trouvez des termes de la famille du mot « clair ». Attention, le radical peut varier quelque peu.

→ **On additionne au radical des préfixes et des suffixes.**

On trouvera donc dans les termes : *éclairer, éclaircir, clarté, éclair, éclairage, clairement, clarifier, clarification, clairsemé, clairvoyant.*

2 1. Expliquez la formation du mot « actuellement ».

2. Les expressions « raconter par en dessous » et être « au-dessus de ça » sont-elles à comprendre au sens propre ou au sens figuré ? Que signifient-elles ?

Actuellement, mon immeuble est sens dessus dessous. Tous les locataires en dessous voudraient habiter au-dessus ! Tout cela parce que le locataire qui est au-dessus est allé raconter par en dessous que l'air que l'on respirait au-dessus était meilleur que celui que l'on respirait à l'étage en dessous ! […] Moi, je suis au-dessus de ça !

Raymond Devos, « Sens dessus dessous », 1976.

→ **1. Séparer le radical du suffixe.**

Le radical est « actuel », mis au féminin (« actuelle »), auquel on ajoute le suffixe « -ment ».

→ **2. Comparer les emplois des termes « en dessous » et « au-dessus », répétés plusieurs fois dans le texte.**

Les termes « en dessous » et « au-dessus » sont employés ici dans la formation d'expressions familières, qui sont absurdes si on les entend au sens propre.

« Raconter par en dessous » et être « au-dessus de ça » sont des expressions à comprendre au sens figuré. La première signifie « raconter sournoisement » et la seconde signifie « ne pas prêter attention à ces réflexions peu importantes ».

Synonymes, antonymes et homophones

28

Les ingrédients

SYNONYMES, ANTONYMES ET HOMOPHONES LEXICAUX

Synonymes
Mots de sens proche
parler, dire, déclarer

Antonymes
Mots de sens contraire
partir ≠ rester

Homophones lexicaux
Mots se prononçant pareils mais s'écrivant de manière différente
verre (récipient), *vers* (préposition indiquant la direction), *vert* (couleur), et *ver* (animal)

LES HOMOPHONES GRAMMATICAUX (→ *voir aussi fiche 22*)

Seul le sens de la phrase permet de les écrire correctement.

et/es/est

Exemple : « Pierre et toi êtes complices. Tu es intelligent, il est malin. ».

- **« Et »** est une **conjonction de coordination** signifiant « et puis ».
- **« Es »** et **« est »** sont des formes du **verbe « être »** conjugué au présent de l'indicatif, aux deuxième et troisième personnes du singulier. On peut écrire ainsi à l'imparfait : « Tu étais intelligent, il était malin. »

son/sont

Exemple : « Il lui prête son livre car ils sont amis. »

- **« Son »** est un **déterminant possessif**.
- **« Sont »** est la forme de la troisième personne du pluriel du **verbe « être »** au présent de l'indicatif.

tout

- Lorsque « tout » est un **déterminant indéfini**, il s'accorde en genre et en nombre avec le nom (« J'ai pris toutes les épingles »). Il peut être également **pronom indéfini** (« Je les ai toutes »).
- Lorsqu'il a le sens de « très », qu'il est suivi d'un adjectif ou d'un autre adverbe, « tout » est un **adverbe**, normalement invariable (« Les tissus sont tout froissés »). Attention cependant : si l'adjectif qui le suit est féminin et commence par une consonne (ou un « h » aspiré), « tout » s'accorde en genre et en nombre avec lui (« Les épingles sont toutes **p**etites »).

La recette pour réussir

SAVOIR FAIRE

Comment orthographier correctement un homophone grammatical

Remplacer l'homophone grammatical par un autre terme, ou essayer de **changer le temps** s'il semble s'agir d'un verbe, permettra d'identifier la classe grammaticale du mot (verbe, déterminant, pronom, etc.) et donc de l'orthographier correctement.

a/à

- **a** : verbe *avoir* au présent de l'indicatif (3e pers. du sing.)
- **à** : préposition

es/est/et

- **es** : verbe *être* au présent de l'indicatif (2e pers. du sing.)
- **est** : verbe *être* au présent de l'indicatif (3e pers. du sing.)
- **et** : préposition

son/sont

- **son** : déterminant possessif
- **sont** : verbe *être* au présent de l'indicatif (3e pers. du plur.)

on/ont

- **on** : pronom indéfini
- **ont** : verbe *avoir* au présent de l'indicatif (3e pers. du plur.)

tout

- **tout** : déterminant
- **tout** : pronom indéfini
- **tout** : adverbe

ASTUCE DU CHEF

Évitez les erreurs en dictée : souvenez-vous que **« tout »** suivi d'un déterminant masculin singulier se termine par un *-t*, alors que **« tous »** suivi d'un déterminant masculin pluriel se termine par un *-s*.

Ex. : « **tout** le monde » ; « **tous** les élèves ».

À VOS FOURNEAUX – EXERCICE COMMENTÉ BREVET

Complétez la phrase suivante à l'aide du mot « tout » (attention aux accords). Déterminez sa classe grammaticale dans chacun des cas.

« Ces affaires sont à jeter, mais ..... les autres sont à conserver, notamment ces cahiers ..... cornés. »

→ **Dans le premier cas, « tout » intervient dans un groupe nominal : il s'accorde avec le nom noyau.**

On écrira donc : « ces affaires sont à jeter, mais **toutes** les autres sont à conserver ». « Toutes » est ici un déterminant indéfini.

→ **Dans le second cas, « tout » peut être remplacé par « très ».**

On écrira « notamment ces cahiers **tout** cornés » parce que « tout » est ici un adverbe qui a le sens de « très ».

La phrase

29

FRANÇAIS

Les ingrédients

PHRASE NON VERBALE, PHRASE SIMPLE ET PHRASE COMPLEXE

- Le verbe est souvent un élément indispensable à la phrase. Cependant, il arrive que certains écrivains l'éludent, créant une phrase **non verbale** dont le sens naît grâce au **contexte**.

> « Oh ! L'île déserte, les bêtes féroces, les pluies éternelles […] – mais pas les leçons du soir ! »
>
> **Jules Vallès**, *L'Enfant*, 1878-1879.

- Une phrase ne comportant qu'**un seul verbe** est une **phrase simple**.
- La **phrase complexe** comporte **deux ou plusieurs** verbes. Chaque verbe, son sujet et ses compléments, s'il en possède, constituent une **proposition**.

Exemple : « Tous les jours, je **fais** mes exercices (Proposition 1) et je les **rends** le lendemain (Proposition 2). »

Phrase non verbale
- Pas de verbe → *Quel malheur !*

Phrase simple
- Un seul verbe → *Il **dort**.*

Phrase complexe
- Deux ou plusieurs verbes qui gouvernent autant de propositions → *Il **est allé** à Paris, puis **s'est rendu** à Vienne.*

LES QUATRE TYPES DE PHRASES

La phrase déclarative	La phrase interrogative	La phrase exclamative	La phrase injonctive
• Donne une information. • Se termine par un point.	• Est utilisée pour poser une question. • Débute par une inversion du sujet ou un mot interrogatif. • Se termine par un point d'interrogation.	• Exprime le sentiment ou la réaction du locuteur. • Se termine par un point d'exclamation.	• Permet de donner un ordre ou un conseil. • Le verbe est à l'infinitif, à l'impératif ou au subjonctif.
Je marche dans la rue.	*Quel âge ce monsieur a-t-il ?*	*Au voleur !*	*Taisez-vous !*

- Une **phrase simple** contient un verbe ; une **phrase complexe** contient plusieurs verbes.
- La ponctuation est un élément qui détermine les types de phrases.

La recette pour réussir

SAVOIR FAIRE

Comment construire une phrase interrogative

- À l'oral, dans un **registre familier**, utiliser une phrase déclarative et une intonation montante.
Ex. : « Vous viendrez au cinéma, ce soir ? »
- À l'écrit ou à l'oral, dans un **registre de langue courant**, employer la formule « est-ce que ».
Ex. : « Est-ce que vous viendrez au cinéma, ce soir ? »
- À l'écrit ou à l'oral, dans un **registre de langue soutenu**, procéder par inversion du sujet.
Ex. : « Viendrez-vous au cinéma, ce soir ?
- Pour effectuer une **demande polie**, utiliser l'inversion du sujet associée à un mode ou à un temps verbal adapté.
Ex. : « Souhaiteriez-vous venir au cinéma, ce soir ? »

ASTUCES DU CHEF

- Les phrases non verbales sont pour beaucoup des phrases exclamatives (ex. : « Quelle chaleur ! »).
- Les types de phrase exclamatif et injonctif se combinent fréquemment. On écrira par exemple : « Que ce chien sorte immédiatement ! ». Il s'agit là d'une phrase injonctive, comme nous le montre l'emploi du subjonctif exprimant un ordre, et exclamative, comme l'indique le point d'exclamation.

À VOS FOURNEAUX – EXERCICE COMMENTÉ BREVET

Relevez une phrase non verbale. Relevez ensuite une phrase déclarative que vous transformerez en phrase injonctive.

ZERBINETTE. – Ah, ah, ah, ah, la plaisante histoire, et la bonne dupe que ce vieillard !
GÉRONTE. – Il n'y a rien de plaisant à cela, et vous n'avez que faire d'en rire.
ZERBINETTE. – Quoi ? que voulez-vous dire, Monsieur ?
GÉRONTE. – Je veux dire que vous ne devez pas vous moquer de moi.

Molière, *Les Fourberies de Scapin*, acte III, scène 3.

→ **Les phrases non verbales ne comportent pas de verbe.**
On peut relever la phrase exclamative : « Ah, ah, ah, ah, la plaisante histoire, et la bonne dupe que ce vieillard ! »

→ **La phrase déclarative se termine par un point et donne une information.**
On relèvera donc : « Je veux dire que vous ne devez pas vous moquer de moi. »

→ **Pour la transformer en phrase injonctive, on utilisera l'impératif.**
La phrase devient alors : « Ne vous moquez pas de moi ! »

Les formes de phrases

Les ingrédients

PHRASES AFFIRMATIVE ET NÉGATIVE

- Une phrase ne comportant pas de négation est considérée comme une **phrase affirmative**. À l'inverse, la présence d'une négation entourant le verbe entraîne une **phrase négative**.
- La négation la plus fréquente est « ne… pas ». La locution « ne… que », qui équivaut à « seulement », amène une restriction. Pour assurer les liaisons négatives, on emploie l'adverbe « ni » (ex. : « Je ne veux ni bonbon ni chocolat »).

LES FORMES IMPERSONNELLE ET EMPHATIQUE

- La construction **impersonnelle** est employée avec certains verbes, comme « falloir » ou « pleuvoir ».
Exemples : « Il pleut. » ou « Il faut que je lise ce roman. » Dans ce cas, « il » n'est pas un sujet réel.
- La construction **emphatique** sert à **mettre en valeur** un élément de la phrase. On l'obtient en détachant un élément au début, avant une virgule, en procédant par reprise pronominale, ou encore en utilisant la locution présentative « c'est… que » ou l'adverbe « voici », et leurs équivalents.
Exemples : « Le chien, lui, fila sans demander son reste. » ; « C'est mon chien qui a rapporté le journal. »

LA FORME PRONOMINALE

À la forme pronominale, le verbe est précédé d'un **pronom réfléchi** (« **se** lever »). Le verbe pronominal peut avoir un **sens réfléchi** (il exprime alors une action faite par le sujet pour lui-même : « il se baigne ») ou un **sens réciproque** (son sujet, toujours au pluriel, représente un ou plusieurs éléments agissant l'un sur l'autre : « ils se sont battus »).

LES FORMES ACTIVE ET PASSIVE

À la **forme active**, le sujet **fait l'action** indiquée par le verbe. À la forme passive, le sujet **subit l'action**. Le complément d'objet devient alors **complément d'agent**.

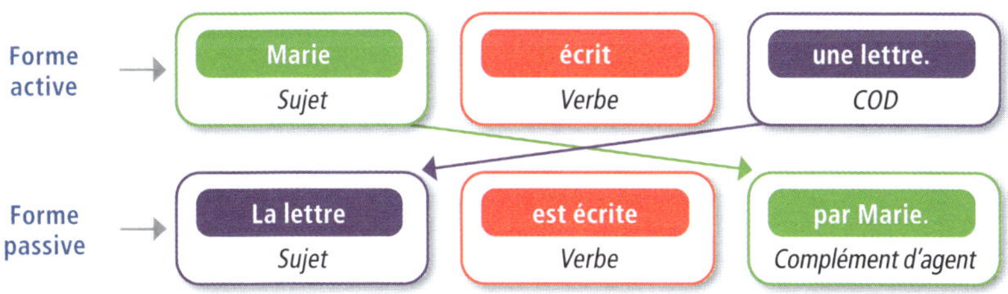

La recette pour réussir

SAVOIR FAIRE

Comment déterminer les différentes formes de phrases ?

- S'intéresser à la **construction de la phrase** pour trouver la **forme emphatique** par détachement (présence d'un groupe de mots en début de phrase, repris par un pronom personnel après la virgule) et la **forme passive** (le sujet du verbe ne fait pas l'action, mais la subit).
- Repérer la **présence de certains mots** :

– « **il** » ne renvoyant à aucun antécédent annonce une **phrase impersonnelle** ;

– « **ne... pas** » annonce une **phrase négative** ;

– les **pronoms réfléchis** (*me*, *te*, *se*, *nous*, *vous*, *se*) avant le verbe peuvent indiquer une **forme pronominale** ;

– « **c'est** », « **voilà** », « **il y a** » annoncent la **forme emphatique**.

ASTUCES DU CHEF

- Veillez à ne pas confondre phrase négative et phrase affirmative comportant un verbe de sens négatif.

Ex. : « Je ne veux pas. » est une phrase négative, mais « Je refuse. » est une phrase affirmative.

- N'oubliez pas que les différentes formes de phrases peuvent se combiner entre elles, et se combinent aux types de phrases.

Ex. : « Ce gâteau n'a-t-il pas été fait par Solène ? » est une phrase interrogative, négative et passive.

À VOS FOURNEAUX – EXERCICE COMMENTÉ BREVET

Les verbes pronominaux soulignés ont-ils un sens réfléchi ou réciproque ?

« Les jours <u>se suivent</u> et ne <u>se ressemblent</u> pas. »

→ **Observer si les verbes pronominaux soulignés expriment un retour de l'action faite par le sujet sur le sujet lui-même.**
Ce n'est pas le cas pour les deux verbes soulignés ici.

→ **Observer si les verbes pronominaux ont un sujet au pluriel, ce qui est toujours le cas des verbes pronominaux à sens réciproque.**
« Se suivent » et « se ressemblent » ont bien un sujet au pluriel (« les jours ») ; « se suivre » et « se ressembler » sont donc bien des verbes pronominaux à sens réciproque.

Fonctions liées au verbe et à la phrase

31

Les ingrédients

- Le **sujet** du verbe s'identifie en posant la question « qui est-ce qui… ? » **Exemple :** « Mon père lit. » Qui est-ce qui lit ? → « Mon père ». « Mon père » est le sujet du verbe « lire ».
- L'**attribut du sujet** est précédé de l'auxiliaire « être » ou d'un verbe attributif : « sembler », « paraître », « avoir l'air », etc. **Exemple :** « Sarah semble seule. » « Seule » est attribut du sujet « Sarah ».
- Les **compléments essentiels du verbe** ne peuvent être ni déplacés, ni supprimés. Le **complément d'objet direct** (COD) suit le verbe et répond à la question « qui ? » ou « quoi ? ». Le **complément d'objet indirect** (COI) suit le verbe, dont il est séparé par une préposition. Il répond à la question « à/de qui ? », ou « à/de quoi ? ».
Exemples : « Héloïse lit une BD. » Héloïse lit quoi ? → « une BD », COD du verbe « lire ». « J'écris à ma sœur. » J'écris à qui ? → « à ma sœur », COI du verbe « écrire ».
- Le **complément d'agent** suit un verbe à la tournure passive. Il est introduit par les prépositions « par » ou « de ». **Exemple :** « La maison est hantée par un fantôme. » Le verbe « hanter » est au présent de l'indicatif passif ; « par un fantôme » est le complément d'agent.
- Les **compléments de phrase** ou compléments **circonstanciels** ne sont pas essentiels : ils indiquent les circonstances dans lesquelles se déroule l'action. La plupart du temps, ils peuvent être supprimés ou déplacés.

Les principaux compléments de phrase

Complément de temps	Il répond à la question « quand ? ». *Ex. : Il part* ***demain****.*
Complément de lieu	Il répond à la question « où ? ». *Ex. : Il joue* ***dans sa chambre****.*
Complément de moyen	Il indique le moyen avec lequel se fait l'action. *Ex. : Il se rend à l'école* ***en vélo****.*
Complément de manière	Il indique la manière dont se déroule l'action. *Ex. : Léa lit* ***très vite****.*
Complément de but	Il indique l'objectif visé par l'action. *Ex. : Je mets un manteau* ***pour sortir****.*
Complément de cause	Il exprime la raison de l'action et répond à la question « pourquoi ? ». *Ex. : Je rentre* ***à cause du froid****.*
Complément de conséquence	Il exprime le résultat de l'action. *Ex. : Je l'ai promis,* ***donc je le fais****.*
Complément de condition	Il précise à quelle condition l'action peut se réaliser. *Ex. :* ***Si je cours****, j'arriverai à l'heure.*
Complément de concession	Il indique qu'on considère un fait qui ne compte pas dans la réalisation de l'action. *Ex. :* ***Même si je cours****, j'arriverai en retard.*

La recette pour réussir

SAVOIR FAIRE

Comment différencier complément d'objet direct et attribut

Il ne faut pas confondre complément d'objet direct et attribut du sujet. Pour cela, il faut observer le verbe :

- un verbe d'état (*sembler, demeurer*) est suivi d'un attribut du sujet ;
- un verbe d'action transitif (*écrire, aimer*) est suivi d'un complément d'objet.

ASTUCES DU CHEF

- Pour vérifier que vous avez trouvé le complément d'objet direct, transformez la phrase à la voix passive : le COD devient alors sujet du verbe à la forme passive.

Ex. : « Marie écrit une lettre. » → « une lettre » est COD.

« Une lettre est écrite par Marie. » → Le COD de la phrase à la voix active « une lettre » est devenu sujet du verbe (« est écrite ») de la phrase à la forme passive.

- Pour être certain qu'il s'agit d'un attribut du sujet, vérifiez qu'il énonce bien une qualité ou une caractéristique du sujet lui-même.

Ex. : « Mon frère est un excellent pianiste. »
Être un « excellent pianiste » est bien une qualité de « mon frère ». « Un excellent pianiste » est donc attribut du sujet « mon frère ».

À VOS FOURNEAUX – EXERCICES COMMENTÉS BREVET

1 Donnez la fonction du groupe de mots souligné.

« Une grille empêche les enfants de sortir. »

→ **Pour trouver la fonction du groupe de mots, il faut voir à quelle question répond le groupe de mots. Il faut poser la question après le verbe.**
Une grille empêche qui de sortir ? Réponse : « Les enfants ».

→ **Le groupe de mots suit le verbe et répond à la question « qui ? ». Sa fonction est donc COD.**
« Les enfants » est complément d'objet direct (COD) du verbe « empêcher ».

2 Quelle est la fonction du groupe de mots « au départ » ?

Vous vous demandiez au départ si le rhinocéros d'aujourd'hui est celui de dimanche dernier [...].

Eugène Ionesco, *Rhinocéros*, 1959.

→ **Trouver à quelle question répond l'expression « au départ » et vérifier qu'elle peut être déplacée ou supprimée.**
« Au départ » répond à la question « Quand ? ». On peut bouger ou supprimer ce groupe de mots. Sa fonction est donc complément circonstanciel de temps.

Les propositions

32

Les ingrédients

LES PROPOSITIONS INDÉPENDANTES

Une proposition est un groupe de mots comportant un **verbe** et éventuellement son sujet. Ainsi, la phrase de Victor Hugo ci-dessous contient deux propositions.

> « [Mon corps est aux fers dans un cachot], [mon esprit est en prison dans une idée]. »
> **Victor Hugo**, *Le Dernier Jour d'un condamné*, 1829.

JUXTAPOSITION ET COORDINATION

Les **propositions indépendantes** possèdent un sens propre. Au sein d'une même phrase, elles peuvent être **juxtaposées** (séparées par une virgule, un point-virgule ou deux-points) ou **coordonnées**, grâce à une **conjonction de coordination** (→ *voir fiche 21*).

Exemple : « [Majhina sourit] et [s'éloigna en direction du comptoir]. » (Jean Molla, *Felicidad*, 2005)

PROPOSITIONS PRINCIPALE ET SUBORDONNÉE

Lorsqu'une autre proposition suit la proposition principale, entretenant un **rapport de dépendance** avec celle-ci, on dit qu'il s'agit d'une proposition **subordonnée**. La proposition subordonnée **ne peut fonctionner seule**.

Exemple : « Mon corps, qui porte la marque des chaînes, est aux fers dans un cachot. »

Les différents types de subordonnées

- **Subordonnées relatives**
  - *Ma mère,* ***qui est de bon conseil****, pense que je dois faire du sport.*
  - *L'école* ***où j'ai appris à lire*** *est désormais fermée.*
- **Subordonnées conjonctives**
  - *On m'a dit autrefois* ***que j'avais un peu trop de menton*** *[…].* (La Rochefoucauld)
  - *Je ne suis pas allée en classe* ***parce que j'étais malade****.*
- **Subordonnées interrogatives indirectes**
  - *Je me demande* ***si tu viendras dîner samedi****.*
  - *J'aimerais savoir* ***combien de temps l'épreuve va durer****.*

Une phrase comporte autant de propositions qu'il y a de **verbes conjugués**. Ces propositions peuvent être indépendantes ou entretenir un rapport de dépendance entre elles, que l'on nomme la subordination.

La recette pour réussir

SAVOIR FAIRE

Comment repérer la proposition subordonnée relative

C'est une **expansion du nom** (→ *voir fiche 23*) introduite par un **pronom relatif** (*qui, que, quoi, dont, où, laquelle, lequel…*) **complément de l'antécédent**.
Ex. : « La maison [que tu vois] est la mienne », le pronom relatif « que » est COD du verbe « voir ».

Comment repérer la proposition subordonnée conjonctive

- On la rencontre **après les verbes de déclaration** (*affirmer…*), de **sentiment** (*sentir…*) et de **jugement** (*croire…*).
- Elle débute par une **conjonction de subordination** ou un **mot interrogatif**.

Ex. : « Elle pense [qu'elle va réussir]. »

Comment repérer la proposition subordonnée interrogative indirecte

- Repérer le mot interrogatif qui l'introduit (*si*, *quel*, etc.).
- Vérifier qu'elle suit une proposition principale contenant un **verbe interrogatif** (*demander*) ou un verbe ayant un sens négatif (*ignorer*).

Ex. : « Je me demandais [où aller]. »

ASTUCE DU CHEF

Ne confondez pas **prépositions** (petits mots introduisant des compléments) et **propositions** (groupes de mots comportant un verbe).

À VOS FOURNEAUX – EXERCICE COMMENTÉ BREVET

Remplacez les propositions indépendantes coordonnées par une proposition principale et une proposition subordonnée.

Elle […] traversa pieds nus sa chambre et elle écarta un peu les stores pour regarder dehors.

J. M. G. Le Clézio, *Lullaby*, 1978.

→ **Repérer les propositions indépendantes en identifiant les propositions (donc les verbes conjugués de la phrase) et en observant si celles-ci peuvent être isolées sans poser un problème de sens.**
Il y a deux propositions indépendantes : « Elle […] traversa pieds nus sa chambre » et « elle écarta un peu les stores pour regarder dehors ».

→ **Remplacer la conjonction de coordination « et » par une locution conjonctive évoquant la succession. Ici, on placera la subordonnée devant la principale pour une meilleure fluidité de lecture.**
« Après qu'elle eut traversé pieds nus sa chambre, elle écarta un peu les stores pour regarder dehors. »

La cohérence textuelle : progression, substituts, ponctuation et organisation

33

Les ingrédients

LA COHÉRENCE TEXTUELLE

- Pour que le lecteur puisse comprendre un texte, il faut que l'information progresse de manière logique et ne se contredise pas. Cela suppose que chaque phrase apporte une information nouvelle qui entretienne un **rapport logique** avec l'information précédente.

- Une phrase contient un thème et un propos. Le **thème**, souvent exprimé par le groupe sujet, est la réalité dont on parle. Le **propos** est ce que l'on dit de cette réalité.

Exemple : « La science-fiction (*Thème*) est un genre littéraire qui intéresse de nombreux lecteurs de tous âges (*Propos*). »

- Dans la **progression linéaire**, le propos de la première phrase devient le thème de la suivante. Dans la **progression constante**, le thème est repris d'une phrase à l'autre et complété par un propos différent.

Exemples : « *De la Terre à la Lune* est un roman célèbre. De nombreux lecteurs l'ont lu. » → progression linéaire ; « Le roman *De la Terre à la Lune* est célèbre. Il évoque la manière dont un boulet de canon est envoyé sur la Lune. » → progression constante.

LES MARQUES DE COHÉRENCE TEXTUELLE

- La cohérence d'un texte passe par l'utilisation de substituts : **pronoms de reprise**, **GN synonymes** ou GN introduits par un **déterminant démonstratif**.

Exemple : « Le roman *De la Terre à la Lune* est célèbre. Ce récit évoque la manière dont un boulet de canon est envoyé sur la Lune. »

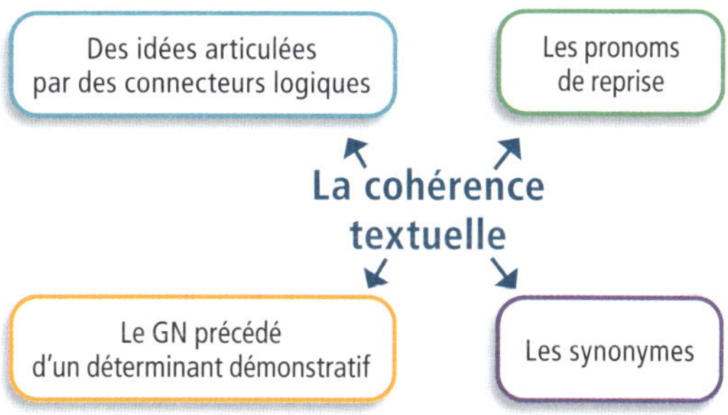

- Les phrases doivent non seulement être reliées entre elles par une progression du thème et du propos, mais les idées doivent être également articulées par des **connecteurs logiques ou chronologiques** (→ *voir fiches 13 et 15*).

Pour qu'un texte puisse être compréhensible, les phrases qui le composent doivent se suivre en apportant des informations nouvelles, le conduisant à progresser de manière logique.

La recette pour réussir

SAVOIR FAIRE

Comment ponctuer correctement un texte

- Former des phrases courtes, n'excédant pas trois lignes manuscrites.
- Vérifier que les phrases de plus d'une ligne comportent des virgules séparant les groupes de mots formant une unité de sens.
- S'interroger sur la visée de la phrase que l'on écrit : si c'est une interrogation, ne pas oublier le point d'interrogation final ; s'il s'agit d'exprimer une émotion, terminer par un point d'exclamation.
- Ne pas doubler les points d'exclamation ni les points d'interrogation à la fin des phrases.
- Diviser le texte en paragraphes : revenir à la ligne pour exprimer une idée différente dans un texte argumentatif, ou lorsqu'il y a, par exemple, une rupture temporelle dans un texte narratif.

ASTUCES DU CHEF

- Pour augmenter la cohérence de vos réponses lors des évaluations, **reprenez les termes de la question** posée avant d'utiliser des pronoms de reprise.

Ainsi, à la question « Pourquoi Antigone s'oppose-t-elle à Créon ? », répondez en débutant par : « Antigone s'oppose à Créon car… » ; et non par : « Elle s'oppose à lui car… ».

- Utilisez également de manière fréquente des **connecteurs logiques ou chronologiques** afin de lier vos phrases entre elles : *premièrement*, *deuxièmement* ; *tout d'abord*, *ensuite* ; *en effet*, etc.

À VOS FOURNEAUX – EXERCICE COMMENTÉ BREVET

Quels sont le thème et le propos de la première phrase ? Quels mots reprennent le GN « une nation », en vert ? Donnez leur classe grammaticale.

Au vingtième siècle, il y aura **une nation** extraordinaire. Cette nation sera grande, ce qui ne l'empêchera pas d'être libre. Elle sera illustre, riche, pensante, pacifique, cordiale au reste de l'humanité. Elle aura la gravité douce d'une aînée.

Victor Hugo, Paris-Guide de l'exposition universelle, 1867.

→ **Se rappeler que le thème est le sujet, et le propos ce qu'on en dit.**
Le thème de la phrase est « la nation » ; le propos est qu'elle sera « extraordinaire » « au vingtième siècle ».

→ **Observer les GN et les pronoms de reprise.**
Le GN « une nation » est repris par le GN débutant par un déterminant démonstratif « cette nation », puis par les pronoms personnels COD « l' » et le sujet « elle ».

Les niveaux de langue

34

Les ingrédients

LE NIVEAU DE LANGUE FAMILIER

- On l'utilise volontiers à **l'oral**, avec des proches, de manière **spontanée**.

Exemple : « Je kiffe trop tes pompes, elles sont grave stylées ! »

- Il est souvent teinté d'**expressions particulières** comme des métaphores incongrues, et la syntaxe des phrases est parfois malmenée.

> « Mais que sonne la demie de dix-huit heures, il [...] regagnait à tire-d'aile son Montparnasse natal (car il était né à Montparnasse), où que c'est qu'il avait sa bien-aimée, sa piaule, nous ses potes et ses chers bouquins [...]. »
>
> **Georges Perec**, *Quel petit vélo à guidon chromé au fond dans la cour*, 1966.

LE NIVEAU DE LANGUE COURANT

Le langage courant est celui que l'on utilise pour des communications quotidiennes, orales ou écrites. Les mots sont employés et **compris par tous**, et la **syntaxe est respectée**.

Exemple : « Dépêche-toi ! Tu vas être en retard... »

LE NIVEAU DE LANGUE SOUTENU

Les mots et les tournures sont **rares**, **recherchés**, voire **savants**, et les phrases souvent complexes. À l'oral, il est employé dans des échanges très **polis et formels**. Dans l'extrait ci-dessous, la mère du narrateur s'adresse au roi de Suède :

> « Je viens demander justice à Votre Majesté ! »
>
> **Romain Gary**, *La Promesse de l'aube*, 1960.

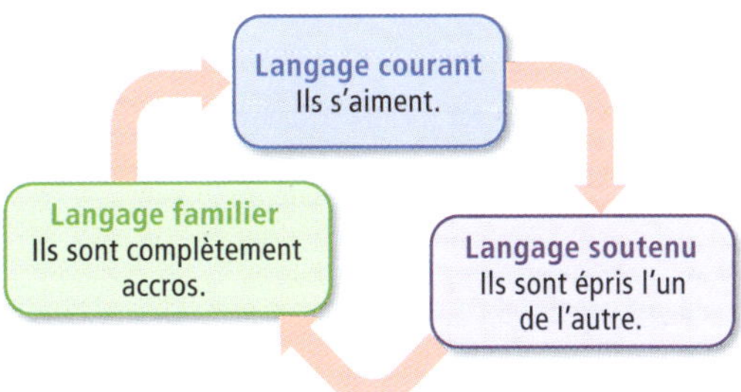

La recette pour réussir

SAVOIR FAIRE

Comment choisir le niveau de langue à utiliser dans un écrit

- Si le sujet de la rédaction le permet, prêter un **langage familier** aux personnages venant d'un **milieu social peu élevé** ou n'ayant pas reçu d'éducation. Dans *Les Misérables*, Gavroche s'écrie ainsi : « Les mioches, vous êtes chez moi ! »
- Utiliser un **langage soutenu** dans les **descriptions**, pour créer des **effets de style** et montrer l'étendue de son vocabulaire. Ex. : « Allume, dans l'âtre, le dernier feu de l'année ! [...]. Sous ton geste, un ardent bouquet jaillit, enrubanné de fumée [...]. » (Colette, *Les Vrilles de la vigne*, 1908).
- Employer également un langage soutenu pour évoquer l'**atmosphère des siècles passés**. Dans *Tous les matins du monde*, Pascal Quignard décrit de cette façon le personnage Sainte Colombe, vivant au XVIIe siècle : « Il n'était guère assidu à suivre la mode. »
- En poésie, on pourra aussi utiliser un vocabulaire **familier**, comme l'ont fait beaucoup de poètes du XXe siècle, à l'image de Prévert, pour créer une atmosphère intime : « La mère fait du tricot / Le fils fait la guerre » (« Familiale », *Paroles*, 1946).

ASTUCE DU CHEF

Pour choisir quel niveau de langue employer à l'oral, demandez-vous à qui vous vous adressez : certains modèles de communication ne peuvent supporter l'emploi du langage familier. Ainsi, on emploiera un langage courant ou soutenu pour parler aux professeurs, au principal du collège, au maire de la ville, etc.

À VOS FOURNEAUX – EXERCICE COMMENTÉ BREVET

Récrivez le texte en changeant le langage soutenu en langage courant.

Or, un soir de ces derniers automnes, vers cinq heures, le merveilleux inventeur de tant de prestiges, le magicien de l'oreille [...], Edison, enfin, s'était retiré au plus profond de son laboratoire personnel, c'est-à-dire en ce pavillon séparé de son château.

Auguste de Villiers de L'Isle-Adam, *L'Ève future*, 1886.

→ **Identifier les mots et les tournures complexes.**
« Un soir de ces derniers automnes », « prestiges », « s'était retiré », « au plus profond de », « en ce pavillon » sont des mots et expressions appartenant au langage soutenu.

→ **Trouver leur équivalent en langage courant et récrire la phrase.**
« Or, un soir récent d'automne, vers cinq heures, le merveilleux inventeur de toutes ces choses presque surnaturelles, le magicien de l'oreille [...], Edison, enfin, s'était enfermé à double tour dans son laboratoire personnel, c'est-à-dire dans ce bâtiment séparé de son château. »

Les registres de texte

Les ingrédients

Le registre lyrique permet au poète d'exprimer ses sentiments personnels	**Le registre pathétique** attise la pitié du lecteur
Le registre tragique attise la pitié et la terreur du lecteur à travers une situation jouée d'avance	**Le registre épique** amplifie des actions de façon à susciter l'admiration du lecteur
Le registre polémique se déploie dans une situation conflictuelle, entre deux adversaires	**Le registre comique** suscite le rire du lecteur

LE REGISTRE LYRIQUE

Un texte lyrique exprime, à la première personne (« je »), des **sentiments personnels** et des **émotions**. Ce registre est très employé en **poésie** (→ *voir fiche 8*).

LES REGISTRES TRAGIQUE ET PATHÉTIQUE

- Le **registre tragique** cherche à provoquer **pitié et terreur**, en utilisant le vocabulaire de la colère impuissante et de la mort.
- Le **registre pathétique** se déploie à travers une **situation malheureuse**. Exprimant les **regrets**, la **tristesse** et la souffrance, il cherche à susciter la **compassion**.

LES REGISTRES ÉPIQUE ET POLÉMIQUE

- Le registre épique est marqué par la **succession des actions** et un vocabulaire exprimant l'**exagération** : c'est, à l'origine, le ton de l'**épopée**, un poème narratif évoquant des exploits. Son but est avant tout de **frapper l'imagination** du lecteur.

> « Nous partîmes cinq cents, mais par un prompt renfort,
> Nous nous vîmes trois mille en arrivant au port. »
>
> **Corneille**, *Le Cid*, 1637.

- Le registre polémique est très employé dans les **textes argumentatifs**. Il permet de **provoquer** l'adversaire et d'**attaquer** ou de **défendre** une idée en criant à l'**injustice**.

LE REGISTRE COMIQUE

Un texte qui fait rire le lecteur appartient au registre comique. S'il repose sur la **caricature** qui tourne en **ridicule** son sujet, il s'agit d'une **satire** (→ *voir fiches 11 et 13*).

Les registres de texte visent à produire un effet particulier chez le lecteur : le rire, la pitié, la terreur…

La recette pour réussir

SAVOIR FAIRE

Comment trouver le registre d'un texte

- Pour trouver à quel registre appartient un texte, il faut se demander **quel effet il veut produire sur le lecteur**. On a affaire au registre comique si l'effet recherché est le rire ; tragique, si les effets recherchés sont la pitié et la terreur ; épique, si l'effet recherché est l'admiration...
- On peut aussi observer le **vocabulaire** utilisé : le registre lyrique fera appel au champ lexical des sensations et des émotions ; le registre épique a souvent recours à un vocabulaire de l'exagération.

ASTUCE DU CHEF

Ne confondez pas la comédie ou la tragédie, qui sont des **genres** théâtraux, et les **registres** comique et tragique, qui peuvent apparaître également dans d'autres genres.

À VOS FOURNEAUX – EXERCICE COMMENTÉ BREVET

Quels registres dominent cet extrait des *Misérables* ? Justifiez votre réponse à l'aide de deux éléments tirés du texte.

Ce n'était pas un enfant, ce n'était pas un homme ; c'était un étrange gamin fée. [...] Il jouait on ne sait quel effrayant jeu de cache-cache avec la mort ; chaque fois que la face camarde du spectre s'approchait, le gamin lui donnait une pichenette. Une balle pourtant, mieux ajustée ou plus traître que les autres, finit par atteindre l'enfant feu follet. On vit Gavroche chanceler, puis il s'affaissa. Toute la barricade poussa un cri [...].

Victor Hugo, *Les Misérables*, 1862.

→ **Observer le thème général du texte.**
Le texte évoque la mort d'un enfant, Gavroche, sous les balles des soldats.

→ **Relever les mots qui permettent de créer l'émotion qui se dégage du passage.**
Le ton est triste, comme le suggèrent les expressions « jeu de cache-cache avec la mort », « la face camarde du spectre », ainsi que les verbes « chanceler » et « s'affaisser ». La mort de l'enfant provoque donc la compassion des lecteurs.

→ **Rédiger la réponse.**
Dans ce passage, le registre tragique est présent, car le jeune garçon meurt, mais c'est le registre pathétique qui domine, à travers l'emploi des termes « jeu de cache-cache avec la mort », « la face camarde du spectre », ainsi que les verbes « chanceler » et « s'affaisser ». La mort de l'enfant provoque la compassion des lecteurs.

Discours direct, indirect et indirect libre

36

FRANÇAIS

Les ingrédients

LE DISCOURS DIRECT

- Le discours direct est isolé du récit par des marques de **ponctuation** spécifiques : les deux-points introduisent les paroles, les guillemets enserrent le passage dialogué, et le tiret marque le changement de locuteur.
- Les paroles sont souvent introduites par le **verbe déclaratif** « dire » ou ses synonymes.

Exemple : Papa gronda : « Allons, ne dis pas sottises. »

- On rencontrera également des **propositions incises**.

Exemple : « – Allons, ne dis pas de sottises ! », gronda papa.

Discours direct

→ Dialogue

LE DISCOURS INDIRECT

Le discours indirect rapporte les propos à l'aide d'une **proposition subordonnée** à une proposition principale contenant un verbe de parole.

Exemple : Je lui **demandai** pourquoi il refusait d'apprendre.

Je lui demandai : Proposition principale ; pourquoi il refusait d'apprendre : Proposition subordonnée

Discours indirect

→ Narration

→ Prop. principale contenant un verbe introducteur + prop. subordonnée.

Ex. : Il dit qu'il va pleuvoir.

LE DISCOURS INDIRECT LIBRE

Le discours indirect libre ne comporte **pas de marques explicites** : ni ponctuation particulière ni verbe introducteur. Les paroles sont rapportées sans que la situation d'énonciation soit changée : ce sont les paroles du personnage ou ses pensées. Dans le passage suivant, le narrateur, en salle d'étude, est plongé dans la lecture de *Robinson Crusoé*.

Discours indirect libre

→ Narration

→ Pas de changement dans la situation d'énonciation

→ Paroles du personnage

> « La faim me vient : j'ai très faim ! Vais-je être réduit à manger ces rats que j'entends dans la cale de l'étude ? »
>
> **Jules Vallès**, *L'Enfant*, 1879.

Un dialogue est un passage au discours direct. Pour rapporter les paroles d'un personnage sans interrompre le cours du récit, on a recours au discours indirect.

La recette pour réussir

SAVOIR FAIRE

Comment repérer le discours indirect

Se rappeler que la proposition subordonnée est introduite par « **que** » ou un **mot interrogatif**. Certains verbes introducteurs nécessitent cependant une **construction infinitive**, annoncée par « de ».
Ex. : Elle me proposa de rester.

Comment passer du discours indirect au discours direct

- Modifier la **ponctuation**, les **pronoms** et les **temps verbaux**.
- Ajouter la ponctuation de dialogue : guillemets, tirets s'il s'agit d'une conversation à plusieurs.
- Introduire, si besoin, les paroles rapportées à l'aide de verbes déclaratifs.

Ex. : Je lui demandai pourquoi il refusait d'apprendre.
→ Je lui demandai : « Pourquoi refuses-tu d'apprendre ? »

ASTUCE DU CHEF

Dans un dialogue, vous pouvez utiliser, à la place des verbes introducteurs déclaratifs, des verbes d'opinion (*croire*, *estimer*...) ou des verbes descriptifs (*sourire*, *s'étonner*...). Cela vous permettra d'éviter les répétitions et de rendre votre texte plus vivant.

À VOS FOURNEAUX – EXERCICE COMMENTÉ BREVET

Récrivez cette phrase au discours indirect, en commençant par : « Mon oncle déclara ».

« Ça ne peut plus durer, mon garçon, j'ai beaucoup réfléchi et je suis convaincu que j'ai raison d'avoir pris une décision importante. »

Patrick Modiano, *Livret de famille*, 1977.

→ **Respecter les temps du récit au passé ainsi que la concordance des temps.**
« Mon oncle déclara que ça ne pouvait plus durer... » ; « avait ... réfléchi » ; « était convaincu ».

→ **Être attentif aux changements de pronoms et de ponctuation.**
On passe de la 1re personne du singulier à la 3e personne du singulier ; les guillemets disparaissent.

→ **Adapter le texte si nécessaire.**
Ici, pour éviter les lourdeurs avec la répétition du pronom relatif « qu' » suivi de l'auxiliaire « avoir », on pourra modifier la dernière partie de la phrase.
Ainsi, au lieu d'écrire :

Mon oncle me dit que ça ne pouvait plus durer, qu'il avait beaucoup réfléchi, et qu'il était convaincu qu'il avait eu raison d'avoir pris une décision importante.

on écrira :

Mon oncle me dit que ça ne pouvait plus durer, qu'il avait beaucoup réfléchi, et qu'il était convaincu d'avoir pris avec raison une décision importante.

Prendre la parole pour débattre ou commenter

Les ingrédients

PRENDRE LA PAROLE POUR LIRE

- Afin qu'une lecture à haute voix soit comprise et appréciée, il convient de lire suffisamment **lentement**, en étant **attentif à la ponctuation**.
- Une virgule ordonne une simple pause, alors qu'un point entraîne une pause plus longue et une intonation descendante. Un point d'exclamation, en revanche, demandera une expression plus marquée, afin de faire apparaître l'émotion de la phrase exclamative.

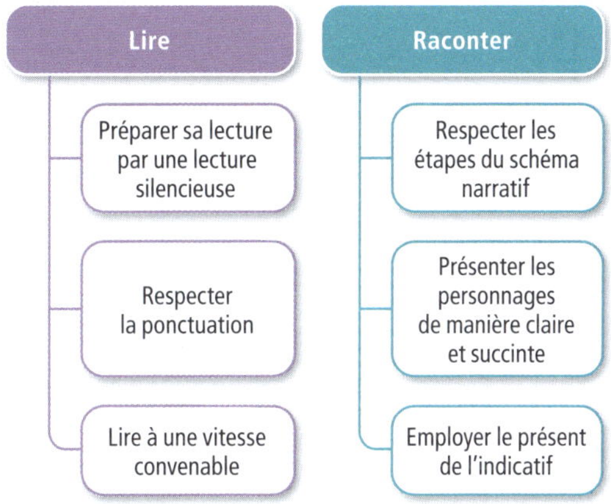

PRENDRE LA PAROLE POUR RACONTER

Raconter une histoire ou résumer oralement un récit demande de connaître les étapes du **schéma narratif** (la situation initiale, l'élément perturbateur, les péripéties, l'élément de résolution et la situation finale) et de présenter les **personnages**.

DONNER SON POINT DE VUE

- Donner son point de vue revient à argumenter. Il faut donc, comme à l'écrit, préparer des **arguments valables** accompagnés d'exemples si besoin.
- Il faut également veiller à l'**effet produit sur l'interlocuteur**. Il est donc impératif de rester poli et de parler posément, particulièrement si l'on s'oppose à son propos.

PRENDRE LA PAROLE POUR ANALYSER UNE IMAGE

- Il est important de posséder un minimum de **vocabulaire technique**. Le **plan** évoque l'effet de profondeur suggéré entre le sujet de l'image et l'œil du spectateur (gros plan, plan moyen, plan d'ensemble).
- Il faut prendre en compte le **point de vue**, c'est-à-dire la position de l'artiste et du spectateur face au sujet.

Pour qu'elle soit efficace, toute prise de parole doit être **préparée** et **structurée** :

1 J'observe 2 Je comprends, je reformule 3 J'analyse

La recette pour réussir

SAVOIR FAIRE

Comment analyser une image

- Évoquer d'abord les **caractéristiques générales de l'œuvre** (auteur, époque, mouvement culturel, technique utilisée, etc.).
- Puis **décrire précisément l'image**, afin d'en faire surgir l'intérêt.
- Enfin, **interpréter** ces différents éléments pour dégager son sens profond, c'est-à-dire ce que l'on perçoit de ce que l'artiste souhaite exprimer.

ASTUCE DU CHEF

Dans un débat, n'hésitez pas à avoir recours à la **concession** (→ *voir fiche 14*).
C'est un bon moyen de faire comprendre à l'interlocuteur que l'on prend en compte ses arguments sans pour autant les accepter.

À VOS FOURNEAUX – EXERCICE COMMENTÉ BREVET

Décrivez la statue ci-dessous, dite « Diane de Gabies ». Il s'agit d'une sculpture en marbre du Ier siècle après Jésus-Christ, d'après un original de Praxitèle (400-326 av. J.-C.).

→ Déterminer les informations générales concernant cette œuvre : auteur, époque, lieu…

L'original ayant servi de modèle à la *Diane de Gabies* qui se trouve au Louvre est traditionnellement attribué à Praxitèle, sculpteur grec du IVe siècle avant Jésus-Christ.
Cette statue en marbre a été découverte en 1792 par Gavin Hamilton à Gabies, non loin de Rome.

→ Utiliser le vocabulaire spécifique des vêtements grecs.

Diane, sculptée grandeur nature, est vêtue d'un chiton court. Elle agrafe son manteau à l'aide d'une fibule.

→ Décrire précisément la statue en tenant compte des techniques artistiques.

La statue, gracieuse et représentée en mouvement, tire ainsi son originalité du drapé élégant de son costume, et surtout du *sfumato* (c'est-à-dire l'adoucissement des traits) de sa silhouette aux proportions parfaites.

EPI « Langues et cultures de l'Antiquité »

Les ingrédients

Les EPI (enseignements pratiques interdisciplinaires) sont des projets débouchant sur une **création originale** : magazine ou encore événement artistique tel que l'écriture et la mise en scène d'une pièce de théâtre.

LES MYTHES DANS LA RÉÉCRITURE TRAGIQUE

- L'un des thèmes conseillés, intitulé « Langues et cultures de l'Antiquité », est suffisamment large pour favoriser plusieurs angles d'approche : la réécriture tragique des mythes en est un.
- Ce sujet peut déboucher par exemple sur la mise en scène d'une pièce ou d'une scène de théâtre ou sur la réécriture moderne d'une tragédie antique.
- Le **mythe** est un **récit légendaire**, qui traite d'un **sujet universel**, et dont le sens se **renouvelle** au gré de l'Histoire. Il fait par conséquent l'objet de **nombreuses réécritures**. C'est le cas du mythe d'Antigone, par exemple.

Exemples de créations en EPI

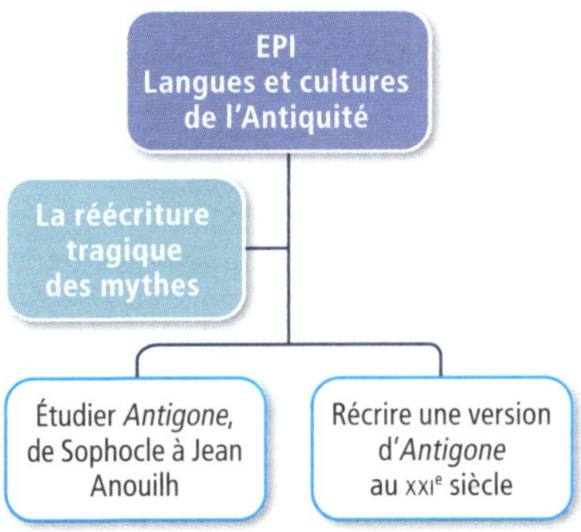

CE QU'IL FAUT SAVOIR SUR ANTIGONE

- Antigone est la fille d'Œdipe ; malgré l'interdiction du roi Créon, elle enterre son frère. Elle est condamnée à mort pour cet acte.
- Dans la **tragédie de Sophocle**, écrite en 442 avant Jésus-Christ, Antigone ensevelit son frère **au nom des dieux**, déclenchant la fureur de Créon qui, malgré les avertissements, la condamne à mort.
- Dans la version qu'en donne Jean **Anouilh** en 1944, alors que la France est sous occupation allemande, Antigone devient le **symbole de la résistance** contre la tyrannie, quelle qu'elle soit, et il n'est plus question des dieux.

La recette pour réussir

SAVOIR FAIRE

Comment mener à bien le projet en EPI

Pour mener à bien un projet, il faut s'organiser et notamment établir un calendrier jalonné d'étapes.

Pour le projet lié au mythe d'Antigone, on pourra réviser les codes de l'écriture théâtrale et s'inspirer des pièces déjà écrites en lisant attentivement les pièces de Sophocle et de Jean Anouilh.

ASTUCE DU CHEF

Tenez un **carnet de bord** : n'oubliez pas que vous pourrez être évalué(e) à l'oral, lors de l'épreuve du brevet, sur la réalisation de ce projet.

À VOS FOURNEAUX – EXERCICE COMMENTÉ BREVET

Dans ces deux textes, Antigone répond à Créon. Quelle différence portant sur le personnage de Créon ces deux extraits mettent-ils en valeur ?

ANTIGONE Que tardes-tu donc ? tout comme dans tes discours rien ne me plaît, et ne me plaira jamais, je l'espère, ainsi les miens te sont également désagréables. [...] Chacun ici applaudirait à mes paroles, si la crainte ne leur fermait pas la bouche. Mais entre autres heureux privilèges, la tyrannie a encore celui de pouvoir faire et dire ce qui lui plaît. Sophocle, *Antigone*, 442 av. J.-C.	ANTIGONE Non. Je vous fais peur. C'est pour cela que vous essayez de me sauver. [...] Vous êtes trop sensible pour faire un bon tyran, voilà tout. Mais vous allez tout de même me faire mourir tout à l'heure, vous le savez, et c'est pour cela que vous avez peur. C'est laid un homme qui a peur. Jean Anouilh, *Antigone*, 1944.

→ **Lire attentivement l'extrait de la tragédie de Sophocle en se demandant ce qu'Antigone reproche à Créon.**
Antigone reproche à Créon d'être un « tyran » dont le peuple a peur.

→ **Comparer la réponse aux propos d'Antigone dans le texte d'Anouilh.**
Antigone, dans le texte d'Anouilh, reproche à Créon d'avoir peur d'elle, et d'être trop effrayé de manière générale pour « faire un bon tyran ».

→ **Rédiger la réponse.**
Dans le texte de Sophocle, Antigone reproche à Créon d'être un tyran dont le peuple à peur. Elle déclare : « Chacun ici applaudirait à mes paroles, si la crainte ne leur fermait pas la bouche. » La jeune fille ne s'inclut pas cependant dans le peuple, puisqu'elle ose affronter Créon.
Dans le texte d'Anouilh, Antigone reproche à Créon d'avoir peur d'elle. Elle dit : « Je vous fais peur. » Elle pense également que Créon est « trop sensible pour faire un bon tyran ».

Sommaire

Nombres et calculs

Organisation et gestion de données

Grandeurs et mesures

Espace et géométrie

Scratch

Arithmétique

Les ingrédients

DIVISION EUCLIDIENNE

Effectuer la division euclidienne de a par b, c'est trouver un quotient q et un reste r vérifiant :

$a = b \times q + r$ avec $0 \leq r < b$

Dividende a	Diviseur b
Reste r	Quotient q

Exemple : la division euclidienne de 17 par 5 donne $17 = 5 \times 3 + 2$ avec $0 \leq 2 < 3$.
Le quotient vaut 3 et le reste 2.

MULTIPLES ET DIVISEURS

Lorsque le reste de la division euclidienne de a par b non nul vaut 0 :

- a est un **multiple** de b.
- b est un **diviseur** de a.
- a est **divisible** par b.

Exemple : 15 = 5 × 3, donc 15 est un multiple de 3 et de 5.
15 est divisible par 3 et 5 → 5 et 3 sont des diviseurs de 15.

CRITÈRES DE DIVISIBILITÉ

a est divisible par :

- **2** : Si son chiffre des unités est 0, 2, 4, 6 ou 8.
- **3** : Si la somme de ses chiffres est un multiple de 3.
- **5** : Si son chiffre des unités est 0 ou 5.
- **9** : Si la somme de ses chiffres est un multiple de 9.

NOMBRES PREMIERS

Un nombre entier naturel est dit **premier** s'il n'a que deux diviseurs distincts : **1 et lui-même**.

Liste des nombres premiers inférieurs à 30 : **2, 3, 5, 7, 11, 13, 17, 19, 23, 29**.

FRACTIONS IRRÉDUCTIBLES

$\frac{a}{b}$ est une fraction irréductible :
a et b sont des entiers n'admettant **pas de diviseurs en communs**.

La recette pour réussir

SAVOIR FAIRE

Résoudre un problème de partage

- Utiliser la division euclidienne.
- Chercher éventuellement des listes de diviseurs.

Rendre une fraction irréductible

- Établir la liste des diviseurs du numérateur et du dénominateur, en utilisant éventuellement les critères de divisibilité.
- Chercher le plus grand des diviseurs en commun.
- Diviser alors le numérateur et le dénominateur par celui-ci.

ASTUCE DU CHEF

Travailler avec des engrenages

Pour trouver le nombre de tours que doivent effectuer les différentes roues pour retrouver leur position initiale, il faut que chaque roue effectue un nombre entier de tours. Recherchez donc un multiple commun au nombre de dents des deux roues en décomposant ces nombres en produit de nombres premiers.

À VOS FOURNEAUX – EXERCICES BREVET

1 Le pignon 1 comportant 26 dents entraîne la roue 2 qui comporte 48 dents. Au bout de combien de tours cet engrenage sera-t-il de nouveau et pour la première fois dans la même position ?

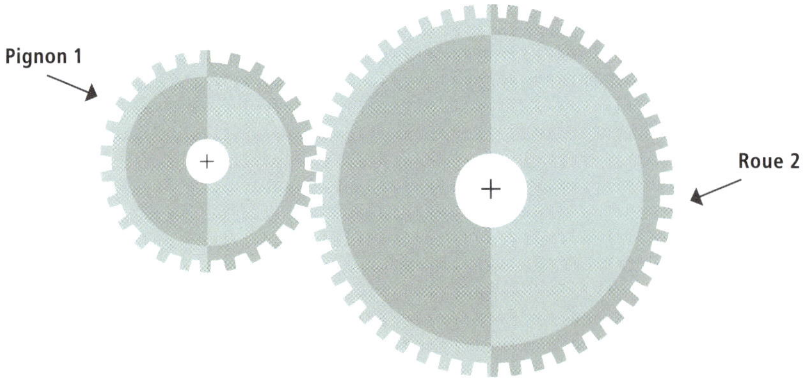

2 La fraction $\frac{216}{126}$ est-elle irréductible ?
Si ce n'est pas le cas, la rendre irréductible en détaillant les étapes.

► Corrigés en fin d'ouvrage

Nombres relatifs : repérage, addition, soustraction

Les ingrédients

REPÉRAGE

- Un nombre relatif est formé d'un nombre appelé **distance à zéro** précédé d'un signe + ou –. Cela permet de repérer un point sur une **droite graduée** à l'aide de l'abscisse.

Exemple :

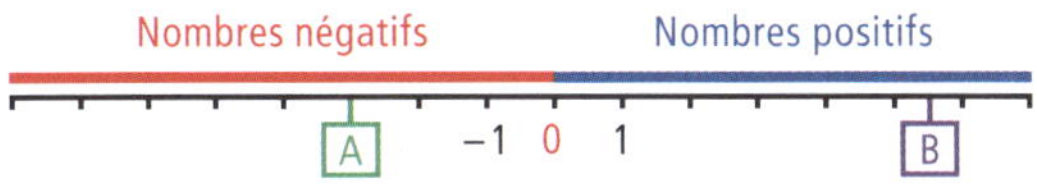

L'abscisse de **A** vaut **–3**. L'abscisse de **B** vaut **+5,5**. Ce sont des **nombres relatifs**.

> Lorsque le relatif est **positif**, on le note sans le « + ».

- Cela permet aussi de repérer un point en utilisant **deux droites graduées sécantes**.

Exemple : **A** a pour coordonnées **(–2 ; 3)**.

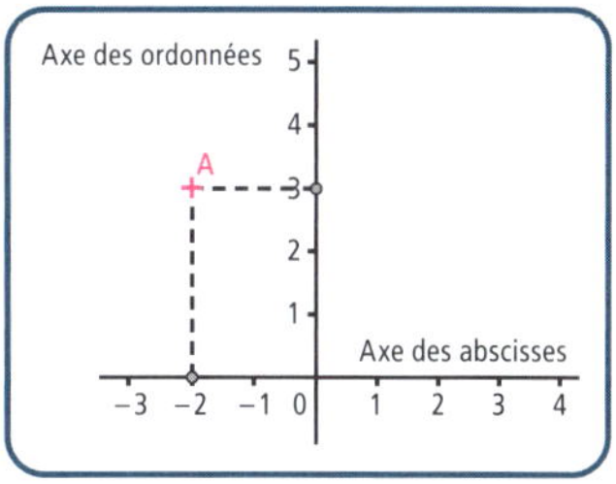

ADDITIONS

Somme de deux nombres relatifs

Ils ont le même signe :
- On garde le signe commun.
- On additionne les distances à zéro.

Il ont des signes différents :
- On garde le signe de celui qui a la plus grande distance à zéro.
- On effectue : « plus grande distance à zéro – plus petite distance à zéro ».

Exemples : (–3) + (–8) = –(3 + 8) = –11 (–5) + (+8) = +(8 – 5) = +3 = 3

> **L'opposé d'un nombre *a*** est le nombre qui, ajouté à *a*, donne 0. Ainsi, l'opposé de 3 est –3.

SOUSTRACTIONS

Soustraire, c'est **ajouter l'opposé**.

Exemple : (–5) – (–6) = (–5) + (+6) = 1 ≠ (–5) – (+6) = (–5) + (–6) = –11

> **Somme algébrique :** suite d'additions et de soustractions de relatifs sans parenthèses. Exemple : 5 + 6 – 7 + 8 – 9.

La recette pour réussir

SAVOIR FAIRE

Repérer des relatifs

- Placer les relatifs sur une droite graduée.
- Les lire de gauche à droite pour les classer dans l'ordre croissant.

Calculer une somme algébrique

- Ajouter les parenthèses pour transformer l'expression en une somme de nombres relatifs.
- Effectuer les calculs de gauche à droite.

Calculer une somme de deux nombres relatifs avec des soustractions

Transformer les soustractions en additions. En effet, soustraire, c'est ajouter l'opposé !

ASTUCES DU CHEF

Classement des relatifs

- Un nombre positif est plus grand qu'un nombre négatif.
- Si les deux nombres sont positifs, le plus grand est celui qui a la plus grande distance à 0.
- Si les deux nombres sont négatifs, le plus grand est celui qui a la plus petite distance à 0.

Calcul rapide d'une somme algébrique

Pour calculer une somme algébrique vous pouvez, pour gagner du temps, rassembler les positifs avec les positifs et les négatifs avec les négatifs.

Obtenir l'opposé

On obtient l'opposé en changeant le signe et en gardant la même distance à zéro.

À VOS FOURNEAUX – EXERCICES BREVET

1 Effectuer les additions et les soustractions suivantes :

A = (–5) + (–3,5)

B = (+3,2) + (+8,2)

C = (–5,2) – (–4,2)

2 Calculer les sommes algébriques suivantes :

D = 4 – 5 + 8 – 9 + 2 – 4

E = – 4 – 5 + 6 + 7 – 8 – 10

3 Donner les valeurs de A, B et C sachant que, dans cette pyramide, le nombre contenu dans une case est la somme des nombres contenus dans les cases du dessous.

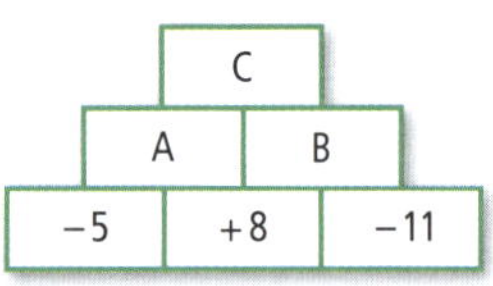

► Corrigés en fin d'ouvrage

Nombres relatifs : multiplication et division

3

MATHS

Les ingrédients

MULTIPLICATIONS

On multiplie les distances à zéro. Pour déterminer le signe, on utilise la règle des signes :

Le produit de deux relatifs de même signe est positif.

Le produit de deux relatifs de signes contraires est négatif.

Exemples : $A = (-5) \times (-8)$
$= +(5 \times 8)$
$= +40$

$B = (-5) \times (+8)$
$= -(5 \times 8)$
$= -40$

CAS DE PLUSIEURS FACTEURS

- On s'occupe d'abord du signe :

Le signe sera + si le nombre de facteurs négatifs est pair.

Le signe sera – si ce n'est pas le cas.

- On effectue le produit des distances à zéro.

DIVISIONS

Le quotient de deux relatifs est un relatif dont la distance à zéro est le quotient des distances à zéro et dont le signe est donné par la règle des signes suivante :

Le quotient de deux relatifs de même signe est positif.

Le quotient de deux relatifs de signes contraires est négatif.

Exemples : $A = \frac{-3}{-5} = \frac{3}{5} = 3 \div 5 = 0{,}6$ $B = \frac{8}{-10} = -\frac{8}{10} = -0{,}8$

On ne peut pas diviser par 0.

La recette pour réussir

SAVOIR FAIRE

Connaître la règle des signes pour le produit de deux relatifs

- + × + = +
- − × − = +
- + × − = − × + = −

Connaître la règle des signes pour le quotient de deux relatifs pour deux relatifs

- + ÷ + = − ÷ − = +
- + ÷ − = − ÷ + = −

ASTUCES DU CHEF

- Le calcul mental permet de gagner du temps lors du calcul de produits.
- Dans un produit de plusieurs facteurs, vous pouvez regrouper les facteurs de même signe ensemble pour gagner du temps.

À VOS FOURNEAUX – EXERCICES BREVET

1 Calculer :

$A = (-3) \times (-5)$

$B = -3 \times 5$

$C = 3 \times (-5)$

$D = 3 \times 5$

2 Calculer :

$E = \frac{5}{-2}$

$F = \frac{-10}{-5}$

$G = \frac{17}{-1}$

$H = \frac{-121}{-11}$

3 Vrai ou faux ?

a. Le produit de cinq facteurs égaux à −1 est positif.

☐ Vrai ☐ Faux

b. Le quotient de 0 par 5 vaut 0.

☐ Vrai ☐ Faux

c. Un nombre négatif au carré est toujours négatif.

☐ Vrai ☐ Faux

d. Le produit de −3 par 11 est égal au produit de −11 par 3.

☐ Vrai ☐ Faux

▶ Corrigés en fin d'ouvrage

Fractions

4

MATHS

Les ingrédients

ADDITIONS ET SOUSTRACTIONS

Pour additionner ou soustraire des fractions, il faut qu'elles aient un **même dénominateur**. On a alors, pour tous nombres réels a, b et c avec $c \neq 0$:

$$\frac{a}{c} + \frac{b}{c} = \frac{a+b}{c} \quad \text{et} \quad \frac{a}{c} - \frac{b}{c} = \frac{a-b}{c}$$

Exemples : $A = \frac{5}{3} + \frac{8}{3} = \frac{5+8}{3} = \frac{13}{3}$ $\quad B = \frac{3}{5} - \frac{2}{3} = \frac{3 \times 3}{5 \times 3} - \frac{2 \times 5}{3 \times 5} = \frac{9}{15} - \frac{10}{15} = -\frac{1}{15}$

MULTIPLICATIONS

On multiplie les numérateurs entre eux et les dénominateurs entre eux.
On a alors, pour tous nombres réels a, b, c, d avec $b \neq 0$ et $d \neq 0$:

$$\frac{a}{b} \times \frac{c}{d} = \frac{a \times c}{b \times d}$$

Exemples : $A = \frac{3}{4} \times \frac{5}{7} = \frac{3 \times 5}{4 \times 7} = \frac{15}{28}$

$B = -\frac{5}{7} \times \frac{3}{-10} = \frac{-5 \times 3}{7 \times (-10)} = \frac{-15}{-70} = \frac{3 \times 5}{14 \times 5} = \frac{3}{14}$

Inverse d'une fraction : pour tous nombres réels a et b non nuls, l'inverse de $\frac{a}{b}$ est $\frac{b}{a}$.

DIVISIONS

Diviser, c'est multiplier par l'inverse. Pour tous nombres réels a, b, c, d avec $b \neq 0$, $c \neq 0$ et $d \neq 0$:

$$\frac{a}{b} \div \frac{c}{d} = \frac{a \times d}{b \times c} \quad \text{ou encore} \quad \frac{\frac{a}{b}}{\frac{c}{d}} = \frac{a \times d}{b \times c}$$

Exemples : $A = \frac{3}{4} \div \frac{5}{7} = \frac{3 \times 7}{4 \times 5} = \frac{21}{20}$ $\quad B = \frac{\frac{4}{5}}{\frac{6}{7}} = \frac{4 \times 7}{5 \times 6} = \frac{28}{30} = \frac{2 \times 14}{2 \times 15} = \frac{14}{15}$

La recette pour réussir

SAVOIR FAIRE

Mettre sous un même dénominateur

Pour tous nombres réels **a, b, k** avec **b ≠ 0** et **k ≠ 0** :

$$\frac{a}{b} = \frac{a \times k}{b \times k}$$

Additionner/soustraire deux fractions

Pour tous nombres réels **a, b** et **c** avec **c ≠ 0** :

$$\frac{a}{c} + \frac{b}{c} = \frac{a+b}{c} \text{ et } \frac{a}{c} - \frac{b}{c} = \frac{a-b}{c}$$

Multiplier deux fractions

Pour tous nombres réels **a, b, c, d** avec **b ≠ 0** et **d ≠ 0** :

$$\frac{a}{b} \times \frac{c}{d} = \frac{a \times c}{b \times d}$$

Diviser une fraction par une autre

Pour tous nombres réels **a, b, c, d** avec **b ≠ 0, c ≠ 0** et **d ≠ 0** :

$$\frac{a}{b} \div \frac{c}{d} = \frac{a \times d}{b \times c} \text{ ou } \frac{\frac{a}{b}}{\frac{c}{d}} = \frac{a \times d}{b \times c}$$

ASTUCES DU CHEF

- Il faut toujours respecter les priorités opératoires : les multiplications et divisions sont prioritaires sur les additions et soustractions. On commence toujours par les calculs entre parenthèses.
- Avant de commencer les calculs, observez les fractions et simplifiez celles qui sont simplifiables.
- Pour additionner ou soustraire deux fractions, il faut rechercher le dénominateur commun le plus petit pour simplifier les calculs.
- Il faut toujours donner les résultats sous une forme irréductible (simplifiée au maximum).

À VOS FOURNEAUX – EXERCICES BREVET

1 Calculer, en détaillant les étapes :

$$A = \frac{3}{5} + \frac{1}{2} \times \frac{4}{6}$$

$$B = \frac{\frac{2}{3} + \frac{5}{6}}{7}$$

2 Calculer :

$$1 + \frac{1}{2} + \frac{2}{3} + \frac{3}{4}$$

▶ Corrigés en fin d'ouvrage

Racines carrées

5

MATHS

Les ingrédients

RACINE CARRÉE D'UN NOMBRE POSITIF

Soit a un nombre positif. La racine carrée de a est le nombre positif dont le carré vaut a. Ce nombre se note $\sqrt{a}$.

Exemple : 7 est positif, son carré vaut 49, donc $\sqrt{49} = 7$.

Le symbole $\sqrt{\ }$ est appelé **radical**, le nombre sous le trait horizontal du radical est appelé **radicande**.

Propriété

Si a est un nombre positif, alors $\sqrt{a^2} = a$ et $\sqrt{a}^2 = a$.

Exemples : $\sqrt{6^2} = 6$ et $\sqrt{1,7^2} = 1,7$.

OBTENTION D'UNE RACINE CARRÉE

- Un carré parfait est **le carré d'un nombre entier**.

Liste des premiers carrés parfaits

$1 = 1^2$	$4 = 2^2$	$9 = 3^2$	$16 = 4^2$	$25 = 5^2$	$36 = 6^2$
$49 = 7^2$	$64 = 8^2$	$81 = 9^2$	$100 = 10^2$	$121 = 11^2$	$144 = 12^2$

Pour déterminer mentalement la racine carrée d'un carré parfait, il faudra connaître ces valeurs par cœur, ainsi : $\sqrt{121} = 11$.

- On obtient $\sqrt{2} \simeq 1,4142...$ en tapant la séquence de touches suivantes à la calculatrice :

Casio® : [seconde] [x^2] 2 [EXE] [S↔D]

TI® : [2nde] [x^2] 2 [Entrer] [(aff)]

- Certaines racines carrées peuvent s'écrire sous la forme **$a\sqrt{b}$** avec a et b les nombres entiers les plus petits possibles. Pour déterminer les valeurs de a et b, il faut utiliser la calculatrice en mode **simplification automatique**.

Exemple : $\sqrt{180} = 6\sqrt{5}$

La recette pour réussir

SAVOIR FAIRE

Obtenir une racine carrée

- Si l'on cherche la racine carrée d'un carré parfait, il faut utiliser le calcul mental.
- Si l'on cherche la racine carrée de *a* qui n'est pas un carré parfait, on utilise la calculatrice scientifique :

Casio® : [seconde] [x^2] *a* [EXE] [S↔D]

TI® : [2nde] [x^2] *a* [Entrer] [(aff)]

Encadrer une racine carrée à l'aide des carrés parfaits

- On utilise la règle suivante : si *a* et *b* sont deux nombres positifs, et si $a < b$, **alors** $\sqrt{a} < \sqrt{b}$.
- Pour encadrer l'unité $\sqrt{7}$, on encadre 7 entre deux carrés parfaits. On a : $4 < 7 < 9$, d'où $\sqrt{4} < \sqrt{7} < \sqrt{9}$, c'est-à-dire $2 < \sqrt{7} < 3$.

ASTUCES DU CHEF

- La racine carrée d'un nombre négatif n'existe pas !
- $\sqrt{0} = 0$ et $\sqrt{1} = 1$.
- Pour gagner du temps, il faut toujours vérifier si le nombre dont on cherche à déterminer la racine carrée fait partie de la liste des carrés des premiers nombres entiers.
- Le nombre $\sqrt{2}$ n'admet pas d'écriture décimale exacte, il ne peut pas s'écrire sous la forme d'un quotient de deux nombres entiers, on dit qu'il est irrationnel.

À VOS FOURNEAUX – EXERCICES BREVET

1 a. Donner une valeur approchée au centième de $\sqrt{7}$.

b. Donner une valeur approchée au dixième de $\dfrac{\sqrt{5}+1}{2}$.

(d'après DNB 2017)

2 La distance *d* de freinage d'un véhicule dépend de sa vitesse et de l'état de la route. On peut la calculer à l'aide de la formule suivante :

> **$d = kV^2$ avec d : distance de freinage en m, k coefficient d'adhérence sans unité et V : vitesse du véhicule en m/s.**

$k = 0{,}14$ sur route mouillée et $k = 0{,}08$ sur route sèche.

a. Quelle est la vitesse du véhicule dont la distance de freinage sur route mouillée est égale à 15 m ?

b. Quelle est la vitesse du véhicule dont la distance de freinage sur route sèche est égale à 50 m ?

(d'après DNB 2017)

▶ Corrigés en fin d'ouvrage

Puissances

6

MATHS

Les ingrédients

DÉFINITION

- Soient a un réel non nul et n un entier naturel avec $n \geq 2$.
- a^n se lit **« a puissance n »** ou **« a exposant n »**.
- Par convention, $a^0 = 1$ et $a^1 = a$.
- Pour $n \geq 1$, a^{-n} est l'inverse de a^n. → Donc $a^{-n} = \dfrac{1}{a^n}$.

$a^n = \underbrace{a \times a \times \ldots \times a}_{n \text{ facteurs}}$

Exemples : $3^2 = 3 \times 3 = 9$

$5^3 = 5 \times 5 \times 5 = 125$

$7^0 = 1$

$2^{-2} = \dfrac{1}{2^2} = \dfrac{1}{4}$

OPÉRATIONS ET PUISSANCES

Si a et b sont **deux réels non nuls** et si n et p sont des **entiers relatifs**, alors :

$a^n \times a^p = a^{n+p}$	$a^n \times b^n = (ab)^n$	$(a^n)^p = a^{n \times p}$	$\dfrac{a^n}{a^p} = a^{n-p}$	$\left(\dfrac{a}{b}\right)^n = \dfrac{a^n}{b^n}$

Exemples : $3^2 \times 3^{-4} = 3^{2-4} = 3^{-2}$

$\dfrac{5^2}{5^{-8}} = 5^{2-(-8)} = 5^{2+8} = 5^{10}$

$(3^2)^5 = 3^{2 \times 5} = 3^{10}$

$3^2 \times 5^2 = (3 \times 5)^2 = 15^2$

$\left(\dfrac{3}{4}\right)^2 = \dfrac{3^2}{4^2} = \dfrac{9}{16}$

$4^0 \times (4^5)^3 = 1 \times 4^{15} = 4^{15}$

CAS DES PUISSANCES DE 10

Si n et p sont des entiers relatifs, alors :

- $10^n \times 10^p = 10^{n+p}$
- $\dfrac{10^n}{10^p} = 10^{n-p}$
- $(10^n)^p = 10^{n \times p}$

ÉCRITURE SCIENTIFIQUE D'UN NOMBRE

Elle est de la forme $a \times 10^n$ où a s'écrit avec un seul chiffre non nul avant la virgule et n est un nombre entier relatif. Le nombre a est appelé **mantisse** du nombre.

La recette pour réussir

SAVOIR FAIRE

Calculer en respectant les priorités

- Commencer par les calculs entre parenthèses.
- Isoler et calculer les puissances.
- Effectuer les multiplications et les divisions.
- Effectuer les additions et les soustractions.

Obtenir l'écriture décimale d'une puissance de 10

- 10^n s'écrit à l'aide de 1 suivi de n zéros.
- 10^{-n} s'écrit à l'aide de 1 précédé de n zéros.

Obtenir l'écriture scientifique d'un nombre

- Déplacer la virgule pour avoir un seul chiffre non nul avant la virgule.
- Multiplier par la puissance de 10 correspondante.

ASTUCES DU CHEF

- N'oubliez pas que 0^0 n'existe pas !
- Un nombre au carré est toujours positif.
- Ne confondez pas l'inverse et l'opposé. L'opposé de a est $-a$.
- Pour comparer des nombres en écritures scientifiques, comparez d'abord les exposants, puis, si ceux-ci sont égaux, comparez les mantisses.
- Préfixes usuels et puissances de 10 :

Nano	10^{-9}
Micro	10^{-6}
Milli	10^{-3}
Kilo	10^3
Méga	10^6
Giga	10^9

À VOS FOURNEAUX – EXERCICES BREVET

1 On admet qu'un morceau de musique représente 3 Mo de mémoire (avec 1 Mo = 1 méga-octet). Combien de morceaux de musique peut-on télécharger sur une clé USB d'une capacité de stockage de 256 Mo ?

(d'après DNB 2010, Pondichéry)

2 Donner l'écriture décimale de $2{,}53 \times 10^{15}$.

3 Calculer, en détaillant chaque étape :

$(3 + 5 \times 2)^2 - 5^2$

▶ Corrigés en fin d'ouvrage

Calcul littéral : développer-factoriser

Les ingrédients

GÉNÉRALITÉS

Pour établir des liens entre différentes grandeurs, pour traduire une situation ou utiliser une formule, on utilise **des lettres pour représenter les inconnues** ; cela constitue une expression littérale. La lettre est alors appelée **une variable**.

Simplifier une expression littérale, c'est l'exprimer d'une manière plus simple. On peut simplifier l'expression en regroupant des termes entre eux. On parlera alors de forme simplifiée réduite. Exemple : $5 \times a + 30 + 2 \times a = 5a + 30 + 2a = 5a + 2a + 30 = 7a + 30$.

DISTRIBUTIVITÉ SIMPLE

Pour tous nombres réels a, b et k :

$$k(a + b) = ka + kb$$

DOUBLE DISTRIBUTIVITÉ

Pour tous nombres réels a, b, c et d :

$$(a + b)(c + d) = ac + ad + bc + bd$$

Exemples : $(a + 5)(a + 1) = a \times a + a \times 1 + 5 \times a + 5 \times 1 = a^2 + a + 5a + 5 = a^2 + 6a + 5$ et $(x^2 - 5)(x + 2) = x^2 \times x + x^2 \times 2 + (-5) \times x + (-5) \times 2 = x^3 + 2x^2 - 5x - 10$

Développer, c'est transformer un produit en une somme.
Pour cela, on peut utiliser les formules de distributivité.

Factoriser, c'est transformer une somme ou une différence en un produit.
Pour cela, on peut utiliser les formules de distributivité ou $a^2 - b^2 = (a - b)(a + b)$.

Exemples : factoriser $A = a^2 + 5a$ et $B = (x + 2)^2 - 3(x + 2)(x + 1)$.

- Pour A : a est un facteur commun, d'où $A = a^2 + 5a = a \times (a + 5) = a(a + 5)$.
- Pour B : $(x + 2)$ est un facteur commun, d'où $B = (x + 2)^2 - 3(x + 2)(x + 1)$ $= (x + 2)[(x + 2) - 3(x + 1)] = (x + 2)(x + 2 - 3x - 3) = (x + 2)(-2x - 1)$.

Développer $C = (x - 3)(2x - 5)$.
$C = 2x^2 - 5x - 6x + 15 = 2x^2 - 11x + 15$

La recette pour réussir

SAVOIR FAIRE

Calculer la valeur d'une expression littérale pour certaines valeurs des inconnues

- Remplacer les inconnues par leurs valeurs en faisant apparaître les signes × qui ont été simplifiés.
- Respecter les priorités opératoires.

Factoriser une expression

Il faut toujours rechercher un facteur commun, c'est-à-dire un facteur qui se répète.

ASTUCES DU CHEF

- Pour développer une expression, tracez des flèches pour symboliser la distribution des facteurs. Chaque flèche représentera donc une multiplication.
- Pour factoriser, vous pouvez souligner le facteur commun, cela vous aidera pour la suite.
- Pour factoriser, il faut parfois développer puis réduire à l'intérieur des crochets.

À VOS FOURNEAUX – EXERCICES BREVET

1 Voici un programme de calcul :

- **Choisir un nombre.**
- **Soustraire 3.**
- **Calculer le carré du résultat obtenu.**

On appelle x le nombre choisi au départ et on exprime le résultat du programme de calcul en fonction de x.

a. Montrer que ce résultat peut s'écrire sous forme développée réduite : $x^2 - 6x + 9$.

b. Quel sera le résultat si $x = -2$?

(d'après DNB 2018, Pondichéry)

2 Développer et réduire l'expression A.

$A = 2x(x - 1) - 4(x - 1)$

(d'après DNB 2018, Amérique du Nord)

3 Factoriser :

$B = (3x + 2)^2 - (x + 7)(3x + 2)$

(d'après DNB 2018, La Réunion)

▶ Corrigés en fin d'ouvrage

Équation

Les ingrédients

ÉQUATION DU TYPE $ax = b$

Si $a = 0$ et $b \neq 0$, alors l'équation n'admet **pas de solutions**.

Si $a = 0$ et $b = 0$, alors l'équation admet **une infinité de solutions**.

Si $a \neq 0$, alors l'équation admet pour **solution $\frac{b}{a}x$**.

Exemple : la solution de $3x = 5$ est $\frac{5}{3}$.

ÉQUATION DU TYPE $x + a = b$

La solution de l'équation $x + a = b$ est **$b - a$**.

Exemple : la solution de $x + 5 = 3$ est -2.

Une équation du **premier degré** est du type $\boldsymbol{ax + b = cx + d}$.

ÉQUATION PRODUIT

Une équation **produit** est une équation de la forme $(ax + b)(cx + d) = 0$ où a, b, c et d sont des **nombres réels**.

Si un produit de deux facteurs est nul, alors l'un des deux facteurs, au moins, est nul.

Exemple : résolution de $(3x + 5)(x - 2) = 0$.

Il s'agit d'une équation produit, alors l'un des facteurs au moins est nul.

$3x + 5 = 0$ ou $(x - 2) = 0$, donc → $x = \frac{5}{3}$ ou $x = 2$. $\frac{5}{3}$ et 2 sont les solutions.

Pour **vérifier si une valeur est la solution d'une équation**, on remplace l'inconnue par la valeur et on calcule le membre de gauche, puis le membre de droite de l'équation. S'il y a égalité, la valeur est bien la solution de l'équation, si ce n'est pas le cas, elle n'est pas la solution.

La recette pour réussir

SAVOIR FAIRE

Résoudre une équation du premier degré

- Développer les produits s'il y en a.
- Regrouper les termes en x d'un côté et les autres termes de l'autre côté.
- Effectuer les calculs pour se ramener à une équation du type $ax = b$.
- Résoudre l'équation obtenue.
- Vérifier que la valeur obtenue est bien solution.

Résoudre une équation produit

- Il faut toujours résoudre séparemment les égalités à zéro de chaque facteur.
- Ensuite, il faut donner l'ensemble des solutions (qui est constitué de toutes les solutions précédentes).

ASTUCE DU CHEF

Équation du premier degré

- Résoudre une équation du premier degré consiste à la ramener à une équation du type $ax + b$ ou $x = a = b$.
- Pour cela, éliminez le coefficient devant x, en divisant par celui-ci les deux membres de l'équation.
- Il faut toujours vérifier si les solutions obtenues sont bien les solutions de l'équation.

À VOS FOURNEAUX – EXERCICES BREVET

1 Résoudre les équations suivantes :

a. $x + 3 = 7$

b. $x + \frac{1}{7} = \frac{2}{3}$

c. $5x = 7$

d. $3x = -7$

e. $3x + 5 = x - 5$

f. $3(x + 7) = 5x$

2 Résoudre l'équation suivante en détaillant les étapes :
$2(x - 6) = 3(4x - 7)$

3 Résoudre les équations suivantes :

a. $(x - 5)(x + 6) = 0$

b. $(2x + 3)(x - 2) = 0$

▶ Corrigés en fin d'ouvrage

Proportionnalité

Les ingrédients

GÉNÉRALITÉS

Deux grandeurs sont proportionnelles si on obtient l'une en multipliant (ou en divisant) l'autre par un même nombre non nul appelé **coefficient de proportionnalité**.

Exemple : le périmètre d'un carré est proportionnel à la longueur du côté du carré, alors que l'aire ne l'est pas.

TABLEAU DE PROPORTIONNALITÉ

Il s'agit d'un tableau contenant des **données proportionnelles**.

> $\begin{array}{|c|c|}\hline a & c \\ \hline b & d \\ \hline \end{array}$ **est un tableau de proportionnalité si, et seulement si, $ad = bc$.**

PROPORTIONNALITÉS ET GRAPHIQUES

- Une situation de proportionnalité est représentée par **des points alignés avec l'origine du repère**.
- **Réciproquement :** si une situation est représentée graphiquement par des points alignés avec l'origine du repère, alors c'est une situation de proportionnalité.

A, B et C ne sont pas alignés avec l'origine du repère, il n'y a pas proportionnalité.	A, B et C sont alignés avec l'origine du repère, il y a proportionnalité.	A, B et C sont alignés, mais pas avec l'origine du repère, il n'y a pas proportionnalité.
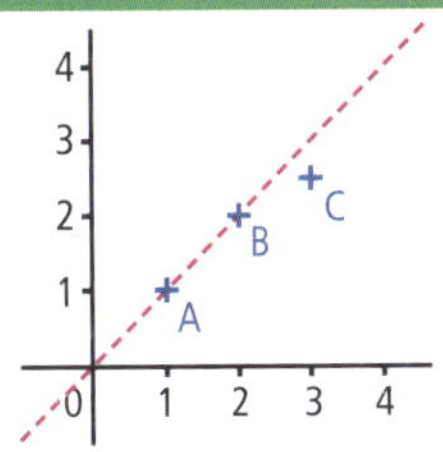	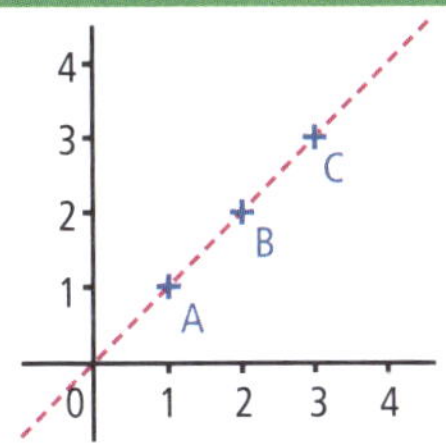	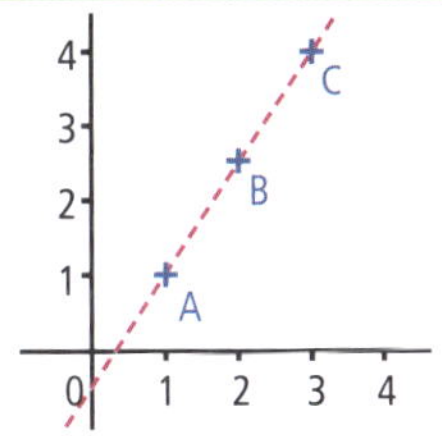

POURCENTAGES

$t\%$ de $x = \dfrac{t \times x}{100}$

> **Augmenter**
> un nombre de $t\%$, c'est le multiplier par $\left(1 + \dfrac{t}{100}\right)$.

> **Diminuer**
> un nombre de $t\%$, c'est le multiplier par $\left(1 - \dfrac{t}{100}\right)$.

La recette pour réussir

SAVOIR FAIRE

Reconnaître un tableau de proportionnalité

- On passe d'une ligne à une autre en multipliant ou divisant par un même nombre.
- Les produits en croix sont égaux.
- Si l'on représente les données par un graphique, les points sont alors alignés avec l'origine du repère.

Utiliser des pourcentages

t% *de* x, c'est $t \times x \div 100$.

ASTUCES DU CHEF

- Pour pouvoir conclure par rapport à la proportionnalité d'un graphique, il faut qu'il soit très précis.
- Pour calculer t% d'un nombre, l'usage du calcul mental est souvent plus efficace.

À VOS FOURNEAUX – EXERCICES BREVET

1 Le prix d'un kilogramme d'or est de 50 700 €.

a. Que vaut le prix de 0,4 kg d'or ?

b. Quelle quantité d'or obtient-on pour 10 000 € ?

2 Un disque dur coûte 60 €. Le commerçant décide de le solder de 25 %. Quel est son nouveau prix ?

3 On considère le tableau suivant :

A	B	C
3	4	6
1,6	3	3,2

a. Représenter graphiquement ces données.

b. Est-ce une situation de proportionnalité ? Justifier.

▶ Corrigés en fin d'ouvrage

Notion de fonction

Les ingrédients

GÉNÉRALITÉS

Une fonction f est un procédé de calcul qui, à un nombre x, associe un unique nombre $f(x)$. On note cela : $x \rightarrow f(x)$.

$f(x)$ est appelée **la forme algébrique de la fonction**.

Exemple : le procédé de calcul associant la longueur du côté d'un carré à l'aire du carré est une fonction f. Si on note par x la longueur du côté du carré, alors $f(x) = x^2$.

VOCABULAIRE

Soit f une fonction, si $f(x) = y$, on dit alors que y est **l'image** de x par f et que x est **un antécédent** de y par f.

Exemple : si $f(x) = x^4$, alors l'image de 0, notée $f(0)$ vaut $0^4 = 0$. On note alors $f(0) = 0$. On a aussi $f(2) = f(-2) = 16$, donc 2 et -2 sont les antécédents de 16 par f.

TABLEAU DE VALEURS

Un **tableau de valeurs** d'une fonction f est un tableau dans lequel figure des **valeurs de x et leurs images respectives par la fonction f**.

Exemple :

x	0	4	-5	1
$f(x)$	3	1	2	2

REPRÉSENTATION GRAPHIQUE

La représentation graphique ou courbe représentative d'une fonction f est constituée de l'ensemble des **points de coordonnées $(x\,;\,f(x))$**.

Exemple : voici la représentation graphique d'une fonction f.

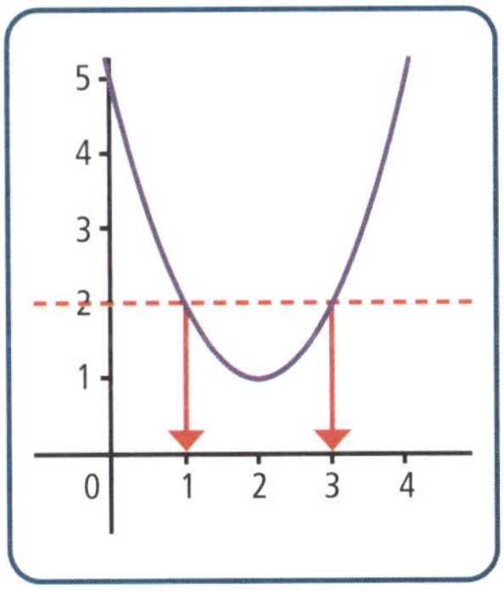

- On propose de déterminer l'image des antécédents de 2.
- On trace la droite d'équation $y = 2$, puis on cherche les abscisses des points d'intersection de cette droite avec la représentation graphique.
- On a donc $f(1) = f(3) = 2$. Les antécédents recherchés sont 1 et 3.

La recette pour réussir

SAVOIR FAIRE

Définir ou utiliser des fonctions

- Utiliser la forme algébrique, c'est-à-dire l'expression de $f(x)$ en fonction de x.
- Utiliser un tableau de valeurs.
- Utiliser une représentation graphique de la fonction f.

Images/antécédents et forme algébrique

- Pour calculer une image, remplacer la valeur de l'inconnue dans l'expression de la fonction.
- Pour déterminer d'éventuels antécédents de k, résoudre l'équation $f(x) = k$.

Images/antécédents et graphiques

- Pour déterminer l'image de a, on cherche l'ordonnée du point de la représentation graphique de f qui a pour abscisse a.
- Pour déterminer d'éventuels antécédents de k, on cherche les abscisses des points de la représentation graphique de f d'ordonnée a.

ASTUCES DU CHEF

- N'oubliez pas que l'image est toujours unique, alors qu'il peut y avoir plusieurs antécédents.
- Avec une représentation graphique, on peut facilement obtenir une image ou des antécédents. Mais attention, les résultats obtenus à l'aide d'une représentation graphique sont des résultats approchés !

À VOS FOURNEAUX – EXERCICES BREVET

1 Soit f la fonction définie par $f(x) = x^2 - 25$.

a. Calculer les images de 0, –5, 4 et 3 par f.

b. Déterminer les éventuels antécédents par f de 0, –26 et de 11.

2 On considère le tableau de valeurs suivant :

x	–2	–1	0	1
$f(x)$	–1	5	2	5

a. Donner les éventuels antécédents de 5 par f.

b. Que vaut $f(0)$?

▶ Corrigés en fin d'ouvrage

Fonctions linéaires

11

MATHS

Les ingrédients

FORME ALGÉBRIQUE

Soit a un nombre, la fonction linéaire f de coefficient a est la fonction qui, **à tout nombre x, fait correspondre le nombre ax**.

On note : $f(x) = ax$ ou $f : x \rightarrow ax$

Exemple : la fonction f définie par $f(x) = -3x$ est une fonction linéaire de coefficient -3.

L'image de 2 par f vaut : $f(2) = -3 \times 2 = -6$.

PROPRIÉTÉ

Le tableau de valeurs d'une fonction linéaire est un **tableau de proportionnalité**.

Une fonction linéaire est associée à une **situation de proportionnalité**.

Exemple : soit f la fonction linéaire de coefficient 2, on a $f(x) = 2x$.

Le tableau de valeurs ci-contre est un tableau de proportionnalité de coefficient 2.

x	0	2	–3
$f(x)$	0	4	–6

REPRÉSENTATION GRAPHIQUE

La représentation graphique d'une fonction linéaire f de coefficient a, est **une droite passant par l'origine du repère**.

Exemple : soit f la fonction linéaire de coefficient 2.

- Sa représentation graphique est une droite passant par l'origine du repère.
- Pour la tracer, on cherche l'image d'un nombre différent de 0.
- On a : $f(1) = 2 \times 1 = 2$, la droite relie donc (0 ; 0) à (1 ; 2).

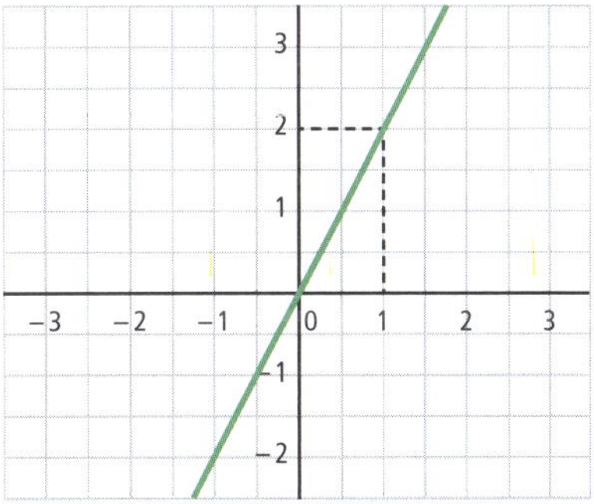

La recette pour réussir

SAVOIR FAIRE

Reconnaître une fonction linéaire

- Sa forme algébrique est du type $f(x) = ax$.
- Sa représentation graphique est une droite passant par l'origine du repère.

Déterminer le coefficient d'une fonction linéaire

- Calculer le quotient de l'image d'un nombre non nul par ce même nombre.
- Déterminer la pente de la représentation graphique de la fonction.

ASTUCES DU CHEF

- Une fonction linéaire de coefficient *a* correspond à une « machine à multiplier par *a* ».
- Pour déterminer l'image d'un nombre non nul on choisit, si possible, un nombre qui permet d'obtenir rapidement un résultat entier.

À VOS FOURNEAUX – EXERCICES BREVET

1 En physique, la tension U aux bornes d'une résistance est proportionnelle à l'intensité I du courant qui la traverse, c'est-à-dire $U = R \times I$, où R (valeur de la résistance) est le coefficient de proportionnalité.
On appelle cette formule la loi d'Ohm.

Intensité I en ampères	0,02	0,03	0,04	0,08
Tension U en volts	3	4,5	6	12

On nomme f la fonction qui donne la tension U en fonction de l'intensité I.

a. Préciser la nature de f et en donner son expression algébrique.

b. Dans un repère, tracer la représentation graphique de la fonction f.

2 Soit f la fonction définie pour $x > 0$ par $f(x) = \frac{60}{x}$.
La fonction f est-elle linéaire ? Justifier.

3 La fonction f définie pour $x > 0$ par $f(x) = x^2$ est-elle linéaire ? Justifier.

▶ Corrigés en fin d'ouvrage

Fonctions affines

12

MATHS

Les ingrédients

FORME ALGÉBRIQUE

- Soient a et b deux nombres fixés.
- La **fonction affine** f de coefficients a et b est la fonction qui, à tout nombre x, fait correspondre le nombre $ax + b$.

Une **fonction affine de coefficients a et b** se note :
$f(x) = ax + b$ ou $f : x \rightarrow ax + b$.

↓

Cas particuliers $a = 0$, alors $f(x) = b$, f est donc **une fonction constante**.
$b = 0$, alors $f(x) = ax$, f est donc **une fonction linéaire**.

Exemple : $f : x \rightarrow 2x - 1$ est une fonction affine de coefficients 2 et –1.

REPRÉSENTATION GRAPHIQUE

La représentation graphique d'une fonction affine $f : x \rightarrow ax + b$ est une **droite**.

a est le **coefficient directeur** de cette droite.
b est **l'ordonnée à l'origine de cette droite,** donc $(0 ; b)$ appartient à cette droite.

Exemple :

- $f : x \rightarrow x - 2$ est une fonction affine de coefficients $a = 1$ et $b = -2$.
- Sa représentation graphique est une droite.
- Elle passe par le point $(0 ; -2)$.
- Pour obtenir un deuxième point, on calcule $f(1) = 1 \times 1 - 2 = 1 - 2 = -1$, la droite passe par $(1 ; -1)$.
- On trace ensuite la droite passant par ces deux points.

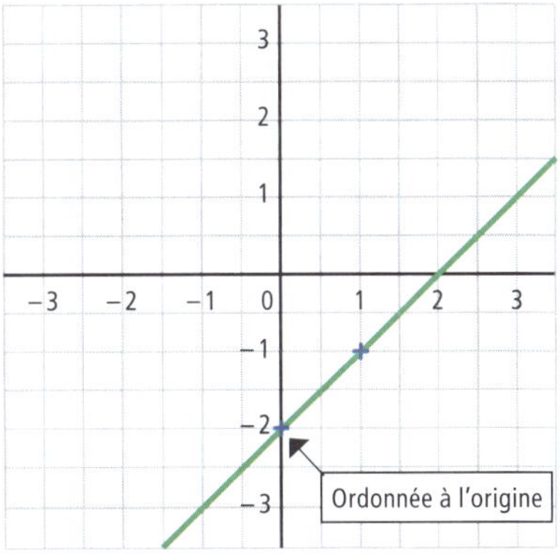

La recette pour réussir

SAVOIR FAIRE

Reconnaître une fonction affine

- Sa forme algébrique est du type $f(x) = ax + b$.
- Sa représentation graphique est une droite.

Déterminer les coefficients d'une fonction affine à partir d'une représentation graphique

- Déterminer l'intersection de la représentation graphique avec l'axe des ordonnées (cela donne l'ordonnée à l'origine).
- Utiliser ensuite les coordonnées d'un point de la courbe d'abscisse non nulle, puis résoudre l'équation pour trouver le coefficient directeur.

ASTUCES DU CHEF

- Une fonction linéaire est toujours affine.
- Une fonction affine n'est pas toujours linéaire.

À VOS FOURNEAUX – EXERCICES BREVET

1 Une station de ski propose deux types de forfaits :

Tarif 1 : « **forfait journée** » à 40 €.

Tarif 2 : « **carte ski** » à 30 € qui donne accès au « **forfait journée** » à 25 €.

Soit x le nombre de journées de ski.

a. Déterminer le coût total en fonction de x pour le tarif 1.
b. Déterminer ensuite le coût total en fonction de x pour le tarif 2.
c. Lequel correspond à une fonction affine ?

(d'après DNB 2016, Amérique du Nord)

2 On considère les fonctions f et g, définies respectivement par $f(x) = 3x - 2$ et $g(x) = -x + 1$.
Représenter graphiquement les fonctions f et g pour x compris entre –2 et 2.

▶ Corrigés en fin d'ouvrage

Statistiques et fréquences

Les ingrédients

VOCABULAIRE SPÉCIFIQUE

- On étudie une **population** composée d'**individus** qui possèdent des **caractères** pouvant être **qualitatifs** (couleur des yeux…) ou **quantitatifs** (relié à la quantité…).
- Le nombre d'individus composant la population est appelé **effectif total de la série**.
- Le nombre d'individus possédant un même caractère est appelé **effectif du caractère**.

TABLEAU DE DONNÉES ET FRÉQUENCES

Pour **regrouper** et **organiser** les données, on utilise un **tableau de données**.

Exemple : voici la répartition des élèves du collège Beaussier.

Niveau	6^e	5^e	4^e	3^e
Effectif	100	150	200	150

La fréquence d'une valeur du caractère $= \dfrac{\textit{effectif de la valeur étudiée}}{\textit{effectif total}}$.

La **fréquence** est un nombre compris entre 0 et 1, on peut aussi l'exprimer sous la forme d'un pourcentage.

REPRÉSENTATIONS GRAPHIQUES

Diagramme en bâtons	Diagramme circulaire	Histogramme
Les **hauteurs des bâtons** sont proportionnelles aux quantités représentées.	Les **mesures des angles** sont proportionnelles aux quantités représentées.	Diagramme constitué de rectangles juxtaposés, **la largeur des rectangles correspond à l'intervalle de la classe correspondante**. On adapte la hauteur pour que l'aire du rectangle soit proportionnelle à l'effectif de la classe.

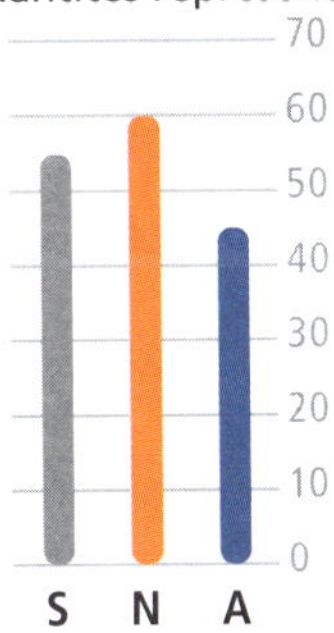

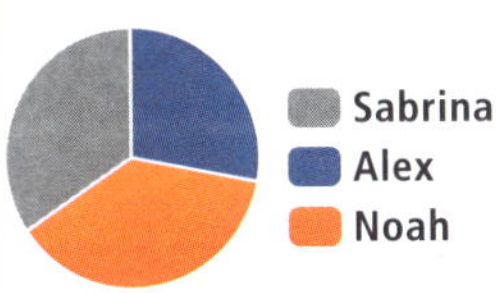

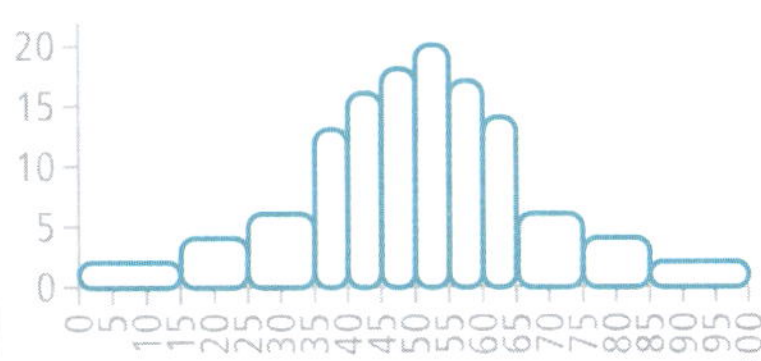

La recette pour réussir

SAVOIR FAIRE

Obtenir la mesure de l'angle (diagramme circulaire)

Il faut compléter le tableau de proportionnalité :

Angle en degré	360	?
Effectif	Effectif total	*a*

Déterminer une fréquence

- On détermine toujours l'effectif de la classe étudiée.
- On détermine ensuite l'effectif total.

ASTUCES DU CHEF

- La fréquence est un nombre toujours compris entre 0 et 1.
- Pour exprimer la fréquence en pourcentage, on multiplie par 100 et on rajoute le symbole %.

À VOS FOURNEAUX – EXERCICES BREVET

1 En 2015, environ 4,7 % de la population française souffrait d'allergies alimentaires. La même année, dans un collège de 681 élèves, 32 élèves souffraient d'allergies alimentaires.
La proportion des élèves de ce collège souffrant d'allergies alimentaires est-elle supérieure à celle de la population française ?

(d'après DNB 2017, Amérique du Nord)

2 On a effectué une étude sur les allergies alimentaires de 39 élèves.
On suppose que ces élèves ne sont allergiques qu'à un seul aliment.

Aliments	Lait	Fruits	Arachides	Poisson	Œuf
Nombre d'élèves concernés	6	8	11	5	9

Calculer la fréquence (en pourcentage) des élèves allergiques aux fruits.

(d'après DNB 2017, Amérique du Nord)

▶ Corrigés en fin d'ouvrage

Moyennes, médianes et étendues

14

MATHS

Les ingrédients

MOYENNES

- La **moyenne brute** d'une série statistique est égale au quotient de la somme de toutes les valeurs par le nombre total de valeurs.

$$\text{moyenne brute} = \frac{\textit{somme de toutes les valeurs}}{\textit{nombre total de valeurs}}$$

- La **moyenne pondérée** d'une série statistique est égale au quotient des sommes des produits de chaque valeur par son coefficient par la somme des coefficients.

$$\text{moyenne pondérée} = \frac{\textit{somme des produits de chaque valeur par son coefficient}}{\textit{somme des coefficients}}$$

La **moyenne pondérée** est égale à la moyenne brute lorsque tous les coefficients sont égaux.

MÉDIANE

La **médiane *m*** d'une série statistique ordonnée est une valeur qui partage cette série en **deux séries de même effectif**.

Exemples :

- La valeur 8 sépare la série en deux séries de même effectif, la médiane est donc 8.

5	7	8	11	12

- Toute valeur comprise entre 6 et 9 peut être la médiane, par convention, on prend la moyenne des deux valeurs, ici $\frac{6+9}{2} = 7{,}5$. La médiane est 7,5.

5	6	9	12

ÉTENDUE

$$\text{étendue} = \textit{valeur maximale} - \textit{valeur minimale}$$

La recette pour réussir

SAVOIR FAIRE

Classer les données

- Il faut toujours vérifier si les données ont été classées. Si ce n'est pas le cas, il faudra les classer dans l'ordre croissant pour éviter les erreurs.

Déterminer une médiane

- Classer les valeurs de la série dans l'ordre croissant.
- Chercher ensuite la valeur qui sépare la série en deux sous-séries de même effectif.

ASTUCES DU CHEF

- On peut utiliser la calculatrice pour obtenir la moyenne, la médiane et l'étendue.
- Pour le calcul de la médiane, si l'effectif de celle-ci est impair, la médiane est une valeur de la série. Si l'effectif est pair, calculez une moyenne.

À VOS FOURNEAUX – EXERCICES BREVET

1 Chaque jour, Gabriel récolte du sel sur les 25 carreaux de son marais salant. Le premier jour, afin de prévoir sa production, il relève la masse en kilogrammes de chaque tas de sel produit par carreau.
Voici la série statistique :

34 – 39 – 31 – 45 – 40 – 32 – 36 – 45 – 42 – 34 – 30 – 48 – 43 – 32 – 39 – 40 – 42 – 38 – 46 – 31 – 38 – 43 – 37 – 47 – 31

a. Calculer l'étendue de cette série statistique.
b. Déterminer la médiane de cette série statistique et interpréter le résultat.
c. Calculer la masse moyenne en kg des tas de gros sel pour ce premier jour.

(d'après DNB 2018)

2 Quelle est l'étendue de cette série statistiques ?

(d'après DNB 2018)

Diagramme représentant le pourcentage de commandes livrées en retard sur l'année 2016

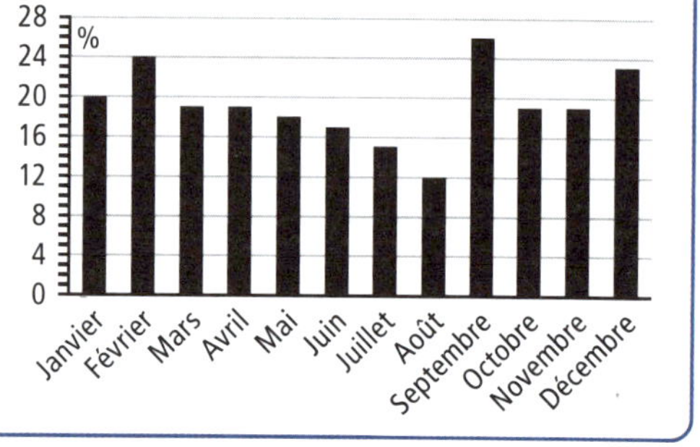

▶ Corrigés en fin d'ouvrage

Probabilités

15

MATHS

Les ingrédients

GÉNÉRALITÉS

- Une expérience est **aléatoire** si les résultats, appelés **« issues »**, ne sont pas prévisibles à l'avance.
- Un événement **impossible** ne se produit jamais, tandis qu'un événement **certain** se produit toujours. Le contraire d'un événement A est l'événement qui se produit lorsque A n'est pas réalisé. On le note **« nonA »**.
- Des événements sont **incompatibles** lorsqu'ils ne se produisent pas en même temps.

NOTION DE PROBABILITÉ

En répétant un très grand nombre de fois la même expérience aléatoire dans les mêmes conditions, la fréquence de réalisation d'un événement A se rapproche d'**un nombre fixe** appelé **probabilité de l'événement A** notée **$p(A)$**.

ÉQUIPROBABILITÉ

Il y a équiprobabilité lorsque **toutes les issues ont la même probabilité de se réaliser**.

$$p(A) = \frac{\text{nombre d'issues où A est réalisé}}{\text{nombre total d'issues}}$$

Exemple : il y a équiprobabilité pour le jet d'un dé non truqué à 6 faces numérotées.

PROPRIÉTÉS

A et B sont deux événements incompatibles.

$0 \leq p(A) \leq 1$

$p(A \text{ ou } B) = p(A) + p(B)$

$p(A) + p(\text{nonA}) = 1$

TABLEAU DE PROBABILITÉ POUR UNE EXPÉRIENCE ALÉATOIRE À DEUX ÉTAPES

On liste l'ensemble de tous les couples de résultats possibles.

Exemple : on lance une pièce (côté « pile » ou « face »), puis on lance un dé dont les faces sont numérotées de 1 à 6.

Le tableau représentant cette expérience aléatoire est :

	1	2	3	4	5	6
Pile	(Pile, 1)	(Pile, 2)	(Pile, 3)	(Pile, 4)	(Pile, 5)	(Pile, 6)
Face	(Face, 1)	(Face, 2)	(Face, 3)	(Face, 4)	(Face, 5)	(Face, 6)

La recette pour réussir

SAVOIR FAIRE

Calcul de probabilité dans le cas d'équiprobabilité

On détermine le nombre d'issues où l'événement est réalisé, puis on divise par le nombre total d'issues possibles.

Utiliser l'événement contraire

- Si l'on a du mal à déterminer la probabilité d'un événement, on peut essayer de déterminer la probabilité de l'événement contraire.
- Utiliser la formule : $p(\text{nonA}) = 1 - p(\text{A})$.

ASTUCES DU CHEF

- Pour simuler avec un tableur une expérience aléatoire, utilisez la fonction **alea.entre.borne(min;max)**.
- Concernant les probabilités, il faut toujours repérer toutes les issues possibles. Il est recommandé, même si ce n'est pas demandé, de construire un arbre des probabilités.
- Il y a équiprobabilité lorsque l'expérience aléatoire n'est pas truquée.

À VOS FOURNEAUX – EXERCICES BREVET

1 Voici un jeu composé d'un plateau tournant et d'une boule. Le plateau comporte 13 cases numérotées de 0 à 12. On lance la boule sur le plateau, qui s'arrête au hasard sur une case numérotée. La boule a la même probabilité de s'arrêter sur chaque case.

a. Quelle est la probabilité que la boule s'arrête sur la case 8 ?

b. Quelle est la probabilité que la boule s'arrête sur une case impaire ?

c. Lors des deux derniers lancers, la boule s'est arrêtée à chaque fois sur la case 9. A-t-on maintenant plus de chances que la boule s'arrête sur la case 9 plutôt que sur la case 7 ? Argumenter à l'aide d'un calcul de probabilités.

(d'après DNB 2018, Pondichéry)

2 Deux urnes contiennent des boules numérotées indiscernables au toucher. Le schéma ci-contre représente le contenu de chacune des urnes. On forme un nombre entier à deux chiffres en tirant au hasard une boule dans chaque urne :

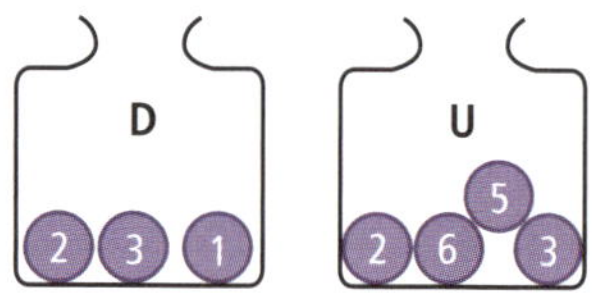

- le chiffre des dizaines est le numéro de la boule issue de l'urne D ;
- le chiffre des unités est le numéro de la boule issue de l'urne U.

a. A-t-on plus de chance de former un nombre pair que de former un nombre impair ?

b. Sans justifier, indiquer les nombres premiers qu'on peut former lors de cette expérience.

c. Montrer que la probabilité de former un nombre premier est égale à $\frac{1}{6}$.

(d'après DNB 2018, Amérique du Nord)

▶ Corrigés en fin d'ouvrage

Symétries

Les ingrédients

SYMÉTRIE AXIALE

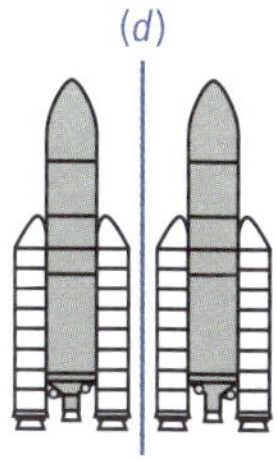

- Deux figures sont symétriques par rapport à une droite si elles se **superposent par pliage** le long de la droite. On dit que la droite est **un axe de symétrie**.

Exemple : les deux fusées ci-contre sont symétriques par rapport à (*d*).

- Une figure peut avoir **plusieurs axes de symétrie**.

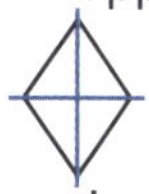

Exemple : le losange a deux axes de symétrie.

- Le symétrique de A par rapport à la droite (*d*) est le point M tel que (*d*) soit **la médiatrice** de [AM].

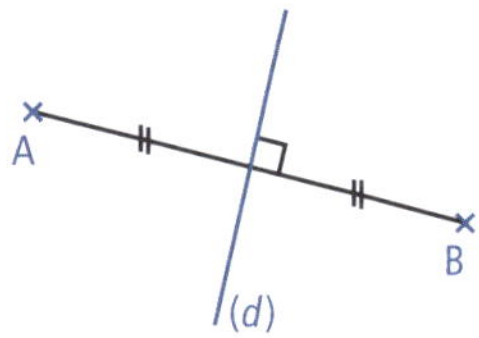

Exemple : B est le symétrique de A par rapport à (*d*).

SYMÉTRIE CENTRALE

- Effectuer une symétrie centrale, c'est effectuer **un demi-tour autour d'un point**.
- Dire que M′ est le symétrique de M par rapport au point O signifie que O est **le milieu** de [MM′].

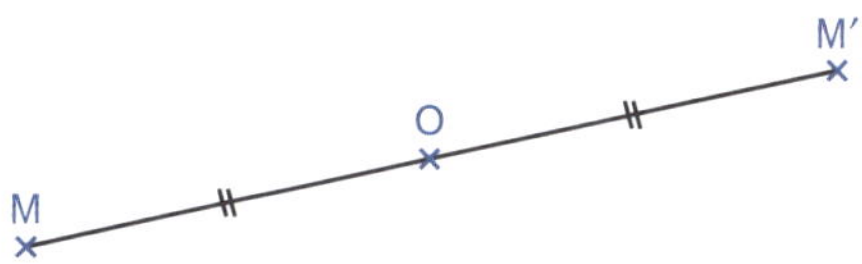

- Une figure admet **un centre de symétrie O** lorsque son image par la symétrie de centre O est elle-même.

Exemple : ce panneau de signalisation indiquant un sens interdit admet un centre de symétrie.

PROPRIÉTÉS DE CONSERVATION POUR LES DEUX SYMÉTRIES

- Le symétrique d'un **segment** est un segment de même longueur.
- Le symétrique d'une **droite** est une droite.
- Le symétrique d'un **cercle** est un cercle de même rayon.
- Le symétrique d'un **angle** est un angle de même mesure.

Les symétries conservent les mesures d'angles, les longueurs, les aires et l'alignement des points.

La recette pour réussir

SAVOIR FAIRE

Construire une image au compas : symétrie axiale

- Tracer un arc de cercle de centre A qui coupe (*d*) en deux points.
- Tracer de l'autre côté de (*d*) deux arcs de cercle de rayon identique et de centres les deux points précédents.
- Le point d'intersection des deux donne le symétrique par rapport à (*d*).

Construire une image au compas : symétrie centrale

- Tracer la demi-droite ayant pour origine le point M et passant par le centre de symétrie.
- Tracer un arc de cercle ayant pour centre le centre de symétrie et passant par le point M.
- Le point d'intersection de la demi-droite avec l'arc de cercle précédent donne le symétrique de M.

ASTUCES DU CHEF

- Il peut être utile, avant de commencer la figure sur sa feuille, de réaliser une figure à main levée afin de repérer les positions des points et la place nécessaire à la réalisation de la figure.
- Il faut toujours coder les figures (angles droits, angles de même mesure, longueurs égales…).

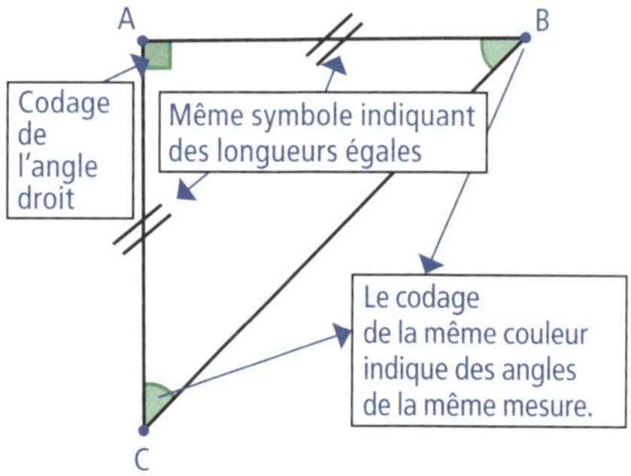

À VOS FOURNEAUX – EXERCICES BREVET

1 Cocher la bonne réponse.

a. Un rectangle qui n'est pas un carré admet :

☐ un seul axe de symétrie. ☐ deux axes de symétrie. ☐ aucun axe de symétrie.

b. Quel est le nombre d'axes de symétrie d'un carré ?

☐ quatre axes de symétrie. ☐ six axes de symétrie. ☐ huit axes de symétrie.

2 a. Construire un triangle équilatéral FIO de 5 cm de côté.
b. Construire le point R, symétrique de I par rapport au point O.
c. Construire le point E, symétrique de I par rapport à la droite (OF).
d. Construire le point U, symétrique de F par rapport au point O.
e. Construire le point G, symétrique de F par rapport à la droite (IO).
f. Tracer le polygone FIGURE. Quelle semble être sa nature ?

▶ Corrigés en fin d'ouvrage

Translations

17

MATHS

Les ingrédients

DÉFINITION

- Effectuer une translation, c'est effectuer **un glissement rectiligne**.
- Une translation a donc : un **sens**, une **direction** et une **longueur**.

Exemple :

En utilisant un couple de point pour symboliser la translation de A vers B, on obtient :

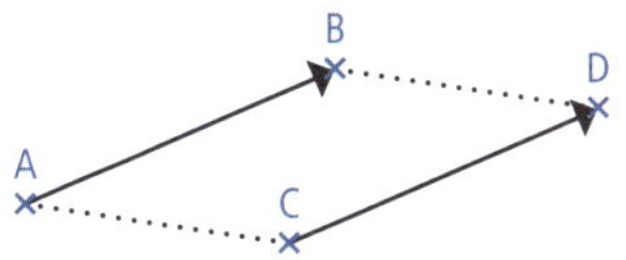

PROPRIÉTÉ DU PARALLÉLOGRAMME

Dire que C est l'image de D par la translation transformant A en B signifie que ABDC est un **parallélogramme**.

Les diagonales de ABDC ont donc le même milieu.

PROPRIÉTÉS DE CONSERVATION

Une translation transforme :

- une droite en une **droite parallèle**.
- un segment en un **segment de même longueur**.
- un cercle en un **cercle de même rayon**.
- un angle en un **angle de même mesure**.

Une translation conserve donc les longueurs de segment, les mesures d'angles, les aires.

La recette pour réussir

SAVOIR FAIRE

Construire l'image d'un point C par une translation transformant A en B

- Tracer la droite (AB).
- Tracer la parallèle à (AB) passant par C.
- Reporter, à l'aide d'un compas, la longueur AB à partir de C dans le bon sens (celui de A vers B).
- On obtient alors le point D.

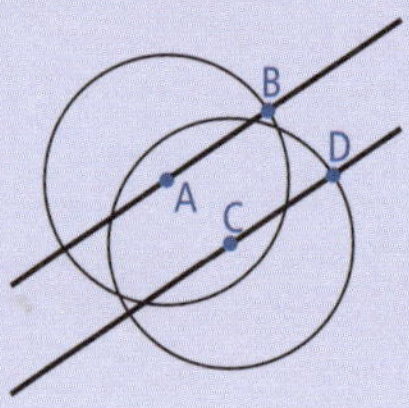

ASTUCES DU CHEF

- La translation conserve la forme avec toutes ses caractéristiques.
- Pour tracer le translaté d'une figure, on commence toujours par obtenir les translatés des sommets.

À VOS FOURNEAUX – EXERCICES BREVET

1 Le pavage représenté ci-contre est réalisé à partir d'un motif appelé pied-de-coq qui est présent sur de nombreux tissus utilisés pour la fabrication de vêtements.

a. Quel type de transformation géométrique permet d'obtenir le motif ❷ à partir du motif ❶ ?

b. Marie affirme « si je divise par 2 les longueurs d'un motif, son aire sera aussi divisée par 2 ».
A-t-elle raison ? Expliquer pourquoi.

(d'après DNB 2018, Pondichéry)

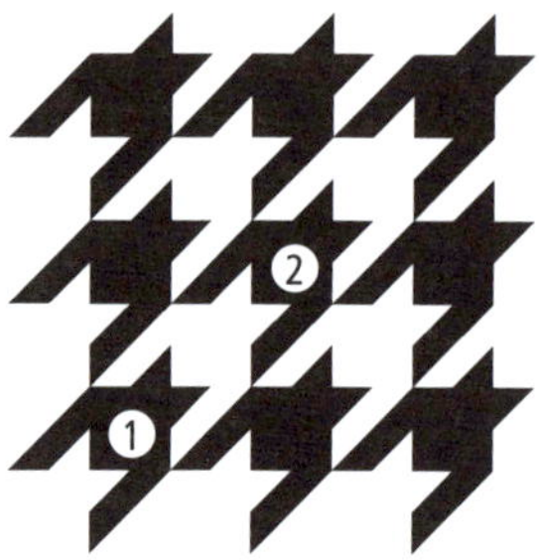

2 La figure ci-contre représente un pavage à base d'hexagone régulier. On a numéroté certains de ces hexagones.

a. Quelle est l'image de l'hexagone 14 par la translation qui transforme l'hexagone 2 en hexagone 12 ?

b. Quelle est l'image de l'hexagone 3 par la translation qui transforme l'hexagone 2 en hexagone 10 ?

(d'après DNB 2019, Amérique du Nord)

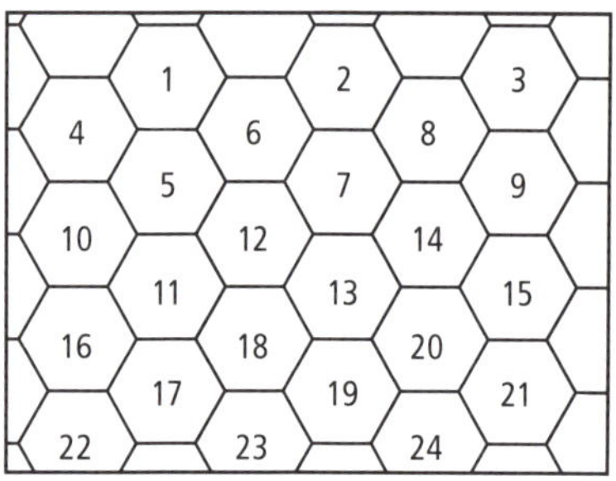

► Corrigés en fin d'ouvrage

Rotations

Les ingrédients

DÉFINITIONS

Sens direct

Il s'agit du sens inverse des aiguilles d'une montre, c'est donc cela :

En pratique

D'un point de vue pratique, effectuer une rotation de centre O et d'angle α, c'est faire tourner la figure d'un angle α autour du point O.

Exemple : On passe de la figure 1 à la figure 2 par une rotation de centre O et d'angle 60°.

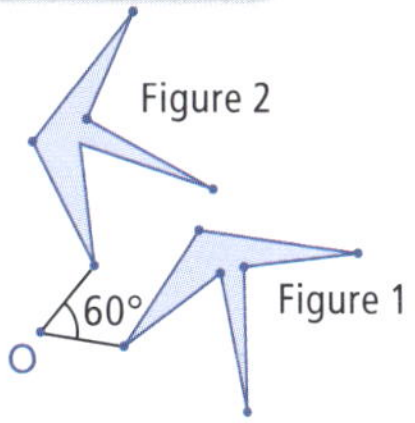

Point de vue théorique

Dire que M′ est l'image de M par la rotation de centre O et d'angle α signifie que $OM' = OM$ et $\widehat{MOM'} = \alpha$ dans le sens direct.

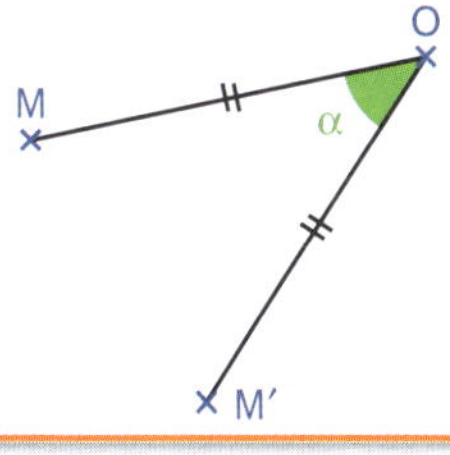

PROPRIÉTÉS DE CONSERVATION

- Une rotation conserve les longueurs, les mesures d'angles et les aires.
- Elle transforme donc une droite en une droite et un cercle en un cercle de même rayon.

La rotation conserve la forme avec toutes ses caractéristiques.

La recette pour réussir

SAVOIR FAIRE

Construire l'image d'un point A par une rotation de centre O et d'angle α

- Tracer la demi-droite d'origine O passant par A : [OA).
- Tracer un arc de cercle de centre O passant par A, dans le sens direct.
- Utiliser un rapporteur pour tracer la demi-droite correspondant à l'angle de rotation.
- Le point d'intersection entre la demi-droite et l'arc de cercle est l'image recherchée.

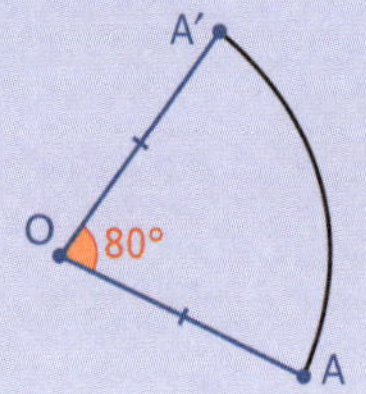

ASTUCES DU CHEF

- Une rotation d'angle 180° correspond à une symétrie.
- Une rotation d'angle 360° ne change rien à la figure.

À VOS FOURNEAUX – EXERCICES BREVET

1 *On considère l'hexagone ABCDEF de centre O représenté ci-contre.*

On considère la rotation de centre O qui transforme le triangle OAB en triangle OCD.

Quelle est l'image du triangle BOC par cette rotation ?

(d'après DNB 2019, Amérique du Nord)

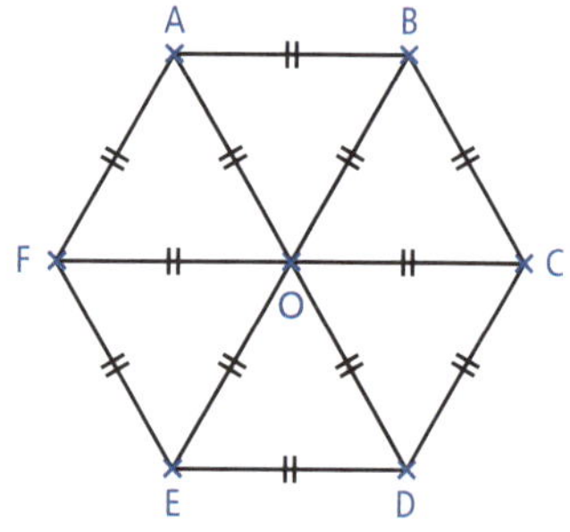

2 Soit MAK un triangle équilatéral de côté mesurant 4 cm.

a. Tracer le triangle MAK.

b. Construire l'image de M par la rotation de centre K et d'angle 120° dans le sens direct. Nommer ce point I.

c. Quelle est la nature du triangle AKI ?

(d'après DNB 2003, Amérique du Nord)

▶ Corrigés en fin d'ouvrage

Homothéties

Les ingrédients

HOMOTHÉTIE DE RAPPORT POSITIF

Le point M′ est l'image de M par l'homothétie de centre O et de rapport k si :
M′ ∈ [OM) et **OM′ = kOM**.

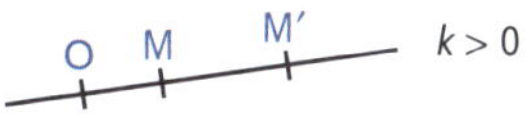

EFFET SUR LA FIGURE → *F′* **est un agrandissement de** *F* **si $k > 1$ et une réduction de** *F* **si $0 < k < 1$.**

Exemple : *F′* est un agrandissement de *F* de rapport 2.

On peut aussi dire que *F* est une réduction de *F′* de rapport $\frac{1}{2}$.

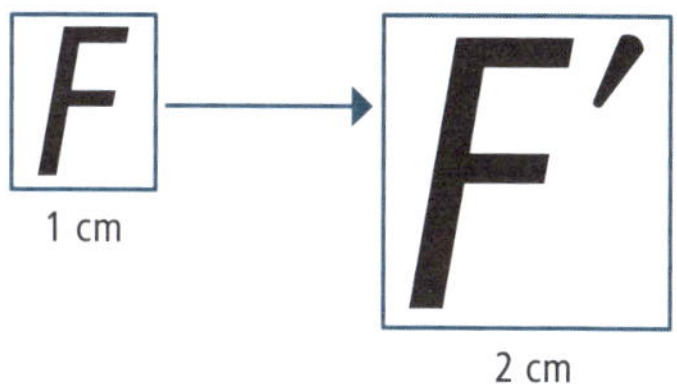

Coefficient de réduction = $\dfrac{\textit{longueur réduite}}{\textit{longueur initiale}}$

Coefficient d'agrandissement = $\dfrac{\textit{longueur agrandie}}{\textit{longueur initiale}}$

HOMOTHÉTIE DE RAPPORT NÉGATIF

Le point M′ est l'image de M par l'homothétie de centre O et de rapport k avec :
M′ ∈ [MO) et **OM′ = –kOM**.

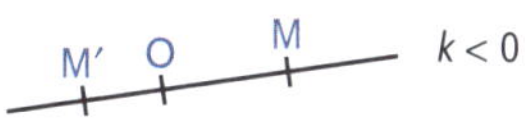

EFFET SUR LA FIGURE → *F′* **est un agrandissement de** *F* **si $k < -1$ et une réduction de** *F* **si $-1 < k < 0$.**

EFFETS DES HOMOTHÉTIES

Une homothétie de rapport k conserve le parallélisme, l'alignement des points et les mesures d'angles.

Si on agrandit ou réduit une figure en multipliant les longueurs par un cœfficient k strictement positif, alors : l'aire est multiplié par k^2 et le volume est multiplié par k^3 si $k > 0$ ou par $-k^3$ si $k < 0$.

La recette pour réussir

SAVOIR FAIRE

Construire l'image d'une figure par une homothétie de centre O et de rapport $k < 0$

- Construire l'image de chacun des points de la figure.
- Pour obtenir l'image de M :

– tracer [MO) ;
– à l'aide d'un compas, mesurer OM ;
– placer le point M′ sur la demi-droite précédente de sorte que **OM′ = –*k*OM**.

ASTUCES DU CHEF

- Les homothéties conservent les formes, mais pas les longueurs.
- Les homothéties conservent les formes, mais pas les aires.

À VOS FOURNEAUX – EXERCICES BREVET

1 Avec un logiciel de géométrie dynamique, on a construit la figure A.
En appliquant à la figure A des homothéties de centre O et de rapports différents, on a ensuite obtenu les autres figures.

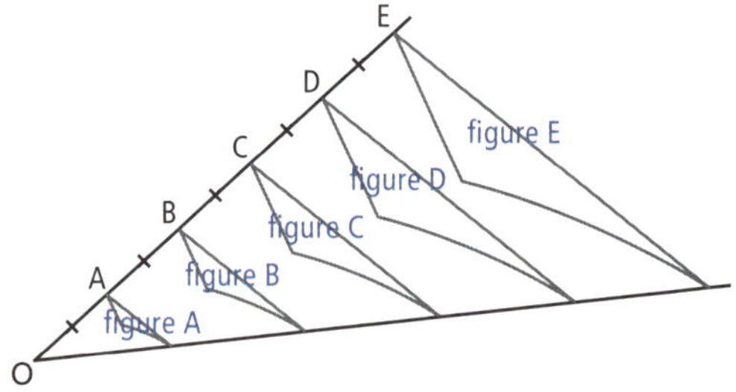

a. Quel est le rapport de l'homothétie de centre O qui permet d'obtenir la figure C à partir de la figure A ?
b. On applique l'homothétie de centre O et de rapport $\frac{3}{5}$ à la figure E.
Quelle figure obtient-on ?

(d'après DNB 2018, Asie)

2 a. Placer trois points O, M, M′ dans cet ordre avec OM = 2 cm et OM′ = 5 cm.
b. Quelle transformation *h* permet de passer de M à M′ ?
c. Soit P un point n'appartenant pas à (OM), construire *h*(P).

▶ Corrigés en fin d'ouvrage

Généralités sur les triangles

Les ingrédients

CONSTRUCTIBILITÉ D'UN TRIANGLE

- **Inégalité triangulaire :** dans un triangle, la longueur d'un côté est toujours inférieure à la somme des longueurs des deux autres côtés.
- **Égalité triangulaire :** si la longueur d'un côté est égale à la somme des longueurs des deux autres côtes, les trois points sont alignés.

> **Conséquence**
>
> **Pour savoir si un triangle est constructible, il suffit de vérifier que la plus grande des longueurs est strictement inférieure à la somme des deux autres longueurs.**

ANGLES ET TRIANGLES

Dans un triangle, la somme des mesures des angles vaut **180°**.

> **Conséquence**
>
> **Dans un triangle, si l'on connaît deux des mesures d'angles, on peut en déduire la troisième !**

TYPOLOGIE DES TRIANGLES

Triangle isocèle en A	Triangle équilatéral	Triangle rectangle
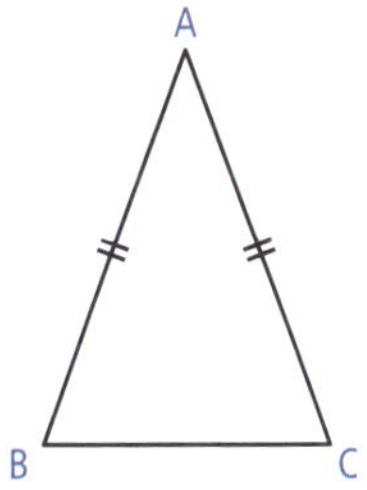	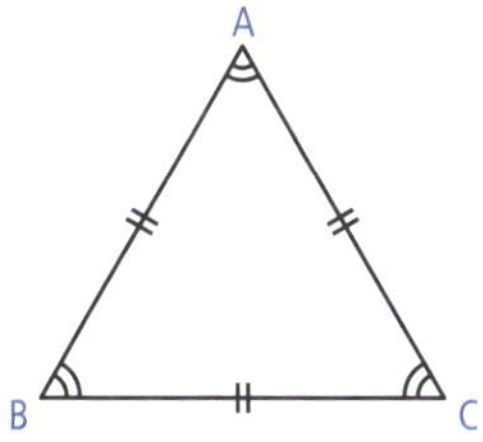	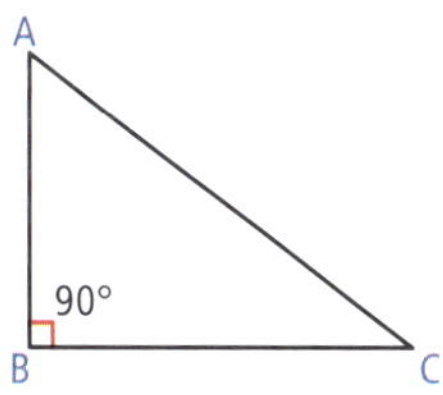
AB = BC les angles : $\hat{B} = \hat{C}$	3 longueurs égales 3 angles de même mesure	un angle droit

La recette pour réussir

SAVOIR FAIRE

Savoir si un triangle est constructible

- Repérer le côté le plus long.
- Calculer la somme des longueurs des deux autres côtés.
- Si cette somme est inférieure à la somme précédente, alors le triangle est constructible.

Trouver une mesure d'angle lorsque que l'on connaît deux mesures d'angles

On résout cette équation en se servant du fait que la somme des mesures des angles d'un triangle vaut 180°.

ASTUCES DU CHEF

- Avant de commencer la construction, il faut toujours s'assurer de la constructibilité du triangle.
- À chaque fois que l'on trouve une nouvelle donnée, il faut la coder tout de suite sur la figure.

À VOS FOURNEAUX – EXERCICES BREVET

1 ABC est un triangle vérifiant $\widehat{ABC} = 65°$ et $\widehat{BCA} = 25°$.

a. Calculer $\widehat{CAB}$.

b. Quel est la nature du triangle ABC ?

2 Donner la nature des triangles suivants :

a. AB = 5 cm, BC = 5 cm et $\widehat{ABC} = 60°$.

b. AB = 4 cm, AC = 3 cm et BC = 3 cm.

3 Vrai ou faux ?

a. Un triangle rectangle peut être équilatéral.

☐ Vrai ☐ Faux

b. Un triangle rectangle peut être isocèle.

☐ Vrai ☐ Faux

c. Un triangle équilatéral est isocèle.

☐ Vrai ☐ Faux

▶ Corrigés en fin d'ouvrage

Droites remarquables du triangle

21

MATHS

Les ingrédients

MÉDIATRICES D'UN TRIANGLE

La médiatrice d'un côté d'un triangle est **la droite perpendiculaire à ce côté en son milieu**.

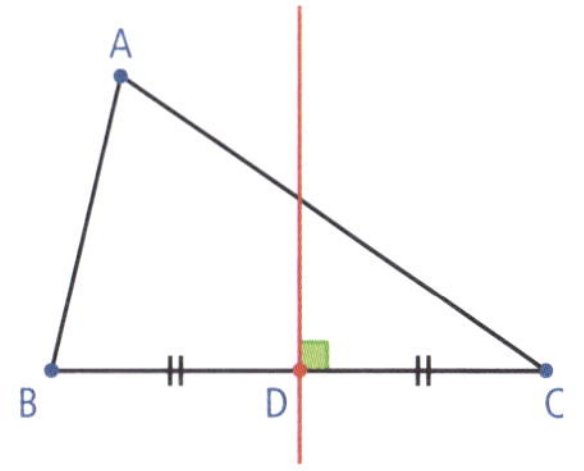

La **médiatrice d'un segment** est l'ensemble des points équidistants des extrémités de ce segment.

Propriété

Les médiatrices d'un triangle sont concourantes (se coupent en un même point) au niveau du centre du cercle circonscrit au triangle.

Exemple : Ω est le centre du cercle circonscrit.
On a ΩA = ΩB = ΩC.

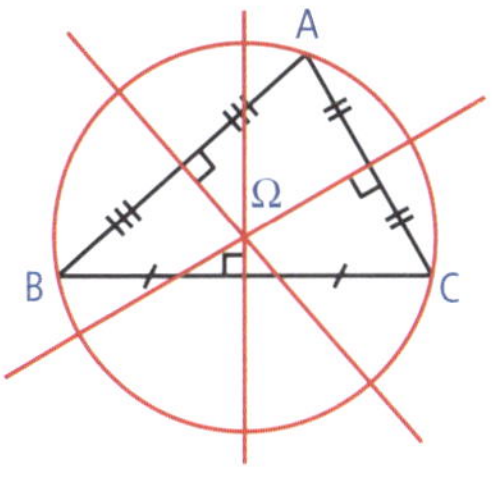

HAUTEURS D'UN TRIANGLE

La hauteur relative à un côté d'un triangle est **la droite perpendiculaire à ce côté qui passe par le sommet opposé à ce côté**.

On parle parfois de la hauteur issue de A.

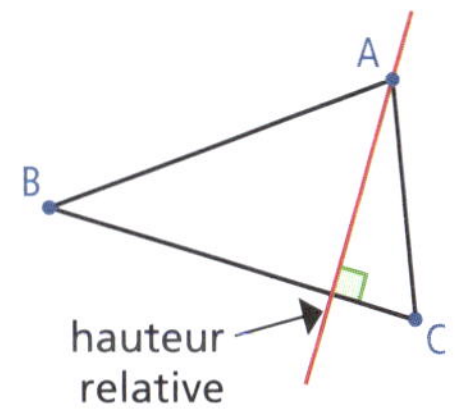

Propriété

Les hauteurs d'un triangle sont concourantes en un point que l'on nomme l'orthocentre.

Exemple : H est l'orthocentre de ABC.

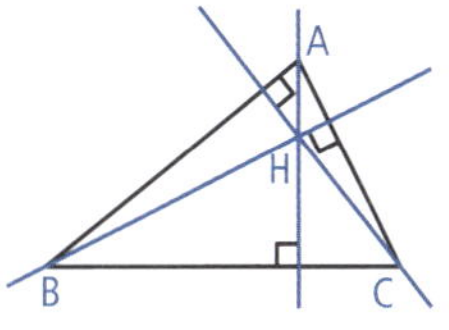

La recette pour réussir

SAVOIR FAIRE

Construire une médiatrice

- Prendre un écartement de compas suffisant (plus grand que la moitié de la longueur du segment).
- Tracer un arc de cercle de centre A de chaque côté de [AB].
- Tracer un arc de cercle de centre B de chaque côté de [AB].
- Relier les points d'intersection de ces deux arcs de cercle.

Construire la hauteur relative au côté [BC] du triangle ABC

- Tracer (BC).
- Tracer la perpendiculaire à (BC) passant par A : c'est la hauteur !

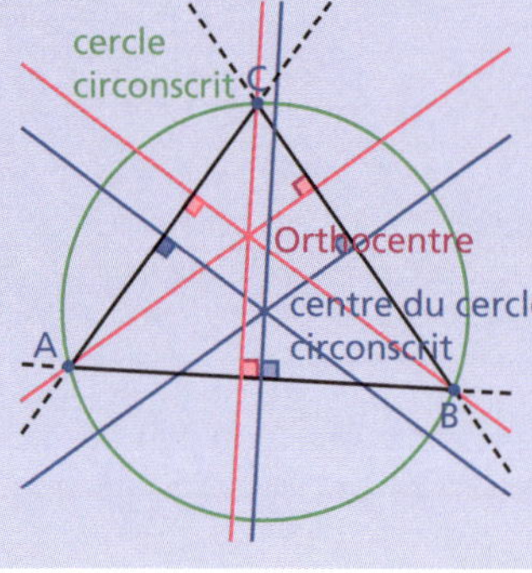

ASTUCES DU CHEF

- Pour tracer le centre du cercle circonscrit, il suffit de tracer deux médiatrices.
- Pour tracer l'orthocentre, il suffit de tracer deux hauteurs.
- La recherche d'un point équidistant de trois points non alignés correspond à une recherche de centre du cercle circonscrit.

À VOS FOURNEAUX – EXERCICES BREVET

1 a. Construire le triangle ABC tel que AB = 3 cm, BC = 4 cm et AC = 5 cm.
b. Construire le centre du cercle circonscrit au triangle ABC.

2 a. Construire le triangle ABC tel que AB = 4 cm, BC = 4 cm et AC = 5 cm.
b. Tracer la hauteur relative à [AB].
c. Tracer la hauteur relative à [AC].
d. Que peut-on dire de l'intersection des deux hauteurs précédentes ?
e. Tracer le centre du cercle circonscrit au triangle ABC.

▶ Corrigés en fin d'ouvrage

Triangles égaux et semblables

Les ingrédients

TRIANGLES ÉGAUX

Deux triangles sont **égaux** lorsqu'on peut les superposer par **glissement** ou **retournement**.

Exemple : les deux triangles ci-contre sont égaux.

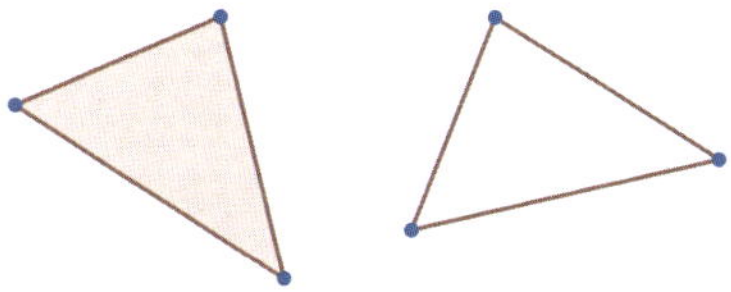

> **Propriété**
>
> **Deux triangles égaux ont leurs côtés égaux et leurs angles égaux.**

La réciproque est fausse.

TRIANGLES SEMBLABLES

Deux triangles sont **semblables** si **les angles de l'un sont égaux aux angles de l'autre**.

> **Propriété**
>
> **Si deux triangles sont semblables, alors les longueurs des côtés de l'un sont proportionnelles aux longueurs des côtés de l'autre.**

CARACTÉRISATION DES TRIANGLES SEMBLABLES

Si **les longueurs des côtés d'un triangle sont proportionnelles aux longueurs des côtés d'un autre triangle**, alors les deux triangles sont **semblables**.

Exemple : les triangles ABC et A'B'C' sont semblables.

En effet, $b' = 2b$, $c' = 2c$ et $a' = 2a$.

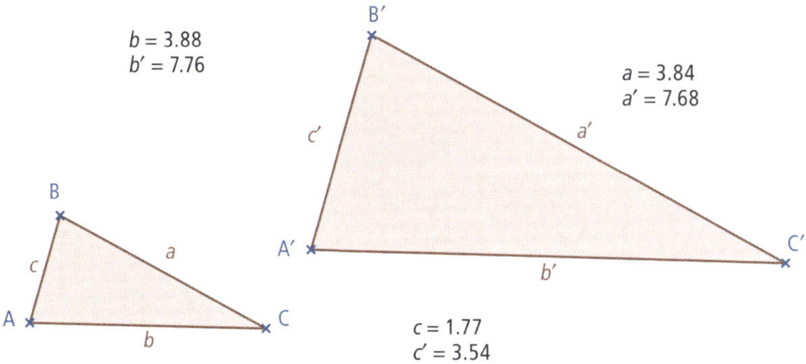

La recette pour réussir

SAVOIR FAIRE

Démontrer que deux triangles sont semblables

Il suffit de démontrer que deux couples d'angles sont égaux deux à deux.

Démontrer que deux triangles sont égaux

- Si les deux triangles ont un côté de même longueur entre deux angles de la même mesure.
- Si les deux triangles ont un angle de la même mesure compris entre deux côtés de la même longueur.
- Si les deux triangles ont leurs côtés deux à deux de la même longueur.

ASTUCES DU CHEF

- Des triangles égaux sont superposables.
- L'image d'un triangle par une homothétie est un triangle semblable.

À VOS FOURNEAUX – EXERCICES BREVET

1 *On considère la figure ci-contre qui n'est pas à l'échelle.*

On donne BD = 4 cm.

a. Montrer que les triangles CBD et BFE sont semblables.

b. Sophie affirme que l'angle $\widehat{BFE}$ est un angle droit. A-t-elle raison ?

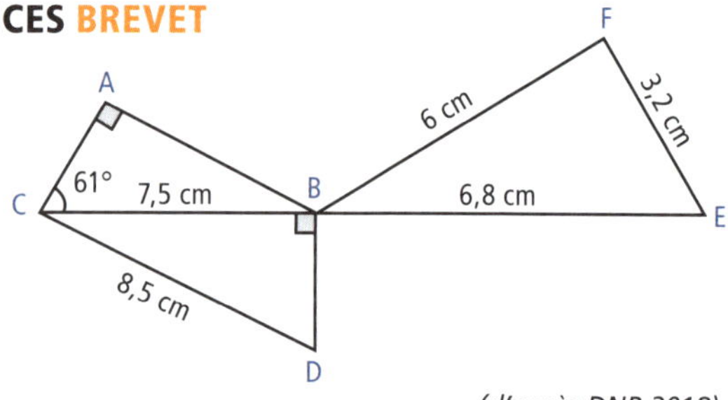

(d'après DNB 2018)

2 *On considère la figure ci-contre qui n'est pas à l'échelle.*

On donne AH = 3,5 cm.

a. Démontrer que les triangles ABC et HAC sont semblables.

b. Déterminer le coefficient de réduction permettant de passer du triangle ABC au triangle HAC.

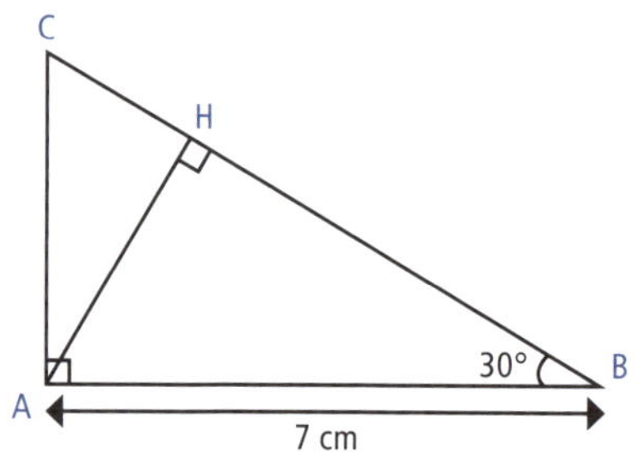

► Corrigés en fin d'ouvrage

Angles et droites parallèles

Les ingrédients

☑ ANGLES ALTERNES-INTERNES

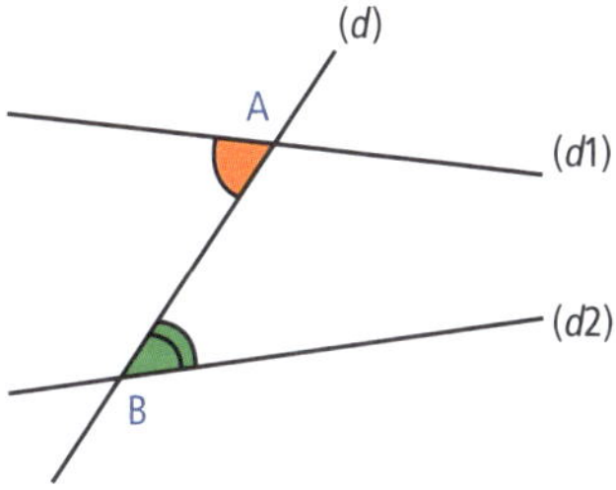

- Deux droites (*d*1) et (*d*2) sont coupées par une sécante (*d*).
- Les angles situés à l'intérieur de (*d*1) et (*d*2), placés de part et d'autres de (*d*), constituent **un couple d'angles alternes-internes**.

☑ ANGLES CORRESPONDANTS

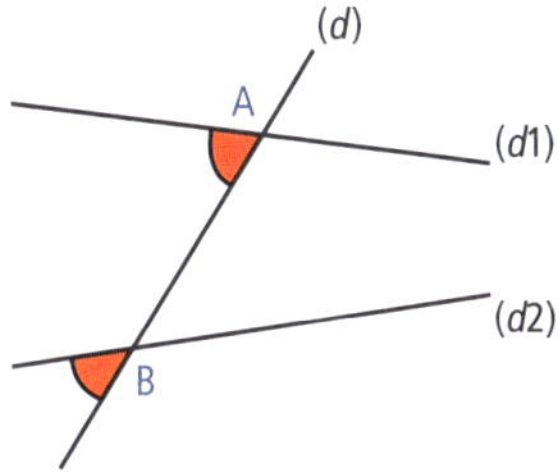

- Deux droites (*d*1) et (*d*2) sont coupées par une sécante (*d*).
- Les angles situés du même côté de (*d*), l'un étant à l'intérieur de (*d*1) et (*d*2), et l'autre étant extérieur, constituent **un couple d'angles correspondants**.

☑ PARALLÉLISMES ET COUPLES D'ANGLES

Si (*d*1) et (*d*2) sont deux droites parallèles et (*d*) est une sécante, alors :

- **les angles alternes-internes sont de même mesure.**
- **les angles correspondants sont de même mesure.**

Si deux angles alternes-internes ou correspondants ont la même mesure, alors :

→ **(*d*1) et (*d*2) sont parallèles.**

La recette pour réussir

SAVOIR FAIRE

Caractériser des angles alternes-internes

On dit que deux angles sont alternes-internes car ils se situent à l'intérieur des deux droites et **de part et d'autre** de la sécante.

Caractériser des angles correspondants

On dit que deux angles sont correspondants car ils se situent à l'intérieur des deux droites et **du même côté** de la sécante.

ASTUCES DU CHEF

Démontrer que deux droites sont parallèles

Des angles alternes-internes ou correspondants de la même mesure permettent de prouver que deux droites sont parallèles.

Démontrer que deux angles alternes-internes ou correspondants sont égaux

Deux droites parallèles coupées par une sécante permettent de prouver que le couple d'angles alternes-internes ou correspondants ont la même mesure.

À VOS FOURNEAUX – EXERCICES BREVET

1 *On considère la figure ci-contre qui n'est pas à l'échelle.*

On suppose que (MP) et (BC) sont parallèles. Démontrer que les angles $\widehat{CBA}$ et $\widehat{AMP}$ sont égaux.

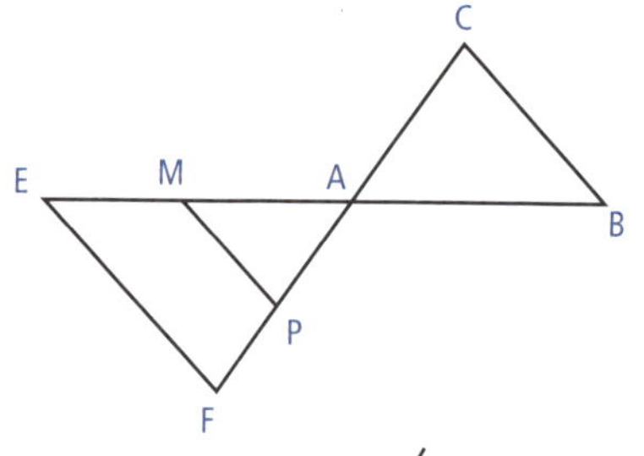

2 (AB) et (CG) sont deux droites parallèles.

a. Que peux-t-on dire des angles $\widehat{FDB}$ et $\widehat{ADE}$?

b. En déduire la mesure de $\widehat{ADE}$.

c. Que peut-on dire des angles $\widehat{ADE}$ et $\widehat{EDB}$?

d. En déduire la mesure de $\widehat{EDB}$.

e. Donner des couples d'angles correspondants et des couples d'angles alternes-internes.

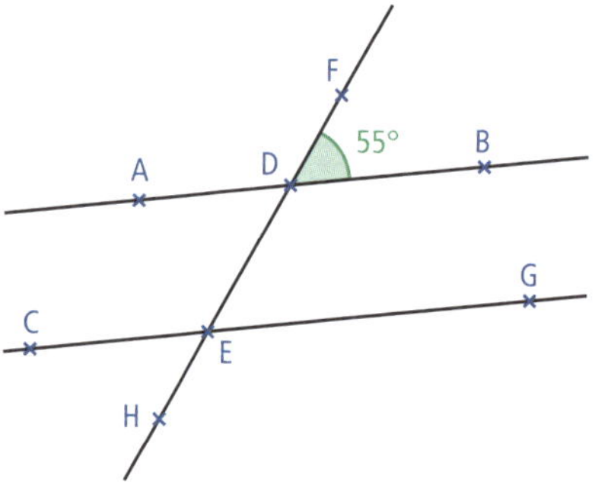

▶ Corrigés en fin d'ouvrage

Parallélogrammes

24

MATHS

Les ingrédients

DÉFINITION

Un parallélogramme est un quadrilatère. ABCD est un parallélogramme ayant ses **côtés opposés parallèles deux à deux**.

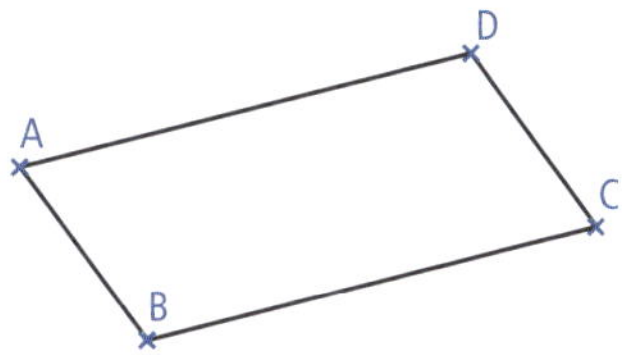

PROPRIÉTÉS

Dans un parallélogramme ABCD, on a :

- les **côtés** opposés de même longueur deux à deux ;
- les **angles** opposés de même mesure deux à deux ;
- les **diagonales** qui se coupent en leur milieu.

Exemple : on peut résumer cela en codant la figure ABCD, parallélogramme dont les diagonales se coupent en O. On dit que O est le centre du parallélogramme.

O est le centre de symétrie du quadrilatère !

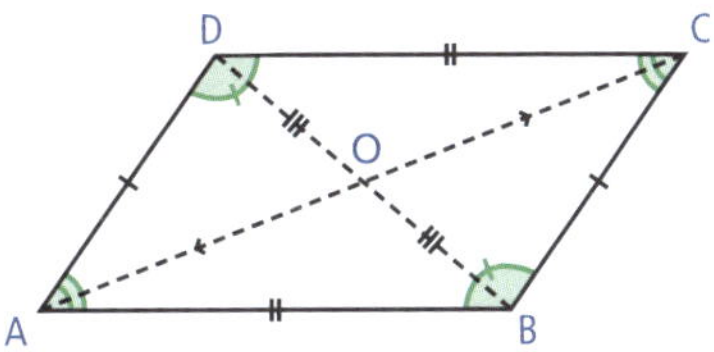

CARACTÉRISATION D'UN PARALLÉLOGRAMME

- Un quadrilatère non croisé (n'ayant pas la forme d'un sablier) dont les côtés opposés ont la même longueur deux à deux est un parallélogramme.
- Un quadrilatère non croisé dont deux côtés opposés ont la même longueur et sont parallèles est un parallélogramme.
- Un quadrilatère non croisé dont les diagonales se coupent en leur milieu est un parallélogramme.

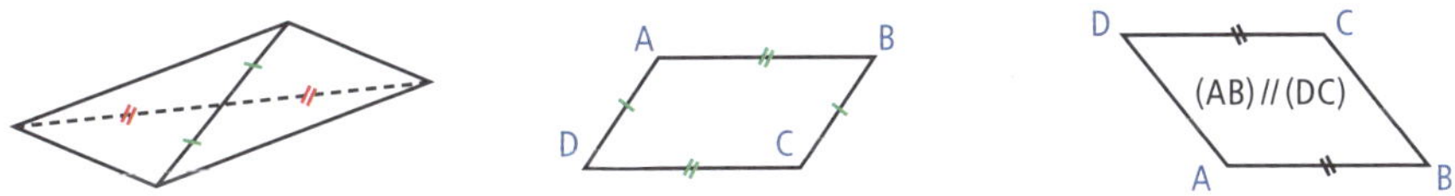

Le quadrilatère est un parallélogramme.

La recette pour réussir

SAVOIR FAIRE

Construire un parallélogramme ABCD connaissant trois sommets A, B et C en utilisant les parallèles

- Tracer [AB] et [BC].
- Tracer, à l'aide d'une règle et d'une équerre, la parallèle à (AB) passant par C.
- Tracer, à l'aide d'une règle et d'une équerre, la parallèle à (BC) passant par A.
- Le point d'intersection des deux droites précédentes est le quatrième sommet.

Construire un parallélogramme ABCD connaissant trois sommets A, B et C en utilisant les longueurs égales

- Tracer [AB] et [BC].
- On doit avoir AB = CD et BC = AD. Utiliser un compas pour reporter les longueurs égales. « Piquer » en C et reporter la longueur AB en traçant un arc de cercle.
- « Piquer » en A et reporter la longueur BC en traçant un arc de cercle.
- Les deux arcs de cercle se coupent en D.

ASTUCES DU CHEF

- Il faut commencer par effectuer une figure à main levée, avec le codage de toutes les données de l'énoncé. Cela permet de prévoir le positionnement des différents points.
- Pour démontrer qu'un quadrilatère non croisé est un parallélogramme, il faut utiliser : soit la définition à partir des côtés opposés parallèles deux à deux, soit le fait que les diagonales se coupent en leur milieu, ou alors il faut vérifier que deux côtés opposés sont parallèles et de même longueur.
- Pour démontrer que deux droites sont parallèles, on peut utiliser un parallélogramme.

À VOS FOURNEAUX – EXERCICES BREVET

1 *On considère la figure ci-contre qui n'est pas à l'échelle.*

Prouver que les droites (AB) et (DC) sont parallèles.

(d'après DNB 2014, Asie)

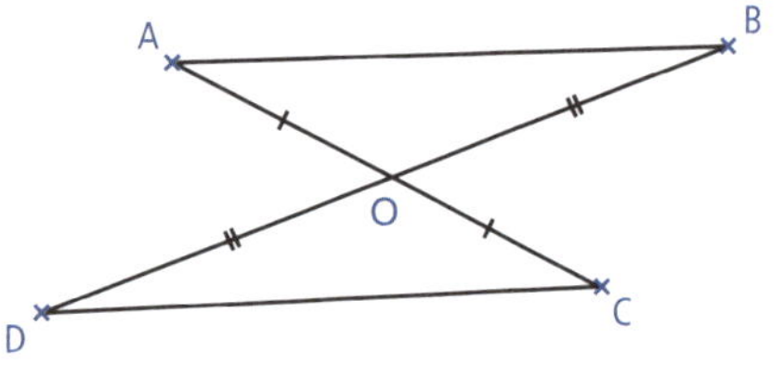

O, A, C sont alignés et O, B, D sont alignés

2 a. Placer trois points A, B et C non alignés. Tracer la droite (d) parallèle à (AB) passant par C.

b. Tracer le cercle de centre C et de rayon AB. Il coupe (d) en D et E.

c. Nommer les deux quadrilatères dont trois sommets sont A, B et C. Donner leur nature.

▶ Corrigés en fin d'ouvrage

Parallélogrammes particuliers 25

Les ingrédients

DES PARALLÉLOGRAMMES PARTICULIERS

Le losange

Il s'agit d'un quadrilatère ayant ses 4 côtés de la même longueur.

Conséquences :

- C'est un parallélogramme, donc ses diagonales se coupent en leur milieu.
- Ses diagonales sont perpendiculaires.

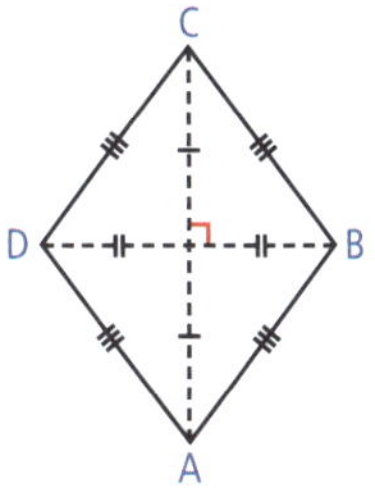

Le rectangle

Il s'agit d'un quadrilatère ayant ses 4 angles droits.

Conséquences :

- C'est un parallélogramme, donc ses diagonales se coupent en leur milieu.
- Ses diagonales ont la même longueur.

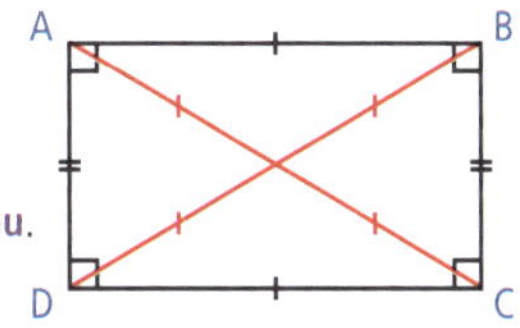

Le carré

Il s'agit d'un quadrilatère qui est à la fois un losange et un rectangle.

Conséquences :

- Ses 4 côtés ont la même longueur.
- Ses 4 angles sont droits.
- Ses diagonales sont perpendiculaires et ont la même longueur.

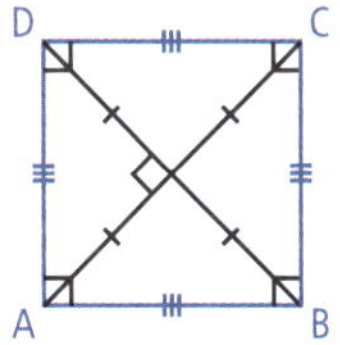

CARACTÉRISATION DES PARALLÉLOGRAMMES PARTICULIERS

• Pour un rectangle :

– Un parallélogramme ayant un angle droit est un rectangle.

– Un parallélogramme ayant ses diagonales de même longueur est un rectangle.

• Pour un losange :

– Un parallélogramme ayant deux côtés consécutifs de la même longueur est un losange.

– Un parallélogramme ayant ses diagonales perpendiculaires est un losange.

La recette pour réussir

SAVOIR FAIRE

Construire un rectangle ABCD en connaissant AB et AC

- Noter O le centre du rectangle.

On sait que AO = AC ÷ 2.

- Tracer le triangle isocèle ABO.
- Construire C le symétrique de A par rapport à O.
- Construire D le symétrique de B par rapport à O.
- Tracer [BC], [CD] et [DA].

Construire un losange ABCD en connaissant AB et AC

- Noter O le centre du losange ABCD.
- Tracer la diagonale [AC].
- Tracer la médiatrice de [AC]
- Utiliser un écartement de compas égal à AB, piquer en A et tracer un arc de cercle de sorte que celui-ci coupe la médiatrice précédente.
- On obtient alors les positions possibles pour B et D.

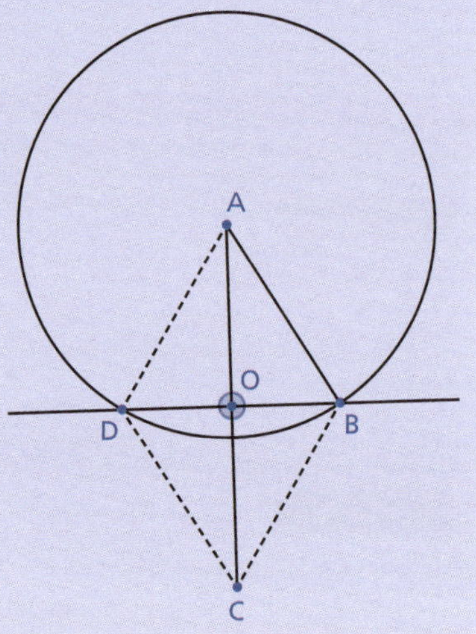

ASTUCES DU CHEF

- Avant de se lancer dans une démonstration, il faut repérer si la figure possède un centre de symétrie ou des axes de symétrie.
- Il ne faut pas oublier qu'un carré est à la fois un rectangle et un losange.

À VOS FOURNEAUX – EXERCICES BREVET

1 *On considère la figure à main levée ci-contre.*

Pourquoi peut-on affirmer que OELM est un losange ?

(d'après DNB 2012, Pondichéry)

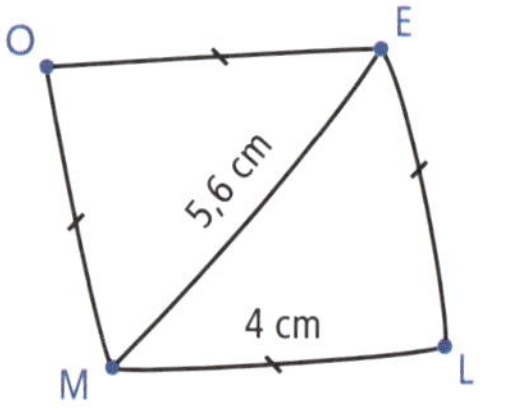

2 Le quadrilatère ABCD est un parallélogramme de centre O tel que OA = OB. Les droites (AC) et (BD) sont perpendiculaires.

Démontrer que ABCD est un carré.

▶ Corrigés en fin d'ouvrage

Théorème de Pythagore

26

MATHS

Les ingrédients

TRIANGLE RECTANGLE

- Dans un triangle ABC rectangle en A, **l'hypoténuse** est le côté en face de l'angle droit, ici [BC].
- Les autres côtés [AC] et [BA] sont les **côtés de l'angle droit**.

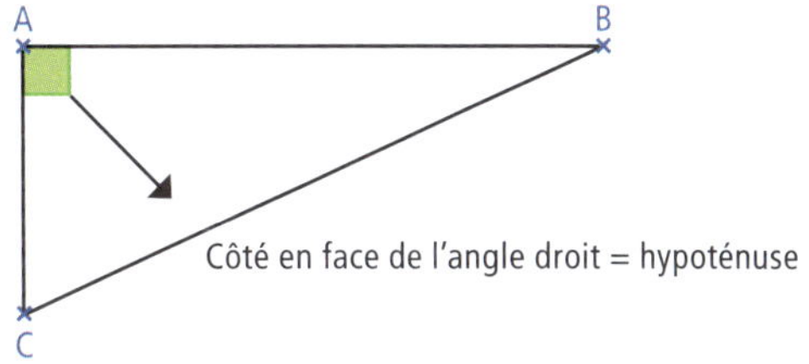

Attention, on ne peut utiliser le mot « hypoténuse » que dans le cas d'un triangle rectangle !

THÉORÈME DE PYTHAGORE

Dans un triangle rectangle, **le carré de l'hypoténuse est égal à la somme des carrés des côtés de l'angle droit**.

Autre formulation

Si le triangle ABC est rectangle en A, alors $BC^2 = BA^2 + AC^2$.

Exemple : MAT est rectangle en A, l'hypoténuse est [MT]. D'après le théorème de Pythagore on a $MT^2 = MA^2 + AT^2$.

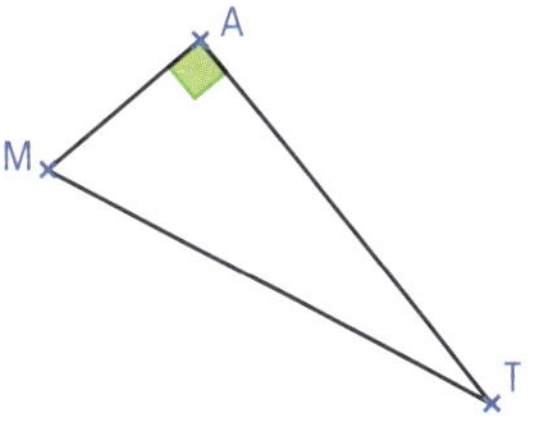

Prouver qu'un triangle n'est pas un triangle rectangle : si le carré du côté le plus long d'un triangle n'est pas égal à la somme des carrés des deux autres côtés, alors ce triangle n'est pas rectangle.

VERSION GÉOMÉTRIQUE DU THÉORÈME DE PYTHAGORE À L'AIDE D'AIRES

Aire du carré bleu = somme des aires des deux autres carrés

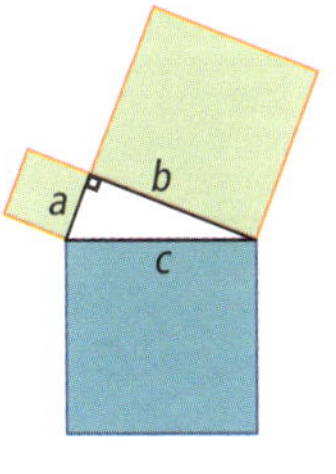

La recette pour réussir

SAVOIR FAIRE

Calculer la longueur de l'hypoténuse d'un triangle rectangle

Pour calculer la longueur MT du triangle rectangle ci-dessous :

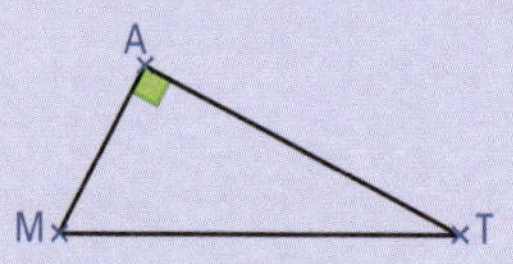

- Appliquer le théorème de Pythagore :
$MT^2 = MA^2 + AT^2$.
- Remplacer par les valeurs connues pour obtenir MT^2.
- On obtient MT en calculant la racine carrée de MT.

Calculer la longueur d'un côté adjacent à l'angle droit d'un triangle rectangle

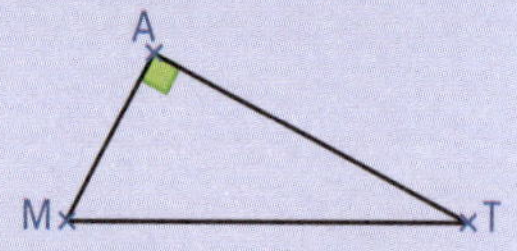

- Pour calculer MA, appliquer le théorème de Pythagore :
$MT^2 = MA^2 + AT^2$.
- Remplacer par les valeurs connues, puis isoler MA^2.
- On obtient MA en calculant la racine carrée de MA.

ASTUCES DU CHEF

- Le théorème ne s'applique qu'aux triangles rectangles, il faudra donc vérifier cela avant toute utilisation.
- Pour « éliminer » le carré, on utilise la racine carrée. Il faut utiliser la touche $\sqrt{\ }$ de la calculatrice.

À VOS FOURNEAUX – EXERCICES BREVET

1 *On considère la figure ci-contre qui n'est pas à l'échelle.*

Calculer, en justifiant, BD.

(d'après DNB 2018)

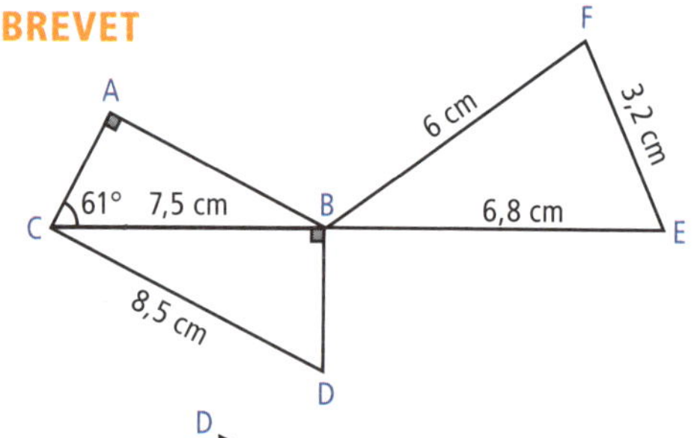

2 D, P et A sont alignés.
K, H et A sont alignés.
DA = 60 cm, DK = 11 cm et DP = 45 cm.
Calculer, au millimètre près et en justifiant, KA.

(d'après DNB 2015)

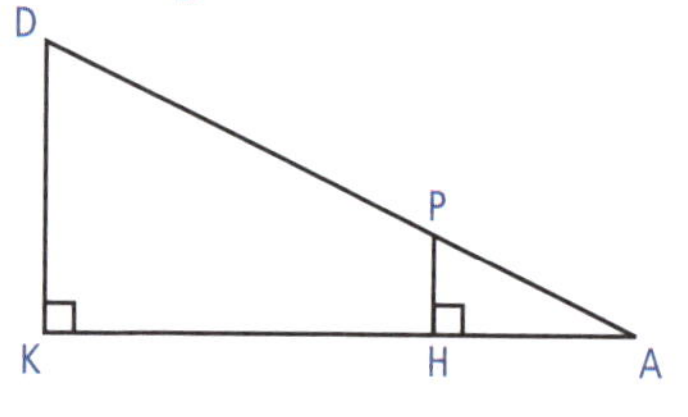

▶ Corrigés en fin d'ouvrage

Réciproque du théorème de Pythagore

27

Les ingrédients

RÉCIPROQUE DU THÉORÈME DE PYTHAGORE

Si, dans un triangle, le carré du plus grand côté est égal à la somme des carrés des deux autres côtés, **alors ce triangle est rectangle et a pour hypoténuse le plus grand côté**.

Autre formulation

Si, dans un triangle ABC, on a $BC^2 = BA^2 + AC^2$, alors le triangle ABC est rectangle en A.

Cette réciproque a une seule utilité : prouver qu'un triangle est un triangle rectangle !

UTILISATION DE LA RÉCIPROQUE

Pour utiliser la réciproque du théorème de Pythagore :

Calculer séparément le carré du côté le plus long et la somme des carrés des deux autres côtés.

- **Cas 1 : égalité** — D'après la réciproque du théorème de Pythagore, le triangle est rectangle.
- **Cas 2 : inégalité** — D'après le théorème de Pythagore, le triangle n'est pas rectangle.

Exemple : ABC est un triangle tel que AB = 5 cm, AC = 12 cm et BC = 13 cm.

ABC est rectangle en A. En effet, le côté le plus long est [BC].

Si on calcule séparément BC^2 et $BA^2 + AC^2$, on obtient :

$BC^2 = 13^2 = 169$

$BA^2 + AC^2 = 5^2 + 12^2 = 25 + 144 = 169$

On a $BC^2 = BA^2 + AC^2$.

D'après la réciproque du théorème de Pythagore, le triangle ABC est donc rectangle en A.

La recette pour réussir

SAVOIR FAIRE

Prouver qu'un triangle est (ou n'est pas) un triangle rectangle

- Il faut calculer séparément le carré du plus grand des côtés et la somme des carrés des deux autres côtés.
- Puis, il faut comparer les deux valeurs : s'il y a égalité, le triangle est un triangle rectangle.

ASTUCES DU CHEF

- Lors du calcul des carrés des longueurs, il faut utiliser des valeurs exactes et non des valeurs approchées.
- Il faut toujours repérer le côté le plus long.

À VOS FOURNEAUX – EXERCICES BREVET

1 Donner la nature du triangle ABC dans les différents cas :

a. Cas 1 : AB = 8 cm, AC = 10 cm et BC = 5,9 cm.

b. Cas 2 : AB = 8 cm, AC = 10 cm et BC = 6 cm.

2 Elsa possède un champ représenté par le triangle ABC ci-dessous.
Elle achète à son voisin le champ adjacent, représenté par le triangle ADC.
On obtient le nouveau champ ABCD.

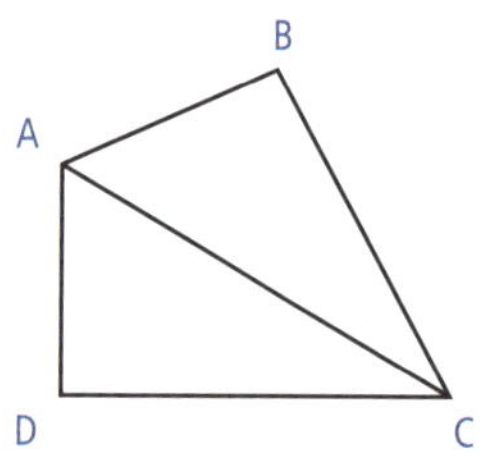

Elsa sait que le périmètre de ABC est de 154 m et que BC = 56 m.
Son voisin l'informe que le périmètre de ADC est de 144 m et que AC = 65 m.
Elle sait aussi que AD = 16 m.

a. Montrer que AB = 33 m et DC = 63 m.

b. Démontrer que le triangle ADC est rectangle en D.

(d'après DNB 2013, Amérique du Sud)

▶ Corrigés en fin d'ouvrage

Théorème de Thalès

Les ingrédients

THÉORÈME DE THALÈS

- Soient (*d*) et (*d'*) deux droites sécantes en A.

B et N deux points distincts de (*d*), C et M deux points distincts de (*d'*).

> **Si (BC) est parallèle à (MN), alors $\frac{AM}{AC} = \frac{AN}{AB} = \frac{MN}{BC}$.**

- On dit parfois que le point A est **le point central de la configuration**.

> Attention, il faut deux droites sécantes et des parallèles pour pouvoir appliquer le théorème de Thalès !

CONFIGURATIONS DE THALÈS

Configuration dite « papillon » ou « sablier »	Configuration triangle
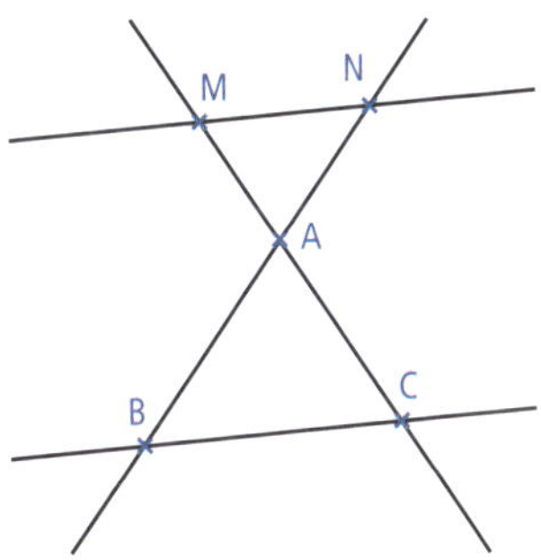	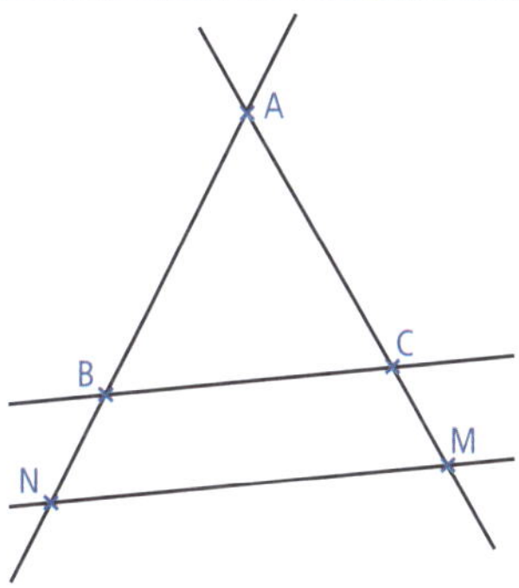

AGRANDISSEMENTS/RÉDUCTIONS

- Dans une configuration de Thalès, les triangles ABC et AMN ont des **longueurs proportionnelles**.
- Le **coefficient de proportionnalité** est alors donné par : $\frac{AM}{AC} = \frac{AN}{AB} = \frac{MN}{BC}$.
- L'un des triangles est donc un **agrandissement ou une réduction** de l'autre.

La recette pour réussir

SAVOIR FAIRE

Calculer des longueurs

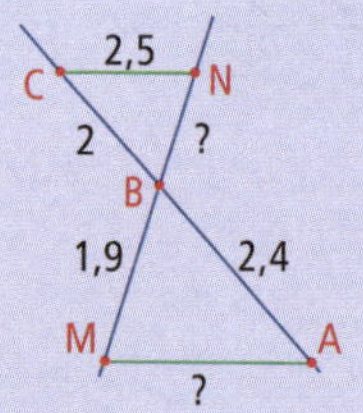

- AB = 2,4 cm, BM = 1,9 cm, BC = 2 cm et NC = 2,5 cm.
- (MA) et (CN) sont parallèles, d'après le théorème de Thalès :

$$\frac{BA}{BC} = \frac{BM}{BN} = \frac{AM}{CN}$$

- On remplace avec les longueurs connues :

$$\frac{2,4}{2} = \frac{1,9}{BN} = \frac{AM}{2,5}.$$

- On a donc : $AM = 2,5 \times \frac{2,4}{2}$ soit AM = 3 cm.
- $\frac{1,9}{BN} = \frac{2,4}{2}$ donc $\frac{BN}{1,9} = \frac{2}{2,4}$ soit $BN = 1,9 \times \frac{2}{2,4} \simeq 1,6$ cm.

Prouver que deux droites ne sont pas parallèles

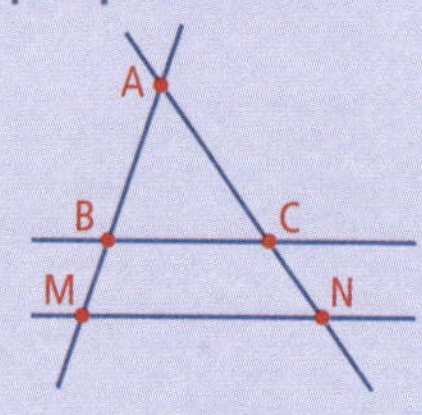

- AB = 3,7 cm, AC = 4,2 cm, M ∈ (AB), AM = 4,8 cm, N ∈ (AC) et AN = 5,6 cm.
- On compare $\frac{AM}{AB}$ et $\frac{AN}{AC}$:

$$\frac{AM}{AB} = \frac{48}{37} \text{ et } \frac{AN}{AC} = \frac{56}{42} = \frac{4}{3}.$$

- Si (BC) et (MN) étaient parallèles, en appliquant le théorème de Thalès, on aurait : $\frac{AM}{AB} = \frac{AN}{AC}$. Ce n'est pas le cas, donc (BC) et (MN) ne sont pas parallèles !

ASTUCES DU CHEF

- Dans les deux configurations de Thalès, les triangles ABC et ANM sont semblables.
- Une fois qu'on utilise l'égalité dite « de Thalès » et que l'on a remplacé toutes les valeurs connues, on utilise le produit en croix pour trouver les valeurs manquantes.

À VOS FOURNEAUX – EXERCICES BREVET

1 Un centre nautique effectue une réparation sur une voile triangulaire PMW (*voir la figure ci-contre*).
On souhaite faire une couture suivant le segment [CT]. Une fois la couture terminée, on mesure : PT = 1,88 m et PW = 2,30 m.
Montrer que la couture n'est pas parallèle à (MW).

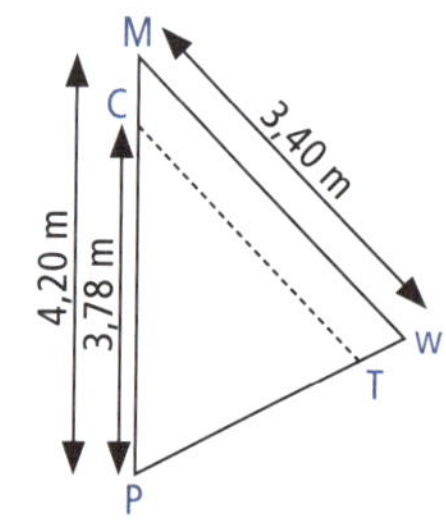

2 Soit ABC un triangle tel que AB = 6 cm, AC = 7,2 cm et BC = 10 cm.
Soit R ∈ [AB] et AR = 4,5 cm. Soit T ∈ [AC] et (RT) // (BC).

a. Calculer, en justifiant, AT.

b. En déduire la valeur de RT.

▶ Corrigés en fin d'ouvrage

Réciproque du théorème de Thalès

29

MATHS

Les ingrédients

ORDRE DES POINTS

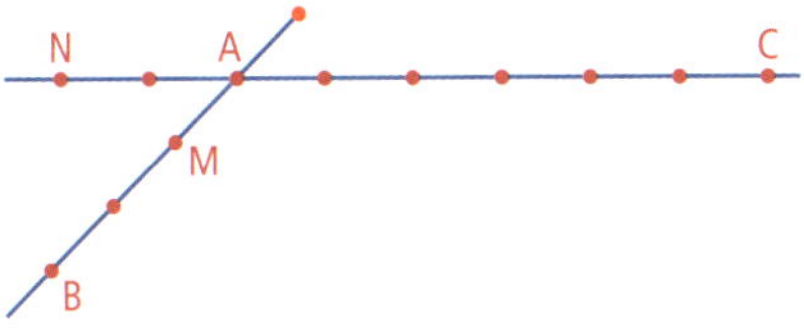

Ici, les points AMB et ANC ne sont **pas alignés dans le même ordre**.

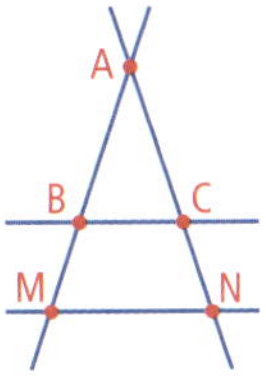

Ici, les points ABM et ACN sont **alignés dans le même ordre**.
Les points ABM et ANC ne sont **pas alignés dans le même ordre**.

RÉCIPROQUE DU THÉORÈME DE THALÈS

Étant donné deux droites (*d*) et (*d'*) sécantes en A ; B et M deux points de (*d*) distincts de A ; C et N deux points de (*d'*) distincts de A.

> **Si les points A, B, M et A, C, N sont dans le même ordre et si $\frac{AM}{AB} = \frac{AN}{AC}$**
> **alors les droites (BC) et (MN) sont parallèles.**

Exemple : AB = 35 m ; AC = 21 m ; AM = 40 m et AN = 24 m.

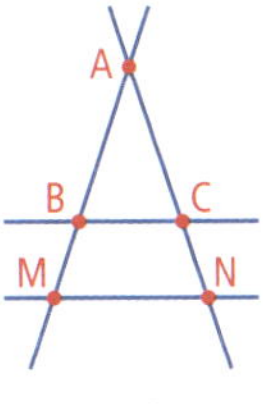

Les points ABM et ACN sont alignés dans le même ordre.

$\frac{AM}{AB} = \frac{40}{35} = \frac{8}{7}$ et $\frac{AN}{AC} = \frac{24}{21} = \frac{8}{7}$, donc $\frac{AM}{AB} = \frac{AN}{AC}$.

On peut conclure, par la réciproque du théorème de Thalès, que (BC) et (MN) sont parallèles.

La recette pour réussir

SAVOIR FAIRE

Démontrer que deux droites sont (ou ne sont pas) parallèles

Il faut suivre cet organigramme :

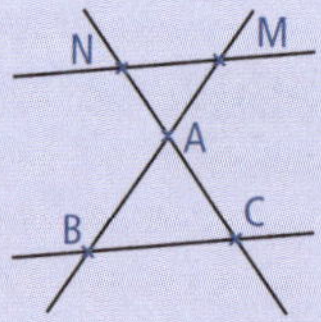

Calculer $\frac{AM}{AB}$ et $\frac{AN}{AC}$.
Comparer ces nombres.

- **Cas 1 : égalité**
  - Si A, B, M et A, C, N sont dans le même ordre, alors, d'après la **réciproque du théorème de Thalès :** (BC) // (MN).
  - Si A, B, M et A, C, N ne sont pas dans le même ordre, alors on ne peut rien dire !
- **Cas 2 : inégalité**
  - Alors, d'après le **théorème de Thalès,** (BC) et (MN) sont sécantes.

ASTUCES DU CHEF

- Il faut toujours faire une figure à main levée pour faciliter le raisonnement.
- Vérifiez toujours que l'alignement est dans le bon ordre avant de vouloir appliquer la réciproque du théorème de Thalès.

À VOS FOURNEAUX – EXERCICES BREVET

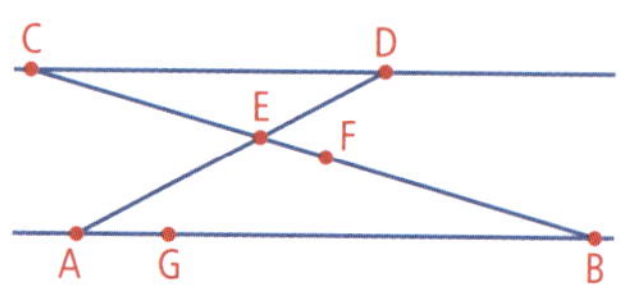

1 Dans la figure ci-contre, (AB) et (CD) sont parallèles. (AD) et (BC) se coupent en E.
DE = 6 cm, AE = 10 cm, AB = 20 cm et BE = 16 cm.

a. Calculer la distance CD.

b. Les points F et G appartiennent respectivement aux segments [BC] et [AB]. BF = 12,8 cm et BG = 16 cm.
Montrer que les droites (FG) et (AE) sont parallèles.

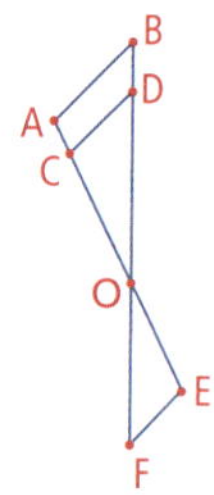

2 (AB) et (CD) sont parallèles, les points A, C, O, E sont alignés ainsi que les points B, D, O et F.
On donne les longueurs suivantes : CO = 3 cm, AO = 3,5 cm, OB = 4,9 cm, CD = 1,8 cm, OF = 2,8 cm et OE = 2 cm.

a. Calculer OD et AB.

b. Prouver que (EF) et (AB) sont parallèles.

▶ Corrigés en fin d'ouvrage

Relations trigonométriques dans le triangle rectangle

Les ingrédients

VOCABULAIRE DU TRIANGLE RECTANGLE

- Le **côté opposé** à $\widehat{ABC}$ est [AC].
- Le **côté adjacent** à $\widehat{ABC}$ est [AB].
- L'**hypoténuse** du triangle est [BC].

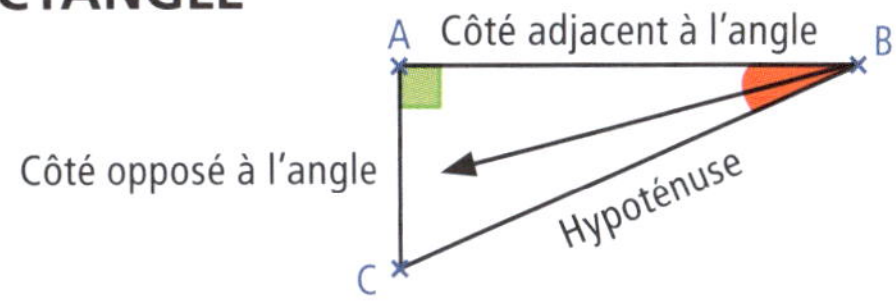

COSINUS D'UN ANGLE AIGU

$$\text{Cosinus d'un angle aigu} = \frac{\textit{longueur du côté adjacent à l'angle}}{\textit{longueur de l'hypoténuse}}$$

Exemple : dans le triangle ABC rectangle en A,
on a $\cos \widehat{ABC} = \dfrac{BA}{BC}$.

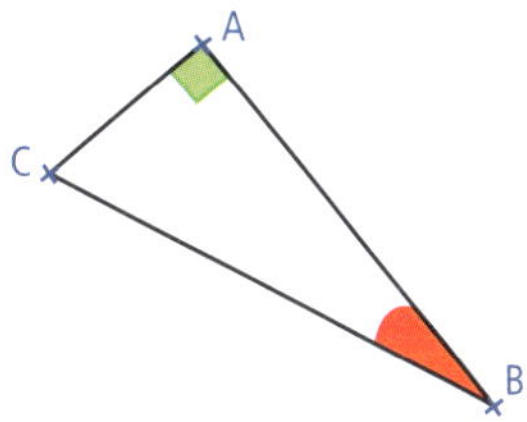

SINUS D'UN ANGLE AIGU

$$\text{Sinus d'un angle aigu} = \frac{\textit{longueur du côté opposé à l'angle}}{\textit{longueur de l'hypoténuse}}$$

Exemple : dans le triangle ABC rectangle en A,
on a $\sin \widehat{ABC} = \dfrac{AC}{BC}$.

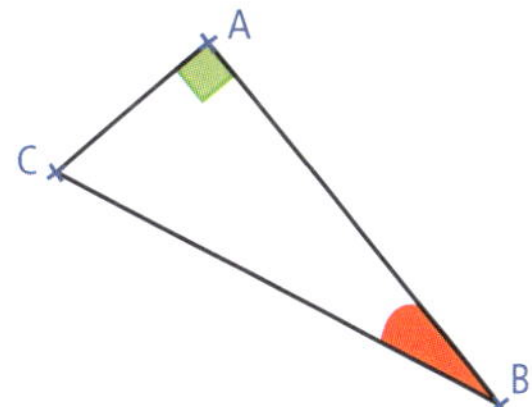

PROPRIÉTÉS

$0 < \cos \widehat{ABC} < 1$

$0 < \sin \widehat{ABC} < 1$

Les formules donnant les cosinus, sinus et tangente ne sont valables que dans le cas d'un triangle rectangle.

La recette pour réussir

SAVOIR FAIRE

Obtenir le cosinus d'un angle / Obtenir l'angle en connaissant son cosinus

- Pour obtenir la valeur de cos 60°, taper [cos] 60 [EXE] → on obtient 0,5.
- Pour obtenir la mesure de l'angle x tel que cos x = 0,2, taper [2nde] [cos] 0,2 [EXE] puis arrondir au degré près → on obtient 78°.

Obtenir le sinus d'un angle / Obtenir l'angle en connaissant son sinus

- Pour obtenir la valeur de sin 30°, taper [sin] 30 [EXE] → on obtient 0,5.
- Pour obtenir la mesure de l'angle x tel que sin x = 0,2, taper [2nde] [sin] 0,2 [EXE] puis arrondir au degré près → on obtient 12°.

Obtenir la tangente d'un angle / Obtenir l'angle en connaissant sa tangente

- Pour obtenir la valeur de tan 45°, taper [tan] 45 [EXE] → on obtient 1.
- Pour obtenir la mesure de l'angle x tel que tan x = 0,2, taper [2nde] [tan] 0,2 [EXE] puis arrondir au degré près → on obtient 11°.

À VOS FOURNEAUX – EXERCICES BREVET

1 Déterminer la mesure de l'angle α au degré près tel que :

Sin α = 0,7
Cos α = 0,5
Tan α = 0,1

2 Le triangle ABC est rectangle en B avec BA = 5 cm et BC = 7 cm.

a. Déterminer la mesure au degré près de l'angle $\widehat{BAC}$.

b. En déduire $\widehat{ACB}$.

► Corrigés en fin d'ouvrage

Applications de la trigonométrie

31

MATHS

Les ingrédients

FORMULES À CONNAÎTRE

$$\text{Cosinus d'un angle} = \frac{\textit{longueur du côté adjacent à l'angle}}{\textit{longueur de l'hypoténuse}}$$

$$\text{Sinus d'un angle} = \frac{\textit{longueur du côté opposé à l'angle}}{\textit{longueur de l'hypoténuse}}$$

$$\text{Tangente d'un angle aigu} = \frac{\textit{longueur du côté opposé à l'angle}}{\textit{longueur du côté adjacent à l'angle}}$$

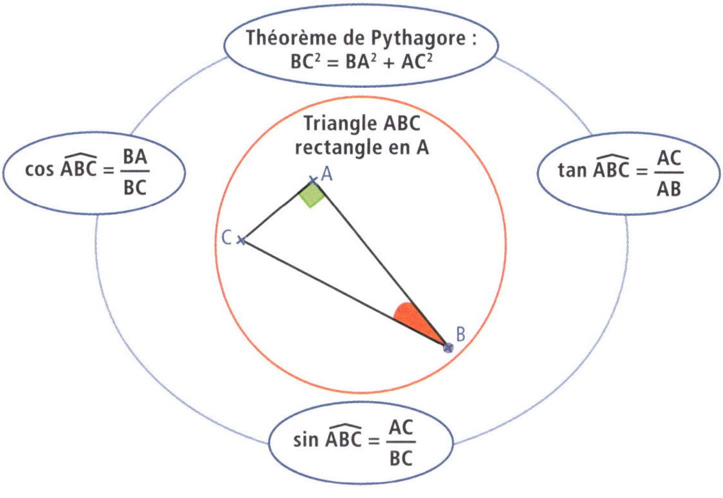

Les formules de trigonométrie établissent un lien entre les mesures des angles d'un triangle rectangle et les longueurs des différents côtés.

CONSÉQUENCES

- Le **sinus** d'un angle aigu est toujours compris **entre 0 et 1**.
- Le **cosinus** d'un angle aigu est toujours compris **entre 0 et 1**.
- La **tangente** d'un angle aigu est toujours **un nombre supérieur ou égal à 0**.

La calculatrice doit être réglée en mode degré !

La recette pour réussir

SAVOIR FAIRE

Calculer la longueur d'un des côtés du triangle rectangle connaissant un angle non droit

- **Si l'on connaît l'hypoténuse :** le sinus permet d'obtenir le côté opposé et le cosinus permet d'obtenir le côté adjacent.
- **Si l'on connaît le côté adjacent :** le cosinus permet d'obtenir l'hypoténuse et la tangente permet d'obtenir le côté opposé.
- **Si l'on connaît le côté opposé :** le sinus permet d'obtenir l'hypoténuse et la tangente permet d'obtenir le côté adjacent.

Obtention de la mesure d'un angle

- Dans le triangle rectangle, on forme tous les rapports trigonométriques.
- On utilise ensuite la calculatrice en mode degré pour obtenir une valeur approchée de la mesure des angles.

Par exemple : pour obtenir la mesure de l'angle x tel que $\sin x = 0{,}2$, on tape [2nde] [sin] 0,2 [EXE] puis on arrondit au degré près → on obtient 12°.

ASTUCES DU CHEF

- Il faut toujours vérifier que la calculatrice est réglée en mode degré.
- Si l'on connaît la mesure d'un angle non droit d'un triangle rectangle, le second angle non droit est complémentaire du premier.

À VOS FOURNEAUX – EXERCICES BREVET

1 *On considère le schéma ci-contre qui n'est pas à l'échelle.*

a. Que vaut AC ? Justifier la réponse.

b. Déterminer la mesure de $\widehat{BCA}$. Arrondir votre réponse au degré près.

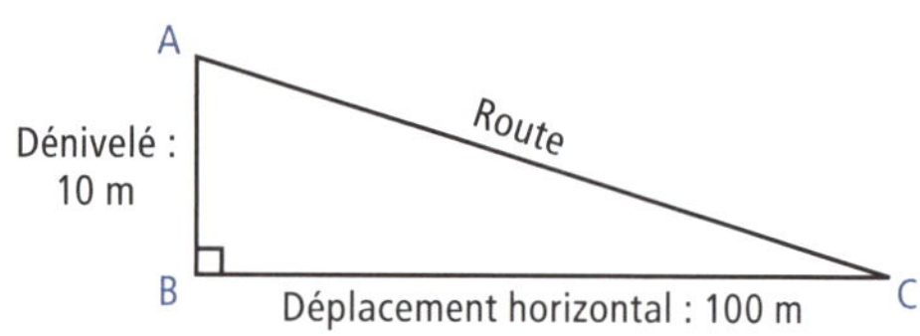

(d'après DNB 2015)

2 Le triangle ABC est rectangle en B.

a. Déterminer la mesure de l'angle $\widehat{ACB}$.

b. Calculer, en justifiant, la longueur BC.

c. Calculer, en justifiant, la longueur AC.

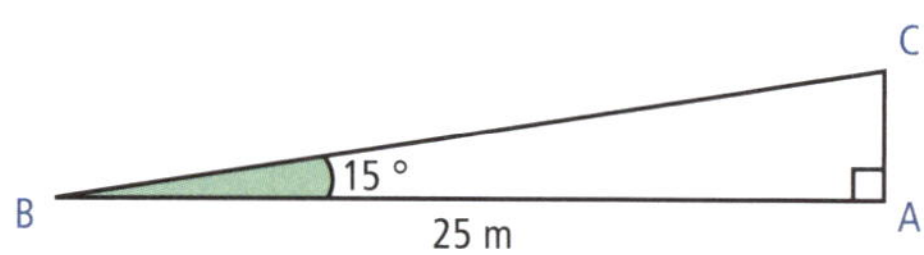

(d'après DNB 2019, Centres étrangers)

► Corrigés en fin d'ouvrage

Géométrie dans l'espace

Les ingrédients

PARALLÉLÉPIPÈDE RECTANGLE

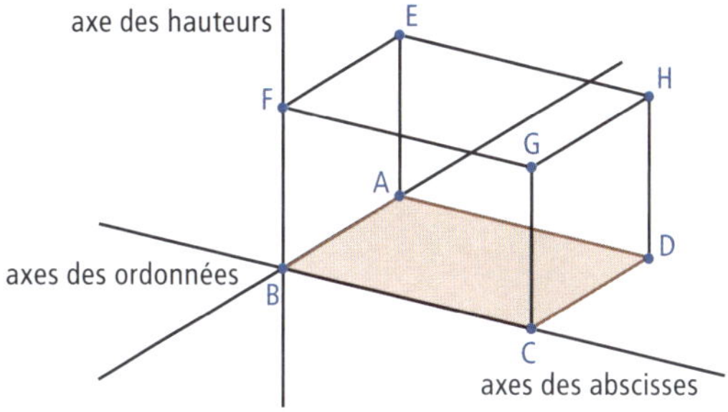

PYRAMIDE

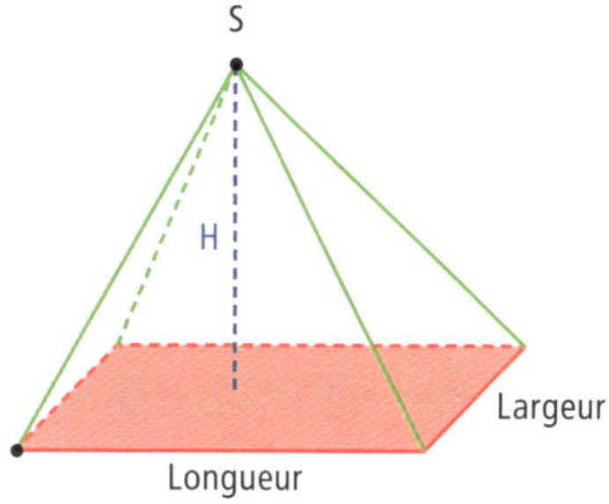

CÔNE DE RÉVOLUTION

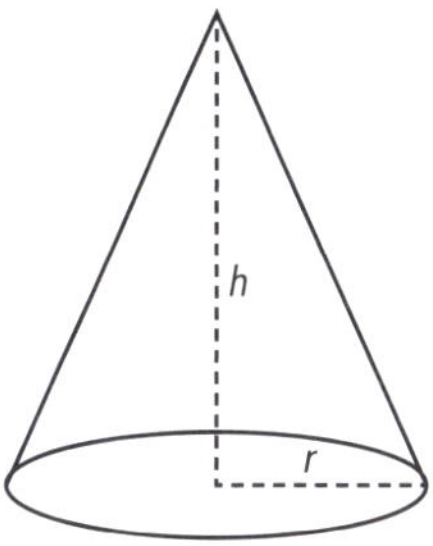

CYLINDRE DE RÉVOLUTION

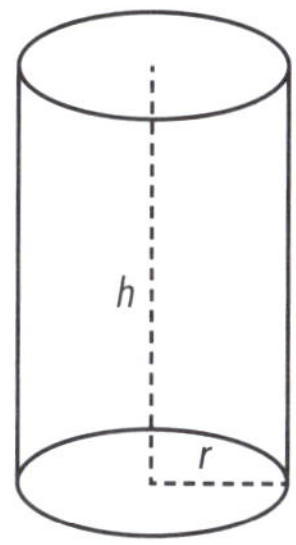

SPHÈRE DE CENTRE O ET DE RAYON *R*

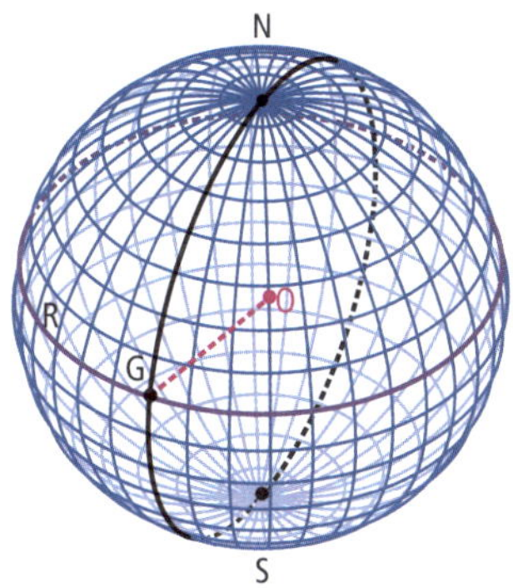

Pour réaliser une figure, on utilise **la perspective cavalière**.

Attention, les longueurs ne sont pas conservées !

La recette pour réussir

SAVOIR FAIRE

Repérage sur la Terre assimilée à une sphère

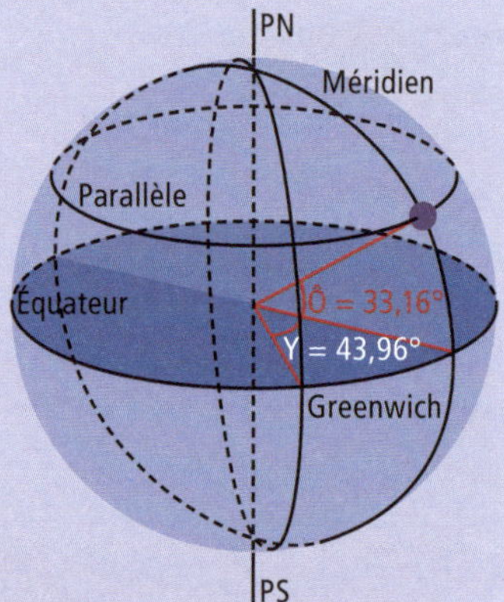

- On utilise un maillage constitué de cercles. Les « axes » sont l'équateur et le méridien de Greenwich (demi-cercle passant par les pôles).
- L'abscisse correspond à l'angle entre le méridien de Greenwich et le méridien du point orienté Ouest ou Est. On l'appelle la **longitude.** La longitude du point violet est 43,96° E.
- L'ordonnée correspond à l'angle entre l'équateur et le parallèle du point orienté Nord ou Sud. On l'appelle la **latitude**. La latitude du point violet est de 33,16° N.
- La donnée de la longitude et de la latitude permet de repérer de manière unique un point sur la Terre.

ASTUCES DU CHEF

- On ne peut pas réaliser le patron d'une sphère.
- Si l'on coupe un parallélépipède rectangle par un plan parallèle à une face, ou un cylindre de révolution par un plan parallèle à son axe, on obtient un rectangle.

À VOS FOURNEAUX – EXERCICES BREVET

1 *La figure ci-contre représente une maison.*

a. Décrire chaque partie de la maison en utilisant le vocabulaire adapté.
b. Calculer la surface au sol de la maison.
c. Des radiateurs électriques seront installés dans toute la maison, excepté au grenier. On cherche le volume à chauffer de la maison. Calculer d'abord le volume de la partie principale.
On rappelle que le volume d'une pyramide est donné par :
$V_{pyramide}$ = Aire de la base × Hauteur ÷ 3.

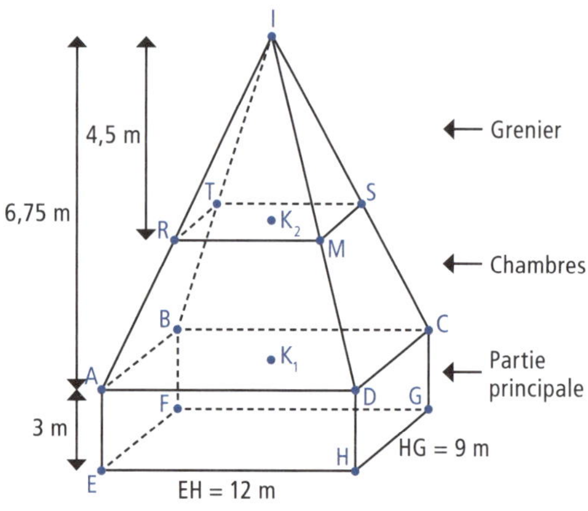

(d'après DNB 2015)

▶ Corrigés en fin d'ouvrage

Algorithmie et Scratch

33

MATHS

Les ingrédients

ALGORITHMES

Un algorithme est une suite ordonnée et finie d'instructions, c'est-à-dire des **actions à exécuter**.

Ainsi, une recette de cuisine ou un programme de construction sont des exemples d'algorithmes.

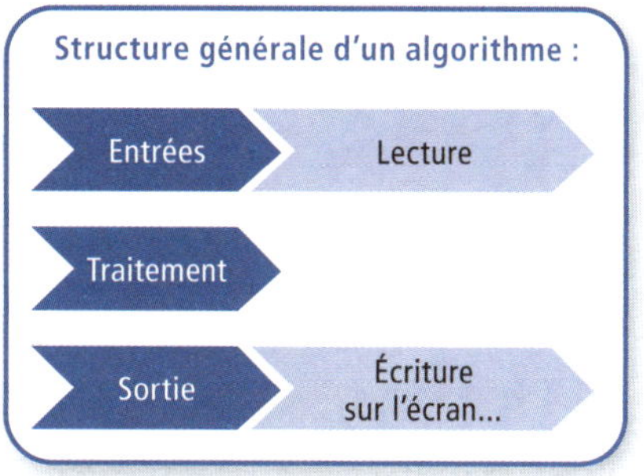

STRUCTURE GÉNÉRALE D'UN ALGORITHME

Pour stocker une information, on utilise une **variable**. C'est une « boîte » que le programme repère par son nom (son étiquette). Pour avoir accès à la variable, on la désigne par son **étiquette**. Une variable peut donc être un nombre, un texte, un booléen…

Affecter une variable, c'est préciser à quoi cette valeur est égale.

LANGAGE DE PROGRAMMATION SCRATCH

Scratch permet de construire un programme en assemblant des **« briques »**.

Langage usuel	Scratch
– Affecter une valeur à x.	mettre x à 10
– Afficher x.	montrer la variable x

Nombres	Textes, chaînes de caractère	Booléens
+ addition – soustraction * multiplication / division ^ puissance	+ met bout à bout deux chaînes de caractères. En Scratch, c'est : regrouper ( ) et ( )	Et Ou Non

On peut aussi répéter un certain nombre de fois ou indéfiniment des blocs d'instructions :

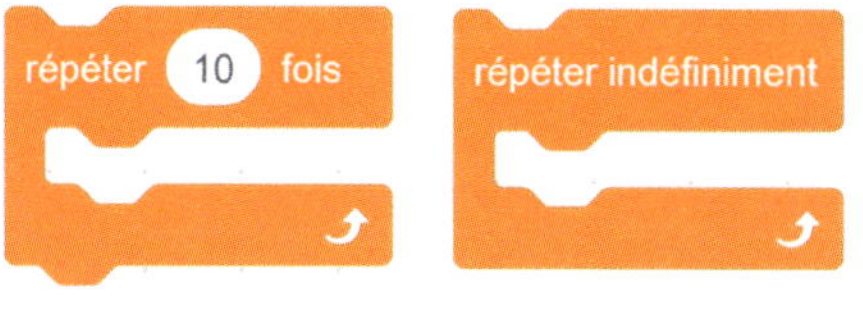

La recette pour réussir

SAVOIR FAIRE

Communiquer avec Scratch

- Demander « Quel est ton nom ? »
- Stocker le nom dans x.
- Demander « Quel est ton prénom ? »
- Stocker le prénom dans y.
- Afficher « $y + x$ ».

Le programme demande le nom et le prénom, puis affiche le prénom suivi du nom.

ASTUCE DU CHEF

• Pour démarrer un programme, commencez toujours par la brique suivante :

À VOS FOURNEAUX – EXERCICE BREVET

1 Qu'effectue cet algorithme ?

- Lire le nombre x.
- Attribuer à x la valeur $x - 10$.
- Attribuer à x la valeur x^2.
- Écrire x.

(d'après DNB 2015)

▶ Corrigé en fin d'ouvrage

Fonctions et Scratch

Les ingrédients

DÉFINIR DES FONCTIONS SUR SCRATCH

Les fonctions sont des parties de programmes.

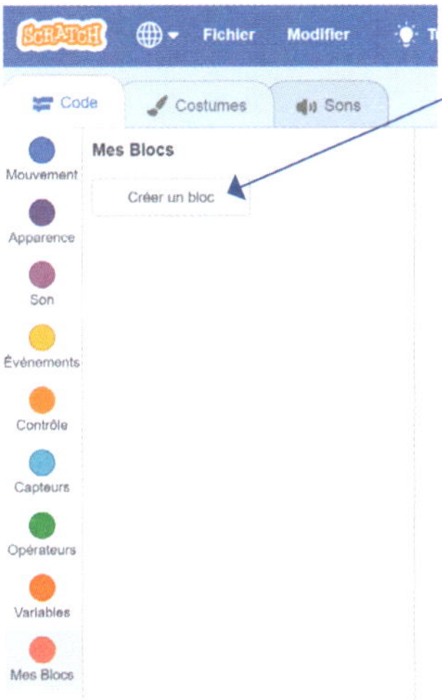

Pour les définir, on doit ajouter **un bloc** sous Scratch.

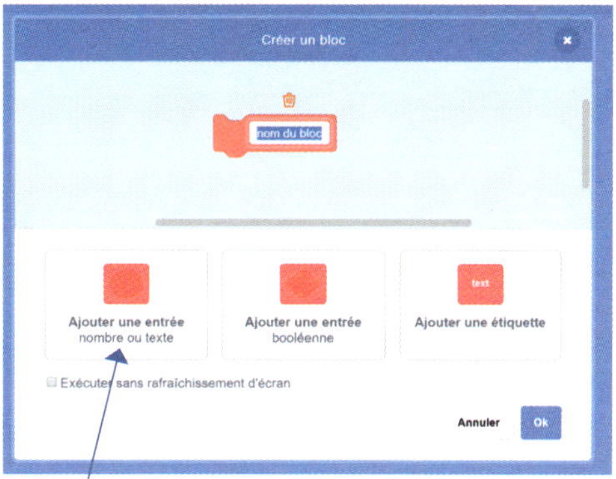

On choisit **« Ajouter une entrée »**. On clique sur **« Ok »**.

On peut l'appeler **« fonction »**.

On choisit ensuite les **variables**.

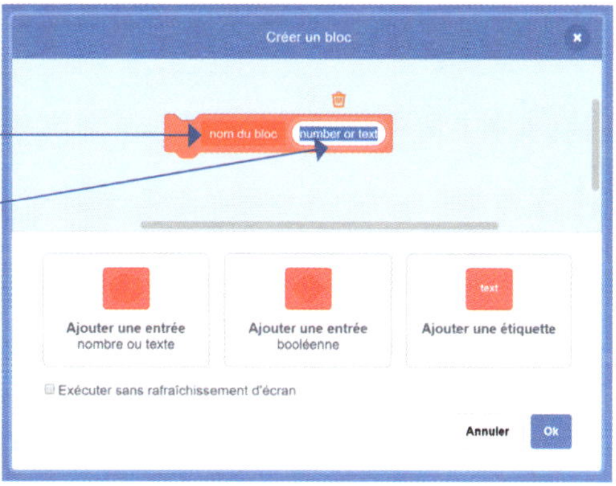

On peut maintenant utiliser ce bloc comme une fonction.

La recette pour réussir

SAVOIR FAIRE

Définir une fonction

Pour définir la fonction **$f(x) = 3x^2 + 5x - 2$**, on procèdera de la sorte :

ASTUCE DU CHEF

• Avant de définir une fonction, il faut déterminer les variables qu'elle va utiliser.

À VOS FOURNEAUX – EXERCICE BREVET

1 Compléter en remplaçant les pointillés par les bonnes valeurs pour que le losange tracé à main levée ci-dessous soit dessiné par le programme.

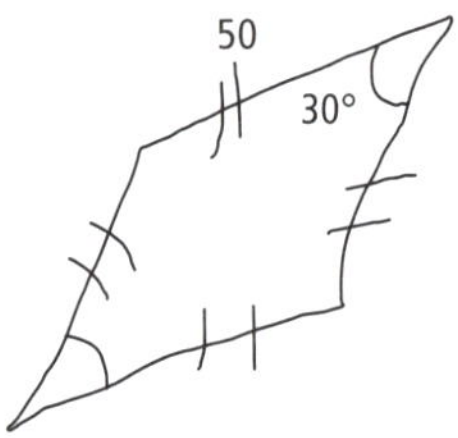

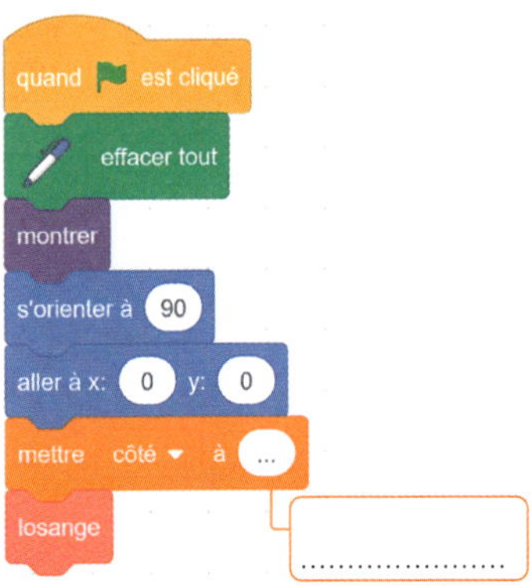

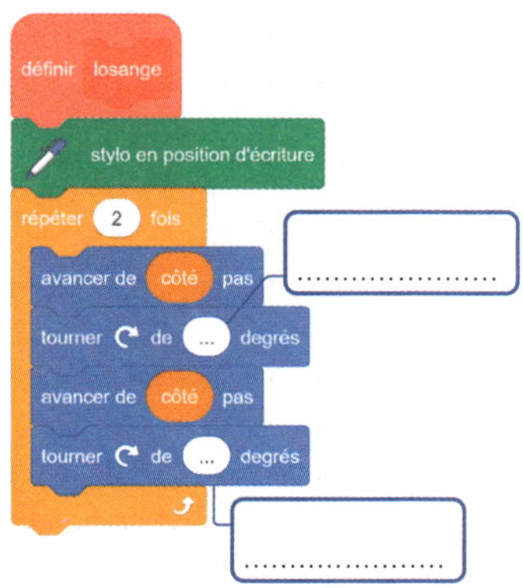

▶ Corrigé en fin d'ouvrage

Formulaire

Numérique

FRACTIONS

- Pour **additionner** ou **soustraire** deux fractions, il faut qu'elles aient un même dénominateur.
- Pour **multiplier** deux fractions, on multiplie les numérateurs entre eux, et les dénominateurs entre eux.
- Pour **diviser** deux fractions, on multiplie la 1re par l'inverse de la 2de.

ARITHMÉTIQUE

- Un nombre est premier s'il admet deux diviseurs distincts : **1** et **lui-même**.
- Une fraction est **irréductible** si le numérateur et le dénominateur n'ont pas de diviseurs en commun.

PUISSANCES

Soit a un nombre non nul :

- a^n = produit de n facteurs égaux à a
- $a^1 = a$
- $a^0 = 1$
- $a^{-n} = \frac{1}{a^n}$

RACINES CARRÉES

Si a est un nombre positif, alors

$\sqrt{a^2} = a$ et $\sqrt{a}^2 = a$.

CALCUL LITTÉRAL

- $k(a + b) = ka + kb$
- $(a + b)(c + d) = ac + ad + bc + bd$
- $(a - b)(a + b) = a^2 - b^2$

RÉSOUDRE UNE ÉQUATION

- Du **1er degré** : il faut la ramener à une équation de référence du type $ax = b$ ou $x + a = b$.
- **Équation produit** : un produit de facteurs est nul si, et seulement si, l'un des facteurs au moins est nul.

FONCTIONS LINÉAIRES

- Expression algébrique : $f(x) = ax$.
- Représentation graphique : **une droite passant par l'origine du repère**.

FONCTIONS AFFINES

- Expression algébrique : $f(x) = ax + b$.
- Représentation graphique : **une droite**.

STATISTIQUES

- **Moyenne brute** = $\dfrac{\textit{somme de toutes les valeurs}}{\textit{nombre total de valeurs}}$
- **Moyenne pondérée** = $\dfrac{\textit{somme des produits de chaque valeur par son coefficient}}{\textit{somme des coefficients}}$
- La **médiane** m d'une série statistique ordonnée est une valeur qui partage cette série en deux séries de même effectif.
- **Étendue** =
Valeur maximale – Valeur minimale

PROBABILITÉS

- Si A est un événement, alors :
$0 \leq p(A) \leq 1$.
- $p(A) + p(\text{nonA}) = 1$
- S'il y a **équiprobabilité**,
$p(A) = \dfrac{\textit{nombre d'issues où A est réalisé}}{\textit{nombre total d'issues}}$

Géométrique

TRIANGLE RECTANGLE ET PYTHAGORE

- Si ABC est rectangle en A, alors **$BC^2 = BA^2 + AC^2$**.

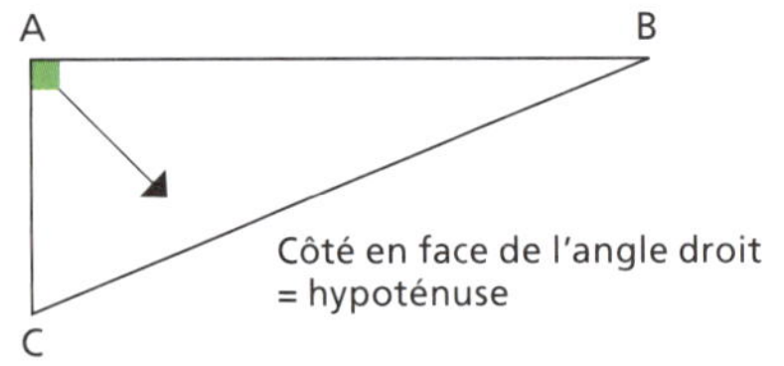

- **Réciproque du théorème de Pythagore** : si $BC^2 = BA^2 + AC^2$, alors le triangle ABC est un triangle rectangle en A.

TRIANGLE RECTANGLE ET TRIGONOMÉTRIE

Dans le triangle ABC rectangle en A, on a :

- $\cos \widehat{ABC} = \frac{BA}{BC}$
- $\sin \widehat{ABC} = \frac{AC}{BC}$
- $\tan \widehat{ABC} = \frac{CA}{BA}$

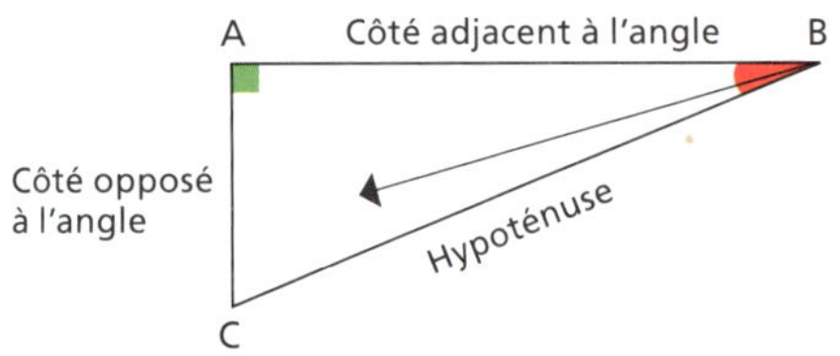

PROPRIÉTÉ DE THALÈS

- **Théorème de Thalès** : soient (*d*) et (*d'*) deux droites sécantes en A ; B et N deux points distincts de (*d*) ; C et M deux points distincts de (*d'*).

Si (BC) est parallèle à (MN), alors $\frac{AM}{AC} = \frac{AN}{AB} = \frac{MN}{BC}$.

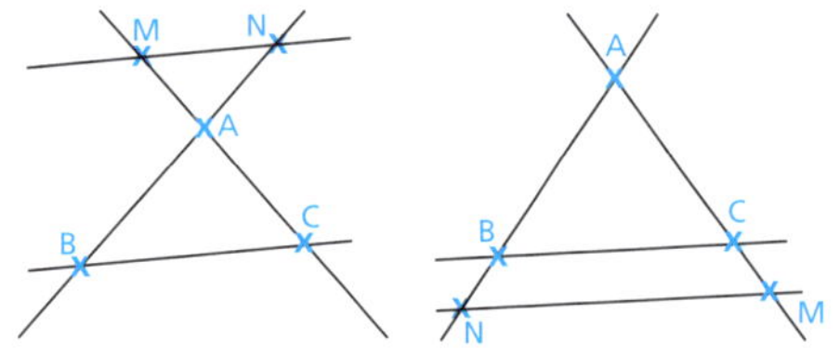

- **Réciproque du théorème de Thalès** : soient deux droites (*d*) et (*d'*) sécantes en A ; B et M deux points de (*d*) distincts de A ; C et N deux points de (*d'*) distincts de A.

Si les points A, B, M et A, C, N sont dans le même ordre et si $\frac{AM}{AB} = \frac{AN}{AC}$, alors les droites (BC) et (MN) sont parallèles.

ANGLES

La somme des mesures des angles d'un triangle vaut **180°**.

AIRES

- Rectangle = longueur × largeur
- Carré = côté × côté
- Parallélogramme = base × hauteur
- Triangle = $\frac{\text{base} \times \text{hauteur}}{2}$
- Cercle = $\pi \times R^2$
- Sphère = $4 \times \pi \times R^2$

VOLUMES

- Pavé droit = $L \times l \times h$
- Prisme droit = aire de la base × hauteur
- Pyramide et cône de révolution $= \frac{\text{aire de la base} \times \text{hauteur}}{3}$
- Boule de rayon $R = \frac{4 \times \pi \times R^3}{3}$

Histoire-Géographie-EMC

Sommaire

Histoire

L'Europe, un théâtre majeur des guerres totales (1914-1945)

Le monde depuis 1945

Françaises, Français dans une République repensée

Géographie

Dynamiques territoriales de la France contemporaine

Pourquoi et comment aménager le territoire ?

La France et l'Union européenne

EMC

Civils et militaires dans la Première Guerre mondiale (1)

Les ingrédients

LES TROIS PHASES DE LA GRANDE GUERRE

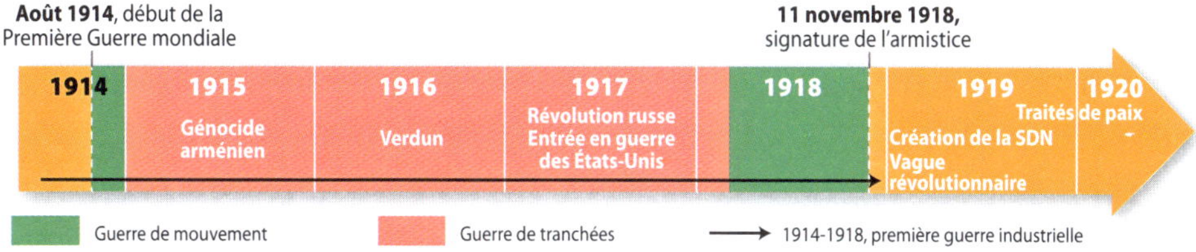

LA VIOLENCE DE MASSE ET LA GUERRE TOTALE

- La **guerre industrielle** dévoile **le potentiel meurtrier des technologies et des armes nouvelles** tels les mitrailleuses, les gaz de combat en usage depuis 1915, les chars d'assaut utilisés dès 1916 et les avions bombardant les positions ennemies.
- **Dans les tranchées**, les poilus vivent dans la boue et le froid, au milieu des rats et des cadavres, mais aussi dans la peur de la mort et dans l'attente d'une attaque.
- L'hécatombe des batailles de **Verdun** et de la **Somme** en **1916** provoque des désertions et des mutineries en 1917. À la suite de cela, 49 mutins sont exécutés pour l'exemple.

La bataille de Verdun (février-novembre 1916) en chiffres : 300 jours de combat ; plus de 50 millions d'obus tirés, soit 4 tonnes au m^2 ; des villages totalement rayés de la carte ; 550 000 morts pour rien.

- **À l'arrière**, les **femmes** remplacent les hommes dans les usines (les munitionnettes) et aux champs. Les civils vivent avec les privations alimentaires, souffrent de l'absence et/ou de la mort des pères, frères et fils mobilisés. Dans les régions occupées, les civils subissent des violences, notamment en 1915 lorsque le gouvernement ottoman organise le génocide de la minorité arménienne, accusée de soutenir la Russie et qui fait 1,3 million de victimes.

Guerre industrielle : guerre durant laquelle sont employés d'importants moyens matériels ayant une grande capacité de destruction.

Guerre totale : toutes les ressources humaines (populations des métropoles et des empires coloniaux), matérielles et idéologiques d'un pays sont mobilisées pour atteindre la victoire.

Génocide : extermination planifiée et programmée d'un peuple en raison de ses origines ou de sa religion.

La recette pour réussir

SAVOIR FAIRE

Pour analyser une œuvre d'art, il faut :

- **Présenter l'œuvre :** auteur, titre, date, dimensions, lieu de conservation, technique, matériaux et support.
- **Décrire l'œuvre :** composition, jeu de la lumière et des ombres, gamme des couleurs (chaudes/froides).
- **Développer un commentaire critique de l'œuvre :** critères objectifs et subjectifs et liens avec d'autres œuvres.

ASTUCES DU CHEF

- Prenez le temps de bien observer l'œuvre.
- Justifiez le choix de la technique utilisée par l'artiste.

EXERCICE COMMENTÉ BREVET

Comprendre la violence de la guerre industrielle à travers une œuvre d'art

Otto Dix, *Assaut sous les gaz*, eau-forte, 34,8 cm × 47,3 cm, 1924, Deutsches Historisches Museum de Berlin.

→ Quelle œuvre Otto Dix nous livre-t-il ?

Il s'agit de *Der Krieg* (cinq albums de dix gravures), réalisée à partir de dessins qu'Otto Dix avait faits lorsqu'il combattait sur le front. L'œuvre, imprimée à 70 exemplaires, ne trouve qu'un acquéreur ! La technique de l'eau-forte montre que les armes, tels des acides, déshumanisent l'homme-soldat.

→ Comment l'artiste rend-il compte de la sauvagerie des combats ?

Trois personnages, tels des robots, surgissent d'un décor aux couleurs froides (gamme de gris), fait de racines et de barbelés déchiquetés. Les casques d'acier, les masques à gaz et les grenades transforment les soldats en machines à tuer.

→ Quelle est la dimension artistique de l'œuvre d'Otto Dix ?

Otto Dix, traumatisé par la guerre, déforme la réalité pour susciter une réaction émotionnelle du spectateur. Il exprime ici son dégoût, la barbarie et l'absurdité de la guerre. L'Allemagne nazie considère l'expressionnisme comme un « art dégénéré » interdit d'exposition ; 250 de ses toiles brûlent lors d'un autodafé et, accusé d'avoir participé à un attentat contre Hitler, il est emprisonné à Dresde.

Civils et militaires dans la Première Guerre mondiale (2)

2

HISTOIRE

Les ingrédients

DES SOCIÉTÉS DÉSTABILISÉES

- La guerre totale, les pénuries alimentaires et les défaites de l'armée russe provoquent des **révolutions en 1917 en Russie**. En février, le tsar abdique et, en octobre, Lénine, le chef des bolcheviks, instaure le premier gouvernement communiste. La Russie quitte l'Entente et signe l'armistice et le traité de Brest-Litovsk avec l'Allemagne en mars 1918.
- Le bilan humain effroyable fait **10 millions de soldats tués**, 20 millions de soldats blessés, 3 millions de veuves et 6 millions d'orphelins.

UNE EUROPE TRANSFORMÉE

- Une **vague révolutionnaire** déferle en Europe au début des années 1920.
- Quatre **traités de paix**, signés par les vaincus, entraînent la disparition des empires russe, allemand, austro-hongrois et ottoman ainsi que la création de **nouveaux États** dont la Pologne, la Tchécoslovaquie et la Yougoslavie.

Traité	Pays concerné	Principales clauses (dispositions)
Traité de Versailles 28 juin 1919	Allemagne	L'Allemagne est jugée responsable du conflit et doit payer des réparations. Elle perd l'Alsace-Lorraine, ses colonies, et elle est coupée en deux par le corridor polonais. Elle ne peut avoir une armée supérieure à 100 000 hommes.
Traité de Saint-Germain-en-Laye septembre 1919	Autriche	L'Empire austro-hongrois disparaît. De nouveaux États apparaissent comme la Tchécoslovaquie et la Yougoslavie.
Traité de Trianon Juin 1920	Hongrie	Née de la partition de l'Autriche-Hongrie, la Hongrie perd des territoires au profit de la Tchécoslovaquie.
Traité de Sèvres Août 1920	Turquie	L'Empire ottoman est démembré et perd des territoires au profit de la Grèce. Ses territoires arabes sont confiés par la SDN, sous forme de mandats, à la France et au Royaume-Uni.

- La création de la **Société des Nations** à Genève marque l'avènement d'un monde voulant en finir avec la guerre par le **droit international**.

Armistice (nom masculin) : accord permettant l'arrêt des combats.
Bolchevik : communiste russe partisan de Lénine.
Diktat : nom donné par les Allemands au traité de Versailles qui leur est imposé.

La recette pour réussir

SAVOIR FAIRE

Pour construire des repères, il faut :

- **Dater** un événement puis **localiser** l'espace où il se déroule.
- **Déterminer le contexte** de l'événement et préciser **les acteurs**.
- **Dresser le bilan** en évoquant ses conséquences.

ASTUCES DU CHEF

- Rassemblez vos connaissances dans un tableau.
- Rédigez votre réponse et rappelez-vous la définition des mots importants (comme « génocide » par exemple).

EXERCICE COMMENTÉ BREVET

Décrire et expliquer le génocide arménien

→ Quels sont les éléments clés à mentionner ?

Événement	Date et localisation	Contexte et acteurs	Bilan et conséquences
Le génocide arménien	1915 L'Empire ottoman	Première Guerre mondiale : puissances de l'Entente opposées aux Empires centraux Gouvernement turc et minorité arménienne	Déportation et massacre de 1,3 million d'Arméniens

→ Quelle réponse écrite peut-on formuler ?

Le génocide est l'élimination programmée d'un peuple pour une raison politique, ethnique ou religieuse. **En 1915, l'Empire ottoman**, qui combat au sein de la Triplice, connaît des défaites militaires. Le **gouvernement ottoman** rend responsable la **minorité arménienne** chrétienne orthodoxe soutenue par la Russie, alliée de l'Entente, et l'accuse de trahison.

Au printemps 1915, le gouvernement programme donc dans un premier temps la **déportation** dans le désert mésopotamien des civils arméniens qui subissent les violences des gendarmes, des policiers et des brigands payés par le gouvernement, puis dans un second temps leur **massacre**. Les rescapés choisissent l'exil vers l'Europe occidentale ou vers les États-Unis et y forment une diaspora*.

Le **génocide arménien**, qui fut le premier du XXe siècle, provoque la mort de **1,3 million** de personnes.

* Dispersion d'une communauté à travers le monde.

Démocraties fragilisées et expériences totalitaires dans l'Europe de l'entre-deux-guerres

3

Les ingrédients

DES IDÉOLOGIES TOTALITAIRES PORTEUSES DE VIOLENCE

- En URSS, Staline veut **créer un homme nouveau** dans le cadre d'une économie contrôlée par l'État. En Allemagne, Hitler, antisémite, entend quant à lui **protéger le peuple allemand « de race pure »** des Juifs qu'il considère comme une « race inférieure ».
- Les deux régimes encadrent la société par un **parti unique** (le parti communiste en URSS et le parti NSDAP en Allemagne), la **propagande** et le culte du chef mais aussi par l'**embrigadement de la jeunesse** (Jeunesses communistes et Jeunesses hitlériennes). La **terreur** règne donc *via* la **police politique** (NKVD et Gestapo) et le système concentrationnaire (**goulag** et **camps de concentration**).

LA FRANCE, UNE DÉMOCRATIE FRAGILISÉE

- La France est quant à elle en **crise économique** et **politique** (ligues d'extrême droite). Après l'émeute du 6 février 1934, les partis de gauche (SFIO, parti communiste et parti radical) constituent une alliance électorale, **le Front populaire**, qui remporte les élections législatives de 1936.
- Le gouvernement de Front populaire, dirigé par **Léon Blum**, lance un programme de réformes, et **des lois sociales** améliorant les conditions de vie et de travail des ouvriers.

DES DÉMOCRATIES IMPUISSANTES FACE AUX TOTALITARISMES

- Hitler « déchire » le traité de Versailles, réarme son pays (service militaire rétabli) et remilitarise la Rhénanie. Dans le but d'agrandir « **l'espace vital** », il mène des coups de force en Europe (Autriche, Sudètes, Bohême-Moravie).
- Le chancelier allemand noue alors des alliances avec le Japon et l'Italie de Mussolini et soutient, avec ce dernier, le général Franco en intervenant notamment dans **la guerre d'Espagne** (1936-1939). Les démocraties refusent quant à elles d'intervenir dans l'espoir de sauvegarder la paix.
- Le 23 août 1939, Hitler signe avec Staline le **pacte germano-soviétique** et les démocraties ne peuvent empêcher la guerre.

Communisme : modèle idéologique reposant sur une société sans classes et la propriété collective.

Nationalisme : doctrine politique affirmant la supériorité des intérêts d'une nation.

Régime totalitaire : l'État et son parti unique imposent une idéologie par la propagande, l'encadrement de la population, la terreur et la répression de l'opposition.

La recette pour réussir

SAVOIR FAIRE

Pour analyser une caricature, il faut :

- **Présenter** le document (nature, auteur et date de parution).
- **Situer** la caricature dans **son contexte historique.**
- **Décrypter** le message.

ASTUCES DU CHEF

- Décomposez l'image.
- Identifiez les personnages aux particularités volontairement exagérées.

EXERCICE COMMENTÉ BREVET

Analyser le potentiel meurtrier de l'idéologie nazie à travers une caricature

Septembre en Allemagne, la fête de la moisson, Ralph Soupault, 1934.

→ Quelle est la nature du document et à quelle date paraît-il ?

Il s'agit du dessin *Septembre en Allemagne, la fête de la moisson* réalisé par le caricaturiste français Ralph Soupault. L'œuvre paraît en 1934.

→ Quel est le contexte historique du pays représenté ?

Il s'agit de l'Allemagne nazie évoquée par la croix gammée, symbole du NSDAP, la présence d'Hitler à la tribune, le rassemblement d'hommes en uniforme faisant ironiquement le salut nazi du bras gauche. En septembre 1934, Hitler, le Reichsführer, a confisqué la démocratie et mis en place un État totalitaire dans lequel les participants forment le peuple (*Volk*) d'un empire (*Reich*) obéissant au chef (*Führer*).

→ Quel est le message du dessinateur ?

Ici, Soupault associe le régime nazi à la mort (*via* le squelette disproportionné marchant au pas de l'oie, faisant le salut nazi et portant une faux). La faux fauche les opposants internés dans les camps de concentration, les Juifs et la paix puisque Hitler réarme l'Allemagne et quitte la SDN en pleine conférence sur le désarmement.

La Seconde Guerre mondiale, une guerre d'anéantissement

Les ingrédients

UNE GUERRE POUR TERRASSER L'ADVERSAIRE

- Les **bombardements** massifs des routes et des villes terrorisent les civils et anéantissent les forces militaires et économiques des États en guerre.
- Les **combats** sont acharnés pour reconquérir les villes ou pour en finir avec une guerre qui s'enlise (**bombes atomiques** d'août 1945).
- Les **civils** sont victimes de massacres, de représailles et de déplacements forcés. La guerre coûte la vie à 56 millions de personnes.

UN OBJECTIF D'ANÉANTISSEMENT

Le **génocide des Juifs et des Tsiganes**, programmé par l'Allemagne nazie, fait 5,1 millions de victimes juives et 250 000 victimes tsiganes.

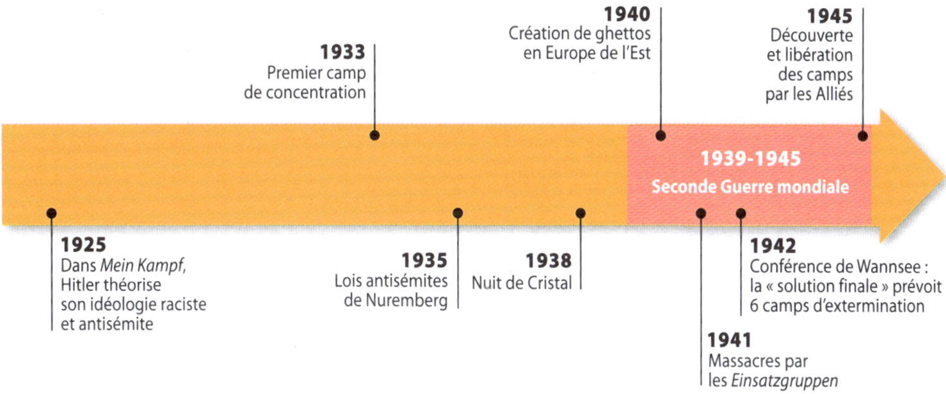

LES SOCIÉTÉS ET LES ÉCONOMIES MOBILISÉES

- Les belligérants démoralisent l'ennemi et mobilisent les esprits par la **propagande**.
- Les forces de l'**Axe** (Allemagne, Italie, Japon) usent de la répression et de la terreur, imposent le travail forcé et pillent les économies des pays occupés.
- Les **Alliés** (France libre, Pays-Bas, Royaume-Uni, États-Unis…) défendent quant à eux la liberté et mettent leurs forces économiques au service de la guerre (50 millions de travailleurs américains mobilisés).

La recette pour réussir

SAVOIR FAIRE

Pour analyser une affiche de propagande, il faut :

- **Lire** le titre et les éléments mis en légende.
- **Décrire** la scène représentée.
- **Expliquer l'objectif** de l'affiche.

ASTUCE DU CHEF

Identifiez la manière dont les personnages et États sont représentés.

EXERCICE COMMENTÉ BREVET

Galvaniser un peuple à l'aide d'une affiche de propagande

Traité d'alliance entre l'URSS, l'Angleterre et les États-Unis

Traduction du bandeau rouge : Tous ensemble nous barrerons la route à l'ennemi infâme, de ce nœud coulant il ne pourra s'échapper.

Affiche soviétique publiée entre 1942 et 1945.

→ Qui est le commanditaire de l'affiche et à qui est-elle destinée ?

L'URSS édite cette affiche pour le peuple soviétique.

→ Quel est le thème de l'affiche ?

Les avant-bras, frappés des drapeaux de l'URSS, des États-Unis et du Royaume-Uni serrent le nœud autour du cou d'Hitler qui s'effondre.

→ Pourquoi est-ce une affiche de propagande soviétique ?

Le traité d'alliance rappelle que l'URSS rejoint le camp des Alliés après la rupture du pacte germano-soviétique par l'Allemagne nazie en juin 1941.

L'URSS et ses alliés depuis juin 1941 veulent anéantir le nazisme, d'où le bandeau à la couleur du communisme. La main soviétique, tournée vers le spectateur, illustre le coup d'arrêt de Stalingrad (1943) et les combats de l'Armée rouge qui atteint, la première, Berlin en avril 1945.

Régime de Vichy, collaboration et résistance

5

HISTOIRE

Les ingrédients

Défaite de 1940 et signature de l'armistice à Rethondes le 22 juin 1940

- La France devient un territoire occupé à la souveraineté limitée.
- Pleins pouvoirs votés par les parlementaires à Pétain : fin de la IIIe République et de la démocratie.
- Installation de l'État français (nouveau régime) à Vichy, dirigé par Pétain.

Le régime de Vichy

- Autoritaire (négation des valeurs de la République), antisémite (statut des Juifs de 1940).
- Une idéologie (la « Révolution nationale ») et une devise (« Travail, Famille, Patrie »).

Une collaboration avec l'Allemagne

- L'administration et l'économie française (STO, ou envoi de la main-d'œuvre en Allemagne) au service de l'occupant.
- La police française pourchasse les Juifs pour les faire déporter.

- Une majorité de Français doit accepter le régime de l'occupation.
- Certains Français, les Justes, protègent les Juifs de la déportation.

- Épuration populaire puis « légale » des collabos.
- Pétain est condamné à mort, gracié puis emprisonné.

Appel du 18 juin

Charles de Gaulle lance sur la BBC un appel depuis Londres le 18 juin 1940.

La résistance extérieure

- La France libre s'organise autour du général de Gaulle (Londres, Afrique du Nord).
- Participation des FFL aux combats (Afrique du Nord, Normandie).

La résistance intérieure

- Formation de différents mouvements, réseaux et maquis.
- Unification de la résistance intérieure par Jean Moulin (CNR).

- La résistance unie (FFI et FFL) participe à la libération de la France (libération de Paris le 25 août 1944) et de l'Europe.
- De Gaulle à la tête du GPRF.

Réseau de résistance : groupe spécialisé dans les opérations militaires en lien avec les Alliés et la France libre (renseignements, sabotages) et l'aide aux personnes (évasion de prisonniers et pilotes).

Mouvement de résistance : organisation dont le but est de sensibiliser et d'appeler la population à la résistance (sabotages, presse clandestine).

Maquis : refuges situés dans des régions isolées rassemblant des résistants et des réfractaires au STO.

La recette pour réussir

SAVOIR FAIRE

Pour lire une carte historique, il faut :

- **Identifier** le titre, l'espace cartographié et la période.
- **Analyser** les informations de la légende.
- **Expliquer les enjeux.**

ASTUCE DU CHEF

Pensez à toujours expliquer ce que vous observez sur une carte

EXERCICE COMMENTÉ BREVET

Analyser la France de 1940 à 1944 à l'aide d'une carte

La France de 1940 à 1944

Une France divisée et occupée
- Ligne de démarcation

Principales zones
- Zone Nord occupée par l'Allemagne
- Zone Sud (occupée par l'Allemagne à partir de novembre 1942)
- Zone d'occupation italienne (jusqu'en 1943)
- Territoire annexé au IIIe Reich

Une France qui collabore
- Arrestation de Juifs (dès 1941 en zone Nord)
- Port de l'étoile jaune (à partir de 1942 en zone Nord)
- Principaux camps d'internement ou de transit
- Camp de concentration
- Rafles de Juifs en zone Sud (été 1942)
- Déportation vers les camps de la mort

Une France résistante
- Londres, siège de la France libre entre 1940 et 1943
- Principaux maquis
- Principaux massacres d'otages et de civils

Toutes les colonies, sauf l'Indochine, se sont ralliées à la France libre entre 1940 et 1943.

→ Pourquoi la France est-elle constituée de plusieurs zones à cette date ?

Ce sont les clauses de l'armistice signé par Pétain le 22 juin 1940 : la ligne de démarcation sépare la zone Nord occupée et le territoire annexé de la zone Sud non occupée (jusqu'en novembre 1942).

→ Quelles sont les conséquences pour la France et les Français ?

L'État français de Vichy collabore avec l'Allemagne : la police et l'administration participent aux rafles, à l'internement et à la déportation des Juifs.

La France résistante, derrière la France libre du général de Gaulle (Londres), combat dans la clandestinité (maquis), mais subit la répression de l'occupant et de la Milice*. La carte n'évoque pas les débarquements de 1944.

* Police politique créée en 1943 par l'État français de Vichy pour lutter contre les résistants et traquer les Juifs.

HISTOIRE

La Shoah, histoire et mémoire

Les ingrédients

DU TOMBEAU DU MARTYR JUIF INCONNU…

- **1943** : Isaac Schneersohn, un industriel d'origine russe, crée à Grenoble le Centre de documentation juive contemporaine rassemblant les preuves de la persécution des Juifs. Cela donnera naissance à la justice pénale internationale lors du procès de Nuremberg.
- **1953** : Isaac Schneersohn crée à Paris un tombeau-mémorial pour les victimes de la Shoah.
- **1956** : Le Tombeau du Martyr juif inconnu est inauguré en présence de 50 communautés juives du monde.
- **1957** : Des cendres du ghetto de Varsovie et des camps de la mort sont déposées dans la crypte du mémorial.

… AU MÉMORIAL DE LA SHOAH

- **1995** : Le président de la République, Jacques Chirac, reconnaît la responsabilité de l'État français dans la déportation des Juifs de France.
- **2000** : La Fondation pour la mémoire de la Shoah est créée et prévoit l'agrandissement du bâtiment (salles de lecture, exposition permanente de l'histoire de la Shoah, espace multimédia, auditorium, érection d'un « Mur des Noms » à l'extérieur).
- **25 janvier 2005** : Le président Jacques Chirac inaugure le Mémorial de la Shoah avec le premier Mur des Noms.
- **2006 - 2010** : Inauguration des plaques du Mur des Justes.
- **27 janvier 2020** : Le président Emmanuel Macron inaugure le second Mur des Noms (6 200 corrections et 226 noms ajoutés).

Procès de Nuremberg (novembre 1945-1er octobre 1946) : procès devant un tribunal militaire international de vingt-quatre membres du parti nazi et de huit organisations hitlériennes inculpés de crime de guerre et de conspiration contre l'humanité.

Le 27 janvier : libération du camp d'Auschwitz par les Soviétiques (1945). Cette journée est par la suite devenue la Journée internationale dédiée à la mémoire des victimes de l'Holocauste.

Mur des Justes : mur sur lequel sont gravés les noms des 3 900 hommes et femmes qui, au péril de leur vie, ont sauvé des Juifs de France de la mort lors de la Seconde Guerre mondiale.

La recette pour réussir

SAVOIR FAIRE

Pour concevoir un projet pour l'épreuve orale, il faut :

- **Choisir un sujet** dans le cadre de l'histoire des arts, d'un EPI ou d'un parcours éducatif.
- **Sélectionner des informations** à partir de sites sûrs.
- **Réaliser un document** qui servira d'appui le jour de l'épreuve.

ASTUCE DU CHEF

Entraînez-vous devant un miroir à vous exprimer clairement sans utiliser de langage familier.

EXERCICE COMMENTÉ BREVET (épreuve orale)

Comprendre l'enjeu du Mémorial de la Shoah

Le parvis

La crypte

Le Mur des Noms

→ Le lieu symbolique d'une histoire dramatique

Dans l'axe du parvis, le **cylindre de bronze** énonce les lieux du génocide juif : le ghetto de Varsovie et les camps de la mort d'Auschwitz-Birkenau, Belzec, Bergen-Belsen, Buchenwald, Chelmno, Majdanek, Mauthausen, Sobibor, Struthof et Treblinka.

→ Le lieu symbolique de l'identité juive

Sous le parvis, la **crypte** abrite le tombeau symbolique des Juifs morts sans sépulture. Des cendres de Juifs exterminés dans les camps de la mort y sont mêlées à de la terre d'Israël. L'étoile de David en pierre noire, qui le recouvre, rappelle l'étoile jaune portée par les Juifs de France sous l'Occupation.

→ Le lieu de recueillement et de mémoire

Le **Mur des Noms** évoque la tragédie de 75 568 victimes françaises dont 11 400 enfants, livrées avec la participation active du gouvernement de Vichy et à qui l'identité était remplacée par un matricule. Leurs noms, qu'il fallait oublier, sont classés par année de déportation et par ordre alphabétique et sont gravés dans la pierre pour l'éternité. Lors du Yom HaShoah (journée dédiée à la mémoire des victimes de la Shoah), du 1er mai au 2 mai 2019, 200 personnes (anciens déportés, parents, bénévoles, enfants) ont égrené, en lecture publique ininterrompue, les noms de 31 761 personnes, dont 5 961 enfants, déportés de France par les convois n°21 à n°57 partis entre le 19 août 1942 et le 18 juillet 1943.

Cartes repères

L'Europe dans les années 1920

Une guerre multiforme aux dimensions planétaires

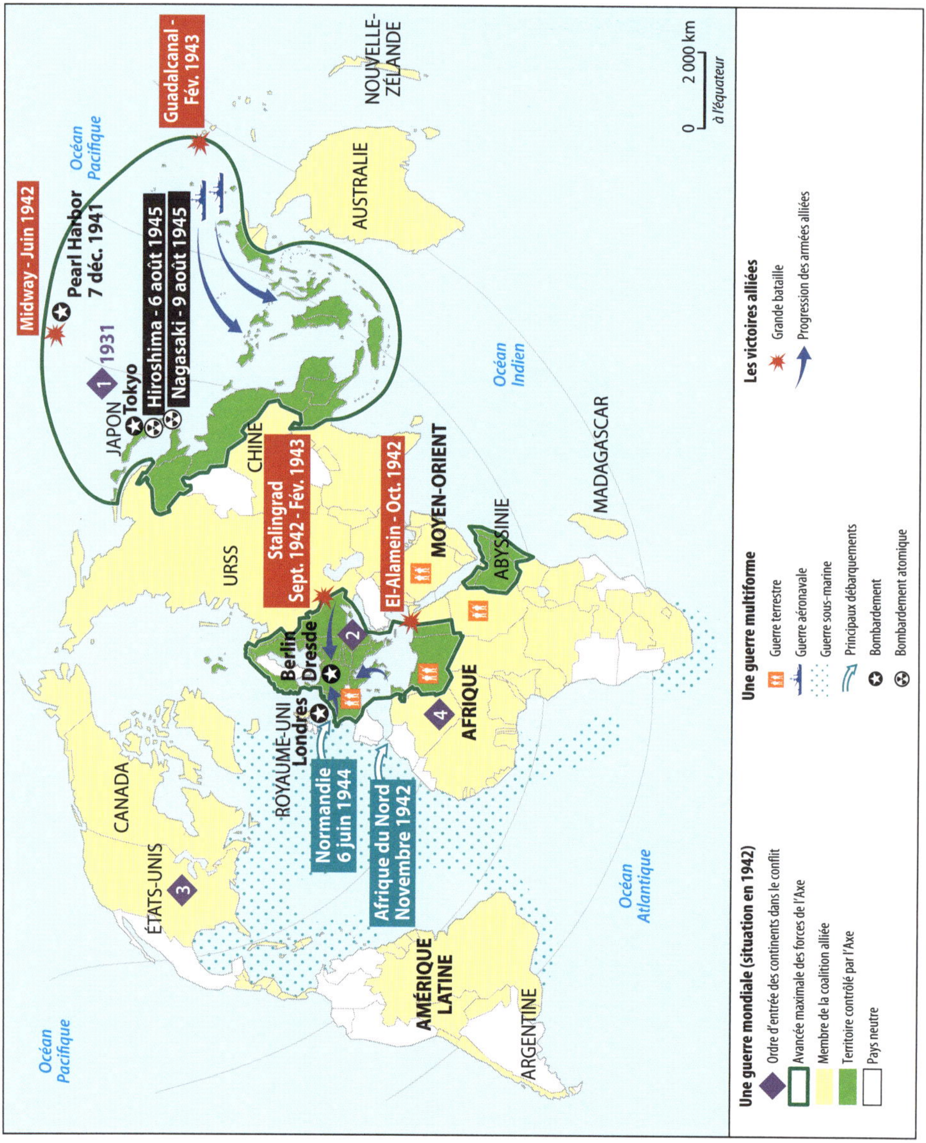

Guerre d'anéantissement : conflit dont le but est de détruire en totalité l'adversaire, qu'il soit militaire ou civil

Indépendances et construction de nouveaux États

8

Les ingrédients

LES REVENDICATIONS DES SOCIÉTÉS COLONISÉES

- Après 1945, le prestige des métropoles européennes s'est affaibli. Les États-Unis et l'URSS condamnent le **colonialisme**, et l'ONU défend le **droit des peuples à disposer d'eux-mêmes**.
- Les mouvements nationalistes accentuent le mécontentement des colonies.

LES VOIES DE L'INDÉPENDANCE

- En 1947, dans les Indes britanniques, **Gandhi et Nehru négocient l'indépendance** mais n'évitent ni la partition, ni les troubles religieux entre le Pakistan musulman et l'Inde hindouiste. Le Royaume-Uni abandonne alors sa souveraineté politique pour préserver ses intérêts économiques dans le **Commonwealth**.
- Dans les années 1950, les **colonies françaises** d'Afrique noire obtiennent leur autonomie puis leur indépendance, mais conservent des liens de coopération avec la France. L'Algérie obtient son indépendance à la suite d'une guerre (1954-1962) qui se termine par la signature des accords d'Évian.

LA NAISSANCE DU TIERS-MONDE

- À la **conférence de Bandung** (Indonésie) en 1955, les nouveaux États d'Afrique et d'Asie condamnent le colonialisme, veulent des liens de solidarité indépendants des grandes puissances et font leur entrée à l'ONU.
- À la **conférence de Belgrade** en 1961, les pays afro-asiatiques, la Yougoslavie et Cuba proclament leur « **non-alignement** ».

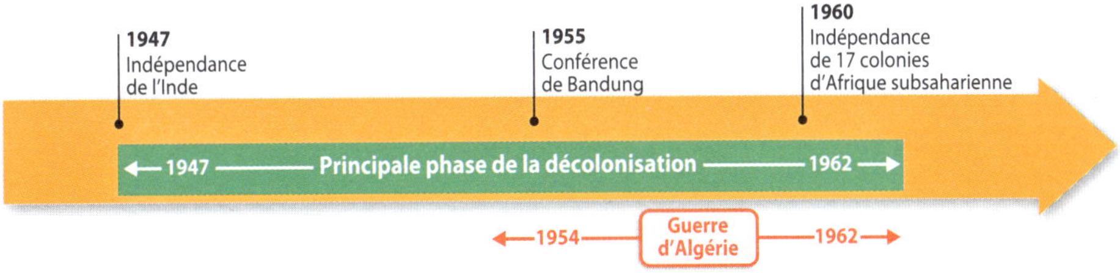

Commonwealth : association commerciale et culturelle réunissant le Royaume-Uni et ses anciennes colonies.

Métropole : terme désignant le pays colonisateur.

Non-alignement : position des États refusant de soutenir les États-Unis et l'URSS durant la guerre froide.

La recette pour réussir

SAVOIR FAIRE

Pour rédiger un développement construit, il faut :

- **Lire le sujet** et comprendre les termes utilisés.
- **Mobiliser ses connaissances** en répondant aux questions : pourquoi ? qui ? où et quand ? comment ? quelles conséquences ?
- **Introduire le sujet** par une interrogation.

ASTUCES DU CHEF

- Construisez des phrases simples et n'oubliez pas de vous relire.
- Formulez la réponse en deux ou trois idées majeures, chaque idée constituant une partie.

EXERCICE COMMENTÉ BREVET

Sous la forme d'un développement construit, présentez l'Algérie comme exemple d'accession à l'indépendance d'une colonie par la guerre.

→ Pourquoi l'Algérie, colonisée depuis 1830, est-elle l'enjeu d'une guerre violente ?

L'Algérie est une colonie française de peuplement marquée par des inégalités en droit entre les Européens (10 % de la population) et les Algériens musulmans (90 %). En 1945, des incidents éclatent, mais c'est le 1er novembre 1954, dans le contexte favorable à l'émancipation des peuples, que le mouvement nationaliste FLN proclame sa volonté d'indépendance et déclenche, sur le sol algérien, des attentats contre les intérêts français.

→ Quels sont les différents moments de la guerre ?

De 1954 à 1958, pour garder l'Algérie française et assurer la « pacification », la métropole fait appel au contingent. L'armée française use de la torture pour réprimer les civils et partisans du FLN qui mènent la guérilla.

En 1958, le général de Gaulle revient au pouvoir à la faveur de manifestations qui éclatent à Alger le 13 mai. Les « événements » d'Algérie provoquent la chute de la IVe République et l'avènement de la Ve. Comme la situation s'enlise, de Gaulle propose l'autodétermination en 1959. La voie vers l'indépendance est ouverte.

Le 18 mars 1962, les représentants de la France et ceux du FLN signent des accords de cessez-le-feu à Évian. Mais l'Organisation de l'armée secrète (OAS), partisane de l'Algérie française, multiplie les attentats contre le FLN. Le 5 juillet 1962, l'Algérie proclame son indépendance et expulse les Français d'Algérie ou pieds-noirs. Les harkis (Algériens engagés auprès de l'armée française) s'embarquent pour la France afin d'échapper aux Algériens mais sont « parqués » dans des camps à leur arrivée. L'Algérie, nouvel État indépendant, choisit la voie socialiste pour se reconstruire et le FLN en devient le parti unique.

Un monde bipolaire au temps de la guerre froide (1)

9

HISTOIRE

Les ingrédients

L'ESPOIR D'UN MONDE MEILLEUR

- En juin 1945, les Alliés confient le maintien de la paix et de la sécurité internationale à **l'Organisation des Nations unies**.
- La **Charte de San Francisco**, signée par 51 États, affirme le droit des peuples à disposer d'eux-mêmes et le respect des droits de l'homme.

DE L'ALLIANCE À LA RUPTURE

- Dès 1945, l'URSS, affaiblie par la guerre et dépourvue de la bombe atomique, occupe les pays d'Europe centrale qu'elle a libérés des nazis et y impose des gouvernements de son choix.
- En 1947, pour endiguer l'expansion du communisme, les États-Unis proposent **le plan Marshall** (aide économique et financière pour la reconstruction) aux pays d'Europe ruinés par la guerre. **Les pays de l'Europe de l'Ouest** l'acceptent, contrairement aux pays d'Europe centrale qui le refusent, sur ordre de l'URSS.

LA BIPOLARISATION DU MONDE

- Les deux superpuissances, dominant chacune leur zone d'influence, opposent **deux modèles différents**.

De 1947 à 1989	Bloc de l'Ouest	Rideau de fer	Bloc de l'Est ou communiste
Les pays dominants	États-Unis, défenseurs du monde libre		URSS, conductrice du monde socialiste
Les doctrines	Doctrine Truman (mars 1947)		Doctrine Jdanov (septembre 1947)
Les alliances militaires	OTAN (1949)		Pacte de Varsovie (1955)
Les régimes politiques	Démocratie libérale : suffrage universel et secret, pluralisme politique, respect des droits de l'homme		Démocratie populaire : parti unique et candidature unique aux élections, police politique, aucune liberté

Guerre froide : tension militaire, idéologique, économique entre le bloc occidental et le bloc soviétique de 1947 à 1991 sans affrontement direct.

Rideau de fer : expression employée par Winston Churchill en 1946 désignant la frontière étanche qui sépare en Europe les pays du bloc de l'Est et ceux du bloc de l'Ouest.

La recette pour réussir

SAVOIR FAIRE

Pour analyser un article de presse, il faut :

- **Identifier le journal** (indiquer sa date de parution et préciser le contexte historique).
- **Dégager ses idées principales** en expliquant les termes clés.
- **Interpréter les faits** en indiquant s'ils sont objectifs ou s'il s'agit d'une opinion.

ASTUCE DU CHEF

Entourez ou soulignez les éléments qui vous semblent importants.

EXERCICE COMMENTÉ BREVET

Analyser les forces et les faiblesses de l'ONU à l'aide d'un article de presse

Le point de vue d'un journaliste

On a protesté contre l'hégémonie des cinq grands, contre le rôle trop effacé laissé aux petites nations. Mais on n'a pas parlé – comme si c'était chose naturelle – du rôle quasi nul laissé aux vaincus de la guerre. […] Mais ce fait nous rappelle qu'à son origine elle n'est pas et ne pourra être une société égalitaire : elle n'existe que par la volonté des grandes puissances victorieuses.

Le Monde, 26 avril 1945 (jour de l'ouverture de la conférence de San Francisco), extraits.

→ Quelle est la nature précise du document et dans quel contexte paraît-il ?

Il s'agit de l'extrait d'un article du quotidien français *Le Monde* daté du 26 avril 1945. Le 12 avril, Truman remplace Roosevelt, décédé, à la présidence des États-Unis. La guerre est en passe de se terminer en Europe (8 mai 1945) mais va durer jusqu'en septembre 1945 en Asie.

→ Quel est l'enjeu de la conférence de San Francisco ?

Elle débat sur les règles de fonctionnement des organes institutionnels de l'ONU (droit de veto, statut de la Cour internationale de justice), élabore la Charte de San Francisco et la fait adopter à l'unanimité.

→ Quel est l'intérêt historique du texte ?

Le journaliste émet deux réserves : la parole n'est pas accordée aux vaincus mais aux vainqueurs qui ont déclaré la guerre à l'Allemagne et au Japon, et particulièrement aux « cinq grands » (États-Unis, URSS, Royaume-Uni, France et Chine*), les futurs membres permanents disposant du droit de veto au Conseil de sécurité de l'ONU.
Le journaliste regrette également que les petites nations jouent seulement un rôle mineur.

* Taïwan et non la République populaire de Chine.

Un monde bipolaire au temps de la guerre froide (2)

10

Les ingrédients

UN AFFRONTEMENT INDIRECT ET DES CRISES SUCCESSIVES (1947-1962)

- En 1949, l'URSS comme les États-Unis disposent de **l'arme atomique** et le monde craint un anéantissement nucléaire.
- Deux États incarnent la division politique et idéologique du monde. En Europe, il s'agit de **l'Allemagne** qui, à la suite du blocus de Berlin (1948-1949), se retrouve **coupée en deux États** et où la capitale est elle-même divisée en deux parties après la construction du mur (1961). En Asie, c'est la **Corée** qui se retrouve **coupée en deux États** distincts après la guerre de Corée (1950-1953).

LA DÉTENTE ET LA FIN DE LA GUERRE FROIDE (1962-1991)

- La **crise de Cuba** en 1962 marque le paroxysme de la guerre froide et symbolise la **course aux armements** des deux superpuissances. Fidel Castro, le dirigeant cubain, accepte l'installation de missilles nucléaires soviétiques capables de frapper les État-Unis. Kennedy et Krouchtchev trouvent alors un compromis qui évite la guerre atomique.
- Une période de **détente** s'ouvre ensuite (1962-1989) marquée par des négociations, des discussions (accords de désarmement) et des affrontements en Asie (guerre du Vietnam), en Afrique et au Moyen-Orient.

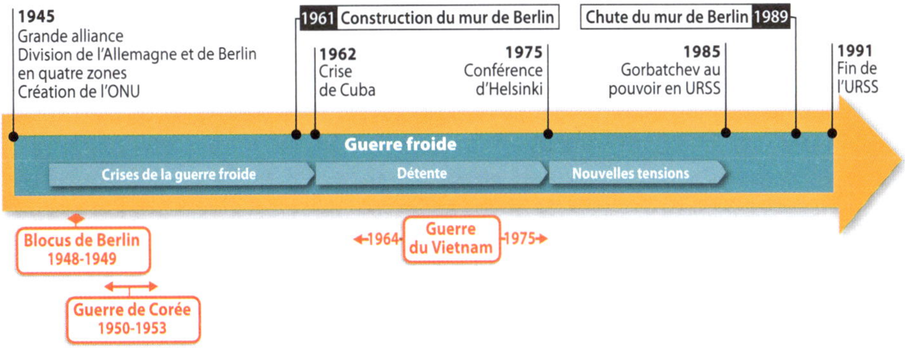

Équilibre de la terreur : rapport de force entre les États-Unis et l'URSS. En cas d'attaque nucléaire, la riposte adverse entraînerait la destruction des deux adversaires.

Course aux armements : processus dans lequel les États s'engagent à tout mettre en œuvre pour obtenir la supériorité militaire sur leurs adversaires.

La recette pour réussir

SAVOIR FAIRE

Pour commenter une affiche de film, il faut :

- **Présenter** le réalisateur, **dater** le film, **citer** son titre et son sous-titre.
- **Décrire** l'affiche pour en comprendre le thème.
- **Situer** le film dans le contexte international pour en comprendre le message.

ASTUCE DU CHEF

Soyez attentif(ve) à certains détails : ils donnent des clés de lecture et/ou d'interprétation !

EXERCICE COMMENTÉ BREVET

La guerre froide vue à travers le prisme d'une affiche de film

Affiche du film *Dr. Folamour* réalisé par Stanley Kubrick en 1964.

→ Qui est le réalisateur du film et en quelle année sort-il ?

Stanley Kubrick, financé par la société américaine Columbia Pictures, sort *Dr Folamour ou Comment j'ai appris à ne plus m'en faire et à aimer la bombe !* en 1964.

→ Comment l'affiche présente-t-elle le thème du film ?

Une sphère, coupée en deux, symbolise le monde bipolaire dominé par les États-Unis à l'Ouest, et l'URSS à l'Est (deux drapeaux). La course aux armements et la menace nucléaire sont illustrées par le bombardier et le sous-titre (*aimer la bombe*). Les chefs d'État, au premier plan, sont reliés par le fil rouge des téléphones. Une femme tenant une coupe de champagne enlace quant à elle le dirigeant soviétique.

→ Quel est le message du réalisateur ?

Stanley Kubrick s'est inspiré du roman *Alerte rouge* de Peter Sellers (un ancien lieutenant de la RAF qui décrit une fin du monde après une crise nucléaire), mais il traite, dans ce film, l'absurdité de la guerre nucléaire d'une manière satirique et burlesque. Il s'agit d'un pari risqué pour un film préparé au moment de la crise des missiles de Cuba qui fait craindre au monde une guerre nucléaire. Néanmoins, après la crise de 1962, l'installation du téléphone rouge entre le Kremlin et Washington inaugure la période de détente et la course aux armements marque le pas.

La conquête de l'espace durant la guerre froide

11

Les ingrédients

LA CONQUÊTE DE L'ESPACE, UN ENJEU DE LA GUERRE FROIDE

- Dans le cadre de la guerre froide, qui exclut toute confrontation directe, les États-Unis et l'URSS cherchent, *via* la science et l'espace, à se dépasser mutuellement.
- L'URSS prend l'avantage car les Soviétiques, qui sont entrés les premiers à Berlin en 1945, découvrent le laboratoire dans lequel des savants allemands avaient travaillé sur le **développement de missiles** (le V2 par exemple) et prélèvent des informations avant l'arrivée des Britanniques puis des Américains.

LA PROPAGANDE SOVIÉTIQUE...

- Les Soviétiques envoient dans l'espace le premier satellite artificiel, **Spoutnik 1** (octobre 1957), et placent en orbite le premier homme, **Youri Gagarine** (avril 1961).
- C'est pour Nikita Khrouchtchev, le numéro 1 soviétique, la preuve que « l'économie, la science, la culture et le génie créatif des peuples du monde entier fleurissent plus vite et bien mieux sous un régime communiste ».

... ET LA PROPAGANDE AMÉRICAINE

- Face à ce succès soviétique, le président Kennedy décide en mai 1961 de multiplier par 10 le budget de la **NASA** (créée en février 1958) et lance le défi d'envoyer un Américain sur la Lune avant 1970. Le président américain est assassiné en 1963 mais son rêve devient réalité le 20 juillet 1969. Cet exploit technologique fédère le peuple américain, renforce le rêve de grandeur des États-Unis et fait oublier les déboires au Vietnam et le combat des Afro-Américains voulant obtenir davantage de droits civiques.
- Si la **conquête spatiale** a d'abord été l'expression de rivalités idéologiques, elle est devenue, avec la détente et la fin de la guerre froide, l'objet d'une coopération internationale.

Avril 1971 : première station spatiale soviétique (Salyut puis Mir en 1986).

Mai 1973 : Station Skylab américaine en orbite.

Juillet 1975 : première mission spatiale conjointe avec rencontre du vaisseau américain Apollo et du vaisseau soviétique Soyouz.

Depuis 1998 : Station spatiale internationale (ISS ou SSI) occupée en permanence par un équipage international et consacrée à la recherche scientifique dans l'environnement spatial.

La saga américaine ***Star Wars*** sort entre 1977 et 1983. Dark Vador représenterait l'URSS et le mal tandis que le combat des rebelles pour la liberté serait celui des États-Unis.

La recette pour réussir

SAVOIR FAIRE

Pour analyser des images de communication, il faut :

- **Rechercher le(s) personne(s)** à l'origine de l'affiche ou de l'image.
- **Observer les couleurs et identifier les objets** pour reconnaître des symboles (politiques ou non).
- **Décrypter** le message transmis.

ASTUCE DU CHEF

Posez-vous à chaque fois cette question : pourquoi ces documents sont-ils publiés ou édités ?

EXERCICE COMMENTÉ BREVET (épreuve orale)

Comprendre pourquoi la conquête spatiale devient un enjeu de communication

→ Comment l'URSS exploite-t-elle son succès spatial ?

La fusée rouge (couleur du communisme), frappée de l'enclume et du marteau (symboles du drapeau) et des lettres CCCP (signifiant URSS), ouvre « la route des étoiles à toute l'humanité ! ». Elle est propulsée par la main soviétique qui occupe le quart de l'affiche. L'URSS exploite son avantage technologique car elle est capable, *via* un missile, de mettre en place une attaque nucléaire plus rapidement que les États-Unis.

Affiche soviétique publiée entre 1957 et 1963 dans le cadre du programme spatial qui a permis la mise en orbite du premier satellite artificiel.

→ Pourquoi les États-Unis parviennent-ils à surpasser le concurrent soviétique ?

Les États-Unis doivent démontrer au monde que l'URSS, menaçante sur Terre et en orbite, n'est pas l'unique acteur spatial. C'est en direct et en mondovision qu'ils transmettent l'image de Neil Armstrong posant le pied sur la Lune. Rejoint par Buzz Aldrin dix-neuf minutes plus tard, tous deux plantent pour la postérité le drapeau américain, fixent la plaque commémorative sur le sol et ramassent durant deux heures vingt des roches lunaires qu'ils rapporteront sur Terre.

Alunissage du 29 juillet 1969.

Mise en œuvre du projet européen

12

Les ingrédients

CONSTRUIRE L'EUROPE POUR PRÉSERVER LA PAIX

- La volonté de réconciliation entre la France et l'Allemagne et celle d'imposer **l'Europe** dans un monde bipolaire aboutissent en 1951 à la signature du **traité de la CECA** (Communauté économique du charbon et de l'acier) et, en 1957, à celle des **traités de Rome** créant une **Communauté économique européenne (CEE)** ou marché commun et **l'Euratom**.
- La France, la RFA, l'Italie, la Belgique, les Pays-Bas et le Luxembourg défendent des **valeurs démocratiques**, la **liberté de circulation** des biens et des personnes ainsi que l'**instauration de politiques économiques communes**.

ÉLARGISSEMENTS, RÉTRACTIONS ET APPROFONDISSEMENTS

- Des **élargissements** s'opèrent du nord (Royaume-Uni, Irlande et Danemark en 1973) vers le sud (Grèce en 1981, Portugal et Espagne en 1986). L'effondrement du bloc communiste (1991) permet aux **États neutres** et aux **ex-pays communistes** de solliciter leur adhésion à l'UE : l'Autriche, la Suède, la Finlande en 1995, la Pologne, la Hongrie, la République tchèque, la Slovaquie, la Slovénie, la Lituanie, la Lettonie, l'Estonie, Chypre et Malte en 2004, la Roumanie et la Bulgarie en 2007 et la Croatie en 2013. La première rétraction a lieu en 2020 avec le **Brexit**.
- La construction européenne **s'approfondit** avec l'élection au suffrage universel du **Parlement européen** (1979) et la mise en place de politiques communautaires (agriculture et transports). Les **accords de Schengen** de 1986 renforcent la libre circulation des hommes, des biens, des services et des capitaux. Le **traité de Maastricht** de 1992, instituant l'**Union européenne**, prévoit une **monnaie unique** (l'euro, en 2002) mais aussi une **Banque centrale européenne**, **une politique étrangère commune** ainsi qu'**une citoyenneté européenne**.

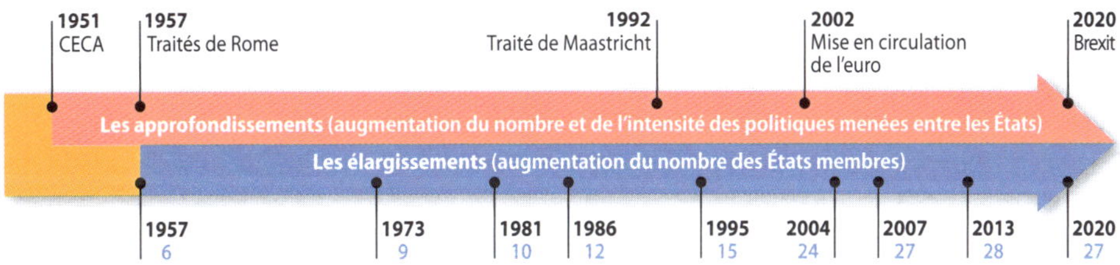

Approfondissement : renforcement des institutions européennes.
Élargissement : ouverture de la CEE à d'autres pays membres.

La recette pour réussir

SAVOIR FAIRE

Pour se repérer dans le temps et dans l'espace, il faut :

- **Connaître les dates clés** indiquant les périodes ou moments importants.
- **Savoir localiser** et écrire le nom d'espaces clés (villes, États).
- **Donner du sens** en choisissant les bons figurés.

ASTUCES DU CHEF

- Écrivez toujours lisiblement.
- Utilisez une typographie ou une couleur différente pour écrire le nom des États et des capitales européennes.

EXERCICE COMMENTÉ BREVET

Représenter la construction européenne par une carte

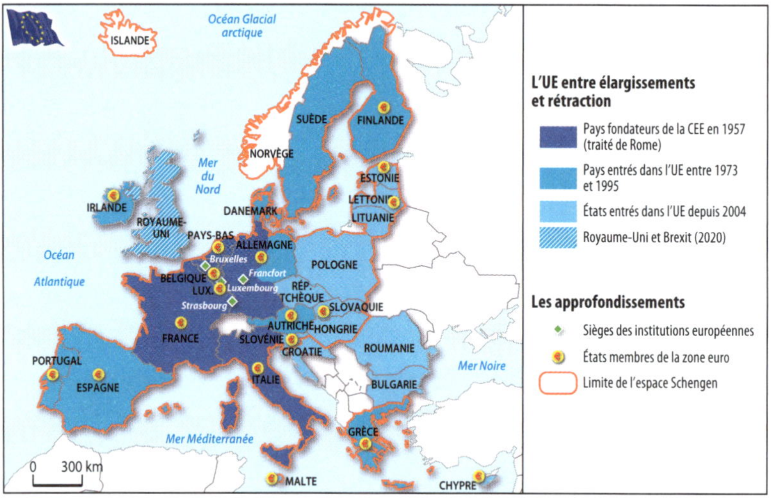

→ Comment peut-on figurer les élargissements et la rétraction au sein de l'UE ?

Trois **aplats de couleur bleue en camaïeu** figurent les 6 États fondateurs, les États entrés entre 1973 et 1995 et les États entrés depuis 2004. Des **hachures blanches** représentent quant à elles le Brexit. Les Britanniques disent « oui » au référendum le 23 juin 2016 mais le Brexit devient effectif à compter du 31 janvier 2020.

→ Comment peut-on figurer les politiques communes ?

Un **figuré ponctuel** (losange) localise le siège des 4 institutions européennes (Bruxelles, Francfort, Luxembourg et Strasbourg). Le **symbole euro** représente les pays membres de la zone euro (19 États membres aujourd'hui). Enfin, le **figuré linéaire rouge** délimite l'espace Schengen.

Le mur de Berlin, de la honte au *street art*

13

Les ingrédients

LE « MUR DE LA HONTE » OU LA LOGIQUE DU MONDE BIPOLAIRE

Construction du mur de Berlin, 1961.

- Après le **blocus de Berlin** (1948-1949), l'Allemagne est coupée en **deux États** : la **RFA**, dont la capitale est Bonn, et la **RDA** (secteur soviétique) dont la capitale est Berlin-Est. Les trois secteurs occidentaux de la ville constituent Berlin-Ouest, une ville de RFA située dans le territoire de la RDA. Quatre-vingt-un points de passage sont créés entre les « deux Berlin ».
- Berlin-Ouest attire près de **3 millions d'Allemands de l'Est** désireux de vivre dans le respect des libertés. Pour stopper l'hémorragie humaine, la RDA, soutenue par l'URSS, décide, dans la nuit du **12 au 13 août 1961**, d'ériger un mur provisoire en déroulant 155 kilomètres de fils barbelés autour de Berlin-Ouest et de réduire à douze le nombre de points de contrôle. Les jours suivants, les barbelés sont remplacés par un mur en pierres.

LE MUR DE BERLIN, DE 1961 À 1989

- Le **mur de Berlin** est, pour les Berlinois de l'Est, synonyme de terreur et de mort, mais il est pour les Berlinois de l'Ouest une attraction, une source d'inspiration et un lieu d'expression du mouvement contestataire mondial contre la dictature soviétique.
- L'affaiblissement de l'URSS, l'ouverture des frontières entre l'Autriche et la Hongrie et la décision de Gorbatchev de ne pas recourir à la force armée en RDA expliquent que le gouvernement est-allemand déclare autorisé le passage vers l'Ouest.

Destruction du mur de Berlin, 1989.

- Le **9 novembre 1989**, encouragés par le violoncelliste Rostropovitch, exilé à l'Ouest pour des raisons politiques, les Berlinois entament la **destruction du mur**. Après vingt-huit ans de séparation, les familles et les amis allemands se retrouvent !

Checkpoint Charlie : point de passage des membres des forces alliées désirant se rendre à Berlin-Est, devenu, à partir de 1961, un lieu de tension entre les deux blocs.

La recette pour réussir

SAVOIR FAIRE

Définir le *street art* :

- **Une forme d'art visuel** développé dans la rue ou dans les espaces publics, à partir des années 1980.
- **Un art éphémère** soumis aux intempéries et aux dégradations.
- **Un art contestataire et non autorisé** différent du graffiti ou du tag.

ASTUCE DU CHEF

Sachez qu'au fil du temps, le *street art* utilise diverses techniques et devient un art plus engagé.

EXERCICE COMMENTÉ BREVET (épreuve orale)

Comprendre le symbolisme de l'East Side Gallery à Berlin.

Une section de l'East Side Gallery.

→ Qu'est-ce que l'East Side Gallery ?

Après la chute du mur, en janvier 1990, sur les rives de la Spree dans le quartier Friedrichshain à Berlin, cent-dix-huit artistes de vingt-et-un pays réalisent plus de cent peintures sur l'ancienne face est du mur. Symboles de la liberté, elles illustrent les changements politiques de 1989-1990, critiquent la guerre froide et rendent hommage à celles et ceux qui, au péril de leur vie, ont tenté de franchir le mur.

→ Pourquoi parle-t-on d'un « *street art* de la mémoire » ?

Cette section du mur de Berlin, longue de 1 316 mètres, est officiellement reconnue galerie d'art à ciel ouvert le 28 septembre 1990 et obtient le statut de mémorial protégé en 1991. Cependant, comme elle reste exposée à la météo, cela implique des efforts réguliers pour la restaurer. Depuis novembre 2018, East Side Gallery est transférée à la propriété de la Stiftung Berliner Mauer (SBM) qui est désormais responsable de la conservation du site.

Enjeux et conflits depuis 1989

14

HISTOIRE

Les ingrédients

L'ÉPHÉMÈRE NOUVEL ORDRE MONDIAL

● Après 1989, les **États-Unis dominent le monde** (guerre du Golfe et victoire contre l'Irak) et l'ONU affirme sa légitimité à l'échelle planétaire. Mais le réveil des **nationalismes** entraîne une guerre ethnique en Yougoslavie, le génocide rwandais en Afrique et la reprise du conflit israélo-palestinien.

DES RIVALITÉS ET DES TENSIONS DANS LE MONDE

● Après les attentats du **11 septembre 2001**, les États-Unis combattent les « forces du mal » en déclarant, avec l'aval de l'ONU, la **guerre à l'Afghanistan** puis, sans son aval, à **l'Irak** en 2003.

● Des **guerres asymétriques** se développent entre les États occidentaux (coalition internationale contre Daech) et les organisations terroristes qui déstabilisent des États par des campagnes de guérilla et l'organisation **d'attentats meurtriers** en Afrique, en Asie et en Europe (Madrid, Londres, Bruxelles, Paris, Nice…).

● En 2011, les « **printemps arabes** » font tomber les régimes autoritaires de Tunisie, d'Égypte et de Libye, mais la situation en Syrie reste la plus grosse crise du monde encore aujourd'hui. La possession de la bombe atomique par l'Iran et la Corée du Nord inquiète également.

● Si **le monde** est désormais **multipolaire**, les **défis climatiques et environnementaux** sont globaux. Les flux de réfugiés à destination de l'UE augmentent les tensions entre ses États membres. Face à l'urgence climatique, des espoirs ont été placés dans **l'accord de Paris** de 2015 (premier accord universel sur le climat et le réchauffement climatique). Toutefois, en 2019, les États-Unis font savoir à l'ONU qu'ils s'en retirent.

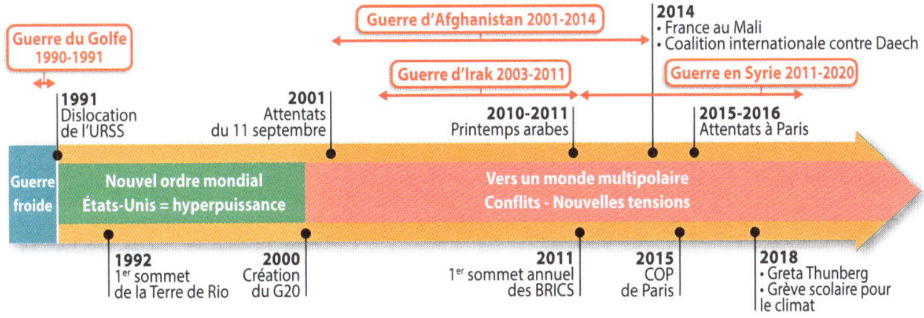

Greta Thunberg : la jeune militante écologiste suédoise lance « la grève scolaire pour le climat » en 2018 et s'exprime dans des instances internationales (à la COP 24 en Pologne en 2018 et à l'ONU en 2019). En 2020, sa fondation remet à l'Unicef 100 000 dollars pour lutter contre la pandémie de coronavirus.

La recette pour réussir

SAVOIR FAIRE

Pour analyser une photo officielle, il faut :

- **Présenter** le document et relever sa date.
- **Repérer les informations** utiles à la compréhension de la photo.
- **Donner du sens** à la photo.

ASTUCE DU CHEF

Cherchez l'impression et la vision que dégage la photo.

EXERCICE COMMENTÉ BREVET

Comprendre un monde multipolaire à travers une photo officielle

11e sommet des BRICS tenu au Brésil le 15 novembre 2019.

→ **Pourquoi cette photo est-elle une photo officielle ?**

La mise en scène de cette photo est très soignée et travaillée. Les cinq représentants se serrent les mains, face à l'objectif et devant les drapeaux de leur pays respectif.

→ **Qui sont les personnages photographiés ?**

De gauche à droite, les drapeaux permettent d'identifier le Chinois Xi Jinping, le Russe Vladimir Poutine, le Brésilien Jair Bolsonaro, l'Indien Narendra Modi et le Sud-Africain Cyril Ramaphosa qui sont les dirigeants politiques de chacun de ces pays.

→ **Pourquoi cette photo officielle a-t-elle été diffusée dans le monde ?**

Cette photo, prise le 15 novembre 2019 lors du 11e sommet des BRICS, illustre le fait que les cinq pays émergents constituent une association respectée, tout comme le G7 réunissant les pays les plus industrialisés de la planète. Ensemble, les BRICS coopèrent tant au plan politique qu'au plan commercial, financier ou culturel. Faisant partie du G20, leur voix s'affirme sur la scène internationale et ils pèsent dans la géopolitique mondiale. C'est ainsi la preuve que le monde d'aujourd'hui est multipolaire.

Refonder la République, redéfinir la démocratie

Les ingrédients

REVENIR AUX VALEURS DE LA RÉPUBLIQUE

- Le général de Gaulle préside le **gouvernement provisoire de la République française** qui déclare « nulles et sans effet » les mesures de Vichy (ordonnance du 9 août 1944) et prépare le retour à la légalité républicaine.
- De 1944 à 1946, le gouvernement, inspiré par le programme du **Conseil national de la Résistance**, rétablit la démocratie (droit de **vote et d'éligibilité des femmes** en 1944) et met en place un **État providence** (nationalisations de l'énergie, des transports et des banques, création de la **Sécurité sociale** en 1945). Les réformes complètent celles du Front populaire et fondent ainsi une démocratie sociale.

RÉTABLIR LE FONCTIONNEMENT DE LA DÉMOCRATIE

- Même s'il existe des divergences sur le projet, le « oui » au **référendum** du 21 octobre 1945 exprime la volonté des Français d'établir une nouvelle Constitution. Le général de Gaulle, favorable à un exécutif fort, se retire.
- **La Constitution de 1946**, adoptée par référendum le 13 octobre, établit un régime parlementaire privilégiant le pouvoir législatif sur le pouvoir exécutif.
- La **IVe République**, contestée par les gaullistes et les communistes exclus du pouvoir en 1947 (guerre froide), est marquée par l'**instabilité ministérielle**. Elle reconstruit le pays économiquement et politiquement mais elle s'enlise dans les guerres coloniales.

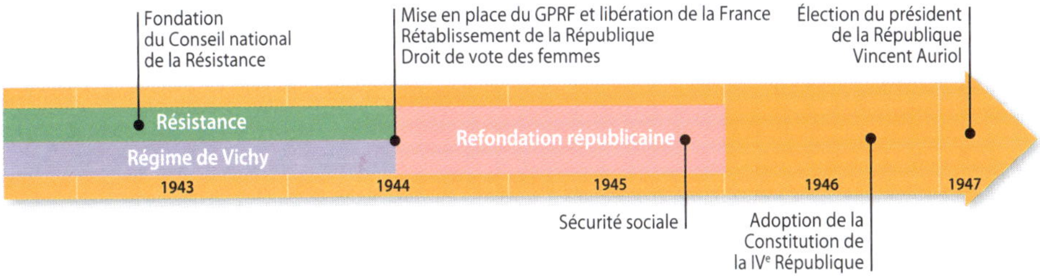

État providence : conception de l'État dans lequel le champ d'intervention s'étend aux domaines économiques et sociaux.

Référendum : vote par lequel les électeurs répondent par « oui » ou par « non » à une proposition.

Nationaliser : transférer à l'État des entreprises privées.

La recette pour réussir

SAVOIR FAIRE

Pour analyser un texte officiel, il faut :

- **Indiquer** la nature précise du texte et en donner la définition.
- **Expliquer** son contenu en identifiant les valeurs affirmées.
- **Expliquer l'importance** du document sur le plan historique.

ASTUCES DU CHEF

- Entourez les éléments évoquant la période historique.
- Soulignez les expressions importantes.

EXERCICE COMMENTÉ BREVET

Comprendre l'enjeu du préambule de la Constitution de 1946

Au lendemain de la victoire remportée par les peuples libres […], le peuple français proclame à nouveau que tout être humain, sans distinction de race, de religion ni de croyance, possède des droits inaliénables et sacrés […].
La loi garantit à la femme, dans tous les domaines, des droits égaux à ceux de l'homme.
Tout bien, toute entreprise, dont l'exploitation a ou acquiert les caractères d'un service public national ou d'un monopole de fait, doit devenir la propriété de la collectivité.
Elle [*la nation*] garantit à tous notamment à l'enfant, à la mère et aux vieux travailleurs, la protection de la santé, la sécurité matérielle, le repos et les loisirs.

Extraits du préambule de la Constitution de 1946.

→ Quelle est la nature précise du document ?

Il s'agit du préambule de la Constitution de 1946, la loi fondamentale qui **définit les droits et les libertés des citoyens** ainsi que **l'organisation et la séparation des pouvoirs** (exécutif, législatif et judiciaire) de la IVe République.

→ Quels sont les valeurs et principes républicains affirmés ?

Les valeurs républicaines sont l'**égalité en droit des hommes et des femmes**, le **respect des droits de l'homme inscrits dans la Déclaration des droits de l'homme et du citoyen** de 1789 et l'importance de la **loi pour garantir les droits** (protection sociale, égalité des sexes).

→ Quelle est la portée historique du document ?

La Constitution de 1946 approfondit la démocratie politique (droit de vote accordé aux femmes), introduit l'idée d'une démocratie sociale (droits sociaux) et renforce la place de l'État (État providence).

La Ve République, la République gaullienne

16

Les ingrédients

DES PRATIQUES DÉMOCRATIQUES RENOUVELÉES

- En mai 1958, en pleine guerre d'Algérie, le général de Gaulle est rappelé au pouvoir. Il accepte de revenir à la condition d'établir une **Constitution qui renforcerait le pouvoir exécutif** et affirmerait la puissance de l'État et de la nation.
- En 1958, la nouvelle Constitution est ratifiée par référendum et la Ve République est fondée. Le général de Gaulle est élu président de la République au suffrage universel indirect.
- En 1962, les Français approuvent par référendum l'élection du président de la République au suffrage universel.
- Le général de Gaulle stoppe la guerre d'Algérie et décolonise l'Afrique noire. Il détache la France de l'emprise américaine en la dotant de la **bombe atomique** en 1960 et la fait sortir du commandement de l'OTAN en 1966. Il reconnaît la Chine populaire en 1964, renforce l'axe franco-allemand dans la **construction européenne** et défend la **francophonie**.

LA CRISE DE MAI 1968

Les étudiants, qui aspirent à plus de libertés, s'opposent aux forces de l'ordre. Ils sont rapidement rejoints par les salariés qui s'opposent à leur tour au gouvernement en place en faisant grève. Le Premier ministre signe alors avec les syndicats **les accords de Grenelle** (augmentation de salaire et droits nouveaux). De Gaulle dissout l'Assemblé nationale et propose un référendum sur la régionalisation. Le « non » l'emporte et il démissionne en 1969.

Dissolution : la procédure permettant au président de la République de mettre fin au mandat des députés et d'organiser de nouvelles élections législatives.

Suffrage universel indirect : suffrage dans lequel les élus sont désignés par un collège électoral dont les membres ont été eux-mêmes élus.

La recette pour réussir

SAVOIR FAIRE

Pour mettre en relation les faits d'une époque donnée, il faut :

- **Repérer** les dates et identifier le sujet commun des documents.
- **Expliquer** les accords et les désaccords entre auteurs.

ASTUCE DU CHEF

Reliez les faits présentés aux repères historiques que vous connaissez.

EXERCICE COMMENTÉ BREVET

Analyser la pratique des institutions de la Ve République à l'aide de documents

Document 1

Discours télévisé du 20 avril 1963.

Document 2

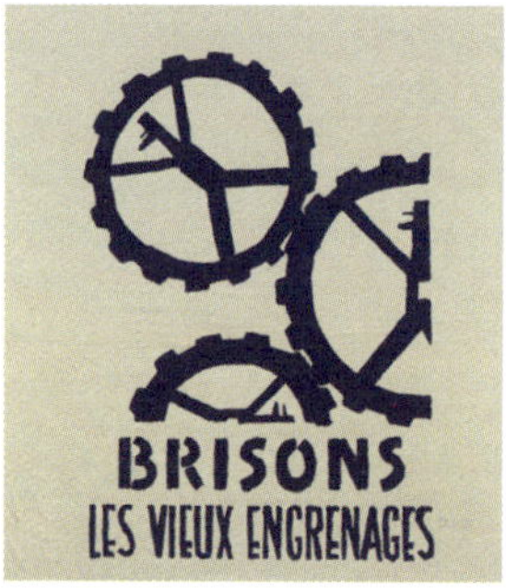

Tract étudiant de mai 1968.

Document 3 : Discours du général de Gaulle, 30 mai 1968 (extraits)

Françaises, Français,

J'ai pris mes résolutions. Dans les circonstances actuelles, je ne me retirerai pas. J'ai un mandat du peuple, je le remplirai. Je ne changerai pas le Premier ministre [...]. Je dissous aujourd'hui l'Assemblée nationale. [...] J'ai proposé au pays un référendum [...].

→ **Pourquoi le général de Gaulle devient-il une figure familière de la vie publique ?**

Il institue la démocratie représentative et utilise les médias.

→ **Pourquoi le président devient-il une figure contestée de la vie publique ?**

En 1968, les tracts étudiants révèlent le rejet de la personnalisation du pouvoir (le général de Gaulle est caricaturé), l'irruption de la jeunesse étudiante dans la vie politique et la contestation ouvrière du système économique et social.

→ **Comment le président surmonte-t-il la crise ?**

Il affirme sa légitimité (mandat du peuple) et rappelle ses pouvoirs (nomination du Premier ministre, droit de dissolution et droit de référendum).

La Ve République, alternance et cohabitation

17

HISTOIRE

Les ingrédients

DE L'ALTERNANCE…

- Le 10 mai 1981, pour la première fois sous la Ve République, un candidat **socialiste**, **François Mitterrand**, est élu président au suffrage universel direct. C'est **l'alternance**. Il dissout l'Assemblée nationale et la gauche y obtient la majorité absolue.
- Des réformes socialistes sont lancées (semaine de 39 heures, cinquième semaine de congés payés, retraite à 60 ans, nationalisations). L'État met en place la **réforme de la décentralisation** et, en 1981, une **loi abolit la peine de mort**.

… À LA COHABITATION

- À cause de la politique de rigueur des socialistes, la droite devient majoritaire à l'Assemblée nationale en 1986. De ce fait, François Mitterrand doit choisir un Premier ministre issu d'un parti politique appartenant à la majorité de l'Assemblée nationale. Il nomme alors **Jacques Chirac** Premier ministre de droite (1986-1988). C'est la **cohabitation**.
- Réélu président en 1988, **François Mitterrand** connaît une **deuxième cohabitation** lorsqu'il nomme **Édouard Balladur** en tant que Premier ministre de droite (1993 à 1995). En 1995, **Jacques Chirac** est élu président de la République à son tour. Il dissout l'Assemblée nationale en 1997, mais la gauche étant majoritaire à l'Assemblée, il nomme le socialiste Lionel Jospin Premier ministre (1997-2002). C'est la **troisième cohabitation**.
- Si la cohabitation crée des tensions au sein de l'exécutif entre droite et gauche, il y a eu consensus lors du **référendum de 2000** relatif à la réduction du mandat présidentiel de sept à cinq ans.

Alternance : changement de majorité après une élection.

Cohabitation : président de la République et Premier ministre d'orientation politique opposée.

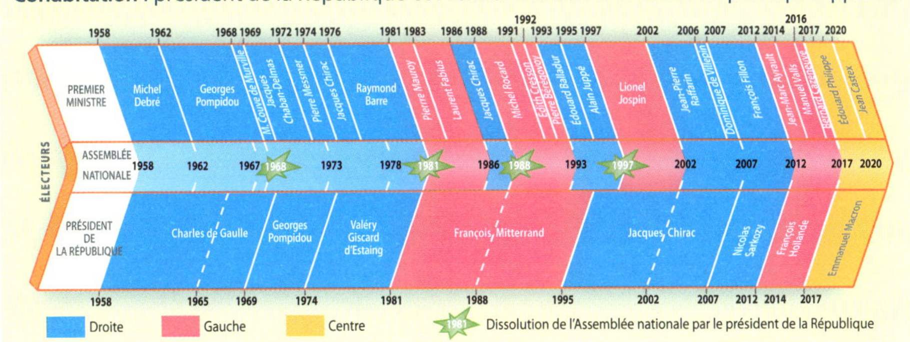

La recette pour réussir

SAVOIR FAIRE

Pour savoir se repérer dans le temps, il faut :

- **Observer** les documents pour comprendre ce qu'ils mettent en évidence.
- **Dater** les documents à l'aide de ses connaissances.
- **Identifier** la période historique concernée.

ASTUCE DU CHEF

Comme un(e) détective, repérez les éléments caractéristiques qui vous mettront sur la voie.

EXERCICE COMMENTÉ BREVET

Sous chaque document, indiquez le moment illustré, le président de la République concerné et sa période au pouvoir. Vous nommerez ensuite la période historique concernée.

A

B

C

→ Les moments illustrés et les présidents de la République concernés

A. Il s'agit de l'alternance. François Mitterrand est « le président socialiste » élu en mai 1981. Il exerce deux mandats de sept ans (1981-1988-1995).

B. Il s'agit d'un tract étudiant placardé lors de la crise de 1968 sur lequel on reconnaît l'ombre du général de Gaulle. Il est président de 1958 à 1969.

C. Il s'agit de la photo illustrant la troisième cohabitation entre le président Jacques Chirac et son Premier ministre Lionel Jospin de 1997 à 2002. Jacques Chirac exerce deux mandats, un septennat (1995-2002) et un quinquennat (2002-2007).

→ La période historique concernée

Il s'agit de la Ve République, fondée par la Constitution de 1958 et voulue par le général de Gaulle.

Simone Veil, une vie et des engagements multiples

Les ingrédients

SIMONE VEIL OU L'INCARNATION DE LA MÉMOIRE DE LA SHOAH

En mars 1944, **Simone Jacob** est déportée dans les camps de la mort avec sa famille parce qu'elle est juive. Elle vit l'horreur d'**Auschwitz**, de **Bobrek** et de **Bergen-Belsen** libéré par les Anglais le 17 avril 1945. Il lui faut un mois pour rejoindre Paris, avec sa sœur atteinte du typhus, et retrouver sa deuxième sœur, rescapée de Ravensbrück et de Mauthausen. De 2000 à 2007, elle préside la Fondation pour la mémoire de la Shoah.

SIMONE VEIL OU LE COMBAT POUR LE DROIT DES FEMMES

- Après la guerre, Simone épouse Antoine Veil, reprend ses études, obtient un diplôme de sciences politiques et entre dans la magistrature, un domaine récemment ouvert aux femmes.
- En 1974, sous la présidence de Valéry Giscard d'Estaing, elle devient **ministre de la Santé**. Dans une société où les mouvements féministes se développent, Simone Veil défend courageusement le projet de loi autorisant l'**interruption volontaire de grossesse** devant certains députés hostiles à sa légalisation.
- Exposée aux remarques antisémites et sexistes, elle ira jusqu'à montrer le matricule tatoué sur le bras qu'elle porte depuis ses 16 ans.

SIMONE VEIL, UNE FIGURE EUROPÉENNE

Pour préserver la paix en Europe et éviter les erreurs du passé, elle mène en 1979 la liste de l'Union pour la démocratie française (UDF) lors des premières élections au suffrage universel direct du Parlement européen et en devient la première femme présidente (1979 à 1982). Inquiète des tendances nationalistes, elle prône des positions fédéralistes et supranationales et reçoit le prix Charlemagne en 1981.

Parlement européen : élu directement par les citoyens européens, il a un pouvoir législatif, budgétaire et de contrôle de la Commission européenne (organe exécutif de l'UE).

Prix international Charlemagne d'Aix-la-Chapelle : fondé en 1949, il récompense l'engagement en faveur de l'unification européenne. Charlemagne est considéré comme le « père de l'Europe » par ses contemporains.

La recette pour réussir

SAVOIR FAIRE

Pour comprendre le Panthéon, il faut :

- **Connaître** l'histoire du monument.
- **Évoquer** l'inscription de la frise sous le fronton.
- **Identifier** les domaines d'activité (politique, scientifique, littéraire) des personnalités reposant dans sa crypte.

ASTUCE DU CHEF

Consultez les sites officiels sur le monument.

EXERCICE COMMENTÉ BREVET (épreuve orale)

Comprendre le sens de la panthéonisation de Simone Veil

→ Qu'est-ce que le Panthéon ?

Érigé par l'architecte Germain Soufflot, le Panthéon est d'abord une église dédiée à sainte Geneviève. En 1791, l'Assemblée constituante en fait un temple laïc honorant les valeurs des Lumières et les principes de la Révolution. Il est aujourd'hui le lieu de mémoire de la République.

→ Qui a décidé de la panthéonisation de Simone Veil ?

C'est le président de la République, Emmanuel Macron, qui a obtenu l'accord de sa famille. Le 1er juillet 2018, Simone Veil est inhumée au Panthéon aux côtés de son mari.

→ Pourquoi la patrie est-elle reconnaissante à Simone Veil ?

En 2008, Simone Veil est élue à l'Académie française et en 2012, elle est décorée de la Légion d'honneur. Son combat pour le droit des femmes, son engagement européen et son action pour la mémoire de la Shoah lui permettent de reposer aux côtés des résistants Jean Moulin et André Malraux, de l'un des auteurs de la Déclaration universelle des droits de l'homme de 1948, René Cassin, et de Jean Monnet, l'un des pères de l'Europe.

Le Panthéon, Paris, 5e arrondissement.

Femmes et hommes (1950-1989)

Les ingrédients

LES TRANSFORMATIONS DE LA SOCIÉTÉ FRANÇAISE

- Grâce à la Sécurité sociale, la France rajeunit (***baby-boom***), et l'espérance de vie s'allonge. Mais le **vieillissement** de la population s'amorce dans les années 1970.
- Les femmes entrent dans la vie active et n'ont plus besoin de l'autorisation de leur mari pour travailler. **Les jeunes**, avec leurs valeurs, leur mode et leurs magazines, forment une nouvelle **classe d'âge**. Les ménages s'équipent en biens de consommation et consomment des loisirs.
- L'**exode rural** et la **croissance démographique** gonflent les villes qui construisent HLM et barres d'immeubles dans les banlieues. La croissance économique repose sur l'**immigration**, encouragée par l'État (4 millions d'immigrés en 1980) et qui profite surtout aux services et à l'industrie.

L'ÉVOLUTION DU MODÈLE SOCIAL RÉPUBLICAIN

- Pour répondre aux évolutions de la société, les présidences de Valéry Giscard d'Estaing et de François Mitterrand apportent des réponses politiques qui dépassent les clivages droite/gauche.
- Pour la jeunesse, l'**âge de la majorité est abaissé à 18 ans** en 1974. Pour les femmes, la **loi Veil légalise en 1975 l'interruption volontaire de grossesse** et le divorce par consentement mutuel est autorisé. La liberté de l'information profite des réformes sur l'audiovisuel engagées entre 1974 et 1987.
- La **crise économique de 1973** et le développement du chômage de masse font émerger de nouvelles formes de citoyenneté : des associations et des mouvements se multiplient pour les jeunes, les femmes et les immigrés (MLF, Les Restos du Cœur de Coluche en 1985, SOS Racisme). La loi instituant le RMI est votée en 1988.

Immigration : installation dans un pays de personnes originaires d'un autre pays.

MLF (Mouvement de libération des femmes) : organisation féministe revendiquant la libre disposition du corps des femmes.

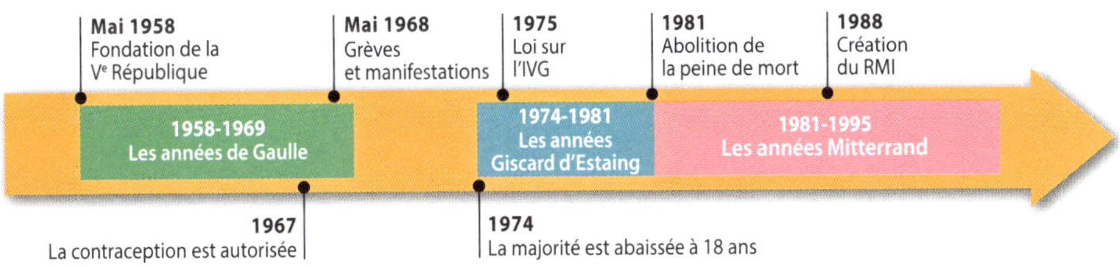

La recette pour réussir

SAVOIR FAIRE

Pour analyser une affiche militante, il faut :

- **Dater** l'affiche et lire son titre.
- **Décrire** l'affiche en identifiant les personnages, leur place, leur taille.
- **Interpréter** l'affiche en expliquant son message.

ASTUCE DU CHEF

Observez bien le graphisme de l'affiche.

EXERCICE COMMENTÉ BREVET

Expliquer la place des femmes dans la société à l'aide d'une affiche militante

Affiche militante féministe contre la surexploitation des femmes éditée par Le Groupe Femmes de Martigues

→ Qui est à l'origine de l'affiche et à qui est-elle destinée ?

Le « Groupe Femmes de Martigues », à l'origine de l'affiche éditée dans les années 1970, s'adresse aux femmes françaises.

→ Quel est son thème et comment le graphiste le représente-t-il ?

On y voit une femme active, portant des chaussures à talons et possédant six bras. Elle semble travailler dans l'industrie et l'agriculture (des secteurs d'activité à qualification professionnelle faible). La femme assume les courses, le ménage, les repas et l'éducation des enfants.

→ Quel courant d'idée l'affiche représente-t-elle ?

Ce mouvement féministe conteste la condition faite aux femmes dans la société. Il revendique des salaires égaux à ceux des hommes, une éducation permettant d'obtenir un niveau plus élevé, la libre disposition de leur corps et la reconnaissance du travail domestique.

Le langage cartographique

Les ingrédients

LES FIGURÉS DE SURFACE

- Ils représentent une information étendue sur **une grande surface**, des espaces ou des zones : une zone urbaine, le PIB d'une région, une vallée fluviale, un espace montagneux, etc.

- Le **camaïeu** rend compte d'une hiérarchie (une densité de population ou une richesse plus ou moins importante par exemple).

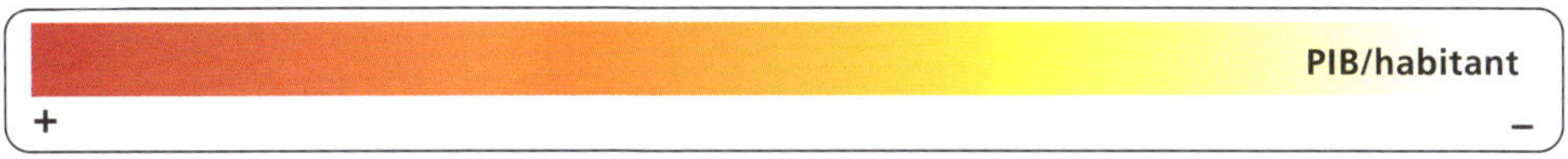

LES FIGURÉS PONCTUELS

- Ils sont utilisés pour représenter une information correspondant à un **endroit précis** : une ville, un port, un aéroport, une technopole.

- La couleur est choisie en fonction de **l'information** : le bleu pour un port et le rouge pour une ville.
- Pour rendre compte d'une hiérarchie, il suffit de **varier la couleur et la taille** du figuré.

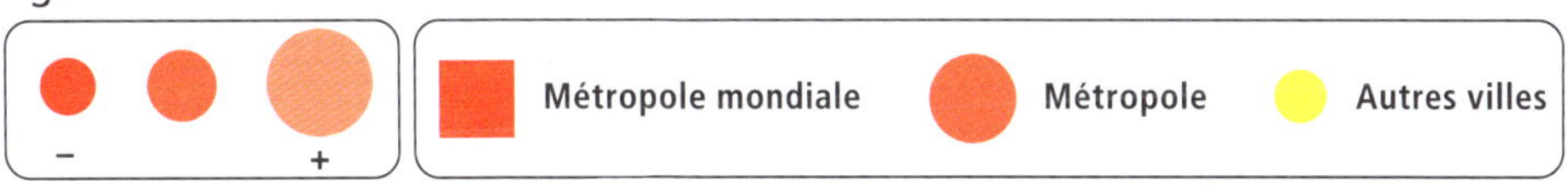

LES FIGURÉS LINÉAIRES

- Les traits représentent **des limites**, des frontières, des **axes de communication**, des fleuves.
- Les flèches montrent des **dynamiques** tels les flux marchands ou financiers, les mobilités humaines.

Nomenclature : ensemble des noms indiqués sur le fond de carte, écrits au stylo fin et à l'horizontale sauf pour les fleuves ou rivières.

La recette pour réussir

SAVOIR FAIRE

Pour réaliser une belle production cartographique, il faut :

- **Découvrir** au premier coup d'œil les principaux phénomènes cartographiés.
- **Écrire** son titre et sa légende.
- **Effectuer un travail** propre et soigné.

ASTUCE DU CHEF

Ne confondez pas l'échelle d'une carte, qui permet de calculer, à partir de la carte, la distance réelle sur le terrain, et l'échelle géographique, qui se compose de niveaux de lecture allant du local au mondial.

EXERCICE COMMENTÉ BREVET

Croiser des informations et représenter une hiérarchie sur une carte

→ **On peut hachurer un figuré de surface pour croiser deux informations.**

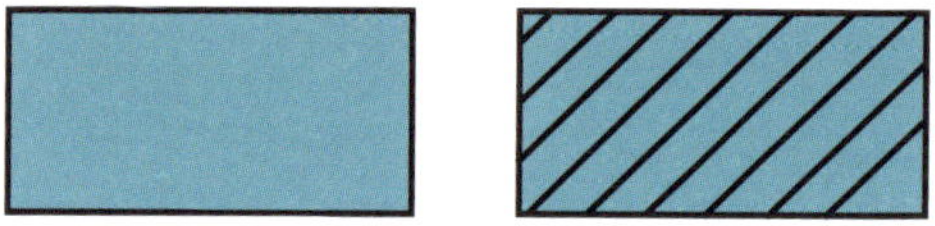

PIB/habitant faible + espace en crise

→ **On peut utiliser des figurés aux couleurs dégradées, des lignes ou des flèches de différentes épaisseurs, en traits continus ou en traits discontinus pour représenter une hiérarchie.**

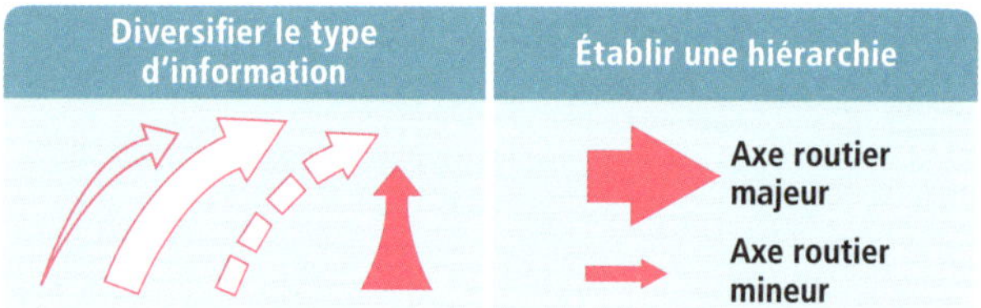

→ **On peut hachurer ou cercler par un trait gras un figuré ponctuel pour croiser deux informations.**

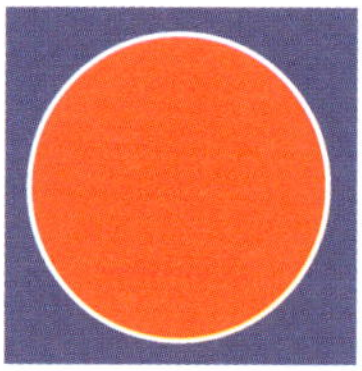

Métropole qui possède un port

Les aires urbaines dans une France mondialisée (1)

21

GÉOGRAPHIE

Les ingrédients

LES AIRES URBAINES

- La France compte plus de **792 aires urbaines** rassemblant 85 % de la population sur 43 % du territoire. Au sein de l'aire urbaine, la **croissance démographique** est plus forte dans les communes périurbaines que dans la ville-centre. À l'inverse, la **densité moyenne de population** est plus élevée dans la ville-centre que dans les couronnes périurbaines.
- Depuis 1975, on observe le mouvement continu de **périurbanisation**, lié à la croissance urbaine et qui profite aux périphéries éloignées. Cela explique la création d'espaces de transition entre l'urbain et le rural.

DES DYNAMIQUES NOUVELLES

- Avec la généralisation de l'automobile et l'amélioration des réseaux de transport, des **déplacements pendulaires** quotidiens s'organisent entre les **espaces centraux** et **péricentraux**, concentrant ainsi les emplois, et les **espaces périurbains** et **suburbains**, devenus des lieux de résidence, le coût du foncier y étant moins élevé que dans la ville-centre et la banlieue.
- Les territoires naguère ruraux et bien reliés à la ville, passés sous influence urbaine, sont des **espaces de production agricoles** et des **espaces résidentiels** et/ou récréatifs pour les citadins.
- L'étalement urbain génère des pollutions et une **surconsommation** d'espace, d'eau et d'énergie. Les **coûts** supportés par les collectivités locales (communes, métropoles, régions) les obligent à imaginer des politiques ambitieuses pour rendre la ville plus durable.

Schéma de l'aire urbaine

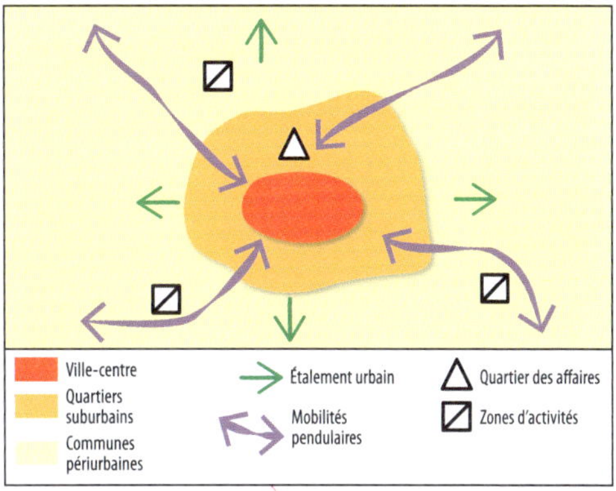

Centre-ville : noyau central de la ville (cœur historique ou centre décisionnel).
Ville-centre : commune centrale d'une agglomération qui lui a donné naissance.
Périurbanisation : étalement des villes au-delà de la ville-centre et des banlieues.

La recette pour réussir

SAVOIR FAIRE

Pour analyser une carte de géographie, il faut :
- **Identifier** l'espace cartographié.
- **Relever les informations** à l'aide de sa légende.
- **Expliquer** les phénomènes géographiques observés.

ASTUCE DU CHEF

Servez-vous de l'échelle de la carte pour bien raisonner !

EXERCICE COMMENTÉ BREVET

Comprendre les mobilités dans l'aire urbaine lyonnaise à travers une carte

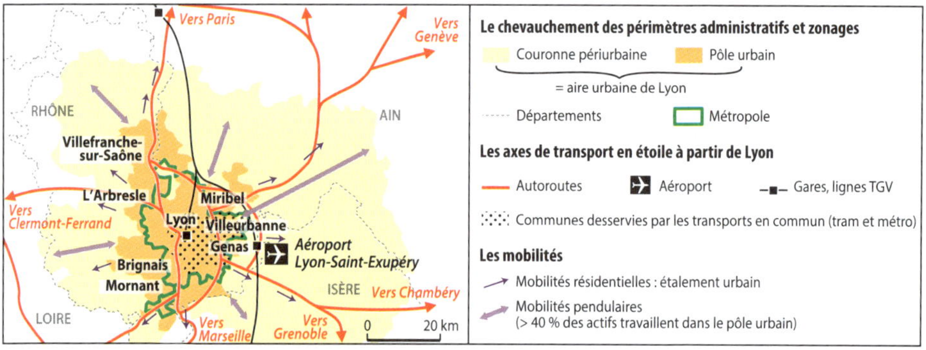

→ Quelles sont les conséquences spatiales de la croissance urbaine de Lyon ?

L'aire urbaine de Lyon (2e de France) regroupe plus de 2 millions d'habitants répartis sur 507 communes localisées dans le département du Rhône mais aussi de l'Ain, de l'Isère et de la Loire. Le rayon de l'aire urbaine de Lyon (à partir de la ville-centre) dépasse désormais les 50 kilomètres. L'étalement de l'aire urbaine s'effectue en doigts de gant, le long des voies de communication au-delà du pôle urbain, en direction des communes périurbaines.

→ Quelles sont les conséquences sociales pour les Lyonnais ?

Les Lyonnais multiplient les mobilités pendulaires proches d'une heure entre leur lieu de travail et leur lieu de résidence. Ils se déplacent en voiture, en tram et en métro s'ils habitent dans le pôle urbain ou sur l'autoroute, et en TER s'ils vivent dans les communes périurbaines.

→ Quelles sont les conséquences au niveau des paysages ?

La disponibilité foncière à un moindre coût favorise les migrations résidentielles et le desserrement des activités industrielles, tertiaires ou logistiques. Quand la ville grignote la campagne, la fonction agricole s'estompe au profit de la fonction résidentielle.

Les aires urbaines dans une France mondialisée (2)

22

Les ingrédients

L'URBANISATION MODIFIE LA RÉPARTITION DE LA POPULATION

- 60 % de la population métropolitaine se concentrent dans quelques espaces très urbanisés comme les grandes aires urbaines, l'Île-de-France, les vieilles régions industrielles du Nord et de l'Est, les vallées fluviales et certains littoraux.
- À elle seule, **l'aire urbaine parisienne** représente 20 % de la population française. Comme son solde naturel est positif et son solde migratoire négatif, son poids, en France, reste constant.
- Les métropoles les plus dynamiques, souvent bien connectées au réseau de transport, se localisent à la **périphérie de l'Hexagone**, de l'ouest au sud-est en passant par le littoral méditerranéen. Les métropoles du Nord, de l'Est et du Centre restent quant à elles marquées par les crises industrielles.

Paris, la métropole la plus peuplée

Paris
7 068 810 habitants

Aix-Marseille	Lyon	Lille	Bordeaux	Toulouse	Nantes	Nice	Strasbourg	Rennes
1 886 842 habitants	1 374 964 habitants	1 154 103 habitants	774 929 habitants	760 127 habitants	636 013 habitants	544 977 habitants	491 516 habitants	474 723 habitants

Source : https://comersis.com/Les-metropoles-de-France-2020-actualite-4.html

DE NOUVELLES DYNAMIQUES

Elles s'observent à toutes les échelles :

- les **migrations pendulaires** sont liées à la périurbanisation ;
- **les flux migratoires** se dirigent depuis les régions du Nord et de l'Est vers les régions au cadre de vie attractif (héliotropisme), les littoraux où se concentrent les activités (littoralisation) et les régions frontalières proches de la mégalopole européenne ;
- enfin, des migrations se font entre **les DROM et le territoire métropolitain**.

Les dix plus grandes aires urbaines à connaître : Paris, Lille, Nantes, Bordeaux, Toulouse, Aix-Marseille, Toulon, Nice, Lyon, Strasbourg.

La recette pour réussir

SAVOIR FAIRE

Pour trouver les informations correspondant aux figurés d'une carte, il faut :

- **Observer** la surface couverte par le figuré et les couleurs utilisées.
- **Repérer** la nature des figurés linéaires.

ASTUCE DU CHEF

Surlignez les dix plus grandes aires urbaines afin de les retenir !

EXERCICE COMMENTÉ BREVET

Analyser la répartition et les dynamiques de la population avec une carte

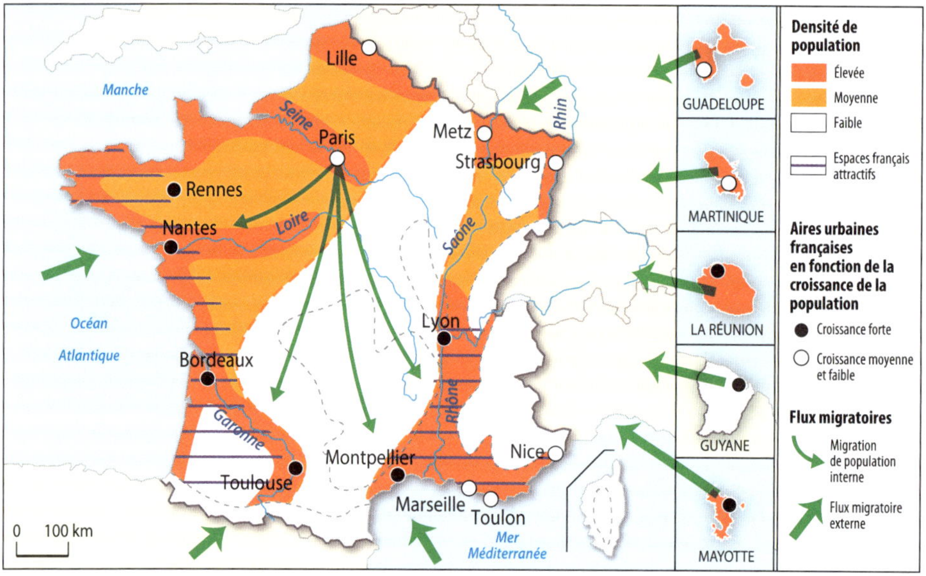

→ **Quels sont les figurés de surface et que représentent-ils ?**

Les **figurés de surface en camaïeu** présentent la densité de population élevée (orange foncé), moyenne (orangé) et faible (blanc). Le **figuré de surface hachuré** indique les espaces français attractifs.

→ **Que représentent les figurés ponctuels et les figurés linéaires ?**

Les **figurés ponctuels** (**cercles**) représentent les aires urbaines françaises en fonction de la croissance de la population, forte voire très forte (noirs), moyenne voire faible ou négative (blancs). **Les figurés linéaires** indiquent les migrations de population internes (**flèches fines** orientées Nord/Sud) et les flux migratoires externes provenant de l'Europe et des DROM (**flèches épaisses**).

Les espaces productifs et leurs évolutions (1)

Les ingrédients

DES ESPACES DE PRODUCTION DIVERSIFIÉS

Ils sont **multiples** sur le territoire et relèvent de **trois secteurs** majeurs : les **espaces agricoles**, les **espaces industriels** et les **espaces tertiaires**.

DES MUTATIONS NÉCESSAIRES

Qu'ils soient à **dominante industrielle** ou **énergétique**, à **dominante agricole** ou qu'ils soient des **espaces touristiques ou de loisirs** et des centres d'affaires, les espaces productifs sont confrontés à l'insertion de la France dans la mondialisation, à la concurrence internationale, et doivent se transformer.

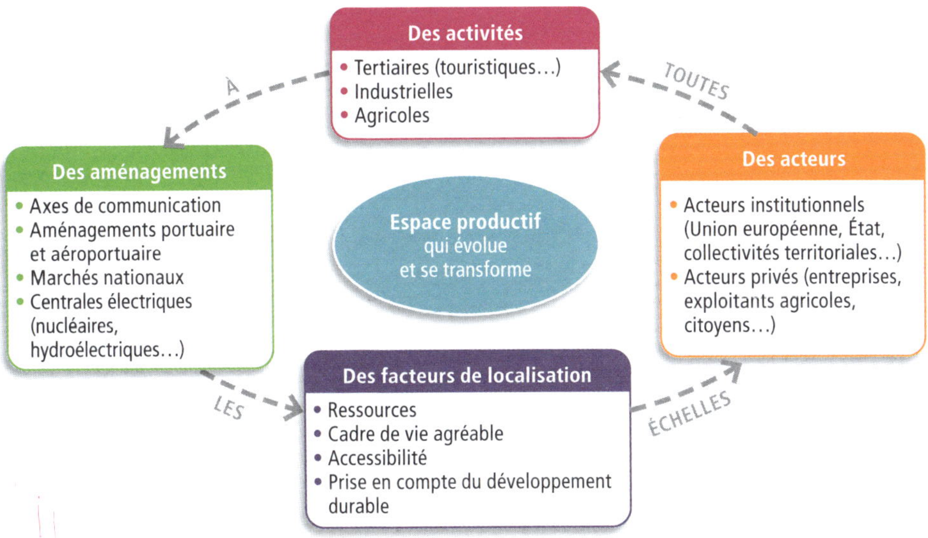

Espace productif : territoire aménagé et mis en valeur par des acteurs spatiaux (publics ou privés) pour une activité économique. Celle-ci valorise les ressources locales du territoire pour le rendre performant de l'échelle régionale à l'échelle nationale et/ou mondiale.

Mondialisation : processus d'intégration et d'interdépendance des sociétés et des territoires locaux et régionaux à l'échelle mondiale.

Facteur de localisation : élément expliquant l'installation et le développement.

Compétitivité : politique visant, dans un contexte de mondialisation, à stimuler l'économie européenne par le biais de mesures, en faveur de la recherche et de l'innovation.

La recette pour réussir

SAVOIR FAIRE

Pour analyser un paysage, il faut :

- **Localiser** le paysage.
- **Décrire** les activités et expliquer les facteurs de localisation.
- **Interpréter** le paysage en expliquant son insertion dans la mondialisation.

ASTUCE DU CHEF

Pour situer un paysage, mettez-le en relation à une autre échelle.

EXERCICE COMMENTÉ BREVET

Comprendre un espace productif à travers un paysage

La presqu'île de Grenoble

→ De quel type d'espace productif s'agit-il et où se situe-t-il ?

Au nord de Grenoble, la presqu'île de Grenoble est un espace de 250 hectares, localisé à la confluence du Drac et de l'Isère. Des centres de recherche nationaux (CEA) et européens (Synchrotron), des entreprises de haute technologie (start-up, PME et groupes internationaux), des espaces dédiés à la formation, à l'innovation créent un système productif dans la haute technologie (nucléaire, énergies nouvelles, nanotechnologies et santé).

→ De quels autres atouts de l'espace productif grenoblois dispose-t-il ?

L'accessibilité (autoroute, LGV, tramway), la capacité à former une main-d'œuvre d'ingénieurs et de scientifiques et le cadre de vie (loisirs de nature).

→ Quel est, à différentes échelles, l'impact de cet espace productif ?

Grenoble est une métropole technologique de rayonnement international, insérée dans la mondialisation.

Les espaces productifs et leurs évolutions (2)

24

GÉOGRAPHIE

Les ingrédients

LES ESPACES AGRICOLES

- Ils occupent plus de la moitié du territoire national. Les espaces agricoles spécialisés en bassins de production **à forte productivité** (cultures mécanisées du Bassin parisien, élevage hors-sol de porcs et volailles, vignobles, cultures maraîchères et fruitières liées aux industries agroalimentaires) sont performants et s'intègrent à l'économie mondiale.
- Des exploitations agricoles, pour être durables, choisissent **l'agriculture raisonnée** ou biologique, mais certains espaces subissent **la déprise** agricole.

LES ESPACES INDUSTRIELS

- Ils ont connu des changements à cause de l'évolution de l'industrie et, aujourd'hui, la France fait face à la **désindustrialisation** (bassins d'emplois traditionnels du Nord et de Lorraine) et aux **délocalisations**.
- Longtemps situés près des matières premières ou des bassins de main-d'œuvre, les espaces industriels se littoralisent (zone industrialo-portuaire bénéficiant des activités liées à la mondialisation) et se concentrent dans les métropoles bien reliées aux communications rapides (LGV, autoroutes, aéroports, télécommunications), près des centres de recherche et des universités (technopoles). L'**accessibilité** et l'**innovation** sont les clés de la réussite de ces espaces industriels.

LES ESPACES TERTIAIRES OU DE SERVICES

- Ils sont l'atout de la France. Les activités tertiaires assurent 80 % des emplois, le quart des exportations des biens et services, et sont un moteur de dynamisme pour les espaces productifs.
- Ils se concentrent dans les espaces accessibles tels que les **métropoles**, qui développent les activités tertiaires de haut niveau, les **littoraux** et les **sites touristiques**.

Activités tertiaires de haut niveau : services financiers, sièges de FTN et emplois de fonction métropolitaine (ingénieurs, chercheurs, cadres).

Innovation : création et/ou amélioration de nouveaux produits et de services pour augmenter la compétitivité.

Productivité : recherche de l'efficacité et des bons rendements.

Délocalisation : transfert d'activités, de capitaux et d'emplois d'une entreprise dans un autre lieu pour bénéficier d'avantages compétitifs (conditions économiques plus favorables).

La recette pour réussir

SAVOIR FAIRE

Pour se repérer en géographie, il faut :

- **Comprendre** le sens des consignes.
- **S'appuyer** sur ses connaissances.
- **Reporter** les informations sur la carte.

ASTUCE DU CHEF

Écrivez les noms horizontalement et lisiblement.

EXERCICE COMMENTÉ BREVET

Savoir se repérer dans l'espace

→ Quel figuré correspond aux informations suivantes ?

métropoles technopolitaines • grands ports ouverts sur le monde • régions de céréaliculture dynamiques et intégrées à la mondialisation • principaux flux touristiques étrangers • espaces touristiques balnéaires • principaux axes de communications.

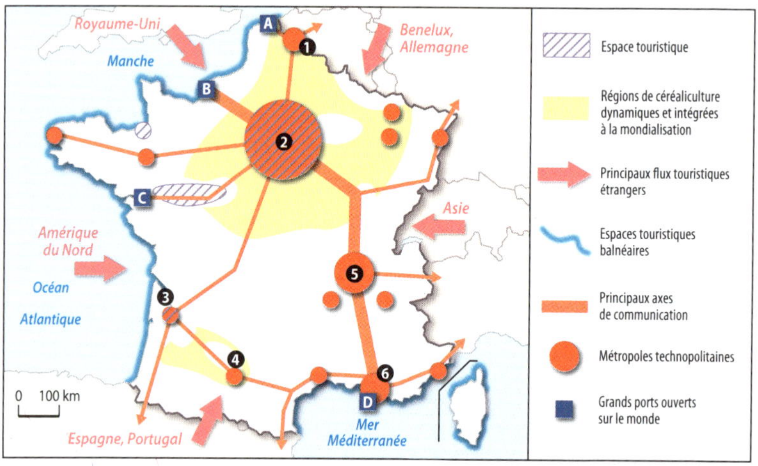

→ Quel est le nom des six métropoles technopolitaines et des quatre ports ?

1. Lille – **2.** Paris – **3.** Bordeaux – **4.** Toulouse – **5.** Lyon – **6.** Marseille

A. et B. Dunkerque et Le Havre (Manche) – **C.** Nantes (océan Atlantique) – **D.** Marseille (mer Méditerranée)

→ Quel est le type de tourisme des trois espaces touristiques et quel est leur nom ?

Il s'agit d'un **tourisme culturel** (patrimoine historique) pour Paris, le Mont-Saint-Michel (Manche) et les Pays de la Loire (châteaux de la Loire de la Renaissance).

Les espaces de faible densité et leurs atouts

25

GÉOGRAPHIE

Les ingrédients

QUE SONT LES ESPACES DE FAIBLE DENSITÉ ?

Avec une densité inférieure à 30 habitants par km/², ces espaces représentent **6,5 % de la population métropolitaine** mais s'étendent sur **42 % du pays**. Ils correspondent à des espaces ruraux, des montagnes et des secteurs touristiques peu urbanisés.

DES ENJEUX DE L'AMÉNAGEMENT DU TERRITOIRE

Des dispositions sont prises par **les acteurs publics et privés** pour préserver l'activité agricole, attirer les petites entreprises artisanales ou industrielles, développer le tourisme mais aussi favoriser l'amélioration des conditions de vie des personnes vivant dans ces zones et préserver des espaces naturels.

Espaces de faible densité (<30 habitants/km²)

- Des espaces ruraux de plaine ou de plateaux (bordures du Bassin parisien, campagne du Sud-Ouest).
- Des espaces montagnards (Massif central, Alpes du Sud, Lubéron, Cévennes, Corse).
- Des espaces touristiques peu urbanisés.

Des faiblesses

- L'altitude et la neige en montagne.
- L'enclavement lié à l'éloignement par rapport aux villes et aux axes de transport rapides.
- La raréfaction des services publics.
- Le vieillissement marqué de la population.

Des atouts

- La quête de ruralité et d'authenticité pour des néoruraux (actifs vivant à la campagne mais travaillant à la ville, retraités vivant dans des résidences secondaires).
- Des espaces disponibles pour d'éventuelles entreprises ; des potentialités agricoles (agriculture durable, raisonnée, bio, label de qualité).
- Des politiques d'aménagement volontaristes.
- Un potentiel touristique (patrimoine culturel, tourisme vert, sports d'hiver, parcs nationaux et régionaux).

Des dynamiques différenciées

- Des espaces ruraux en renouveau (solde migratoire plus élevé que l'accroissement naturel, une fréquentation saisonnière liée au tourisme, agriculture labellisée).
- Des espaces ruraux en déclin (les plus enclavés et soumis à des contraintes naturelles fortes).

Densité de population : nombre moyen d'habitants par km².

Patrimoine : ensemble des sites historiques et monuments du passé.

Tourisme vert : tourisme à la campagne.

La recette pour réussir

SAVOIR FAIRE

Pour décrypter une publicité, il faut :

- **Repérer** la date ou l'espace représenté.
- **Décrire** l'image et lire son slogan.
- **Indiquer** les commentaires et les destinataires du document.

ASTUCE DU CHEF

Observez bien les dessins, le graphisme et les couleurs.

EXERCICE COMMENTÉ BREVET

Comprendre l'objectif d'une campagne de marketing territorial

Campagne publicitaire pour le département de la Lozère, mars 2019.

→ Dans quel cadre l'affiche est-elle réalisée ?

L'affiche est réalisée dans le cadre de l'opération collective de promotion de la Lozère organisée dans l'une des capitales régionales situées à moins de trois heures du département. En mars 2019, l'opération est menée à Marseille.

→ Décrivez le visuel de l'affiche et indiquez son slogan

Le slogan « Plus belle la vie en Lozère » fait allusion au titre d'une série télévisée. Le bleu évoque le Tarn, le Lot et la pêche à la ligne, le vert illustre la nature et le tourisme vert, et le jaune rappelle l'ensoleillement du département de la Lozère. Les atouts touristiques aux confins du département sont également mentionnés (Aubrac, gorges du Tarn, etc.). Notre-Dame-de-la-Garde (à gauche) et la tour en pierre carrée de la citadelle (à droite) représentant le Vieux-Port de Marseille sur la Méditerranée (le bateau) évoquent d'autres sorties possibles à moins de trois heures.

→ À qui l'affiche est-elle destinée et quel message fait–elle passer ?

La formule « Le Département de la Lozère débarque sur le quai de la Fraternité ! » (lieu stratégique de Marseille) et le programme des activités prévues (en bas de l'affiche) sont les éléments du marketing territorial valorisés par les acteurs, dont l'UE, représentés par leurs logos. Ils sont destinés à inciter et à aider des actifs désireux de changer de vie à venir s'installer en Lozère, un département authentique et nature.

Aménager pour répondre aux inégalités entre territoires à toutes les échelles (1)

Les ingrédients

QUE SIGNIFIE « AMÉNAGER LE TERRITOIRE » ?

- L'aménagement du territoire est le fait que des **acteurs publics** (État, collectivités territoriales, UE) et/ou **privés** (entreprises, citoyens) impulsent des actions pour promouvoir un territoire.
- Tout aménagement suppose une réflexion et une **élaboration de différents scénarii**, qui mettent en débat le futur souhaitable, et qui s'appuient sur les avis des spécialistes, des experts, des acteurs territoriaux et des citoyens.
- Depuis 2014, le Commissariat général à l'égalité des territoires (CGET) conçoit, prépare et met en œuvre la politique nationale d'égalité des territoires, dont il assure le suivi et la coordination interministérielle.

QUATRE OBJECTIFS POUR L'AMÉNAGEMENT DU TERRITOIRE

1. **Réduire les inégalités entre les territoires français à toutes les échelles** : métropole/territoires ultramarins ; Paris/province ; urbain/rural ; ville-centre/banlieue
2. **Objectif d'équité entre les personnes et les territoires** : efforts envers les espaces en difficulté, enclavés ou en crise économique pour un accès aux services et aux transports.
3. **Agir dans le respect de l'environnement** et dans la perspective du développement durable.
4. **Anticiper** pour répondre aux besoins futurs des populations en repensant les liens entre l'État, les pouvoirs locaux et les citoyens.

Acteur : groupe de personnes ou organisation agissant sur l'espace en aménageant un territoire.

Aménagement : ensemble d'actions menées sur un espace pour améliorer son fonctionnement (travailler, se déplacer, habiter, se distraire).

Prospective territoriale : démarche visant à imaginer divers scénarii du futur d'un espace.

Requalification urbaine : changement de fonctionnement ou de vocation d'un lieu (transformation d'une zone industrielle en un quartier résidentiel).

La recette pour réussir

SAVOIR FAIRE

Pour passer d'un texte à un schéma, il faut :
- Lire attentivement le texte.
- Comprendre la consigne du schéma à compléter.

ASTUCE DU CHEF

Utilisez plusieurs couleurs pour différencier les types d'informations.

EXERCICE COMMENTÉ BREVET

Présenter les enjeux d'un aménagement dans un schéma

L'exemple de la ville de Cahors

[…] Rue Gustave Sindou, la **démolition** de l'ancienne Dreal a été réalisée par **Polygone**. La **construction** d'un collectif de 17 logements est en cours. Ceci avec l'engagement de la municipalité qui s'attache à « **reconstruire la ville sur la ville** », cette opération s'intègre dans le **dispositif Action Cœur de Ville***. Idéalement située en centre-ville, cette résidence sera **intergénérationnelle** avec un **objectif de diversité sociale**. Certains logements seront labellisés **Habitat sénior** services, d'autres réservés par **Action logement** pour des actifs travaillant dans le secteur privé. La date prévisionnelle de livraison est prévue en décembre 2020. Une opération de **requalification-renouvellement** urbain est en cours dans le quartier de la Croix-de-Fer. Au total, 165 logements de Lot Habitat seront **construits ou rénovés**. Une **concertation avec les habitants** a été mise en place tout au long de l'élaboration du projet. Le **Grand Cahors** a apporté une aide de 103 500 € pour la démolition. Pour la construction **l'État** accompagne à hauteur de 272 000 €, **la région** 360 000 €, **le département** 103 500 €, la **ville de Cahors** à concurrence de 203 861 €. La livraison du chantier est prévue à l'horizon 2021.

Extrait de https://www.ladepeche.fr/2020/02/03/des-travaux-en-cours-aux-quatre-coins-de-la-ville,8706008.php, © DR.

* Action Cœur de Ville est un plan national visant à améliorer les conditions de vie des habitants des villes moyennes et conforter leur rôle de moteur de développement du territoire.

→ Comment transposer le texte sous forme de schéma ?

Exemple d'aménagement
Une requalification de la ville de Cahors (démolition et reconstruction).

Pourquoi ?
Redynamiser Cahors pour en faire le pôle d'attractivité d'un territoire en termes d'emplois, de santé, de lieux d'études, de loisirs.

Qui ?
L'action conjointe d'acteurs public (Grand Cahors, État, département, ville de Cahors) et privés (entreprises privées) et des citoyens.

Quelles retombées ?
Un retour des habitants dans le centre-ville lié à l'offre nouvelle de logements de qualité pour des jeunes, des séniors, des actifs du secteur privé, et de nouveaux services et activités.

Aménager pour répondre aux inégalités entre territoires à toutes les échelles (2)

27

Les ingrédients

REPENSER LA GÉOGRAPHIE DE LA FRANCE

- Pour faire contrepoids à l'agglomération parisienne qui domine le territoire, des efforts ont été menés dans le but de développer des **villes nouvelles** et des **métropoles régionales** (Marseille, Lyon, Lille, Nantes, Bordeaux, Toulouse) qui jouent aujourd'hui un rôle national, voire européen.
- Pour répondre à la concurrence européenne et mondiale, il faut améliorer la **compétitivité** et l'attractivité des territoires, et intégrer l'espace français à l'Europe. C'est l'objectif des **infrastructures de transport** et de **communications** (haut débit), et des **pôles de compétitivité**.
- Pour assurer la cohésion des territoires, des politiques d'aménagement sont menées en faveur des **zones défavorisées** (espaces ruraux classés en hyper-ruralité, zones urbaines sensibles et vieilles régions industrielles à reconvertir). Dans les villes, les aménagements s'organisent autour de **moyens de transport « propres » et collectifs** pour créer des liens entre les quartiers.

AMÉNAGER POUR LE FUTUR

- Certains aménagements suscitent des **débats**, comme la mise en place d'un aéroport ou d'une ligne à grande vitesse (LGV). Les citoyens donnent leur avis par le biais des élections, lors des débats publics et peuvent constituer des associations, voire des groupes de pression.
- Dans tout aménagement, il est nécessaire de concilier le **développement économique** et la **gestion durable des espaces**. Cela explique les **études d'impact** menées, les demandes d'autorisation auprès de l'administration et les modifications des **plans de prévention** des risques et des zones mises en **espaces protégés**.

Cohésion : politique de solidarité visant à réduire les inégalités dans les territoires.

Pôle de compétitivité : association encouragée par l'État d'entreprises, de centres de recherche et d'organismes de formation travaillant en commun pour gagner en compétitivité.

Espaces protégés : en France, outre-mer inclus, 64 % des espaces protégés sont des parcs naturels régionaux ou nationaux.

La recette pour réussir

GÉOGRAPHIE

SAVOIR FAIRE

Pour raisonner à partir d'une carte ou d'un croquis, il faut :

- **Lire les informations** portées sur le schéma ou la carte.
- **Lire la légende** et comprendre son organisation.

ASTUCE DU CHEF

Vous pouvez schématiser l'espace français sous forme d'un hexagone.

EXERCICE COMMENTÉ BREVET

Comprendre les traits structurants d'un espace à l'aide d'un croquis

L'organisation du territoire français

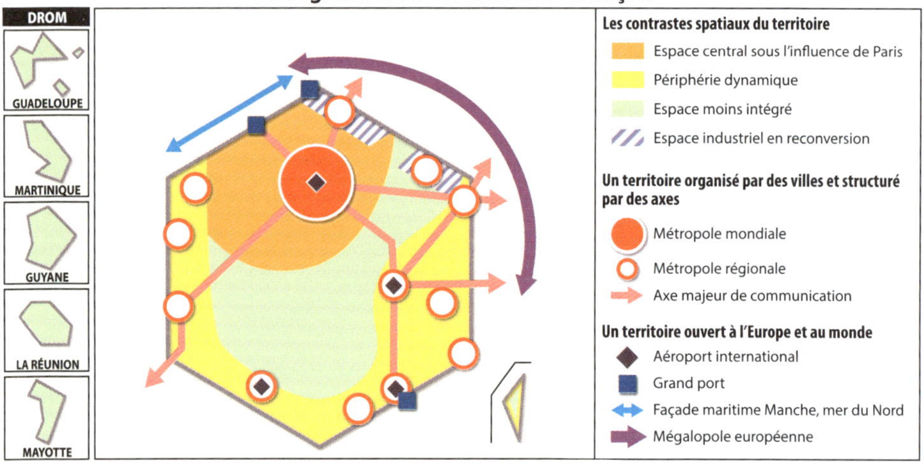

→ Quels sont les grands espaces structurant le territoire français ?

Il s'agit de l'espace central sous l'influence de Paris, une métropole de rang mondial et des périphéries dynamiques animées par une métropole régionale.

→ Quels aménagements mettent en relation la France avec l'Europe et/ou avec le reste du monde ?

Les axes majeurs de communication relient la France à l'Europe. Les grands ports français (Dunkerque et Le Havre sur la façade maritime Manche-mer du Nord ou Northern Range, et Marseille) et les aéroports internationaux (Roissy-Charles de Gaulle, Lyon-Saint-Exupéry, Toulouse-Blagnac, Marseille-Provence) sont des interfaces avec le reste du monde.

→ Quels sont les espaces au dynamisme régional moindre ?

Outre les DROM, il y a l'espace industriel en reconversion qui peut tirer profit de sa proximité avec la mégalopole européenne et l'espace moins intégré essentiellement rural.

Les territoires ultramarins : une problématique territoriale (1) 28

Les ingrédients

DES TERRITOIRES ORIGINAUX

- Situés dans les **deux hémisphères** sur tous les continents ou océans, les **DROM-COM** couvrent **120 000 km²**. Ils sont peuplés de **2,6 millions d'habitants** et donnent à la France un espace maritime de **11 millions de km²** (le deuxième mondial derrière celui des États-Unis).
- Les **cinq départements et régions** d'outre-mer ou DROM (Guadeloupe, Martinique, Guyane, La Réunion et Mayotte) sont des collectivités territoriales identiques aux collectivités métropolitaines.
- Les communautés d'outre-mer ou COM (Saint-Martin, Saint-Barthélemy, Polynésie française, Wallis-et-Futuna, Saint-Pierre-et-Miquelon, Nouvelle-Calédonie) bénéficient toutefois d'une autonomie dans la gestion de leurs affaires intérieures (économie, santé, éducation).

DES PÉRIPHÉRIES AVEC DES HANDICAPS STRUCTURELS

- Les DROM-COM se caractérisent par leur éloignement de la métropole : des milliers de kilomètres les séparent de la France. Ils sont par ailleurs fragmentés sur le plan territorial car ce sont des **archipels**.
- Leur **marché est étroit**, ils connaissent des **problèmes économiques et sociaux** (un taux de chômage élevé et un revenu moyen par habitant inférieur à celui de la France) et sont **vulnérables aux risques naturels** : ils connaissent par exemple les cyclones tropicaux et le risque sismique. Ils sont donc **dépendants** de la France.

Handicap structurel : désavantage en matière de développement lié à l'insularité, à l'éloignement et à l'exiguïté du territoire.

La France d'outre-mer

La recette pour réussir

SAVOIR FAIRE

Pour réaliser un schéma à partir d'une légende, il faut :

- **Lire** le titre pour connaître le sujet posé.
- **Distinguer** les figurés de surface et les figurés linéaires.
- **Comprendre** le sens du texte écrit dans la légende.

ASTUCE DU CHEF

Mobilisez vos connaissances générales sur la localisation des territoires ultramarins.

EXERCICE COMMENTÉ BREVET

Présenter les spécificités des DROM dans un schéma simple

Les DROM, des territoires particuliers à aménager

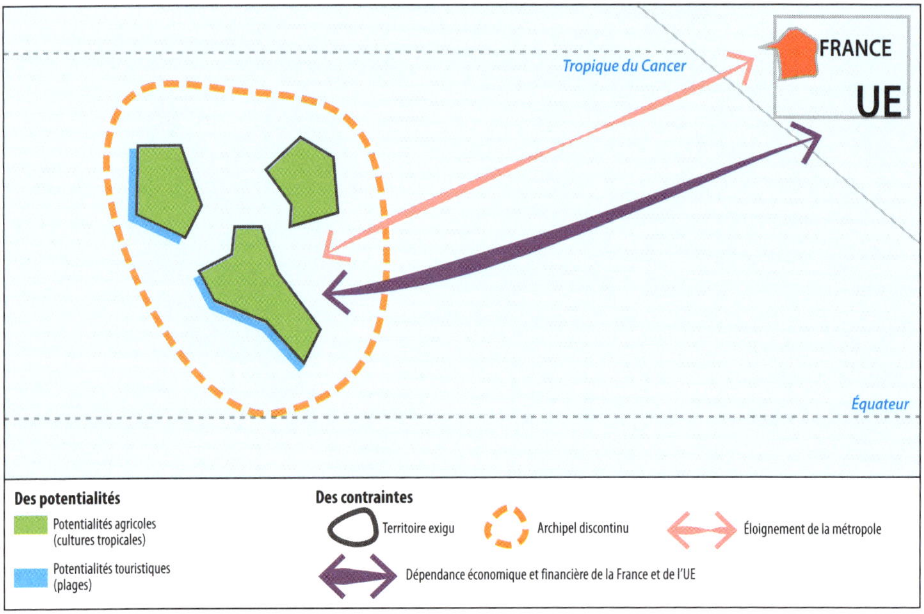

→ Que matérialise la diagonale sur le schéma ?

La diagonale figure la rupture géographique entre, d'une part les DROM-COM et d'autre part la France, territoire métropolitain, et l'Union européenne, éloignées de plusieurs milliers de kilomètres.

→ Pourquoi des latitudes sont-elles figurées sur le schéma ?

Les DROM-COM sont marqués par la tropicalité de leur milieu.

Les territoires ultramarins : une problématique territoriale (2)

29

Les ingrédients

DES VITRINES FRANÇAISES RICHES EN ATOUTS

- Les DROM-COM sont des espaces très **touristiques**. Les plages, le climat tropical tempéré et les îles en font des destinations appréciées des touristes aisés d'Europe du Nord recherchant le soleil, le sable et la mer en hiver. Ils sont également de grands fournisseurs de **productions agricoles tropicales** (canne à sucre, rhum, bananes).
- Ils offrent à la France **une présence géostratégique** dans les océans du monde. La situation aux latitudes équatoriales de la Guyane permet notamment à la France et à l'Europe d'être présentes dans l'aérospatiale. Les alizés réguliers (vents d'est), qui touchent certains DROM-COM peuvent quant à eux servir des projets d'énergie renouvelable.

UNE PROBLÉMATIQUE D'AMÉNAGEMENT PARTICULIÈRE

- Les politiques d'aménagement doivent tenir compte des **handicaps structurels** des territoires, comme l'insularité ou leur accès. Tout aménagement est assorti d'un surcoût lié aux transports.
- Elles doivent chercher à **valoriser l'intégration régionale**, par exemple dans l'espace des Caraïbes pour la Guadeloupe, la Martinique et la Guyane, pour que les DROM-COM soient des partenaires intégrés à la mondialisation.
- Les collectivités territoriales locales, la France mais aussi l'Union européenne sont conscientes de ces difficultés. C'est pourquoi les territoires ultramarins reçoivent **des aides** de l'UE leur permettant ainsi de repenser l'aménagement de leur territoire afin qu'il s'effectue dans le cadre du développement durable et dans l'intérêt de leurs habitants.

DROM

Îlots de développement attractifs par rapport aux pays voisins

PIB / habitant

Martinique 23 188 € en 2017	**Guadeloupe** 23 152 € en 2017	**La Réunion** 21 500 € en 2017	**Guyane** 15 339 € en 2017	**Mayotte** 8 980 € en 2017
France 35 960 € en 2019	**Brésil** 7 562 € en 2018	**Comores** 1 198 € en 2018		

DROM : départements ou régions d'outre-mer intégrés à l'UE et bénéficiant, depuis le traité d'Amsterdam, de mesures spécifiques (FEDER et FSE) favorisant leur développement.

La recette pour réussir

SAVOIR FAIRE

Pour analyser un tableau comparatif, il faut :

- **Repérer** les espaces et indicateurs sélectionnés.
- **Entourer** pour chaque indicateur le chiffre maximal et le chiffre minimal.
- **Formuler** des hypothèses à l'aide de ses connaissances.

ASTUCE DU CHEF

Faites « parler » les chiffres en établissant des rapports de grandeur entre eux.

EXERCICE COMMENTÉ BREVET

Analyser l'insertion régionale des DROM à l'aide de statistiques

DROM	Accès aérien	Nombre de touristes (2019)
Mayotte **375 km²** **279 421 habitants (2020)**	**Air Austral :** 4 vols directs hebdomadaires Paris-Mayotte ; 1 vol direct quotidien (15 juillet-15 septembre). **Air France :** plusieurs vols hebdomadaires avec escales.	56 300 (– 9 % par rapport à 2017)
La Réunion **2 512 km²** **859 959 habitants**	**Air Austral :** 12 vols directs hebdomadaires Paris-Saint-Denis de La Réunion ; 1 vol quotidien Paris-Saint-Pierre ; 19 villes françaises et Bruxelles desservies chaque jour. **Corsair :** 1 vol de nuit direct et quotidien Paris-La Réunion. **French Bee :** vols quotidiens directs Orly-La Réunion et au départ de 19 gares de France et à Bruxelles. **Air Austral :** 10 vols hebdomadaires La Réunion-Mayotte.	601 346 touristes dont 67 774 croisiéristes

Sources : https://www.reunion.fr/pratique/conseils-de-voyage/vols-vers-la-reunion-les-transports-aeriens et https://www.aeroports-voyages.fr/fr/vols/paris-cdg-mayotte/CDG-DZA

→ De quels territoires est-il question ?

Il s'agit de Mayotte et de La Réunion, deux DROM situés dans l'océan Indien et distants de 1 412 km.

→ Pourquoi y a-t-il une concurrence touristique entre les DROM ?

Mayotte est un petit territoire devenu DROM en 2011. Ses atouts touristiques sont indéniables (lagon, plages, eaux turquoises, faune exceptionnelle) mais son accessibilité est insuffisante. Mayotte, trois fois moins desservie en vols directs que La Réunion, est seulement accessible depuis Paris contrairement à La Réunion qui l'est depuis dix-neuf villes françaises et Bruxelles, ou par vol régional depuis La Réunion. Mayotte ne peut, de ce fait, pas surmonter la concurrence avec La Réunion.

L'UE, un nouveau territoire de référence et d'appartenance (1)

30

Les ingrédients

UNE CONSTRUCTION PERMANENTE…

- L'UE est une **mosaïque d'États** qui ont décidé de s'unir dans une **organisation régionale** initiée en 1957, élargie par étapes et formant aujourd'hui un ensemble de 27 États.
- 27 États membres dont **19** sont dans la zone euro ; **447 millions d'habitants** soit **6 %** de la population mondiale ; **18,5 % du PIB** mondial en 2020 (deuxième derrière les États-Unis et devant la Chine et le Japon) ; **30 % des échanges mondiaux de marchandises** (1re puissance commerciale du monde devant la Chine et les États-Unis).

… AVEC DES DISPARITÉS SOCIOSPATIALES

- Il existe un double contraste de richesse opposant les pays du nord, plus riches que ceux du sud, et ceux de l'ouest, plus riches que ceux de l'est. La **mégalopole européenne** est par ailleurs l'espace le plus dynamique de l'UE. Les régions les plus pauvres sont, quant à elles, situées en **périphérie** de l'UE.
- Il en résulte des **politiques territoriales communautaires** visant à maintenir la cohésion et à réduire les déséquilibres. L'UE consacre donc 36 % de son budget à la « politique régionale » destinée à réduire les inégalités et à répondre aux besoins particuliers des États membres.

LES CONTRASTES DE RICHESSE DANS L'UE

Le PIB des pays de l'UE

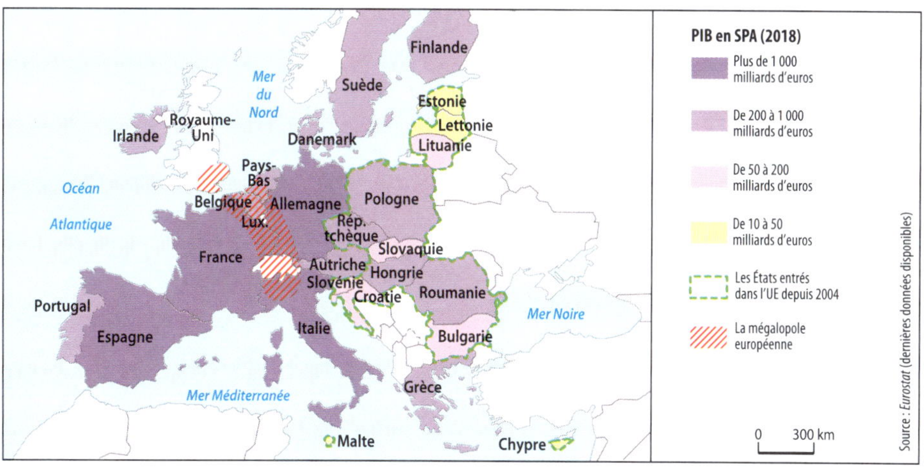

La recette pour réussir

SAVOIR FAIRE

Pour prélever des informations sur un document, il faut :

- **Observer** attentivement le document.
- **Lire** les textes inscrits sur le document.
- **Repérer les typographies** utilisées pour classer les types d'informations données.

ASTUCE DU CHEF

En cartographie, la gamme de rouge illustre un phénomène important.

EXERCICE COMMENTÉ BREVET

Comprendre un projet pensé à l'echelle de l'UE à l'aide d'un document

La liaison ferroviaire Lyon-Turin à l'horizon 2030

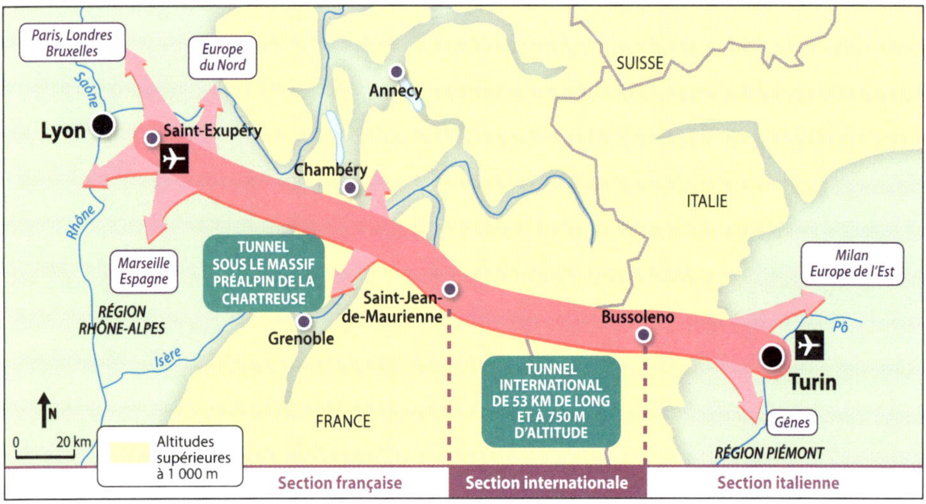

→ En quoi le projet consiste-t-il ?

Ce projet d'aménagement ferroviaire a pour but d'alléger le transport routier accidentogène entre la liaison Lyon-Turin, et de le rendre moins polluant (moins de rejet de CO_2). Nécessitant le percement de deux tunnels sous les Alpes, il bénéficie pour cela des subventions de l'UE et mobilise la France et l'Italie.

→ Pourquoi ce projet facilite-t-il l'intégration à l'espace européen ?

L'axe ferroviaire Est-Ouest est une pièce importante dans le réseau ferroviaire européen. Le nœud de Turin assure la liaison entre l'Italie et l'Europe de l'Est (vers Budapest), tandis que le nœud de Lyon met en relation la France avec l'Europe méditerranéenne (Espagne) et l'Europe du Nord (mégalopole européenne*).

* zone densément peuplée et urbanisée, cœur économique de l'UE.

L'UE, un nouveau territoire de référence et d'appartenance (2)

31

Les ingrédients

LA FRANCE, ISTHME ET CARREFOUR DE L'UE

- Située à l'ouest de l'Europe, la France possède des frontières avec cinq pays intégrés à l'UE (Belgique, Luxembourg, Allemagne, Italie, Espagne) ainsi qu'une frontière avec Andorre, Monaco et la Suisse. *Via* ses DROM, elle est frontalière avec trois États (Suriname, Brésil, Canada).
- La France, **membre fondateur de l'UE** et du couple franco-allemand, abrite à **Strasbourg** les sièges du **Parlement européen**, du **Conseil de l'Europe**, de la **Cour européenne des droits de l'homme** mais aussi d'**Arte**, la chaîne de télévision à vocation culturelle européenne. Elle abrite également, à **Lyon**, le siège d'**Euronews**, une chaîne de télévision paneuropéenne d'informations internationales en continu.
- La France est un **carrefour important**, entre l'Europe du Nord et l'Europe du Sud et entre l'Europe orientale et l'Europe méditerranéenne. Les réseaux de communication terrestres et les **hubs** (aéroport de Roissy-Charles de Gaulle, port de Marseille) la connectent ainsi à l'Europe et au monde.

LES ATOUTS DES ESPACES TRANSFRONTALIERS

- Les territoires transfrontaliers sont **des interfaces** qui profitent des dynamiques nationales et transnationales et de la politique de coopération de l'UE. Ils sont marqués par **les mobilités** des frontaliers et par le maniement du **plurilinguisme**.

Territoire transfrontalier : espaces situés de part et d'autre d'une frontière entretenant des relations entre eux (mobilités, échanges économiques, culturels).

Interreg : programmes de coopération territoriale transfrontaliers entre différentes régions européennes afin de promouvoir l'intégration dans l'espace européen et un développement équilibré au-delà des frontières nationales. Il y en a 54.

- 46 000 Français transfrontaliers travaillent en Allemagne mais seulement 4 000 Allemands travaillent en France.

Les Français, en majorité des Lorrains, sont plus de 100 000 à franchir chaque jour la frontière franco-luxembourgeoise pour le travail, pour des raisons qu'on ne présente plus.
Toutefois, si l'attractivité du Grand-Duché est indéniable comparée aux territoires français avoisinants, un autre voisin, plus grand par la taille, aimante aussi les travailleurs.
Ils sont près de 40 000 à faire la navette entre l'Allemagne et leur domicile dans l'Hexagone. Soit presqu'autant qu'il n'y a d'Allemands qui se déplacent jusqu'au Luxembourg.

Extrait de https://www.lesfrontaliers.lu/societe/ces-francais-qui-vont-travailler-en-allemagne/
(publié par Romain S, le 24.10.18, © DR)

La recette pour réussir

SAVOIR FAIRE

Pour commenter un diagramme circulaire, il faut :
- **Lire** les données représentées.
- **Relever** l'information présentée par chaque segment.
- **Donner du sens** aux observations.

ASTUCE DU CHEF

Reliez les informations relevées avec vos connaissances sur l'espace concerné.

EXERCICE COMMENTÉ BREVET

Comprendre qu'un espace transfrontalier est un espace vécu par les Européens à l'aide d'un diagramme circulaire

400 000 transfrontaliers en France,
37 agglomérations transfrontalières dont 11 françaises

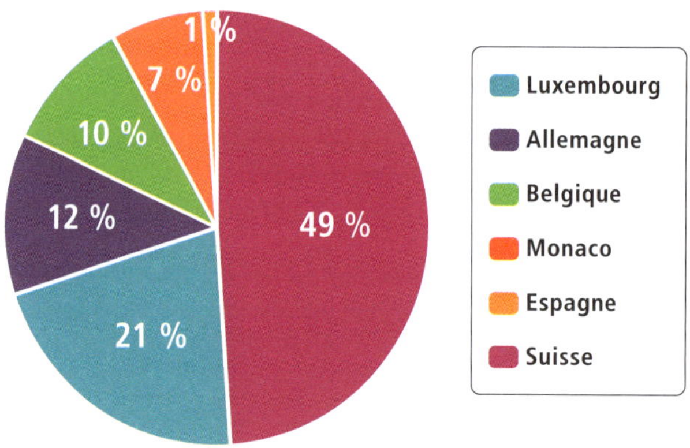

→ **Quels États transfrontaliers attirent le plus de travailleurs français ?**

La Suisse et, dans une moindre mesure, le Luxembourg concentrent près des trois quart des travailleurs transfrontaliers. Le quart restant se partage entre l'Allemagne et la Belgique et, accessoirement, Monaco et l'Espagne. L'Italie n'apparaît pas car le nombre des travailleurs transfrontaliers y est marginal.

→ **L'attrait est-il identique de chaque côté de la frontière ? Pourquoi ?**

Non, et l'Allemagne prouve le contraire (*voir texte page 65*). Un Allemand travaille en France quand dix Français travaillent en Allemagne. Les Allemands sont attirés par le Luxembourg. Le niveau de salaire plus élevé explique le choix des transfrontaliers.

La France et l'Europe dans le monde

Les ingrédients

LA FRANCE, UNE INFLUENCE MONDIALE

Carrefour entre l'Europe du Nord et l'Europe du Sud

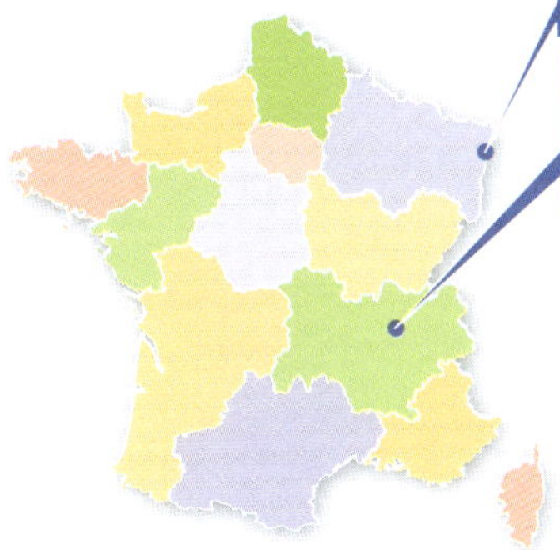

Parlement européen, Strasbourg

Euronews, Lyon

500 journalistes de 30 nationalités, 12 éditions couvrant l'actualité en allemand, anglais, arabe, espagnol, français, grec, hongrois, italien, portugais, russe ; des bureaux à Bruxelles, Athènes et Budapest et des correspondants à Berlin, Londres, Moscou, Paris et Rome.

Présence planétaire ☞ Voir cartes pages 59 et 70

Influence culturelle ☞

Rôle géopolitique ☞ Détentrice de la bombe atomique
☞ Membre permanent du Conseil de sécurité de l'ONU, de l'OTAN, du G7 et du G20

Puissance économique et touristique ☞ 1re destination touristique mondiale

FORCES ET FAIBLESSES DE L'EUROPE DANS LE MONDE

- L'UE est un espace attractif car elle est un espace de paix et le berceau de la démocratie et des valeurs humanistes.
- L'UE dispose, grâce à l'euro, de la **deuxième monnaie de réserve** après le dollar. Plus d'un cinquième des réserves de change mondiales sont en euros.
- L'UE est la **première zone économique du monde** (30 % des échanges mondiaux de marchandises en lien avec la Northern Range, la deuxième façade maritime mondiale), le **premier pôle d'accueil** des investissements directs étrangers et le **premier espace touristique** (51 % des touristes mondiaux).
- Mais l'UE a du mal à jouer un rôle politique, diplomatique, de défense et de sécurité à l'échelle mondiale.

Zone économique exclusive (ZEE) : espace maritime (370 km autour des côtes) sur lequel un État exerce sa souveraineté (les ressources lui appartiennent).

Francophonie (« F » majuscule) : institution de 88 États membres mettant en œuvre la coopération multilatérale.

Francophonie (« F » minuscule) : ensemble des personnes utilisant le français (300 millions de personnes).

Investissements directs étrangers (IDE) : mouvements internationaux de capitaux destinés à développer une filiale à l'étranger ou à influencer la gestion d'une entreprise étrangère.

La recette pour réussir

SAVOIR FAIRE

Pour analyser une infographie, il faut :

- **Identifier** l'objectif de l'infographie.
- **Examiner** les données présentées.
- **Interpréter** les informations.

ASTUCE DU CHEF

Observez bien la manière dont les données sont illustrées.

EXERCICE COMMENTÉ BREVET

Mesurer l'influence française au sein de l'Europe à l'aide d'une infographie

Attractivité industrielle : la France au top en Europe

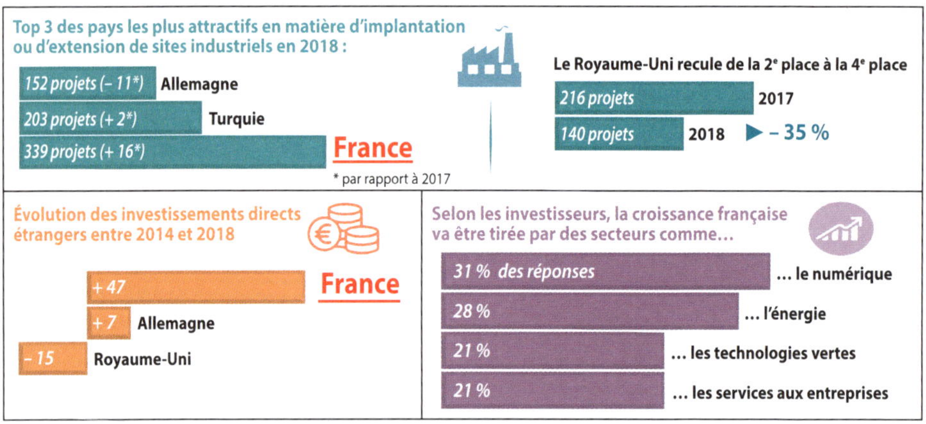

→ Quel est le thème de l'infographie ?

Il s'agit de l'attractivité industrielle de la France en 2018, c'est-à-dire sa capacité à attirer et à retenir des activités économiques et des facteurs de production (capitaux, IDE, entrepreneurs) en une année.

→ Que pouvez-vous conclure de l'attractivité de la France en Europe ?

La France est à la première place en matière de projets industriels, devant la Turquie (pays émergent aux coûts de production faibles), l'Allemagne et le Royaume-Uni (recul en lien avec le Brexit). Mais les régions françaises sont inégalement attractives. Les IDE progressent en France tandis qu'ils s'essoufflent en Allemagne et fuient le Royaume-Uni. Les entrepreneurs mondiaux font confiance à la France dont les points forts sont les industries du futur et les technologies vertes. La France a, en effet, initié l'accord de Paris en 2015, le premier accord universel sur le climat et le réchauffement climatique.

Cartes repères

Les régions françaises métropolitaines et ultramarines

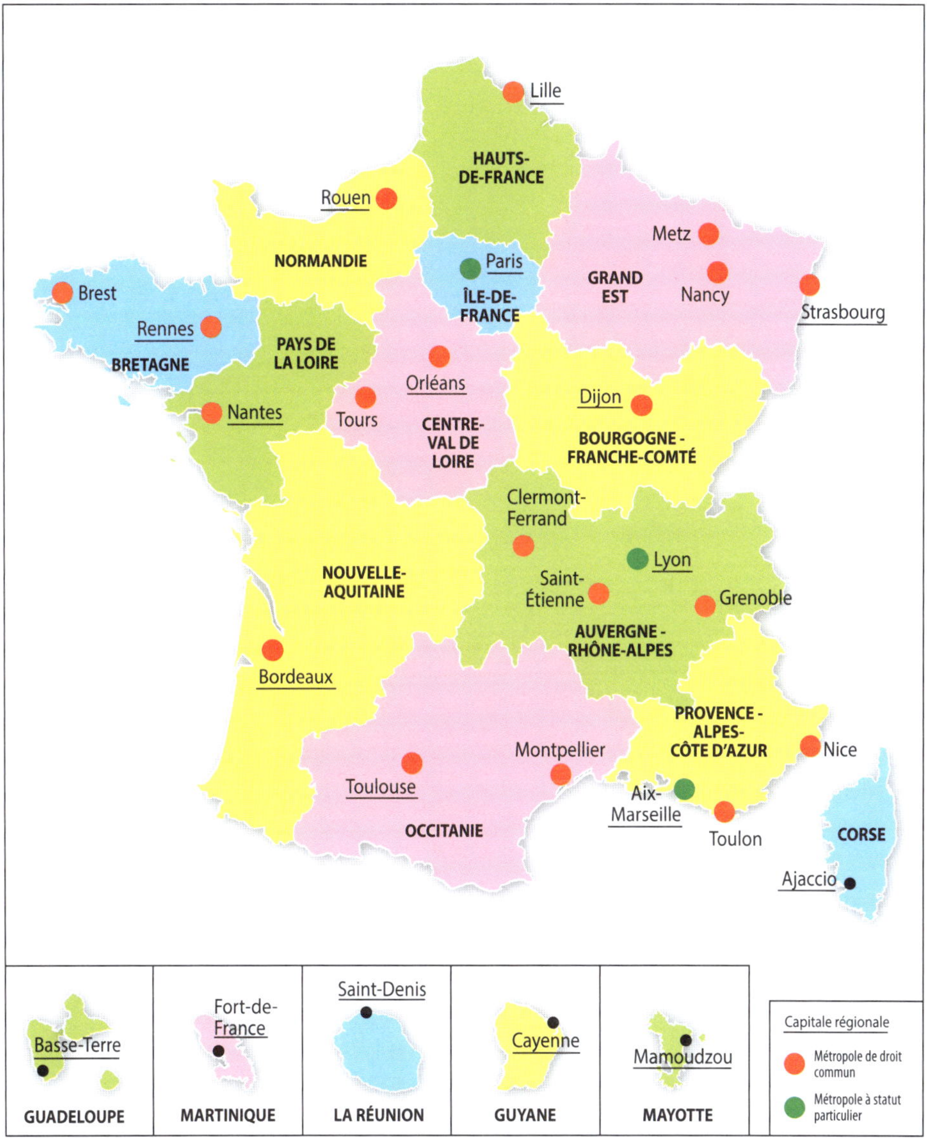

La France et l'Europe dans le monde

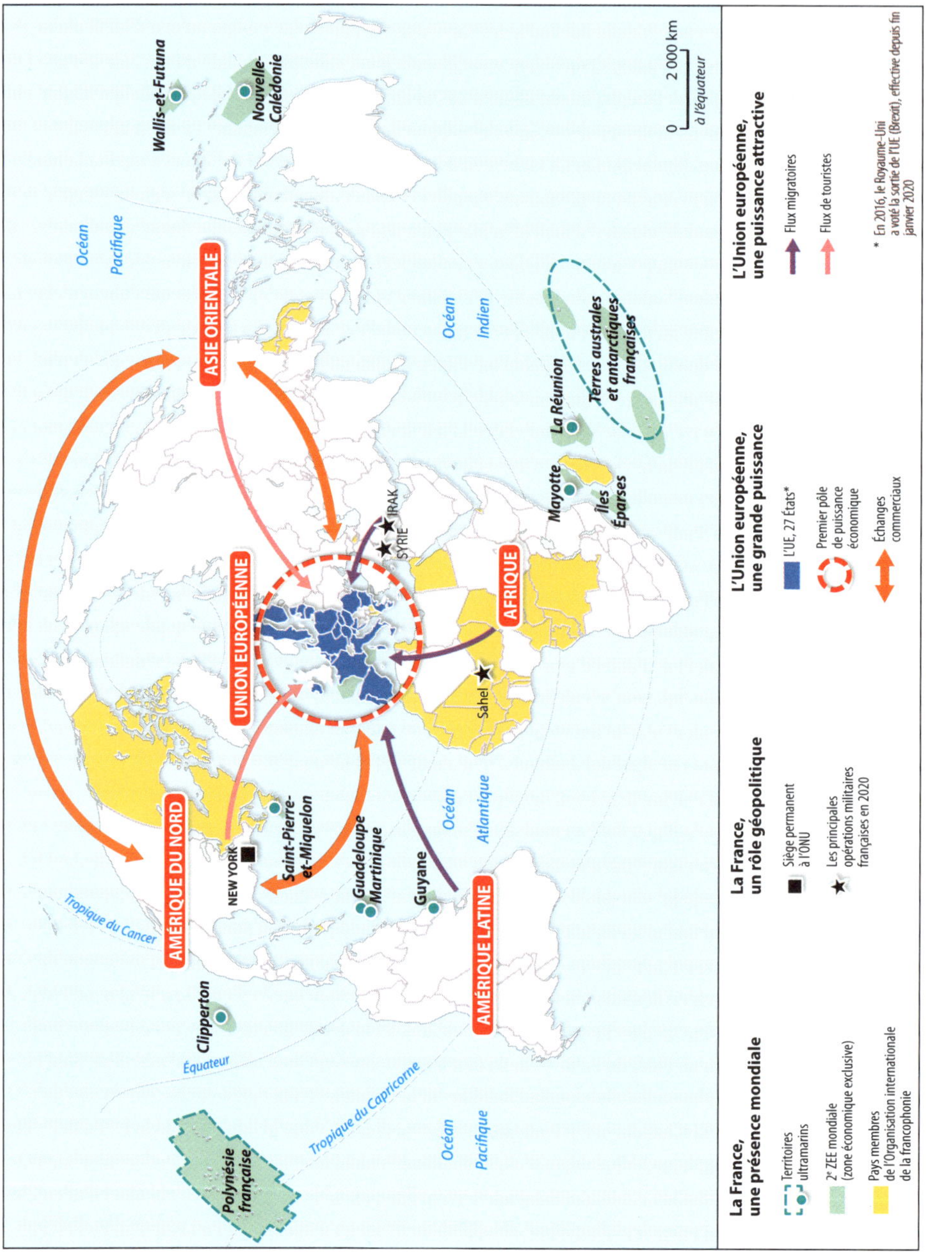

Le Centre Pompidou-Paris à la conquête du monde

34

Les ingrédients

DU CENTRE POMPIDOU-PARIS...

1977

Le président **Valéry Giscard d'Estaing** inaugure le **Centre Pompidou**, un musée d'art moderne et contemporain installé sur le plateau de Beaubourg à **Paris**.

2010

Le **Centre Pompidou-Metz** est inauguré. Il naît du partenariat entre le Centre Pompidou et les collectivités territoriales de la région Lorraine.

2015

L'inauguration du **Centre Pompidou Málaga** (Espagne) est la première expérience internationale du Centre Pompidou. Le musée, surnommé « El Cubo », est situé sur le port, dans un bâtiment multicolore revisité par l'artiste français **Daniel Buren**.

2018

Inauguration provisoire du Kanal Brut à Bruxelles (Belgique). L'installation définitive du **Kanal-Centre Pompidou** dans l'ancien garage Citroën, construit dans les années 1930 est prévue pour 2022.

... AU CENTRE POMPIDOU WEST BUND MUSEUM À SHANGHAI

- **2007 :** Le président Jacques Chirac veut implanter une antenne en Asie.
- **2019 :** Le Centre Pompidou **West Bund Museum** à **Shanghai** est inauguré par le président Emmanuel Macron. Le musée est situé dans le quartier culturel de Xuhui Waterfront né de la transformation d'un ancien district industriel. Le bâtiment, dessiné par l'architecte britannique David Chipperfield, est constitué de trois volumes aux façades en verre recyclé qui rappellent le miroitement du fleuve Huangpu.
- Le musée permet le dialogue entre l'art contemporain de Chine et celui d'Occident, même si les œuvres françaises exposées doivent être approuvées par les autorités chinoises. Le Centre Pompidou a ouvert des comptes sur Wechat et Weibo, les réseaux sociaux les plus utilisés en Chine.

Année 2021 franco-chinoise du tourisme culturel : annoncée lors de la visite du président chinois Xi Jinping en mars 2019 et rappelée lors de la visite en Chine du président français Emmanuel Macron en novembre 2019.

La recette pour réussir

SAVOIR FAIRE

Pour réussir l'épreuve orale le jour J il faut :

- **Présenter la démarche** durant 5 minutes de manière claire.
- **Mettre en valeur les connaissances acquises.**
- **Répondre durant 10 minutes** aux questions d'approfondissement posées par le jury.

ASTUCES DU CHEF

- Prenez votre montre le jour J.
- Écoutez bien les questions posées par le jury avant d'y répondre.

EXERCICE COMMENTÉ BREVET (épreuve orale)

Comprendre le rayonnement culturel de la France

→ **Quelles sont les conséquences de l'internationalisation du Centre Pompidou pour le pays hôte ?**

1. Elle valorise, pour des publics à conquérir et à éduquer les collections françaises d'art moderne et contemporain qui sont parmi les plus importantes du monde après celles du MoMa de New York.
2. Elle renforce l'envie des habitants du pays hôte de venir en France pour visiter Paris et connaître la richesse et la diversité culturelle des territoires français.
3. La marque « Pompidou » renforce la projection internationale de la ville accueillant l'antenne en lui donnant une dimension culturelle importante.

→ **Quelles sont, pour la France, les retombées de l'internationalisation du Centre Pompidou ?**

1. Elle permet à la France de repérer les artistes de demain et d'acquérir des œuvres pour ses futures collections à un prix encore abordable.
2. Elle rapporte de l'argent puisque le pays hôte verse une redevance annuelle et paie pour les prestations et le savoir-faire fournis par le Centre Pompidou, symbole de l'excellence muséale.
3. Elle entraîne dans son sillage d'autres acteurs culturels français tels le musée Rodin qui ouvrira prochainement une antenne à Shenzhen (Chine) ou les Rencontres de la photographie d'Arles présentes en Chine depuis quelques années.

Centre Pompidou, Paris

Centre Pompidou Málaga

West Bund Museum, Shanghai

Le vote, un droit fondamental en démocratie

Les ingrédients

LA CONQUÊTE PROGRESSIVE DU DROIT DE VOTE

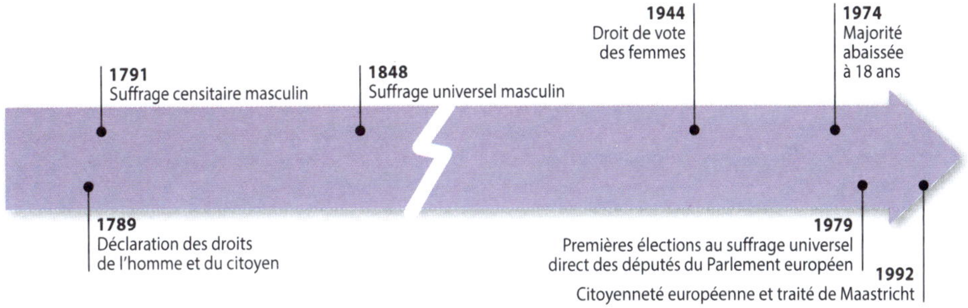

LES MODALITÉS DU VOTE

- Le code électoral définit les modalités des élections. Dans une démocratie, le vote est **universel, direct et secret**.
- Pour pouvoir voter, il faut être inscrit sur les **listes électorales**.
- Pour être électeur et éligible, il faut jouir de ses droits civiques, être **majeur** et de **nationalité française**.
- La **citoyenneté européenne**, instituée par le traité de Maastricht de 1992, donne aux ressortissants de l'UE qui habitent dans un autre État membre le **droit de vote et d'éligibilité** aux **élections municipales** et aux **élections du Parlement européen**.

LES CONDITIONS D'ÂGE

- Pour être éligible aux élections municipales, départementales, régionales, législatives et présidentielles, il faut être âgé de **18 ans**. Pour être éligible aux élections sénatoriales, il faut être âgé de **24 ans**.
- Pour pouvoir être candidat à l'élection présidentielle, il faut également obtenir **500 parrainages**.

Code électoral : recueil des lois et règlements concernant toutes les élections politiques.

Parrainage : dans la politique française, procédure par laquelle les candidats à l'élection présidentielle sont présentés auprès du Conseil constitutionnel par des élus (des députés, des sénateurs, des conseillers régionaux, départementaux, des maires).

Suffrage universel : droit de vote attribué à tous les citoyens, de nationalité française, sans distinction de richesse ou de sexe.

La recette pour réussir

SAVOIR FAIRE

Pour rédiger une réponse construite en EMC, il faut :

- **Bien lire le sujet** et souligner les termes clés.
- **Utiliser** les informations présentées par la situation pratique.
- **Rédiger** la réponse en l'organisant autour de deux ou trois idées fortes.

ASTUCE DU CHEF

Présentez le sujet en une ou deux phrases et en formulant une interrogation.

EXERCICE COMMENTÉ BREVET

Devant votre classe, développez des arguments pour montrer l'importance du vote dans une démocratie.

→ Pourquoi le droit de vote est-il considéré comme un droit fondamental ?

Voter est un droit et un devoir civique qui a été progressivement obtenu au fil de l'histoire. Il est un marqueur de la citoyenneté et de la démocratie quand il est universel, égal et secret. Le vote est indissociable du fonctionnement d'une démocratie qui est « un gouvernement du peuple, par le peuple, pour le peuple ».

→ De quoi l'abstention est-elle le signe ?

L'abstention témoigne du repli des citoyens sur eux-mêmes et de leur manque d'intérêt pour l'avenir du pays. Si l'abstention est parfois considérée comme étant un signal de citoyens envoyé à des hommes politiques insuffisamment actifs dans la gestion des problèmes actuels, elle n'est pour autant pas une réponse efficace. En effet, en ne se rendant pas aux urnes, les citoyens se privent de l'opportunité qui leur est offerte de pouvoir changer les choses et d'améliorer leur quotidien.

→ Pourquoi est-il nécessaire de mener des campagnes de sensibilisation au vote ?

Les jeunes citoyens, comme les moins jeunes, doivent comprendre que le citoyen qui vote accomplit son devoir civique, adhère à la démocratie et y participe en permettant l'élection du candidat ou des candidats exprimant le mieux le projet de société qui lui correspond. En ne votant pas, les citoyens laissent les autres décider à leur place et vont à l'encontre des valeurs républicaines. Les abstentionnistes ouvrent la voie à l'installation d'une dictature dans laquelle l'expression de l'individu n'est plus respectée. Un taux d'abstention élevé (plus d'un Français sur deux, soit 56,8 %, aux élections législatives de 2017, un record sous la Ve République) exprime le malaise de la démocratie.

Les grandes caractéristiques d'un État démocratique

36

Les ingrédients

SELON LES TEXTES OFFICIELS FRANÇAIS

Le principe de toute souveraineté réside dans la nation. Nul corps, nul individu ne peut exercer d'autorité qui n'en émane expressément.

Article 3 de la Déclaration des droits de l'homme et du citoyen de 1789.

Toute société dans laquelle la garantie des droits n'est pas assurée ni la séparation des pouvoirs déterminée, n'a point de Constitution.

Article 16 de la Déclaration des droits de l'homme et du citoyen de 1789.

La souveraineté nationale appartient au peuple qui l'exerce par ses représentants et par la voie du référendum. Aucune section du peuple ni aucun individu ne peut s'en attribuer l'exercice.

Article 3 de la Constitution de 1958.

Les partis et groupements politiques concourent à l'expression du suffrage. Ils se forment et exercent leur activité librement. Ils doivent respecter le principe de la souveraineté nationale et de la démocratie.

Article 4 de la Constitution de 1958.

LA FRANCE, UNE RÉPUBLIQUE ET UNE DÉMOCRATIE

- La France est une république dans laquelle le pouvoir est confié à **des représentants**, élus au **suffrage universel** direct ou indirect, qui expriment la **volonté du peuple**. Pour que tous se sentent représentés dans la démocratie, sont évoqués le **droit de vote aux étrangers** et le recours plus fréquent au **référendum**.
- La France est un pays démocratique car elle respecte la **séparation des pouvoirs** (exécutif ou l'exécution des lois, législatif ou le vote des lois, judiciaire ou le contrôle de l'exécution des lois), la **souveraineté de la nation** supposant la participation des citoyens à la vie politique et le respect de droits (droit de vote, élections libres périodiques, secret de l'isoloir et représentants librement choisis), le **pluralisme politique** (partis politiques d'opinions différentes) et le **respect des libertés fondamentales** de l'homme (liberté d'expression, de réunion, de circulation).

Démocratie représentative : les citoyens expriment leur volonté par l'intermédiaire de représentants élus à qui ils délèguent leur pouvoir. Représentant la volonté générale, les élus votent la loi et contrôlent éventuellement le gouvernement.

Démocratie directe : le peuple exerce directement le pouvoir politique. La Suisse est dotée d'une forme originale de démocratie directe.

La recette pour réussir

SAVOIR FAIRE

Pour analyser un texte officiel, il faut :

- **Identifier** la nature précise du document et indiquer son auteur.
- **Relever** des informations pour définir le thème.
- **Dégager** l'intérêt du texte.

ASTUCE DU CHEF

Posez-vous la question : *pourquoi était-il nécessaire de rédiger ce texte ?*

EXERCICE COMMENTÉ BREVET

Comprendre l'implication des citoyens français dans une cause universelle à l'aide d'un texte officiel

Présentation de la Convention citoyenne pour le climat

La Convention Citoyenne pour le Climat, expérience démocratique inédite en France, a pour vocation de donner la parole aux citoyens et citoyennes pour accélérer la lutte contre le changement climatique. Elle a pour mandat de définir une série de mesures permettant d'atteindre une baisse d'au moins 40 % des émissions de gaz à effet de serre d'ici 2030 (par rapport à 1990) dans un esprit de justice sociale.

Décidée par le président de la République, elle réunit cent cinquante personnes, toutes tirées au sort ; elle illustre la diversité de la société française. Ces citoyens s'informent, débattent et prépareront des projets de loi sur l'ensemble des questions relatives aux moyens de lutter contre le changement climatique. Les séances plénières sont retransmises sur ce site.
Le président de la République s'est engagé à ce que ces propositions législatives et réglementaires soient soumises « sans filtre » soit à référendum, soit au vote du parlement, soit à application réglementaire directe.

https://www.conventioncitoyennepourleclimat.fr, © DR.

Ses grands thèmes : se loger, se nourrir, se déplacer, consommer, travailler/produire

→ Qui sont les membres de la Convention citoyenne pour le climat ?

Il s'agit de 150 citoyennes et citoyens français, représentatifs de la société et tirés au sort.

→ Quels éléments relèvent du champ lexical de la politique ?

« Citoyens » ; « projet de loi » ; « président de la République » ; « référendum » ; « vote du Parlement » ; « application réglementaire ».

→ Pourquoi est-ce une expérience démocratique inédite ?

150 personnes proposent des mesures de lutte contre le changement climatique adaptables à la vie quotidienne, en débattent et préparent des projets de loi. Si les projets pour lutter contre le réchauffement sont soumis à référendum ou présentés comme des actes réglementaires applicables par tous, ce sera de la démocratie directe. Si ces projets sont votés par le Parlement, ce sera de la démocratie représentative.

Les étapes du parcours de la loi dans la République française

Les ingrédients

D'APRÈS LES TEXTES OFFICIELS

La loi est l'expression de la volonté générale. Tous les citoyens ont droit de concourir personnellement ou par ses représentants à sa formation. Elle doit être la même pour tous, soit qu'elle protège, soit qu'elle punisse.

Article 6 de la Déclaration des droits de l'homme et du citoyen de 1789.

Tout projet ou proposition de loi est examiné successivement dans les deux assemblées du Parlement en vue de l'adoption d'un texte identique.

Article 45 de la Constitution de 1958.

LE PARCOURS DE LA LOI EN IMAGES

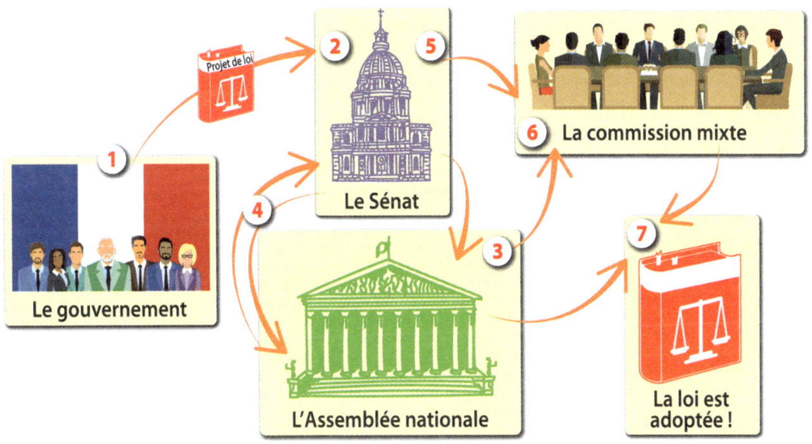

Commission parlementaire : nombre limité de députés et de sénateurs chargés d'étudier les textes avant leur discussion en séance publique (à l'Assemblée nationale ou au Sénat).

Décrets d'application : textes de l'exécutif permettant la mise en pratique d'un texte de loi.

Navette législative ou parlementaire : le mouvement de va-et-vient d'un projet de loi entre l'Assemblée nationale et le Sénat.

Projet de loi : texte déposé par le gouvernement.

Proposition de loi : texte déposé par des députés ou des sénateurs.

La recette pour réussir

SAVOIR FAIRE

Pour analyser un schéma il faut :

- **Identifier** les éléments présentés et observer le sens des flèches.
- **Expliquer** les liens (représentés par les flèches) entre les éléments présentés.

ASTUCE DU CHEF

Le schéma résume des étapes placées dans un ordre chronologique.

EXERCICE COMMENTÉ BREVET

Comprendre, à l'aide d'un schéma, le cheminement de la loi

26 janvier 2012

Le droit au mariage et à l'adoption aux couples homosexuels est l'engagement 31.1 du candidat François Hollande à l'élection présidentielle.

Novembre 2012

Présentation du projet de loi ouvrant le mariage et l'adoption aux couples homosexuels au Conseil des ministres par Christiane Taubira, ministre de la Justice et garde des Sceaux.

12 février 2013

Après dix jours d'âpres débats, adoption du projet de loi par l'Assemblée nationale (329 voix contre 229 et 10 abstentions).

12 avril 2013

Adoption du projet de loi modifié par le Sénat après une centaine d'heures de débat.

17 et 18 avril 2013

Deuxième lecture du projet de loi modifié par le Sénat par l'Assemblée nationale.

23 avril 2013

Adoption définitive de la loi par l'Assemblée nationale.

24 mai 2013

Décret n°2013-429 portant application de la loi n° 013-404 du 17 mai 2013 ouvrant le mariage aux couples de personnes de même sexe et modifiant diverses dispositions relatives à l'état civil et du code de procédure civile.

→ **Pourquoi l'élaboration de la loi est-elle démocratique ?**

Les projets et propositions de loi sont examinés par des commissions parlementaires, discutés en séance publique par les députés et sénateurs qui peuvent déposer des amendements. Chaque assemblée vote un texte, le transmet à l'autre (navette) jusqu'à l'adoption d'un texte commun qui est voté.

→ **Quelles sont les conditions à remplir pour que la loi soit applicable par tous ?**

Le Conseil constitutionnel valide la loi, le président de la République la promulgue au *Journal officiel* et le gouvernement prend les décrets d'application. La loi devient alors applicable par tous.

Les formes d'engagement : les citoyens et la Défense

38

Les ingrédients

LES CITOYENS ET LA DÉFENSE

- La Défense est l'affaire de tous et un devoir pour le citoyen. Pour renforcer le lien nation/Défense, **la loi de 1997** institue pour les jeunes, garçons et filles, le parcours de citoyenneté qui doit permettre aux citoyens en devenir de prendre conscience de leurs droits, de leurs devoirs et de leurs responsabilités.
- Ses trois étapes (la formation à l'esprit de Défense en classes de 3e et 1re, le recensement à 16 ans à la mairie de leur commune et, entre 16 et 18 ans, la **journée Défense et Citoyenneté** organisée par les militaires) permettent aux jeunes de réfléchir sur l'esprit d'engagement dans la société.

DANS LA CONTINUITÉ DU PARCOURS DE CITOYENNETÉ

- Dans la continuité du parcours de citoyenneté, le Service national universel (SNU) s'adresse à tous les jeunes, **garçons et filles âgés de 15 à 17 ans**, sans toutefois rétablir le service militaire, suspendu en 1997.
- Son objectif est d'impliquer davantage la jeunesse dans la vie de la nation en promouvant la **culture de l'engagement** tout en favorisant un **sentiment d'unité nationale** autour de valeurs communes. Sa mise en place a commencé avec une phase d'expérimentation fin juin 2019, avant une mise en œuvre progressive pour une généralisation à partir de 2021.

Les trois étapes clés du SNU

1. **Un séjour de cohésion obligatoire de deux semaines dans une brigade de 200 jeunes,** dans un autre département, l'année qui suit la classe de 3e.
2. **Une mission d'intérêt général obligatoire de deux semaines** près de chez soi, dans l'année qui suit le séjour de cohésion.
3. **Un engagement volontaire de trois mois minimum,** dans le département de son choix, entre 16 et 25 ans.

Article L.111-1. de la loi du 28 octobre 1997 : Les citoyens concourent à la défense de la nation. Ce devoir s'exerce notamment par l'accomplissement du Service national universel.

La recette pour réussir

SAVOIR FAIRE

Pour étudier un témoignage, il faut :

- Indiquer l'auteur du témoignage, repérer la date et définir le thème.
- Analyser les points positifs ou négatifs présentés.
- Indiquer les limites.

ASTUCE DU CHEF

Expliquez en quoi un témoignage apporte un éclairage particulier sur une situation.

EXERCICE COMMENTÉ BREVET

Analyser l'expérience du SNU d'une jeune volontaire à travers un témoignage

Pourquoi avoir participé au SNU ?

Je suis scolarisée à La Baule et je voulais absolument faire le SNU car on n'a pas souvent l'occasion de pouvoir quitter sa région et rencontrer de nouvelles personnes. […]

Ce qui t'a plu ?

Les parcours sportifs collectifs, l'initiation au *self défense* et à la boxe thaï. Le champion du monde est venu lui-même nous apprendre les bases. J'ai aussi développé ma culture générale. On nous a expliqué à quoi correspondaient les jours fériés. […]

Et le côté militaire ?

[…] J'ai bien aimé le lever des couleurs, marcher en rang, apprendre *La Marseillaise*. Je trouve que c'est important de connaître notre hymne national. Ça fait partie de notre culture. Porter un uniforme, c'était aussi une bonne idée.

Ça a changé quoi ?

[…] On arrive seule. On se retrouve face à des gens qu'on ne connaît pas. On doit se confronter à nous-même.

Extraits de https://www.cidj.com/vie-quotidienne/citoyennete-volontariat/service-national-universel-snu-temoignages-de-jeunes (Valérie François, 15.07.2019, © CIDJ).

→ Quels éléments favorisent la transmission d'un socle républicain ?

Pour renforcer le lien entre le citoyen et la Défense nationale, les jeunes portent un uniforme, marchent en rang, assistent chaque jour au lever des couleurs et apprennent *La Marseillaise*. Pour forger le sentiment d'unité nationale, on leur apprend le sens des jours fériés ou encore l'histoire commune de leur nation.

→ Quels éléments peuvent renforcer la cohésion du groupe ?

Le brassage social (origine géographique et milieux sociaux différents) met en pratique les valeurs d'égalité et de fraternité. La vie en groupe et les parcours sportifs collectifs facilitent le lien social et renforcent l'esprit de cohésion en rendant chacun plus fort.

→ Quelle sera la prochaine étape obligatoire du SNU pour cette jeune fille ?

Il s'agit de la mission d'intérêt général de deux semaines dont l'objectif est de développer la culture de l'engagement.

Sciences

Sommaire

SVT

La planète Terre, l'environnement et l'action humaine

Le vivant et son évolution

Le corps humain et la santé

Physique-Chimie

Organisation et transformations de la matière

Mouvements et interactions

L'énergie et ses conversions

Des signaux pour observer et communiquer

Technologie

Design, innovation et créativité

Les objets techniques, les services et les changements induits dans la société

La modélisation et la simulation des objets et systèmes techniques

L'informatique et la programmation

La dynamique de la Terre et les risques associés

Les ingrédients

UNE PLANÈTE « INCROYABLEMENT UNIQUE »

La Terre, **planète tellurique** du système solaire, accumule des **particularités** (masse, distance au Soleil, température de surface, etc.) qui la distinguent des autres et offrent des conditions **favorables à la vie**. Néanmoins, son activité engendre des risques pour les êtres qui y vivent.

UNE DYNAMIQUE INTERNE

- Les **séismes** sont provoqués par une rupture brutale des roches, en profondeur. Des **ondes sismiques** sont émises et mettent le sol en mouvement. Les **éruptions volcaniques** ont pour origine une remontée de magma due à des variations de pression et de température des roches, en profondeur. Lorsque le magma est fluide, on parle d'**éruption effusive** ; s'il est visqueux, c'est une **éruption explosive**.
- Ces zones géologiquement actives, modifiant les paysages à la surface du globe, définissent les limites de **12 plaques tectoniques** et sont la conséquence des mouvements de ces plaques **lithosphériques** les unes par rapport aux autres.

Le **déplacement** de ces plaques a pour origine les mouvements de circulation du manteau terrestre (**convection**) grâce à la libération de l'énergie thermique produite en profondeur par radioactivité.

L'HOMME FACE AUX RISQUES

Localement, le risque est évalué en étudiant l'**histoire géologique** de la zone (aléa) et sa **vulnérabilité**. Il est plus facile de prévoir une éruption volcanique qu'un séisme, mais des mesures de **prévention** (apprentissage de la conduite à tenir, surveillance), d'**adaptation** (refuges) et d'**atténuation** (constructions appropriées, barrages) peuvent diminuer le risque.

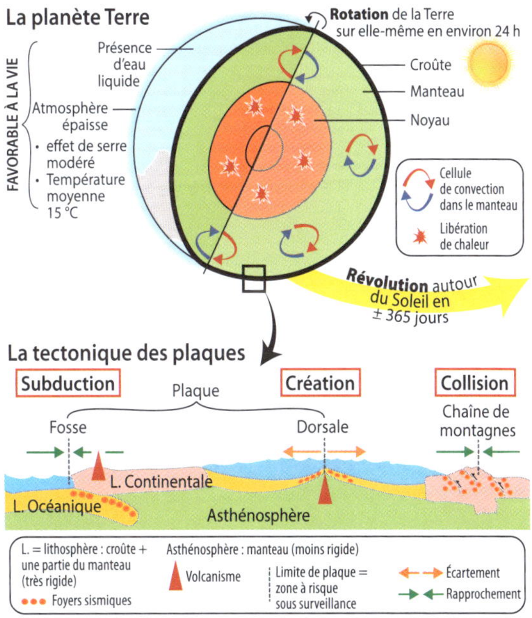

Dynamique de la Terre et risques associés

La recette pour réussir

SAVOIR FAIRE

Comment comparer des phénomènes

- Rechercher les ressemblances et/ou les différences dans les données.
- Faire la comparaison en utilisant les expressions « plus que... », « moins que... », « autant que... ».

ASTUCES DU CHEF

- Surlignez les informations importantes dans les documents (ex. : une couleur pour les ressemblances et une autre pour les différences).
- Listez les connaissances à mobiliser.
- Rédigez une explication qui ne doit pas être en contradiction avec les informations données. (Si elle est hypothétique, vous pouvez utiliser l'expression : « je pense que ».)

À VOS FOURNEAUX – EXERCICES BREVET

1

	Épicentre : Longtoushan (Sud-Est de la Chine)	Épicentre : Napa (Californie)
Date	3 août 2014	24 août 2014
Profondeur du foyer	10 km	10 km
Magnitude	6,1	6,0
Nombre d'habitants	50 000	75 000
Victimes liées au séisme	600 morts, plus de 2 400 blessés	Aucun mort, 120 blessés, dont 3 dans un état grave
Dégâts matériels	80 000 habitations effondrées	Une centaine de maisons devenues inhabitables

1. Comparer ces deux séismes et en déduire la ville où le risque sismique est le plus grand.

2. Proposer une hypothèse pour expliquer comment deux séismes aux caractéristiques proches peuvent avoir des conséquences très différentes.

2 **L'Islande est une île constituée de 99 % de roches volcaniques. On y trouve plus de 200 volcans en activité. Sa partie centrale est parcourue de failles de même direction indiquant un mouvement d'écartement.**

Montrer que l'Islande est « une partie émergée de la dorsale atlantique ».

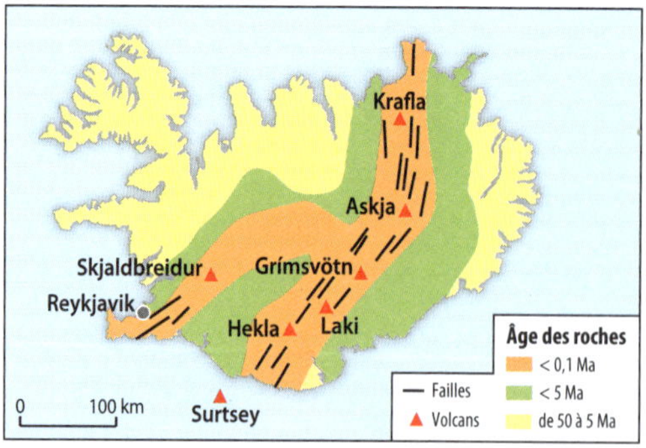

▶ Corrigés en fin d'ouvrage

Météorologie et climatologie 2

Les ingrédients

COMMENT LES DISTINGUER

La météorologie et la climatologie s'intéressent aux mêmes **phénomènes atmosphériques** (précipitation, vent, température et humidité).

Ce qui les différencie, c'est la **durée** des phénomènes étudiés. La météo sur un temps court (jour, semaine), le climat sur au moins 25 ans et sur des zones géographiques pouvant être plus vastes.

LES CHANGEMENTS CLIMATIQUES

L'**étude des climats passés** permet de comprendre les **variations climatiques actuelles**, l'impact de l'être humain sur ces changements, et ainsi de prévoir les climats futurs. Depuis la création de la Terre, des périodes glaciaires alternent avec des périodes interglaciaires tous les 100 000 ans environ.

Il existe un effet de serre naturel, permettant à la Terre d'avoir une température de surface favorable à la vie (+ 15 °C au lieu de – 18 °C). Ce qui inquiète les climatologues, c'est l'augmentation rapide de cet effet de serre et ses conséquences.

UNE DYNAMIQUE EXTERNE

- L'énergie solaire reçue par la Terre est inégalement répartie. Cela engendre des différences de température en surface (**trois grandes zones climatiques**) et entraîne des mouvements des **masses d'air** (atmosphère) et des **masses d'eau** (océans).
- Ces mouvements sont à l'origine de **phénomènes météorologiques extrêmes** (tempêtes, inondations, orages, cyclones). Certains sont à l'échelle locale, d'autres ont des conséquences à plus grande échelle.

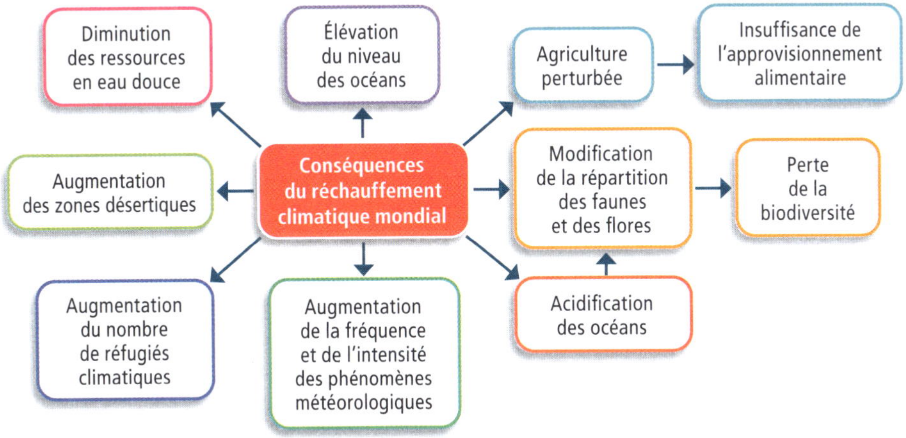

La recette pour réussir

SAVOIR FAIRE

Comment identifier et indiquer un phénomène

Il faut utiliser les informations des documents pour construire la réponse (« On constate que… »).

ASTUCES DU CHEF

- Relisez bien la consigne.
- Examinez l'ensemble des données.
- Utilisez seulement les informations nécessaires à la résolution.

À VOS FOURNEAUX – EXERCICES BREVET

1 Le kitesurf est un sport nautique où le pratiquant est tracté par une voile. Une bonne connaissance des vents est donc préconisée.

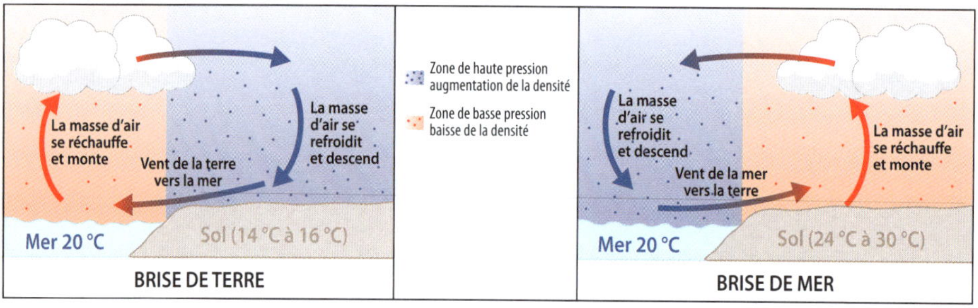

Apparition des phénomènes météorologiques « brise de terre » et « brise de mer »

1. Identifier le risque encouru par un kitesurfeur selon la brise qui se produit.
2. Déduire des schémas le moment de la journée (matin ou après-midi) où peut se produire une brise de mer.

2 Exploiter le graphique ci-dessous pour indiquer l'une des conséquences du réchauffement climatique.

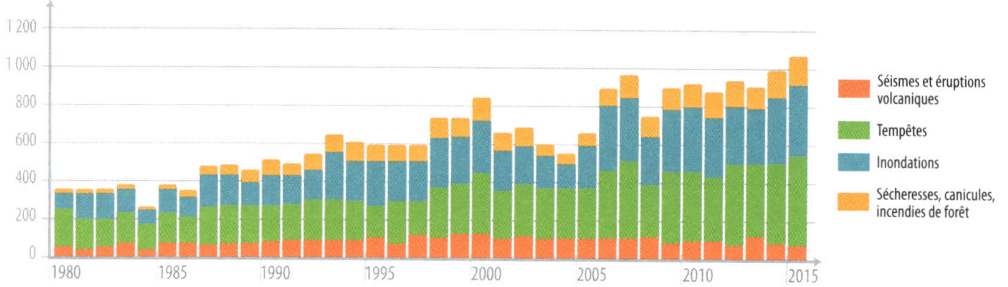

Nombre de catastrophes naturelles

► Corrigés en fin d'ouvrage

Ressources naturelles et enjeux environnementaux

3

Les ingrédients

L'EXPLOITATION DES RESSOURCES NATURELLES PAR L'HOMME

L'Homme prélève les ressources de la planète pour se procurer des aliments, de l'énergie, ou pour réaliser ses constructions et ses activités quotidiennes. La consommation de ces ressources ne cesse d'augmenter (augmentation de la population mondiale, changement de modes de vie), or beaucoup d'entre elles sont **limitées**.

UN CONSTAT ALARMANT

- Certaines de ces ressources sont **fragiles**, car elles sont **surexploitées** – leur **vitesse de formation** est **plus petite** que leur **vitesse d'utilisation** ou de dégradation – ou parce qu'elles sont **inégalement réparties** à la surface du globe, comme l'eau.
- Ces ressources pourraient ainsi **venir à manquer** pour les **générations futures**.

L'**énergie** principalement utilisée pour les activités humaines provient des **ressources dites fossiles** (charbon, pétrole, gaz). Ces ressources non renouvelables contribuent au réchauffement climatique de par leur dégagement de gaz à effet de serre dans l'atmosphère.

ADOPTER DES COMPORTEMENTS RESPONSABLES

- Différentes solutions (individuelles et collectives) sont mises en place pour **préserver ces ressources** ou les restaurer : réduction du gaspillage, utilisation des énergies renouvelables, changement des habitudes de consommation…
- Dans tous les cas, la gestion des ressources doit être raisonnée pour tenir compte des besoins, de la limitation des ressources et des conséquences économiques, sociales et environnementales de leur exploitation (**développement durable**).

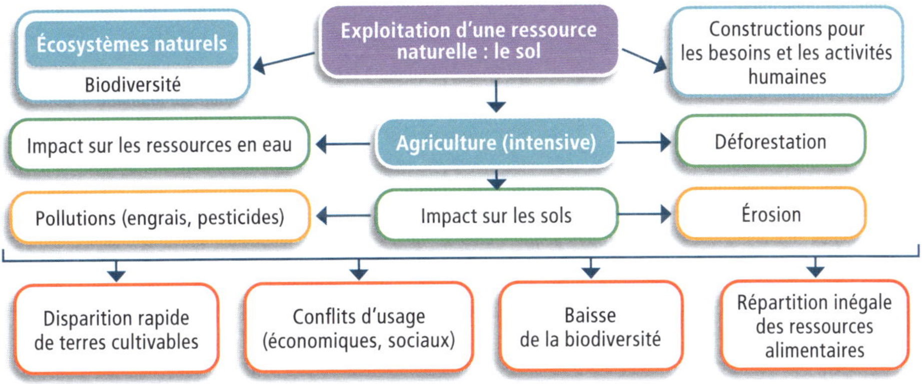

Les enjeux environnementaux de l'exploitation d'une ressource : le sol

La recette pour réussir

SAVOIR FAIRE

Expliquer un document de façon rigoureuse

- Éviter la paraphrase qui consiste à répéter mot pour mot les informations du document.
- Faire une interprétation précise en ordonnant ses idées pour faire apparaître clairement la signification des informations du document.

ASTUCES DU CHEF

- Lisez l'ensemble des informations.
- Réfléchissez aux connaissances qu'il faut mobiliser (écosystème, biodiversité, ressource naturelle…).
- Trouvez les arguments qui montrent l'impact des actions humaines sur l'environnement.

À VOS FOURNEAUX – EXERCICES BREVET

1 Le chalutage en eaux profondes, une catastrophe écologique

Expliquer en quoi l'interdiction du chalutage en eaux profondes contribue à une meilleure gestion des ressources naturelles.

2 Quelques données sur les ressources naturelles utilisées pour fabriquer un smartphone

Fabrication d'un smartphone	Ressources utilisées	Quelques données
Écran du smartphone	Indium	Durée de vie des réserves : 5 à 50 ans.
Extraction des matières premières Fabrication des composants Assemblage du smartphone	Eau	Volume total utilisé pour la fabrication d'un smartphone : 12 760 L.
Batterie du smartphone	Lithium	L'exploitation présente un impact considérable sur les nappes phréatiques au niveau des principaux gisements. Différentes espèces protégées sont directement menacées.

Présenter des arguments pour convaincre un adolescent de changer ses habitudes de consommation.

► Corrigés en fin d'ouvrage

La nutrition chez les plantes

4

Les ingrédients

DES BESOINS NUTRITIFS

Les **cellules chlorophylliennes** réalisent la **photosynthèse** : sous l'action de l'**énergie lumineuse**, elles fabriquent de la **matière organique** sous forme de sucres, en utilisant de la **matière minérale** (dioxyde de carbone et eau) puisée dans leur environnement.

Les **sels minéraux** sont nécessaires à la synthèse d'autres molécules organiques, comme les protéines.

L'UTILISATION ET LE TRANSPORT DE LA MATIÈRE ORGANIQUE

La **matière organique** peut être **utilisée immédiatement** pour les besoins de la feuille, ou **transportée** puis **stockée sous forme de réserves** dans différents organes pour la plante elle-même ou pour ses descendants dans les **graines**.

Seuls les végétaux chlorophylliens sont capables de réaliser la photosynthèse. Ce sont des **producteurs primaires**, les premiers maillons des réseaux alimentaires, donc indispensables à la survie des autres maillons.

LES PARTENARIATS

- Certaines plantes s'associent au niveau des racines avec des **micro-organismes symbiotiques** présents dans le sol, faisant apparaître des **nodosités** (bactéries) ou **mycorhizes** (champignons). Ainsi, les micro-organismes favorisent l'apport en sels minéraux pour la plante qui, en retour, **alimente les micro-organismes en matière organique**.
- **Symbiose** : relation durable entre deux organismes qui est bénéfique pour les deux partenaires.

Pour favoriser ses échanges avec son environnement, la plante présente de grandes surfaces et des épaisseurs fines. Ces surfaces peuvent présenter des variantes en fonction du milieu de vie (ex. : les aiguilles des conifères).

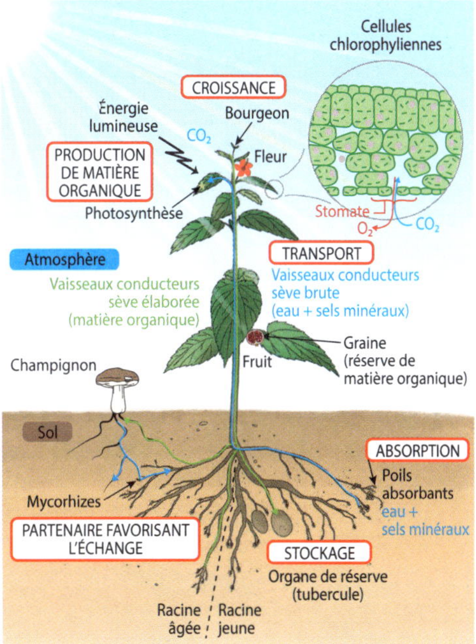

Organisation et nutrition chez les plantes

La recette pour réussir

SAVOIR FAIRE

Comment donner une explication

- Partir de ses observations en faisant référence aux documents (« on observe que »...).
- Ajouter des connaissances si besoin (« de plus », « on sait que »...).
- Répondre à la problématique (« on en déduit que »...).

ASTUCES DU CHEF

- Lisez attentivement les titres des documents.
- Utilisez les valeurs chiffrées sans oublier les unités.

À VOS FOURNEAUX – EXERCICES BREVET

1 Document 1 : Composition de la sève brute et de la sève élaborée

Constituant \ Sève	Sève brute	Sève élaborée
Eau	99 %	80 %
Sels minéraux	1 %	5 %
Matières organiques	rare	15 %

Document 2 : Propriétés de quatre molécules organiques présentes chez les végétaux

Nom de la molécule	Glucose	Fructose	Saccharose	Amidon
Schéma				
Taille	Petite taille			Grande taille
Propriété	Soluble dans l'eau			Insoluble dans l'eau

À partir des documents 1 et 2, expliquer pourquoi il ne peut pas y avoir d'amidon dans la sève élaborée d'un végétal.

2 **Tableau présentant les effets des mycorhizes sur la croissance de sapins de Douglas.**

	Sapin non mycorhizé	Sapin mycorhizé	Sapin non mycorhizé avec une quantité optimale d'engrais
Masse des plants séchés (mg)	90	840	520

Expliquer l'intérêt pour un pépiniériste de faire des plants de sapins de Douglas avec des mycorhizes pour ses ventes de fin d'année.

▶ Corrigés en fin d'ouvrage

Les échanges nutritifs chez les animaux

Les ingrédients

LA DISTRIBUTION DES BESOINS NUTRITIFS DANS L'ORGANISME

- Pour le bon fonctionnement de leur organisme, les animaux prélèvent dans leur milieu de vie des **aliments**, sources de **matière organique**, et du **dioxygène**.
- Ces matières passent du milieu extérieur au milieu intérieur grâce à des **surfaces d'échanges spécialisées**, **fines** et **très étendues**, puis sont transportées par un **liquide** (sang ou hémolymphe) **circulant** dans un système (clos ou ouvert) jusqu'aux cellules de l'organisme qui les utilisent en les convertissant en **énergie**, ou les stockent.

Des **organes respiratoires** permettent le prélèvement du dioxygène, soit dans l'air (trachées et poumons), soit dans l'eau (branchies).

LES TRANSFORMATIONS DE LA MATIÈRE PRÉLEVÉE

Dans l'appareil digestif, les constituants des **aliments sont transformés en nutriments** sous l'action d'**enzymes** adaptées au régime alimentaire de l'organisme. Certaines d'entre elles sont apportées par les **micro-organismes** présents dans le système digestif, le **microbiote**.

L'ÉLIMINATION DES DÉCHETS

Les cellules produisent leur énergie et leur matière organique grâce à des **transformations chimiques**. Ces dernières produisent du **dioxyde de carbone**, qui est rejeté au niveau des **appareils respiratoires**, et des **déchets azotés**, comme l'urée, qui, une fois filtrés, rejoignent le milieu extérieur.

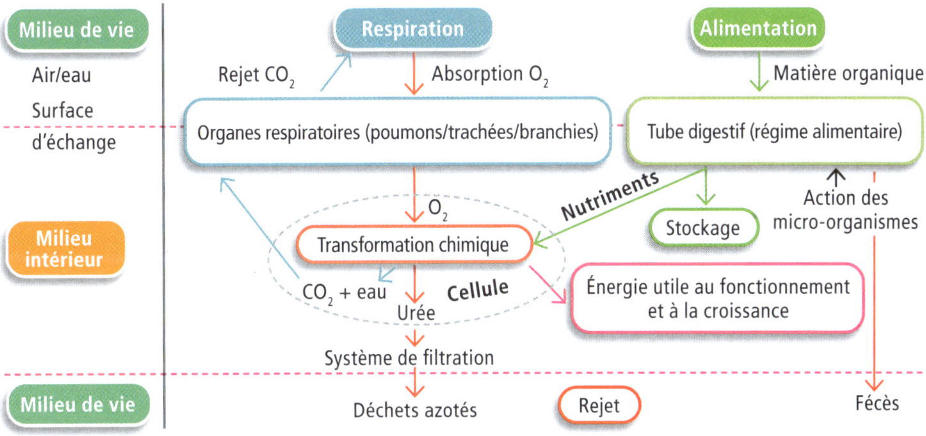

La nutrition chez les animaux

La recette pour réussir

SAVOIR FAIRE

Comment remobiliser des connaissances

Le cerveau fonctionne souvent par association d'idées. Prendre 5 minutes avant de rédiger une réponse pour réaliser un « brainstorming » au brouillon est important car cela permet de faire ressortir les concepts, mots-clés et définitions du cours.

ASTUCE DU CHEF

Exemple d'organisation de « brainstorming » :

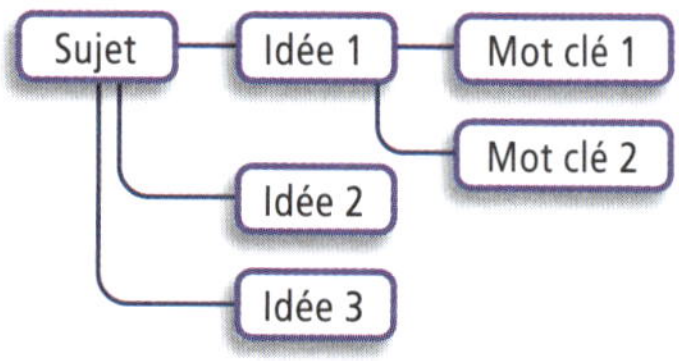

À VOS FOURNEAUX – EXERCICES BREVET

1 La plupart du temps, les poissons dans l'eau sont représentés avec des bulles sortant de la bouche.

Expliquer, avec ses connaissances, pourquoi cette illustration est fausse.

2 L'expérience de Lavoisier (1777)

Lavoisier raconte ainsi l'expérience : « *j'ai mis un [animal] sous une cloche en verre remplie d'air commun [...] : l'animal n'a paru nullement affecté pendant les premiers instants [...] ; au bout d'un quart d'heure, il a commencé à s'agiter, sa respiration est devenue pénible et précipitée [...] ; enfin, au bout de 55 minutes, il est mort [...]. Cet air, qui avait été respiré par un animal, était devenu fort différent de l'air de l'atmosphère ; il précipitait l'eau de chaux [...] ; un nouvel [animal] que j'y ai introduit n'y a vécu que quelques instants [...].* »

Sachant que le gaz qui précipite l'eau de chaux est le dioxyde de carbone, interpréter, sous une forme au choix, les résultats de l'expérience à l'aide de ses connaissances.

► Corrigés en fin d'ouvrage

Évolution et classification du vivant 6

Les ingrédients

LES RELATIONS DE PARENTÉ ENTRE LES ÊTRES VIVANTS

- La présence de **caractères partagés** entre les espèces est l'indice d'une **histoire commune** lors de l'**évolution**. Toutes les espèces actuelles sont parentes et possèdent des **ancêtres communs**.
- Plus le nombre de caractères partagés est important, plus leur **lien de parenté** est grand. Ces caractères sont déterminés par les scientifiques.

Tous les êtres vivants partagent deux caractères qui fondent l'**unité du vivant** : la présence d'au moins une cellule et une information génétique portée par l'ADN.

LES MÉCANISMES DE L'ÉVOLUTION BIOLOGIQUE

- De nouvelles formes de caractères peuvent apparaître au hasard lorsque des **mutations** surviennent, créant ainsi de **nouveaux allèles**. La **reproduction sexuée** participe ensuite à la transmission de ces **nouveaux caractères**.
- Selon les conditions du milieu, certaines versions sont **avantageuses** ou **désavantageuses** pour les individus qui les portent. Il y a alors un tri des individus par l'**environnement** : c'est la **sélection naturelle**.

L'évolution du vivant est une **théorie scientifique** émise par **Charles Darwin** en 1845. Elle s'appuie sur des faits, des observations et des expériences.

LA PLACE DE L'ÊTRE HUMAIN DANS L'ÉVOLUTION

- L'Homme est la seule espèce du genre ***Homo*** actuellement sur Terre, les autres se sont éteintes. Elle partage des **caractères communs** avec les autres êtres vivants : elle est donc, comme toutes les autres espèces, issue de l'**évolution**.
- Il est faux de dire que l'être humain descend du singe. En effet, il appartient au groupe des **grands singes** et descend d'un **ancêtre commun** qu'il partage avec son plus **proche parent**, le **chimpanzé**.

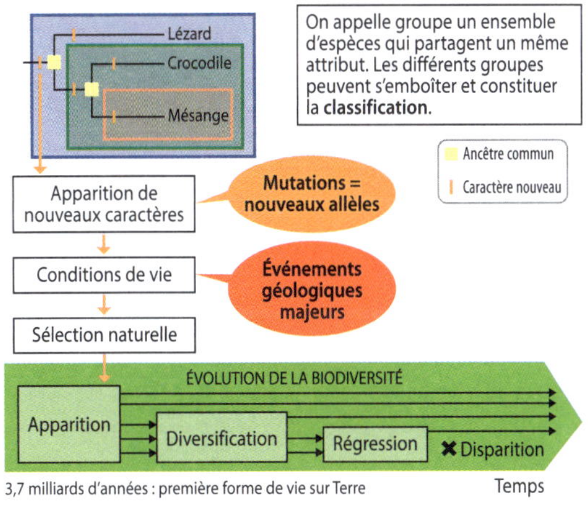

Arbre de parenté de quelques espèces actuelles

La recette pour réussir

SAVOIR FAIRE

Savoir lire un arbre phylogénétique

- Repérer les noms des espèces actuelles ou passées (fossiles) en haut de l'arbre.
- Compter les caractères partagés pour en déduire les liens de parenté.
- Rechercher les ancêtres communs présentant les dernières innovations évolutives.

ASTUCES DU CHEF

- Construisez la classification en groupes emboîtés, puis réalisez l'arbre de parenté afin d'identifier la parenté entre deux espèces.
- N'oubliez pas qu'une espèce représentée dans plusieurs boîtes présente l'ensemble des caractères de chacune des boîtes dans laquelle elle est présente.

À VOS FOURNEAUX – EXERCICES BREVET

1 La classification en groupes emboîtés ci-dessous a été réalisée à partir de l'observation des attributs possédés par chacune des cinq espèces végétales.

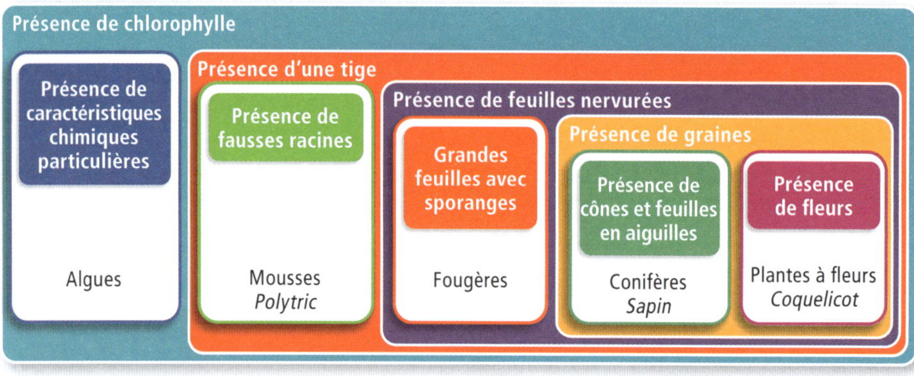

1. Identifier et lister tous les caractères possédés par la fougère.
2. Déterminer quel est le caractère possédé à la fois par la laitue de mer (une algue) et par le coquelicot.
3. Déterminer et justifier quelle espèce est le plus proche parent du coquelicot.

2 L'évolution d'un groupe de mammifères

Espèce	Caractères des Proboscidiens		
	trompe	défenses	molaires
Loxondonta (espèce actuelle)	Oui*	Oui*	Munies de crêtes*
Mammuthus	Oui*	Oui*	Munies de crêtes*
Moeritherium	Non	Oui*	Munies de bosses

*Indique les innovations évolutives.

Augustin a lu dans la presse que l'éléphant actuel, *Loxodonta*, descend du mammouth *Mammuthus*. Discuter de cette affirmation.

► Corrigés en fin d'ouvrage

La biodiversité

7

SCIENCES – SVT

Les ingrédients

LES DIFFÉRENTES ÉCHELLES DE LA BIODIVERSITÉ

La **biodiversité** désigne la **diversité du monde vivant**. On peut la définir à différentes échelles : celle des **écosystèmes**, celle des **espèces**, et celle de la diversité des **individus** au sein d'une espèce. Elle se définit également par les **relations** qui s'établissent entre les êtres vivants et leur milieu.

La mesure de la biodiversité est réalisée à partir **d'inventaires et de comptages** des êtres vivants qui occupent un milieu de vie à un moment donné, car c'est un système dynamique qui évolue dans le temps et l'espace.

LES MODIFICATIONS DE LA BIODIVERSITÉ

- L'étude des **fossiles** (restes ou traces d'organismes) dans certaines roches permet d'identifier les **êtres vivants** et, par **principe d'actualisme**, de reconstituer les **paléoenvironnements**.
- Les **grands groupes d'êtres vivants** ont changé (apparition, diversification, disparition) ; la **biodiversité** actuelle est donc le résultat de la lente **évolution** du vivant au cours des **temps géologiques**.

L'INFLUENCE DE L'ÊTRE HUMAIN SUR LA BIODIVERSITÉ

- On estime que les activités humaines ont multiplié au moins par 100 le **rythme d'extinction naturelle**.
- Parallèlement, une part de l'humanité prend conscience de l'importance de cette menace et tente de **sauvegarder** quelques espaces en les **préservant** (agriculture biologique, réserves naturelles…).

Les écosystèmes apportent à l'humanité un ensemble de **bienfaits** (alimentation, santé…) appelés **services écologiques**. Ils sont évalués à plus de 30 000 milliards d'euros par an.

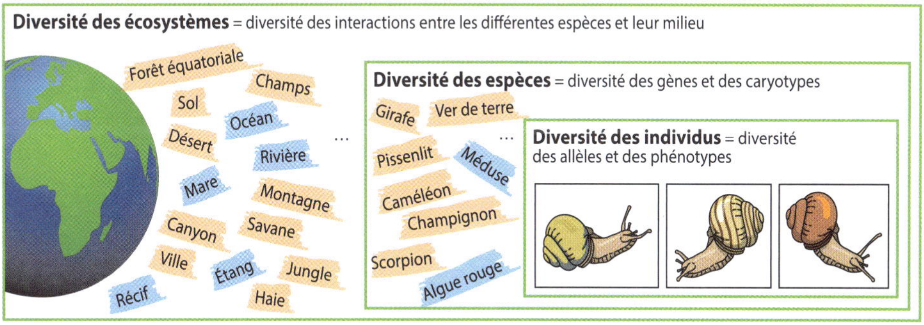

Les différentes échelles de la biodiversité

La recette pour réussir

SAVOIR FAIRE

Comment rédiger un texte argumenté

- Rédiger une phrase d'introduction qui rappelle la consigne.
- Développer un argument par paragraphe en s'appuyant sur les documents (observation précise, résultat d'expérience).
- Utiliser des connecteurs logiques pour organiser les paragraphes.
- Terminer par une phrase de conclusion qui répond à la question posée.

ASTUCES DU CHEF

- Utilisez un surligneur pour faciliter le repérage des éléments importants dans le sujet et les documents.
- Rédigez l'introduction et la conclusion au brouillon.
- Aidez-vous du tableau pour utiliser les documents

Type de document	Observations	Déductions	Mise en relation avec le document… ou la connaissance…

À VOS FOURNEAUX – EXERCICES BREVET

1 La mare offre, sur une surface réduite, des conditions de vie très différentes. Les variations du niveau d'eau induisent des ceintures autour de la mare auxquelles correspondent à chaque fois des exigences de vie bien particulières. C'est cette variabilité qui est source de biodiversité.

Dans le document, identifier différents niveaux de la biodiversité. Expliquer ensuite l'origine de ces niveaux.

2 À l'aide des documents ci-dessous, rédiger un texte argumenté sur l'utilisation des trichogrammes par rapport aux pesticides dans la lutte contre la pyrale du maïs.

Document 1 : L'utilisation de pesticides chimiques, source de pollution dans les cours d'eau voisins, est peu à peu abandonnée au profit d'une lutte biologique.
Une petite abeille, appelée trichogramme, est introduite dans les cultures. Cette abeille pond à l'intérieur des œufs de la pyrale *via* un diffuseur biodégradable. En se développant, la larve du trichogramme va consommer l'œuf de pyrale.
L'introduction d'abeilles trichogrammes se fait facilement à la main *via* un diffuseur biodégradable. Un agriculteur peut traiter une parcelle de 10 hectares en 1 heure. Des études ont montré que la lutte biologique était aussi efficace que les pesticides.

Document 2

La pyrale du maïs est un papillon nocturne dont les chenilles ravagent les cultures de maïs.

Document 3

Les diffuseurs, biodégradables, sont accrochés à la plante.

► Corrigés en fin d'ouvrage

Stabilité et diversité au sein des espèces

8

Les ingrédients

LES CARACTÈRES D'UN INDIVIDU

- L'ensemble des caractères visibles, à différentes échelles, constitue le **phénotype**. Il est le résultat de l'expression des **gènes** (fragments d'**ADN**) et de l'influence de l'**environnement**.
- Chaque individu présente les caractères de son **espèce** avec des **variations** qui lui sont propres.
- L'apparition de nouveaux caractères est liée à des modifications de l'ADN (**mutation**).

Le support de l'information héréditaire se trouve dans le **noyau** des cellules, sous forme de longues molécules d'ADN capables de s'enrouler (**chromosomes**) lors de la division cellulaire. L'ensemble de ces chromosomes définit le **caryotype** de l'espèce.

L'INFORMATION GÉNÉTIQUE

- Un **gène** (petite partie de chromosome) porte donc une **information précise**. Chaque gène existe en **deux exemplaires** et peut présenter différentes versions, ce sont les **allèles**.
- L'ensemble des allèles d'un individu constitue son **génotype**. Il lui est propre, ce qui explique la diversité **génétique** des individus d'une espèce.

Lorsque l'on extrait un gène d'un être vivant et qu'on le **transfère** dans une autre espèce, l'individu « **transgénique** » est capable d'exprimer ce nouvel ADN (**OGM**). L'ADN est donc **universel**.

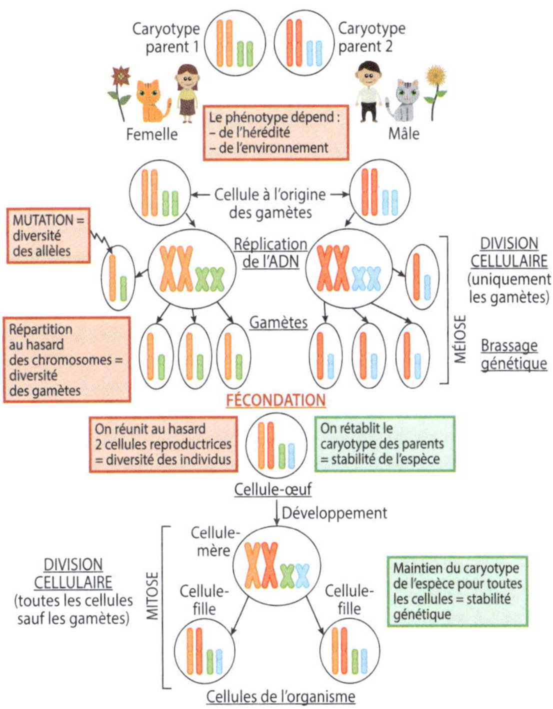

Les mécanismes de la stabilité et de la diversité génétique

La recette pour réussir

SAVOIR FAIRE

Comment calculer la taille d'un objet d'après une échelle

- Mesurer en millimètres, avec une règle, la taille de l'objet.
- Mesurer en millimètres la taille du trait d'échelle blanc, puis repérer la taille réelle du trait indiqué sur le document.
- Construire un tableau de proportionnalité qui permet d'obtenir le résultat en appliquant le coefficient.

ASTUCES DU CHEF

Exemple de tableau de proportionnalité

Taille de l'objet en millimètre sur le document : 60 mm	$\frac{60 \times 0,1}{10} = 0,06$ mm
Taille du trait d'échelle en millimètre : 10 mm	Taille réelle du trait indiquée sur le document : 10 µm = 0,1 mm

À VOS FOURNEAUX – EXERCICES BREVET

1 Voici un caryotype humain et un caryotype de chimpanzé.

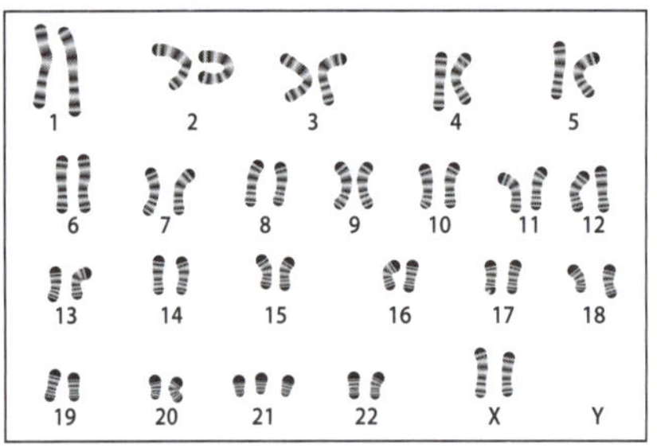

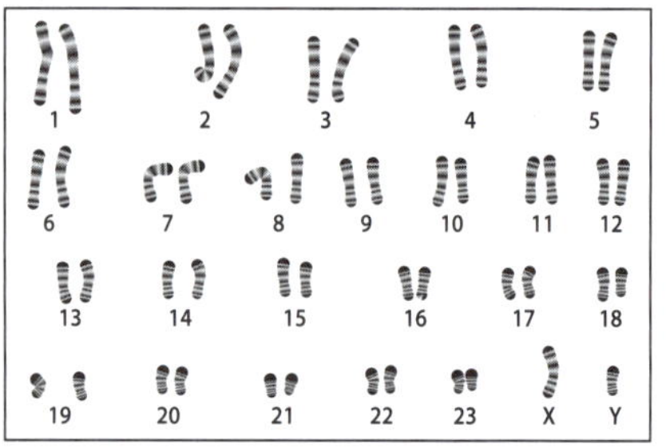

1. Indiquer les différentes étapes permettant d'obtenir ce résultat.
2. Identifier le caryotype appartenant à l'humain et celui appartenant au chimpanzé en justifiant la réponse.
3. Identifier le sexe et les possibles anomalies de chaque individu.

2 À l'origine de la mucoviscidose, on trouve un gène dont un allèle est défectueux. Il en résulte que le mucus des bronches et du tube digestif est insuffisamment fluide. L'allèle défectueux (noté m) est récessif par rapport à l'allèle normal (noté M), c'est-à-dire qu'il ne s'exprime que s'il est présent sur les deux exemplaires du gène. Les individus qui ne sont pas malades peuvent cependant être porteurs sains de la maladie, et possèdent alors les deux allèles m et M.

Noah et Sophie ne sont pas malades. Ils ont eu deux enfants, Jade, qui est saine, et Clément, atteint de la mucoviscidose. Ils souhaitent évaluer le risque d'avoir de nouveau un enfant atteint de la mucoviscidose.

▶ Corrigés en fin d'ouvrage

L'effort physique

9

Les ingrédients

ADAPTATION DE L'ORGANISME FACE À L'EFFORT

- L'**accélération des rythmes cardiaque et respiratoire** a pour but d'augmenter les **apports nutritifs**. Un **recrutement** plus important de **capillaires sanguins** dans le muscle complète cette action.
- En mesurant ces modifications, il est ainsi possible de connaître les **capacités de base** de notre organisme. Ces capacités peuvent s'améliorer grâce à l'**entraînement**, mais elles ne peuvent pas dépasser une **limite** propre à chaque individu.

La production d'une **plus grande quantité de déchets** fait apparaître des **douleurs musculaires** (crampes, courbatures...). Un **temps de récupération** et une bonne **hydratation** permettent de les éliminer plus vite.

DES EFFETS BÉNÉFIQUES SUR LA SANTÉ

La pratique d'une **activité physique raisonnée** participe au **bien-être** de l'individu grâce à l'action d'une hormone sécrétée par le cerveau (l'**endorphine**). De plus, le sport améliore le fonctionnement du **muscle cardiaque** et diminue les risques de **maladies cardio-vasculaires**, comme l'infarctus.

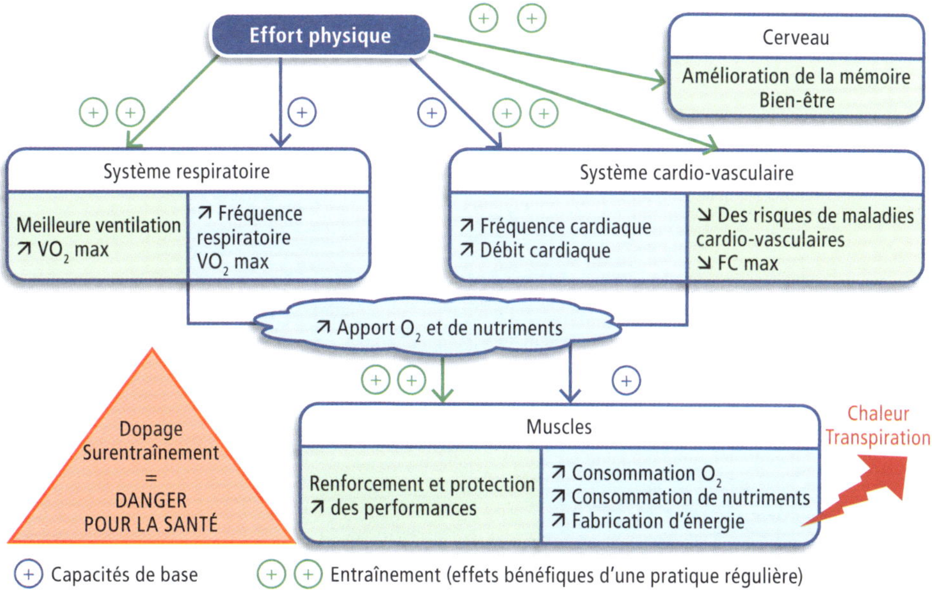

Activité physique, effort et santé

La recette pour réussir

SAVOIR FAIRE

Comment construire un tableau à double entrée permettant de réunir des données dans le but de les comparer

- Déterminer le nombre de lignes et de colonnes : les éléments à comparer seront à placer dans les colonnes, et les critères de comparaison devront être placés dans les lignes.
- Trouver un titre pour les éléments à comparer et un titre pour les critères de comparaison en n'oubliant pas de mettre des unités si besoin.

ASTUCES DU CHEF

- Repérez toutes les données utiles dans les documents.

Éléments à comparer	Élément 1	Élément 2
Critère de comparaison 1	......	......
Critère de comparaison 2	......	......

une ligne ; une colonne

- Donnez un titre au tableau.

À VOS FOURNEAUX – EXERCICES BREVET

1 Le graphique ci-contre présente la consommation de dioxygène par les muscles au repos, puis lors d'un exercice intense (sprint), et enfin lors d'un exercice modéré (marche).

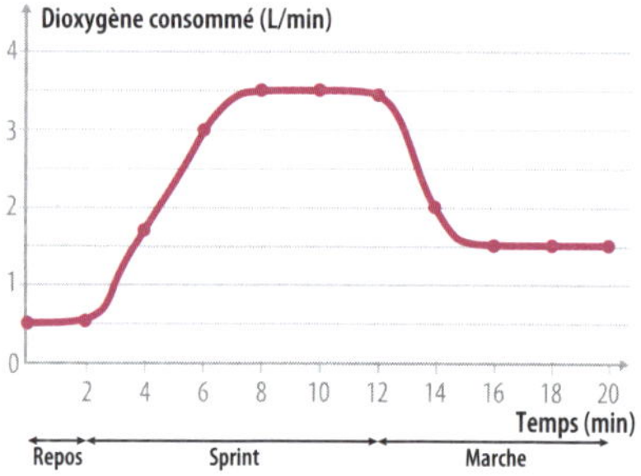

1. Réaliser un tableau dans lequel figurent les consommations de dioxygène lorsqu'elles se stabilisent, au repos, pendant le sprint et la marche.
2. Pourquoi dit-on que le muscle consomme en permanence du dioxygène ?

2 Schéma présentant l'organisation de la circulation sanguine chez l'être humain.

1. Compléter les légendes de ce schéma en indiquant à quoi correspondent les lettres A, B, C, D, E et F, ainsi que les chiffres 1, 2, 3 et 4.
2. Expliquer l'intérêt de l'augmentation de la fréquence cardiaque pendant l'effort.
3. La fréquence cardiaque maximale d'un individu peut se calculer en appliquant la formule suivante : FC max = 220 – âge.
Indiquer l'âge d'un individu présentant une FC max de 180 battements/min.

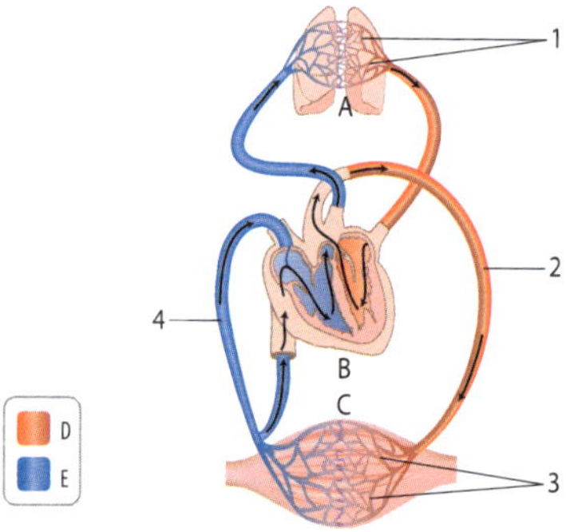

► Corrigés en fin d'ouvrage

Les défenses de l'organisme

10

SCIENCES – SVT

Les ingrédients

VIVRE AVEC LES MICROBES

- Les **microbes** sont partout dans notre **environnement**, autour et dans notre organisme (**microbiote**).
- Si la plupart sont **bénéfiques** (ils peuvent être utilisés dans l'industrie **alimentaire** et **pharmaceutique**), d'autres peuvent être **pathogènes** et nous rendre malades.

Les micro-organismes se transmettent de différentes façons et, quand ils franchissent notre **barrière naturelle** (peau, muqueuses), c'est la **contamination**. Lorsqu'ils se multiplient au sein de notre organisme, c'est l'**infection**.

LES RÉACTIONS IMMUNITAIRES

La première ligne de défense est une **réaction inflammatoire**, rapide et localisée, qui fait intervenir des **phagocytes** (globules blancs) qui vont éliminer les micro-organismes par **phagocytose**. Lorsque l'infection n'est pas stoppée, une seconde ligne de défense se met en place. Elle est plus **lente**, mais plus **efficace et durable**, car **spécifique** à l'agent pathogène.

Lorsqu'un lymphocyte B ou T reconnaît un antigène, il se clone dans les ganglions lymphatiques. Les lymphocytes B produisent des anticorps qui forment un complexe et neutralisent l'antigène, tandis que les lymphocytes T se fixent sur une cellule infectée puis libèrent des molécules qui perforent sa membrane.

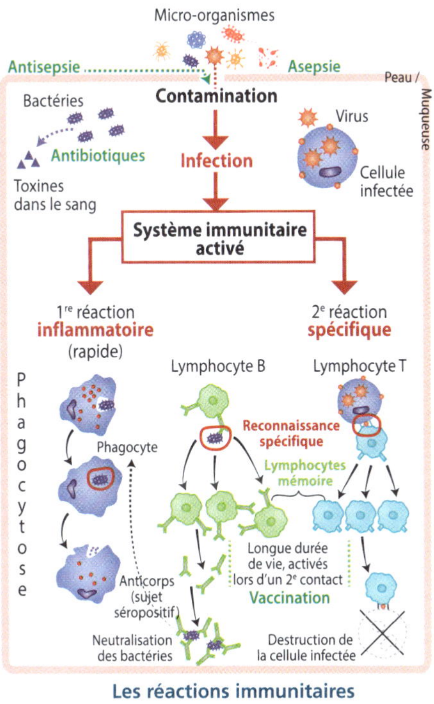

Les réactions immunitaires

RESPONSABILITÉ INDIVIDUELLE ET COLLECTIVE EN MATIÈRE DE SANTÉ

- Au niveau individuel, chacun peut veiller à réduire les **risques de contamination** en appliquant des **mesures d'hygiène** (asepsie et antisepsie), prévenir des infections par la **vaccination**, et soigner des infections bactériennes par des **antibiotiques**.
- À l'échelle collective, la mise en place de **politiques de santé publique** comme les campagnes de vaccination, la mise en quarantaine, le confinement… permettent de lutter contre la circulation des pathogènes.

La recette pour réussir

SAVOIR FAIRE

Comment expliquer des données à partir d'un graphique

- Bien regarder les titres du graphique et des deux axes : en SVT, on parle de paramètre mesuré (axe vertical) souvent mis en relation avec le temps (axe horizontal).
- Ne pas parler de courbe qui monte ou qui descend, mais de courbe croissante, décroissante ou constante.

ASTUCES DU CHEF

- Si une courbe est décroissante, on dira que le paramètre mesuré diminue. Si une courbe est constante, on dira que le paramètre mesuré est stable. Si une courbe est croissante, on dira que le paramètre mesuré augmente.
- Lorsqu'il n'y a pas de valeur chiffrée sur un graphique, il faut utiliser des adjectifs comme « rapide », « lent », « faible », « fort ».

À VOS FOURNEAUX – EXERCICES BREVET

1 Jennifer et Yanis vont rendre visite à Olivia qui a la varicelle. Quinze jours après, Yanis a les premiers boutons indiquant qu'il a, lui aussi, la varicelle, tandis que Jennifer n'en a pas.

À partir du document et de ses connaissances, expliquer pourquoi Jennifer ne présente pas les symptômes face au virus de la varicelle transmis par Olivia.

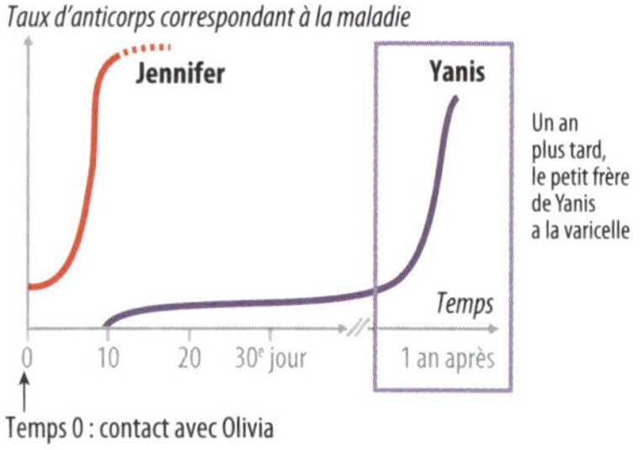

Mesure du taux d'anticorps anti-varicelle dans le plasma de Jennifer et de Yanis

2 En cas de traitement par un antibiotique à la suite d'une infection bactérienne, il est très fortement déconseillé d'arrêter son traitement avant le délai indiqué par son médecin.

Durée du traitement en jour	1	2	3	4	5	6	7
Prise de l'antibiotique	Oui	Oui	Oui	Oui	Non	Non	Non
Présence de bactéries très résistantes à l'antibiotique	+++	+++	+++	++	++	+++	+++
Présence de bactéries peu résistantes à l'antibiotique	+++	+++	++	+	–	–	–
Présence de bactéries très sensibles à l'antibiotique	+++	+	+	–	–	–	–

Expliquer les raisons pour lesquelles il peut être dangereux d'arrêter son traitement antibiotique plus tôt.

► Corrigés en fin d'ouvrage

Le fonctionnement du système nerveux

11

Les ingrédients

LA COMMANDE DE NOS MOUVEMENTS

Le **système nerveux**, constitué d'un **centre nerveux** et de **nerfs**, met en relation des **organes récepteurs sensoriels** (qui captent des informations provenant de l'extérieur) et des **organes effecteurs moteurs** (qui réalisent la réponse motrice) grâce aux **messages nerveux** circulant dans un **réseau de neurones**.

LA TRANSMISSION DU MESSAGE NERVEUX D'UN NEURONE À L'AUTRE

L'arrivée d'un message nerveux **électrique** à l'extrémité d'un neurone déclenche la libération de **substances chimiques**, les **neurotransmetteurs**, au niveau d'une **synapse**.

Le **traitement de l'information** nécessite une communication entre les différentes **aires du cerveau**. La perception est alors propre à chacun. De plus, l'apprentissage permet une réponse plus rapide et plus efficace de l'organisme (plasticité cérébrale).

LES TROUBLES DU SYSTÈME NERVEUX

Des **agressions sonores ou lumineuses**, mais aussi certaines substances (ex. : alcool, drogues), peuvent altérer la transmission de l'information, ce qui **perturbe la perception de l'environnement** et **modifie le comportement**. Une lésion au niveau du centre nerveux ou des nerfs peut priver l'organisme de mouvement.

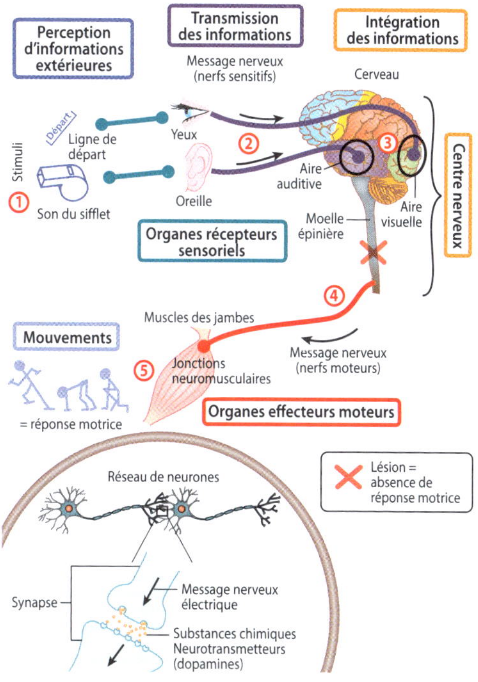

La commande du mouvement par le système nerveux

Le souvenir d'une action, à l'origine de plaisir, modifie le fonctionnement des **synapses à dopamine** du **système de récompense** et stimule le désir ressenti qui peut alors devenir de plus en plus fort, entraînant une **addiction**.

La recette pour réussir

SAVOIR FAIRE

Comment mémoriser durablement des connaissances

- Être capable d'expliquer une notion à quelqu'un, car une information comprise est plus facilement enregistrée.
- Réaliser une carte mentale permet d'organiser et de simplifier l'information d'un texte, de mobiliser les mots importants et de faire apparaître les liens qui existent entre eux.

ASTUCES DU CHEF

Pour réaliser une carte mentale, mettez le thème principal au centre, dessinez des branches pour chaque sous-thème en utilisant des mots simples et des couleurs pour les mettre en évidence, reliez ou regroupez des informations.

À VOS FOURNEAUX – EXERCICES BREVET

1 La moelle épinière est un tissu nerveux subdivisé en étages commandant le mouvement d'un groupe musculaire précis.

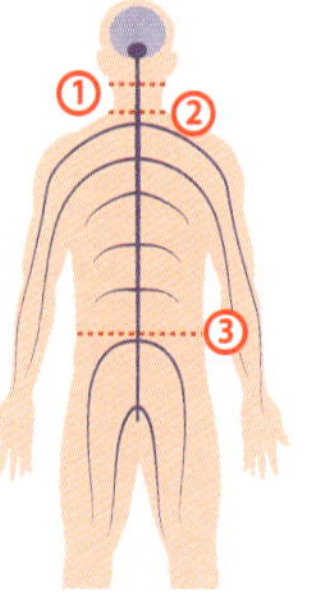

1 : Paralysie complète (lésion au-dessus des vertèbres cervicales).
2 : Tétraplégie (lésion au niveau des vertèbres cervicales = paralysie des 4 membres).
3 : Paraplégie (lésion sous les vertèbres cervicales = paralysie plus ou moins complète de la zone se situant sous la lésion).
Expliquer pourquoi les tétraplégiques captent les stimuli provenant de l'extérieur, mais ne peuvent pas réaliser de réponse motrice.

2 Document 1 : Schéma représentant un réseau de neurones

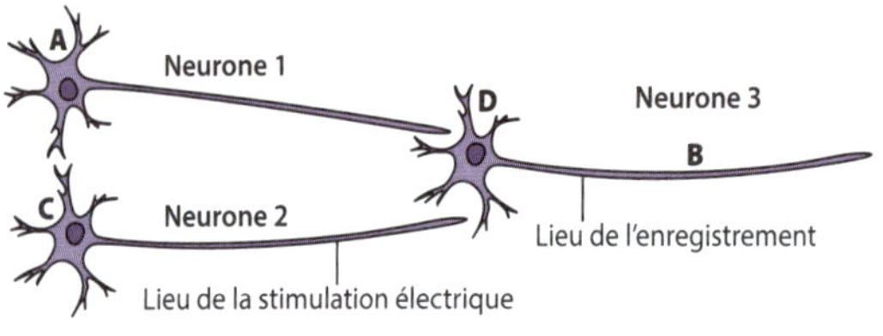

1. À quoi correspondent les lettres A, B, C et D ? Quelles sont les caractéristiques qui font d'un neurone une cellule ?
2. Préciser dans quel sens se transmet l'information.

Document 2 : Enregistrements de la vitesse de propagation d'un message nerveux

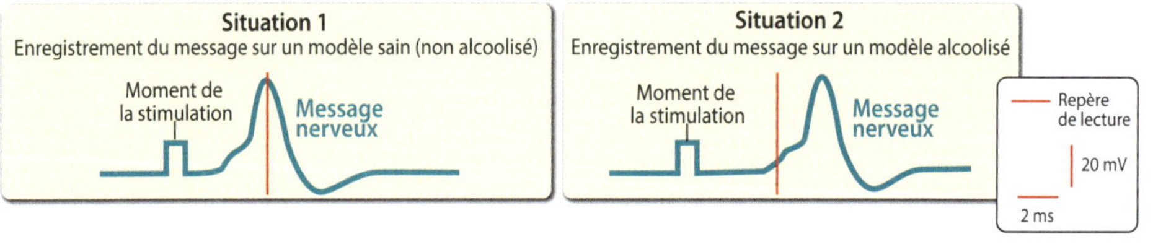

3. Expliquer l'effet de l'alcool sur la transmission du message nerveux.

► Corrigés en fin d'ouvrage

Alimentation et santé

12

Les ingrédients

DES ALIMENTS À QUALITÉS NUTRITIONNELLES DIFFÉRENTES

- Pour préserver notre **santé**, il faut veiller à adapter la **qualité** ainsi que la **quantité** de nos **apports nutritionnels**, variable selon les individus, l'âge et leurs activités.
- Les **aliments** peuvent être classés en **7 groupes** selon les **nutriments** qu'ils contiennent (**glucides**, **protéines**, **lipides**, **sels minéraux** et **vitamines**), d'où l'importance d'une alimentation équilibrée.

LE RÔLE ESSENTIEL DE LA FLORE INTESTINALE

- Au cours de leur progression dans le **tube digestif**, les **aliments** sont peu à peu **transformés en nutriments** par l'**action chimique** des enzymes digestives, renforcée par l'**action mécanique** de la bouche et des contractions de la paroi du tube.
- Notre **microbiote intestinal** joue un rôle capital dans la digestion puisqu'il contient environ 1 000 espèces bactériennes capables de fabriquer des dizaines de milliers d'**enzymes digestives**, l'être humain n'en fabriquant, lui, qu'une dizaine. De plus, le microbiote fabrique également des vitamines essentielles à notre organisme.

La **flore** s'établit dès la naissance et évolue au cours de notre vie, en fonction du régime alimentaire. Des résultats expérimentaux ont pu démontrer, par exemple, l'influence du microbiote sur le développement de l'obésité.

ABSORPTION ET DISTRIBUTION DES NUTRIMENTS

La **paroi de l'intestin grêle**, très richement vascularisée, est une très grande **surface d'échange** (3 niveaux de plis = 200 m²) qui permet aux **nutriments** de se retrouver dans la **circulation sanguine** : c'est l'**absorption intestinale**. Les nutriments sont ensuite dirigés vers le **foie**, qui en **stocke** une partie, puis ils sont distribués à l'ensemble des **cellules** pour leur bon **fonctionnement**.

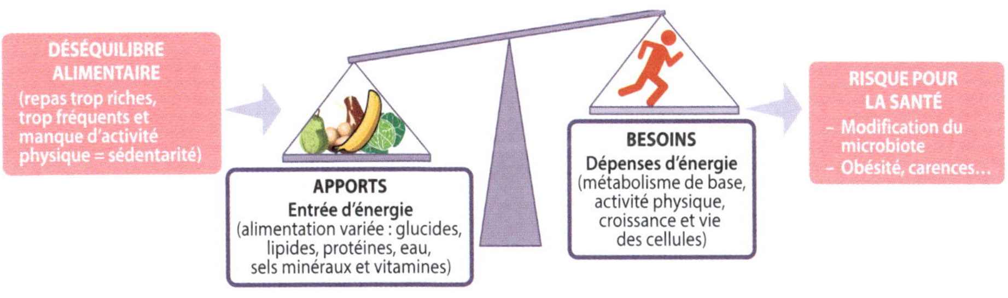

L'équilibre alimentaire : apport alimentaire/besoin énergétique

La recette pour réussir

SAVOIR FAIRE

Comment interpréter les résultats d'une expérience

- Présenter ce qui a été fait dans l'expérience.
- Indiquer quels sont les résultats obtenus en fin d'expérience.
- Préciser le principe de l'expérience (« or », « on sait que »...).
- Conclure en faisant un lien entre ce qui a été fait et ce qui a été obtenu.

ASTUCES DU CHEF

- Cherchez le facteur qui varie dans les conditions de l'expérience.
- Regardez si les résultats sont identiques ou non.
- Si les résultats sont identiques, concluez que le facteur n'a pas d'influence sur le phénomène étudié.
- Si les résultats sont différents, concluez que le facteur est responsable de cette différence de résultat.

À VOS FOURNEAUX – EXERCICE BREVET

Document 1 : Expériences sur la digestion des algues des makis. Ces algues contiennent du porphyrane (un sucre complexe) qui n'est pas absorbé par la paroi intestinale pour passer dans le sang. Seuls les sucres simples sont absorbés au niveau de l'intestin grêle.

Conditions de l'expérience	Début de l'expérience	Fin de l'expérience
Expérience 1 Feuille d'algue + Microbiote d'un européen + Liqueur de Fehling* à 80 °C	Bleu	Bleu
Expérience 2 Feuille d'algue + Microbiote d'un asiatique + Liqueur de Fehling* à 80 °C	Bleu	Rouge

* La liqueur de Fehling est bleue en présence de sucre complexe et rouge brique en présence de sucre simple.

Document 2 : Quantité d'enzymes** fabriquées par les bactéries intestinale (microbiote)

** Une enzyme est une molécule capable de couper les molécules complexes en molécules simples.

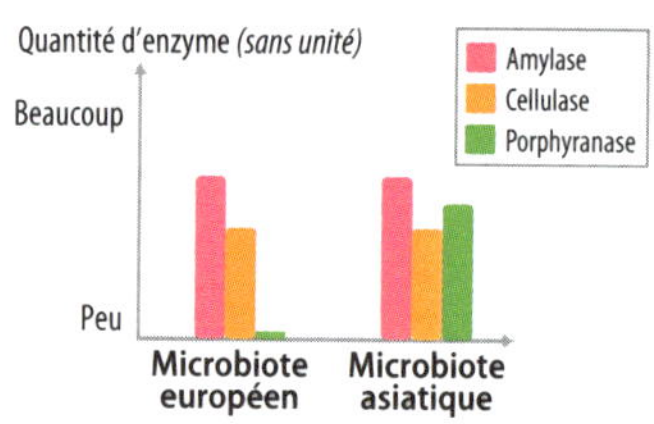

À partir des documents, expliquer pourquoi les Européens digèrent moins bien les algues des makis que les Asiatiques.

▶ Corrigé en fin d'ouvrage

La reproduction humaine

Les ingrédients

DEVENIR APTE À SE REPRODUIRE

À la **puberté**, les **caractères sexuels secondaires** apparaissent et les **organes reproducteurs** deviennent **fonctionnels**. Lors d'un **rapport sexuel**, du sperme (liquide nourricier + des millions de spermatozoïdes) est déposé au fond du **vagin**. Une **grossesse** peut commencer s'il y a eu **fécondation** (fusion du noyau du spermatozoïde avec celui de l'ovule) dans une trompe utérine puis implantation de l'**embryon** dans la paroi interne de l'**utérus**.

LE DÉVELOPPEMENT DU FUTUR BÉBÉ

- Pour assurer **sa croissance**, le **fœtus** prélève dans le **sang** de sa mère du dioxygène et des nutriments, et y rejette du dioxyde de carbone et des déchets. Ces **échanges** se font au niveau du **placenta**.
- Le placenta est un formidable **filtre** qui permet de protéger le fœtus, mais certaines substances nocives (alcool, drogue…) peuvent le traverser.

LE CONTRÔLE HORMONAL DE LA FONCTION DE REPRODUCTION

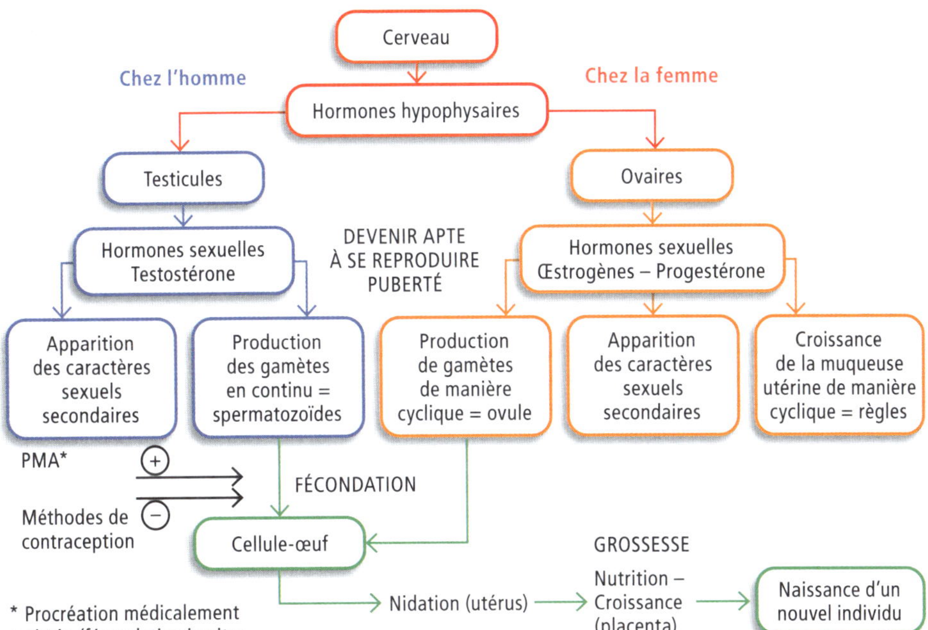

* Procréation médicalement assistée (fécondation in vitro [FIV], insémination artificielle).

La recette pour réussir

SAVOIR FAIRE

Comment réaliser un schéma fonctionnel

- Représenter de façon simple et soignée les différents éléments.
- Établir des relations fonctionnelles entre ces différents éléments par des flèches illustrant des actions.
- Indiquer soigneusement la légende et donner un titre (nature du document, action mise en évidence).

ASTUCES DU CHEF

Dans le schéma :

- Utilisez des formes géométriques facile à réaliser.
- Utilisez des épaisseurs et/ou des couleurs différentes pour regrouper des éléments.
- Utilisez des ⊕ ou des ⊖ au bout des flèches pour mettre en évidence des actions positives ou négatives.

À VOS FOURNEAUX – EXERCICES BREVET

1 Compléter le schéma présentant le trajet des gamètes à l'intérieur des voies génitales de la femme à la suite d'un rapport sexuel.

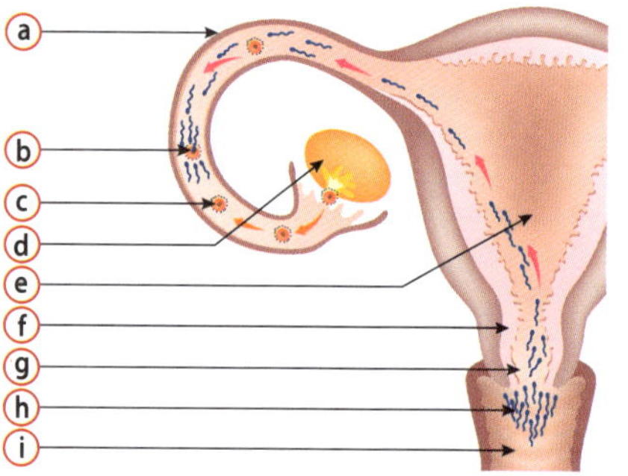

2 Composition du sang maternel et du sang fœtal au niveau du placenta.

À partir du tableau, réaliser un schéma fonctionnel présentant les échanges entre la mère et le fœtus.

	Sang fœtal		Sang maternel	
	Sang entrant dans le placenta	Sang sortant du placenta	Entrant dans le placenta	Sortant du placenta
Dioxygène (en mL/100 mL)	11	16	16	11
Dioxyde de carbone (en mL/100 mL)	59	54	44	49
Glucose (en mL/100 mL)	67	72	90	85
Urée (déchets produits par les organes)	Beaucoup	Peu	Peu	Beaucoup

► Corrigés en fin d'ouvrage

États de la matière

Les ingrédients

CHANGEMENTS D'ÉTAT

- La matière existe sous trois états : **solide**, **liquide** ou **gazeux**.
- Lorsque l'on passe d'un état à un autre, on parle de **changement d'état** : c'est une **transformation physique**.
- Lors d'un changement d'état, la **masse est conservée**, mais le **volume varie**.

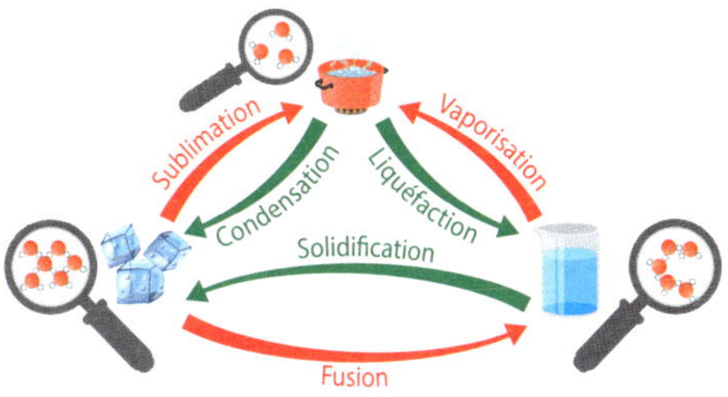

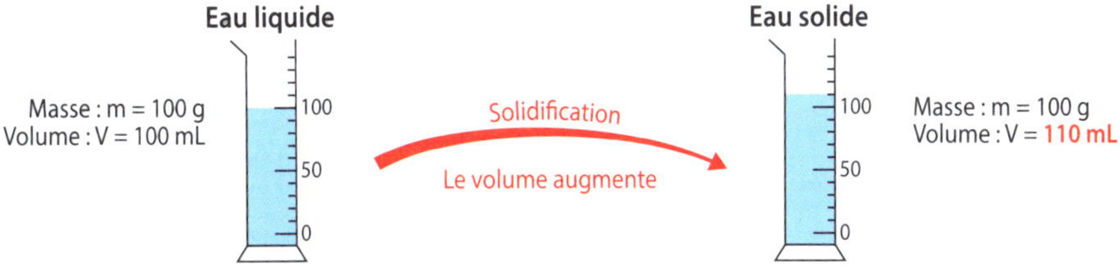

MASSE VOLUMIQUE

- Pour un même volume, la masse d'un objet dépend du matériau utilisé : c'est la **masse volumique**.

$$\rho = \frac{m}{V}$$

Masse volumique (ρ) en g/cm^3 (ou kg/m^3) ; Masse (m) en g (ou kg) ; Volume (V) en cm^3 (ou m^3)

Exemple : un cube de volume 1 cm^3 pèsera 19,3 g s'il est en or, et seulement 2,7 g s'il est en aluminium.

- La température influence la masse volumique. En effet, lorsque l'on chauffe un élément, ses constituants prennent plus de place : le **volume augmente** et donc la **masse volumique diminue**.

L'augmentation de la température a une conséquence directe sur la montée des mers et océans.

CORPS PUR ET MÉLANGE

- Si la matière n'est constituée que d'un seul constituant, il s'agit d'un **corps pur**.
- Si la matière est constituée de plusieurs constituants, il s'agit d'un **mélange**.

Un mélange peut être **hétérogène** si l'on peut identifier les différents constituants à l'œil nu, ou **homogène** si l'on ne peut pas les distinguer.

La recette pour réussir

SAVOIR FAIRE

Le volume se mesure à l'aide d'une éprouvette souvent graduée en millilitres (mL). Pour calculer la masse volumique, le volume doit être en centimètres cubes (cm^3).

Cette conversion ne nécessite aucun calcul : 1 cm^3 = 1 mL.

ASTUCES DU CHEF

Comment calculer la masse volumique d'un matériau

- Repérez dans l'énoncé les données utiles.
- Identifiez la masse et le volume.
- Convertissez si besoin est.
- Calculez la masse volumique en faisant attention aux unités.

À VOS FOURNEAUX – EXERCICES BREVET

Document 1 : La légende du roi Hiéron II

Au IIIe siècle avant J.-C., le roi Hiéron II aurait fourni un bloc d'or à un orfèvre de la ville afin qu'il lui confectionne une couronne. Une fois la couronne terminée, le roi fit appel à son ami et conseiller Archimède afin de savoir si celle-ci contenait bien tout l'or donné et ainsi vérifier que l'orfèvre n'en aurait pas subtilisé une partie.

Document 2 : Expérience réalisée par Archimède

Archimède prend un grand seau gradué et y dépose un volume d'eau connu. Il y plonge la couronne et mesure à nouveau le volume. Ensuite, Archimède mesure la masse de la couronne et la compare avec celle du bloc d'or fourni à l'orfèvre.

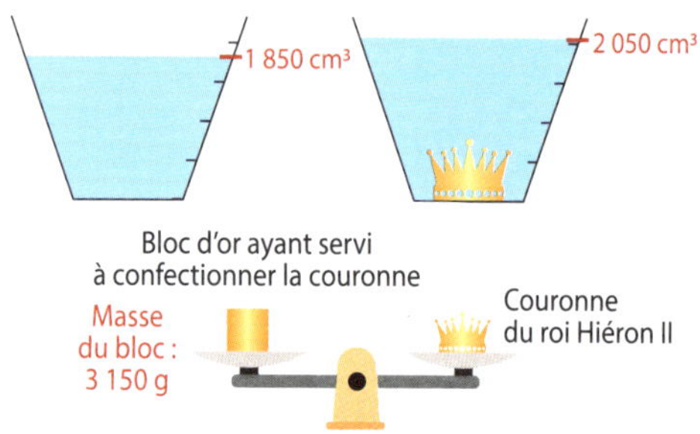

Document 3 : Masses volumiques

Métal	Aluminium	Zinc	Fer	Cuivre	Argent	Plomb	Or
Masse volumique (en g/cm^3)	2,70	7,13	7,87	8,96	10,5	11,3	19,3

1. Donner la masse et le volume de la couronne.
2. Rappeler la formule de la masse volumique en explicitant chaque terme et en précisant les unités.
3. Calculer la masse volumique de la couronne.
4. À l'aide des réponses précédentes et des documents, que peut-on conclure concernant la couronne ?

► Corrigés en fin d'ouvrage

Description moléculaire

2

SCIENCES – PHYSIQUE-CHIMIE

Les ingrédients

FORMULE DES MOLÉCULES

Molécule d'eau : H_2O

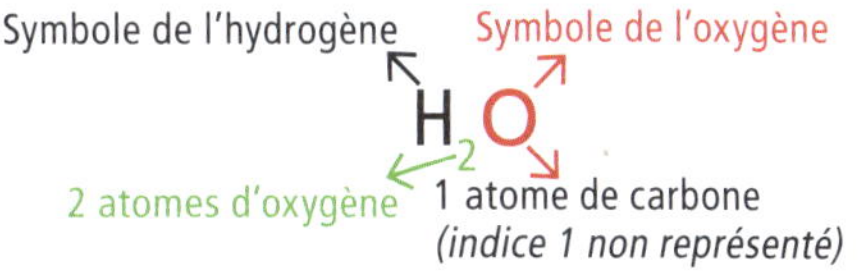

- Une molécule est un ensemble d'au moins deux atomes, identiques ou non. Pour une même espèce chimique, les molécules **sont toutes identiques**.
- Chaque molécule possède une formule qui contient :
  – le **symbole** des atomes qui constituent la molécule ;
  – le **nombre** de chaque sorte d'atomes.

MODÈLE MOLÉCULAIRE

- Pour représenter les molécules et les atomes, on utilise des sphères de tailles et de couleurs différentes.

Il s'agit d'un modèle pour les représenter. Dans la réalité, les atomes et les molécules ne sont pas colorés.

- Quelques molécules à connaître :

Dioxygène	O_2	2 atomes d'oxygène	
Diazote	N_2	2 atomes d'azote	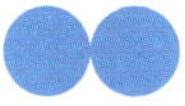
Eau	H_2O	2 atomes d'hydrogène + 1 atome d'oxygène	
Dihydrogène	H_2	2 atomes d'hydrogène	
Dioxyde de carbone	CO_2	1 atome de carbone + 2 atomes d'oxygène	
Méthane	CH_4	1 atome de carbone + 4 atomes d'hydrogène	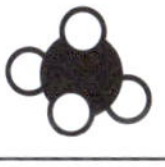
Protoxyde d'azote	N_2O	2 atomes d'azote + 1 atome d'oxygène	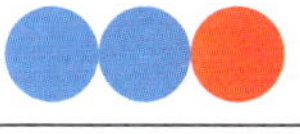

Les sphères blanches représentent l'hydrogène, les noires le carbone, les rouges l'oxygène et les bleues l'azote.

La recette pour réussir

SAVOIR FAIRE

Le symbole chimique d'un atome est souvent donné par une seule lettre en majuscule (ex. : F pour le fluor) ou par deux lettres : la première en majuscule, la seconde en minuscule (ex. : Ne pour le néon).

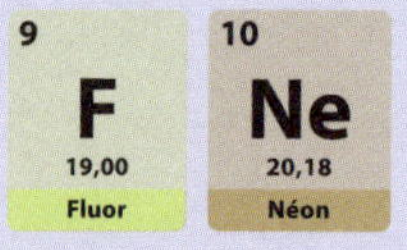

Il est important de respecter cette règle pour ne pas confondre les atomes et les molécules.

Exemple : Co est le symbole du cobalt alors que CO est la formule du monoxyde de carbone (1 atome de carbone + 1 atome d'oxygène).

ASTUCES DU CHEF

Comment donner la composition d'une molécule

- Associez le symbole chimique à l'élément qu'il représente.
- Repérez en indice le nombre d'atomes de chaque sorte.

Comment écrire la formule d'une molécule

- Utilisez le symbole chimique des éléments présents dans la molécule.
- Notez en indice (en bas à droite du symbole) le nombre d'atomes présents pour chaque élément.

À VOS FOURNEAUX – EXERCICES BREVET

1 Donner la composition des molécules suivantes.

1. Le méthane : CH_4.
2. Le monoxyde de carbone : CO.
3. Le butane : C_4H_{10}.
4. Le dioxyde d'azote : NO_2.

2 Écrire la formule des molécules suivantes.

1. L'ozone est constitué trois atomes d'oxygène.
2. Le dichlore est constitué de deux atomes de chlore (symbole Cl).
3. Le monoxyde d'azote est constitué d'un atome d'oxygène et d'un atome d'azote.
4. L'acide nitrique est constitué d'un atome d'hydrogène, d'un atome d'azote et de trois atomes d'oxygène.

▶ Corrigés en fin d'ouvrage

Transformations chimiques

Les ingrédients

DÉFINITION

- Une **transformation physique** se produit lorsqu'une même espèce chimique passe d'un état à un autre.
Exemple : la fusion de la glace.

- Lors d'une **transformation chimique**, les atomes et molécules présents au début sont réarrangés différemment à la fin de la réaction.
Exemple : la combustion du carbone dans le dioxygène produit du dioxyde de carbone (gaz à effet de serre).

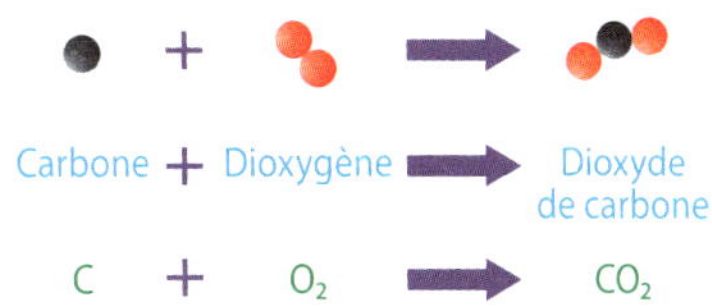

PRINCIPE

- On fait réagir au moins deux espèces chimiques ensemble : les **réactifs**. Les atomes que l'on trouve dans les réactifs se recombinent différemment pour former de nouvelles espèces chimiques : ce sont les **produits**.

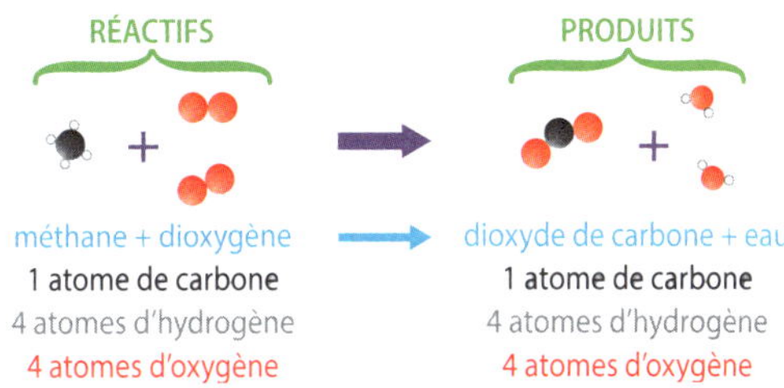

- Il y a le même nombre d'atomes de chaque sorte dans les réactifs et les produits.

> Lors d'une transformation chimique, la masse est conservée.

ÉQUATION DE LA RÉACTION

On peut écrire une transformation sous différentes formes :
- le **bilan littéral** avec les noms des réactifs et des produits ;
- le **modèle moléculaire** avec les représentations des atomes et molécules ;
- l'**équation de la réaction** avec les formules chimiques des réactifs et des produits.

> Une équation chimique doit être équilibrée.

Bilan littéral

Méthane + Dioxygène → Dioxyde de carbone + Eau

Bilan avec les modèles

Équation de la réaction

$CH_4 + 2O_2 \rightarrow CO_2 + 2H_2O$

SCIENCES – PHYSIQUE-CHIMIE

La recette pour réussir

SAVOIR FAIRE

Comment équilibrer une équation de réaction

- Noter l'équation avec la formule des atomes ou molécules. → $C_3H_8 + O_2 \longrightarrow CO_2 + H_2O$
- Compter le nombre de chaque sorte d'atomes présents dans les réactifs et dans les produits.

Réactifs : 3 atomes de carbone, 8 atomes d'hydrogène, 2 atomes d'oxygène

Produits : 1 atome de carbone, 2 atomes d'hydrogène, 3 atomes d'oxygène

- Placer des coefficients multiplicatifs (les plus petits possibles) devant les formules chimiques.

$C_3H_8 + O_2 \longrightarrow 3\ CO_2 + H_2O$

Il y a le même nombre d'atomes de carbone dans les réactifs que dans les produits.

$C_3H_8 + O_2 \longrightarrow 3\ CO_2 + 4\ H_2O$

Il y a le même nombre d'atomes de carbone et d'hydrogène dans les réactifs que dans les produits.

- Terminer par l'oxygène (présent dans les deux produits de la combustion). → $C_3H_8 + 5\ O_2 \longrightarrow 3\ CO_2 + 4\ H_2O$

Il y a le même nombre d'atomes de carbone, d'hydrogène et d'oxygène dans les réactifs que dans les produits.

→ **La réaction est équilibrée.**

ASTUCES DU CHEF

Comment écrire l'équation d'une réaction

- Identifiez les réactifs et les produits.
- Écrivez les formules chimiques des espèces intervenant dans la réaction.
- Vérifiez le nombre d'atomes de chaque sorte présent dans les réactifs et les produits.
- Équilibrez la réaction si besoin est.

À VOS FOURNEAUX – EXERCICES BREVET

On réalise la combustion de 12 g d'éthylène (C_2H_4) dans du dioxygène pur. À la fin de cette combustion, on obtient 7 g de dioxyde de carbone et 15 g d'eau.

1. Quels sont les réactifs et les produits de cette réaction ?
2. Quelle est la masse de dioxygène utilisée pour cette réaction ? Justifier.
3. Donner le bilan littéral de cette réaction.
4. Écrire l'équation de cette réaction.

► Corrigés en fin d'ouvrage

Propriétés acido-basiques

Les ingrédients

PH DES SOLUTIONS AQUEUSES

- Le **pH** (potentiel hydrogène) est une échelle sans unité, comprise entre 0 et 14, qui indique si une solution est **acide**, **basique** ou **neutre**.

Le pH ne se mesure que pour des solutions **aqueuses**, c'est-à-dire qui contiennent de l'eau.

- Plus le pH est petit, plus la solution est acide. Plus le pH est grand, plus la solution est basique.

Lorsque l'on dilue une solution acide avec de l'eau, son pH augmente et se rapproche de 7. Pour une solution basique, le pH diminue et se rapproche de 7.

- Une solution acide contient plus d'ions hydrogène H^+ que d'ions hydroxyde HO^-.

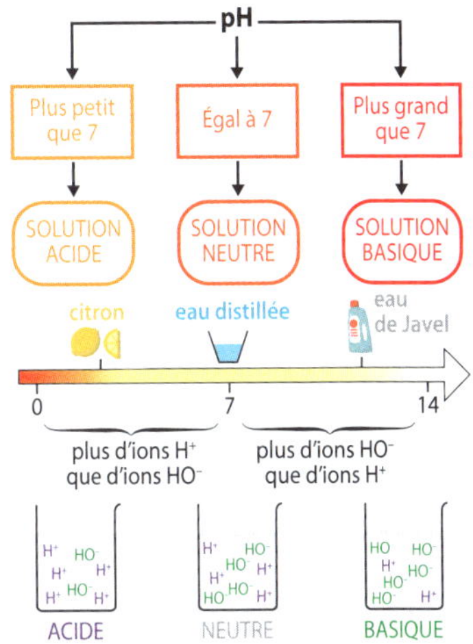

- Une solution basique contient plus d'ions hydroxyde HO^- que d'ions hydrogène H^+.

RÉACTIONS ENTRE SOLUTIONS ACIDES ET BASIQUES

- Lors d'une réaction acidobasique, les ions H^+ de la solution acide et les ions HO^- de la solution basique réagissent ensemble pour former des molécules d'eau H_2O.
- Lorsque ces ions sont introduits dans les mêmes quantités, le pH de la solution est proche de 7.

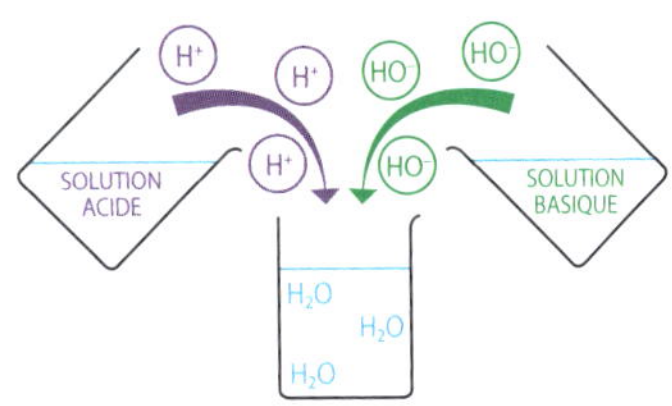

CORROSION D'UN MÉTAL

La corrosion d'un métal est définie comme la dégradation d'un métal par son milieu ambiant.

Exemple : lors des pluies acides, le fer réagit avec les ions H^+. La quantité de fer diminue et il se forme un gaz (H_2) et des ions métalliques (Fe^{2+}).

On peut identifier le dihydrogène et les ions fer II grâce à des tests caractéristiques.

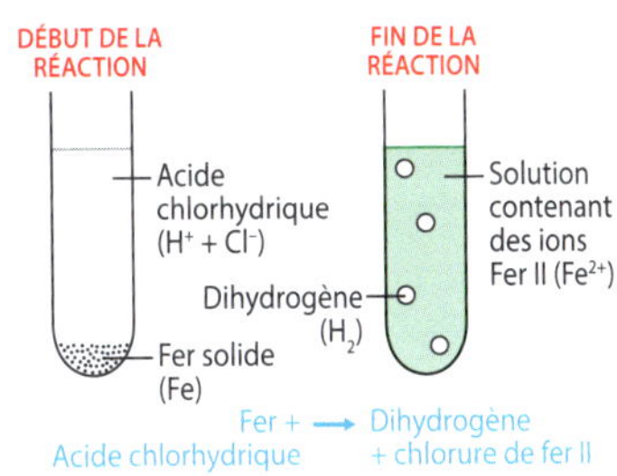

La recette pour réussir

SAVOIR FAIRE

Pour mesurer un pH, on peut utiliser soit :

- le papier pH : méthode rapide, peu coûteuse, mais imprécise ;
- le pH-mètre : méthode précise, rapide, mais coûteuse.

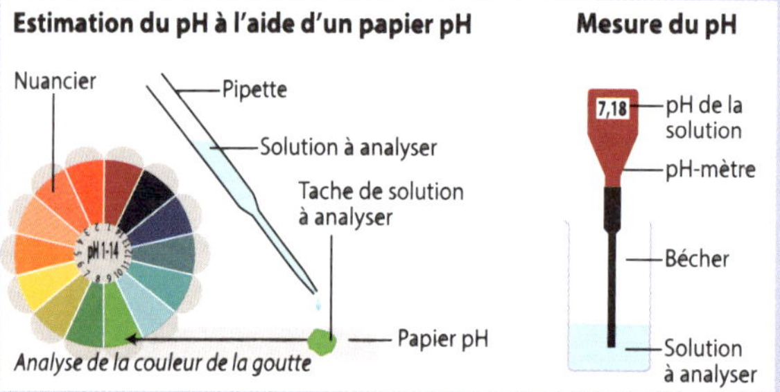

ASTUCES DU CHEF

- Mesurez le pH pour dire si une solution est acide, basique ou neutre.
- Ajoutez de l'eau pour rendre une solution moins acide ou moins basique.
- Ajoutez une solution acide à une solution basique (ou inversement) pour obtenir une solution neutre.

À VOS FOURNEAUX – EXERCICES BREVET

On presse une orange et on récupère le jus dans le bécher 1. On ajoute ensuite 30 mL d'eau au jus d'orange (bécher 2), puis 100 mL d'eau (bécher 3). On relève le pH de chaque solution. On trouve : pH = 6,7 ; pH = 4,9 ; pH = 3,5.

1. Associer chacune de ces valeurs de pH à la solution correspondante. Justifier.
2. S'agit-il de solutions acides, basiques ou neutres ? Justifier.

▶ Corrigés en fin d'ouvrage

Matière dans l'Univers

5

SCIENCES – PHYSIQUE-CHIMIE

Les ingrédients

DE L'INFINIMENT GRAND...

- Le **Big Bang** est à l'origine de la formation de l'Univers, il y a 15 milliards d'années.
- Les corps présents dans l'Univers (étoiles, planètes...) sont regroupés en galaxies. La nôtre est la **Voie lactée**.
- Au sein d'une galaxie, il existe des systèmes planétaires. Le nôtre est le **système solaire**. Il est composé d'une étoile, le Soleil, et de huit planètes : Mercure, Vénus, Terre, Mars, Jupiter, Saturne, Uranus et Neptune.

... À L'INFINIMENT PETIT

- Les atomes présents dans l'Univers sont répertoriés dans le tableau périodique des éléments.
- Un atome est composé d'un **noyau** autour duquel gravitent des **électrons** chargés négativement.
- Les particules présentes dans le noyau sont les **nucléons**. Parmi eux, on trouve les **protons** (chargés positivement) et les **neutrons** (non chargés).

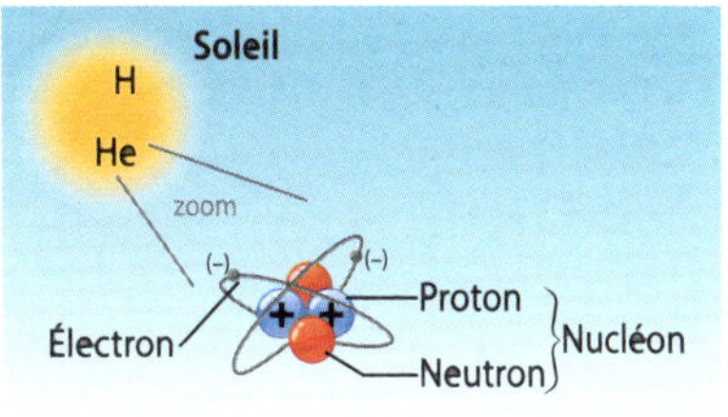

L'atome est électriquement neutre. Il a toujours autant de protons que d'électrons.

LES IONS

Un ion est un atome ou une molécule ayant gagné ou perdu un ou plusieurs électron(s) :

– **ion négatif** (anion) a des électrons en plus : on dit qu'il **a gagné des électrons** ;

– **ion positif** (cation) a des électrons en moins : on dit qu'il **a perdu des électrons**.

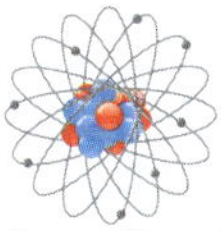

Atome d'oxygène O
8 protons et 8 électrons

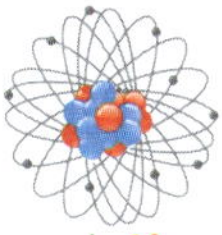

Ion oxyde O^{2-}
8 protons et 10 électrons

Ion négatif

Atome de lithium
Li
3 protons et 3 électrons

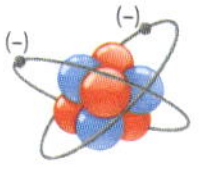

Ion lithium
Li^{+}
3 protons et 2 électrons

Ion positif

On ne touche jamais au nombre de protons : il est toujours le même pour un élément donné.

La recette pour réussir

SAVOIR FAIRE

Trouver le nombre d'électrons dans un atome ou un ion

• Pour un atome, on repère le numéro atomique de l'élément grâce au tableau périodique :

12	17
Mg	**Cl**
24,31	35,45
Magnésium	Chlore
L'atome de magnésium contient 12 protons, donc 12 électrons	L'atome de chlore contient 17 protons, donc 17 électrons

• Pour un ion, on regarde **la charge**. L'indice devant la charge donne le nombre d'électrons en plus ou en moins.

Exemples : l'ion magnésium Mg^{2+} a deux charges positives en plus, il a donc perdu 2 électrons et en a maintenant 10 (12 – 2). L'ion chlorure Cl^- a une charge négative en plus, il a donc gagné 1 électron et en a maintenant 18 (17 + 1).

ASTUCES DU CHEF

Comment donner la composition d'un atome à partir de l'écriture $^{A}_{Z}X$

• Identifiez l'élément grâce à son symbole (X).

• Donnez le nombre de protons en utilisant le numéro atomique (Z).

• Soustrayez le nombre de protons au nombre de masse (A) pour avoir le nombre de neutrons.

• Reportez le nombre de protons pour obtenir directement le nombre d'électrons.

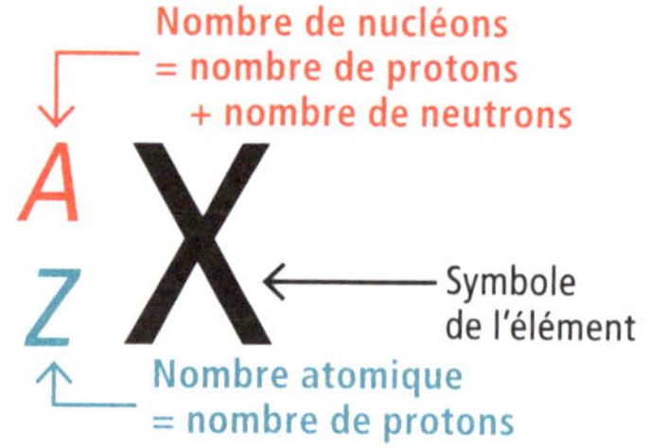

À VOS FOURNEAUX – EXERCICES BREVET

L'acide acétylsalicylique, plus connu sous le nom d'aspirine, est une molécule de formule $C_9H_8O_4$.

Données :

Atome	Hydrogène	Carbone	Oxygène	Azote	Fluor	Sodium	Chlore
Symbole	H	C	O	N	F	Na	Cl

1. Donner la composition de la molécule d'acide acétylsalicylique.
2. L'élément oxygène a pour formule $^{16}_{8}O$. Donner la composition de l'atome d'oxygène.
3. L'atome d'oxygène forme l'ion oxyde O^{2-}, s'agit-il d'un anion ou d'un cation ?
4. Donner la composition de l'ion oxyde. Justifier.

▶ Corrigés en fin d'ouvrage

Mouvement et vitesse d'un objet

Les ingrédients

RÉFÉRENTIEL

Pour étudier le mouvement d'un objet, il faut préciser le point de vue dans lequel on se place, ce que l'on appelle en physique le **référentiel**.
Exemple : le conducteur est immobile par rapport à la voiture, mais en mouvement par rapport au trottoir.

Un même objet peut être immobile dans un référentiel et en mouvement dans un autre.

TRAJECTOIRE

L'ensemble des positions successives occupées par un objet lors de son mouvement est appelé la **trajectoire**.

Si la trajectoire est…	alors le mouvement est…
une droite	rectiligne
un cercle	circulaire

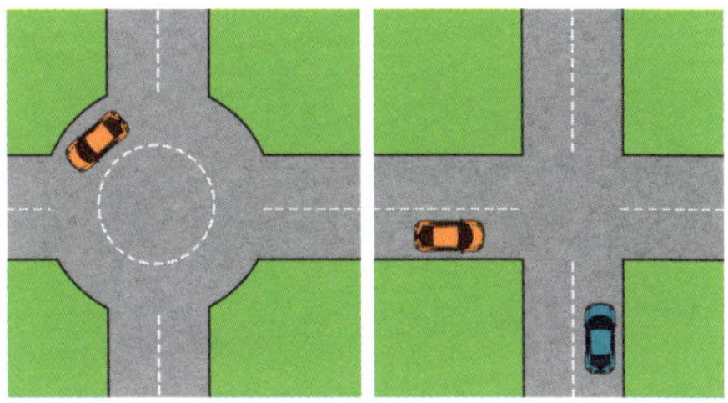

Mouvement circulaire — Mouvement rectiligne

VITESSE

- Lorsqu'un objet est en mouvement, il se déplace à une certaine vitesse. Cette vitesse peut varier ou rester inchangée durant le mouvement.

Si la vitesse…	alors le mouvement est…
est constante augmente diminue	uniforme accéléré décéléré (ou ralenti)

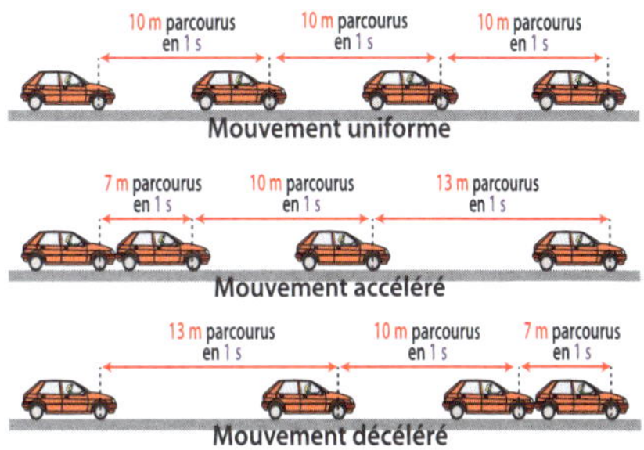

- Pour calculer la vitesse d'un objet, il faut connaître la distance parcourue ainsi que le temps nécessaire pour parcourir cette distance. On utilise alors la formule :

$$v = \frac{d}{t}$$

Vitesse en mètres par seconde (m/s) → v
d → Distance en mètres (m)
t → Temps en secondes (s)

La recette pour réussir

SAVOIR FAIRE

La vitesse est souvent exprimée en km/h. Pour convertir rapidement cette valeur en m/s il faut diviser par 3,6 (et inversement) :

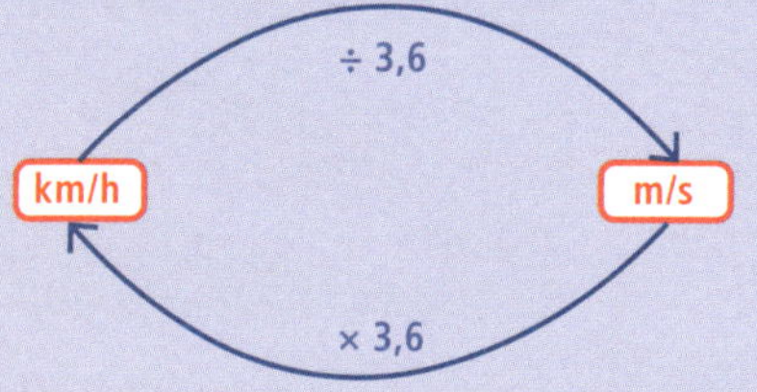

Exemple : un cycliste roule à une vitesse de 18 km/h, soit 18 ÷ 3,6 = 5 m/s.

ASTUCES DU CHEF

Comment décrire le mouvement d'un corps

- Identifiez le référentiel pour dire si un objet est immobile ou en mouvement.
- Observez la forme de la trajectoire pour dire si le mouvement est rectiligne ou circulaire.
- Regardez comment la vitesse évolue pour dire si le mouvement est uniforme, accéléré ou décéléré.

À VOS FOURNEAUX – EXERCICES BREVET

Lors d'une course automobile, les pilotes effectuent des tours de circuit et passent devant le public à grande vitesse.

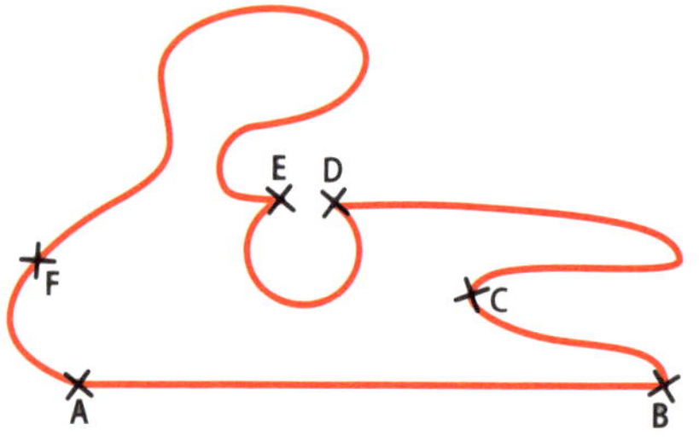

Tour	Chrono
1	1 min 13 s
2	1 min 15 s
3	1 min 14 s
4	1 min 12 s
5	1 min 13,768 s
....	...

1. Donner un référentiel dans lequel les pilotes sont en mouvement.
2. Sur quelle(s) partie(s) du circuit le mouvement est-il rectiligne ? Circulaire ?
3. À l'aide des documents, calculer la vitesse moyenne sur le meilleur tour. Donner le résultat en m/s et en km/h.

▶ Corrigés en fin d'ouvrage

Modélisation d'une force

Les ingrédients

GÉNÉRALITÉS

- Lorsque deux objets exercent une action l'un sur l'autre de façon réciproque, on parle d'**interactions** ou de **forces**. On distingue :
– les **forces de contact** : lorsque les deux objets se touchent ;
– les **forces à distance** : lorsque les deux objets ne se touchent pas.

- Les interactions entre les différents objets peuvent être représentées dans un **diagramme objet interactions**, comme ci-contre.

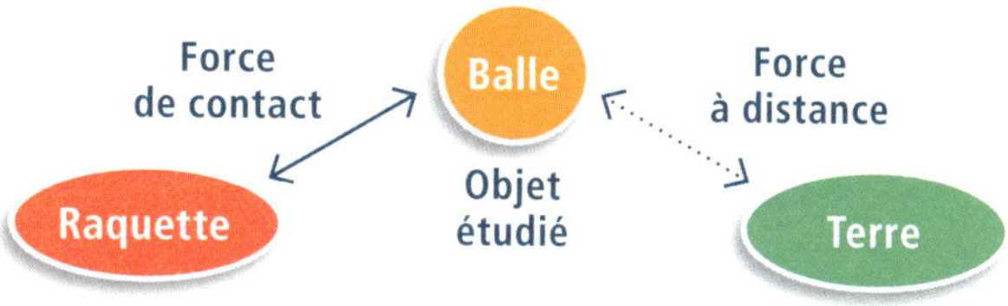

Ne pas oublier d'inscrire la Terre dans le diagramme si l'action se passe sur Terre.

- Une force se mesure avec un **dynamomètre**, s'exprime en newton (N) et est représentée par un segment fléché, appelé vecteur force, qui présente quatre caractéristiques : le **point d'application**, la **direction**, le **sens** et la **valeur**.

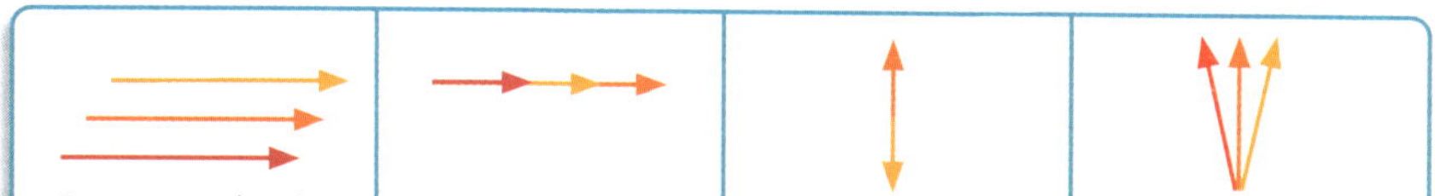

Forces ayant la même valeur, mais des points d'application différents

Forces ayant les mêmes points d'application, mais des valeurs différentes

Forces ayant la même direction, mais des sens opposés

Forces ayant des directions différentes

Il ne faut pas confondre **direction** et **sens** ! Deux forces peuvent avoir la même direction, mais des sens opposés.

POIDS ET GRAVITATION UNIVERSELLE

- Dans l'Univers, tous les objets ayant une masse sont attirés entre eux : c'est la **loi de gravitation universelle**.

$$P = m \times g$$

P : Poids en N ; m : Masse en kg ; g : Intensité de pesanteur en N/kg

- Sur Terre, la force de pesanteur correspond à l'attraction que subit un objet par la Terre. Cette force est plus connue sous le nom de **poids** (P).

L'intensité de pesanteur g est différente d'un astre à l'autre. Par exemple, elle est six fois plus faible sur la Lune.

La recette pour réussir

SAVOIR FAIRE

Pour ne pas confondre le poids et la masse, il faut bien regarder les unités. Pour rappel, le poids est la force que subit un objet de **masse m**.
Il s'exprime donc en newton (N) alors que la masse est en kilogrammes (kg).

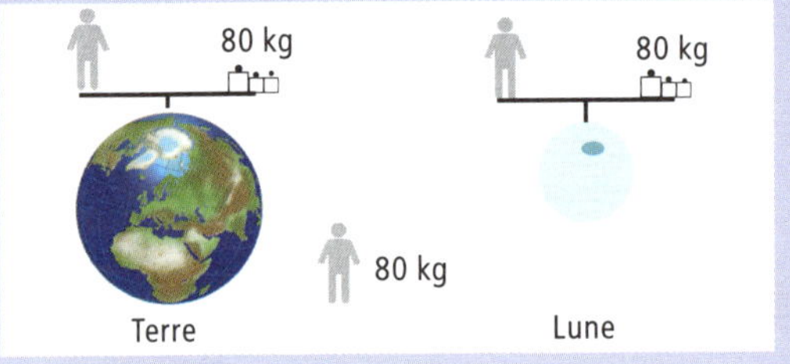

ASTUCES DU CHEF

Comment représenter une force

- Différenciez force de contact et force à distance.
- Modélisez la force en faisant attention à ses caractéristiques.
- Vérifiez les unités des données avant de faire les calculs et convertissez si besoin.

À VOS FOURNEAUX – EXERCICES BREVET

Document 1 : Variation de g

	Terre	Lune	Mars
g (N/kg)	9,81	1,62	3,71

Document 2 : Loi de gravitation universelle

$$F_{Terre/Lune} = G \times \frac{m_T \times m_L}{d^2}$$

$F_{Terre/Lune}$, force d'attraction entre la Terre et la Lune en newton (N)
G, constante de gravitation universelle $6{,}67 \times 10^{-11}$ SI
m_T, masse de la Terre : $5{,}97 \times 10^{24}$ kg
m_L, masse de la Lune : $7{,}36 \times 10^{22}$ kg
d, distance Terre – Lune : 384 400 km

1. Calculer le poids d'un astronaute ayant une masse de 120 kg avec son équipement, sur Terre et sur la Lune.
2. Calculer la force d'interaction entre la Lune et la Terre.

▶ Corrigés en fin d'ouvrage

Différentes formes d'énergie

8

Les ingrédients

PRODUCTION D'ÉNERGIE

- On produit de l'énergie électrique à partir de matières premières appelées **sources d'énergie**. Ces matières peuvent être **renouvelables** ou **non renouvelables**.

> Si les stocks s'épuisent ou se renouvellent trop lentement à l'échelle humaine, on parle de source d'énergie non renouvelable (→ *voir fiche 3, SVT*).

- Ces sources d'énergie sont ensuite traitées dans des centrales électriques. Puis, l'énergie électrique produite est transférée et distribuée jusqu'à l'habitat via un réseau électrique.

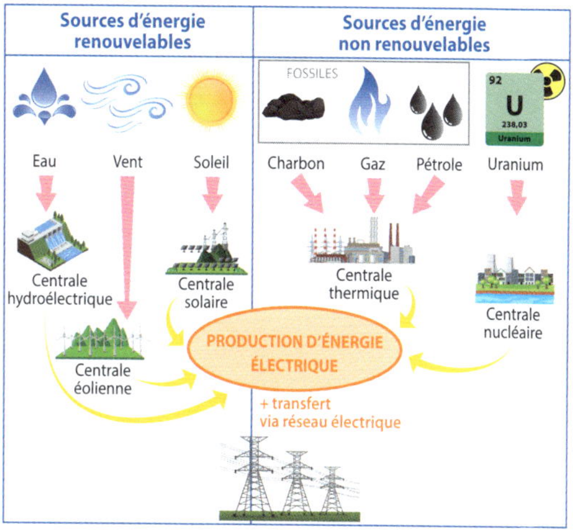

CONVERSION D'ÉNERGIE

- L'énergie peut prendre plusieurs formes différentes : elle est constamment convertie d'une forme à une autre.

> Lors d'une conversion d'énergie, il n'y a pas de perte d'énergie.

- Il existe différentes formes d'énergie : électrique (liée au courant électrique), lumineuse (liée à la lumière), cinétique (liée au mouvement), potentielle (liée à la hauteur), chimique (liée à la transformation chimique), nucléaire (liée aux réactions nucléaires), et thermique (liée à la chaleur).
- Pour traduire une conversion d'énergie, on utilise une **chaîne de conversion**.

Exemple :

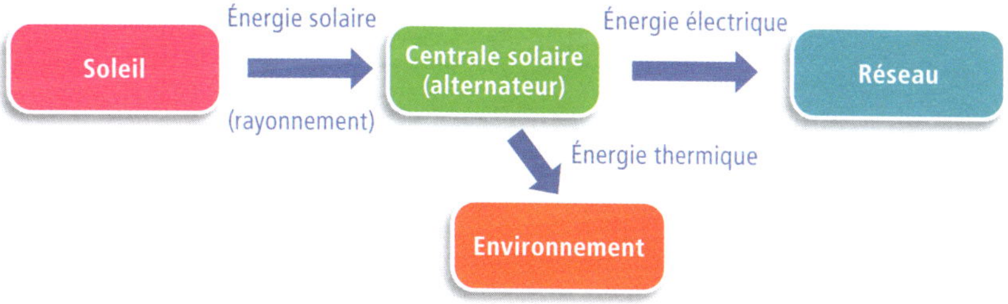

La recette pour réussir

SAVOIR FAIRE

L'énergie cinétique liée à la vitesse d'un objet se calcule en utilisant la formule :

$$E_C = \frac{1}{2} \times m \times v^2$$

E_C l'énergie en joules (J), m la masse de l'objet en kg et v la vitesse en m/s.

Exemple : un cycliste d'une masse de 120 kg (avec son vélo) roulant à une vitesse de 36 km/h (pour convertir la vitesse en m/s : → *voir fiche 6*) a une énergie cinétique de :

$$E_C = \frac{1}{2} \times m \times v^2$$

$$E_C = \frac{1}{2} \times 120 \times 10^2$$

$$E_C = 6\,000 \text{ J}$$

ASTUCES DU CHEF

Comment construire une chaîne de conversion d'énergie

- Commencez par la source d'énergie utilisée.
- Associez le type d'énergie correspondant.
- Indiquez la centrale utilisée et l'alternateur (partie commune à toutes les centrales).
- Notez l'énergie produite par cette centrale (énergie électrique).
- N'oubliez pas l'énergie thermique non utilisable et qui s'échappe dans l'environnement.

À VOS FOURNEAUX – EXERCICES BREVET

Installées en terre ou en mer, les éoliennes utilisent la vitesse du vent pour faire tourner les pâles, qui, elles-mêmes, actionnent l'alternateur afin de produire de l'énergie électrique. Le choix de l'implantation des éoliennes dépend avant tout du vent. En effet, les éoliennes se mettent à fonctionner à partir d'une certaine vitesse du vent et s'arrêtent si la vitesse devient trop importante.

1. Quelle source d'énergie une centrale éolienne utilise-t-elle ? S'agit-il d'une énergie renouvelable ou non renouvelable ? Justifier.
2. Compléter la chaîne de conversion d'énergie suivante.

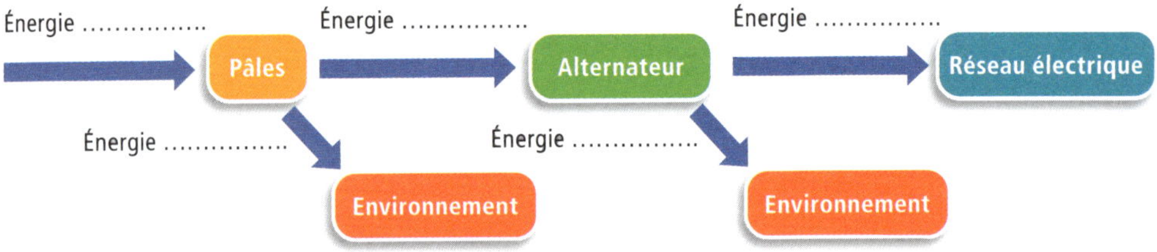

3. Une éolienne commence à fonctionner lorsque le vent atteint une vitesse d'environ 10,8 km/h. Calculer l'énergie cinétique d'une masse d'air de 1,5 kg à cette vitesse.
4. À l'aide de ses connaissances et des documents, expliquer pourquoi l'énergie éolienne ne peut pas être la seule source de production d'énergie électrique en France.

► Corrigés en fin d'ouvrage

Lois dans les circuits électriques

9

SCIENCES – PHYSIQUE-CHIMIE

Les ingrédients

INTENSITÉ ET TENSION

- Dans un circuit électrique, l'énergie électrique est apportée par une **pile** ou un **générateur**. Ils délivrent au circuit une intensité I et une tension U.
- Le courant circule dans le circuit à condition que celui-ci soit **fermé**. S'il est ouvert, l'intensité et la tension fournies par la pile ou le générateur ne seront pas distribuées aux dipôles du circuit.

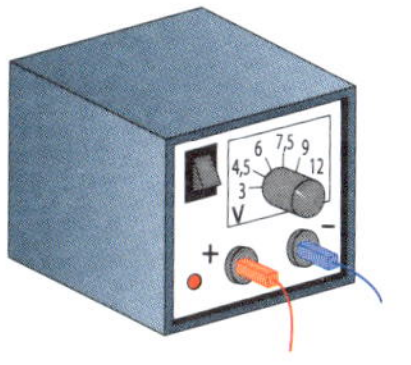

CIRCUIT EN SÉRIE

> Dans un **circuit en série**, les dipôles sont branchés les uns à la suite des autres. Il n'y a qu'une seule boucle de courant.

- **Loi d'unicité de l'intensité :** dans un circuit en série, l'intensité fournie par la pile ou le générateur est la même partout dans le circuit.
- **Loi d'additivité des tensions :** dans un circuit en série, la tension fournie par la pile ou le générateur est partagée entre les différentes branches du circuit.

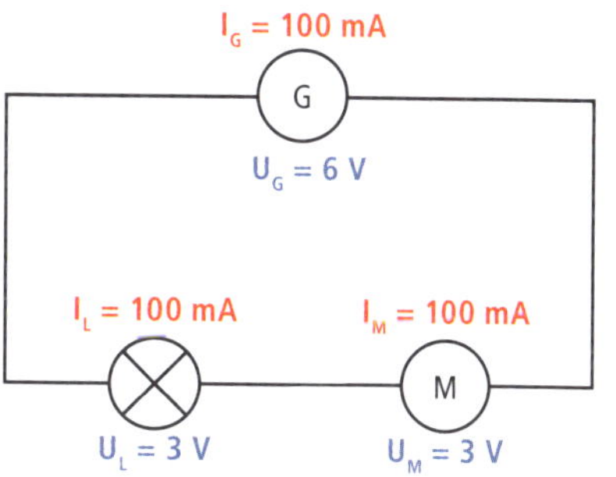

$I_G = I_L = I_M$

$U_G = U_L + U_M$

CIRCUIT EN DÉRIVATION

> Dans un **circuit en dérivation**, les dipôles ont leurs bornes reliées deux à deux. Il y a plusieurs boucles de courant.

- **Loi d'unicité de la tension :** dans un circuit en dérivation, la tension fournie par la pile ou le générateur est la même partout dans le circuit.
- **Loi d'additivité des intensités :** dans un circuit en dérivation, l'intensité fournie par la pile ou le générateur est partagée entre les différentes branches du circuit.

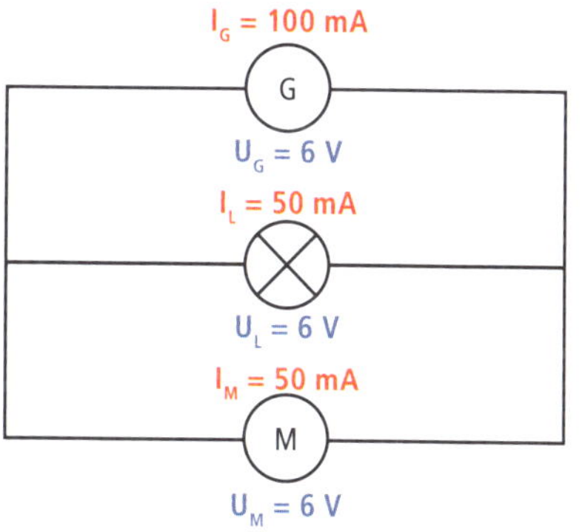

$I_G = I_L + I_M$

$U_G = U_L = U_M$

La recette pour réussir

SAVOIR FAIRE

Pour retrouver les intensités et les tensions dans les différents dipôles :

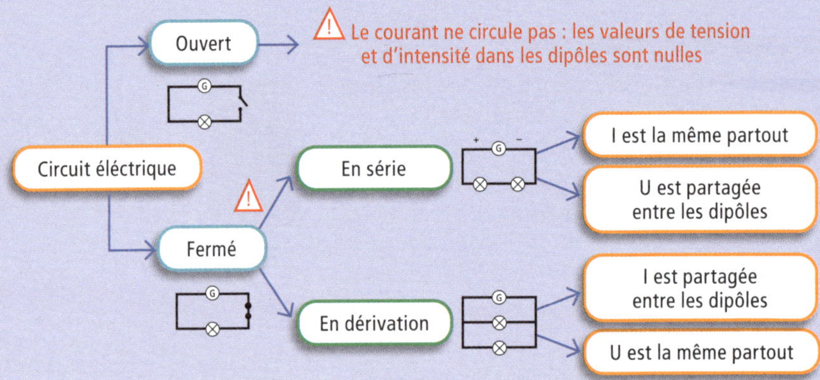

ASTUCES DU CHEF

Comment dessiner un circuit électrique

- Utilisez un crayon de papier et une règle.
- Identifiez les dipôles présents dans le circuit.
- Représentez-les à l'aide de leurs symboles.
- Créez les différentes boucles de courant grâce à des rectangles.
- Placez et reliez les différents dipôles.

À VOS FOURNEAUX – EXERCICES BREVET

On réalise le circuit ci-contre avec des résistances et des LED toutes identiques.

1. Calculer la valeur des intensités des courants I_1, I_2.
2. Quelle est la valeur de la tension aux bornes de chaque branche en dérivation ?
3. Dans ce circuit, la LED appelée D_1 grille.

a. Les LED appelées D_2, D_3 et D_4 continuent-elles de fonctionner ?

b. Les autres LED fonctionnent-elles toujours ? Pourquoi ?

U = 15 V ; I = 40 mA

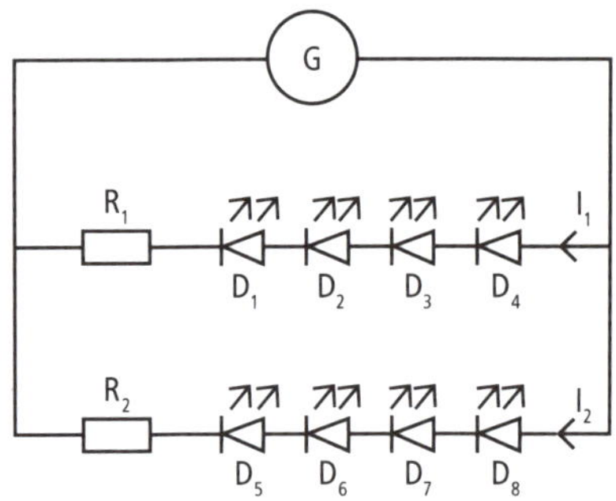

Puissance et énergie électrique 10

Les ingrédients

PUISSANCE ÉLECTRIQUE

- La puissance électrique est notée P et se mesure en watts, de symbole W.
- Elle dépend de la tension et de l'intensité.

$$P = U \times I$$

- P : Puissance en watts (W)
- U : Tension en volts (V)
- I : Intensité en ampères (A)

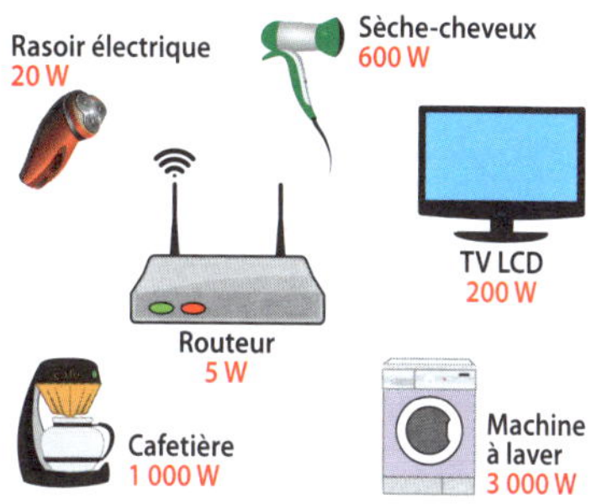

ÉNERGIE ÉLECTRIQUE

- L'énergie électrique est notée E et se mesure en joules de symbole J.
- Elle dépend de la puissance de l'appareil et de sa durée d'utilisation.

$$E = P \times t$$

- E : Énergie en joules (J)
- P : Puissance en watts (W)
- t : Temps en secondes (s)

Ne pas confondre puissance et énergie : deux appareils avec la même puissance ne consommeront pas autant d'énergie électrique l'un que l'autre. Cela dépend de leur durée d'utilisation.

Réchauffer son café 30 secondes

$E = P \times t$

$E = 900 \times 30$

$E = 27\,000$ J

Même puissance

Cuire un poulet 5 minutes

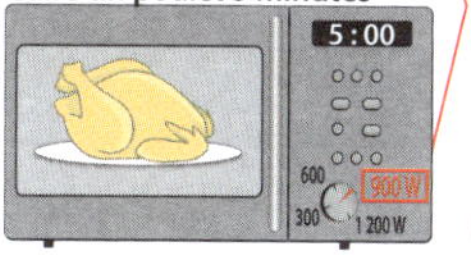

$E = P \times t$

$E = 900 \times 5 \times 60$

$E = 270\,000$ J

UNITÉS DE L'ÉNERGIE

- L'unité internationale de la puissance est le watt (W), et celle de l'énergie est le joule (J). Or, l'énergie électrique est souvent exprimée en une autre unité : le kilowattheure (kWh).
- Un kilowattheure correspond à l'énergie consommée par un appareil de 1 000 W pendant 1 heure.

1 kW = 1 000 W

1 h = 3 600 s

1 kWh équivaut donc à 3 600 × 1 000, soit 3 600 000 J.

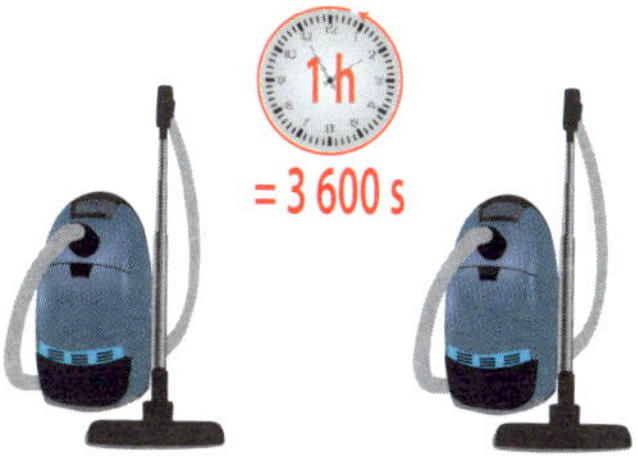

P = 1 000 W = 1 kw

E = 1 000 × 3 600

E = 3 600 000 J

P = 1 000 W = 1 kw

E = 1 × 1

E = 1 kwh

La recette pour réussir

SAVOIR FAIRE

Sur un appareil ou une ampoule, par exemple, on peut lire deux informations qui suffisent pour connaître la tension, l'intensité et la puissance.

À partir de la formule P = U × I, on peut déduire les formules de calcul de la tension et de l'intensité en utilisant « l'astuce du triangle ».

Exemple : on lit sur une ampoule 100 mA et 0,3 W.

La tension vaut donc :

$U = \frac{P}{I}$

$U = \frac{0,3}{0,1}$

U = 3 V

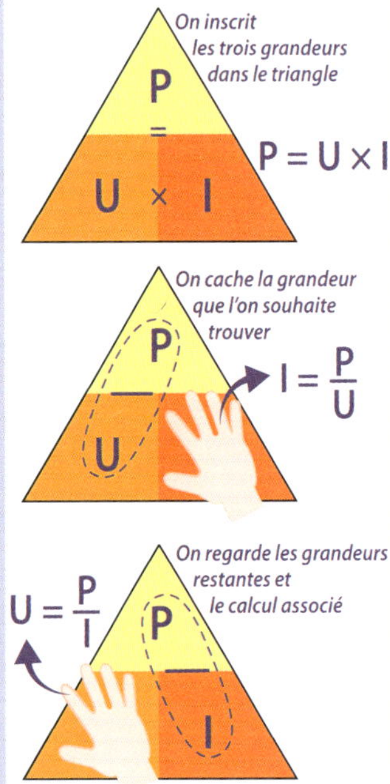

ASTUCES DU CHEF

Comment calculer la puissance, la tension ou l'intensité

- Identifiez la grandeur que l'on demande de calculer.
- Repérez les informations données dans l'énoncé.
- Notez les formules que vous devez utiliser.
- Convertissez dans les bonnes unités si besoin est.
- Vérifiez la cohérence des réponses en ayant un œil critique.

À VOS FOURNEAUX – EXERCICES BREVET

Louka achète une nouvelle cafetière, dont la plaque signalétique est donnée ci-contre, et l'utilise en moyenne 3 heures par mois.

1. Quelle est la puissance de cette cafetière ?
2. Calculer l'intensité de cette cafetière pour une tension de 240 V.
3. Calculer, en joules, l'énergie électrique moyenne consommée par la cafetière pour un mois.
4. Sachant que 1 kWh = 3 600 000 J, convertir cette énergie en kWh.
5. En 2020, 1 kWh coûte en moyenne 0,1 546 €. Quel prix Louka devra-t-il payer pour la consommation électrique de cette cafetière pour un mois ?

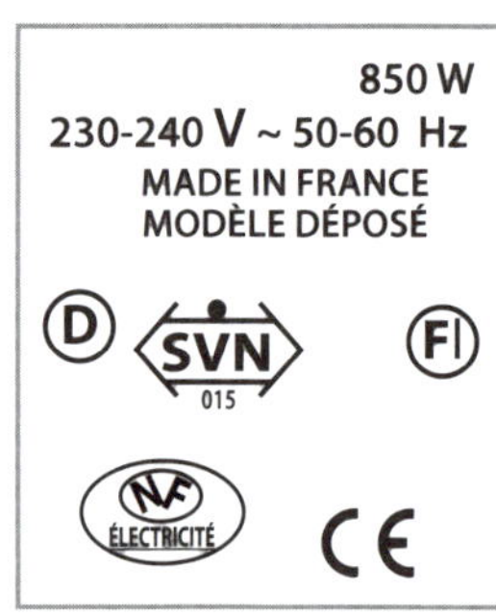

▶ Corrigés en fin d'ouvrage

Résistance et loi d'Ohm

11

Les ingrédients

RÔLE DE LA RÉSISTANCE

- Le résistor – ou conducteur ohmique – est un dipôle électrique qui permet de résister au courant électrique avec une capacité plus ou moins importante appelée **résistance**.

Par abus de langage, on nomme souvent le résistor directement la résistance.

- La résistance est notée R et se mesure en ohms de symbole Ω.
- La résistance permet de diminuer l'intensité dans le circuit. **Plus la résistance est élevée, plus l'intensité diminue.**

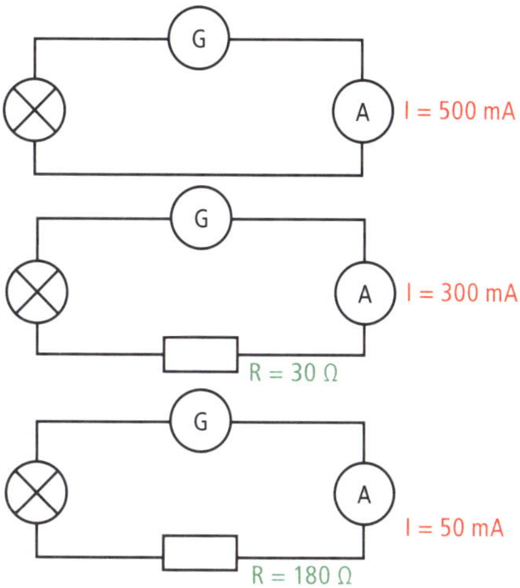

La place de la résistance dans un circuit en série n'a pas d'importance.

CARACTÉRISTIQUE DE LA RÉSISTANCE

- On réalise un circuit électrique avec une résistance de 120 Ω. Pour différentes valeurs d'intensité et de tension, on obtient :

U en V	0	1	2	3	4	5	6
I en mA	0	8	17	25	33	42	50

- On trace la caractéristique de la résistance.

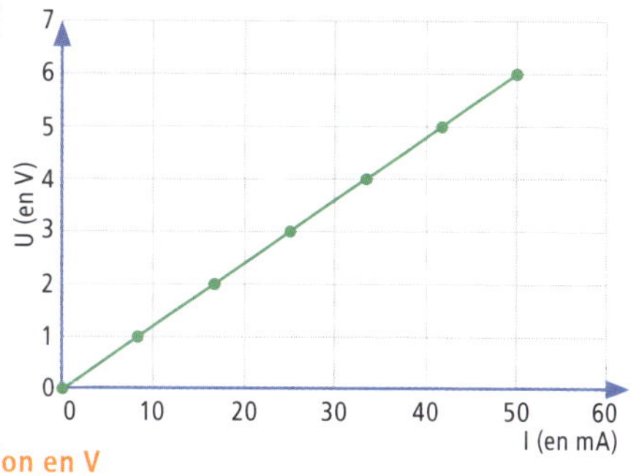

LOI D'OHM

- Dans l'expérience précédente, on a obtenu une droite qui passe par l'origine : la tension et l'intensité sont donc **proportionnelles**.

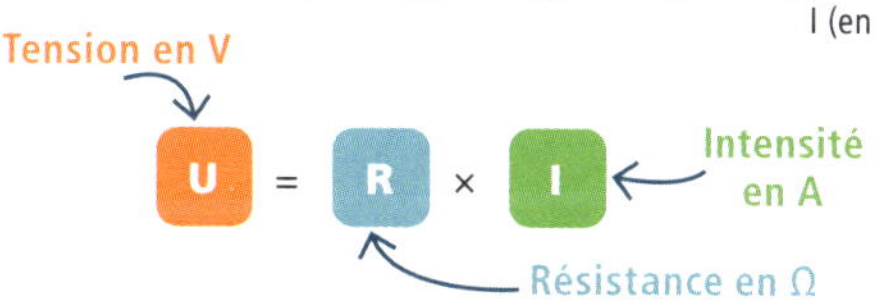

En prenant deux valeurs, on calcule le coefficient de proportionnalité :

$\frac{U}{I} = \frac{6}{0{,}050} = 120$, ce qui correspond à la valeur de la résistance.

- La tension et l'intensité sont donc reliées par la résistance : c'est la **loi d'Ohm**.

La recette pour réussir

SAVOIR FAIRE

Il est important de toujours vérifier l'unité pour chaque grandeur avant de faire les calculs.

Pour la loi d'Ohm, il est important que la tension soit en volts, l'intensité en ampères et la résistance en ohms. Or, les unités souvent utilisées sont le millivolt (mV), le milliampère (mA), et le kilo-ohm (kΩ).

Il est indispensable de convertir dans les bonnes unités avant de commencer les calculs. Pour cela, on peut utiliser le tableau de conversions :

× 1 000 (kΩ → Ω) ÷ 1 000 (mΩ → Ω)

kΩ	hΩ	daΩ	Ω	dΩ	cΩ	mΩ
kV	hV	daV	V	dV	cV	mV
kA	hA	daA	A	dA	cA	mA

ASTUCES DU CHEF

Comment tracer un graphique

- Placez les deux axes fléchés.
- Nommez les deux axes en précisant les unités.
- Graduez les axes en tenant compte de l'échelle.
- Placez les points en utilisant le tableau de mesures.
- Trace la droitez qui passe par le maximum de points.

À VOS FOURNEAUX – EXERCICES BREVET

On réalise un circuit électrique comportant un générateur, un interrupteur fermé, une lampe et une résistance. Les dipôles sont branchés en série. On souhaite mesurer la tension et l'intensité de la résistance.

On relève les valeurs suivantes :

Tension (en V)	0,5	1	2	4	8	10
Intensité (en mA)	10	20	40	80	160	200

1. Tracer la caractéristique de la résistance. Pour cela :
– on place la tension en abscisses : 1 cm ↔ 1 V ;
– on place l'intensité en ordonnées : 1 cm ↔ 5 mA.
2. Que peut-on dire des grandeurs intensité et tension ? Justifier.
3. Énoncer la loi d'Ohm en explicitant chaque terme et en rappelant les unités.
4. En choisissant les valeurs de votre choix, retrouver la valeur de la résistance utilisée.
5. a. On remplace la résistance par une autre de valeur R = 200 Ω. Si l'intensité est de 100 mA, que vaut la tension ?
b. On remplace la résistance par une autre de valeur R = 1 kΩ. Si la tension est de 3 V, que vaut l'intensité ?

▶ Corrigés en fin d'ouvrage

Signaux lumineux

Les ingrédients

SOURCES DE LUMIÈRE

Pour être vu, un corps ou un objet doit pouvoir diffuser de la lumière jusqu'à notre œil. On distingue deux sources de lumière :

– **sources primaires** : objets qui produisent eux-mêmes la lumière qu'ils émettent ;
Exemple : le Soleil (et toutes les étoiles).

– **objets diffusants** : objets qui ne produisent pas de lumière, mais qui diffusent la lumière reçue.
Exemple : la Lune, la Terre (et toutes les planètes, satellites…).

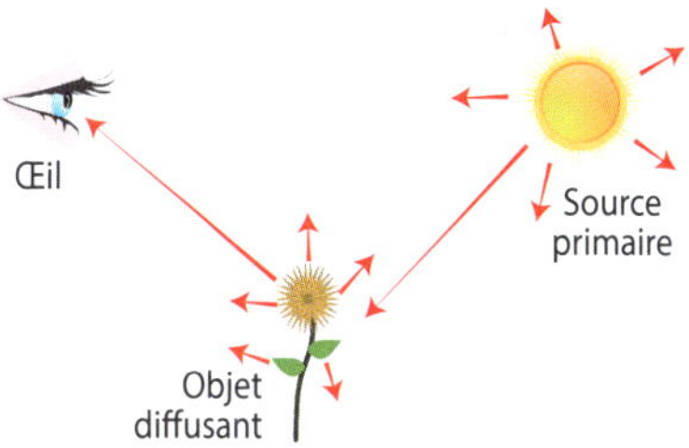

Les objets diffusants sont parfois notés **sources secondaires** dans certains énoncés.

PROPAGATION DE LA LUMIÈRE

- La lumière se propage dans toutes les directions et en ligne droite : on dit que sa propagation est **rectiligne**.
- La lumière se propage dans les milieux dits transparents (ex. : air, eau, verre). Un milieu à travers lequel la lumière ne se propage pas est dit **opaque**.
- Pour modéliser un rayon lumineux, on utilise un segment fléché qui part de l'objet vers l'œil.

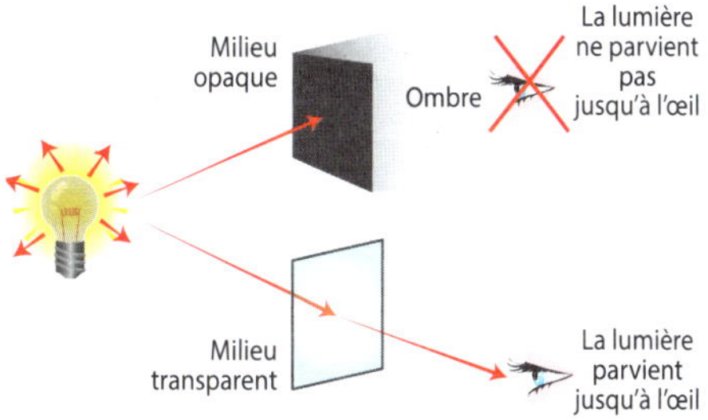

Une zone qui ne reçoit pas de lumière est appelée **ombre**.

VITESSE DE LA LUMIÈRE

- La lumière n'est pas instantanée : elle se propage à une certaine vitesse.
- Sa vitesse de propagation dépend du milieu dans lequel elle se déplace.

Contrairement au son, la lumière se propage dans le vide.

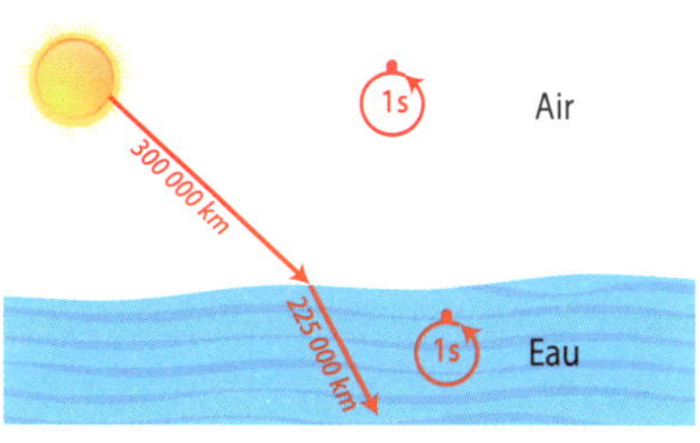

La recette pour réussir

SAVOIR FAIRE

La lumière est – en partie – une onde qui s'étend sur un domaine infini de fréquences appelée **spectre**. Seule une toute petite partie de ce spectre correspond à la lumière visible, mais il ne faut pas oublier les autres rayonnements, comme.les rayons ultraviolets, rayons X, infrarouges..., et savoir s'en protéger.

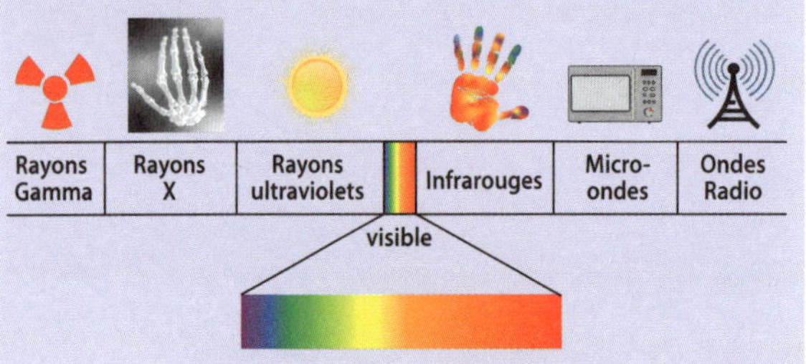

ASTUCES DU CHEF

Comment utiliser l'unité « année-lumière »

- Regardez l'unité utilisée pour donner une distance : ce peut être l'année-lumière.
- Calculez le temps d'une année en secondes.
- Utilisez les formules que vous connaissez pour calculer une vitesse, une distance ou un temps.
- Convertissez s'il le faut en une unité plus adaptée.

À VOS FOURNEAUX – EXERCICES BREVET

En 2016, les « chercheurs de planètes » ont découvert Proxima b, une exoplanète semblable à la Terre.

Proxima b se trouve à environ 4,2 années-lumière de nous.

Une année-lumière est la distance parcourue par la lumière en une année dans le vide. Ce qui implique que la lumière de Proxima b met 4,2 années pour nous parvenir.

1. Démontrer par le calcul qu'une année-lumière correspond à $9{,}5 \times 10^{12}$ km, sachant qu'une année contient 365 jours et que la célérité est $c = 3 \times 10^5$ km/s. La célérité est la vitesse parcourue par la lumière dans le vide.
2. Calculer la distance en km qui nous sépare de Proxima b.

▶ Corrigés en fin d'ouvrage

Signaux sonores

Les ingrédients

PROPAGATION D'UN SON

- Le son est une onde émise dans toutes les directions par une source que l'on appelle **émetteur**, et reçue par un **récepteur**.

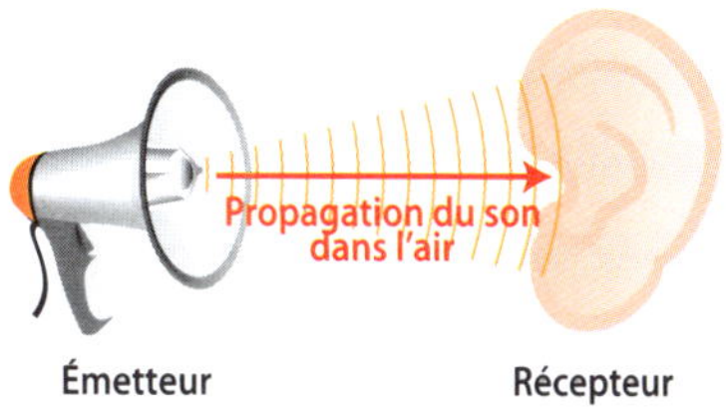

- Le son se propage dans les milieux dits **matériels** (gaz, liquides ou solides) à une certaine vitesse. Cette vitesse change en fonction du milieu.

Exemples : $v_{air} \simeq 340$ m/s ; $v_{eau} \simeq 1\,500$ m/s ; $v_{acier} \simeq 5\,800$ m/s.

Contrairement à la lumière, le son ne se propage pas dans le vide.

FRÉQUENCE D'UN SON

- Un signal sonore est notamment caractérisé par sa **fréquence**, mesurée **en Hertz** (**Hz**).
- On distingue trois grandes catégories de fréquences sonores : les **sons audibles** (fréquences comprises entre 20 Hz et 20 000 Hz) ; les **infrasons** (fréquences inférieures à 20 Hz) ; les **ultrasons** (fréquences supérieures à 20 000 Hz).

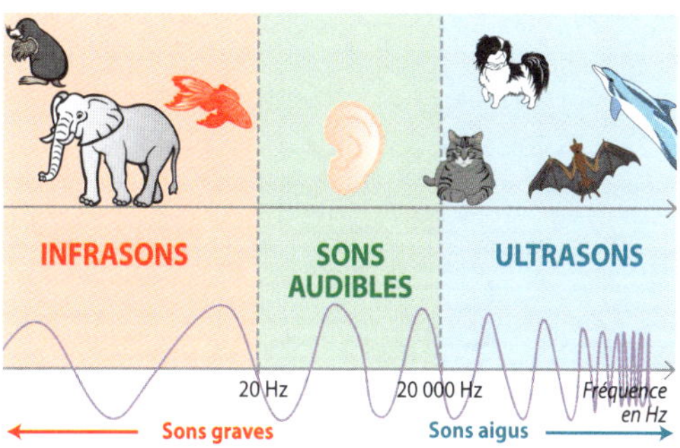

Plus un son est grave, plus sa fréquence est basse. Plus un son est aigu, plus sa fréquence est haute.

RISQUES AUDITIFS

- La fréquence ne correspond pas au niveau sonore qui, lui, s'exprime en décibels (dB).
- Le niveau sonore peut représenter un réel risque pour nos oreilles. Lors d'une exposition à un niveau sonore trop important, il est impératif de se protéger à l'aide de bouchons d'oreilles ou de casque anti-bruit.

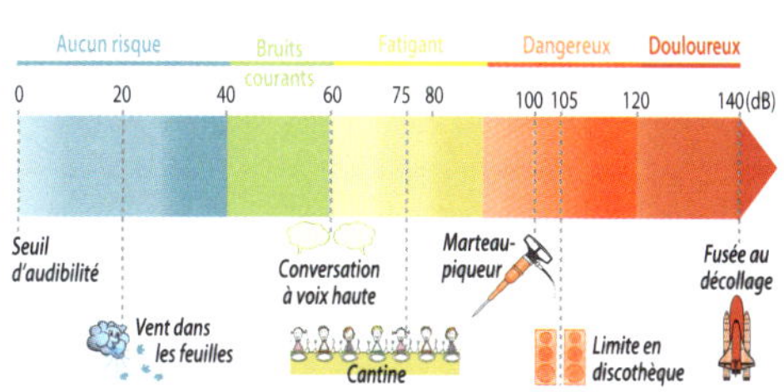

Échelle de niveaux sonores

La recette pour réussir

SAVOIR FAIRE

L'envoi et la réception d'un signal (sonore ou lumineux) sont souvent utilisés pour obtenir ou transporter une information.

Exemple : calcul de la distance Terre - Lune

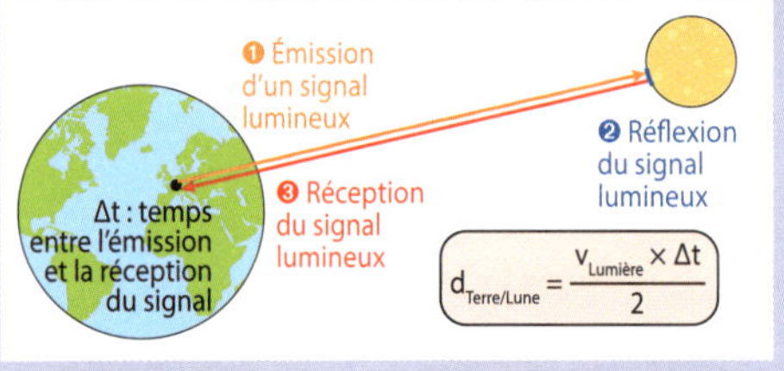

L'émetteur et le récepteur sont la plupart du temps confondus. Il faut donc bien faire attention à diviser la distance par deux lorsque le signal fait un aller… et un retour.

ASTUCES DU CHEF

Comment calculer une distance grâce à un signal

- Identifiez le type de signal dans l'énoncé (sonore, lumineux…).
- Utilisez la vitesse de propagation du milieu dans lequel est émis le signal.
- Regardez à quoi correspond le temps donné dans l'énoncé.
- Divisez le temps (ou la distance) par deux s'il s'agit d'un « aller-retour ».
- Faites un schéma de la situation pour vous aider.

À VOS FOURNEAUX – EXERCICES BREVET

Document 1 : Écholocalisation chez les dauphins

Le dauphin est capable d'émettre différents types de son pour se repérer dans l'espace. Pour cela, il émet des signaux sonores – appelés clics – qu'il peut ensuite réceptionner et analyser afin d'évaluer la distance à laquelle il se trouve d'un obstacle ou d'une proie.

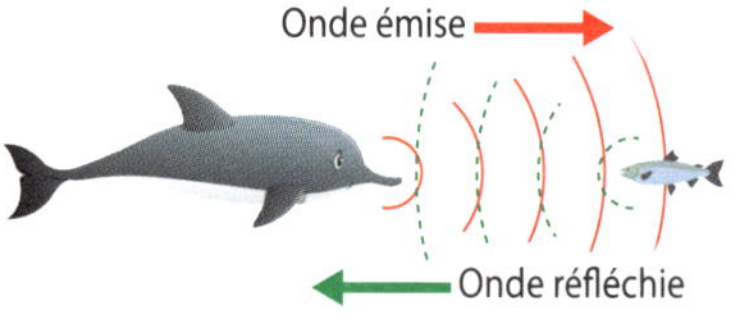

Document 2 : Vitesses du son

Milieu	air	verre	glace	béton	acier	eau	sable
Vitesse moyenne en m/s	340	5 300	3 200	3 100	5 750	1 480	300

Document 3 : Bande de fréquences d'un clic

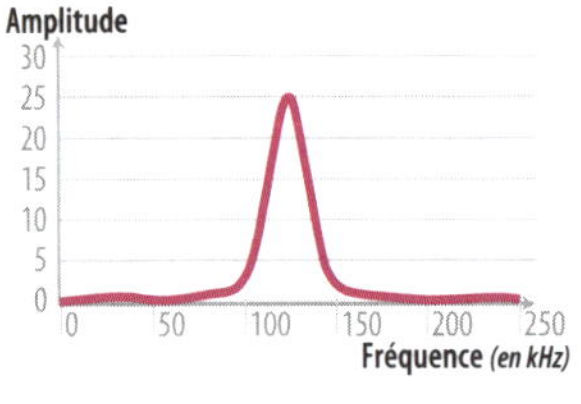

1. Quel type de signaux un dauphin émet-il ?
2. Le clic du dauphin est-il audible par l'homme ? Justifier.
3. Un dauphin émet un signal vers un poisson et le reçoit à nouveau 50 ms plus tard. Quelle distance sépare le dauphin du poisson ?

▶ Corrigés en fin d'ouvrage

Analyse fonctionnelle du besoin

1

Les ingrédients

Pour créer ou améliorer un produit, le concepteur doit s'assurer que l'objet satisfait au besoin de son utilisateur et qu'il respecte les contraintes auxquelles il est soumis.

LES TROIS ÉTAPES DE L'ANALYSE FONCTIONNELLE DU BESOIN

Description du besoin

L'analyse du besoin permet de déterminer le besoin à satisfaire en répondant à trois questions :

– **À qui** s'adresse le produit

– **Sur quoi** agit le produit

– **Pour quoi faire ?** (quel besoin satisfait le produit)

Bêtes à cornes

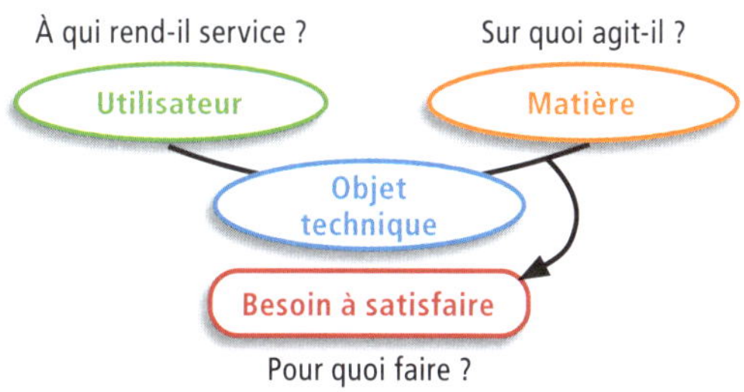

Détermination des fonctions de service

Il en existe de 2 types :

– fonctions principales (FP) ;

– fonctions de contraintes (FC).

Pieuvre

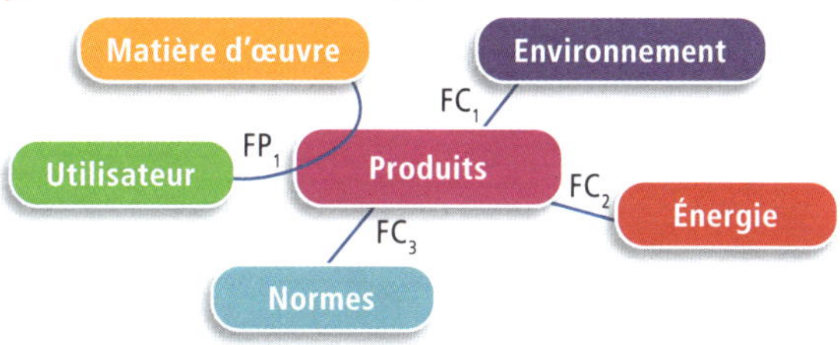

Caractérisation des fonctions de services

On associe les fonctions de services à un ensemble de **critères**, **niveaux**, **flexibilité** :

– le critère définit les éléments retenus pour son évaluation ;

– le niveau indique la valeur à atteindre pour chaque critère ;

– la flexibilité classe le niveau selon son importance (de 0 : impératif, à 3 : très négociable).

Fonctions/critères/niveaux

Fonctions de services	Critères	Niveaux	Flexibilité
FP1	Critère n° 1	Valeurs	
FC1	– –	– –	
FC2	–		

La recette pour réussir

SAVOIR FAIRE

Description du besoin → Bêtes à cornes

La formalisation du besoin doit reprendre les réponses aux trois questions et former une phrase.

Ex. : les lunettes rendent service aux personnes ayant des problèmes de vue en agissant sur la vision pour la corriger.

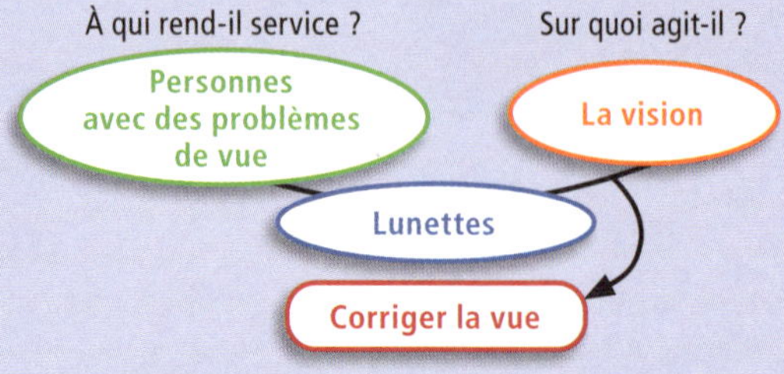

Détermination des fonctions de service → Pieuvre

L'ensemble des contraintes à placer sur la pieuvre doit rassembler des éléments extérieurs à l'objet, mais en contact avec celui-ci.

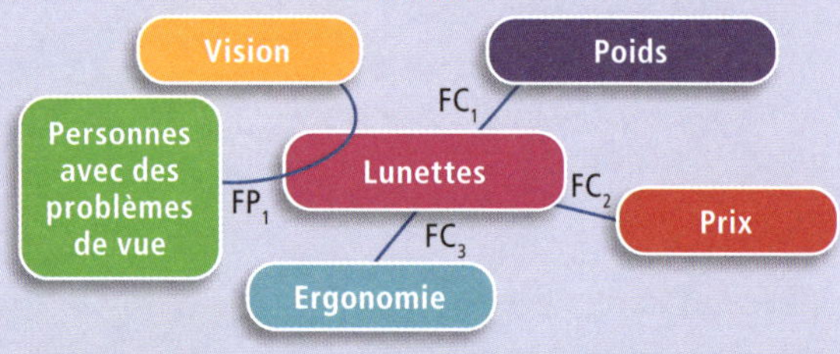

Caractérisation des fonctions de services → Fonctions/critères/niveaux

– La fonction de service se compose d'un verbe et doit être suivie de compléments désignant le milieu extérieur de la fonction.

– La fonction de service ne doit pas proposer de solution.

Fonctions de services	Critères	Niveaux	Flexibilité
FP1 : Permettre de corriger la vision	Netteté	De 0,5 m à 10 m	0
FC1 : Doit être léger	Poids	< à 50 g	1
FC2 : Doit être d'un coût raisonnable	Prix	< à 100 Euros	2

À VOS FOURNEAUX – EXERCICES BREVET

1. Trouver la formalisation du besoin pour une brosse à dents et un GPS.
2. Trouver la fonction principale d'une enceinte Bluetooth.
3. Quelles sont les fonctions de contrainte d'une brosse à dents électrique ?
4. Pour la fonction de service : « Être transportable » d'un support de téléphone, trouver deux critères et un niveau pour chaque critère.

► Corrigés en fin d'ouvrage

Analyse fonctionnelle technique 2

Les ingrédients

L'ANALYSE FONCTIONNELLE TECHNIQUE

- L'**analyse fonctionnelle technique** envisage l'objet du point de vue technologique avec la recherche de **solutions techniques** liées aux fonctions de services.
- Elle permet de regrouper sur même document :

– les **fonctions de services** ;

– les **fonctions techniques** ;

– les **solutions techniques** pour chaque action à réaliser.

- L'analyse fonctionnelle technique s'appuie sur un outil graphique : le **FAST** (**F**unctionnal **A**nalysis **S**ystem **T**echnique).

LE DIAGRAMME FAST

- La création d'un diagramme FAST améliore la communication au sein des différentes équipes du projet.
- Le diagramme FAST répond à trois questions fondamentales :

– Comment cette fonction s'accomplit-elle ?

– Pourquoi réaliser cette fonction ?

– Quelles autres fonctions peuvent être réalisées simultanément ?

- Le diagramme FAST transcrit la façon dont une fonction est étendue dans les directions « comment » et « pourquoi ».

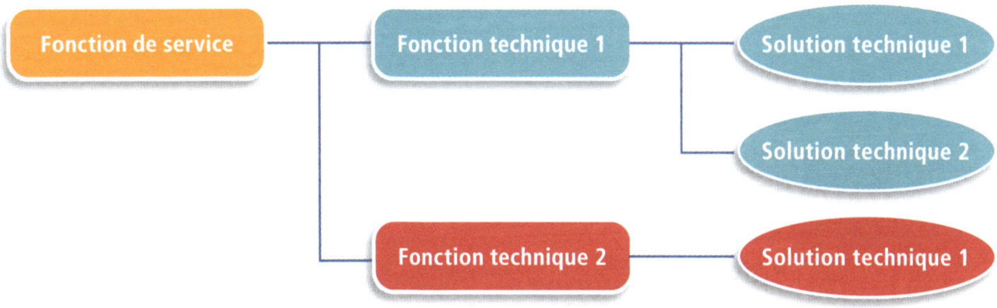

- Pour chaque **fonction de service**, il faut une ou plusieurs **fonction(s) technique(s)**. Elles sont écrites à l'infinitif et réalisent une action.
- Pour chaque **fonction technique**, il faut une ou plusieurs **solution(s) technique(s)**. Elles concrétisent la fonction technique en proposant une solution.

La recette pour réussir

SAVOIR FAIRE

Construire un diagramme FAST

Un diagramme FAST se construit en répondant aux questions **comment** ? et **pourquoi ?**

ASTUCE DU CHEF

Diagramme FAST

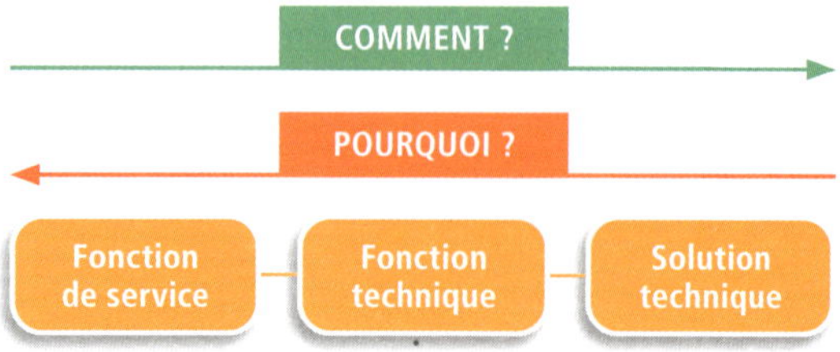

Exemple : Le diagramme FAST de la trottinette électrique

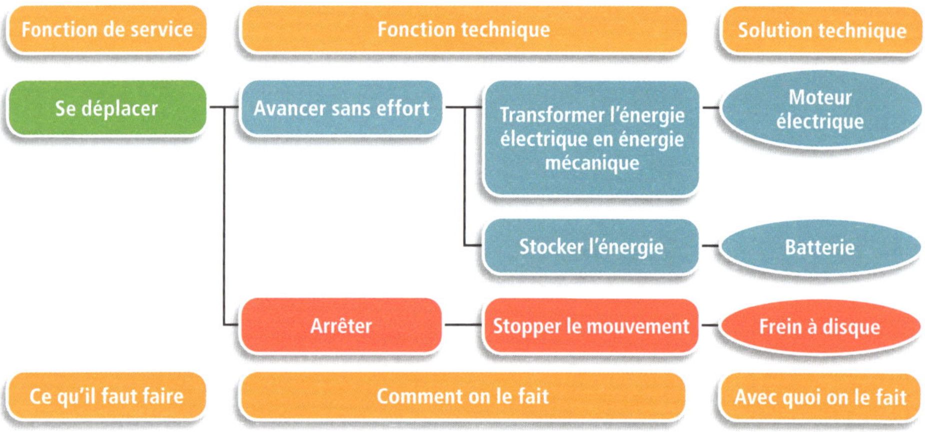

De gauche à droite : Se déplacer. **Comment ?** En avançant sans effort. **Comment ?** En transformant l'énergie électrique en énergie mécanique. **Comment ?** Avec un moteur électrique.

De droite à gauche : Un moteur électrique. **Pourquoi ?** Pour transformer l'énergie électrique en énergie mécanique. **Pourquoi ?** Pour avancer sans effort. **Pourquoi ?** Pour se déplacer.

À VOS FOURNEAUX – EXERCICE BREVET

Compléter le diagramme FAST de la trottinette électrique en ajoutant deux fonctions techniques et les solutions techniques associées.

► Corrigé en fin d'ouvrage

Fabrication et planification

Les ingrédients

ÉLABORER LA MISE EN PRODUCTION

- Après sa conception, dans le respect du cahier des charges, l'objet va être fabriqué.
- Pour cela, il faut :
  - choisir les matériaux les mieux adaptés en respectant leurs propriétés et leurs possibilités de valorisation ;
  - connaître les procédés de mise en forme de ces matériaux ;
  - adapter les machines et outils à la fabrication de l'objet ;
  - planifier la fabrication (on planifie aussi le temps d'approvisionnement et de conception).

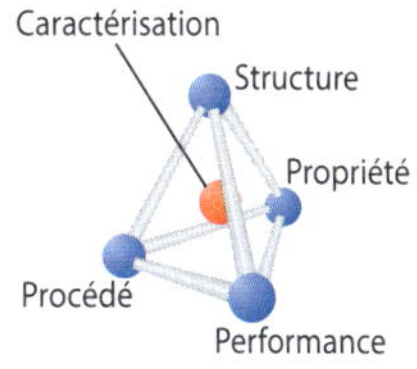

PROPRIÉTÉS DES MATÉRIAUX

Liste des principales propriétés : la densité, la rigidité, l'élasticité, la dureté, l'adhérence, la conductivité électrique et thermique, la corrosion…

Métaux	Organiques	Composites	Minéraux
Résistent aux efforts	Résistent peu aux efforts mécaniques	Résistent modérément aux efforts mécaniques	Durs, mais ne résistent pas aux chocs
Conducteurs électriques et thermiques	Peu conducteurs Mauvaise résistance à la chaleur	Isolants	Isolants
S'oxydent	Sensibles à l'humidité	Inoxydables	Inoxydables

PROCÉDÉS DE FABRICATION

Liste des principaux procédés de mise en forme : par découpe, par enlèvement de matière, par mise en forme.

Découpe	Enlèvement de matière	Mise en forme
Cisaillage	Perçage	Moulage
Poinçonnage	Tournage	Pliage
Sciage	Fraisage	Imprimante 3D

PLANIFICATION (DIAGRAMME DE GANTT)

Afin d'optimiser la réalisation d'un projet, il faut faire une planification précise de sa réalisation :
- établir la liste des tâches ;
- ordonner les tâches ;
- planifier les tâches.

ÉTAPES	SEMAINE 1							SEMAINE 2						
Jours	1	2	3	4	5	6	7	8	9	10	11	12	13	14
Tâche 1	■	■	■	■	■	■								
Tâche 2			■	■	■	■	■	■	■					
Tâche 3			■	■	■									
Tâche 4										■	■	■	■	

La recette pour réussir

CONSTRUIRE UN DIAGRAMME DE GANTT : LA FABRICATION D'UN CROCHET MURAL

SAVOIR FAIRE

Analyser le problème

Une entreprise doit réaliser différentes opérations pour fabriquer une pièce.

Pour planifier la fabrication, il faut déterminer :

– les tâches qui doivent être réalisées en premier ;

– celles qui ne pourront être faites qu'après en avoir fini d'autres ;

– celles qui peuvent être réalisées simultanément.

SAVOIR FAIRE

Construire le diagramme

Étapes	SEMAINE 1						
Jours	1	2	3	4	5	6	7
Tâche B : Mesures	■	■	■				
Tâche A : Découpes		■	■	■	■		
Tâche D : Perçages		■	■	■	■		
Tâche C : Pliages						■	■

ASTUCE DU CHEF

Pour faciliter cette étape, on peut renseigner un tableau avec ces éléments.

Tâches	Description	Durée	Antériorité
A	Découpes	4	2
B	Mesures	3	1
C	Pliages	2	3
D	Perçages	4	2

À VOS FOURNEAUX – EXERCICES BREVET

Étapes	SEMAINE 1							SEMAINE 2				
Jours	1	2	3	4	5	6	7	8	9	10	11	12
Tâche 1 : Découpes		■	■	■	■	■	■					
Tâche 2 : Mesures	■	■	■	■	■							
Tâche 3 : Perçages			■	■	■	■						
Tâche 4 : Pliages								■	■	■	■	

1. En combien de jours le produit est-il fabriqué ?
2. Combien de jours faut-il pour réaliser la tâche 3 ?
3. À quelle date la tâche 1 sera-t-elle terminée ?
4. Si la tâche 3 pouvait commencer un jour avant, à quelle date serait terminé la fabrication ?
5. Si la tâche 1 pouvait être réalisée en 4 jours, à quelle date pourrait être terminé le produit ?
6. Construire le diagramme de Gantt avec les informations suivantes :

Tâche 1 : commence à J1 et se termine à J4.

Tâche 2 : commence après la tâche 3 et dure 3 jours.

Tâche 3 : commence 2 jours après le début de la tâche 1 et dure 2 jours.

Tâche 4 : commence en J3 et se termine en même temps que la tâche 2.

7. Combien de jours la fabrication du produit dure-t-elle ?

▶ Corrigés en fin d'ouvrage

Les cycles de vie d'un produit

4

Les ingrédients

LE CYCLE DE VIE TECHNOLOGIQUE : L'IMPACT ENVIRONNEMENTAL

- L'utilisateur ne rencontre le produit que dans sa phase d'utilisation.
- Chacune des étapes du cycle de vie est consommatrice d'**énergie**, de **matériaux** et est responsable de **pollutions diverses**.
- La **production** d'un objet doit prendre en compte l'ensemble du cycle pour essayer de **limiter les effets indésirables** sur l'environnement.

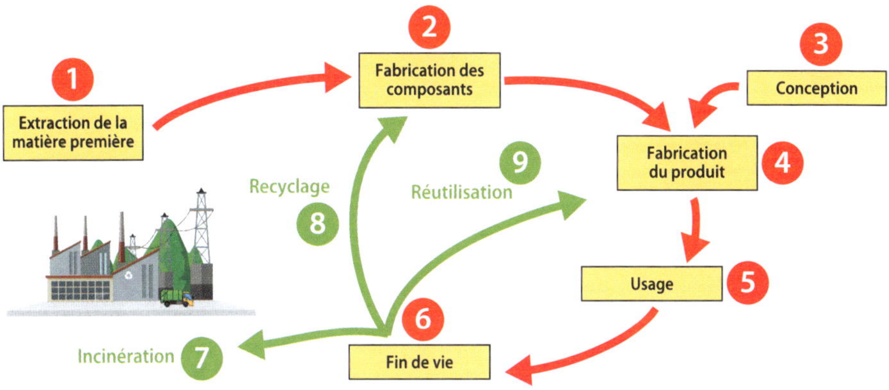

LE CYCLE DE VIE ÉCONOMIQUE : L'ÉTUDE COMMERCIALE

Le cycle de vie économique permet d'étudier les différentes phases de la **commercialisation d'un produit**. Il schématise la courbe de vente en **cinq étapes**, depuis sa conception jusqu'à son retrait.

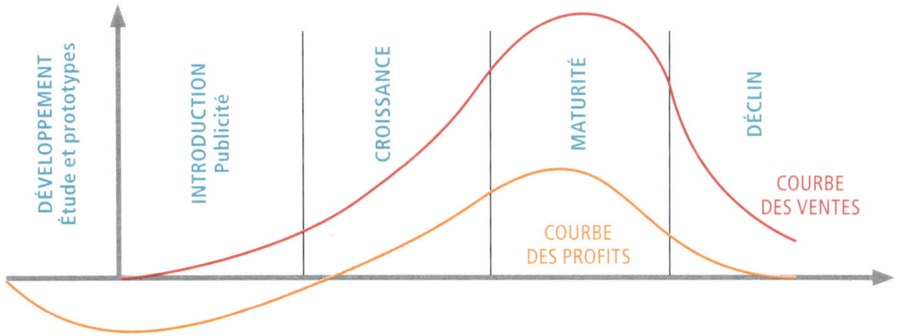

La recette pour réussir

SAVOIR FAIRE

Le cycle de vie technologique

À chaque étape, on mesure l'impact environnemental du produit en listant l'ensemble des énergies cachées mises en œuvre.

- le transport ;
- l'extraction des matières premières ;
- la production des matériaux ;
- la fabrication du produit ;
- l'usage ;
- le déchet.

Pour chaque phase, on identifie les énergies ou matières et les rejets associés.

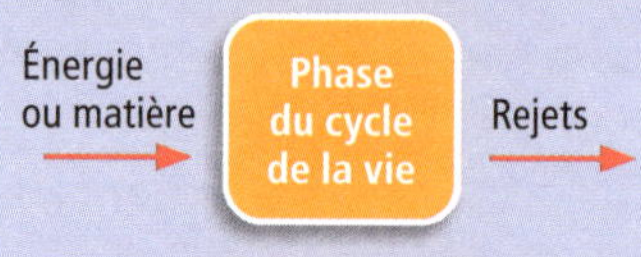

Exemple : phase 1, extraction d'une matière première pour un jeans.

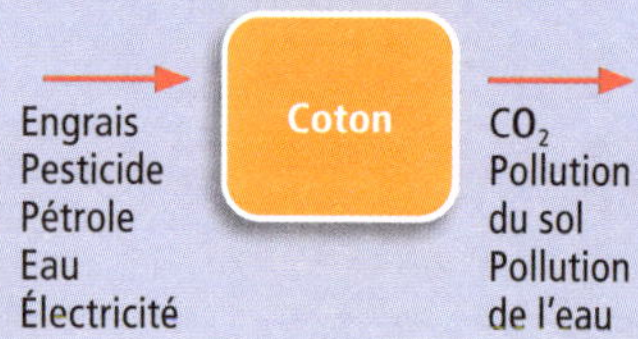

Le cycle de vie économique

La courbe du cycle de vie peut prendre plusieurs formes.

Quelques formes caractéristiques de courbes :

- **Feu de paille** : le produit ne rencontre pas de succès.
- **Apprentissage long** : le produit met du temps à trouver son public.
- **Cycle long** : le produit trouve un public fidèle sur de longues années.

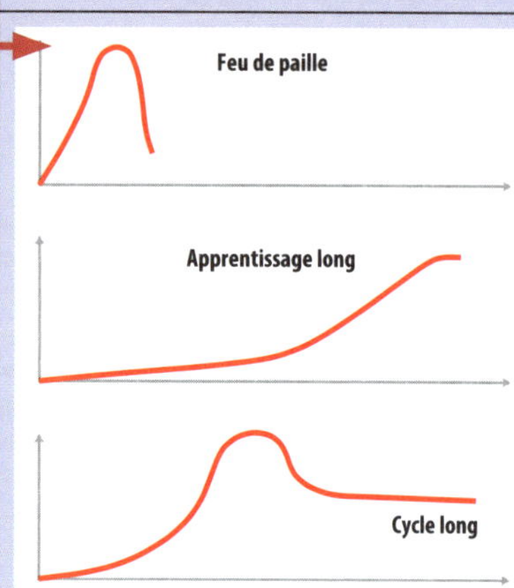

À VOS FOURNEAUX – EXERCICES BREVET

1. Associer les produits suivants aux trois courbes du cycle de vie économique correspondantes.
Courbes : feu de paille, cycle long, apprentissage long.
Produits : gomme, téléphone portable, gadget, trottinette électrique.
2. Tracer la courbe du cycle de vie économique d'un maillot de bain.
3. Pour une bouteille plastique, déterminer la matière première et le composant.

▶ Corrigés en fin d'ouvrage

Évolution des besoins et des objets

5

Les ingrédients

BESOINS/FAMILLES/LIGNÉES : L'ÉVOLUTION TECHNOLOGIQUE

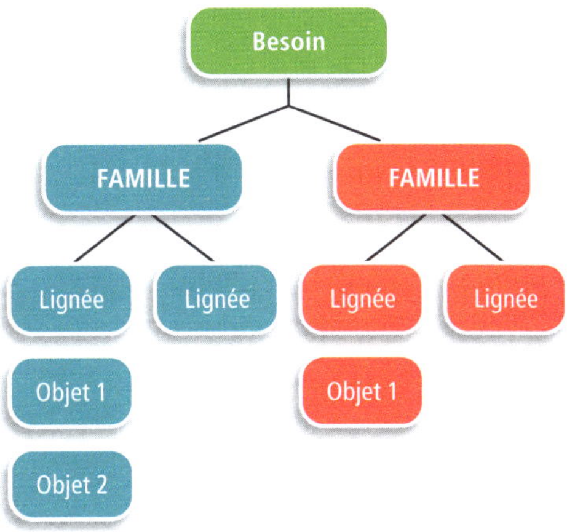

- Pour répondre à chaque besoin, un objet existe. Les différents besoins ont donné naissance à des familles d'objets.
- Au sein d'une même famille, l'évolution des technologies a créé différentes lignées. De même, l'évolution des technologies a créé de nouveaux besoins.
- L'évolution des objets se fait suivant trois axes :

– les **découvertes** : découvrir ce qui existe, mais qui n'était pas connu ;
Exemples : l'Amérique, l'infrarouge, l'électron…

– les **inventions** : créer quelque chose de nouveau ;
Exemples : l'imprimerie, les voitures, la télévision, les ordinateurs…

– les **innovations** : améliorer ce qui existe déjà.
Exemple : les ordinateurs de plus en plus petits et rapides.

> Chaque **lignée** correspond à une **même technologie**. Exemple, pour un bateau :
> besoin → déplacement
> famille → sur l'eau
> lignée → à voile/à moteur/à rame

ÉVOLUTIONS TECHNOLOGIQUES ET IMPACTS ENVIRONNEMENTAUX

- Les technologies peuvent avoir des impacts environnementaux, sociétaux, et de santé publique importants.
- Une grande partie des évolutions actuelles s'appuie sur une recherche de technologies plus propres (conception moins gourmande en matières premières, en énergie, et recyclable).
- Cette recherche crée de nouvelles familles d'objets (ex. : naissance de la famille des moyens de déplacements électriques).
- Ces innovations s'appuient sur des principes de fonctionnement différents.

La recette pour réussir

SAVOIR FAIRE

Comment réaliser une frise chronologique pour représenter l'évolution des technologies et des objets

- Tracer un axe gradué suivant l'amplitude temporelle de l'objet ou de la technologie étudié.
- Placer sur cet axe les objets ou technologies les plus représentatifs.
- Associer à chaque objet une description courte.

Attention, il faut choisir une graduation adaptée à la période couverte par tous les objets.

ASTUCE DU CHEF

Pour une meilleure compréhension, il peut être intéressant d'agrémenter la frise d'objets ou inventions caractéristiques de l'époque.

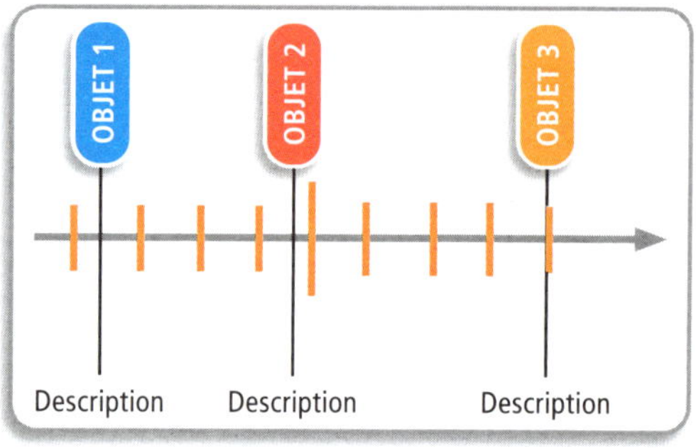

À VOS FOURNEAUX – EXERCICES BREVET

1. Trouver deux découvertes, deux inventions et deux innovations.
2. Qu'est-ce qui a permis au ski d'être plus performant ?
3. Citer trois innovations de l'aspirateur depuis son invention.
4. Trouver différents objets apparus avec la technologie du sans fil.
5. Plusieurs objets permettent d'écouter de la musique. Trouver trois familles et deux lignées pour chacune d'elles.
6. Relier les éléments des quatre colonnes entre eux.

Énergies	Technologies	Objets	Conséquences
Électricité	Voile	Voiture	Pollution lors de l'utilisation
Pétrole	Moteur électrique	Bateau	Pollution pendant la conception
Vent	Moteur à explosion	Trottinette	Sans pollution

▶ Corrigés en fin d'ouvrage

La chaîne d'énergie

Les ingrédients

LES BLOCS FONCTIONNELS

- Une chaîne d'énergie représente le chemin parcouru par l'énergie à l'intérieur de l'objet.
- C'est un diagramme qui décompose l'objet en **quatre blocs fonctionnels**.
- L'énergie d'entrée parcourt les quatre blocs fonctionnels avant d'être utilisée pour réaliser l'action du système

Alimenter/ Stocker	C'est l'énergie qui alimente le système étudié. Il peut s'agir de prise électrique, piles, batteries…
Distribuer	Ce sont les composants permettant de transporter l'énergie et de la contrôler dans l'objet étudié (ce bloc peut être relié à la chaîne d'information) : câbles, fils électrique, interrupteur, variateur, relais…
Transformer	Ce bloc fonctionnel transforme l'énergie d'entrée en une autre forme d'énergie qui peut être utilisée par le système afin de réaliser l'action (moteur, ampoule, résistance…).
Transmettre	Pour réaliser l'action, l'énergie a besoin d'être transmise à l'aide de mécanismes : vis sans fin, crémaillère, engrenages, chaîne, courroie…

LE DIAGRAMME D'UNE CHAÎNE D'ÉNERGIE

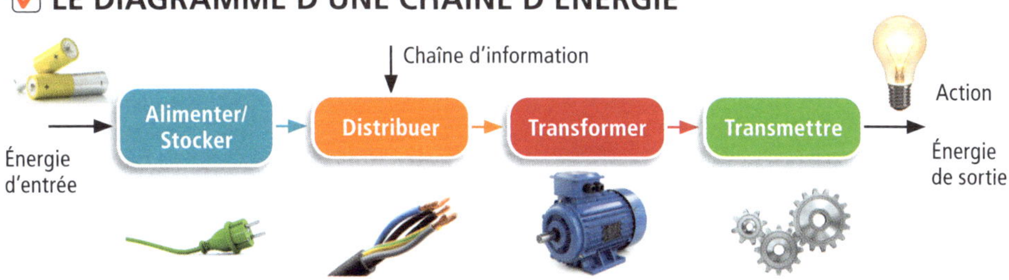

LA CIRCULATION DE L'ÉNERGIE

- L'énergie circule entre les différents blocs fonctionnels : on parle de **flux d'énergie**.
- Pour chaque bloc, l'énergie entre par la gauche et sort par la droite.
- Elle peut être identique ou changer de forme entre l'entrée et la sortie des blocs.
- Les formes les plus communes d'énergie sont : électrique (électricité), thermique (chaleur), lumière (soleil…), chimique (pétrole, gaz…), mécanique (mouvement).

La recette pour réussir

CONSTRUIRE UNE CHAÎNE D'ENERGIE : LA TROTTINETTE ÉLECTRIQUE

SAVOIR FAIRE

Analyser le système

Pour réaliser le diagramme de la chaîne d'énergie d'un objet, il faut :
– déterminer l'énergie d'entrée et de sortie du système ;
– isoler les composants ayant une fonction liée à l'énergie ;
– classer les composants en fonction des quatre blocs.

ASTUCE DU CHEF

Pour faciliter cette étape, on peut renseigner un tableau avec ces éléments.

Déterminer l'énergie d'entrée	Isoler les composants	Classer les composants	Déterminer l'énergie de sortie
Énergie électrique	Batterie	Alimenter/ stocker	Énergie mécanique
	Poignée	Distribuer	
	Moteur électrique	Transformer	
	Courroie et roue	Transmettre	

SAVOIR FAIRE

Construire le diagramme

- Dessiner le diagramme de la chaîne d'énergie.
- Placer les énergies d'entrées et de sorties.
- Associer chaque composant avec son bloc fonctionnel.

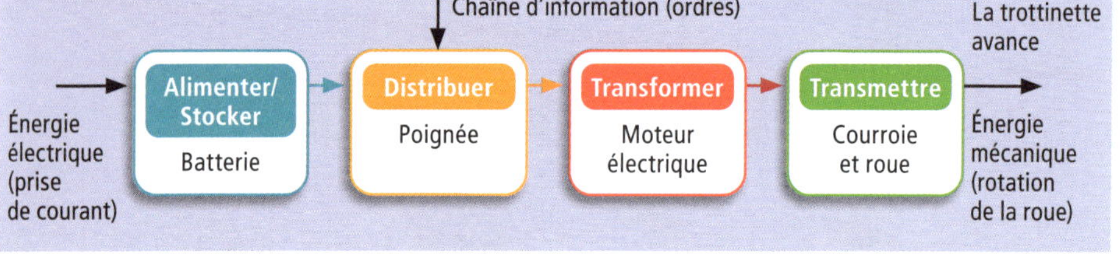

À VOS FOURNEAUX – EXERCICES BREVET

1. Dans la chaîne d'énergie d'une enceinte Bluetooth, quels composants sont associés aux blocs fonctionnels « alimenter » et « transformer » ?
2. Dans la chaîne d'énergie d'une tondeuse à gazon thermique, quels blocs fonctionnels correspondent aux composants : « réservoir » et « moteur » ?

► Corrigés en fin d'ouvrage

La chaîne d'information

Les ingrédients

LES SYSTÈMES AUTOMATISÉS

- Un système automatisé réalise une ou plusieurs tâche(s) (souvent en remplacement de l'homme pour des tâches dangereuses, pénibles ou répétitives) en suivant un cycle prédéfini d'opérations executées à l'aide d'un programme.
- Le système automatisé est constitué d'un ensemble de composants, soit appartenant à la chaîne d'énergie (nommée **partie opérative**), soit appartenant à la chaîne d'information (nommée **partie commande**).
- La chaîne d'information est utilisée pour décrire la circulation des informations au sein de l'objet.
- La chaîne d'information est reliée à la chaîne d'énergie, à laquelle elle envoie des ordres.

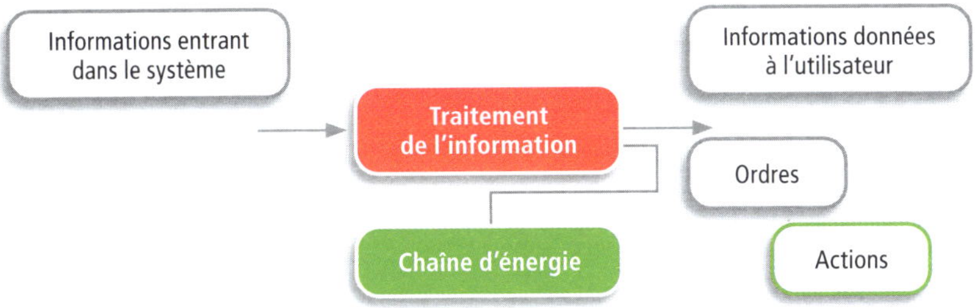

- Une chaîne d'information est un diagramme composé de **3 blocs fonctionnels** qui précisent le traitement de l'information dans l'objet ou système automatisé.

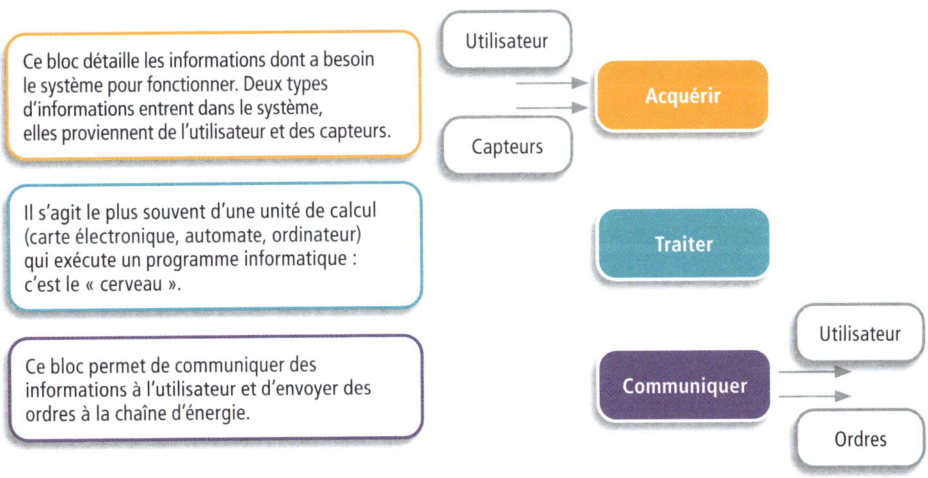

La recette pour réussir

CONSTRUIRE UNE CHAÎNE D'INFORMATION

SAVOIR FAIRE

Analyser le système

Pour réaliser le diagramme de la chaîne d'information d'un objet, il faut déterminer :
– les informations nécessaires au fonctionnement du système (données par l'utilisateur et les capteurs) ;
– quels ordres sont envoyés à la chaîne d'énergie ;
– les informations fournies aux utilisateurs.

ASTUCE DU CHEF

Pour faciliter cette étape, on peut renseigner un tableau avec ces éléments.

Acquérir		Communiquer
Ensemble des informations provenant de l'utilisateur (consignes)	Éléments nécessaires à leur acquisition	Informations destinées à l'utilisateur
Ensemble des informations provenant de capteurs	Éléments nécessaires à leur acquisition	Ordre transmis à la chaîne d'énergie

SAVOIR FAIRE

Construire le diagramme

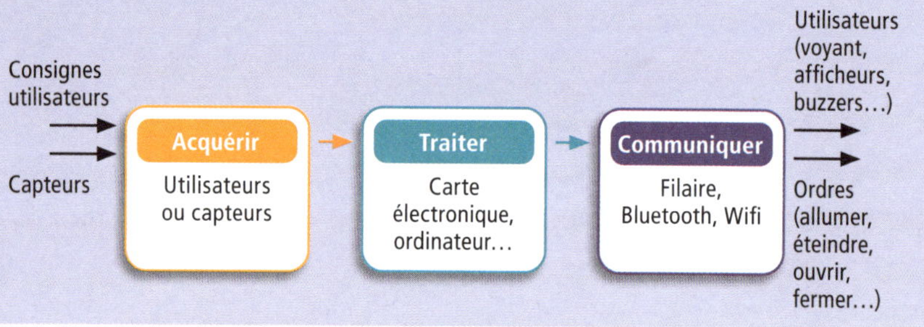

À VOS FOURNEAUX – EXERCICES BREVET

1. Donner les consignes utilisateurs de la chaîne d'information d'un ascenseur.
2. Associer les éléments suivants aux blocs fonctionnels correspondants : capteur de température, Wifi, interrupteur, ordinateur, détecteur de présence, afficheur d'étage.
3. Quels ordres sont transmis par la chaîne d'information à la chaîne d'énergie d'une voiture radiocommandée ?
4. Quelle est l'information fournie par les capteurs à la chaîne d'information d'un robinet automatique ?

▶ Corrigés en fin d'ouvrage

Les réseaux et la communication

Les ingrédients

LE RÉSEAU INFORMATIQUE

● On appelle **réseau** un ensemble de composants informatiques reliés entre eux pour échanger des informations.

● Il existe de nombreux réseaux, depuis le **réseau local** (celui d'un collège, d'une entreprise ou d'un pays, et qui peuvent être privés ou public) jusqu'au **réseau Internet** (qui est une interconnexion de tous ces réseaux entre eux).

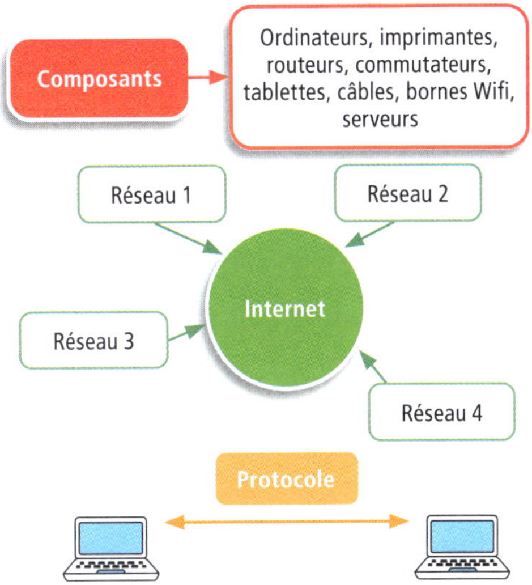

● L'échange d'informations entre les ordinateurs utilise des **protocoles**, parmi lesquels :
– le protocole HTTP : développé pour le Web (World Wide Web) ;
– le protocole FTP : pour le partage de fichiers entre ordinateurs ;
– protocole Wifi : protocole de communication sans fil.
D'autres protocoles existent pour les mails, la messagerie instantanée, les connections Bluetooth…

LA COMMUNICATION ET L'ARCHITECTURE D'UN RÉSEAU

● Le support de communication entre ordinateurs peut être **filaire** (fils de cuivre ou fibre optique) ou **sans fil** (Wifi, Bluetooth).

● L'architecture d'un réseau représente, sous la forme d'un schéma, les connexions des composants informatiques les uns aux autres :
– le **routeur** connecte le réseau à Internet ;
– les composants (**ordinateurs** ou **imprimantes**) sont reliés au routeur par câbles, ou sans fil (**commutateur** ou **borne Wifi**).

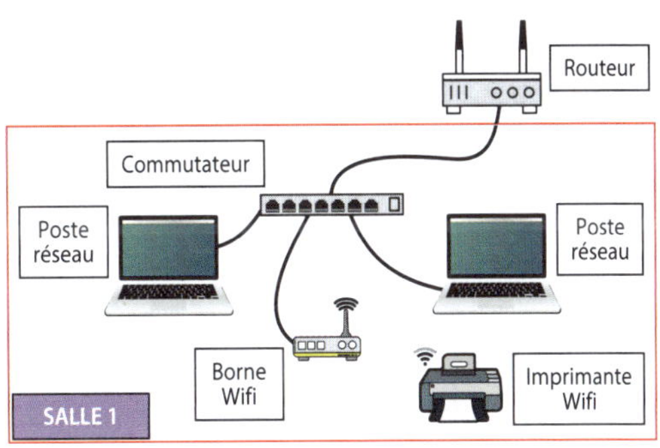

Exemple : dans le cas d'un collège, cette structure est reproduite dans toutes les salles informatique.

La recette pour réussir

SAVOIR FAIRE

Comment représenter l'architecture simplifiée d'un réseau

- Recenser toutes les salles contenants du matériel informatique.
- Pour chaque salle, identifier sa fonction (CDI, salle de classe...).
- Lister tous les postes présents.
- Pour chaque poste, déterminer son nom dans le réseau (commande « ipconfig/all ») et son type de connexion (filaire ou sans fil). La commande ipconfig permet de connaître les propriétés d'un poste informatique : le nom de l'ordinateur, le nom des cartes réseau et de l'adresse IP de chaque ordinateur. Cette adresse IP est unique et permet d'identifier chaque ordinateur sur le réseau.
- Représenter, à l'aide de symboles, l'organisation du réseau.

ASTUCE DU CHEF

SYMBOLES

Ordinateur

Imprimante

Routeur

Commutateur

Borne Wifi

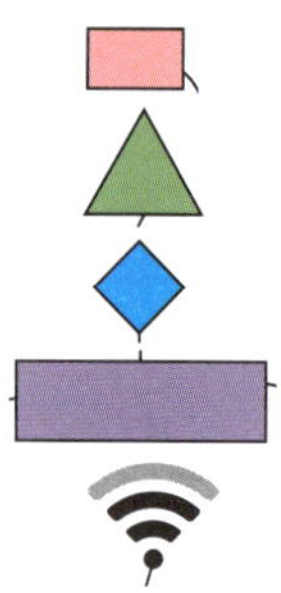

REPRÉSENTATION

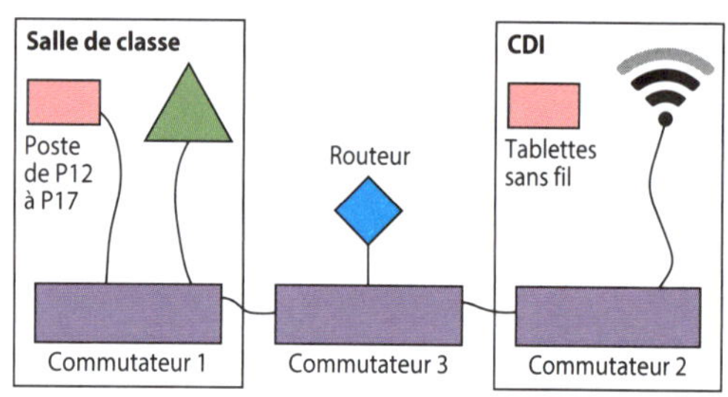

À VOS FOURNEAUX – EXERCICES BREVET

1. Quelles sont les deux types de connexion qui permettent de connecter un ordinateur au réseau ?
2. Quel composant permet de relier une salle du collège au reste du réseau ?
3. Dans le cas d'une connexion filaire, quelles technologies peuvent être utilisées ?
4. Quels noms les règles qui permettent aux ordinateurs d'échanger des informations entre eux portent-elles ?
5. Donner un mode de communication sans fil.
6. Quelle information permet d'identifier chaque ordinateur sur le réseau ?
7. Par quelle commande obtient-on l'adresse IP d'un ordinateur ?

▶ Corrigés en fin d'ouvrage

Épreuve orale

Sommaire

EPI – Monde économique et professionnel

EPI – Transition écologique et développement durable

Histoire des arts

Parcours d'éducation artistique et culturelle

Parcours Avenir

Parcours citoyen

Parcours éducatif de santé

Les attendus de l'épreuve

Les ingrédients

UNE SOUTENANCE

- Vous devez présenter, à l'oral, un exposé réalisé dans le cadre de l'**histoire des arts**, d'un **parcours éducatif** ou d'un **enseignement pratique interdisciplinaire** (EPI).
- L'épreuve orale est une soutenance, vous êtes évalué(e) sur la manière maîtrisée avec laquelle **vous vous adressez à un auditoire**, sur la précision de votre **vocabulaire**, sur l'explication de **votre démarche** et sur votre capacité à **reformuler** pour mieux vous faire comprendre.
- Vous êtes jugé(e) sur la manière dont vous avez **conçu, créé et réalisé votre présentation**, sur votre capacité à énoncer en quelques minutes vos connaissances sur le sujet.
- Enfin, le jury tiendra compte de **l'analyse** que vous faites de votre **pratique** et du **regard critique** porté sur votre travail.

N'oubliez pas, le jour J, d'apporter avec vous votre convocation et votre pièce d'identité !

MODALITÉS

- Vous pouvez présenter l'épreuve **individuellement** ou **en groupe de trois élèves au maximum**.
- Vous pouvez effectuer **une partie de votre présentation en langue vivante étrangère ou régionale** si celle-ci est enseignée dans votre collège.
- Vos responsables légaux transmettent votre choix de sujet au principal du collège.

ÉVALUATION

- L'évaluation de l'épreuve orale est toujours individuelle.
- Dans le cadre d'une **présentation individuelle** :

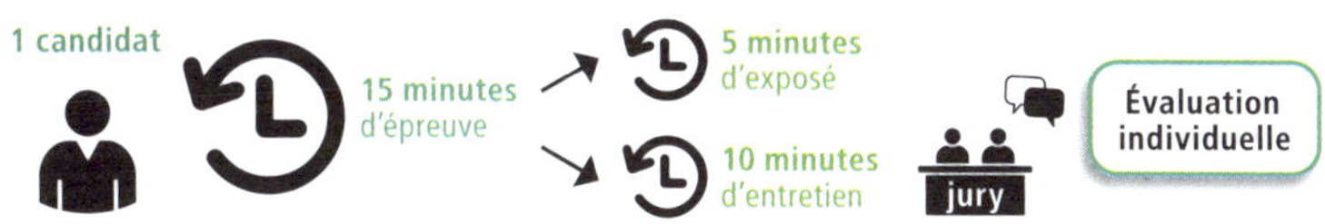

- Dans le cadre d'une **présentation collective** :

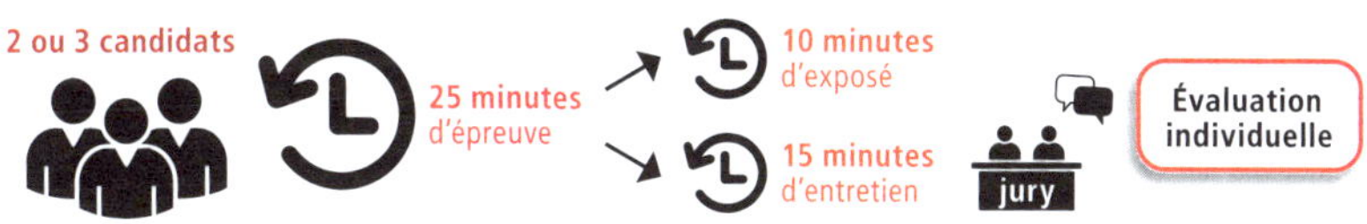

La recette pour réussir

SAVOIR FAIRE

L'épreuve est notée sur 100 points

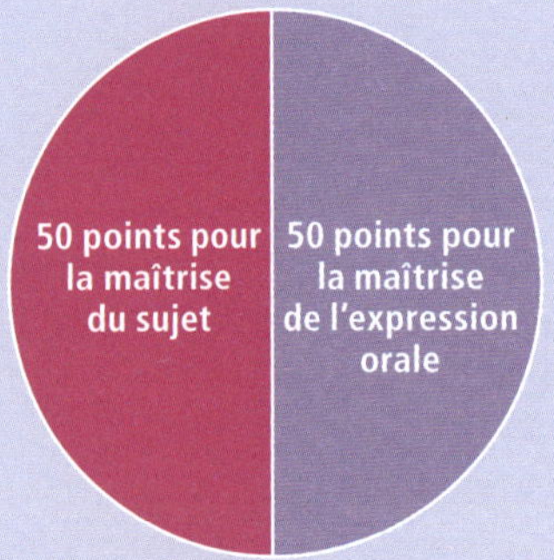

ASTUCES DU CHEF

- Entraînez-vous durant les cours à participer à l'oral afin d'avoir l'habitude d'exposer clairement vos connaissances.
- Un travail régulier au cours de l'année vous permet de conforter vos compétences.

À VOS FOURNEAUX

Savoir préparer son épreuve

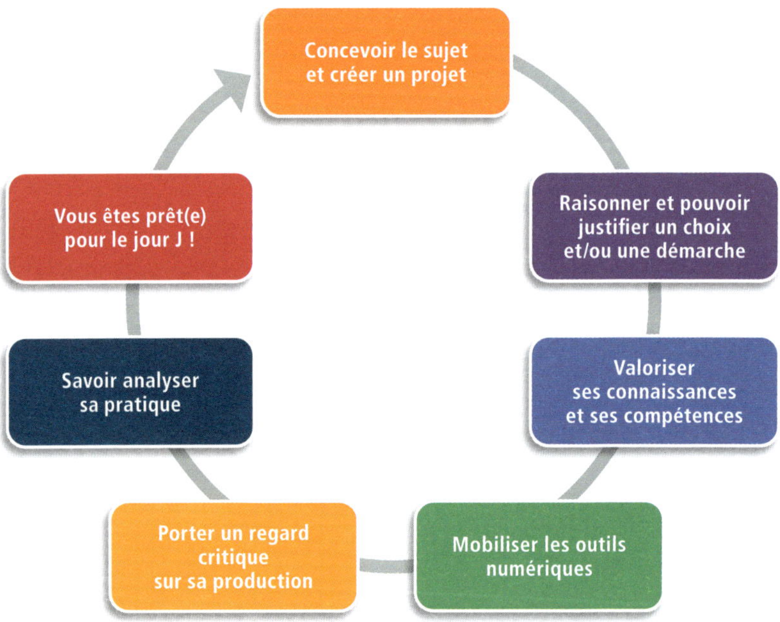

Réaliser un projet seul(e) ou à plusieurs

2

Les ingrédients

L'ÉLABORATION D'UN PROJET

- Le choix du projet doit susciter votre intérêt parce qu'il s'inscrit dans un thème que vous appréciez par **goût personnel**, il est en relation avec **ce que vous vivez ou ce que vous voudriez vivre** dans un avenir plus ou moins proche, il est en lien avec **une expérience vécue**, ou encore il stimule votre **curiosité intellectuelle**.

Tous les parcours ou les EPI qui débouchent sur **un projet dans lequel les membres du groupe jouent un rôle spécifique ou particulier** peuvent être choisis.

- L'organisation du travail personnel implique la mise en place d'une **méthode** :

Il faut d'abord amasser dans un classeur ou dans un dossier numérique :
– **les connaissances acquises après un cours** ;
– la **documentation** obtenue à la suite d'une visite – personnelle ou avec votre classe – d'un lieu (entreprise, cinéma, théâtre, musée, forum) et/ou à la suite d'**une rencontre avec un (ou des) intervenant(s) extérieur(s)** venu(s) au collège.

↓

Il convient ensuite de déterminer **les grands axes du projet** en classant les idées par rapport à ce que vous voulez démontrer.

↓

Il reste enfin à sélectionner le **moment** et **le(s) lieu(x)** où vous allez travailler, les **supports** et les **outils** sur lesquels vous vous appuyez, le **lexique** relatif au thème choisi que vous devez mobiliser.

- Quelques exemples de productions : une **vidéo** à réaliser, une **pièce de théâtre** à monter, un **débat fictif** à mener ou une **exposition** à mettre en place.

LES CONDITIONS À REMPLIR POUR UN PROJET COLLECTIF RÉUSSI

- Il doit présenter **une unité**, puisqu'il va être travaillé à plusieurs.
- Il doit **se décliner en deux ou trois volets** abordés à partir d'angles d'étude différents.
- Il nécessite **l'implication de tous** et ne permet pas à l'un des candidats de se reposer sur les autres.
- Il oblige **une prise de parole par tous**, tant pour la présentation orale que pour l'entretien avec le jury.

La recette pour réussir

SAVOIR FAIRE

L'organisation du temps de parole à plusieurs

- Chaque grand axe du projet doit être présenté à tour de rôle.
- Aucun des candidats ne doit monopoliser la parole ou couper celle d'un intervenant.
- Chaque candidat doit exprimer son ressenti sur le travail du groupe.

ASTUCE DU CHEF

Entraînez-vous ensemble et régulièrement à présenter votre projet en 10 minutes en vous minutant.

À VOS FOURNEAUX

Être à plusieurs et se répartir les points abordés

→ **Définir à l'avance le rôle et le temps de parole de chacun.**
Le temps imparti pour la soutenance collective étant de 10 minutes, les trois candidats doivent avoir chacun un temps de parole d'un peu plus de 3 minutes.
Si chaque candidat doit avoir préparé le contenu de son intervention, chacun doit aussi connaître le texte des interventions de ses camarades.

→ **Une proposition d'organisation de présentation d'un projet.**
- Le candidat 1 présente l'introduction, les objectifs du projet et annonce le plan.
- Le candidat 2 explique la préparation du projet, le cheminement de la réflexion et la mise en place des recherches.
- Le candidat 3 analyse la mise en œuvre de la réalisation matérielle et la présente.
- Pour finir, à tour de rôle, le candidat 1, le candidat 2 et le candidat 3 dressent leur bilan personnel de l'expérience.

→ **Quelques conseils pratiques.**
Soyez honnête quand vous présentez les avantages (sens de l'écoute de l'autre développé, plus de confiance en soi, stimulation de la réflexion par le groupe, meilleure connaissance de soi, connaissances et compétences acquises) et/ou les difficultés de votre travail en équipe (difficultés matérielles, compromis difficile à trouver, une remise en cause par les autres).
N'oubliez pas que la note finale est individuelle !

Préparer son exposé

Les ingrédients

CHERCHER DES DOCUMENTS

- Les **sources écrites** (manuels scolaires, encyclopédies, magazines), faciles d'accès au CDI, donnent l'idée générale et constituent la base d'une recherche plus approfondie sur Internet.
- Sur un **moteur de recherche**, tapez des **mots clés** relatifs à votre sujet ou projet, lancez votre recherche et choisissez un site qui vous semble pertinent.
- Regardez la **terminaison du site** pour connaître son origine : « **.org** » pour les sites d'institutions importantes, « **.com** » pour les entreprises, « **.fr** » pour un indicatif de pays (ici la France).

CONSTRUIRE LE PLAN DE L'EXPOSÉ

- Le **travail accompli en classe** et les **recherches documentaires** cernent le sujet, aident à dégager **la problématique** (le fil directeur) et à organiser le plan.
- L'**introduction** vous présente au jury : citez vos nom, prénom, classe et glissez un indice justifiant votre choix (être germaniste et choisir une œuvre d'art allemande, par exemple). Elle mentionne **l'intitulé du projet, son contenu** (**disciplines impliquées** et éventuelle présentation en **langues étrangères ou régionales**). Enfin, elle annonce la **problématique** et le **plan**.

Introduction =

- Le **développement** permet d'exposer **les étapes du projet** *via* un langage adapté, soutenu et riche. Il présente la **production** (affiche, diaporama, réalisation plastique, vidéo) illustrant vos connaissances du sujet et **l'analyse de votre travail** (difficultés rencontrées, ce que vous avez réussi ou non).

Développement =

- La **conclusion** résume la richesse du projet (**citoyenneté** et **connaissance de vous-même**).

Conclusion =

La recette pour réussir

SAVOIR FAIRE

Faire un support de qualité

- Proposer une présentation dynamique, claire et avec peu de textes.
- Des documents visuels sélectionnés et des zooms sur des éléments précis sont appréciés.

ASTUCES DU CHEF

- Prenez une règle et interagissez avec votre support numérique.
- Sauvegardez votre diaporama sur une clé USB.
- Sites utiles : elysee.fr ; data.gouv.fr ; gouvernement.fr ; assemblee-nationale.fr ; senat.fr ; legifrance.gouv.fr ; service-public.fr ; jeunes.gouv.fr ; sports.gouv.fr ; onisep.fr ; insee.fr ; les sites officiels des musées, des communes, des départements, des régions, des entreprises.

À VOS FOURNEAUX

Réussir un diaporama pour un exposé

→ **Concevoir votre diaporama.**
Le diaporama est le support qui présente les éléments à expliquer oralement au jury. Réfléchissez à ce que vous voulez présenter et sélectionnez les images et documents que vous désirez utiliser.

→ **Préparer votre diaporama.**
Ouvrez un fichier et nommez-le, par exemple : « Épreuve orale du DNB_NOM_Prénom ». Privilégiez un fond de diapositive simple et veillez à ce que le contenu de chaque diapositive soit pertinent, indispensable à votre propos et clair.
Écrivez peu de texte, sans fautes d'orthographe : un titre, un mot clé, un lieu.
Structurez le diaporama de 12 à 18 diapositives :
- une diapositive de présentation ;
- une diapositive d'annonce de plan ;
- des diapositives « explication » ;
- une diapositive de conclusion ;
- et une diapositive de remerciements.

→ **Quelques conseils pratiques.**
Harmonisez l'ensemble en choisissant un corps de police lisible (arial, calibri, tahoma), la taille 36-44 pour les titres en majuscules et 24-30 pour les textes en minuscules. Le style (**gras**, *italique*) met en évidence un auteur, un concept, une notion.
L'onglet « Insertion » aide à insérer une nouvelle diapositive, un texte, une image.
L'onglet « Format » ouvre l'accès à l'arrière-plan, au remplissage (remplir une forme sélectionnée avec un choix de couleur unie ou un dégradé) et au trait (détermination de la couleur, de la largeur et du style du trait).
Enregistrez régulièrement votre travail et vérifiez que le format choisi, .ppt (Powerpoint) ou .odp (LibreOffice), fonctionne avec l'ordinateur à utiliser le jour J.

S'entretenir avec le jury

4

Les ingrédients

SE PRÉSENTER DEVANT LE JURY

- **Soignez votre apparence physique** et portez une tenue adéquate dans laquelle vous vous sentez à l'aise.
- Apprenez à vous **détendre** pour paraître le (la) plus naturel(le) possible.
- Attendez que les membres du jury vous invitent à entrer dans la salle d'examen, **saluez-les en entrant et en partant** et **remerciez-les** de vous avoir écouté(e).

PRÉSENTER SON EXPOSÉ À L'ORAL AU JURY

- Adressez-vous au jury en le regardant, en parlant normalement (ni trop vite, ni trop fort) et en articulant bien.
- N'hésitez pas à **moduler les intonations de votre voix** et marquez parfois un arrêt.
- Formulez **des phrases simples, claires et courtes** qui capteront votre auditoire.
- Employez le **vocabulaire spécifique** des disciplines à la base de votre exposé pour montrer votre maîtrise du sujet.

Avoir des notes est rassurant, mais vous ne pourrez pas les lire !

RÉUSSIR L'ENTRETIEN AVEC LE JURY

- Prenez le temps d'écouter la question avant de **répondre de manière claire et concise**.
- Le jury pose des questions sur des points évoqués pendant votre exposé, que vous n'avez pas eu le temps d'expliquer.
- Le jury élargit aussi les questions pour **tester votre culture personnelle** et **comprendre votre implication ou motivation pour ce thème**.

Anticiper les questions : si vous citez un personnage, un monument, un événement historique dans votre exposé, attendez-vous à ce que le jury vous demande des précisions.
Par exemple, dressez une liste de livres ou de films qui ont un rapport avec votre thème.

- Si une question vous désarçonne, **reformulez-la au jury** pour qu'éventuellement il vous donne une piste vous permettant de répondre. Si vous ignorez la réponse, **dites que vous ne savez pas**.

À faire
- Tenez-vous droit(e).
- Parlez à la première personne du singulier.
- Interagissez avec le support utilisé.

À ne pas faire
- Ne mettez pas vos mains dans les poches.
- Proscrivez les familiarités, les excès de mauvaise humeur, les soupirs et les gestes inutiles.

La recette pour réussir

SAVOIR FAIRE

Réussir le jour J

- S'entraîner à minuter l'épreuve.
- Savoir ajouter ou supprimer des éléments si le temps n'est pas atteint ou s'il est dépassé.

ASTUCE DU CHEF

Pendant l'oral, posez votre montre devant vous afin de respecter le temps imparti.

À VOS FOURNEAUX

Quelques critères d'évaluation de votre épreuve orale de soutenance

→ Que veut dire maîtriser l'oral ?

S'exprimer de façon maîtrisée en s'adressant à un auditoire	– Être capable de développer votre **point de vue**, exprimer votre **émotion**, expliquer votre **démarche**. – Utiliser un **langage soutenu** et s'approprier le **vocabulaire spécifique** (le terme exact) du contexte pour parler d'un concept, d'un courant artistique, d'une technique, etc. – Éviter l'usage de certains mots comme « les gens », **bannir le langage familier**. – **Savoir écouter son interlocuteur** et ne pas lui couper la parole.
Savoir exploiter les ressources expressives et créatives de la parole	– **Articuler des termes** qui vous semblent importants, transmettre vos sentiments ou sensations par vos **intonations**, poser une **question** pour capter votre auditoire. – **Vous adresser au jury** et non lire vos notes.

→ Que veut dire maîtriser le sujet ?

Réfléchir sur les étapes de la construction du projet	– **Analyser** votre pratique, **justifier** vos choix et **savoir vous remettre en question**. – **Apprécier les qualités et les défauts**, les points positifs et les points négatifs d'une œuvre d'art, d'une conception, d'une technique, d'un savoir-être ou d'un savoir-faire.
Acquérir des connaissances et des compétences nouvelles	– Faire des **recherches complémentaires** sur des personnages, des monuments/bâtiments, des artistes, des techniques, un protocole de construction géométrique, un algorithme, etc.
Mobiliser des connaissances numériques	– Préparer un **support explicite et agréable à l'œil**.
Maîtriser le temps de l'épreuve	– **Faire des choix** dans vos connaissances et vos compétences pour produire un exposé de quelques minutes.

Les parcours éducatifs

Les ingrédients

QUATRE PARCOURS ÉDUCATIFS POSSIBLES

PARCOURS CITOYEN

Allier sa connaissance des éléments liés aux valeurs de la République avec ses compétences personnelles manifestées au collège ou en dehors, pour devenir un(e) citoyen(ne) engagé(e), responsable et libre.

PARCOURS D'ÉDUCATION ARTISTIQUE ET CULTURELLE

Acquérir une culture personnelle en développant son esprit critique dans le domaine des arts et du patrimoine, à la faveur de rencontres avec des œuvres ou des artistes et de visites d'expositions ou de musées.

PARCOURS AVENIR

Apprendre, à partir d'informations, des filières d'orientation et de découverte du monde économique et professionnel, à élaborer sa propre orientation scolaire et professionnelle.

PARCOURS ÉDUCATIF DE SANTÉ

Comprendre les dispositifs qui concernent la protection de la santé et mener des activités de prévention pour devenir un(e) citoyen(ne) responsable, acteur (actrice) de sa santé.

DES PARCOURS TRANSDISCIPLINAIRES

- **Toutes les disciplines enseignées au collège** peuvent contribuer aux différents parcours.
- Les **expériences extrascolaires** sont intégrables aux parcours.
- Les connaissances et les compétences sont transmises par l'apprentissage en classe, mais aussi par une **pratique individuelle ou collective** et par des **rencontres** avec des personnes extérieures au collège.

LA PLATEFORME FOLIOS

Pour plus d'informations et de conseils sur les parcours éducatifs, consultez la présentation **FOLIOS**.

La recette pour réussir

SAVOIR FAIRE

Apprendre par la pratique et la rencontre

- **Pratiquer**, c'est chercher des informations, s'engager au sein du collège ou dans une association, mener une action solidaire, organiser une exposition, participer à un concours ou à un challenge, expliquer aux autres un projet.
- **Rencontrer**, c'est échanger avec l'équipe éducative du collège et avec des intervenants venus au collège, rencontrés dans un lieu spécifique lors d'une sortie pédagogique ou du stage en entreprise.

ASTUCE DU CHEF

Prenez l'habitude de vous rendre régulièrement au CDI et parlez de votre projet avec vos professeurs.

À VOS FOURNEAUX

Les élèves, l'équipe éducative et les parents : un travail d'équipe

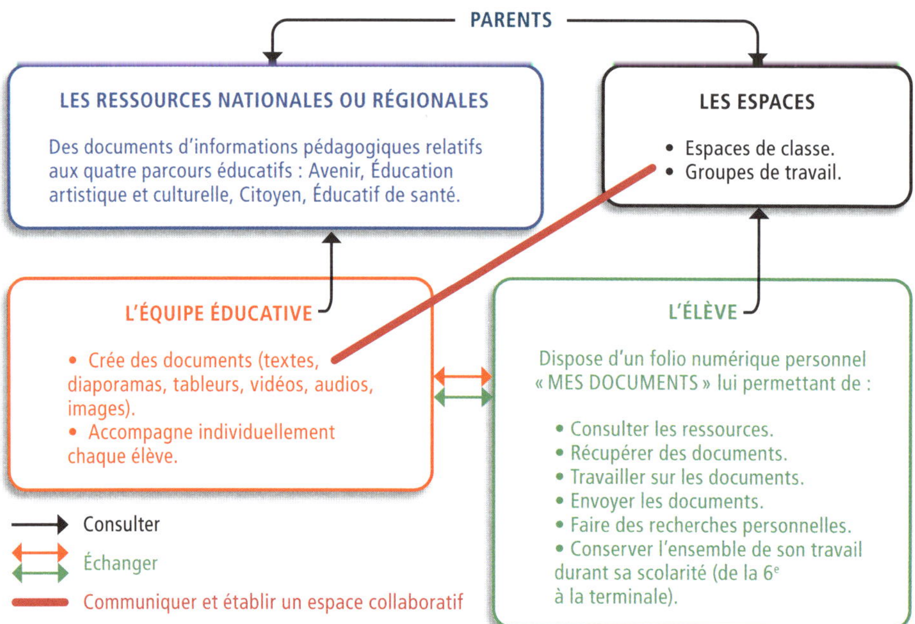

Les EPI

6

Les ingrédients

UNE DÉCLINAISON EN HUIT THÉMATIQUES

- Les **EPI** sont des enseignements faisant partie des **enseignements obligatoires** en classe de 5e, 4e ou 3e. Ils s'inscrivent dans le cadre des programmes disciplinaires.
- Ils sont **encadrés par les professeurs** en cours ou pendant les heures de vie de classe. Ils nécessitent un investissement tout au long de l'année.

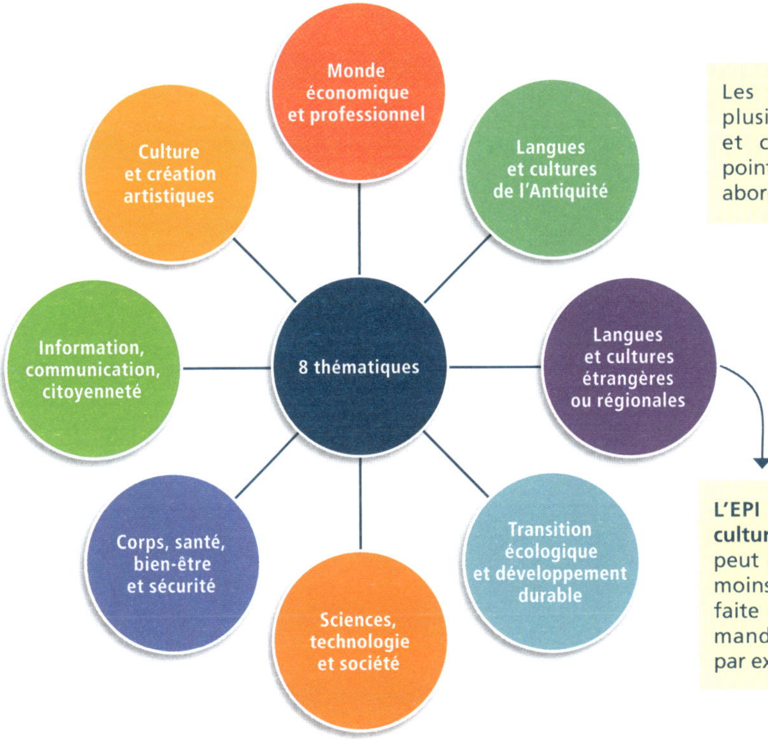

Les EPI impliquent plusieurs disciplines et complètent des points de programme abordés.

L'EPI « Langues et cultures étrangères » peut être choisi si au moins une partie est faite en anglais, allemand ou espagnol, par exemple.

TOUTES LES DISCIPLINES SONT CONCERNÉES

- Les EPI vous permettent d'**apprendre autrement** en approfondissant les connaissances et en offrant, sur un thème précis, **plusieurs angles d'approche**.
- En proposant une réalisation concrète individuelle ou collective, les EPI sont une opportunité pour acquérir de nouvelles compétences tant en **savoir-faire** qu'en **savoir-être**.

La recette pour réussir

À VOS FOURNEAUX

Présenter un EPI à l'oral : quelques exemples

EPI	Disciplines et sujets	Ouvertures possibles
Corps, santé, bien-être et sécurité (fiches 7, 8, 9)	**SVT et physique-chimie** Les biotechnologies ; La réparation du vivant ; Le handicap	Le respect d'autrui et le respect des différences
Culture et création artistiques (fiches 10, 11 et 12)	**Français** Descriptions et récits extraits des grands romans du XIXe siècle **Histoire** L'Europe de la « révolution industrielle » au XIXe siècle (4e)	Les métiers de l'architecture ; L'histoire des arts
Langues et cultures étrangères ou régionales (fiches 13, 14, 15)	**Langues** Exprimer des sentiments et réagir face à des sentiments exprimés ; Faire une description **Histoire** Révolution française et Empire : nouvel ordre politique et société révolutionnée en France et en Europe (4e)	L'histoire des arts
Sciences, technologie et société (fiches 16, 17, 18)	**Histoire** L'Europe de la « révolution industrielle » au XIXe siècle (4e) **Physique-chimie et SVT** La propagation du son et l'audition **Français** Visions poétiques du monde	L'histoire des arts ; Les sciences et les techniques
Monde économique et professionnel (fiches 19, 20, 21)	**Histoire et français** Conditions féminines dans une société en mutation (4e) ; Femmes et hommes dans la société des années 1950 aux années 1980 (3e)	L'orientation, les métiers et l'accès à la formation ; L'évolution des droits des femmes dans l'histoire et dans le monde
Transition écologique et développement durable (fiches 22, 23, 24)	**Géographie** Les risques et le changement climatique global (5e) ; Le tourisme et ses espaces (4e) ; Les espaces productifs et leurs évolutions (3e) **SVT** L'exploitation des ressources par l'être humain ; La biodiversité	Les métiers de la transition écologique ; L'engagement du citoyen face aux risques
Langues et cultures de l'Antiquité	**Français et langues anciennes** Les évolutions de la langue française ; Les mythes dans la littérature ; Les expressions latines ou grecques utilisées de nos jours	La réécriture d'une pièce de théâtre (*Antigone* de Sophocle ou d'Anouilh) ; Les métiers du spectacle
Information, communication et citoyenneté	**Arts plastiques** Les arts, entre liberté et propagande **EMC** Connaître les libertés et les droits fondamentaux de la personne **Histoire** Société, culture et politique dans la France du XIXe siècle ; L'Europe, un théâtre majeur de guerres totales (1914-1945) **Français** Compréhension de l'image	La semaine de la presse (informer, s'informer ou déformer ?)

Le handisport : historique et présentation

7

Les ingrédients

DÉBUT DU HANDISPORT

- L'activité physique pour personnes handicapées apparaît **sous forme thérapeutique après la Seconde Guerre mondiale**.
- En 1954, sous l'impulsion d'un jeune homme amputé, Philippe Berthe, l'**Amicale sportive des mutilés de France** voit le jour. Elle est relayée, en 1963, par la **Fédération sportive des handicapés physiques de France**, qui devient membre du Comité national olympique et sportif français en 1973.
- En 1977, elle prend le nom de **Fédération française handisport** qui compte aujourd'hui **35 000 pratiquants** et près de **700 clubs** dans **45 sports**.

Joueuse de tennis en fauteuil roulant.

Le handisport est devenu rapidement une activité de loisir puis de **compétition**.

DISCIPLINES

- **Les disciplines sont les mêmes que pour les sportifs dits valides**. Certaines se pratiquent à différentes échelles selon le handicap. Par exemple, le bowling en compétition n'est ouvert qu'aux sourds et malentendants.
- Le **torball**, la **boccia** ou le **goalball** sont des sports pour lesquels il n'existe pas d'équivalent pour les sportifs valides.
- D'autres disciplines comme le **basket en fauteuil roulant** ont par la suite été ouvertes aux sportifs valides.

HANDICAPS

Le **handisport** (handicaps auditifs, visuels ou moteurs) et le **sport adapté** (handicaps psychiques ou mentaux) sont divisés en trois grandes catégories :

Sportifs sourds et malentendants
Jeux séparés afin de respecter les besoins spécifiques en communication de ce public (Silent Games).

Sportifs porteurs de déficit mental
En France, la Fédération du sport adapté a été créée en 1971.

Sportifs présentant un handicap physique
Les premières compétitions ont débuté en 1948, donnant rapidement naissance aux Jeux paralympiques en 1960.

La recette pour réussir

SAVOIR FAIRE

- Connaître la différence entre handisport et sport adapté.
- Être capable de différencier l'historique du handisport en France et dans le reste du monde.

ASTUCES DU CHEF

- Présentez une frise chronologique afin de pouvoir se repérer dans l'historique.
- Présentez les trois grandes catégories de handicaps avec leurs points communs et leurs différences.

À VOS FOURNEAUX – EXERCICE COMMENTÉ BREVET

« Tricherie lors des Jeux paralympiques de Sydney : quelles conséquences pour le handisport ? »

→ **Utiliser un film pour présenter la tricherie des Jeux paralympiques de Sydney.**

Le film *Chacun pour tous*, sorti en 2018 et réalisé par Vianney Lebasque, est très largement inspiré d'une histoire vraie. Lors des Jeux paralympiques de Sydney en 2000, l'équipe nationale espagnole de basket-ball déficiente intellectuelle avait remporté la médaille d'or alors que sur les douze membres de l'équipe, dix ne présentaient aucun handicap mental. Une présentation d'un extrait de ce film permet d'évoquer l'ambivalence entre les questions éthiques, morales et le manque de reconnaissance et de moyens pour ces sportifs.

Affiche du film *Chacun pour tous* (2018).

→ **Comprendre les conséquences de cette tricherie.**

Cette affaire a tout d'abord montré la difficulté à évaluer un handicap mental et la faible frontière entre sportif valide ou déficient intellectuel. Ce scandale ayant éclaté, d'autres équipes nationales dans plusieurs disciplines vont être suspectées d'avoir eu recours à la même fraude. À la suite de la révélation de cette tricherie, la décision a donc été prise d'exclure l'intégralité des sportifs déficients intellectuels des Jeux paralympiques. Il faudra attendre les Jeux olympiques de Londres en 2012 pour que – sous la forte pression des comités de sport adapté – certaines disciplines comme la natation, le tennis de table et l'athlétisme soient à nouveau représentées.

Le handisport : valeurs et bienfaits

8

Les ingrédients

AUTONOMIE DU SPORTIF

- Une personne atteinte de handicap peut l'être de naissance ou peut le devenir au cours de sa vie (accident, maladie...). Dans tous les cas, l'autonomie s'en trouve réduite et la pratique d'un sport nécessite **un accompagnement individualisé**.
- Le sport permet d'**améliorer ses capacités physiques** et de **développer son indépendance**. C'est pourquoi le handisport est aussi utilisé dans le cadre de la **rééducation** aussi bien mentale que physique.
- Paradoxalement, dans sa recherche d'autonomie et d'indépendance, le sportif sera **très entouré** et sa pratique sportive nécessite **une importante équipe autour de lui** (corps médical, associations, clubs sportifs...).

PRISE EN COMPTE DE SA SINGULARITÉ

- La **prise en compte du handicap et des particularités du sportif** est indispensable afin de permettre à chacun de pratiquer en toute sécurité et avec les adaptations adéquates.
- Le choix du sport se fera en fonction des **aménagements** proposés. En effet, même si le handisport et le sport adapté se développent et offrent de très nombreuses possibilités, **tous les sports ne sont pas encore accessibles à tous les handicaps**. Un sportif aveugle ou malvoyant pourra par exemple pratiquer le **hockey sonore** ou le **cécifoot** mais ne pourra pas pratiquer le basket-ball.

Pour l'épreuve du 100 mètres, le(la) sportif(ve) porteur(euse) de handicap visuel est accompagné(e) d'un(e) guide.

ACCOMPLISSEMENT PAR LE SPORT

- La pratique sportive permet à certaines personnes de **concevoir leur vie avec leur handicap**, d'**accepter leur singularité** et de **trouver une place dans la société**.
- L'**estime de soi** peut être retrouvée grâce à des réussites collectives et/ou individuelles.
- Pour autant, le **manque de visibilité** et le **regard porté** sur le handisport nécessitent encore beaucoup de travail. De nombreux sportifs regrettent encore qu'auprès du public l'accent soit davantage mis sur le handicap que sur la performance sportive.

La recette pour réussir

SAVOIR FAIRE

- Savoir argumenter sur les différents aspects bénéfiques du handisport et du sport adapté.
- Être capable d'expliquer l'accompagnement d'un sportif dans sa pratique sportive.

ASTUCES DU CHEF

- Choisissez des titres percutants pour partager la présentation.
- Dans cette fiche, les sous-titres choisis correspondent aux valeurs du handisport.

À VOS FOURNEAUX – EXERCICE COMMENTÉ BREVET

« Comment le sport permet-il aux sportifs atteints de handicap de s'accomplir ? »

→ **Parler des capacités physiques.**

Non traumatisante pour le corps, permettant de s'affranchir d'un fauteuil ou d'une prothèse, la natation handisport est le sport le plus pratiqué par les personnes handicapées. Pour autant, la natation fut longtemps déconseillée aux personnes atteintes de nanisme, car considérée comme inadaptée à leur physiologie.

Même si cette idée tend à disparaître, c'est aussi le constat qu'ont fait certains athlètes de petite taille qui se sont tournés vers l'haltérophilie. Scientifiquement, cela s'explique par le fait qu'avoir des membres plus courts facilite les mouvements, nécessite une amplitude moins grande et diminue le rapport poids/force. C'est ainsi que grâce à leurs particularités physiques, certains sportifs peuvent établir des performances exceptionnelles dans certaines disciplines.

→ **Évoquer les bienfaits du sport sur le handicap.**

En prenant le cas de l'autisme, on remarque que, pour les personnes avec troubles du spectre autistique (TSA), certaines disciplines attirent beaucoup plus. C'est le cas de l'escalade qui permet à l'athlète d'évoluer seul face à sa paroi en faisant le choix des bons mouvements et de la bonne trajectoire, de la natation grâce à la sensation procurée sur le corps, mais aussi des arts martiaux du fait de leur côté rassurant avec des codes et des règles très précis. La pratique du sport pour les personnes autistes aura des bienfaits sur les plans physiques, sensoriels, moteurs, sociaux et hédoniques.

Toutefois, chaque personne étant différente, les besoins recherchés et les bénéfices apportés sont propres à chaque individu, et les aménagements mis en place permettent à chacun de s'accomplir dans différents domaines.

MARIE-AMÉLIE LE FUR

Regardez le portrait d'une **championne paralympique**.

Le handisport : les progrès technologiques

9

Les ingrédients

LA TECHNOLOGIE AU SERVICE DU HANDISPORT

- Les **performances** se trouvent directement affectées par l'**apport de la technologie**, et se rapprochent de plus en plus de celles des athlètes valides.

Il n'est pas rare que les sportifs eux-mêmes soient à l'origine des **innovations techniques**, comme ce fut le cas d'**Éric Dargent**, qui a mis au point **une prothèse** destinée à la pratique du surf, du skateboard et du cyclisme.

- De plus en plus d'entreprises et de start-up se lancent dans la **création d'applications ou d'appareillage** dédiés au handisport.

DES MATÉRIAUX NOVATEURS

- Le bois et le cuivre autrefois utilisés pour les prothèses ont été remplacés par **des matériaux plus légers et plus souples** comme la **fibre de carbone**, la **fibre de verre** ou encore le **Kevlar**. Ils offrent **un appareillage plus léger et une meilleure adaptation à la morphologie du membre manquant**.
- Les **fauteuils roulants** se sont aussi perfectionnés ces dernières années : plus légers, plus maniables et pouvant effectuer des mouvements rapides.

DES OBJETS CONNECTÉS

- Les objets connectés connaissent un essor important ces dernières années, notamment grâce aux **smartphones** et aux **applications de navigation et de guidage** spécialement conçues pour les sportifs mal et non-voyants.
- L'utilisation de **drones**, repérables à l'oreille et toujours liés à l'athlète (s'adaptant par exemple à ses variations de vitesse), est devenue incontournable.
- Les **textiles connectés** – comme le bonnet de bain en natation – envoient des vibrations qui permettent de prévenir le sportif d'un obstacle ou de l'approche du bord du bassin pour les nageurs.
- L'**impression en 3D** accélère le changement et permet une conception des objets plus rapide et nettement moins coûteuse, démocratisant ainsi l'appareillage dans le handisport.
- **Applications** et **réseaux sociaux** permettent aux personnes en situation de handicap de trouver des endroits où pratiquer leur activité mais aussi des partenaires (handicapés ou valides), favorisant ainsi la pratique sportive pour tous.

La recette pour réussir

SAVOIR FAIRE

Extraire les informations des fiches 7, 8 et 9 pour créer votre propre présentation.
Exemple : pour traiter le destin d'un sportif en particulier, vous pouvez vous appuyer sur son handicap, son histoire, son intégration, les aménagements mis en place et ses performances.

ASTUCES DU CHEF

- Répondez à la problématique de votre sujet et proposez une question d'ouverture pour conclure l'oral.
- Un sujet d'actualité peut être facilement traité et développé en phase d'entretien avec le jury.

À VOS FOURNEAUX – EXERCICE COMMENTÉ BREVET

« Destin d'une sportive : Marie-Amélie Le Fur »

→ **Présenter la prothèse « Cheetah ».**

Marie-Amélie Le Fur est une athlète handisport française qui fut amputée sous le genou gauche en 2004 à la suite d'un accident de scooter. Pratiquant l'athlétisme depuis son plus jeune âge, son besoin de courir ne l'a jamais quittée. Il était donc indispensable de trouver un équipement lui permettant de reprendre son activité. Les prothèses orthopédiques qu'elle utilise sont du type « flex-foot », il s'agit du type de prothèse le plus connu et le plus utilisé pour les personnes amputées au niveau de la jambe. Cette prothèse, conçue par un ingénieur en aéronautique, est fabriquée en fibre de carbone imprégnée dans de la résine époxyde et présente de nombreux avantages : souplesse, légèreté et retour d'énergie efficace. Le modèle utilisé par l'athlète est le modèle « Cheetah ». Signifiant guépard, son nom vient du fait que les scientifiques se sont inspirés de la morphologie de l'animal le plus rapide du monde pour la concevoir.

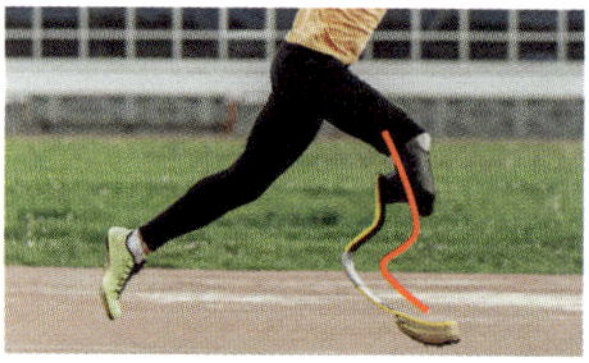

→ **Comprendre la polémique autour des performances.**

Le palmarès de Marie-Amélie Le Fur est incroyable ! Elle détient neuf médailles paralympiques (dont une en argent lors de l'édition 2021 à Tokyo). À cela s'ajoutent douze médailles mondiales, quatre titres de championne du monde et un record du monde féminin handisport en saut en longueur. Ses performances sont remarquables, et c'est également le cas pour d'autres sportifs handisport. Cependant, ces nouveaux records et résultats font parfois polémique : la technologie améliore-t-elle les performances réelles de l'athlète et dépasse-t-elle les capacités biologiques ?

La société du XIXe siècle : le Familistère de Godin

10

Les ingrédients

LES DÉBUTS DE JEAN-BAPTISTE ANDRÉ GODIN (1817-1840)

- Jean-Baptiste André Godin (1817-1888), après un passage à l'école publique, travaille à 11 ans dans l'atelier de serrurerie paternel.
- Il est **autodidacte** et entreprend en 1834 un **tour de France de compagnon** pour mener un apprentissage industriel plus avancé. Il vit la dureté de la condition ouvrière.
- En 1840, il fonde à Esquéhéries son atelier de serrurerie-fumisterie et dépose **un brevet pour un poêle en fonte de fer** qui va faire sa fortune.

Cuisinière en fonte de l'usine Godin.

UN RÉFORMATEUR SOCIAL (1840-1846)

Si, en 1843, Godin adhère à **l'École sociétaire**, il pense qu'être chef d'entreprise lui permet de mettre en place **une expérience sociale** pour supprimer la misère des ouvriers.

École sociétaire : structure dont l'objectif est la publication des œuvres de Fourier (un père des premiers socialismes), l'étude de sa doctrine et la vulgarisation de ses théories.

LE FAMILISTÈRE DE GUISE (1846-1888)

- En 1846, il transfère son entreprise de 20 employés à **Guise**. Très vite, l'usine se développe (180 ouvriers en 1852) et Godin devient **le numéro 1 mondial** dans son secteur d'activité.
- Après l'élection du président de la République Louis-Napoléon Bonaparte, les **fouriéristes** s'exilent en Belgique. Godin décide alors de fonder, en 1854, **une seconde usine à Laeken** (près de Bruxelles).
- Déçu par les promesses des idéologues fouriéristes, Godin achète en 1857 un terrain face à son usine localisé dans un méandre de l'Oise. Il édifie, avec les bénéfices de ses usines, le **Familistère** dont il est **l'urbaniste**, **l'ingénieur** et **l'architecte**. En 1880, le Familistère devient **l'Association coopérative du capital et du travail**.
- En 1888, Godin meurt et lègue son usine et le Familistère à son personnel qui en devient le propriétaire.

La recette pour réussir

SAVOIR FAIRE

Comprendre l'expérience du Familistère de Guise

Observer les différents espaces du Familistère.

ASTUCE DU CHEF

Attribuez une fonction à chaque bâtiment ou espace.

À VOS FOURNEAUX – EXERCICE COMMENTÉ BREVET

« Le Familistère ou le palais social »

○ Manufacture, fonderie	○ Jardin d'agrément
○ Familistère (pavillon central, aile droite, aile gauche) et pavillon Cambrai	○ Lavoir-buanderie-piscine et salle de gymnastique
○ Théâtre et écoles mixtes	+ Nourricerie et pouponnat (non reconstruits après 1918)
○ Économats	

→ **Un « palais social »...** L'architecture rappelle celle du château de Versailles : l'unité centrale flanquée de deux ailes, nommée Familistère par Godin et entourée d'un jardin d'agrément, sert d'habitation.

→ **... offrant des « équivalents de la richesse ».** Les ouvriers profitent, par l'entraide et la coopération, des services essentiels que la bourgeoisie s'offre par l'argent et la domesticité.

Les logements aérés et lumineux donnent sur le jardin d'agrément, un espace libre de loisirs. Les bornes-fontaines donnent l'accès à une eau de qualité et favorisent la propreté, la salubrité et l'hygiène nécessaires à la bonne santé des habitants. Des femmes rétribuées assurent le nettoyage des parties communes.

Les mères, qui travaillent, mettent leurs jeunes enfants à la nourricerie et au pouponnat. Dans le lavoir-buanderie-piscine, les habitants font la lessive, prennent une douche après le travail et profitent d'une piscine dont l'eau est chauffée par le refroidissement du métal en fusion de l'usine. Les jeunes enfants y sont en sécurité puisque le fond de la piscine peut être remonté !

Les économats assurent la subsistance et le vêtement. Ils vendent de tout (sauf le tabac et les journaux), à des prix modérés et pratiquent le principe de la « carte de fidélité ».

Le théâtre et des écoles – mixtes, laïques et obligatoires pour les enfants jusqu'à 14 ans – contribuent à l'émancipation et à l'éducation des ouvriers et de leurs familles.

La société du XIXe siècle : *Germinal*, Émile Zola

11

ORAL – FRANÇAIS

Les ingrédients

UNE PIÈCE DES ROUGON-MACQUART

● Publié en **1885**, *Germinal* est le **treizième roman des Rougon-Macquart**. Cette saga de vingt romans présente « l'histoire naturelle et sociale d'une famille sous le second Empire », sur trois générations.

● L'œuvre évoque les difficiles **conditions de vie et de travail des mineurs du nord de la France**, en suivant le cheminement d'**Étienne Lantier**.

« […] Germinal est une œuvre de pitié, et non une œuvre de révolution. Ce que j'ai voulu, c'est crier aux heureux de ce monde, à ceux qui sont les maitres :

"Prenez garde, regardez sous terre, voyez ces misérables qui travaillent et qui souffrent. […] Mais hâtez-vous d'être justes, autrement, voilà le péril : la terre s'ouvrira et les nations s'engloutiront dans un des plus effroyables bouleversements de l'histoire." »

Lettre d'**Émile Zola** à un directeur de journal, décembre 1885, *Œuvres complètes*, tome 14, Cercle du livre précieux, Tchou, 1969.

UN ROMAN RÉALISTE ET NATURALISTE

● Les romanciers **réalistes** et **naturalistes** ont pour ambition de **décrire la société dans son ensemble**. Dans *Germinal*, Zola s'intéresse ainsi à la classe ouvrière, née avec la révolution industrielle, et aux transformations engendrées par **les débuts du syndicalisme**.

● Avant l'écriture proprement dite, il réunit une documentation importante dans des « **dossiers préparatoires** » : coupures de presse, entretiens, notes, croquis.

Réalisme : mouvement littéraire et culturel de la deuxième moitié du XIXe siècle, qui s'attache à représenter la société telle qu'elle est. **Naturalisme :** mouvement littéraire et culturel proche du réalisme, souhaitant mettre en évidence les lois scientifiques, notamment de l'hérédité.

GERMINAL OU « L'ENFER DU TRAVAIL »

● La vie ouvrière décrite par Zola est **déplorable** : descendant à la mine alors qu'ils sont encore enfants, les ouvriers comme Bonnemort souffrent de **maladies chroniques** et reçoivent des **salaires dérisoires**.

● Cependant, en intitulant son œuvre du nom du septième mois du **calendrier révolutionnaire**, l'auteur évoque **la volonté d'un ordre nouveau**. La germination fait également référence au **printemps**, saison qui clôt le roman et correspond au départ d'Étienne Lantier à Paris. Zola évoque ainsi à la fois **la renaissance de la nature et l'espoir pour la classe ouvrière**.

La recette pour réussir

SAVOIR FAIRE

Présenter le roman

- Évoquer l'auteur et l'intrigue.
- Lire des extraits courts et significatifs.

ASTUCES DU CHEF

- Utilisez le vocabulaire précis de l'analyse littéraire.
- Évoquez le contexte littéraire et historique dans lequel se déploie l'œuvre.

À VOS FOURNEAUX – EXERCICE COMMENTÉ BREVET

« *Germinal*, Émile Zola »

→ **Parler de l'auteur et des recherches préalables.**

Avant d'écrire son roman, Zola se rend à Anzin du 19 au 22 février 1884 lors d'une grève des mineurs. Il est guidé par Alfred Giard, professeur à la faculté des sciences de Lille et député d'extrême gauche.

Il visite les maisons ouvrières, descend dans une fosse, étudie les différents métiers (porion, herscheur, etc.) et le fonctionnement des machines. Il s'intéresse également aux amendes et aux accidents.

Annonce de la parution de *Germinal* dans le magazine *Gil Blas* du 25 novembre 1884.

→ **Présenter l'intrigue.**

Étienne Lantier trouve du travail à la mine de Montsou. Accueilli par la famille Maheu, il tombe amoureux de leur fille Catherine. Lorsque la Compagnie des mines décrète une baisse de salaire, il pousse les mineurs à la grève.

Rêvant d'une société plus juste, les ouvriers se révoltent et ne se résignent à reprendre le travail qu'après que le père Maheu a été tué par les soldats. Souvarine, un ouvrier anarchiste, sabote alors la fosse, faisant de nombreuses victimes. Étienne en réchappe et part se consacrer à l'action syndicale à Paris.

→ **Évoquer les thèmes centraux et le style de Zola.**

La réalité sociale et politique est au cœur du roman : Étienne Lantier est sensible au socialisme et en propage les idées, Souvarine est quant à lui anarchiste. Zola évoque aussi la confrontation des classes bourgeoise et travailleuse, ainsi que le développement d'une nouvelle conscience ouvrière.

La dimension symbolique du « Voreux », le puits dans lequel descendent les mineurs, est enfin l'occasion de métaphores et d'animalisation. Le narrateur le décrit comme une « bête méchante » tapie « au fond de son trou », gênée « par sa digestion de chair humaine ».

La société du XIXe siècle : l'hygiénisme au Familistère

12

Les ingrédients

LE CONSTAT DU DOCTEUR VILLERMÉ DE 1840…

- Dans son rapport intitulé ***Tableau de l'état physique et moral des ouvriers employés dans les manufactures de coton, de laine et de soie***, et consacré aux ouvriers du textile du département du Haut-Rhin, le docteur Villermé écrit : « Ainsi, à **la fatigue d'une journée** déjà démesurément longue, puisqu'elle est au moins de quinze heures, vient se joindre pour ces malheureux, celle de ces **allers et retours si fréquents, si pénibles**. Il en résulte que le soir ils arrivent chez eux **accablés par le besoin de dormir**, et que le lendemain ils en sortent avant d'être complètement reposés, pour se trouver dans l'atelier à l'heure de l'ouverture. »
- Si Villermé présente **une vision conservatrice de la paupérisation des ouvriers** (dilapidation de leurs salaires dans les cafés, mœurs dépravées et éloignées d'un ordre moral à respecter), il ouvre néanmoins la réflexion sur **le manque d'hygiène et les problèmes sanitaires** rencontrés par le monde ouvrier. Il s'ensuit le développement d'un nouveau courant de pensée, **l'hygiénisme**, né au milieu du XIXe siècle et lié en partie aux travaux de Pasteur (1822-1895).

Les théories hygiénistes : l'amélioration du milieu de vie des hommes entraîne l'amélioration de la santé, toutes catégories sociales confondues. Des travaux notamment urbanistiques sont préconisés comme l'assainissement, l'aération, la destruction des taudis, etc.

… MIS EN PRATIQUE AU FAMILISTÈRE PAR GODIN

« Les logements du Familistère sont à double rang de chambres : les unes ayant vue sur la cour intérieure, les autres sur les façades extérieures ; cette disposition permet la **ventilation** complète de l'appartement.

Les planchers des galeries, ainsi que ceux des appartements, sont carrelés, afin de se prêter à une **propreté** plus facile, et de donner **moins d'accès à l'incendie**.

Tous les appartements sont plafonnés, et les murs dressés avec soin sont le plus souvent badigeonnés à la chaux ; c'est un moyen facile de **renouveler la propreté dans l'intérieur** du logement ouvrier et d'**assainir** sa demeure. […] Le Palais social, placé près de l'atelier, permet à l'ouvrier de **rentrer dans sa demeure, aussitôt son travail fini** sans ajouter une fatigue nouvelle à la fatigue du travail. »

J.-B. A. Godin, *La Richesse au service du peuple : le Familistère de Guise*, chapitre XXXIV, 1874.

Statue de Jean-Baptiste André Godin devant le Familistère de Guise.

La recette pour réussir

SAVOIR FAIRE

Imaginer une interview fictive de Godin sur l'hygiénisme

Expliquer les raisons et les motivations à l'origine du cadre de vie, du mobilier, du choix du personnel de la nourricerie et du pouponnat.

ASTUCE DU CHEF

Godin utilise le terme de « nourricerie », un ancien mot désignant la pièce consacrée aux enfants, et non celui de « crèche » désignant à l'époque la mangeoire des bestiaux.

À VOS FOURNEAUX – EXERCICE COMMENTÉ BREVET

« La nourricerie et le pouponnat du Familistère »

Le matelas du berceau préparé par Mme Roger.

Une séance de jeu.

→ **La nourricerie et le pouponnat dans l'architecture du Familistère.**
La nourricerie et le pouponnat communiquent par une passerelle couverte avec la cour du pavillon central et sont entourés sur trois côtés par une galerie en partie abritée, sur laquelle les enfants peuvent jouer ou prendre l'air.

→ **Le berceau « révolutionnaire » de Godin.**
D'une grande taille, il se compose d'une structure métallique reposant sur deux pieds en fonte de fer. Une toile épaisse est lacée autour d'une tringle et constitue le corps du berceau. Chaque jour, une nourrice verse, dans le fond de la toile, 30 à 40 litres de gros son puis pose dessus un drap fin sur lequel elle couche le bébé. Après son réveil, il lui suffit de retirer le son souillé et d'en remettre du nouveau. Le berceau de l'enfant reste donc toujours sec et sans odeur.

→ **L'organisation d'un espace de vie accueillant pour les enfants.**
Les salles sont grandes, lumineuses et bien aérées (fenêtres et puits de lumière au plafond) ; les sols sont carrelés et propres (présence d'un seau et enfant endormi sur le sol). L'espace est conçu pour l'éveil des enfants de 2 à 4 ans : un mur décoré, un mobilier adapté à la taille des enfants, des jouets en bois démontables et des bouliers éducatifs, un personnel attentionné et bienveillant (femme baissée) stimulant et éduquant les enfants des parents qui travaillent à l'usine.

La résistance européenne face à l'expansion napoléonienne : *Campagne de France, 1814*

13

ORAL – HISTOIRE

Les ingrédients

LE CONTEXTE DE LA CAMPAGNE DE FRANCE EN 1814

- Sous le Consulat, Napoléon Bonaparte rétablit **la paix extérieure en 1802**, mais **les hostilités reprennent contre l'Angleterre dès 1803**.
- Entre 1805 et 1811, le **génie militaire** de Napoléon Ier, alors à la tête de la **Grande Armée**, et le courage des soldats expliquent l'agrandissement de son empire et sa **domination en Europe**.
- À son apogée, l'Empire français compte **130 départements**, **contrôle des États vassaux** ainsi que les royaumes de **Naples** et d'**Espagne** dirigés par la famille de Napoléon Ier.

> « Nos marches étaient forcées et fatigantes, mais l'empereur partageait nos fatigues, jour et nuit à cheval, couvert de boue comme nous et se portant comme un éclair partout où il croyait sa présence nécessaire pour donner l'impulsion. »
>
> *Journal du capitaine François*, publié par **C. Grolleau**, 1903.

> « La voix du monde te déclare le plus grand coupable qui ait jamais paru sur la terre ; car ce n'est pas sur des peuples barbares et sur des nations dégénérées que tu as versé tant de maux ; c'est au milieu de la civilisation. »
>
> **Chateaubriand**, *De Buonaparte et des Bourbons*, 1814.

- Napoléon Ier cristallise alors les **mécontentements** et devient le symbole d'une nouvelle **oppression** à l'origine des sentiments nationaux. Dès 1812, ses défaites se succèdent face aux troupes supérieures en nombre de l'Europe coalisée.
- Durant **la campagne de France** menée en hiver, Napoléon remporte des victoires qui n'empêchent pas les coalisés de prendre Paris. Il doit **abdiquer en avril 1814**.

ERNEST MEISSONIER (1815-1891), FASCINÉ PAR NAPOLÉON IER

- Ernest Meissonier naît en 1815, l'année de **Waterloo**, de la **seconde abdication** et de **l'exil à Sainte-Hélène** de l'empereur.
- **Peintre d'histoire**, il s'exprime sur les événements historiques comme l'insurrection de juin 1848 et la défense de Paris contre les Prussiens en 1870-1871.
- Au salon de 1864, **l'admirateur des Napoléon** expose *L'Empereur Napoléon III à la bataille de Solférino* et *Campagne de France, 1814* qui fait partie de son **cycle napoléonien** avec *1807, Friedland*. L'œuvre *1796, l'aube de Castiglione* est restée à l'état d'ébauche.

La recette pour réussir

SAVOIR FAIRE

- Décrire l'œuvre et l'interpréter en fonction du contexte historique.
- Cet EPI nécessite de présenter une partie en langue étrangère.
- Expliquer la vision différente de trois peintres sur Napoléon Ier.

ASTUCES DU CHEF

Connaissez quelques anecdotes

- Propagée sous la monarchie de Juillet, la légende dorée de Napoléon Ier se concrétise par l'inauguration de sa statue au sommet de la colonne Vendôme (1831), celle de l'Arc de triomphe (1836) et le retour de ses cendres à Paris (1840).
- E. Meissonier s'est vu refusé par le musée des Souverains, créé par Napoléon III, le prêt de la redingote grise de l'empereur !

À VOS FOURNEAUX – EXERCICE COMMENTÉ BREVET

« Ernest Meissonier, *Campagne de France, 1814* »

Ernest Meissonier, *Campagne de France, 1814*, huile sur bois, 51,5 cm × 76,5 cm, 1864, musée d'Orsay.

→ Une scène historique…

Meissonier, tel un historien, mène des recherches pour peindre de façon réaliste Napoléon Ier en redingote grise, coiffé de son « petit chapeau », en selle sur son cheval blanc marchant seul devant son état-major et son armée.

→ … qui évoque la défaite…

Au milieu d'un paysage triste et lugubre constitué d'un ciel plombé et d'une plaine en pente couverte de boue et de neige fondue, Napoléon Ier, telle une statue équestre peinte en contre-plongée pour se détacher du groupe, entraîne derrière lui le maréchal Ney associé à la sinistre retraite de Russie, le général Flahaut son aide de camp qui défend le trône du futur Napoléon II, le général Drouot qui suit Napoléon Ier à l'île d'Elbe et commande la garde à Waterloo, le général Gourgaud qui le suit à Sainte-Hélène et enfin le maréchal Berthier qui suit Louis XVIII après l'abdication d'avril.

→ … mais qui constitue un hymne à l'empereur.

Sa glorification s'exprime par la place centrale occupée par Napoléon Ier, l'homme puissant mais ici simplement vêtu, à la tête d'une armée nombreuse qui défile en procession derrière lui.

La résistance européenne face à l'expansion napoléonienne : *La Bataille de Trafalgar*

14

Les ingrédients

LA BATAILLE DE TRAFALGAR (1805)

- La **bataille de Trafalgar a opposé les troupes navales britanniques aux flottes françaises et espagnoles** dans la série de conflits appelées **guerres napoléoniennes**.
- Napoléon avait pour ambition de **conquérir l'Angleterre pour étendre son empire**, mais les troupes britanniques et espagnoles se sont unies pour protéger la Manche, cette mer qui sépare la France et l'Angleterre.

JOSEPH MALLORD WILLIAM TURNER (1775-1851)

- **Joseph Mallord William Turner** est un peintre anglais appartenant au mouvement **romantique**.
- Il est particulièrement connu pour ses toiles utilisant des **couleurs à la symbolique forte** ainsi que pour les représentations de scènes imaginatives, notamment des **scènes marines**.
- Le tableau *La Bataille de Trafalgar* a été réalisé en **1822** sur commission du roi **George IV** pour décorer une des salles de son palais et **relier la dynastie de Hanovre avec le succès militaire**. Cette œuvre mesure 261,5 cm sur 168,5 cm et a plus tard été offerte à l'hôpital de Greenwich. On peut désormais la retrouver au **musée de la Marine à Londres**.

SAVOIR FAIRE

- **Présenter l'œuvre**

Présenter le peintre, les dimensions de la toile, la technique utilisée, le contexte historique, la date de réalisation et le lieu de conservation.

- **Analyser l'œuvre**

Décrire les couleurs utilisées, les différents éléments que vous pouvez observer, la localisation de ces éléments.

- **Exprimer son ressenti sur l'œuvre**

Il ne faut pas donner son avis, dire si on l'aime ou pas, mais simplement indiquer ce que l'œuvre provoque en vous, ce à quoi elle vous fait penser.

ASTUCES DU CHEF

Utilisez un vocabulaire précis :

- au premier plan : *in the foreground*
- à gauche/à droite : *on the left/ right*
- au second plan : *in the middleground*
- au centre : *in the centre/ in the middle*
- au dernier plan : *in the background*
- en haut à droite : *in the top right hand corner*
- en bas à gauche : *in the bottom left hand corner*

ORAL - ANGLAIS

La recette pour réussir

À VOS FOURNEAUX – EXERCICE COMMENTÉ BREVET

« Joseph Mallord William Turner, *La Bataille de Trafalgar* » (en anglais)

→ Introduction.

This artwork is a painting by the famous painter William Turner. It was painted in 1822 in commemoration of the battle of Trafalgar which was won by the British army.

Joseph Mallord William Turner, *La Bataille de Trafalgar*, 1822.

→ Description and analysis.

In the centre of the painting we can see a large boat, the sails of which seem to have been destroyed in the battle.
On the right, leaning against the main ship, we can see another boat with the British flag on top of the mast. Behind it, there is a third boat, again with the British pavilion floating behind the white sail.
In the foreground of the painting, we can see a group of people, probably men who are on a lifeboat, some of them are helping those who have fallen into the sea while others are more focused on the scene that is happening behind them. In the bottom left hand corner there is an immense British flag, which reminds of that the battle was won by the British army.
In this painting, Turner chose to portray the violence of the war. Indeed the damaged boat which is one of the central focus points of the painting reminds us of this reality. Furthermore the boat on the right has been completely destroyed and the people on board seem to be panicking, probably fearing for their lives.
We can note that Turner highlights the boat in the centre of the painting, the one that is the least damaged and by doing so also brings light to the people in the foreground. This could be a means of showing that despite the war, the British army is still standing and is victorious.

→ Conclusion.

The contrast between light and dark is called clair-obscure and was used by many Romantic artists such as Turner or Caspar David Friedrich to emphasize certain elements in their paintings and to create an opposition between other elements. This is the case in *The Battle of Trafalgar*. The boat in the centre is emphasized and the other elements are in the dark. By creating this contrast, Turner wants to show that there are always two sides to a war: those who have won usually celebrate but we must also remember those who died.

La résistance européenne face à l'expansion napoléonienne : *Tres de mayo*

Les ingrédients

LA GUERRE D'INDÉPENDANCE ESPAGNOLE (1808-1814)

- En octobre 1807, l'armée de **Napoléon Bonaparte envahit l'Espagne**.
- En avril-mai **1808**, Charles IV et son fils Ferdinand VII se disputent la couronne espagnole. Napoléon arbitre ce duel et impose finalement son frère, **Joseph Bonaparte**, comme **nouveau roi**.
- Le 2 mai 1808, **la population de Madrid se soulève** contre cet envahisseur. Cette révolte s'étend rapidement au reste du pays.
- Ce conflit devient **international** et génère près de **500 000 victimes**, les armées anglaise, portugaise et espagnole envahissent finalement le sud de la France. Napoléon signe la paix en **1814**.

FRANCISCO DE GOYA (1746-1828) ET LA PEINTURE COMME OUTIL DE DÉNONCIATION

- **Francisco de Goya** est né en **1746** à Fuendetodos, en Espagne, dans une famille de classe moyenne.
- En 1775, il s'installe à Madrid, et il est nommé **peintre officiel du roi** en 1786.
- En 1790, **Charles IV éloigne Goya de la Cour** car il est accusé d'être un sympathisant de la Révolution française et des idées du siècle des Lumières, ce qui allait contre les idées absolutistes du monarque espagnol.
- En 1814, il poursuit sa série intitulée ***Les Désastres de la guerre*** avec les tableaux *Dos de mayo* et *Tres de mayo de 1808* qui **dénoncent la tyrannie de l'armée de Napoléon contre le peuple de Madrid**.
- Son style évolue tout au long de sa vie, il est notamment considéré comme **l'un des précurseurs de l'expressionnisme**.

Goya réalisera plus de **500 tableaux** dont : *La Gallina ciega* (1789), *El Aquelarre* (1798), *La Familia de Carlos IV* et *La Maja desnuda* (1800) ou *Saturno devorando a un hijo* (1823).

- Il meurt à Bordeaux en **1828**.

Francisco de Goya,
Tres de mayo de 1808 en Madrid, 1814,
musée du Prado, Madrid.

La recette pour réussir

SAVOIR FAIRE

- **Présenter l'œuvre**

Présenter l'auteur, la période historique durant laquelle l'œuvre a été réalisée, et situer cette œuvre par rapport au contexte (courant artistique, sujet traité, idéologie de l'artiste).

- **Analyser l'œuvre**

Repérer les différentes formes géométriques, couleurs, tonalités et plans employés ; et en déduire l'intention de l'artiste.

- **Exprimer son ressenti sur l'œuvre**

ASTUCES DU CHEF

Utilisez un vocabulaire précis :

- au premier/second plan : *en el primer/segundo plano*
- au centre de l'image : *en el centro de la imagen*
- devant, derrière, à côté de : *enfrente de, detrás de, al lado de*
- à droite/gauche de : *a la derecha/izquierda de*
- au fond, au dernier plan : *al fondo, en el último plano*
- couleurs vives/chaudes, sombres/froides : *colores vivos/cálidos, sombríos/oscuros*

À VOS FOURNEAUX – EXERCICE COMMENTÉ BREVET

« Francisco de Goya, *Tres de mayo de 1808 en Madrid* » (en espagnol)

→ **Introducción.**

Este cuadro de Francisco de Goya fue realizado en 1814 junto con el *Dos de mayo* para denunciar la masacre del ejército de Napoleón contra la población de Madrid.

→ **Descripción y análisis.**

Goya sitúa a un **grupo de insurgentes españoles** en el centro, en el momento de ser fusilados por **las tropas napoleónicas**, a la derecha. Los tonos sombríos dominan para denunciar los dramáticos eventos ocurridos en Madrid en mayo de 1808 y el día posterior que da título a esta obra.

En el centro, un farol ilumina la parte izquierda, resaltando a los españoles ejecutados. Así, Goya da rostro a las víctimas. Podemos observar, también, al personaje central que lleva una camisa blanca, símbolo de la pureza y que, como Jesucristo, recibe su condena con los brazos en cruz. Asimismo, vemos como Goya priva de rostro a los soldados. La **ciudad de Madrid**, al fondo, aparece entre la oscuridad y las sombras, como en luto. Finalmente, las únicas caras que reconocemos son las de las víctimas.

→ **Conclusión.**

Para concluir, podemos decir que estamos ante un ejemplo del arte como denuncia, en este caso, de las atrocidades cometidas por los franceses durante su ocupación del territorio español.

La tour Eiffel : une construction monumentale

16

Les ingrédients

LA TOUR EIFFEL ET SON CONTEXTE HISTORIQUE

● Pour affermir la IIIe République née de la défaite de Sedan en 1870, le gouvernement de Jules Ferry décide de célébrer en 1889 **le centenaire de la Révolution française** et d'organiser **l'Exposition universelle** à Paris.

C'est un **concours d'architecture**, dont l'objectif était d'élever sur le Champ-de-Mars une tour en fer à base carrée, de 125 mètres de côté à la base et de 300 mètres de hauteur, qui a lancé la construction du monument.

● Sur le plan économique, **le fer** et **l'acier** sont des matériaux très utilisés, résistants et pratiques. L'ingénieur **Gustave Eiffel** (1832-1923), qui a déposé plus de trente brevets dans ce domaine et qui est un véritable spécialiste des constructions métalliques, se charge de sa construction.

Les étapes de la construction de la tour Eiffel, photographiées par Théophile Féau entre le 8 octobre 1887 et le 12 mars 1889.

UN CHANTIER DE DEUX ANS, DEUX MOIS ET CINQ JOURS

● La tour Eiffel, financée à 80 % par Eiffel en contrepartie d'une concession d'exploitation de vingt ans octroyée par la ville de Paris, est un **meccano géant**.

● Elle se compose de pièces en métal tracées dans les **ateliers Eiffel de Levallois-Perret** et transportables par chariots sur le Champ-de-Mars afin d'être assemblées sur place et hissées par des grues sur les rails des futurs ascenseurs.

Le travail d'assemblage a mobilisé **250 ouvriers** qui ont posé 2 500 000 rivets !

LA TOUR EIFFEL DÉCRIÉE

Le 14 février 1887, **un collectif de 47 artistes**, dont Alexandre Dumas, Guy de Maupassant, Émile Zola, François Coppée, Georges Gounod et Ernest Meissonier, publie dans *Le Temps* – un journal teinté à gauche et traitant de l'actualité internationale – **une lettre ouverte adressée à Adolphe Alphand**, commissaire de l'Exposition universelle, protestant contre « l'érection, en plein cœur de notre capitale, de **l'inutile et monstrueuse tour Eiffel** ».

La recette pour réussir

SAVOIR FAIRE

Comprendre l'intérêt « marketing » d'une édition spéciale

- Présenter le journal et expliquer son titre à l'aide de l'illustration.
- Relever les éléments expliquant le caractère exceptionnel du journal.

ASTUCES DU CHEF

- Insistez sur la personnalisation de l'édition spéciale.
- Mettez en valeur la prouesse technique d'un bureau de journalistes et d'une imprimerie installés au deuxième étage de la tour, à 115,73 mètres du sol.

À VOS FOURNEAUX – EXERCICE COMMENTÉ BREVET

« La magie de la tour Eiffel en 1889 »

→ **Le chef-d'œuvre architectural le plus haut du monde.**

Du haut de ses 312 mètres, la tour Eiffel est le fleuron du savoir-faire industriel français (notamment grâce à sa résistance aux vents) et l'expression du développement scientifique (station météorologique) et technique (imprimerie) de la fin du XIXe siècle.

Édition spéciale du *Figaro* imprimée dans la tour Eiffel lors de l'Exposition universelle de 1889.

→ **L'attraction principale de l'Exposition universelle.**

Un coup de canon tiré du sommet annonce l'ouverture et la fermeture de l'Exposition. Le soir, des becs de gaz l'illuminent et un phare balaie Paris de trois signaux bleu, blanc et rouge.

→ **L'espace de loisir.**

12 000 visiteurs par jour la découvrent : ils peuvent y déjeuner dans l'un des quatre restaurants (russe, anglo-américain, flamand et français), grimper les marches ou prendre l'ascenseur et admirer le panorama de Paris, encore jamais vu à cette date. Ils peuvent aussi envoyer un courrier par ballon (vente de petits ballons et de parachutes bon marché sur lesquels une lettre est accrochée) ou une carte postale depuis la tour (la plus ancienne oblitération date du 21 août 1889).

→ **La magie continue !**

La « dame de fer » n'est pas démontée en 1909 comme cela avait été prévu initialement. Âgée de plus de cent trente ans, elle est entrée au patrimoine de l'humanité en 1991 et, avec plus de 7 millions de visiteurs par an, elle est le troisième lieu le plus visité de France.

La tour Eiffel : *Calligrammes*, Apollinaire

17

Les ingrédients

GUILLAUME APOLLINAIRE (1880-1918)

- Apollinaire est un **poète d'avant-garde** et un écrivain français qui inaugure la poésie moderne avec son recueil ***Alcools*** en 1913. Il meurt en 1918 de la grippe espagnole, après avoir été blessé à la tête par un éclat d'obus en 1916, durant la Première Guerre mondiale.
- Le recueil *Calligrammes, poèmes de la paix et de la guerre 1913-1916*, publié en 1918, inclut des **poèmes de facture classique** et, de manière novatrice, des **calligrammes**.

UN POÈME DESSINÉ

- Un calligramme est un poème dont **le texte forme un dessin** en rapport étroit avec le sujet dont il parle. Le terme lui-même est inventé par Apollinaire, grâce à **un mot-valise**, composé du début du mot « **calligraphie** », désignant « l'art d'écrire de manière élégante », et de la fin du terme « idéogramme » désignant un symbole graphique.
- Le **procédé n'est cependant pas nouveau :** au XVIe siècle, **Rabelais** adaptait la longueur des vers de ses poèmes pour former le dessin de « la dive bouteille », dans *Le Cinquième Livre des faits et dits héroïques du bon Pantagruel* (1564).

> **François Rabelais** (1483 ou 1494-1553) est un écrivain humaniste, créateur des personnages des géants Pantagruel et Gargantua, héros des œuvres éponymes.

LA TOUR EIFFEL

- La tour Eiffel, construite pour **l'Exposition universelle de 1889**, devient rapidement le **symbole de la grandeur, du génie industriel et du rayonnement français**.
- Avec le calligramme « La tour Eiffel », Apollinaire fait le lien avec la situation historique française et propose un poème engagé.
- Ce dessin est constitué d'une **phrase écrite en lettres capitales** :
« Salut monde dont je suis la langue éloquente que sa bouche ô Paris tire et tirera toujours aux Allemands ».

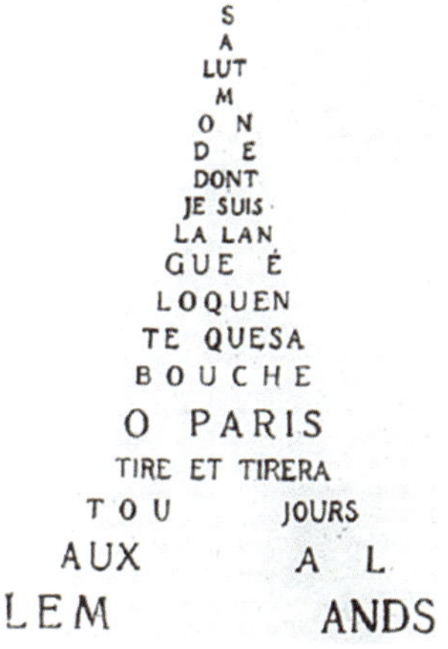

« La tour Eiffel », *Calligrammes*, Apollinaire, 1918.

La recette pour réussir

SAVOIR FAIRE

Les particularités poétiques du calligramme

- Une phrase à lire.
- Un dessin à observer.

ASTUCES DU CHEF

- Utilisez le vocabulaire précis des domaines pictural et littéraire.
- Évoquez le contexte littéraire dans lequel se déploie la poésie d'Apollinaire et le contexte historique dans lequel s'inscrit le monument représenté.

À VOS FOURNEAUX – EXERCICE COMMENTÉ BREVET

« *La tour Eiffel*, un calligramme d'Apollinaire »

→ Parler de la forme poétique.

Une seule phrase compose les « traits » du dessin. L'absence de ponctuation est une marque de modernité poétique, qui sera reprise par la suite par les poètes surréalistes.

La tour Eiffel, ainsi que le « monde » lui-même, sont personnifiés : le monument s'adresse au « monde » dont il est la « langue éloquente ».

L'éloquence, indispensable au poète, est « l'art de bien parler ». Enfin, l'apostrophe « ô Paris » est suivie du terme « bouche », faisant de Paris la « bouche » du monde.

Le poète, comme le montrent les derniers mots de la phrase, aime à faire coexister vocabulaire recherché et familier, comme on le voit dans la locution « tirer la langue ». Cette expression enfantine symbolise une attitude de défi : les Français narguent l'ennemi.

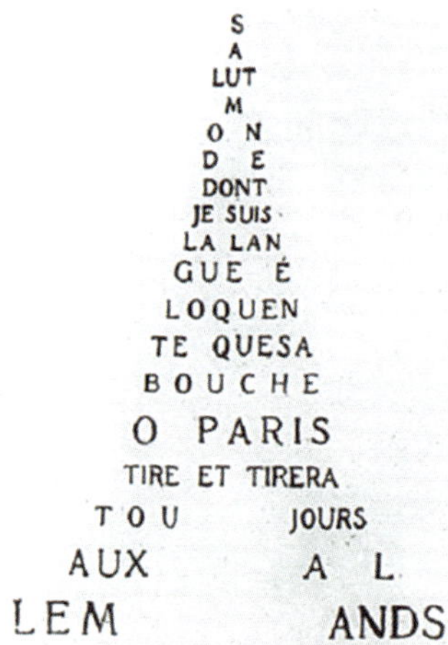

« La tour Eiffel », *Caligrammes*, Apollinaire, 1918.

→ Parler du dessin.

L'image formée par le calligramme permet au poète de traduire la rapidité du monde moderne, tout comme la multiplicité des lectures : la tour Eiffel est en effet un monument symbolique, mais aussi la « langue tirée » par la France. Le découpage des mots et la taille des lettres majuscules attirent le regard vers la base de la tour, mettant en valeur les derniers mots de la phrase.

Lorsque le poème paraît en 1918, la tour Eiffel est un monument récemment édifié, constitué d'acier, considéré comme le plus haut du monde. Apollinaire utilise son image pour symboliser l'orgueil de la France : il s'agit donc d'un poème engagé. Le futur prophétique du verbe « tirer » ainsi que l'adverbe « toujours » s'allient à la pérennité de l'acier pour se moquer de l'ennemi allemand.

La tour Eiffel : ondes et audition

18

Les ingrédients

UN PROJET SCIENTIFIQUE

- Gustave Eiffel – passionné de sciences – avait, dès la construction de sa tour, imaginé qu'elle servirait **les progrès scientifiques de son époque**.
- Grâce notamment à sa hauteur, la tour Eiffel a accueilli de nombreux projets scientifiques. Parmi les plus célèbres, un grand **pendule de Foucault**, un **manomètre à mercure** de 300 mètres de hauteur et une **station météorologique**.
- C'est la construction d'**une antenne** et d'**un émetteur radio** qui marquera son tournant historique et scientifique.

Le sommet de la tour Eiffel.

UN SECOND SOUFFLE

- Dans les années 1890, **la télégraphie sans fil** émerge et se développe rapidement. L'ingénieur **Eugène Ducretet** parvint le 5 novembre 1898 à établir une liaison radio en morse entre la tour Eiffel et le Panthéon. L'armée voit rapidement **un intérêt militaire** à ces liaisons radio et procède à des expériences sur le sujet.
- Eiffel propose sa tour pour la construction d'une antenne géante. **Six câbles** sont alors tendus du sommet de la tour Eiffel jusqu'au Champ-de-Mars. Dès 1908, il sera possible de **communiquer dans un rayon de 6 000 kilomètres** !

L'intérêt stratégique de la tour Eiffel est indéniable et cela vaudra à Gustave Eiffel **une prolongation de sa concession de soixante-dix ans** (alors que la tour aurait dû être détruite en 1909 !).

- La tour Eiffel est encore aujourd'hui **le principal moyen de diffusion de la radio et de la télévision numérique** en Île-de-France.

RADIO TOUR EIFFEL

- Le **24 décembre 1921** est diffusée **la première émission** que peuvent écouter quelques rares auditeurs. Les premiers programmes diffusés sont des **bulletins météorologiques**, des petits **concerts** et des **revues de presse**. Ensuite, **le premier journal parlé au monde** sera mis à l'antenne ainsi que de nombreuses **chroniques**.
- Elle **cesse de diffuser en 1940** lorsque son émetteur est saboté par des techniciens avant l'entrée des Allemands dans Paris.

UN TERRAIN D'EXPÉRIMENTATION

France Inter propose un reportage intitulé « **La radio a sauvé la tour Eiffel** ».

La recette pour réussir

SAVOIR FAIRE

- **Les propriétés physiques du son**
Connaître les caractéristiques des ondes sonores et les fréquences audibles.
- **Mécanisme de l'audition**
Connaître le trajet de la perception d'une information sonore à son intégration par le centre nerveux.

ASTUCES DU CHEF

- Illustrez vos propos avec des gravures, des photographies d'époque, des schémas de l'installation radio ou encore des affiches publicitaires.
- Présentez des extraits sonores des disques ou émissions diffusés sur Radio Tour Eiffel.

À VOS FOURNEAUX – EXERCICE COMMENTÉ BREVET

« Comment la radio a-t-elle joué un rôle dans l'Histoire ? »

→ **Parler des messages codés.**

Dès 1910, l'armée effectue ses premiers essais depuis le poste de radio de la tour Eiffel. C'est un franc succès et cela permettra de communiquer avec les troupes entre 1914 et 1918.

Le 5 novembre 1918, le poste de la tour Eiffel intercepte un message de l'état-major allemand codé en morse, laissant présager ainsi l'armistice à venir.

Le 6 juin 1940, suite au sabotage du poste d'émission de Radio Tour Eiffel, s'ensuit une « guerre des ondes » qui opposera des radios telles que la BBC à Radio Paris et Radio Vichy. Elles auront un rôle significatif dans le déroulement de la Seconde Guerre mondiale.

Depuis Londres, Charles de Gaulle lance son célèbre « appel du 18 juin » à la suite duquel de nombreux Français chercheront à capter les émissions de la BBC et à décrypter les messages codés diffusés chaque jour dans le but d'organiser la résistance (voir fiche 31). Parmi ces messages, les vers de Verlaine « Les sanglots longs Des violons De l'automne Blessent mon cœur D'une longueur monotone » annoncent le 5 juin 1944 le débarquement allié en Normandie.

→ **Évoquer les radios pirates.**

Un extrait du film *Good Morning England* permet de définir ce qu'est une radio pirate : une station radio émise depuis un bateau dans des eaux internationales afin de contourner les lois administratives. Ce film présente l'histoire d'une radio pirate anglaise, Radio Caroline, qui propose une programmation éclectique permettant à de nombreux artistes pop et rock'n'roll de se faire connaître du grand public (7 millions d'auditeurs âgés de plus de 17 ans dans les trois premières semaines de diffusion). Ces radios associatives s'opposent ainsi au monopole des États. Malgré des actions répressives dans le but de censurer leur liberté d'expression, elles résistent et permettent l'apparition des radios « libres ».

Les inégalités femmes-hommes : historique

Les ingrédients

LA SOUMISSION JURIDIQUE ET POLITIQUE DE LA FEMME

- En 1789, la ***Déclaration des droits de l'homme et du citoyen*** est écrite par des hommes et pour les hommes. Pourtant, lors de la Révolution, les femmes jouent un rôle important, qu'elles soient contre-révolutionnaires comme Marie-Antoinette ou révolutionnaires comme **Charlotte Corday** ou **Olympe de Gouges** – qui rédige en 1791 la ***Déclaration des droits de la femme et de la citoyenne***. Aujourd'hui, la *Déclaration des droits de l'homme et du citoyen*, placée en préambule de la Constitution de 1958, concerne les femmes et les hommes.
- Le **Code civil de 1804** place les femmes sous la **soumission** du mari et/ou du père. Elles ne peuvent ni gérer le patrimoine familial ni disposer de leurs biens, fussent-ils venus de leurs parents.
- En 1880, elles peuvent enfin **accéder à l'enseignement secondaire** et en 1881-1882, **l'instruction primaire est obligatoire** pour les filles et les garçons.

> **Julie-Victoire Daubié :** véritable militante pour l'émancipation de la femme, elle est la première femme reçue au baccalauréat en 1861, à 37 ans. Elle est également la première femme reçue à l'examen de licence es-lettres en 1871, alors que les cours de la Sorbonne sont fermés aux femmes.

- La France, premier pays à accorder le **suffrage universel masculin en 1848**, exclut pourtant les femmes du droit de vote et de la citoyenneté.

LES FEMMES S'ÉMANCIPENT POUR PLUS D'ÉGALITÉ

- Depuis le XIXe siècle, **la contribution des femmes est réelle** dans l'agriculture, l'industrie, les mines, la domesticité et les services. Elle l'est aussi dans les révolutions de 1830 ou de 1848, dans l'épisode de la Commune de Paris ou dans les deux guerres mondiales.
- Depuis 1970, les **combats féministes** s'intensifient et contestent les rôles traditionnellement attribués aux deux sexes.

Des nouveaux droits pour les femmes

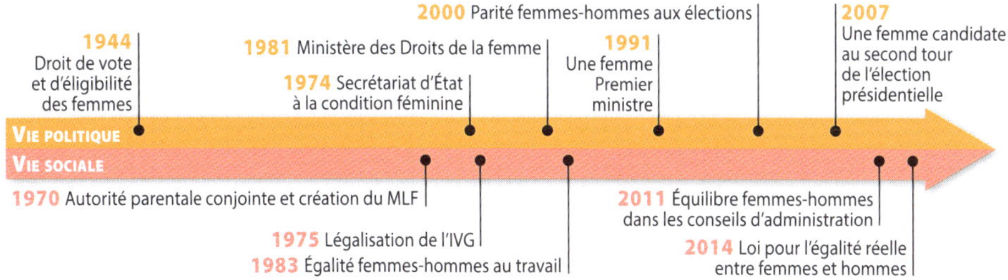

La recette pour réussir

SAVOIR FAIRE

Présenter le combat de femmes pour leur émancipation

Analyser les formes de leur engagement et leurs actions pour obtenir des droits.

ASTUCE DU CHEF

Quelques figures féministes : Mme Roland, Flora Tristan, Louise Michel, Hubertine Auclert, Simone de Beauvoir, Simone Veil, George Sand…

À VOS FOURNEAUX – EXERCICE COMMENTÉ BREVET

« Le portrait de deux femmes émancipées »

→ **Marie Curie (1867-1934), deux fois prix Nobel.**

Marie Curie quitte la Pologne et s'inscrit à la Sorbonne en 1891. Durant son contrat financé par la Société pour l'encouragement de l'industrie nationale, elle rencontre le physicien Pierre Curie, son futur mari. Sa thèse porte sur les rayons uraniques. Le couple découvre le polonium et le radium et reçoit le prix Nobel de physique en 1903. Devenue veuve, Marie Curie donne des cours à la Sorbonne et devient la première femme professeure des universités. Elle poursuit ses recherches et reçoit le prix Nobel de chimie en 1911. Durant la Grande Guerre, elle développe la radiologie fixe et fait équiper au sein de la Croix-Rouge dix-huit voitures dites « Petites Curie ». Sa Fondation Curie, créée en 1920, aide au développement de l'utilisation des rayons dans le traitement du cancer. Elle s'investit au sein de la SDN pour la science et la paix. Marie Curie et son mari reposent au Panthéon depuis 1995.

→ **Maryse Bastié (1898-1952), gloire de l'aviation.**

De milieu modeste, Maryse Bastié obtient son certificat d'études et travaille comme piqueuse de cuir. En 1922, elle épouse son filleul de guerre, le pilote Louis Bastié, et passe son brevet de pilote en 1925. Après la mort de son mari, elle gagne sa vie comme monitrice de pilotage, donne des baptêmes de l'air et fait de la publicité aérienne. Elle achète un avion et bat des records de longueur de vol et de distance qui lui valent d'être chevalier de la Légion d'honneur et des décorations étrangères. Avec deux autres aviatrices pionnières, elle milite dans le combat féministe pour le droit des femmes, dont celui du vote. Pendant la Seconde Guerre mondiale, elle s'engage dans la Croix-Rouge, elle est résistante et capitaine de l'armée de l'air et de l'espace. Elle reçoit la médaille de la Résistance et devient en 1947 la première femme commandeur de la légion d'honneur à titre militaire.

Les inégalités femmes-hommes : la *Déclaration des droits de la femme et de la citoyenne*

20

Les ingrédients

OLYMPE DE GOUGES (1748-1793), UNE MILITANTE

- Olympe de Gouges, de son vrai nom Marie Gouze, est l'une des **pionnières du féminisme français**. Veuve et attachée à sa liberté, elle écrit des pièces de théâtre engagées **contre l'esclavage** ou **pour la cause des femmes**.
- **Militante**, elle s'intéresse à la **justice sociale**. Elle publie ainsi en 1788 dans *Le Journal de France* une ***Lettre au peuple ou Projet d'une caisse patriotique***, dans laquelle elle développe un programme de réformes sociales et sociétales. En 1792, elle rejoint le parti des **girondins**. S'opposant à la Terreur, elle est condamnée à la guillotine en 1793.

Le parti girondin : durant la Révolution française, groupe politique défendant la bourgeoisie éclairée.

- Olympe de Gouges publie en 1791 la ***Déclaration des droits de la femme et de la citoyenne***, dédicacée à **Marie-Antoinette** et s'inspirant d'un double modèle : la ***Déclaration des droits*** anglaise (*The Bill of Rights*), publiée en 1689 et connue des philosophes des Lumières, et la ***Déclaration des droits de l'homme et du citoyen*** de 1789, qui en est l'émanation.

LA PLACE DES FEMMES DANS LA SOCIÉTÉ : UN MOTIF D'ENGAGEMENT LITTÉRAIRE

- L'inégalité entre femmes et hommes s'érige en thème littéraire dès l'Antiquité : Aristophane écrit ainsi ***L'Assemblée des femmes***, une comédie satirique, en 392 av. J.-C.
- Molière, dans ***L'École des femmes*** en 1662, prend le parti des femmes, dénonçant **le manque d'éducation** dans lequel elles sont volontairement laissées.

« Comment les femmes auraient-elles jamais eu du génie alors que toute possibilité d'accomplir une œuvre géniale – ou même une œuvre tout court – leur était refusée ? [...] La femme libre est seulement en train de naître [...]. »

Simone de Beauvoir, *Le Deuxième Sexe*, 1949.

- Simone de Beauvoir, dans ***Le Deuxième Sexe***, un essai publié en 1949, théorise le féminisme, et montre de quelle manière **la société maintient la femme dans une situation d'infériorité** par rapport aux hommes.

Aristophane (v. 445-v. 386 av. J.-C.) : poète grec connu pour ses comédies. **Simone de Beauvoir** (1908-1986) : écrivaine et philosophe ayant participé au Mouvement de libération des femmes.

La recette pour réussir

SAVOIR FAIRE

Les particularités d'un texte de « déclaration des droits »

- Découpage en articles numérotés.
- Emploi du présent de vérité générale.

ASTUCES DU CHEF

- Lisez les premiers articles de la *Déclaration des droits de l'homme et du citoyen* en les comparant à ceux du texte d'Olympe de Gouges.
- Utilisez un vocabulaire précis d'analyse littéraire.

À VOS FOURNEAUX – EXERCICE COMMENTÉ BREVET

« La *Déclaration des droits de la femme et de la citoyenne* »

LE TEXTE

Le texte de la ***Déclaration des droits de la femme et de la citoyenne*** est à consulter *via* ce lien.

→ **Parler de la structure du texte et de la féminisation des termes.**

La structure et la syntaxe du texte restent proches de ceux de la *Déclaration des droits de l'homme et du citoyen*. Mais si Olympe de Gouges se contente dans certains articles de féminiser les termes en remplaçant « homme » par « femme » ou « citoyen » par « citoyenne », elle s'applique à inclure également les femmes dans les définitions de certaines notions. Ainsi, dans l'article 3, elle précise le terme « Nation » comme « la réunion de la Femme et de l'Homme ». De nombreux articles insistent également sur l'égalité de traitement entre hommes et femmes : égalité de droits (liberté, propriété, représentation politique), mais également de devoirs. Ainsi, l'article 9 évoque que « toute femme étant déclarée coupable, toute rigueur est exercée par la Loi. »

→ **Parler de la tonalité polémique.**

L'égalité entre hommes et femmes est revendiquée dès le premier article, qui mentionne que « la femme naît libre et demeure égale à l'homme en droits ».
L'article 6 invite quant à lui à favoriser la représentation des femmes en politique, tout comme l'article 10 énonçant que « la femme a le droit de monter sur l'échafaud ; elle doit avoir également celui de monter à la Tribune ».
L'article 4 a une tonalité nettement polémique : Olympe de Gouges déclare que la femme est lésée dans ses « droits naturels » car elle est victime de la « tyrannie perpétuelle que l'homme lui oppose ». Il en est de même du « postambule », qui invite à la lutte : « Ô femmes ! Femmes, quand cesserez-vous d'être aveugles ? [...] Quelles que soient les barrières que l'on vous oppose, il est en votre pouvoir de les affranchir ; vous n'avez qu'à le vouloir. »

Les inégalités femmes-hommes : actualité

21

Les ingrédients

DES CHOIX D'ORIENTATION ENCORE STÉRÉOTYPÉS

- Dans l'enseignement supérieur, les formations restent trop peu mixtes.
- Les femmes font majoritairement le choix d'une orientation littéraire quand les hommes font celui d'un enseignement scientifique ou technologique.

À l'université, les femmes sont **75 % en lettres et en langues** mais **30 % en sciences fondamentales et STAPS**. Elles s'inscrivent peu dans les classes préparatoires scientifiques, en DUT et en section de technicien supérieur (STS) et prennent peu la spécialité de la production. Cela explique qu'elles soient seulement 27 % dans les métiers du numérique mais 48 % dans le reste de l'économie.

14,2 MILLIONS DE FEMMES ET 15 MILLIONS D'HOMMES ACTIFS EN 2020

- Si les femmes sont plus diplômées que les hommes, leur accès à la formation diminue en fonction du nombre de leurs enfants. Femmes et hommes sont bien insérés dans le domaine des services mais les femmes le sont moins dans le domaine de la production et à la sortie d'un apprentissage.
- Trente mois après l'obtention de leur diplôme, femmes et hommes sont insérés dans le monde du travail mais les femmes gagnent 16,8 % de moins en moyenne. L'écart de salaire est plus grand pour la femme cadre que pour l'employée ou l'ouvrière.
- Tout temps de travail confondu, l'écart de salaire entre femmes et hommes s'élève à 28,5 %. Ceci est dû au fait que 25 % des femmes actives sont en temps partiel et qu'elles sont deux fois plus nombreuses en sous-emploi (2019).

Sur **le plan culturel**, les femmes sont moins nombreuses que les hommes à être directrices de création et de diffusion des arts, elles sont plus présentes à l'antenne mais restent minoritaires dans la presse écrite et aux postes de rédactrices en chef.

- À niveau et à métier équivalent, les femmes gagnent 5,3 % de moins. Les femmes sont aussi moins nombreuses à avoir un emploi stable et/ou un emploi de cadre ou de profession intermédiaire.

Top 5 des métiers manquant de femmes
- charpentière (0,4 %) et menuisière (1,1 %)
- sapeuse-pompière (1 femme pour 7 hommes)
- mécanicienne
- ingénieuse
- développeuse informatique

Top 5 de métiers manquant d'hommes
- sage-femme ou maïeuticien
- esthéticien (< 3 %)
- puériculteur
- auxiliaire de vie sociale
- professeur des écoles (28 %)

(Données issues du site Diplomeo.com)

La recette pour réussir

SAVOIR FAIRE

Lire une infographie

- Identifier l'indicateur et l'unité utilisée.
- Interpréter l'observation.

ASTUCE DU CHEF

Différenciez la situation des pays en voie de développement et des pays du G7, les plus grandes puissances avancées du monde.

À VOS FOURNEAUX – EXERCICE COMMENTÉ BREVET

« L'égalité réelle femmes-hommes dans le monde »

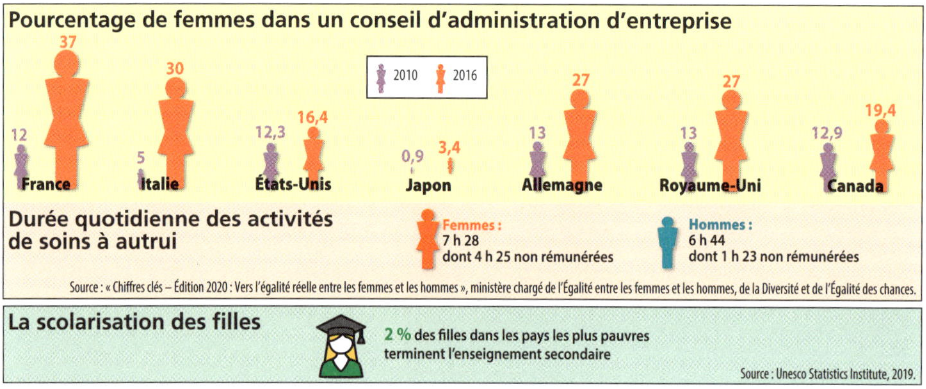

→ **Expliquer l'intérêt des indicateurs sélectionnés.**

Ils expriment la culture femme-homme d'un État.

→ **Interpréter la culture de l'égalité dans le monde.**

Dans les pays du G7, la situation de la femme s'améliore, surtout en Italie de 2010 à 2016. La France obtient le meilleur score avec une femme sur trois dans le conseil d'administration d'une entreprise. Cela s'explique par les lois nouvelles ratifiées par les gouvernements et par l'UE. La culture de l'égalité au Japon en est à ses balbutiements. Au Canada et aux États-Unis, si la situation est meilleure, la place laissée aux femmes reste minoritaire.

Les taux de scolarisation bas des filles dans les pays les plus pauvres expliquent qu'une femme dans le monde sur deux exerce une activité professionnelle quand neuf hommes sur dix le peuvent. Celles qui fréquentent le lycée sont rares : cela explique leur faible qualification et l'emploi dans des métiers peu rémunérés, comme les activités de soin à autrui. Femmes et hommes sont donc inégaux : pour « elle », un tiers d'une journée passée à s'occuper d'autrui pour une rémunération de 3 heures, contre un quart d'une journée et une rémunération de plus de 5 heures pour « lui ».

Le Mont-Saint-Michel : un espace à préserver

22

Les ingrédients

LE MONT-SAINT-MICHEL, UN ESPACE PROTÉGÉ ET CLASSÉ

En 1979, l'**Unesco** classe le Mont-Saint-Michel au titre de **patrimoine culturel** – le rocher avec son architecture romane et gothique – et **naturel** – l'une des plus belles baies du monde, avec les plus grandes marées d'Europe continentale où la mer rejoint les côtes à « la vitesse d'un cheval au galop ».

Un haut lieu touristique français
5e monument en France ; 2e monument non parisien, 1er hors Île-de-France

Des visiteurs venus du monde entier
2018 : 1 715 600 visiteurs
2019 : 1 755 000 visiteurs (+ 2,3 %)
2020 : 895 000 (– 49 %)
(chiffres en baisse liés à la crise sanitaire)

Flux de véhicules sur le pont-passerelle
+2,3 % période avril-septembre 2018-2019
–42,8 % période avril-septembre 2019-2020
(chiffres en baisse liés à la crise sanitaire)

Les passages au barrage du Couesnon
+ 122,9 % en 2020 par rapport à 2019 (marche à pied possible et chiffres en hausse malgré la crise sanitaire)

LA BAIE RÉINVENTE LE MONT

UNE OPÉRATION D'INTÉRÊT NATIONAL

Cette vidéo présente **le Mont-Saint-Michel et le rétablissement de son caractère maritime**.

- En 1995, le gouvernement français lance l'**Opération grand site (OGS)** déclarée d'utilité publique en 2003. Elle accompagne le projet de **rétablissement du caractère maritime du Mont-Saint-Michel** destiné à protéger les espaces dits naturels de la baie du Mont-Saint-Michel (**éviter l'ensablement inéluctable**) et à les valoriser (maintien d'une **activité touristique et maraîchère**).
- Sur le **Couesnon**, des travaux d'**aménagements hydrauliques** ont été entrepris. Le **barrage** sur le fleuve chasse le sable autour du mont, et le **curage** du fleuve en amont du barrage permet l'extraction de terres fertiles redistribuées aux agriculteurs et destinées à porter des cultures maraîchères.

Le barrage, un point de vue unique sur le Mont-Saint-Michel.

- Sur le plan touristique, les **parkings paysagers**, **les parcours de navettes routières** (Veolia) et **piétons** sur la nouvelle digue-route et le pont-passerelle participent au nouvel accès au mont.

La recette pour réussir

SAVOIR FAIRE

Interpréter une carte

- Lire les dates et observer les figurés.
- Comprendre l'échelle : 1 cm sur la carte correspond à 2 km sur le terrain.

ASTUCE DU CHEF

Le trait de côte représente symboliquement la limite entre la terre et la mer.

À VOS FOURNEAUX – EXERCICE COMMENTÉ BREVET

« L'évolution du littoral de la baie du Mont-Saint-Michel »

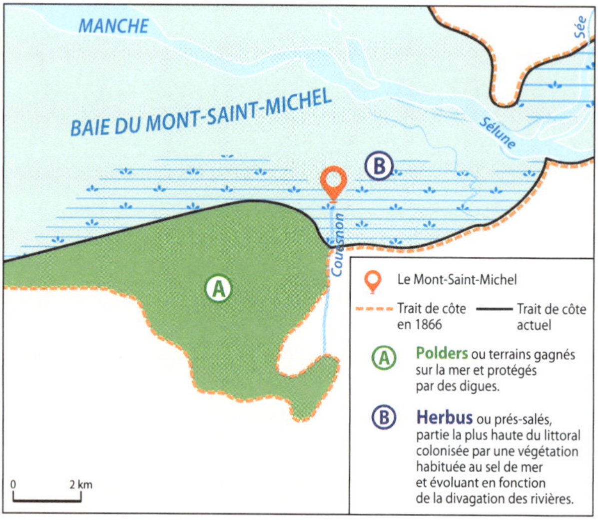

Carte de la baie du Mont-Saint-Michel

→ **Le trait de côte ou la conquête de la terre sur la mer.**

La comparaison du trait de côte entre 1866 et aujourd'hui permet deux observations.

– À l'ouest du Couesnon, au sud du Mont-Saint-Michel, la dynamique de sédimentation s'accélère (plus de dépôts sédimentaires que d'érosion) : des terrains gagnés sur la mer et appelés polders sont très fertiles et sont occupés par des parcelles agricoles.

– À l'est du Couesnon, la situation est inverse : l'érosion a fait reculer la côte. Mais la dérivation du Couesnon par la construction d'un canal en 1858 a asséché l'estuaire et permis la reconquête de terrains sur les herbus qui accueillent des ovins labellisés « prés-salés ».

→ **Les explications.**

L'interface terre/mer s'est modifiée avec les courants marins, les marées, les tempêtes, l'influence des fleuves et des rivières et les activités humaines qui s'y sont développées.

Le Mont-Saint-Michel : un patrimoine naturel exceptionnel

23

Les ingrédients

LA VALORISATION DU PATRIMOINE BIOLOGIQUE DU MONT-SAINT-MICHEL

- La richesse de la **biodiversité** du Mont-Saint-Michel s'explique par le fait qu'il existe dans cette baie **une multitude de paysages** offrant chacun des conditions de vie bien particulières : **falaises**, **dunes**, **bancs coquilliers**, **marais noirs**, etc.

Adaptées aux conditions du milieu, les espèces qui y vivent ont mis en place des **aptitudes écologiques** bien spécifiques.

- Le projet de rétablissement du caractère maritime du Mont-Saint-Michel vise donc à **restaurer le caractère naturel** de la baie et ainsi **protéger les paysages et la biodiversité** qu'elle abrite. Cependant, les atouts culturels et paysagers du site engendrent **une activité touristique croissante**, il convient donc de réaliser des **aménagements** permettant d'accueillir le public tout en préservant la richesse biologique de la baie.

ADAPTATION DES ESPÈCES À UN ENVIRONNEMENT CARACTÉRISTIQUE : LES DUNES

Dans le haut de plage, on peut retrouver des insectes présentant de larges pattes épineuses pour s'enfoncer plus aisément dans le sable, comme la **punaise fouisseuse**, ou du mimétisme pour se confondre dans le milieu et échapper à son prédateur comme le **nébrie des sables**.

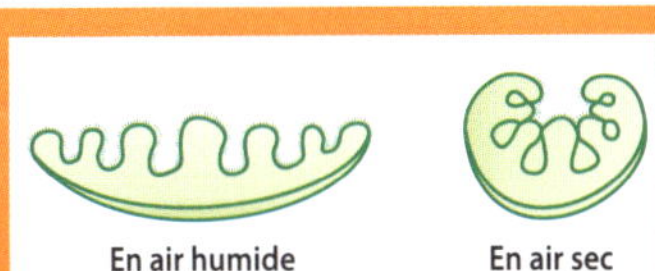

L'**oyat** est l'une des rares plantes à supporter la sécheresse des dunes. L'observation de coupe de ses feuilles permet de révéler une structure particulière qui change de forme selon l'humidité. L'absence de stomate sur l'épiderme externe oblige les échanges gazeux à passer par la face interne qui, en milieu sec, est repliée sur elle-même. Ainsi, la perte en eau est limitée.

On retrouve dans le marais dunaire une espèce rare de crapaud, le **pélodyte ponctué**. C'est un amphibien capable de coloniser ces milieux temporairement inondés aux conditions de vie difficiles. Il se reproduit entre février et avril et c'est à cette période que l'on peut entendre son chant rappelant une porte qui grince.

La recette pour réussir

SAVOIR FAIRE

Présenter la biodiversité caractéristique d'un paysage

Numéroter chacune des espèces présentes dans le paysage présenté puis insérer la légende à côté pour plus de lisibilité.

ASTUCES DU CHEF

- Vous pouvez présenter la biodiversité caractéristique d'un paysage de la baie du Mont-Saint-Michel sous la forme d'une brochure.
- Expliquez les conditions particulières de ce milieu de vie en y associant les adaptations de quelques espèces qui y vivent ainsi que les actions mises en place afin de conserver la richesse de ce site.

À VOS FOURNEAUX – EXERCICE COMMENTÉ BREVET

« Comment préserver la richesse de la biodiversité présente dans les dunes de la baie du Mont-Saint-Michel ? »

→ **Présenter la diversité caractéristique de la faune et de la flore dans les dunes.**
Les dunes de Dragey forment un long cordon de 5 kilomètres associées à un marais arrière-littoral. De la mer vers l'intérieur des terres, les conditions de vie se modifient. On peut donc définir trois zones : le haut de plage, la dune mobile et la dune fixée. Chaque zone présente une biodiversité caractéristique.

1. Ophrys abeille
2. Lapin de garenne
3. Oyat
4. Pélodyte ponctué
5. Chardon panicault
6. Liseron maritime
7. Tadorne de Belon

→ **Proposer aux visiteurs des actions concrètes pour préserver le site.**
Les dunes sont fragiles, sensibles aux agressions de toutes sortes. C'est un espace mouvant, en recul dans certains endroits et en progression dans d'autres. Il est indispensable pour leur maintien d'informer, de sensibiliser et de responsabiliser. Par exemple : respecter les sentiers existants et éviter tout prélèvement (faune et flore).

Affiche de prévention de l'agence territoriale ONF Pays de la Loire.

Le Mont-Saint-Michel : une biodiversité riche

24

Les ingrédients

UNE BIODIVERSITÉ REMARQUABLE

- Site classé au patrimoine mondial de l'Unesco, le Mont-Saint-Michel est indissociable de sa baie. Son immense **estran sableux** (250 kilomètres carrés), découvert à marée basse, est à la base de l'importante production d'**invertébrés**, entrant dans l'alimentation des poissons et des oiseaux de la baie.
- Les **récifs d'Hermelles**, les plus grands d'Europe, représentent un patrimoine biologique et paysager d'exception et constituent un véritable **îlot de biodiversité** de par les nombreuses espèces qui l'utilisent comme **habitat** ou **zone nourricière**.

D'autres espèces se plaisent dans la baie comme les **phoques veaux-marins** et de grands dauphins blancs.

- L'estran abrite aussi une **flore** spécifique. Des plantes **halophytes** comme les salicornes constituent la base de l'alimentation des animaux en pâturage sur les herbus, comme les fameux **moutons des prés-salés**.
- En milieu terrestre, les **falaises granitiques** présentent une extraordinaire richesse en **insectes orthoptères** et **papillons**.

Les moutons des prés-salés.

UNE GÉOLOCALISATION STRATÉGIQUE POUR LES MIGRATIONS

- Située entre le nord de la Scandinavie et l'Afrique, la baie est une **escale** indispensable pour un grand nombre d'oiseaux migrateurs. Cette migration est un voyage de **7 000 kilomètres** pour certains d'entre eux, avec une unique pause, en baie, où ils prendront le temps de se reposer et de **doubler leur poids** avant de repartir.
- La baie est également un réservoir biologique majeur pour certains poissons tels que le **saumon atlantique** qui passe obligatoirement par la baie pour remonter les rivières dans lesquelles il se reproduit.

Les oiseaux migrateurs.

La recette pour réussir

SAVOIR FAIRE

- **Présenter la biodiversité de manière non exhaustive**

Construire une carte présentant la diversité des paysages ainsi que les zones de répartition des espèces présentes dans la baie du Mont-Saint-Michel.

- **Expliquer l'action du soleil et de la lune sur le phénomène des marées**

Proposer une modélisation pour illustrer vos propos.

ASTUCES DU CHEF

- Illustrez vos propos avec des échantillons, photographies ou extraits sonores des espèces de la baie du Mont-Saint-Michel.
- Montrez que les actions de l'homme peuvent engendrer la disparition d'une espèce dans un écosystème et ainsi mettre en péril son équilibre.

À VOS FOURNEAUX – EXERCICE COMMENTÉ BREVET

« Comment sensibiliser les touristes du Mont-Saint-Michel à la biodiversité ? »

→ **Parler du paysage exceptionnel et du côté insolite du site.**

Vue aérienne sur la baie.

Paysage maritime d'une surface équivalente à cinq fois la ville de Paris, la baie est un écrin recueillant la merveille de l'Occident. S'y aventurer seul est fortement déconseillé : attention aux sables mouvants et aux marées qui peuvent faire apparaître un phénomène naturel rare, le mascaret (vague qui recouvre les courants contraires des trois fleuves côtiers). Les très nombreux visiteurs peuvent toutefois réaliser une randonnée guidée dans la baie afin d'observer le Mont-Saint-Michel d'un autre angle. Le guide peut ainsi présenter la biodiversité du lieu et sensibiliser les touristes sur l'importance de la préservation de ce site de caractère.

→ **Évoquer la richesse de la biodiversité et le rôle de l'homme dans la fragilité de cet écosystème.**

Les interactions sont multiples et complexes entre les différents éléments de cet écosystème, et le moindre déséquilibre peut le mettre en péril. Toute action (activités professionnelles ou de loisirs) doit donc être réfléchie et anticipée.

– Il est important de préserver les marais périphériques qui servent de station d'épuration, car leur végétation est très productive, elle utilise même les nutriments en excès qui proviennent des différentes rivières en amont.

– Il faut réfléchir à la construction d'infrastructures permettant de limiter la pollution qui entre dans la baie, et ainsi éviter un désastre écologique.

– Il est possible de mettre en place des quotas de pêche pour préserver certaines espèces.

La Marseillaise : un symbole républicain

25

Les ingrédients

DU CHANT DE GUERRE…

● Sur proposition de Louis XVI, l'Assemblée législative déclare la guerre à l'Autriche et à la Prusse le 20 avril 1792. Des levées de volontaires sont ordonnées. **Le baron de Dietrich**, maire de la ville de Strasbourg, constate que **l'armée révolutionnaire n'a pas de chant susceptible de galvaniser les soldats volontaires** chargés de défendre la patrie.

● Le capitaine du génie **Claude-Joseph Rouget de Lisle**, qui est aussi un musicien et un poète, écrit dans la nuit du 25 au 26 avril 1792 le ***Chant de guerre pour l'armée du Rhin***, alors qu'il est en garnison à Strasbourg.

● Un exemplaire du chant parvient dans les mains de **François Mireur**, un volontaire du bataillon de l'Hérault qui gagne Marseille avec son unité. Durant leur voyage à pied qui les emmène à Paris pour prendre les Tuileries le 10 août 1792, **les fédérés de Marseille** popularisent ce chant d'abord surnommé « l'Hymne des Marseillais » puis simplement *La Marseillaise*.

… À L'HYMNE NATIONAL

La Marseillaise interprétée par un orchestre.

● Le succès du chant est tel que **le décret du 26 messidor an III** (**14 juillet 1795**) pris par la Convention nationale stipule que « les airs et les chants civiques qui ont contribué au succès de la Révolution seront exécutés par les corps de musique des gardes nationales et des troupes de ligne ».

● Interdite sous le premier Empire et pendant la Restauration, ***La Marseillaise* est remise à l'honneur pendant la révolution de 1830 par Eugène Delacroix** dans son tableau *La Liberté guidant le peuple* et par **Berlioz** qui en élabore l'orchestration en la dédiant à Rouget de Lisle. La IIIe République donne à *La Marseillaise* le statut d'**hymne national de la France**. Durant la Seconde Guerre mondiale, *La Marseillaise* est **interdite en zone occupée** et devient un chant de **résistance**. Aujourd'hui, *La Marseillaise* **fédère** les Français dans les moments officiels (11 novembre et 8 mai), heureux (JO, coupes du monde sportives) et malheureux (attentats).

Hector Berlioz (1803-1869) : compositeur, chef d'orchestre et théoricien qui exprime les passions et les emportements du cœur humain.
Eugène Delacroix (1798-1863) : peintre français, représentant du courant romantique.

● L'article 2 de la Constitution de 1946 et de la Constitution de 1958 indique : « L'hymne national est *La Marseillaise.* »

La recette pour réussir

SAVOIR FAIRE

Les particularités poétiques du chant

- Des vers octosyllabiques (l'é-ten-dard-san-glant-est-le-vé).
- Des rimes croisées (ABAB) et des rimes embrassées (ABBA).
- Des rimes suffisantes (patr**ie**/tyrann**ie**, arriv**é**/lev**é**) et des rimes riches dans le refrain (bata**illon**/s**illon**).

ASTUCES DU CHEF

- Utilisez le vocabulaire précis du domaine de la musique ou de la littérature.
- Expliquez ce que vous ressentez en écoutant ou en lisant l'œuvre, mais ne formulez pas de jugement de valeur sur elle.

À VOS FOURNEAUX – EXERCICE COMMENTÉ BREVET

« *La Marseillaise*, Berlioz »

LA MARSEILLAISE

***La Marseillaise* orchestrée par Berlioz** est à découvrir dans cette vidéo.

→ **Parler de la forme musicale, le rondeau (rondo).**

Six couplets sont séparés par un refrain. Un septième couplet, dit « couplet des enfants », a été ajouté à la version initiale de Rouget de Lisle, mais on ignore son auteur. Le rythme, qui organise la durée du son dans le temps, est celui d'une marche à quatre temps, calquée sur le pas des soldats. Le temps fort, ou le premier temps accentué d'une mesure, fait penser au roulement des tambours : il fixe la cadence (cent-vingt pas par minute dans les manuels militaires, cent-vingt noires à la minute) et il stimule l'énergie et l'ardeur à marcher des soldats. Exemples de temps forts : « Allons enfants de la Patrie – Le jour de gloire est arrivé » ; « Aux armes citoyens – Formez vos bataillons ». Une exception dans le vers du refrain : « Qu'un sang impur abreuve nos sillons » : l'accent porte sur le premier mot et rappelle aux volontaires la noblesse du combat contre le mal ou l'absolutisme.

→ **Évoquer l'orchestration d'Hector Berlioz.**

En choisissant un orchestre de cuivres (cors, trompettes, trombones, tuba) et des percussions (caisse claire et grosse caisse), le musicien exprime à la fois le caractère guerrier du chant et le désir de liberté des Parisiens qui se soulèvent contre Charles X lors des Trois Glorieuses en juillet 1830. L'alternance du soliste et du chœur dans le refrain crée un effet d'entraînement donnant au public l'envie de chanter. Au « marchez-marchez » du soliste, le chœur à l'unisson répond « marchons-marchons ». La voix féminine apporte du lyrisme à l'ensemble.

La Marseillaise de Berlioz est envoûtante et fait exploser en chacun de nous la force, l'élan et l'énergie pour célébrer la liberté et la défendre quand elle est menacée.

La Marseillaise : Auguste de Pinelli

26

Les ingrédients

AUGUSTE DE PINELLI (1823-1893), PRÉDESTINÉ À LA PEINTURE ?

- Auguste de Pinelli est le petit-fils du peintre **Auguste de Forbin** (1810-1841), un ancien élève de David devenu directeur du Louvre. **Claudius Jacquand** (1803-1878), le second mari de sa mère, est un peintre qui a reçu beaucoup de commandes pour le musée de l'Histoire de France du château de Versailles et qui enseigna la peinture à son beau-fils.
- À **l'École des beaux-arts**, Auguste de Pinelli est l'élève de **Paul Delaroche** (1797-1856) et se prétend élève de **Delacroix**. C'est un **peintre académique** qui expose aux Salons de Paris de 1844 à 1878 et qui obtient en 1863 la mention « honorable ». Il s'est spécialisé dans la réalisation de **portraits** (Pétrarque, Mozart) et de **peintures historiques** (histoire de l'Angleterre).

Auguste de Pinelli, *Rouget de Lisle composant La Marseillaise*, huile sur toile, vers 1875, h. 81 × l. 65 cm, musée de la Révolution française – Domaine de Vizille © musée de Vizille.

LE MUSÉE DE LA RÉVOLUTION FRANÇAISE À VIZILLE (ISÈRE)

Le musée de la Révolution française abrite un ensemble exceptionnel de peintures et de sculptures de l'époque révolutionnaire qui témoigne du goût des artistes du XIXe siècle à **célébrer des hommes illustres devenus des modèles civiques** inspirant les **mythes fondateurs** de la République.

SAVOIR FAIRE

Présenter l'œuvre

- Son titre, son auteur, sa date de création et son lieu de conservation.
- Ses dimensions, sa technique et sa nature, et son mouvement artistique.

Analyser l'œuvre

- Sa description et son interprétation en lien avec le contexte historique.
- Une ouverture sur d'autres œuvres.

Exprimer son ressenti sur l'œuvre

ASTUCES DU CHEF

- Utilisez le vocabulaire précis du domaine des arts plastiques.
- Observez la composition de l'œuvre, les couleurs et les symboles.

La recette pour réussir

À VOS FOURNEAUX – EXERCICE COMMENTÉ BREVET

« Rouget de Lisle composant La Marseillaise, **Auguste de Pinelli »**

Auguste de Pinelli, *Rouget de Lisle composant La Marseillaise*, huile sur toile, vers 1875, h. 81 x l. 65 cm, musée de la Révolution française – Domaine de Vizille, © musée de Vizille.

→ **Analyser l'œuvre.**

Deux personnages focalisent l'attention et la lumière. Au premier plan, le capitaine du génie Rouget de Lisle, vêtu d'un gilet rouge ceint par une bande blanche et d'un uniforme bleu, est assis à une table, prêt à écrire (la plume à la main) sur une feuille blanche. Son sabre et son bicorne sont respectivement à côté et sur la chaise. Au deuxième plan, l'allégorie de la France (femme vêtue d'un voile transparent, aux ailes ouvertes enserrant le drapeau tricolore déployé), victorieuse (tête couronnée de feuilles de laurier symbole de victoire), le regarde intensément tandis que son index pointe l'inscription « Pro Patria » dont les lettres d'or illuminent au troisième plan la charge militaire dirigée par un général sabre au clair, représenté en teintes claires.

→ **Interpréter l'œuvre.**

– C'est une peinture réaliste à inspiration patriotique (« Pro Patria ») qui exprime les idées républicaines de l'époque : en effet, la IIIe République fait de *La Marseillaise* l'hymne national (loi du 14 février 1879) et célèbre en 1889 le centenaire de la Révolution française.

– C'est une peinture symboliste à inspiration poétique : le visage de **l'allégorie de la France victorieuse** rappelle celui de *La Marseillaise* de François Rude sur l'Arc de triomphe à Paris, exécutée entre 1833 et 1836. L'acuité du regard est telle qu'elle hypnotise le poète et l'inspire.

– C'est une peinture qui dégage une grande force. Pris dans **le mouvement aspirant du bras** et captivé par le regard perçant de l'allégorie, le spectateur envoûté entre en communion avec l'écrivain.

– C'est enfin une peinture qui dégage de la sérénité. La charge militaire est suggérée mais elle n'est ni violente, ni brutale : il n'y a pas d'égorgement ou de sang qui coule. Au contraire, elle est présentée tel un ensemble harmonieux de soldats courant vers la victoire. Tout comme *La Marseillaise* de Berlioz, la toile de Pinelli a pour objectif de nous faire vibrer pour la liberté.

Le Bauhaus : histoire d'un mouvement

27

Les ingrédients

QU'EST-CE QUE LE BAUHAUS ?

- Étymologiquement, **Bauhaus** vient de deux mots allemands : ***bau*** signifiant « bâtiment » ou « construction » et ***haus*** signifiant « maison ».
- Le Bauhaus est une **école artistique** dépendante financièrement du gouvernement régional de Thuringe fondée à Weimar le **1er avril 1919** par **Henry Van de Velde**, un peintre, architecte et décorateur belge, et **Walter Gropius** (1883-1969), son premier directeur également architecte et designer allemand.

LE MANIFESTE DU BAUHAUS DE 1919

- Le manifeste précise **les objectifs de l'école** : la **transmission du savoir** par la hiérarchie maître/compagnon/apprenti, **l'artisanat** comme fondement de l'enseignement et la **collaboration** des arts pour un projet commun.
- **Sept matériaux** sont étudiés (le bois, l'argile, la pierre, la couleur, le tissu, le verre et l'acier) à l'aide d'un artiste dit « **maître de la forme** » et d'un spécialiste dit « **maître artisan** ».

UNE HISTOIRE MOUVEMENTÉE DE QUATORZE ANS

- En 1925, pour des raisons financières et politiques, l'école déménage à **Dessau**.
- En septembre 1932, la crise économique et sociale met à mal la **République de Weimar** et oblige le transfert du Bauhaus à **Berlin**. Après l'arrivée d'Hitler au pouvoir, son siège est perquisitionné par la Gestapo et le régime nazi accuse l'école d'enseigner « **l'art dégénéré** ». Le dernier directeur, **Ludwig Mies van der Rohe** (1886-1969), et ses membres votent sa **dissolution le 19 juillet 1933**.

Ludwig Mies van der Rohe et la chaise « Barcelona » créée en 1929.

Quelques artistes : Marcel **Breuer** (mobilier), Vassily **Kandinsky** (peinture murale), Paul **Klee** (théorie artistique), László **Moholy-Nagy** (cours préliminaire et métal), Herbert **Bayer** (graphisme et typographie), Oskar **Schlemmer** (peinture, scénographie).

- Ses membres et artistes **s'exilent** aux États-Unis et à Tel-Aviv et créent une **diaspora** qui propage la culture du Bauhaus dans le monde.

La recette pour réussir

SAVOIR FAIRE

Découvrir une icône du design international

- Présenter son créateur.
- Interpréter les formes et les matériaux employés.

ASTUCE DU CHEF

Expliquez le caractère novateur du matériau utilisé !

À VOS FOURNEAUX – EXERCICE COMMENTÉ BREVET

« La chaise modèle B3 »

UNE ICÔNE DU DESIGN

Regardez l'interview de **Marcel Breuer** et l'histoire de la **chaise B3.**

→ Une création de Marcel Breuer (1902-1981)…

Marcel Breuer est un élève brillant de l'école du Bauhaus et, à la demande de Walter Gropius, il dirige l'atelier d'ébénisterie du Bauhaus à Dessau de 1925 à 1928. Il est un architecte renommé – qui collabore à la construction du palais de l'Unesco à Paris en 1955, au Whitney Museum of American Art de New York en 1966 et à l'ambassade d'Australie à Paris de 1975 à 1977 –, et un designer de mobilier (chaises, tables).

→ … de 1925-1926…

Breuer s'achète un vélo dont la structure tubulaire l'inspire. Il adapte alors la technique à la production de meubles et crée la chaise B3 dotée d'un cadre en acier courbé tubulaire chromé et d'une assise, d'un dossier et d'accoudoirs en toile de coton traité à la cire. L'acier plié est un matériau nouveau qui lui permet la réalisation d'une chaise d'une grande modernité, fonctionnelle, solide, légère et qui peut être fabriquée en série. L'acier tubulaire est la caractéristique de son design.

→ … qui devient la chaise Wassily.

Vassily Kandinsky, pionnier de l'art abstrait, professeur et ami de Breuer au Bauhaus, est conquis par la chaise B3. Breuer lui en réalise une pour son atelier. En 1960, le fabricant et éditeur italien Dino Gavina rencontre Breuer et ils décident de produire en série la chaise B3 rebaptisée chaise Wassily en hommage à Kandinsky disparu en 1944. Depuis 1968, la chaise Wassily est éditée par Knoll.

Le Bauhaus : architecture et design

28

Les ingrédients

« L'ART ET LA TECHNIQUE, UNE NOUVELLE UNITÉ »

- C'est la devise du Bauhaus de **Walter Gropius** pour la première exposition de 1923.
- Le Bauhaus **concilie l'artisanat et l'art** en mêlant les conceptions fonctionnalistes, esthétiques, pratiques, technologiques et économiques. Ses **formes linéaires et géométriques** (une révolution esthétique) sont en rupture avec les styles Art déco et Art nouveau (lignes courbes et formes florales).

L'école d'art Bauhaus conçue par l'architecte Walter Gropius en 1925, à Dessau (Allemagne).

- Le Bauhaus évolue vers la **production en série** et adapte les **méthodes industrielles** à la création d'objets et de logements pour offrir **une autre manière de vivre et d'habiter**. Les bâtiments sont équipés d'**objets fonctionnels et esthétiques**.

LE BAUHAUS, PRÉCURSEUR DU STYLE INTERNATIONAL

Ses grandes figures ont influencé **le style international** (des années 1920 à la fin des années 1980). Ce courant d'architecture né aux États-Unis est la rencontre du style Bauhaus adapté aux techniques de construction en acier et en verre des États-Unis.

Philip Johnson est le directeur du département « architecture » du MoMA ou Museum of Modern Art de New York (1932-1936), il fait des études d'architecture auprès de **Walter Gropius et Marcel Breuer** et collabore avec **Ludwig Mies van der Rohe** pour réaliser des gratte-ciel.

L'ESPRIT BAUHAUS

Les influences du Bauhaus, présentes chez des architectes et des designers du monde entier comme **Philippe Starck**, s'expriment aussi dans des objets d'aujourd'hui comme les **smartphones**, le **graphisme** de journaux, les **logos** d'entreprise et le **design** des meubles d'une grande chaîne suédoise.

La recette pour réussir

SAVOIR FAIRE

Expliquer ce qu'est une reconstitution

- Analyser la fonction de la pièce et observer les objets qui la meublent.
- Expliquer l'impression générale ressentie.

ASTUCE DU CHEF

Soyez attentif(ve) aux formes et aux couleurs des objets.

À VOS FOURNEAUX – EXERCICE COMMENTÉ BREVET

« La reconstitution du bureau de Walter Gropius »

Reconstitution du bureau du fondateur du Bauhaus, Walter Gropius, à l'université du Bauhaus de Weimar (Allemagne), 15 janvier 2019.

→ La fonction prévaut sur la forme.

Il s'agit ici de la reconstitution du bureau de Walter Gropius, réalisée à Weimar le 15 janvier 2019 dans le cadre du centenaire du Bauhaus. L'aménagement du bureau, conformément à sa fonction, se compose d'un meuble bureau avec sa chaise, d'étagères et d'un trieur de documents, d'un canapé, d'un fauteuil et d'une table basse.

→ La simplicité des formes et des couleurs.

Les formes et les lignes sont sobres, géométriques et sans décoration inutile. Tout est pensé pour que la fonctionnalité du lieu prime. Le tapis de l'artiste Benitta Otte et les meubles sont faits de couleurs primaires, de blanc et de noir. Agréables à regarder, ils participent à l'esthétique de l'ensemble. Sur le bureau, la lampe blanche sphérique enfilée sur une tige de métal posée sur une plaque de verre a été créée par Wilhelm Wagenfeld en 1924. Elle symbolise la simplicité des lignes du Bauhaus.

→ Les matériaux font partie intégrante des objets.

Les matériaux employés (bois, tissu et métal) sont visibles et intégrés au design, comme l'éclairage constitué de néons suspendus et arrimés à des câbles d'acier.

De Gaulle : le film

29

Les ingrédients

LE CONTEXTE DU FILM RÉALISÉ PAR GABRIEL LE BOMIN

- Le film couvre la période des **quelques semaines précédant l'appel du 18 juin 1940**. La situation est celle d'une **France envahie** par l'Allemagne, dont la tactique fondée sur l'utilisation des chars et des avions (*blitzkrieg*) complique l'action de l'armée française et effraie **les civils fuyant sur les routes**. Le défaitisme croissant de l'état-major gagne le gouvernement.

Affiche du film *De Gaulle* (2020).

Réalisateur : Gabriel Le Bomin
Bande originale : Romain Trouillet
Scénario : Valérie Ranson Enguiale et Gabriel Le Bomin
Producteurs : Farid Lahouassa et Aïssa Djabri
Distribution :
Lambert Wilson
Isabelle Carré
Olivier Gourmet
Tim Hudson
Gilles Cohen
Genre : film historique/biographie filmique
Durée : 1 h 48
Sortie : mars 2020

- Le personnage clé est **Charles**, l'époux d'**Yvonne** et le père de trois enfants dont **une petite fille trisomique**. Le colonel de Gaulle est promu **général deux étoiles** et commande la 4e division cuirassée. Devenu secrétaire d'État à la Défense nationale et à la Guerre, il refuse au nom de **l'honneur de la France** la défaite et l'armistice et décide de **désobéir**.

LA GENÈSE DU DESTIN D'UN HOMME

L'affiche du film exprime **le point de vue du scénariste** avec un profil en gros plan de l'homme et non du général de Gaulle (pas de képi) regardant droit devant lui, juxtaposé à des scènes de sa **vie familiale** et du **début de la guerre** (mai et juin 1940).

La recette pour réussir

SAVOIR FAIRE

Connaître le lexique du cinéma

- Le **cadrage** : en plan général, en plan moyen, en plan rapproché et en gros ou très gros plan.
- L'**angle de prise de vues** : en plongée (haut en bas) ou en contre-plongée (bas en haut).
- Le **montage** des images : en flash-back ou chronologique.
- La **bande-son** : des bruits, des sons in, des sons hors champ, la musique et les voix off.

ASTUCE DU CHEF

Ce sujet peut permettre de préparer le Concours national de la Résistance et de la déportation organisé par le ministère de l'Éducation.

À VOS FOURNEAUX – EXERCICE COMMENTÉ BREVET

« La bande-annonce du film *De Gaulle* de Gabriel Le Bomin »

LA BANDE-ANNONCE

La bande-annonce permet de présenter le film.

→ L'histoire militaire et politique de la France…

Le champ de bataille (plan général des chars et des soldats vaincus) et les scènes d'exode des civils, dont celui d'Yvonne et de ses enfants, situent le film en juin 1940. Au Conseil de guerre, les plans moyens et rapprochés de Weygand ou Pétain, de De Gaulle ou du président du Conseil Paul Reynaud et de Churchill opposent le défaitisme des vieux généraux qui veulent s'entendre avec l'Allemagne et la détermination de De Gaulle à refuser la défaite et continuer ailleurs le combat.

Le plan général de l'exode, celui de la salle de Londres où des Français écoutent en voix hors champ le discours de Pétain et le zoom sur la radio accentuent la gravité du moment. Les très gros plans du micro et la tête de De Gaulle à la BBC font comprendre l'impact de l'appel du 18 juin qui bouleverse le cours de la guerre et la vie du général (télégramme).

→ … à l'origine du refus et de l'engagement d'un homme.

En flash-back, les plans moyens ou rapprochés de Charles et d'Yvonne illustrent leur amour (mains serrées, baiser, « Charles, mon grand amour »), l'harmonie de leur famille (Philippe, Élisabeth et Anne « leur tout-petit »), leur soutien commun (uniforme et ceinture ajustés par quatre mains, le « tu n'as pas le choix, tu dois continuer » d'Yvonne), leur prise de risque (départ de la Boisserie, arrivée mouvementée à Brest ; exil et désobéissance de Charles qui quitte « son pays, ses fonctions, et qui laisse sa famille dans un pays à feu et à sang » par amour de la France qui doit rester libre).

De Gaulle : un homme d'État

30

Les ingrédients

LE VISIONNAIRE ET LE « SAUVEUR » DE LA FRANCE

Portrait officiel de Charles de Gaulle, 1958.

- Quand De Gaulle appelle les Français à refuser la capitulation et l'armistice signé le 22 juin 1940, il fait **le choix de la liberté**. Avec le soutien de Churchill, il constitue depuis Londres un **pouvoir politique français** qui, progressivement, devient **l'autorité légitime de la France** et lui permet d'être présente avec les Alliés le jour de la victoire.
- De Gaulle, qui est le **chef du gouvernement provisoire de la République française** (1944-1946), restaure l'autorité de l'État (droit de vote aux femmes en 1944) et reconstruit la France en procédant à de grandes réformes économiques (nationalisations) et sociales (sécurité sociale en 1945).
- En mai 1958, quand la crise algérienne plonge la France dans la tourmente, **le général de Gaulle est rappelé au pouvoir** par le président Coty qui voit en lui le seul recours possible.
- Le général de Gaulle met alors en œuvre son projet constitutionnel esquissé dans son discours de Bayeux du 16 juin 1946. La **Constitution de 1958** est ratifiée par référendum et De Gaulle devient le **premier président de la Ve République** en 1959, réélu au suffrage universel en 1965.

UNE CERTAINE IDÉE DE LA FRANCE

- Sur fond de guerre froide mais soucieux de l'indépendance de la France, De Gaulle mène une **politique extérieure hardie et novatrice** (bombe atomique en 1960, retrait de l'Otan en 1966, réconciliation avec l'Allemagne en 1963, reconnaissance de la Chine de Mao en 1964, voyage officiel à Moscou en 1966).
- Il renforce le **rayonnement économique de la France** par de grands projets (le paquebot *France* et la Caravelle).

Le paquebot *France* : la cérémonie pour son inauguration au Havre, le 11 mai 1960 par Mme de Gaulle, sa marraine, et le président de Gaulle est retransmise en Eurovision à la télévision.

- Il accroît le prestige de la France en défendant la **francophonie**.

La recette pour réussir

SAVOIR FAIRE

Le mythe gaullien

- Définir un mythe : le récit fabuleux d'êtres incarnant, sous une forme symbolique, des forces de la nature et la représentation de personnages déformés ou amplifiés par l'imagination collective.
- Définir « gaullien » : adjectif relatif à la personne du général de Gaulle.

ASTUCE DU CHEF

Rappelez son nom, l'appel du 18 juin et sa fonction de chef de l'État.

À VOS FOURNEAUX – EXERCICE COMMENTÉ BREVET

« Le mythe gaullien dans la mémoire collective »

→ **Du personnage très contesté…**

Quelques jours après l'élection de Charles de Gaulle (président de la Ve République), le dessinateur Pol Ferjac pastiche *Le Sacre de l'empereur Napoléon Ier* de Jacques Louis David dans *Le Canard enchaîné*. Il baptise De Gaulle Charles Quinquin (allusion à la chanson populaire *Le P'tit Quinquin* d'Alexandre Desrousseaux, un poète lillois, et à la naissance de Charles de Gaulle à Lille), le représente debout, tenant une couronne en forme de chapeau, et s'apprêtant à couronner une Joséphine-Marianne qui lui ressemble fortement. Le dessinateur suggère que la Constitution de 1958 est rédigée au profit de De Gaulle.

Pol Ferjac, « Le sacre de Charles Quinquin, », *Le Canard enchaîné*, 24 décembre 1958.

→ **… au personnage incontestable de l'histoire de France.**

Le 10 novembre 1970, les premiers mots de l'hommage rendu par le président Pompidou « Le général de Gaulle est mort, la France est veuve », participent à la mythologie gaullienne car la France y est personnifiée en veuve.

Son nom est donné à l'ancienne place de l'Étoile à Paris, au premier porte-avions nucléaire et au premier aéroport international français. Sa statue par Jean Cardot l'immortalise au croisement des Champs-Élysées et des avenues Churchill et Eisenhower à Paris.

L'année 2020 ou « année De Gaulle » qui célébrait le 130e anniversaire de sa naissance, le 80e de l'appel du 18 juin et le 50e de sa mort, témoigne d'un mythe gaullien perdurant dans la mémoire collective.

De Gaulle : l'appel du 18 juin

31

Les ingrédients

LE GÉNÉRAL DE GAULLE, UN ÉCRIVAIN

- Le général de Gaulle est l'auteur de plusieurs œuvres, dont la première est une **saynète** écrite à 15 ans, intitulée *Une mauvaise rencontre*. Il publie par la suite de nombreux **articles dans les revues militaires**, écrit des **discours**, a une **correspondance** fournie et rédige ses ***Mémoires de guerre***, éditées de 1954 à 1959.
- **L'appel du 18 juin 1940**, qui fait suite au discours du maréchal Pétain prononcé la veille, est un **discours diffusé à la radio de Londres**, sur les ondes de la **BBC**, qui n'a pas été enregistré. Le texte, considéré comme **fondateur de la résistance française**, est publié le lendemain dans les journaux le *Times* et le *Daily Express*.

BBC (*British Broadcasting Corporation*) : fondée en 1922, cette radio appartenant au service public siège à la Broadcasting House de Westminster, à Londres.
Times* et *Daily Express : quotidiens britanniques fondés en 1785 et 1900.

UN EXERCICE ORATOIRE VISANT À CONVAINCRE

- Ce discours est un **texte argumentatif** : le général de Gaulle veut **convaincre** les auditeurs, obtenir leur adhésion à sa vision du monde, et les **pousser à l'action**. Selon lui, il faut résister à l'ennemi et désobéir au gouvernement français en place. Cette position constitue **la thèse** qu'il défend.
- Pour être efficace et maîtriser son **éloquence**, c'est-à-dire **l'art de bien parler**, le général de Gaulle emploie des règles, des techniques et des procédés rhétoriques, comme **des figures de style**, et **construit son propos de manière très structurée**.

Charles de Gaulle au micro de la BBC.

« MOI, GÉNÉRAL DE GAULLE, ACTUELLEMENT À LONDRES »

- Le texte radiodiffusé le 18 juin a été modifié. Les premières phrases, imposées par les Anglais, n'apparaissent pas dans le texte conservé.
- Le discours, assez court, commence par un **bilan de la situation française** : « Ce gouvernement, alléguant la défaite de nos armées, s'est mis en rapport avec l'ennemi pour cesser le combat. » Il se poursuit par un **appel à l'espoir** : « L'espérance doit-elle disparaître ? », et se termine par une **invitation à l'action** : « J'invite les officiers et les soldats français [...] à se mettre en rapport avec moi. »

La recette pour réussir

SAVOIR FAIRE

Les particularités du discours

- Repérer le contexte, émetteur et récepteurs particuliers.
- Mentionner l'importance de l'oralisation.
- Décrire l'utilisation de procédés rhétoriques (répétitions, questions oratoires, etc.).

ASTUCES DU CHEF

- Rappelez en quelques phrases la teneur du discours du maréchal Pétain prononcé le 17 juin 1940.
- Évoquez les conditions des émissions radiophoniques de l'époque.

À VOS FOURNEAUX – EXERCICE COMMENTÉ BREVET

« L'appel du 18 juin 1940 par le général de Gaulle »

LE TEXTE DU DISCOURS

L'appel du général est à lire *via* ce lien.

→ **La situation française.**

Le général de Gaulle utilise une périphrase, « cesser le combat », pour éviter l'aspect définitif et catastrophique du mot « capitulation ». Le terme « alléguant » montre un doute quant au bien-fondé de la décision prise et comporte donc un jugement critique implicite. Les arguments ayant motivé la décision du gouvernement sont rappelés pour montrer que si la force de l'Allemagne a « surpris » les chefs, la France n'a pas perdu la guerre.

→ **L'appel à l'espoir.**

Les conjonctions de coordination « mais » et « car », énonçant respectivement l'opposition et la cause, structurent ce second mouvement. Trois questions rhétoriques centrées sur les termes « dernier mot », « espérance » et « défaite », sont balayées par un « non » catégorique. La formule injonctive « croyez-moi » met l'emphase sur les arguments qui vont suivre. Les phrases exclamatives répétées, « elle n'est pas seule ! », scandent cet appel à l'espoir. Là se trouve l'argument principal du général de Gaulle : la France peut compter sur ses alliés.

Le mot « destin » conclut ce paragraphe, complété par l'expression « dans l'avenir » et l'utilisation du futur prophétique « nous pourrons ».

→ **L'invitation à l'action.**

Dans cette dernière partie, le général de Gaulle se place en chef de guerre.

La longue phrase rythmée par l'anaphore de la formule « j'invite » laisse entendre qu'un grand nombre de citoyens peut participer à la lutte pour sauver le pays.

La métaphore religieuse de la « Flamme », suggérant une décision éclairée, appliquée à la « résistance », et accompagnée du verbe « éteindre » conjugué au présent et au futur de l'indicatif, invite à la confiance présente et à venir.

Stage en entreprise : le trouver et s'y préparer

Les ingrédients

UN STAGE OBLIGATOIRE POUR LES ÉLÈVES DE 3e

Le **stage d'observation du monde professionnel** se déroule sur une durée de **cinq jours** (consécutifs ou non) et peut être collectif ou individuel.

LE CHOIX DU SECTEUR ET DU MÉTIER

- Au cours de la scolarité, la sensibilisation à l'orientation permet de cerner progressivement **les goûts et centres d'intérêt** de chacun.

QUIZ

Pour vous aider à définir vos goûts, vous pouvez répondre à ce quiz.

- Quand le **secteur d'orientation** est défini, avec l'aide d'un(e) professionnel(le) de l'orientation, des professeurs ou d'un(e) documentaliste, vous pouvez affiner votre recherche et sélectionner **une série de métiers** vous correspondant.
- Parfois, des personnes dans l'entourage familial ou amical exercent un métier qui vous fascine alors que d'emblée ce dernier ne figurait pas dans ceux qui avaient retenu votre attention. Le stage en entreprise permet de **« tester » ce métier**.

LE CHOIX DE L'ENTREPRISE

- Un fil conducteur pour le choix de votre stage : choisissez un stage dans un univers professionnel pour lequel vous avez une **attirance** !
- Faire un stage dans une entreprise de travaux publics, une usine, un zoo, une concession automobile, un hôtel-restaurant offre **une large palette de salariés** qui facilite l'observation de plusieurs métiers représentatifs de la **branche**.
- À l'inverse, faire un stage chez un fleuriste, un boulanger, un cabinet dentaire ou d'architecture ou encore dans une clinique vétérinaire ou dans un laboratoire permet d'appréhender **les conditions spécifiques** des différents métiers et convient particulièrement à celles et ceux qui ont une idée précise de leur métier d'avenir.

La recette pour réussir

SAVOIR FAIRE

Rédiger une lettre de motivation

- Se présenter.
- Expliquer l'objectif du stage.
- Exprimer ses motivations et son intérêt pour le choix de cette entreprise.
- Terminer par une formule de politesse.

ASTUCES DU CHEF

- Écrivez votre lettre à la main, à l'encre noire ou à l'ordinateur avec la police de caractère lisible, en 11 ou 12 points.
- Soignez votre orthographe, ne dépassez pas vingt lignes et ménagez par un saut de ligne les différentes parties.

À VOS FOURNEAUX – EXERCICE COMMENTÉ BREVET

« Insérer une lettre de motivation dans votre rapport de stage »

→ **Indiquer les coordonnées et l'objet de la lettre.**

Prénom – Nom
Adresse complète et numéro de téléphone

Destinataire : Monsieur le directeur (ou Madame la directrice) adjoint(e) chargé(e) des patrimoines et de l'architecture à la DRAC de la région Nouvelle-Aquitaine

Objet : candidature pour un stage d'observation – service de coordination Architecture et patrimoine

→ **Se présenter et expliquer l'objectif du stage.**

Monsieur, (ou Madame,)

Actuellement en classe de 3e au collège .... à ...., je dois effectuer un stage d'observation du .... au .... 2022. Son but est de me sensibiliser au monde professionnel et de m'aider dans mon projet d'orientation.

→ **Exprimer ses motivations.**

Attaché(e) à l'histoire et marqué(e) par l'incendie de la cathédrale de Paris, j'aimerais devenir architecte du patrimoine. Durant mes dernières vacances, j'ai notamment effectué un atelier bénévole de restauration dans un château du Périgord. Cette expérience m'a sensibilisé(e) au métier d'architecte du patrimoine et j'ai pris conscience de la nécessaire collaboration des spécialistes de la restauration.

→ **Terminer la lettre par une formule de politesse.**

Dans l'attente de votre réponse, veuillez agréer, Monsieur (ou Madame), l'expression de mes sentiments respectueux.

Votre signature

Stage en entreprise : le rapport de stage

33

Les ingrédients

☑ DÉCOUVRIR LE MONDE DU TRAVAIL

- Le stage en entreprise permet de partager **le quotidien de professionnels** tout en bénéficiant d'une expérience concrète.
- Il favorise aussi **l'autonomie et la confiance en soi** car il fait évoluer dans un environnement autre que celui du cadre scolaire.
- Il peut être l'occasion de confirmer ou d'infirmer son **projet professionnel**.

☑ ENRICHIR SA CULTURE CITOYENNE

- Faire un stage en entreprise, c'est **ouvrir une fenêtre sur le monde économique et professionnel** dans sa diversité.
- La **convention de stage obligatoire** signée entre le collège et l'entreprise illustre la notion de « contrat » qui garantit les conditions de sécurité en fonction des dispositions du code du travail.
- Faire un stage en entreprise, c'est **vivre pour la première fois les réalités concrètes du travail** en appréciant les compétences et le savoir-être nécessaires à l'exercice d'un métier. Le stage permet parfois de **déconstruire des préjugés** sur telle ou telle branche d'activité.

> **Interviewer un professionnel dans l'entreprise**
>
> Il est impossible que vous puissiez interviewer l'ensemble du personnel. Choisissez la personne occupant le poste correspondant le plus à votre centre d'intérêt. Préparez vos questions, écrivez-les sur une feuille et vous la compléterez au fil de votre entretien. Soyez poli(e), attentif(ve) et approfondissez les réponses si celles-ci vous paraissent insuffisantes.
> Terminez votre entretien par des remerciements.

☑ DÉVELOPPER SON SENS DE L'ENGAGEMENT ET DE L'INITIATIVE

- Préparer son stage.
- Rédiger son rapport de stage.
- Élaborer son projet d'orientation professionnelle.

> **Être acteur de son projet d'orientation**
>
> Valorisez vos démarches tels les rendez-vous avec le (la) professeur(e) principal(e) et le (la) conseiller(ère) d'orientation psychologue, une présence à un forum des métiers ou à la semaine de l'apprentissage, la participation aux « journées portes ouvertes » organisées par les lycées classiques et professionnels. Expliquez ce que vous y avez appris !

La recette pour réussir

SAVOIR FAIRE

Rédiger un rapport de stage

- La page de titre mentionne vos nom, prénom, la classe et l'adresse du collège, les dates du stage, le nom de l'entreprise et du maître de stage avec l'intitulé de son poste.
- Le rapport présente le sommaire (plan en deux parties avec ses titres), la description du secteur d'activité et de l'entreprise, votre mission dans l'entreprise et le bilan du stage.
- La page des remerciements termine le rapport.

ASTUCE DU CHEF

Illustrez votre rapport par des photos, des graphiques ou des schémas. Légendez-les et ajoutez-les dans la rubrique « Annexes » de votre sommaire.

À VOS FOURNEAUX – EXERCICE COMMENTÉ BREVET

« Présenter son rapport de stage à l'oral »

→ **La présentation de l'entreprise.**
Faire rapidement l'historique de l'entreprise, indiquer sa situation actuelle, son fonctionnement (durée hebdomadaire de travail et horaires, ses fournisseurs et ses clients), le nombre de salariés avec la répartition femmes/hommes et l'organigramme du personnel avec les différents services et leurs rôles.

→ **L'activité principale de l'entreprise.**
– Différencier une administration d'une entreprise publique ou privée.
– Indiquer le type de production de l'entreprise : des biens, des services ou la distribution.
– Citer les métiers des personnes avec lesquelles vous avez été mis(e) en contact et établir la fiche d'un métier en particulier : qualités requises, cursus suivi et diplômes, activités réalisées, conditions de travail, partenaires de travail (en équipe), évolution de carrière et salaire perçu.

→ **Le bilan du stage.**
– Expliquer votre ressenti par rapport aux espoirs placés dans le stage (points positifs, points négatifs ; ce qui a pu éventuellement surprendre).
– Poser un regard objectif sur l'appréciation du stage par votre maître de stage.
– Mettre en corrélation les apports du stage avec votre projet d'orientation et/ou professionnel.
– Dire ce que vous avez appris durant le stage : connaissances, compétences, savoir-faire et savoir-être.

Être jeune sapeur-pompier

34

Les ingrédients

LE 18 OU LE 112… ALLÔ LES POMPIERS !

- Souvent, l'on associe les pompiers aux incendies de bâtiments ou de forêts. En réalité, l'essentiel des missions des pompiers concerne **le secours aux personnes** (malaises, accidents domestiques et noyades), **l'intervention lors d'accidents de la circulation** (autos, bateaux, avions, trains) et des **opérations diverses** (risques technologiques, industriels et pollutions).

> **Quelques chiffres :**
> - **4,3 millions** d'interventions, soit une toutes les quatre secondes.
> - **13 205** interventions par jour ou une intervention toutes les 6,5 secondes.
> - Près de **4 millions** de victimes prises en charge.

- Durant la crise sanitaire, les pompiers ont été mobilisés pour **transférer les malades** et assurer les **campagnes de vaccination**.

UN ÉQUIPEMENT ADAPTÉ

- Outre les **véhicules modernes** (fourgons pompe-tonne, engins grande échelle, camions-citernes), les pompiers disposent de **camionnettes de désincarcération** et de **véhicules radio-médicalisés**.
- Leurs tenues sont **ignifugées**, leurs casques sont résistants aux hautes températures. Ils ont aussi **des appareils respiratoires isolants** pour éviter d'être en contact avec les diverses fumées.

PLUSIEURS CATÉGORIES DE POMPIERS

L'effectif de **253 000 sapeurs-pompiers** se partage entre environ 5 % de **pompiers militaires** (pompiers de Paris et bataillon des marins-pompiers de Marseille), 16 % de **sapeurs-pompiers professionnels** et 79 % de **sapeurs-pompiers volontaires** (hommes et femmes engagés à partir de 16 ans, et qui parallèlement assument leurs obligations familiales et leur activité professionnelle). Les **femmes** représentent seulement 18 % des sapeurs-pompiers civils. Les **jeunes sapeurs-pompiers** ou JSP sont environ 29 500.

> **Les missions des jeunes sapeurs-pompiers :** l'initiation aux techniques de lutte contre l'incendie, la formation aux gestes de premier secours, la pratique sportive (exercices d'endurance, grimper de corde, natation, traction, athlétisme), l'initiation à l'entretien des véhicules, la participation citoyenne à des cérémonies, défilés et événements.

La recette pour réussir

SAVOIR FAIRE

Présenter un engagement citoyen

- Présenter l'action et expliquer ses motivations.
- Présenter le bilan de l'action et son ressenti.

ASTUCE DU CHEF

Insistez sur ce que vous avez appris sur vous-même : façon d'être, relation avec les autres, sentiment d'agir en citoyen.

À VOS FOURNEAUX – EXERCICE COMMENTÉ BREVET

« Mon expérience de jeune sapeur-pompier »

→ Depuis quand suis-je un(e) jeune sapeur-pompier ?

Depuis que je suis en 6e, je suis l'un(e) des 29 500 jeunes sapeurs-pompiers et chaque samedi je vais en formation. À la rentrée prochaine, j'entrerai dans le cycle 4, appelé JSP4.

→ Pourquoi ai-je choisi cet engagement citoyen ?

J'ai été ému(e) par les reportages relatifs aux pompiers de New York ou de Paris lors des attentats, et ma vocation de devenir pompier est née.

J'aime le sport et l'esprit des compétitions sportives. En tant que JSP, je participe à des rencontres départementales, régionales et bientôt nationales. L'entraînement sportif me permet de relever des défis et de me surpasser pour progresser. Une excellente condition physique est indispensable pour être recruté(e) comme pompier.

→ Pourquoi ai-je envie de continuer ?

La formation des JSP m'a apporté des connaissances techniques (extinction de feu) et pratiques (secourisme, protection des biens et des personnes) bien utiles dans la vie courante.

J'ai gagné en confiance en moi et appris l'endurance. Je suis plus ouvert(e) sur les autres.

Les pompiers sont pour moi une seconde famille avec laquelle je partage des valeurs de solidarité et de civisme, notamment quand je participe à la cérémonie du 14 juillet ou aux ateliers de démonstration de secourisme pour le grand public.

Enfin, si j'obtiens le brevet de JSP, je suivrai à 18 ans une formation pour intervenir comme pompier volontaire et je pourrai aussi avoir accès au concours interne de sapeur-pompier professionnel non officier.

Être éco-délégué(e)

35

Les ingrédients

RÔLE DE L'ÉCO-DÉLÉGUÉ(E)

- L'élection des éco-délégués est mise en place depuis la rentrée 2019 aussi bien au collège qu'au lycée. Un élève est **élu éco-délégué par les camarades de sa classe** et ce pour une durée d'**un an**.
- L'élève élu éco-délégué travaillera tout au long de l'année avec **les autres élèves élus** ainsi qu'avec l'ensemble de la **communauté éducative** (professeurs, CPE, gestionnaires…).
- Le but principal des éco-délégués est de **sensibiliser l'ensemble des élèves à la nécessité d'agir pour le bien-être de la planète** mais aussi d'ancrer leur établissement dans une réelle démarche de **développement durable**.

MISSIONS DE L'ÉCO-DÉLÉGUÉ(E)

- L'élève éco-délégué doit avoir la fonction de **relais** auprès de ses camarades : les **tenir informés** des projets menés par le collège et **partager les idées** évoquées entre élèves élus lors des réunions.
- Il a également le statut d'**ambassadeur de sa classe ou même de son établissement** lors des réunions menées au sein du collège mais aussi parfois à l'extérieur.

> Les éco-délégués peuvent être amenés à participer à des **événements locaux, régionaux, voire nationaux**.

- Il est aussi un élément moteur et primordial dans la prise de décision des actions à mener et se montre **garant** de la réalisation des différents projets.

ACTIONS DE L'ÉCO-DÉLÉGUÉ(E)

- L'élève éco-délégué commence général(e)ement par faire un **constat de la situation** de son collège : quelles actions sont déjà mises en place ? Quels points peuvent être améliorés ?
- En fonction des résultats de l'enquête, les élèves élus ainsi que d'autres personnels de l'établissement se réunissent pour décider ensemble des **actions** qui peuvent être menées au collège. Il est également possible de faire **une liste de projets** et de demander aux autres élèves de **voter**.
- Parmi les actions qui peuvent être mises en place, on retrouve régulièrement des thématiques comme **le tri des déchets**, **le gaspillage alimentaire**, **les impacts numériques**, **les éco-gestes**… Certaines structures comme des associations peuvent aider les éco-délégués à mener à bien des projets.

La recette pour réussir

SAVOIR FAIRE

- Être capable de décrire le déroulement d'une année en tant qu'éco-délégué(e).
- Présenter un projet mené au sein du collège.

ASTUCES DU CHEF

- **Si vous êtes vous-même éco-délégué(e)**

Parlez de votre ressenti et développez ce que cette mission vous a apporté.

- **Si vous n'êtes pas éco-délégué(e)**

Présentez votre oral avec un(e) élève élu(e) ou interviewez un(e) éco-délégué(e) de votre collège.

À VOS FOURNEAUX – EXERCICE COMMENTÉ BREVET

« Quel impact peut-on avoir en tant qu'éco-délégué(e) ? »

→ **Parler de la situation de la planète.**

Depuis plusieurs siècles, les êtres humains n'ont de cesse de puiser les différentes ressources de la planète. Toujours plus nombreux sur Terre et toujours plus énergivores, il est indispensable de faire évoluer les modes de vie de chacun et d'éveiller les consciences face aux enjeux planétaires et à la situation alarmante de notre planète. Il est possible, pour présenter ce constat scientifique, d'utiliser des documents édités par le groupe d'experts intergouvernemental sur l'évolution du climat (GIEC).

On peut aussi s'appuyer sur des extraits de film documentaire, comme *I Am Greta*, qui retrace le chemin de cette jeune Suédoise plutôt timide qui va devenir une ambassadrice dans le monde entier afin de lutter contre le changement climatique.

→ **Évoquer le statut d'éco-délégué(e).**

Des actions pour lutter contre le réchauffement climatique sont menées sur des plans nationaux et internationaux (agenda 2030, COP26…) mais d'autres peuvent se faire à plus petite échelle. Si chacun peut agir chez soi en adoptant des gestes simples, il est important qu'un établissement aussi important qu'un collège ou un lycée soit porteur d'une démarche de développement durable. En tant qu'éco-délégué(e), c'est cette idée que l'on peut véhiculer et transmettre auprès d'un large public en réalisant divers supports (affiches, œuvres d'art, etc.).

Affiche réalisée par les élèves du « club zéro déchet » du collège La Marquisanne de Toulon.

La vaccination : Louis Pasteur

36

Les ingrédients

DE LA PEINTURE À LA VACCINATION

- Né en 1822 à Dole, dans le Jura, Pasteur est issu d'une famille d'artisans. À l'adolescence, il se trouve un don pour le dessin et réalise quelques portraits académiques. Finalement, à l'âge de 21 ans, il décide de se consacrer entièrement aux sciences : **physique** et **chimie**.
- Il établit les premières **distinctions entre monde minéral et monde organique** grâce à la **cristallographie**. En 1857, il s'intéresse au processus de la fermentation puis dépose le **brevet de pasteurisation**. Il consacre le reste de sa carrière à la **microbiologie**. Sa découverte du **vaccin contre la rage** en 1885 lui vaut sa consécration dans le monde.

Albert Edelfelt, *Louis Pasteur dans son laboratoire en 1885*, huile sur toile, 155 × 127,5 cm, musée d'Orsay.

UN HOMME DE CONVICTION

- La mort de sa fille de la **fièvre typhoïde** le convainc de poursuivre ses recherches pour combattre les **maladies infectieuses**, malgré les nombreux détracteurs au sein de la communauté scientifique. En 1861, il est le premier à démontrer l'existence des micro-organismes dans l'air et devient **membre de l'Académie**. Les pouvoirs politiques saisissent rapidement les enjeux des savoirs scientifiques en microbiologie, ce qui permet à Pasteur d'avoir les moyens de poursuivre ses travaux.
- Victime d'une hémorragie cérébrale, il poursuit néanmoins ses expérimentations, d'abord sur les maladies des vers à soie, puis sur le choléra chez les poules. Malgré les contestations de ses découvertes, son équipe met au point le **vaccin contre le charbon du mouton**, puis **le premier vaccin antirabique** testé sur un jeune Alsacien, Joseph Meister. Le jeune garçon reçoit en tout vingt et une piqûres, sous la peau du ventre, d'un virus plus fort à chaque injection. L'histoire fera le tour du monde et les dons reçus permettront l'ouverture de **l'Institut Pasteur en 1888**.
- Pasteur meurt à l'âge de 73 ans dans une annexe de son Institut.
- Encore très actif aujourd'hui, l'Institut a pour mission la **prévention** et le **traitement** des maladies infectieuses.

La recette pour réussir

SAVOIR FAIRE

Repérer les étapes d'une démarche d'investigation dans un document scientifique

1. Émettre une hypothèse (« on pense que... »).
2. Tester l'hypothèse expérimentalement (notion de témoin).
3. Proposer des conséquences vérifiables (« on s'attend à... »).
4. Observer les résultats afin de conclure (valider ou non l'hypothèse en fonction des résultats obtenus).

ASTUCES DU CHEF

- Montrez que Louis Pasteur s'inspire de travaux d'autres scientifiques qu'il améliore afin de poursuivre ses recherches (expérience de Pouchet, vaccination jennérienne).
- Expliquez qu'au moment de ses recherches, Pasteur n'a aucune idée de la technique permettant de faire varier la virulence du microbe et encore moins du mécanisme d'immunité de l'organisme.

À VOS FOURNEAUX – EXERCICE COMMENTÉ BREVET

« Comment les expériences de Louis Pasteur ont-elles contribué à la découverte des premiers vaccins ? »

→ **Présenter l'expérience de Louis Pasteur qui démontre la théorie microbienne dite « des germes ».**

Pasteur pense que les micro-organismes qui flottent dans l'air sont à l'origine de la putréfaction des corps et responsables des maladies. Il s'oppose à la théorie de la génération spontanée, qui date de l'Antiquité. Un bouillon de culture est chauffé dans un flacon à col droit et dans un flacon à col de cygne pour tuer les micro-organismes. Ils sont laissés à l'air libre pendant quelques semaines. Des micro-organismes pénètrent dans le flacon à col droit et contaminent le bouillon. Dans le flacon à col de cygne, les micro-organismes ne peuvent pas atteindre le bouillon et s'y développer ; il n'y a donc pas de contamination, le bouillon reste clair. Seul le bouillon qui est en contact direct avec l'air est de nouveau contaminé par des micro-organismes. Ils n'apparaissent donc pas spontanément.

→ **Présenter l'expérience de Louis Pasteur sur le choléra des poules.**

En 1880, Pasteur travaille sur le choléra qui décime les poules dans les basses-cours. Il constate que des cultures du « microbe » du choléra des poules laissées à l'étuve pendant les vacances, puis injectées à des poules, ne rendent pas les animaux malades. Pasteur tente alors une expérience :

> « Prenons 40 poules. Inoculons-en 20 avec le virus très virulent ; les 20 poules mourront. Inoculons les 20 autres avec le virus atténué ; toutes seront malades, mais elles ne mourront pas. Laissez-les se guérir, et revenons ensuite pour ces 20 poules à l'inoculation du virus très infectieux. Cette fois, il ne tuera pas. La conclusion est évidente ; **la maladie se préserve d'elle-même**... Le microbe affaibli qui n'amène pas la mort se comporte comme un vaccin. [...] »
>
> Communication de Pasteur à l'**Académie des sciences**, 9 février 1880.

La vaccination : l'immunité collective

37

Les ingrédients

UNE IMMUNITÉ INDUITE PAR LA VACCINATION

- Le **système immunitaire** permet à l'organisme de **se défendre** lors des infections par des micro-organismes. La **vaccination** permet de lutter contre ces infections potentiellement graves en **stimulant** les défenses immunitaires.
- Un vaccin consiste en **l'injection d'un agent infectieux** – ayant perdu sa virulence – de manière à déclencher **une réaction immunitaire avec effet mémoire**. L'adjuvant associé, quant à lui, aide à déclencher **la réaction inflammatoire**, indispensable à l'installation de la réaction qui permet la fabrication des **cellules mémoires**. Ainsi, lorsque cet agent infecte une nouvelle fois l'organisme, la réponse engendrée sera beaucoup plus rapide et efficace.

L'OPTIMISATION DE LA VACCINATION

- La vaccination permet **une protection individuelle** pour la personne vaccinée mais aussi **une protection collective**. Elle n'est optimale qu'au-delà d'un certain **taux de couverture vaccinale**, bloquant ainsi la circulation de l'agent infectieux au sein d'une population. En effet, il est possible de **porter et transmettre l'agent infectieux sans être soi-même malade**.

Campagne d'information sur la vaccination

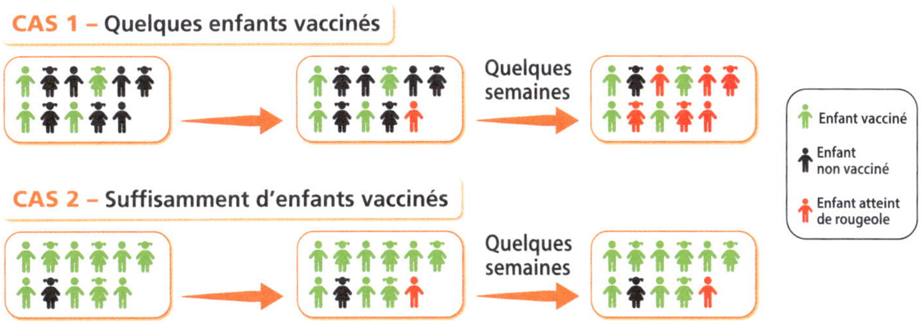

- L'efficacité de la vaccination et son utilisation importante ont permis de **faire disparaître certaines maladies** dans le monde. La **durée de la protection acquise** varie selon les vaccins. Il est nécessaire, dans certains cas, de pratiquer des **rappels** pour prolonger cette protection.

La recette pour réussir

SAVOIR FAIRE

• Présenter la vaccination dans l'histoire

Construire une frise chronologique interactive avec les dates, les mots clés et des illustrations.

• Expliquer l'action du vaccin sur le système immunitaire

Réaliser un schéma fonctionnel et/ou présenter un graphique montrant la nette augmentation des anticorps lors d'un deuxième contact avec un antigène.

ASTUCE DU CHEF

Illustrez vos propos avec une peinture comme celle de Constant Desbordes (1761-1827), *La Vaccine au château de Liancourt*, représentant le médecin Jean-Louis Alibert en train de réaliser une variolisation en 1812.

À VOS FOURNEAUX – EXERCICE COMMENTÉ BREVET

« Comment la vaccination sauve-t-elle des vies ? »

→ Parler du rôle de la vaccination dans l'histoire.

Pendant des siècles, la variole n'a fait aucune distinction et infligeait les mêmes sévices à tous partout dans le monde. Plus de 30 % des malades mouraient. Les médecins de l'époque mettaient en place différentes stratégies pour traiter cette maladie, mais la véritable révolution médicale apparaît en Angleterre à la fin du XVIIIe siècle. Le médecin Edward Jenner est le premier à expérimenter la vaccination en inoculant chez un enfant atteint de variole du pus d'une fermière ayant la vaccine (variole chez les vaches). C'est d'ici que viendra l'origine du mot « vaccin ». D'autres scientifiques marqueront l'histoire comme Louis Pasteur, qui met au point le premier vaccin contre la rage avec une souche de virus atténué en 1885. Puis, au fil des décennies, d'autres vaccins (poliomyélite, rougeole, etc.) voient le jour, mettant un terme au fléau de toutes ces maladies contagieuses qui ont tourmenté l'humanité. La vaccination représente aujourd'hui l'un des plus grands succès de la santé publique : selon l'Organisation mondiale de la santé (OMS), 2 à 3 millions de vies sont sauvées chaque année grâce à cet acte simple de prévention.

→ Évoquer l'importance de la couverture vaccinale.

Depuis plus de deux cents ans, les travaux des scientifiques l'attestent : la vaccination fonctionne. C'est grâce à elle que la médecine est venue à bout de la variole déclarée éradiquée par l'OMS en 1980. Il aura fallu vingt ans de vaccination dans le monde. La personne vaccinée agit comme une barrière contre l'agent pathogène, en interrompant la chaîne de transmission. Plus la population est vaccinée, plus on réduit la circulation de la bactérie ou du virus concerné. L'exemple de la rougeole en France le démontre : nous sommes passés de 500 000 cas dans les années 1980 à moins de 100 cas après la généralisation du vaccin.

Réussir l'épreuve orale : un exemple

☑ **EPI :** « Culture et création artistique »

☑ **SUJET :** « Otto Dix et sa vision de la guerre »

La présentation orale complète de ce sujet est à écouter *via* ce lien.

Le diaporama de ce sujet est à regarder *via* ce lien.

INTRODUCTION

40 secondes

– Présentez-vous rapidement en indiquant vos **nom** et **prénom**, votre **classe**.
– Indiquez le **titre de votre sujet**, les **raisons** à l'origine de votre choix et précisez les **disciplines** et/ou les **professeurs** avec lesquels vous avez abordé le thème.

Privilégiez les **raisons personnelles** à l'origine de votre choix. Par exemple, un aïeul « gueule cassée », la découverte de l'œuvre au musée, etc.

– Annoncez la **problématique** choisie puis énoncez le **plan** que vous allez suivre.

L'ŒUVRE

Environ 2 minutes

– Présentez le titre, l'auteur, le support, les dimensions, la date, le lieu d'exposition ou de conservation.

Ne racontez pas toute la vie de l'artiste mais indiquez une information clé ; ici, l'artiste a participé aux combats de la Première Guerre mondiale.

SON ANALYSE

– Décrivez la composition, les personnages, les couleurs.
– Expliquez le mouvement artistique.

SON INTERPRÉTATION

– Pourquoi l'auteur réalise-t-il cette œuvre ?
– Exposez l'accueil de l'œuvre auprès du public.

Les Joueurs de skat, Otto Dix, 1920, huile sur toile et collage, 110 × 87 cm, Neue Nationalgalerie de Berlin.

METTRE DES ŒUVRES EN RELATION — Environ 2 minutes

Les choisir en fonction de ce que l'on veut démontrer.

CHOIX POSSIBLES

- Des œuvres de l'artiste et/ou d'un autre artiste.
- Des œuvres d'une autre époque.

Liens avec **le titre** de l'œuvre : *Les Joueurs de skat* d'Otto Dix, *La Partie de cartes* de Fernand Léger et *Les Joueurs de cartes* de Paul Cézanne.

Liens avec **le thème** du sujet : *Guernica* ou *Massacre en Corée* de Picasso.

Liens avec des romans écrits par **un auteur qui vécut la Première Guerre mondiale** : *À l'ouest, rien de nouveau* d'Erich Maria Remarque (1929) ou par **un auteur contemporain** : *Au revoir là-haut* de Pierre Lemaitre, prix Goncourt en 2013.

EXPLIQUER VOTRE RESSENTI

– Précisez votre vision de l'œuvre.
– Exprimez votre sensibilité à l'œuvre.

ASTUCES DU CHEF

- Comme le temps imparti est bref, il est indispensable pour vous de **faire des choix** et de mettre uniquement en évidence ce qui est **nécessaire à la compréhension de l'auditeur**.
- Durant votre présentation, utilisez le **vocabulaire spécifique des arts plastiques**.
- Comme vous ne pouvez pas, durant la soutenance, vous appesantir sur le mouvement artistique auquel appartient l'œuvre, préparez en amont **une fiche** dans laquelle vous noterez ses points essentiels.
- Faire le lien entre des œuvres est important parce que cela éclaire le jury sur **ce que vous avez envie d'exprimer** et parce que le jury pourrait vous demander de **vous justifier**.
- Le lien que vous ferez vous aidera à définir, durant l'entretien, votre ressenti par rapport à l'œuvre présentée. Préparez en amont **une fiche** dans laquelle vous écrirez les points importants à exprimer.
- Limitez votre diaporama à **quelques diapositives**.

Anglais

Sommaire

Les temps

Savoir s'exprimer

Éviter les pièges de la langue anglaise

Le présent simple

1

Les ingrédients

À QUOI SERT LE PRÉSENT SIMPLE ?

Le présent simple sert à parler d'une **habitude**, d'un **fait** ou d'une **vérité générale**.
Exemples : *I go to school everyday.* → Habitude : le fait d'aller à l'école tous les jours est une habitude car je répète l'action.
It is sunny outside. → Fait : je n'apporte aucune précision sur l'action, c'est simplement un fait que j'énonce.
Water boils at 100 °C. → Vérité générale : ce sera toujours vrai, quoi que je fasse l'eau bouillira toujours à 100 °C. C'est une condition qui est toujours vraie.

COMMENT LE CONSTRUIRE

- Pour construire le présent simple, il faut prendre le verbe et supprimer le *to* (c'est-à-dire que l'on ne garde que la base verbale).
Exemple : *They play tennis every Friday.* → Ici, le verbe est « *to play* », je conserve donc uniquement la base verbale « *play* » que je place derrière le sujet.

- Attention, à la **troisième personne du singulier** (*he/she/it*), les verbes prennent un ***s*** au présent simple.
Exemples : *She eats cake on her birthday. He loves his mother very much. The cat (it) likes to walk outside in the sun.*

Construire une phrase au présent simple

À la forme affirmative	À la forme négative	À la forme interrogative
Sujet + verbe + complément. Exemple : *I like chocolate.*	**Sujet + *don't* (ou *doesn't* à la 3e personne du singulier) + verbe à l'infinitif + complément.** Exemples : *I don't play tennis. She doesn't like Marc a lot.*	**Auxiliaire + sujet + verbe à l'infinitif + complément?** On peut également utiliser l'auxiliaire *do*. Exemples : *Do you speak Spanish? Does she like pasta?*

Aux formes négative et interrogative, dans une phrase à la troisième personne du singulier, le verbe ne prend pas de « s » car c'est l'auxiliaire qui est conjugué (*doesn't/does*).

La recette pour réussir

SAVOIR FAIRE

Comment former une phrase

- Sujet + verbe + complément.
- À la forme interrogative : auxiliaire + sujet + verbe à l'infinitif + complément ?

ASTUCES DU CHEF

- Identifiez bien le sujet de la phrase afin de savoir comment conjuguer le verbe.
- N'oubliez pas d'ajouter au verbe le « s » à la troisième personne du singulier.
- N'oubliez pas d'ajouter ***do(es)/do(es)n't*** aux formes interrogative et négative.

À VOS FOURNEAUX – EXERCICES BREVET

1 Mettez les verbes entre parenthèses au présent simple.

1. I .... (ride) my bike at the park every day.
2. She .... (not/have) a dog but she .... (have) a cat.
3. My sister .... (speak) French very well.
4. The teacher .... (give) the class some homework.
5. They .... (love) playing soccer.

2 Construisez des phrases négatives.

1. I .... (not/like) to speak to Tom.
2. He .... (not/drive) his car to work every Monday.
3. We .... (not/enjoy) going to the cinema on weekdays.
4. You .... (not/play) the violin very well.
5. They .... (not/join) the group after school.

3 Construisez des phrases interrogatives.

1. (you/go) to the pool after class?
2. (she/like) Paul?
3. (he/play) rugby with his friends?
4. (the cat/eat) all his food?
5. (school/start) at eight o'clock?

▶ Corrigés en fin d'ouvrage

VOCABULARY

The poor: *les pauvres.* **The homeless:** *les sans-abris.* **The jobless:** *les chômeurs.* **The young:** *les jeunes.* **The elderly:** *les personnes âgées.* **Interested:** *intéressé.* **Interesting:** *intéressant.* **Shocked:** *choqué.* **Shocking:** *choquant.* **Excited:** *excité.* **Exciting:** *excitant, enthousiasmant.*

Le présent *be + -ing*

Les ingrédients

À QUOI SERT LE PRÉSENT *BE + -ING* ?

- Le présent *be + -ing* sert à parler d'une **action qui est en cours de déroulement** dans le présent. La personne est « **en train de** » faire l'action soulignée par le verbe.
Exemple : *Jane is swimming at the moment.* → Jane est en train de nager en ce moment : l'action est en cours de déroulement, elle est en train de se faire.

- On l'emploie aussi pour décrire **quelque chose que l'on voit** au moment présent.
Exemple : *I can see a girl who is wearing a red skirt.* → Je vois une fille qui porte une jupe rouge : je vois la fille à la jupe rouge et j'en fais une description.

- Il peut également exprimer un **futur proche**.
Exemple : *My train is leaving in an hour.* → Mon train part dans une heure : c'est un futur proche car mon train part dans une heure, et une heure est proche du moment présent.

COMMENT LE CONSTRUIRE

Pour construire une phrase au présent *be + -ing*, on conjugue **l'auxiliaire *be* au présent** et à la **bonne personne**, puis on ajoute la **terminaison *-ing* au verbe**.

Rappel, conjugaison de *be* au présent : *I am; you are; he/she/it is; we are; you are; they are.*

Construire une phrase au présent *be + -ing*

À la forme affirmative

Sujet + auxiliaire *be* + verbe-*ing*.

Exemples : *I am playing tennis. She is waiting for her friend. They are driving to Paul's house.*

À la forme négative

Sujet + auxiliaire *be* + *not* (forme contractée : « *n't* ») + verbe-*ing*.

Exemples : *I am not playing outside. She isn't swimming. We aren't playing.*

À la forme interrogative

Pour construire une phrase à la forme interrogative, on inverse la position du sujet et de l'auxiliaire par rapport à la forme affirmative.

Auxiliaire *be* + sujet + verbe-*ing*?

Exemples : *Is she swimming? Are we playing?*

Attention, « *I am* » ne peut pas être contracté, il faut utiliser la forme « *I am not* ».

La recette pour réussir

SAVOIR FAIRE

Comment utiliser le présent *be + -ing*

- Il ne faut pas oublier de placer l'auxiliaire *be* avant le verbe en *-ing*.
- C'est l'auxiliaire qui porte toujours la marque du temps et de la négation.
- Les verbes à la troisième personne du singulier ne prennent pas de « s ».

ASTUCES DU CHEF

- Identifiez bien le sujet afin de savoir comment conjuguer l'auxiliaire.
- Souvent, vous retrouvez le présent *be + -ing* avec des expressions du type : *tomorrow, in an hour, at the moment, right now*, etc.

À VOS FOURNEAUX – EXERCICES BREVET

1 Traduisez les phrases suivantes.

1. Ma sœur est en train de jouer avec son amie.
2. Cet homme est en train de promener son chien.
3. J'irai faire les courses dans une heure.
4. Pourquoi es-tu en train de pleurer ?
5. Demain soir, je regarde le match à la télévision.

2 Complétez les phrases suivantes avec la forme correcte du verbe.

1. Kate .... (cook) a turkey for dinner tonight.
2. The boys .... (watch) TV at the moment.
3. The children .... (eat) candy.
4. Mary .... (not sleep).
5. The dog .... (not bark).

3 Corrigez les erreurs qui se sont glissées dans les phrases suivantes.

1. My sister not is eating lunch.
2. I be going to school right now.
3. Is you being serious at the moment?
4. When do you arriving at the train station?
5. The children are play and enjoy the summer weather.

▶ Corrigés en fin d'ouvrage

VOCABULARY

Able: *capable*. **Average:** *moyen*. **Bold:** *audacieux*. **Boring:** *ennuyeux*. **Bright:** *lumineux, intelligent*. **Confident:** *confiant*. **Decent:** *convenable*. **Down:** *triste, abattu*. **Dull:** *ennuyeux, triste*. **Efficient:** *efficace*. **Thrilling:** *enthousiasmant*.

Le prétérit

Les ingrédients

À QUOI SERT LE PRÉTÉRIT ?

- Le prétérit sert à parler d'une action **passée**, **datée**, **terminée**.

Exemple : *My cat ate a mouse yesterday.* → L'action est passée et datée grâce à « *yesterday* ».

- Le prétérit s'emploie avec certaines **propositions** ou **conjonctions** : *ago* (il y a), *for* (pendant), *how long ago* (il y a combien de temps) et *since* (depuis que).

Exemples : *My father left five minutes ago.* → Mon père est parti il y a cinq minutes.
She was a teacher for twenty years. → Elle fut enseignante pendant vingt ans.

COMMENT LE CONSTRUIRE

Deux types de verbes

Les verbes réguliers
Pour les conjuguer, on ajoute la terminaison *-ed* au radical.
Exemples : *play* → *played*, *walk* → *walked*.

Les verbes irréguliers
Le radical de ces verbes change au prétérit et on ne peut pas y ajouter *-ed*. Pour les connaître, il faut les apprendre.
Exemples : *sleep* → *slept*, *go* → *went*.

> Attention, pour les verbes qui terminent par un « y » qui se prononce [ai], comme *try* ou *cry*, le « **y** » **final** se transforme en « **i** » devant le *-ed* (*ex. : they* ***tried****; it* ***cried***).

- Pour former une phrase négative :

– on utilise l'auxiliaire ***did not*** (forme contractée : *didn't*) + **base verbale** (c'est-à-dire le verbe sans le « *to* »). → *She* ***didn't eat*** *the cake.*

– on peut également utiliser l'**auxiliaire *be*** lorsque ce dernier est déjà présent dans la phrase affirmative. Dans ce cas, on utilise ***wasn't*** (première et troisième personnes du singulier) ou ***weren't***. → *I wasn't at school yesterday because I was sick. They weren't home when I rang the doorbell.*

- Pour poser une question, on utilise l'auxiliaire ***did*** + **base verbale**. → ***Did*** *he* ***cry*** *when he saw that film?*

Comme pour la forme négative, on peut également utiliser **l'auxiliaire *be* à la place de *did***. → *Were you out when I came to your house? Was she late to school?*

> *Did* est la conjugaison de l'auxiliaire *do* au passé : c'est un verbe irrégulier.

La recette pour réussir

SAVOIR FAIRE

Comment construire une phrase au prétérit

- Suivre la formule sujet + verbe + complément ou, pour poser une question, auxiliaire + sujet + verbe.
- Ajouter *did* et *didn't* dans les phrases interrogatives et négatives sans conjuguer le verbe derrière.

ASTUCES DU CHEF

- Le prétérit se retrouve souvent dans des phrases qui contiennent le terme *last*, comme *last week*, *last month* ou *last year*.
- Souvent, quand une date est indiquée, on conjugue le verbe au prétérit.

Exemple : *The Titanic sunk in 1912.*

À VOS FOURNEAUX – EXERCICES BREVET

1 Placez les verbes suivants dans les phrases et conjuguez-les au prétérit.

make – tell – wash up – eat – rain

1. My mum .... after lunch.
2. It .... a lot yesterday.
3. The fortune teller .... me my future.
4. Dave .... a slice of pizza.
5. I .... a cake yesterday.

2 Posez les questions correspondant à la réponse.

Exemple : I went to school yesterday. → What did you do yesterday?

1. I had a dog and a hamster.
2. My sister played videogames all day.
3. I went grocery shopping on Saturday.
4. I had homework to finish so I couldn't go out.
5. It was a horrible holiday, it rained all the time.

3 Transformez les phrases affirmatives en phrases négatives (N) ou interrogatives (I).

1. Clare played tennis this weekend. (N)
2. Dan washed his car on Saturday. (N)
3. Kate finished her homework. (I)
4. Marta waited for the bus. (I)
5. Dorothy invited me to her birthday party. (N)

▶ Corrigés en fin d'ouvrage

VOCABULARY

Expected: *attendu.* **Fair:** *juste, équitable.* **Foreign:** *étranger.* **Further/farther:** *plus éloigné, additionnel.* **Former:** *ancien, précédent.* **Genuine:** *véritable, authentique.* **Helpful:** *utile.* **Kind:** *gentil.* **Large:** *grand, vaste.* **Lazy:** *paresseux.*

Le prétérit *be + -ing*

4

ANGLAIS

Les ingrédients

À QUOI SERT LE PRÉTÉRIT *BE + -ING* ?

- On emploie le prétérit *be + -ing* pour parler d'une action qui **était en cours de déroulement dans le passé**.

Exemple : *She was reading a book.*

- Bien souvent, on trouve le prétérit en *be + -ing* dans une **phrase contenant aussi du prétérit**. Le **prétérit** vient alors **couper l'action en déroulement**.

Exemple : *I **was dancing** when my mother **came** home.* → J'étais en train de danser quand ma mère est rentrée à la maison.

Was dancing est un verbe conjugué au prétérit *be + -ing* et ***came*** est conjugué au prétérit simple.

J'ai donc réussi à exprimer que j'étais en train de danser quand ma mère est rentrée à la maison : le fait que ma mère rentre a coupé mon action de danser.

- Le prétérit *be + -ing* peut également indiquer un état de **lassitude** ou d'**agacement** chez la personne qui prononce la phrase.

Exemple : *What a shame she couldn't come out, she was still studying.* → Quel dommage qu'elle n'ait pas pu sortir, elle était encore en train d'étudier.

On sous-entend que c'est une action que la personne fait trop régulièrement et qui agace le locuteur (celui qui parle).

- Il peut aussi servir à montrer qu'une **action a duré beaucoup trop longtemps**.

Exemple : *Martha had an exam on Monday and was studying for hours.* → Le locuteur indique que Martha a passé beaucoup trop de temps à reviser son contrôle.

COMMENT LE CONSTRUIRE

Construire une phrase au prétérit *be + -ing*

À la forme affirmative	À la forme négative	À la forme interrogative
Sujet + *was/were* + **verbe**-*ing*.	**Sujet** + *wasn't/weren't* + **verbe**-*ing*.	*Was/Were* + **sujet** + **verbe**-*ing*?
Exemples : *I was **playing**. You were **singing**.*	**Exemples :** *I wasn't **playing**. You weren't **singing**.*	**Exemples :** *Was she **playing**? Were you **singing**?*

On utilise « ***was*** » avec les **première** et **troisième personnes du singulier**, et « ***were*** » avec **toutes les autres personnes**.

La recette pour réussir

SAVOIR FAIRE

Comment construire une phrase au prétérit *be + -ing*

- Ne pas oublier d'ajouter *was* ou *were* devant le verbe en *-ing*.
- Construire d'abord des phrases simples de type sujet + verbe + complément. Puis étoffer les phrases en les rendant plus complexes.

Exemple : *I was swimming in the pool yesterday.*
→ *When she saw me, I was swimming in the pool.*

ASTUCES DU CHEF

- Bien conjuguer *was/were* et ne pas oublier d'ajouter *-ing* à la fin du verbe.
- Attention aux verbes d'une syllabe qui se terminent par une voyelle prise entre deux consonnes : bien souvent, on **double** la **consonne finale**.

Exemple : *swim* → *swimming.*

À VOS FOURNEAUX – EXERCICES BREVET

1 Traduisez les phrases suivantes.

1. Je suis arrivé à l'école quand la cloche était en train de sonner. (*the bell* = la cloche)
2. Mon chat mangeait quand je l'ai attrapé.
3. Les voleurs couraient quand les policiers les ont arrêtés.
4. Ils étaient en train de nager quand John est tombé dans l'eau.
5. Nous étions en train de parler quand le chien a mordu Jane.

2 Mettez les verbes entre parenthèses au prétérit *be + -ing*.

1. I .... (study) Science for my test.
2. He .... (not do) his homework.
3. They .... (not play) rugby because they think is boring.
4. .... they .... (listen) to music when you opened the door?
5. She .... (go) to the cinema, but her friends didn't come.

3 Complétez le texte en utilisant le prétérit simple ou le prétérit *be + -ing*.

It .... (be) a rainy day of November. We .... (come) from school at 2 o'clock. We .... (not be) very hungry but we .... (be) too cold. While we .... (walk) with my umbrella, we .... (find) a coin. It .... (not be) a normal coin, it .... (be) a strange coin. What should we do? Maybe, we .... (have) to put the coin where we .... (find) it. We .... (do) this. But we .... (walk) on the street when a tall man .... (ask) us for the coin. So, we .... (tell) him that the coin .... (be) at the beginning of the street.

▶ Corrigés en fin d'ouvrage

Le *present perfect*

Les ingrédients

À QUOI SERT LE *PRESENT PERFECT* ?

- Le *present perfect* s'emploie pour faire le **bilan dans le présent** d'une **action passée**.

Exemple : *I've already been to New York.* → L'action d'aller à New York est terminée, mais je fais le bilan dans le présent.

- Il est aussi utilisé pour exprimer une **action passée** qui a encore une **incidence sur le présent**.

Exemple : *Jane has lost her phone and she can't call her mother.* → L'action passée d'avoir perdu son téléphone a une incidence sur le présent puisque Jane ne peut pas appeler sa mère.

- Le *present perfect* s'emploie également pour parler d'une **action qui a commencé dans le passé et qui se poursuit dans le présent**.

Exemple : *He has been jobless for ten years.* → Il a perdu son emploi il y a dix ans et est toujours sans emploi au moment où je parle, donc dans le présent.

- Il est aussi utilisé dans les phrases contenant ***for*** et ***since***.

Exemple : *We haven't seen him since 2019.* → Nous ne l'avons pas vu depuis 2019.

COMMENT LE CONSTRUIRE

- Pour former une phrase au *present perfect*, on utilise :

l'auxiliaire *have* conjugué au présent simple + le participe passé du verbe.

Former le participe passé d'un verbe

Verbes réguliers

On ajoute *-ed* au radical.

Exemples : *played, lived, loved.*

Verbes irréguliers

Il faut les apprendre : le participe passé est dans la troisième colonne des verbes irréguliers.

Exemples : *seen, gone, been.*

- Pour former les phrases interrogatives, il faut inverser le sujet et l'auxiliaire.

Exemple : *She has been to Paris.* → *Has she been to Paris?*

- Pour former les phrases négative, il faut ajouter *not*, sous la forme contractée ou non, à l'auxiliaire : ***have not*** ou ***haven't***.

Exemple : *I haven't gone to Paris for ten years.* → Je ne suis pas allé à Paris depuis dix ans.

La recette pour réussir

SAVOIR FAIRE

Comment construire une phrase au *present perfect*

- Ne pas oublier l'auxilaire *have* au présent conjugué à la bonne personne : *has/have*.
- L'auxiliaire se place toujours avant le participe passé, quelle que soit la phrase.

ASTUCE DU CHEF

Vous trouverez souvent le *present perfect* dans les phrases contenant : *already, yet, always, not yet, lately, recently, so far, it's the first time, it's the second time, this week /month/year.*

Exemple : *I have already done my homework this week.*

À VOS FOURNEAUX – EXERCICES BREVET

1 Complétez les phrases en utilisant le participe passé des verbes entre parenthèses.

1. The train has .... (stop). We can go out now.
2. She isn't ready. She hasn't .... (pack) her cases yet.
3. She has .... (take) some photos.
4. Sally hasn't .... (arrive) yet. Where can she be?
5. I've never .... (speak) to your mother.

2 Complétez les phrases en utilisant le *present perfect* à la forme affirmative ou négative.

1. My mum isn't at home now. She .... (go) to the supermarket.
2. So far this month I .... (see) three films.
3. I'm hungry. I .... (have) my lunch yet.
4. I .... (see) Helen yet today. Is she at school?
5. Our football team .... (win) all its matches so far this year.

3 Traduisez les phrases suivantes.

1. As-tu choisi un nouveau téléphone ?
2. J'ai réservé mon vol pour Londres.
3. Il a enregistré une nouvelle chanson.
4. As-tu déjà été à Paris ?
5. Je n'ai jamais conduit de voiture.

▶ Corrigés en fin d'ouvrage

VOCABULARY

Likely: *probable.* **Main:** *principal.* **Noisy:** *bruyant.* **Obvious:** *évident.* **Odd:** *étrange, impair.* **Pleasant:** *agréable, plaisant.* **Proud:** *fier.* **Quick:** *rapide.* **Quiet:** *silencieux.* **Reasonable:** *raisonnable.* **Because of:** *à cause de.* **Every time:** *à chaque fois.* **Providing that:** *à condition que.* **Conversely:** *à l'inverse.*

Le *present perfect be + -ing*

Les ingrédients

À QUOI SERT LE *PRESENT PERFECT BE + -ING* ?

- Le *present perfect be + -ing* sert à décrire **une action en cours**, contrairement au *present perfect* simple qui fait le bilan d'une action.
Exemple : *I've been studying Chinese for three years.* → Au moment où je parle, j'indique que l'action d'apprendre le chinois est toujours en cours : je continue de l'apprendre même si j'ai commencé il y a trois ans.

- Il s'emploie avec des **verbes d'état** comme *stand, lie, live*…
Exemple : *I've been living in London since 2013.* → J'habite à Londres depuis 2013.

> Les **verbes d'état** sont des verbes qui **servent à exprimer une idée abstraite** (croire, savoir…), des **émotions** (aimer, détester…), la **perception** (entendre, voir…) ou la **possession** (avoir, posséder…).

- Il marque aussi une **action dont on peut constater les résultats**.
Exemple : *You've been crying, your eyes are red.* → Je sais que la personne a pleuré car ses yeux sont rouges. Je constate donc quelque chose qui me permet de déduire la situation initiale.

- Il sert à indiquer une **habitude temporaire** ou la **répétition d'une action**.
Exemple : *I've been collecting shells since I was a child.* → Je collectionne les coquillages depuis que je suis enfant.

- Il est aussi très souvent employé pour parler d'une **action en cours** avec des **marqueurs de temps**, comme ***for*** et ***since***, lorsqu'on ne fait pas le bilan de cette action.
Exemple : *I've been playing the piano since I was six years old.*

COMMENT LE CONSTRUIRE

Construire une phrase en employant le *present perfect be + -ing*

À la forme affirmative

Sujet + *have* conjugué au présent simple + *been* + verbe-*ing*.

Exemples : *I have been swimming for two hours.*
She has been crying for ten minutes.

À la forme négative

Sujet + *have not* (ou *haven't*) conjugué au présent simple + *been* + verbe-*ing*.

Exemple : *I haven't been watching many TV shows lately.*

À la forme interrogative

Have conjugué au présent simple + sujet + *been* + verbe-*ing*?

Exemple : *Have you been following the news?*

La recette pour réussir

SAVOIR FAIRE

Comment construire une phrase au *present perfect be + -ing*

Ne pas oublier de conjuguer *have* à la personne qui convient : à la troisième personne du singulier, il devient *has*.

ASTUCES DU CHEF

- N'oubliez pas que l'action décrite par le verbe au *present perfect be + -ing* est en cours de déroulement. Elle n'est pas terminée au moment où l'on parle.
- *Been* ne change jamais de forme et il s'emploie dans toutes les phrases au *present perfect be + -ing*.

À VOS FOURNEAUX – EXERCICES BREVET

1 Conjuguez le verbe au *present perfect* simple ou au *present perfect be + -ing*.

1. Look! Somebody .... (break) that window.
2. You look tired. .... (you/work) hard?
3. .... (you/ever/work) in a factory? No, never.
4. Is it still raining? No, ... (it/stop).
5. .... (I/read) the book you lent me but .... (I/not finish) it yet.

2 Traduisez les questions suivantes.

1. Depuis combien de temps apprends-tu l'arabe ?
2. Depuis combien de temps est-ce qu'elle t'attend ?
3. As-tu attrapé des poissons ?
4. Combien de personnes as-tu invitées à la fête ?
5. Depuis combien de temps enseigne-t-elle ?

3 Choisissez la forme correcte du verbe.

1. She's been knowing/known her best friend for 5 years.
2. You've seen/been seeing me for a long time.
3. He's been forgetting/forgotten to take his wallet.
4. My eyes are red because I've been crying/cried.
5. They've lived/been living in Paris since they were born.

▶ Corrigés en fin d'ouvrage

VOCABULARY

Running: *actuel, coulant.* **Safe:** *sûr, en sécurité.* **Sharp:** *tranchant, perspicace.* **Similar:** *similaire.* **Thick:** *épais (pour une chose).* **Thin:** *fin.* **Unusual:** *inhabituel.* **Useful:** *utile.* **Useless:** *inutile.* **Weak:** *faible.* **Weird:** *bizarre, étrange.* **Contrary to:** *à l'inverse de.* **Unlike:** *à la différence de.* **Instead:** *à la place.* **Unless:** *à moins que.* **As from:** *à partir de.*

Le *past perfect*

Les ingrédients

À QUOI SERT LE *PAST PERFECT* ?

- Le *past perfect* sert à marquer **l'antériorité dans le passé**, c'est-à-dire **le passé dans le passé**. Il sert à indiquer qu'une action s'est déroulée dans le passé avant une autre action passée.

Exemple : *When he tried to buy tickets for the concert, he learned that they had been sold out.* → Lorsqu'il a essayé d'acheter des billets pour le concert, il a appris qu'ils avaient tous été vendus. L'action d'acheter les billets est une action passée mais une autre action, le fait qu'ils aient tous été vendus, est antérieure à celle-là.

- L'action désignée par le *past perfect* et l'action au prétérit **sont liées**. Elles ont une incidence l'une sur l'autre. **L'action au *past perfect*** est souvent **coupée par l'action au prétérit**. Le *past perfect* indique le **point de départ d'une action** dans le passé, à laquelle se sont ajoutées d'autres actions dans le passé. Ainsi, la **première action** au ***past perfect*** déclenche une **autre série d'actions** toutes conjuguées au **prétérit**.

Antériorité dans le passé → **Action 1** (la plus récente) → **prétérit**
Action 2 (la plus ancienne) → ***past perfect***

Exemple : *She **had moved** to London for five years, and in that time got **robbed** twice, **had** to quit her job and **find** a new one.* → L'action d'emménager à Londres est antérieure aux actions de se faire cambrioler et de changer de travail.

- On emploie également le *past perfect* avec ***for*** et ***since*** pour indiquer **pendant** ou **depuis combien de temps** une **action se déroulait** avant qu'une **autre action ne se produise**.

Exemple : *They had been married since 2003 when they decided to get a divorce.* → Ils étaient mariés depuis 2003 quand ils ont décidé de divorcer.

COMMENT LE CONSTRUIRE

Pour construire une phrase au *past perfect* :

sujet + had + participe passé + complément.

Exemple : *I **had been** to London before I went to Spain.* → J'ai été à Londres avant d'aller en Espagne.

> *Had* est la conjugaison de l'auxiliaire *have* au passé : c'est un verbe irrégulier.

La recette pour réussir

SAVOIR FAIRE

Utiliser le *past perfect* avec *for* et *since*

Le *past perfect* s'emploie souvent avec *for* et *since*. Dans ce cas, c'est l'action qui précède *for* et *since* qui se conjugue au *past perfect*.

ASTUCE DU CHEF

Repérez les deux actions et demandez-vous quelle est la première action (la plus récente) et quelle est la deuxième action (la moins récente). Une fois cela déterminé, conjuguez le verbe de la deuxième action au *past perfect* car elle est antérieure à la première action.

À VOS FOURNEAUX – EXERCICES BREVET

1 Pour chaque phrase, conjuguez les verbes au *past perfect* ou au prétérit.

1. She soon .... (realize) that she .... (spend) all her money.
2. He .... (be) tired because he .... (not eat) anything since the morning.
3. When all the guests .... (leave) I .... (start) tidying.
4. As soon as Jack .... (eat) his ice-cream, he .... (go) to buy another one.
5. The police never .... (find) out where the thief .... (hide) all the money.

2 Complétez les phrases en utilisant le *past perfect*.

1. The fire .... (already/reach) the roof by the time the firemen arrived.
2. John went to prison because he .... (steal) a lot of money.
3. Helen went to bed after she .... (watch) her favourite TV program.
4. My father bought the new car after he .... (try) it a few times.
5. By the time Sonia got to the party, everyone .... (begin) dancing.

3 Reliez les deux phrases en utilisant *when* et le *past perfect*.

1. Pierre arrived at the airport. The plane left.
2. I switched on the TV. The program started.
3. The thief ran away. He stole all the money from the cash register.
4. Peter invited me to the party. I accepted to go with someone else.
5. I got to the concert hall. The show began.

▶ Corrigés en fin d'ouvrage

VOCABULARY

Account for: *expliquer/justifier/constituer.* **Add up:** *avoir du sens.* **Advise against:** *déconseiller de faire quelque chose.* **Agree with:** *être d'accord avec.* **Allow for:** *permettre/prendre en compte.* **Appeal to:** *être attrayant/faire appel.* **Apply for:** *postuler.* **Back away:** *reculer brusquement.* **Back down:** *reculer (dans une confrontation).* **Black out:** *perdre conscience.* **Elsewhere:** *ailleurs.* **Whereas:** *alors que/tandis que.* **In case of:** *en cas de.* **In case:** *au cas où.* **Assuredly:** *assurément.*

Le *past perfect be + -ing*

8

ANGLAIS

Les ingrédients

À QUOI SERT LE *PAST PERFECT BE + -ING* ?

- Le *past perfect* en *be + -ing* sert à parler d'une **action en cours** qui a **débuté dans le passé** et qui est **toujours en cours de déroulement** à un **autre moment du passé**. On insiste donc sur la durée de l'action.

Exemples : *She had been swimming for two hours when she had a cramp.* → L'action de nager a commencé dans le passé et a duré deux heures (on insiste sur le fait que ce soit long) quand tout à coup une autre action (la crampe), au prétérit cette fois-ci, est venue la couper.
Yanis had been reading when his mother came in. → Ici encore, même sans indication de durée, on sait que l'action de lire était en cours de déroulement lorsque la mère de Yanis est entrée dans la pièce.

> Les formes en *be + -ing* indiquent toujours une action en cours de déroulement, qu'elle soit dans le passé ou dans le présent.

- Attention, certains verbes ne se mettent pas à la forme *be + -ing* du *past perfect*, comme ***know***, ***want***, les **verbes de possession** et de **relation**, les **verbes de sentiment** (*love, hate…*) et les **verbes de perception** (*hear, smell…*).

COMMENT LE CONSTRUIRE

La construction du *past perfect* en *be + -ing* est quasiment identique à celle du *present perfect* en *be + -ing*, sauf que l'auxiliaire ***have* se conjugue au passé** et ne change donc pas selon les personnes.

Construire une phrase en employant le *past perfect be + -ing*

À la forme affirmative

Sujet + *had* + been + verbe-ing.

Exemple : *I had been running for two hours when I got tired.*

À la forme négative

Sujet + *had not* (ou *hadn't*) + been + verbe-ing.

Exemple : *He hadn't been doing his homework for a week when the teacher caught him.*

À la forme interrogative

Had + sujet + been + verbe-ing?

Exemple : *Had she been skiing before?*

La recette pour réussir

SAVOIR FAIRE

Comment utiliser le *past perfect* *be* + *-ing*

- L'auxilaire *have* se conjugue de la même manière pour toutes les personnes : *had*.
- *Been* est toujours placé juste devant le verbe en *-ing*.

ASTUCE DU CHEF

N'oubliez pas *been* qui est présent dans toutes les constructions au *past perfect be + -ing*.

Exemples : *She had been dancing for three hours when she got tired. They had been training for two days before the competition started.*

À VOS FOURNEAUX – EXERCICES BREVET

1 Complétez les phrases suivantes avec le *past perfect* en *be + -ing*.

1. Laura needed a break because she .... (study) for three hours.
2. James .... (learn) English for three years before he moved to London.
3. I didn't go out last night because I .... (work) all day.
4. Carla felt ready for the marathon because she .... (train) all year.
5. We .... (go) out with each other for two years before I met his family.

2 Indiquez s'il faut utiliser le *past perfect* simple ou le *past perfect be + -ing*.

1. They couldn't move their car. Someone (let) their tires down.
2. Until he resigned last month, he (be) finance minister for a year.
3. By May last year, he (live) in Richmond for 10 years.
4. Although I (wait) for an hour, she was nowhere to be seen.
5. When the firefighters got to the scene, the fire (rage) for two hours.

3 Répondez aux questions en utilisant le temps adapté.

1. Had you ever visited the US before your trip in 2006? **(parents in 2003)**
2. Had you been studying Spanish before you moved to Madrid? **(two years)**
3. How come you knew London so well? **(visited several times before)**
4. How long had they been eating before Carol arrived? **(over an hour)**
5. How long had Brian been studying English at school before he moved to London? **(six years)**

▶ Corrigés en fin d'ouvrage

VOCABULARY

Blow up: *exploser (sens propre et sens figuré)/agrandir, zoomer.* **Break away:** *se séparer, quitter un groupe.* **Break down:** *se casser, tomber en panne/s'effondrer (émotionnellement).* **Break up:** *se séparer (relation ou mariage).* **Bring up:** *élever, mentionner.* **Bump into:** *tomber sur quelqu'un.* **Burn out:** *se consumer, s'épuiser.* **Calm down:** *se calmer.* **Carry on:** *continuer.* **Carry out:** *effectuer, suivre (une instruction).*

Méthode : savoir présenter un texte

Les ingrédients

SE PRÉPARER AVANT DE RÉPONDRE AUX QUESTIONS

- Avant de se lancer dans la présentation d'un texte, il est important de le **lire en entier plusieurs fois** pour s'assurer d'avoir compris l'essentiel du document.
- Il faut repérer les **lieux**, les **personnages**, le **sujet principal**, la **source** et l'**auteur** s'il y en a.
Il est possible d'utiliser des couleurs pour identifier chaque élément, l'objectif étant de rendre le document le plus visuel possible pour pouvoir retrouver facilement les informations afin de répondre aux questions associées au texte.
- Les questions qui portent sur un texte vont du **plus concret au plus abstrait**. Ainsi, les premières questions permettent de situer le texte dans son contexte, alors que les suivantes permettent d'entrer davantage dans le détail du texte et de comprendre les concepts plus abstraits.

L'ESSENTIEL À RETENIR

- Un **texte ne parle pas**, il ne faut donc pas utiliser une expression du type « *The text speaks about* », mais plutôt :
– *The text deals with ;*
– *The text is about.*
Il est également possible de commencer avec une phrase du type « *the document we are presented with is a text about…* ».
- Pour parler de ce que **contiennent les paragraphes**, on dira :
– *In the first paragraph, in the second paragraph…* ;
– *In paragraph one, in paragraph two…*
- Pour indiquer l'**intention de l'auteur**, ou évoquer **le message** qu'il a voulu transmettre, il est possible d'utiliser les expressions suivantes :
– *The author aims at* + verbe *-ing ;*
Exemple : *The author aims at explaining…*
– *The author's goal is to…*
- Souvent, un exercice de compréhension de texte est suivi d'un exercice d'expression écrite. Voici quelques expressions utiles pour rédiger et organiser sa réflexion :
– *In my opinion* ;
– *To my mind* ;
– *I strongly believe that* ;
– *The text states that* ;
– *I agree* ;
– *I disagree.*

La recette pour réussir

SAVOIR FAIRE

Comment présenter un texte

1. Lire le texte attentivement en surlignant les passages importants.
2. Lire l'ensemble des questions afin de repérer les éléments dans le texte.
3. Commencer par présenter l'auteur, la source et le sujet principal du document.
4. Répondre aux questions dans l'ordre où elles sont posées car elles aident à comprendre les enjeux du document.

ASTUCES DU CHEF

- Avant de vous lancer, vous pouvez repérer le vocabulaire que vous ne comprenez pas. L'essentiel est de ne pas se focaliser sur les mots inconnus mais d'essayer de comprendre l'ensemble de la phrase. Bien souvent, vous comprendrez la phrase même si un mot vous échappe.
- Si vous ne comprenez pas une question ou ne trouvez pas la réponse, ne vous focalisez pas dessus, passez à la suivante et revenez à la question une fois que vous aurez terminé de répondre au reste.

À VOS FOURNEAUX – EXERCICE BREVET

There is a train station in Tokyo where a life-size bronze statue of a dog can be seen. The statue is quite small when you compare it to the huge neon billboards flashing all around it, but it's very easy to find. People have taken up the habit of meeting there since 1934 and there are often hundreds of people waiting in front of the statue for their friends.

The story behind the statue is that a man called Professor Eisaburo Uyeno and his dog Hachiko were inseparable. The professor would take his dog with him to the train station before heading off to work at the Imperial University. When he came back from work, he would find his dog waiting patiently for him. However, one day the professor died at work and never came home.

The bond between the dog and his owner was so strong that Hachiko continued to go to the station every day. He became a sort of national celebrity and street vendors often offered him food.

In 1934, a statue of him was put outside the station. In 1935, Hachiko died at the place he last saw his friend alive.

Lisez le texte puis répondez aux questions suivantes.

1. Hachiko's statue is small in comparison to:
a. life-size dogs. b. huge billboard signs. c. huge neon signs.

2. People get together at the statue of Hachiko because:
a. they like to visit the bronze statue and pray for the dog's soul.
b. it serves as a meeting point for lovers.
c. people await there to meet with their friends.

3. Where did the professor work?
a. In a primary school. b. At a university. c. At a train station.

▶ Corrigés en fin d'ouvrage

La voix passive

10

Les ingrédients

À QUOI SERT LA VOIX PASSIVE ?

- En anglais, la voix passive est utilisée quand on **ne sait pas qui est l'auteur** de l'action ou que l'on veut **mettre l'accent sur l'action** exécutée et non pas sur celui qui fait l'action.

Exemple : *The mouse was eaten by the cat.* → La souris a été mangée par le chat. On connaît celui qui fait l'action mais on choisit de se concentrer sur l'action effectuée plutôt que sur l'agent (celui qui fait l'action).

- Le sujet de la phrase active devient l'objet de la phrase passive et l'**objet de la phrase active** devient le **sujet de la voix passive**.

COMMENT LA CONSTRUIRE

- Pour construire une phrase à la forme passive, il faut partir de la phrase à la forme active et **inverser la position de l'objet et du sujet**. Puis, il faut **conjuguer l'auxilaire *be* au temps du verbe** de la phrase active et ajouter le **participe passé du verbe**.
- Attention, l'objet de la phrase passive est toujours introduit par « *by* ».

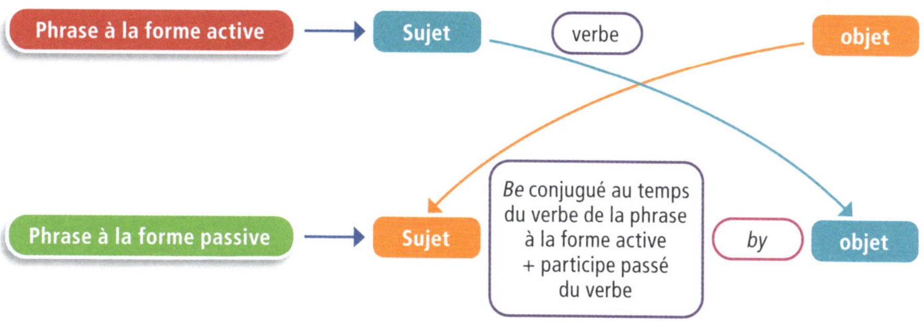

Exemple : *My brother ate all the cake.* Dans cette phrase, « *My brother* » est le sujet, « *all the cake* » l'objet, et « *ate* » est le prétérit du verbe *eat.* → *All the cake was eaten by my brother.*

- Pour utiliser la voix passive à la forme négative, il faut ajouter « *not* » à l'auxiliaire *be*.

Exemple : *All the cake wasn't eaten by my brother.*

- Pour employer la voix passive à la forme interrogative, on utilise aussi *is* ou *are*, *was* ou *were*. Il faut alors inverser la place du sujet de la phrase passive et l'auxilaire. Ce dernier se place en premier.

Exemple : *Were the jewels stolen by the famous robbers?*

La recette pour réussir

SAVOIR FAIRE

Quel temps utiliser à la voix passive

Il faut repérer le temps du verbe dans la phrase active : il indique à quel temps conjuguer l'auxiliaire *be*. Ainsi, si le verbe est au présent dans la phrase active, alors l'auxiliaire sera aussi au présent dans la phrase passive.

Exemple : *My sister does a paiting.*
→ *A painting is done by my sister.*

ASTUCES DU CHEF

- Pour vous aider à bien identifier le sujet et l'objet de la phrase active, vous pouvez les souligner ou les surligner.
- Quand le sujet n'est pas connu ou qu'il est peu spécifique, vous pouvez le supprimer totalement dans la forme passive.

Exemple : *Someone stole my wallet.*
→ *My wallet was stolen* (« *by someone* » n'est pas necessaire).

À VOS FOURNEAUX – EXERCICES BREVET

1 Transformez les phrases actives en phrases passives.

1. They grow coffee in Brazil.
2. He examines patients on the second floor.
3. She feeds the animals twice a day.
4. He found the child in the park.
5. They broke the glasses with a stone.

2 Transformez les phrases actives en phrases passives. Attention à bien conserver la forme négative.

1. He doesn't spend money on magazines.
2. I don't make lunch on Sundays.
3. He didn't grow tomatoes in his garden.
4. They didn't fly the planes in the morning.
5. She didn't sing the song after the ceremony.

3 Posez des questions à la voix passive sur les éléments en rose.

1. The car was driven by Mark.
2. The plane was flown over the airfield.
3. No, the vase wasn't broken by the cat.
4. Yes, *Material Girl* was sung by Madonna.

▶ Corrigés en fin d'ouvrage

Le discours direct et le discours indirect

11

Les ingrédients

LE DISCOURS DIRECT

- Le discours direct désigne **les paroles prononcées par une personne** sans qu'elles aient été modifiées ou rapportées.

Exemple : *"You look beautiful today", said Henry.*

- Il est utilisé dans les textes littéraire ou dans les dialogues pour **faire avancer l'action** et **retranscrire les paroles** des personnages sans les modifier.

LE DISCOURS INDIRECT

- Le style indirect est utilisé pour **rapporter les paroles de quelqu'un** sans utiliser de guillemets.

Exemple : *Tom: "I'm going to school tomorrow."* → *Tom said that he was going to school the following day.*

- Lorsque l'on utilise ce type de discours, on effectue un « retour en arrière ». Ainsi, les verbes au **présent** dans la **phrase d'origine** seront au **prétérit** dans la **phrase rapportée** et ceux au **prétérit** seront au ***past perfect***.

Exemples : *I **want** to go.* → *He said that he **wanted** to go.*
*I **finished** the work earlier.* → *She said she **had finished** the work earlier.*

- *That* est facultatif, on peut choisir de le préciser ou non, le sens de la phrase ne changera pas.

Exemple : *He said **that** he wanted to go.* → *He said he wanted to go.*

- Au discours indirect, les adverbes de temps et de lieu sont également modifiés.

Au discours direct	Au discours indirect
Yesterday	The day before
Last week/month/year	The week/month/year before
Tomorrow	The following day/The day after/The next day
Next week	The following week/The week after
Ago	Before

Exemple : *Sarah: "I'm going to the cinema with my brother **tomorrow**."* → *Sarah said she was going to the cinema with her brother **the next day**.*

- Enfin, si le discours direct contient une question, alors cette question devient une phrase affirmative dans le discours indirect.

Exemple : *Are you going to Peter's party?* → *He asked if I was going to Peter's party.*

La recette pour réussir

SAVOIR FAIRE

Comment transformer une phrase du discours direct au discours indirect

1. Changer les pronoms personnels, les pronoms ou adjectifs possessifs concernant la personne qui parle.

Ex. : *Bob said "I'm going to see my mother."*
→ *Bob said he was going to see his mother.*

2. Modifier les adverbes de temps et de lieu, les pronoms ou adjectifs démonstratifs.

Ex. : *"I went to London last week."* → *He said he had gone to London the week before.*

3. Changer le temps des verbes.

Ex. : *Sam said "I went to the museum yesterday."*
→ *Sam said he had gone to the museum the day before.*

ASTUCES DU CHEF

- Repérez les différents éléments à modifier avant de commencer à transformer la phrase directe en phrase indirecte.
- Repérez le temps de l'action de la phrase principale pour pouvoir faire un bond en arrière dans le discours indirect.

À VOS FOURNEAUX – EXERCICES BREVET

1 Transformez les phrases affirmatives directes en phrases indirectes.

1. "Angela likes fashion magazines." → She said ....
2. "Charles is a wonderful person." → She said ....
3. "I'm having a party tomorrow." → He said ....
4. "These are my favourite books." → Nate said ....
5. "We are having a great time." → They said ....

2 Transformez les phrases négatives directes en phrases indirectes.

1. "Sally doesn't like horror films." → Sally said ....
2. "Mary doesn't go to school on foot." → Mary said ....
3. "Richard isn't watching TV." → She said ....
4. "The fireplace isn't working correctly." → They said ....
5. "He doesn't take a bath every day." → Martha said ....

3 Transformez les phrases interrogatives directes en phrases indirectes.

1. "Does Angela like fashion magazines?" → She asked ....
2. "Where is my suitcase?" → He asked ....
3. "Do you enjoy watching TV?" → Ron asked ....
4. "Why do you want to work there?" → They asked ....
5. "How do you come to school" → You asked ....

▶ Corrigés en fin d'ouvrage

Les adjectifs

Les ingrédients

LES DIFFÉRENTS TYPES D'ADJECTIFS

Il existe deux types d'adjectifs

Les adjectifs courts	Les adjectifs longs
Ces adjectifs font une syllabe, ou deux uniquement dans le cas où l'adjectif se termine par *y* (ex. : *pretty, lazy, curly…*).	Ces adjectifs font deux syllabes ou plus.

- En anglais les adjectifs sont **invariables**. Ils ne s'accordent ni en nombre, ni en genre. Ainsi, il ne faut pas mettre de « s » aux adjectifs, même si le nom qui suit est un nom pluriel.

Exemple : *I can see blue cars.* → *blue* ne prend pas de « s » même si *cars* est un nom au pluriel.

- Les adjectifs de **nationalité** ou de **religion** commencent par une **majuscule**.

Exemples : *She is English. He is Catholic.*

OÙ PLACER L'ADJECTIF DANS UNE PHRASE ?

- L'adjectif **se place toujours avant le nom qu'il qualifie** à quelques exceptions près.
- En anglais, les adjectifs ne peuvent pas se placer n'importe comment. Lorsque l'on souhaite en utiliser plusieurs dans une phrase, il faut **respecter un certain ordre**. Les adjectifs d'**opinion** sont les premiers, suivis des **dimensions**, puis de l'**âge**, de la **forme**, de la **couleur**, de l'**origine**, pour terminer par le **matériau**.

1. Opinion → *a nice blouse*
2. Dimension → *a large house*
3. Âge → *a young boy*
4. Forme → *a round ball*
5. Couleur → *a green tennis racket*
6. Origine → *a French student*
7. Matériau → *a wooden box*

Nous pouvons donc former une phrase avec de multiples adjectifs du moment que l'on respecte leur ordre.

Exemple : *A beautiful, large, old, four-bedroom, grey, English, wooden house.*

La recette pour réussir

SAVOIR FAIRE

Quelques équivalents des adjectifs les plus fréquents

Good	advantageous, appropriate, attractive, convenient, dependable, desirable, efficient, favorable, fine, first-class, first-rate...
Bad	absurd, awkward, damaging, dangerous, defective, evil, false, foolish, harmful, inacceptable, second-class, unfortunate...
Important	capital, consequential, crucial, decisive, essential, impressive, indispensable, major, paramount, portentous...
Interesting	absorbing, captivating, curious, entertaining, exciting, fascinating, gripping, provocative, spell-binding...
Big	awesome, enormous, extensive, foremost, influential, huge, large, noteworthy, outstanding, prominent...
Small	inadequate, inconsequential, insignificant, insufficient, minor, negligible, secondary, trifling...

ASTUCE DU CHEF

Essayez de diversifier votre vocabulaire en utilisant les équivalents ci-dessus. Recherchez toujours des façons différentes d'utiliser les adjectifs les plus communs, cela ajoute une grande valeur à la qualité de vos devoirs.

À VOS FOURNEAUX – EXERCICE BREVET

Complétez les phrases avec les adjectifs suivants. Attention, ils ne sont utilisables qu'une seule fois.

loyal – sensitive – kind – clever – strict – selfish – shy – rude – clumsy

1. Jane is very .... She always cries when she watches a sad film.
2. He's one of my best friends, he's .... And I appreciate that in him.
3. Joseph never wants to share his toys. He's so ....
4. My English teacher is very .... She doesn't tolerate any chattering.
5. Lisa is very .... , she helps people all the time.
6. She is so .... , she breaks everything she touches.
7. Jack is an incredibly .... boy. He always gets the best marks in class.
8. Susan is .... , she hates having to speak publicly.
9. She's quite .... , she never behaves herself in public and often forgets her manners.

▶ Corrigés en fin d'ouvrage

Les adverbes de fréquence

13

Les ingrédients

LES ADVERBES DE FRÉQUENCE

- Il existe **dix adverbes de fréquence**, ainsi que des équivalents. Ces adverbes servent à **dire à quelle fréquence** se déroule une action.

Anglais	Français
Always	Toujours
Nearly (almost) always	Presque toujours
Usually, normally	D'habitude
Very often, frequently	Très souvent
Often	Souvent
Sometimes	Parfois
Occasionally	De temps en temps
Hardly ever	Presque jamais
Rarely, seldom	Rarement
Never	Jamais

- Les adverbes sont **invariables**, ils ne s'accordent donc jamais en genre et en nombre.

CONSTRUIRE UNE PHRASE AVEC UN ADVERBE DE FRÉQUENCE

- Pour construire une phrase avec un adverbe de fréquence, il faut respecter l'ordre des mots dans la phrase.

Sujet + **adverbe** + **verbe** + **complément**.

Ainsi, l'adverbe se place avant le verbe et il **ne sépare jamais** le verbe de son complément d'objet.
Exemple : *I rarely dance with my friends*.

- Quand il y a un **auxiliaire**, tel que ***be*** ou ***can***, l'**adverbe** se place **après l'auxiliaire**.
Exemples : *She **is never** late.*
*I **can sometimes** go to the cinema.*

- Pour poser une question ou former des phrases négatives, le principe reste le même, l'**adverbe** ne change pas de place.
Exemples : *Does she **often** go swimming?*
*Erin doesn't **always** like playing tennis.*

La recette pour réussir

SAVOIR FAIRE

Utiliser les adverbes de fréquence

- Il est important d'essayer d'employer les adverbes de fréquence dès que possible et de les varier afin d'enrichir son expression.
- Il n'en existe que dix : essayer de les employer sans utiliser *very*.

ASTUCES DU CHEF

- N'oubliez pas que les adverbes de fréquence ont une place précise dans une phrase : **avant le verbe** ou **après l'auxiliaire**.
- Apprenez par cœur les dix adverbes de fréquence.

À VOS FOURNEAUX – EXERCICES BREVET

1 Récrivez les phrases en plaçant l'adverbe entre parenthèses au bon endroit.

1. He listens to the radio. **(often)**
2. They read a book. **(sometimes)**
3. Pete gets angry. **(never)**
4. Chloe is very friendly. **(usually)**
5. I take sugar in my coffee. **(sometimes)**
6. Ramon and Frank are hungry. **(often)**
7. My grandmother goes for a walk in the evening. **(always)**
8. Walter helps his father in the kitchen. **(usually)**
9. They watch TV in the afternoon. **(never)**
10. Christine draws. **(never)**

2 Récrivez les phrases en mettant les mots dans le bon ordre.

1. usually – in the morning – reads the newspaper – Ella –.
2. he – frequently – is – for class – late –.
3. always – they – happy – are –.
4. help – she – often – does – her mother – ?
5. by 11.30 – is – Ann – generally – in bed –.
6. occasionally – Molly – the museum – visits –.
7. study – you – rarely – for the exam –.

▶ Corrigés en fin d'ouvrage

VOCABULARY

Come up: *trouver, inventer.* **Count on:** *compter sur.* **Cut down:** *réduire, diminuer.* **Deal with:** *s'occuper de, gérer.* **Drop out:** *quitter l'école.* **End up:** *finir, se retrouver (dans une certaine situation).* **Find out:** *comprendre, découvrir.* **Get away:** *sortir, s'échapper, s'en sortir.* **Get out:** *sortir, quitter.* **Give up:** *abandonner, renoncer.* **Differently:** *autrement.* **In other words:** *autrement dit.* **Although:** *bien que.* **That is why:** *c'est pourquoi.* **However:** *cependant.*

A/*an* et *the*/l'article zéro(Ø)

Les ingrédients

A OU *AN*

- ***A*** s'utilise devant un mot commençant par **une consonne** et ***an*** devant un mot commençant par **une voyelle**.

Exemples : *a book*, *an animal*.

> Le *h* initial est considéré comme une consonne, sauf dans *honest*, *honour* et *hour* : *an honest citizen*, *an honour*, *an hour*.

- Attention, lorsqu'un nom **commence par le son [j]**, comme dans *you*, il est précédé de ***a*** et non de ***an***.

Exemple : *a university.*

- Pour indiquer le métier de quelqu'un, on utilise ***a*** ou ***an***.

Exemple : *She's a teacher.*

THE OU L'ARTICLE ZÉRO

- ***The*** s'emploie pour désigner **quelque chose de particulier**, alors que **l'article zéro** (c'est-à-dire aucun déterminant) s'emploie pour **parler d'un cas général**.

Exemples : *The cat is on the table.* → Je parle d'un chat en particulier.
Cats are mammals. → Je parle d'un cas général, car les chats sont des mammifères.

- Mais attention, ***the*** ne peut pas être utilisé devant les **jours de la semaine**, les **dates**, les **noms de pays**, de **villes**, **devant des titres** ou des **noms indiquant une profession**.

Exemples : *On Mondays I go to the cinema.* → Le lundi je vais au cinéma.
Africa is one of the seven continents. → L'Afrique est l'un des sept continents.
President Obama was the first Black President in the United States. → Le président Obama fut le premier président noir des États-Unis.

> On remarque que *United States*, même si c'est un pays, est défini par *the*, car on dit ***the*** *United States.*

BILAN

A/*an* → Un/une

The → Cas spécifique

Article zéro (Ø) → Cas général

La recette pour réussir

SAVOIR FAIRE

Comment choisir le bon déterminant

- Si l'on parle d'une chose en particulier, que l'on peut voir ou toucher, alors on utilise *a/an* ou *the.*
- Si c'est plus abstrait, utiliser l'article zéro, c'est-à-dire que l'on ne met pas de déterminant.

ASTUCE DU CHEF

Si vous avez envie de mettre *the* et qu'il ne s'agit pas d'une des exceptions vues précédemment, demandez-vous si l'on parle d'un cas général ou d'une particularité. Si c'est une particularité, alors vous devez mettre *the*.

Ex. : *Americans live on the other side of the world.* → Généralité.

The americans at my table enjoyed the food. → On parle de certains américains : on utilise *the*.

À VOS FOURNEAUX – EXERCICES BREVET

1 Complétez les phrases avec *an, a, the* ou l'article zéro (Ø).

1. English is .... first language spoken in .... UK.
2. However in some remote parts of .... Scotland or in .... Irish countryside you can hear people speak Gaelic.
3. In .... Wales many people speak .... dialect very few foreigners can understand.
4. Even in .... Scotland, they speak English with .... accent.

2 Traduisez les phrases suivantes.

1. Les lions sont des animaux sauvages.
2. Stonehenge est un site intéressant. C'est aussi un site unique.
3. Il nous faudra une heure pour aller au centre commercial.
4. Sherlock Holmes est détective.
5. Oxford est une université célèbre.

3 Ajoutez *a, an, the* ou l'article zéro (Ø).

1. I have just seen .... latest movie by James Cameron.
2. .... freedom is the best thing on Earth.
3. I don't like .... vegetables.

▶ Corrigés en fin d'ouvrage

VOCABULARY

Grow up: *grandir*. **Hang up:** *raccrocher (téléphone)*. **Hold on:** *attendre/s'accrocher* **Join in:** *rejoindre un groupe*. **Knock out:** *assommer*. **Look for:** *chercher*. **Look forward to:** *attendre avec impatience*. **Make up:** *inventer*. **Make up for:** *compenser, rattraper*. **Move in:** *emménager*. **Move out:** *déménager*.

Les comparatifs

15

ANGLAIS

Les ingrédients

Les comparatifs servent à comparer des choses entre elles. Il en existe trois : le **comparatif de supériorité**, le **comparatif d'égalité** et le **comparatif d'infériorité**.

LE COMPARATIF DE SUPÉRIORITÉ

- Il sert à indiquer qu'une chose est « **plus que** » une autre.

Exemple : Ta voiture est plus grande que ma voiture. → *Your car is bigger than my car.*

- Pour le construire, il faut d'abord déterminer si l'on va utiliser :

– un **adjectif court** (une syllabe ou les adjectifs de deux syllabes terminant par un *-y*) ;
Exemples : *small, big, pretty, ugly...*

– un **adjectif long** (deux syllabes ou plus).
Exemples : *important, difficult, amazing...*

Si c'est un adjectif court →	Sujet 1 + verbe + **adjectif-*er*** (ou *ier* si l'adjectif se termine par y) + *than* + sujet 2 →	*My brother is taller than my sister. John is funnier than his brother.*
Si c'est un adjectif long →	Sujet 1 + verbe + *more* + **adjectif** + *than* + sujet 2 →	*This subject is more difficult than the other one.*

- Attention, il existe trois **adjectifs irréguliers** : ***good*** qui devient ***better*** ; ***bad*** qui devient ***worse*** et ***far*** qui devient ***further***.

LE COMPARATIF D'ÉGALITÉ

- Il sert à indiquer qu'une chose est **égale** à une autre. Elle est « aussi que » une autre.

Exemple : Ta voiture est aussi grande que ma voiture. → *Your car is as big as my car.*

- Pour le construire, on respecte la formule suivante :

Sujet 1 + verbe + **as** + **adjectif** + **as** + sujet 2.

Ici, que l'adjectif soit court ou long, c'est la même formule pour les deux.

LE COMPARATIF D'INFÉRIORITÉ

- Il sert à dire qu'une chose est « **moins que** » une autre.
- Pour le construire, il existe deux formules qui veulent dire la même chose :

Sujet 1 + verbe + *less* + **adjectif** + *than* + sujet 2 →	*My sister is less tall than my brother.*
Sujet 1 + verbe + *not as* + **adjectif** + *as* + sujet 2 →	*My sister is not as tall as my brother.*

La recette pour réussir

SAVOIR FAIRE

Comment utiliser le comparatif de supériorité

- Identifier le type d'adjectif (court ou long) avant d'employer le comparatif de supériorité. Si c'est un adjectif court, ajouter *-er* à l'adjectif + *than*. Si c'est un adjectif long, utiliser la formule *more* + adjectif + *than*.
- Si l'adjectif court termine par un *y*, ce dernier sera remplacé par un *i*. Ex. : *happy* → *happier*.
- Si l'adjectif court fait une syllabe et qu'une voyelle est prise entre deux consonnes, on **double la dernière consonne**. Ex. : *big* → *bigger*.

ASTUCE DU CHEF

Pour ne pas vous tromper entre adjectif court et adjectif long, comptez bien le nombre de syllabes. N'oubliez pas qu'un adjectif de deux syllabes qui se termine par un *y* est considéré comme un adjectif court. S'il fait deux syllabes mais qu'il ne se termine pas par un *y*, alors c'est un adjectif long.

À VOS FOURNEAUX – EXERCICES BREVET

1 Pour chaque phrase, utilisez le comparatif de supériorité pour comparer les deux éléments.

1. The book is .... (interesting) the film.
2. The dog is .... (affectionate) my cat.
3. The bus is .... (big) the car
4. This rose smells .... (sweet) yours.
5. He is .... (happy) me.

2 Pour chaque phrase, utilisez le comparatif d'égalité pour comparer les deux éléments.

1. She is .... (tall) her mother.
2. He is .... (intelligent) his brother.
3. John is .... (smart) his father
4. A rose smells .... (good) a tulip.
5. This room is .... (comfortable) my bedroom.

3 Pour chaque phrase, utilisez le comparatif d'infériorité pour comparer les deux éléments.

1. My car is .... (small) my sister's.
2. Today, the weather is .... (cold) yesterday.
3. I am .... (hungry) this morning.
4. We are .... (lucky) my grandmother.

▶ Corrigés en fin d'ouvrage

Les superlatifs

16

Les ingrédients

LES SUPERLATIFS

- Les superlatifs servent à **comparer un élément avec l'ensemble d'un groupe**.
- Les **superlatifs de supériorité** sont utilisés pour indiquer qu'**une chose est le plus** ou **la plus** rapide/grande, etc.

Exemple : *This car is the biggest car I have ever seen.* → Cette voiture est la plus grosse voiture que j'aie jamais vue.

- Les **superlatifs d'infériorité**, eux, servent à indiquer qu'**une chose est le moins** ou **la moins** rapide/grande, etc.

Exemple : *It is the least beautiful car I have ever seen.* → C'est la moins belle voiture que j'aie jamais vue.

COMMENT LES CONSTRUIRE

- Pour construire les superlatifs de supériorité, il faut, comme pour les comparatifs, bien **différencier les adjectifs longs et les adjectifs courts**.

Pour rappel, les adjectifs courts sont composés d'une syllabe, ou de deux syllabes s'ils se terminent par un *y*.
Les adjectifs longs sont composés de deux syllabes (si l'adjectif ne termine pas par un *y*) ou plus.

Si c'est un adjectif court →	On utilise la formule : Sujet 1 + verbe + *the* + adjectif-*est* (**ou** *iest* **si l'adjectif se termine par** *y*) + complément. →	*The Amazon river is the **longest** river in the world.* *This cat is the **prettiest** in the neighbourhood.*
Si c'est un adjectif long →	On utilise la formule : Sujet 1 + verbe + *the most* + adjectif + complément. →	*This is the most interesting film I have seen this year.* *It is the most difficult test I have ever taken.*

- *Good*, *bad* et *far* sont également des superlatifs irréguliers.

Good → the best
Bad → the worst
Far → the furthest

- Pour construire le superlatif d'infériorité, peu importe si l'adjectif est long ou court, on utilise toujours la formule suivante :

Sujet 1 + verbe + *the least* + adjectif + complément.

La recette pour réussir

SAVOIR FAIRE

Comment construire un superlatif

- Comme pour les comparatifs, il faut repérer la longueur de l'adjectif que l'on va utiliser (court ou long).
- Pour un superlatif de supériorité, ne pas oublier d'ajouter ***the most*** devant les adjectifs longs et ***-est*** aux adjectifs courts.
- Pour un superlatif d'infériorité, ne pas oublier d'ajouter ***the least*** devant les adjectifs.

ASTUCES DU CHEF

- Attention, si l'adjectif court se termine déjà par un e, vous ne devez pas en ajouter un deuxième.

Exemple : *nice* → *the nicest*.

- Quand l'adjectif court fait une syllabe et comprend une voyelle entourée de deux consonnes, vous devez doubler la dernière consonne.

Exemple : *big* → *the biggest*.

- Quand l'adjectif court de deux syllabes se termine par un *y*, vous devez le transformer en *i* avant d'ajouter la terminaison *-est*.

Exemple : *pretty* → *the prettiest*.

À VOS FOURNEAUX – EXERCICES BREVET

1 Utilisez le superlatif de supériorité dans les phrases suivantes.

1. This is .... (good) film I have ever seen.
2. My sister is .... (tall) girl in her class.
3. My cat is .... (mean).
4. This lesson is .... (difficult).
5. China is .... (populated) country.

2 Dans chaque phrase, corrigez les erreurs.

1. The Internet is the better source of information.
2. My teacher is nicest teacher in my school.
3. The train ride was longer I have ever been on.
4. This book is the baddest I have ever read.
5. My school is farthest away from home.

▶ Corrigés en fin d'ouvrage

VOCABULARY

Own up: *avouer, confesser, assumer.* **Pass away:** *mourir.* **Pass out:** *s'évanouir.* **Pick up:** *ramasser, passer chercher quelqu'un.* **Point out:** *indiquer, faire remarquer.* **Put up with:** *supporter, endurer.* **Rely on:** *compter sur, dépendre de.* **Run away:** *s'enfuir.* **Show off:** *frimer, se vanter.* **Slow down:** *ralentir.* **As:** *comme.* **Besides:** *d'ailleurs.* **First:** *d'abord.* **Consequently:** *de ce fait.* **In either case:** *dans les deux cas.*

Méthode : savoir décrire une image 17

Les ingrédients

Pour décrire une image, il y a plusieurs éléments à repérer.

ÉTAPE 1

- Tout d'abord, il faut identifier la **nature** et l'**origine** de l'image. S'il s'agit d'une peinture, d'une photo ou encore d'une affiche, etc.
- Si la source est indiquée, il faut préciser **d'où provient l'image**. Par exemple, si c'est une couverture de magazine : lequel ? Quand a-t-il été publié ?
- Ensuite, il ne faut pas oublier de spécifier s'il s'agit d'une image en couleurs ou en noir et blanc, car cela peut fournir des indices pour la suite de l'analyse.

ÉTAPE 2

Décrire le document en s'appuyant sur ce que l'on voit. Attention, à cette étape, il ne faut pas encore proposer une interprétation, mais juste une description.
Exemple : *On the left, there is a man reading a newspaper, he is dressed in red and black and looks quite old. In the centre, I can see a little girl who is riding a bike and her mother is behind her running after the girl.*

Souvent, pour décrire une image, on utilise le **présent *be + -ing***.

ÉTAPE 3

Analyser le point de vue de l'artiste, ce qu'il a voulu exprimer et comment il l'a fait.
Exemple : s'il s'agit d'une photo de guerre, on peut préciser que l'artiste a choisi de montrer les horreurs de la guerre de manière réaliste en utilisant la photographie, ce qui rend la scène encore plus vivante pour le spectateur.

ÉTAPE 4

- Donner **son ressenti** par rapport au document en s'appuyant toujours sur ce que l'on voit.
Exemple : dans le cas de la photo d'une scène de guerre, on peut dire que cela nous met mal à l'aise et nous fait prendre conscience des atrocités de la guerre. Ce sentiment est d'autant plus accentué que nous pouvons voir des corps ou des armes à feu sur la photographie.
- Une fois la description terminée, interpréter **les intentions de l'artiste** en se demandant si son objectif est atteint.
Exemple : si l'image est une publicité, préciser si le message est explicite ou non et ce qui aurait pu le rendre plus clair.

La recette pour réussir

Les différentes parties d'une image					
in the middle	au milieu	***on the left side***	à gauche	***in the top left-hand corner***	en haut à gauche
in the centre	au centre	***on the right side***	à droite	***in the top right-hand corner***	en haut à droite
at the top	en haut	***in the background***	dans l'arrière-plan	***in the bottom left-hand corner***	en bas à gauche
at the bottom	en bas	***in the foreground***	au premier plan	***in the bottom right-hand corner***	en bas à droite

Les différentes sortes d'images					
a photograph	une photographie	***a poster***	une affiche	***a chart/ a graph***	un graphique
a painting	un tableau	***the cover of a book***	la couverture d'un livre	***a cartoon (drawing)***	un dessin humoristique
a drawing	un dessin	***a map***	une carte	***a strip cartoon***	une bande dessinée
an advertisement	une publicité	***a scene from a film***	une scène d'un film	***a speech bubble***	une bulle de bande dessinée

À VOS FOURNEAUX – EXERCICE BREVET

Analysez ce tableau de Joseph Mallord William Turner, intitulé *Snow Storm: Steam-Boat off a Harbour's Mouth* et datant de 1842.

▶ Corrigés en fin d'ouvrage

L'expression du futur

Les ingrédients

Pour exprimer le futur en anglais, il existe plusieurs possibilités.

WILL + BASE VERBALE

- On emploie cette formule pour exprimer un **avenir certain**, **quelque chose d'inévitable**.

Exemple : *I will be thirty next month.*

- Cette formule est également utilisée pour faire des **prédictions**.

Exemple : *If I get bad marks, Mum will be angry.*

- On l'emploie aussi pour parler d'**une décision prise sur le moment**, **au moment où je parle**.

Exemple : *The phone is ringing, I will answer it.*

- Enfin, il exprime également la **volonté**.

Exemple : *Will you marry me?*

À la forme négative ***will*** devient ***won't***. Ex. : *Javier won't go to the party.*

BE GOING TO + BASE VERBALE

- On emploie cette formule pour s'exprimer sur **une décision déjà prise**.

Exemple : *I am going to go swimming tomorrow.*

- Cette formule est également utilisée pour faire des **prédictions à partir d'indices**.

Exemple : *Look at those black clouds, it's going to rain.*

Pour utiliser cette formule, **l'auxiliaire *be* se conjugue au présent**.

BE + VERBE-*ING*

- On emploie cette formule pour parler d'**une action déjà prévue**.

Exemples : *We are leaving on Tuesday. I am playing tennis tomorrow afternoon.*

Pour utiliser cette formule, **l'auxiliaire *be* se conjugue au présent**.

LES SUBORDONNÉES DE TEMPS

On peut aussi exprimer le futur à l'aide des **subordonnées de temps** introduites par *until*, *before*, *as soon as*… Pour les former, le verbe qui suit la préposition est au ***present perfect*** et, pour le suivant, on emploie ***will* + base verbale**.

Exemple : *As soon as you have finished your homework you will come and play.*

La recette pour réussir

SAVOIR FAIRE

Comment utiliser *will*

- Ne pas oublier *will* dans les subordonnées de temps.
- *Will* est toujours suivi d'une base verbale : le verbe qui suit ne se conjugue pas et il ne faut donc pas mettre de « s » à la troisième personne du singulier.

ASTUCES DU CHEF

- Identifiez le type de futur que vous allez utiliser en fonction de ce que vous souhaitez exprimer.
- Suivez bien les formules d'expression du futur. Toute phrase commence par un sujet, suivi de la formule d'expression du futur et d'un complément s'il y en a besoin.

À VOS FOURNEAUX – EXERCICE BREVET

Complétez chaque phrase en utilisant la formule d'expression du futur qui convient.

1. Look at Jason! He .... (sneeze).
2. Do you think people .... (travel) to the Moon again?
3. Tomorrow we .... (rehearse) a school play in the gym.
4. Tidy your room now or you .... (stay) at home tonight.
5. I .... (make) a shelf for my technology project.
6. Look at that car! It .... (crash) if the driver doesn't slow down.
7. If I don't know the answer, I .... (ask) my elder sister.
8. We .... (have) a picnic next weekend. Would you like to come?
9. I'm sure your parents .... (not, scold) you for getting a D on the maths exam.
10. Patrick .... (watch) a cartoon film with his little sister.
11. Tonight, at 8 o'clock, my parents .... (go) to the theatre with their friends.
12. Pamela looks sad. She .... (cry).
13. Kevin .... (probably, bring) his sister to the party.

▶ Corrigés en fin d'ouvrage

VOCABULARY

Take after: *tenir de, ressembler*. **To scold:** *gronder*. **Think over:** *réfléchir*. **Turn down:** *refuser, rejeter*. **Turn into:** *transformer, se transformer*. **Turn on:** *allumer*. **Turn off:** *éteindre*. **Watch out:** *faire attention*. **Work out:** *faire de l'exercice/résoudre un problème/fonctionner*. **Write down:** *écrire, noter*. **Furthermore:** *de plus*. **All the more so as:** *d'autant plus que*. **In order to:** *dans le but de*.

Les modaux : l'obligation, l'interdiction, la capacité

19

Les ingrédients

L'OBLIGATION

Pour exprimer l'obligation

***Must* + base verbale**

Must est une injonction qui vient du locuteur lui-même. Celui qui parle s'impose quelque chose.

Exemple : *I **must do** my homework tonight.*
→ *Je m'impose de faire mes devoirs ce soir.*

***Have to* + base verbale**

Have to est une injonction qui vient de l'extérieur.

Exemple : *I **have to do** my homework.*
→ *Quelqu'un d'autre m'impose de faire mes devoirs.*

Malgré cette différence, *must* et *have to* ont des sens très similaires et, parfois, ils peuvent s'utiliser indifféremment dans une même phrase.

- Attention, les modaux comme ***must*** ne s'emploient **qu'au présent**. Si l'on veut parler d'une **obligation passée ou future**, on doit utiliser la forme ***have to* + base verbale**, sans oublier de la conjuguer.

Exemples : *She **had to go** swimming every week when she was little. You **will have to come** early tomorrow.*

L'INTERDICTION

- Pour exprimer **l'interdiction**, on utilise ***mustn't***, qui est la contraction de *must not*.

Exemple : *You mustn't walk on the grass.* → Il est interdit de marcher sur la pelouse.

- Attention, ***don't have to*** n'a pas le même sens que *mustn't*, il **indique l'absence d'obligation** : tu n'es pas obligé de faire quelque chose.

Exemples : *You don't have to eat sweets.* → Tu n'es pas obligé de manger des bonbons.
You mustn't eat sweets. → Tu ne dois pas manger de bonbons.

- Il est également possible d'exprimer l'interdiction en utilisant le modal ***can't* + base verbale**.

Exemple : *You can't wear your shoes near the pool.* → Tu n'as pas le droit de porter tes chaussures près de la piscine.

LA CAPACITÉ OU L'AUTORISATION

Pour exprimer **la capacité ou l'autorisation**, on utilise la forme ***can* + base verbale**.

Exemples : *I can swim.* → J'ai la capacité de nager.
Can I go to Peter's house? → On demande l'autorisation d'aller chez Peter.

La recette pour réussir

SAVOIR FAIRE

- **Must / Have to** → Obligation
- **Mustn't** → Interdiction
- **Can** → Capacité/Autorisation

ASTUCES DU CHEF

- Rappelez-vous qu'un auxiliaire modal est toujours suivi d'une base verbale. Vous ne pouvez donc pas conjuguer le verbe qui suit *must*, *mustn't*, *can*, *can't* et *have to*.
- Respectez bien la construction de la phrase : sujet + auxiliaire + base verbale + complément.

À VOS FOURNEAUX – EXERCICES BREVET

1 Traduisez les phrases suivantes.

1. Tu dois sortir le chien.
2. Tu dois faire tes devoirs.
3. Tu ne dois pas tricher au contrôle de maths.
4. Tu peux aller à la soirée de Sophie.
5. John sait faire du vélo.

2 Choisissez le bon modal.

1. I **must/have to** visit my friend. It is her birthday.
2. Sam **has to/must** wear a uniform at school.
3. You **don't have to/have to** go to the supermarket. I'll do it.
4. You **don't have to/mustn't** swim in this part of the river. It is very dangerous.
5. You **must/don't have to** drink a lot of water in hot weather.

3 Récrivez les phrases en utilisant les modaux entre parenthèses.

1. You are not allowed to talk during the test. **(mustn't)**
2. It isn't necessary to bring food. **(don't have to)**
3. I'm obliged to finish this letter before midday. **(have to)**
4. You are not allowed to leave the classroom without permission. **(mustn't)**
5. It isn't necessary to pay for the tickets. They are free. **(you don't have to)**

▶ Corrigés en fin d'ouvrage

VOCABULARY

Eventually: *finalement*. **Actually:** *vraiment, en fait*. **Information:** *des renseignements*. **The news:** *les informations*. **Licence:** *permis de conduire*. **Degree:** *licence, diplôme*. **To rest:** *se reposer*. **To stay:** *rester*. **To demand:** *exiger*. **To ask:** *demander*.

Les modaux : la probabilité

Les ingrédients

Pour exprimer la **probabilité** en anglais il existe **sept modaux**, c'est-à-dire des auxiliaires qui sont forcément suivis d'une base verbale.

FORTE PROBABILITÉ

- ***Will* + base verbale** : exprime une **probabilité très forte**. On est quasiment sûr à 100 % de ce que l'on avance.
Exemple : *I know Lana **will win** the race.* → Je suis sûr que Lana va gagner la course.

- ***Must* + base verbale** : exprime la **quasi-certitude**. Je suis un peu moins certain qu'avec *will*, mais la probabilité est encore très forte.
Exemple : *Look at the men over there in a uniform, they **must be** policemen.* → Je vois des personnes habillées en uniforme de policier, je peux donc en conclure qu'ils sont policiers : j'en suis presque sûr.

- ***Should* + base verbale** : avec *should*, la **probabilité est moins forte** qu'avec *will* ou *must*. On peut traduire cette expression par « en toute logique ».
Exemple : *Jude has studied for the test, he **should get** a good mark.* → Je sais que Jude a travaillé pour son examen, il devrait donc obtenir une bonne note.

IMPOSSIBILITÉ

- ***Can't* + base verbale** : *can't* indique que **c'est impossible**, la probabilité de réussite est nulle.
Exemple : *He **can't win** this race, he's far too slow.* → Il est impossible qu'il gagne la course car il n'est pas assez rapide.

FAIBLE PROBABILITÉ

- ***May* + base verbale** : on utilise cette formule quand il y a une possibilité pour que l'action se réalise. La **probabilité est faible** mais reste possible.
Exemple : *She **may come** to your party.* → Il se peut qu'elle vienne à ta fête.

- ***Could* + base verbale** : avec *could*, la probabilité est **encore moins sûre** qu'avec *may*. Il est peu probable que l'action se fasse.
Exemple : *She **could pass** her test even if she didn't study.* → Elle pourrait réussir son examen, même si elle n'a pas révisé : c'est peu probable, mais il reste tout de même une petite possibilité.

- ***Might* + base verbale** : c'est le **plus petit degré de certitude**. Nous ne sommes pas sûrs du tout que l'action se réalise, il y a peu de chances.
Exemple : *He **might go** to a new school next year.* → Il se pourrait qu'il aille dans une autre école l'année prochaine : la condition est évoquée, mais il n'y a aucune certitude.

La recette pour réussir

ANGLAIS

SAVOIR FAIRE

Comment exprimer la probabilité

- Commencer par évaluer le degré de certitude de la proposition. Est-on à 100 % sûr, à 50 % ou moins ?
- Une fois la décision prise, choisir l'auxiliaire modal qui correspond à ce que l'on souhaite exprimer.

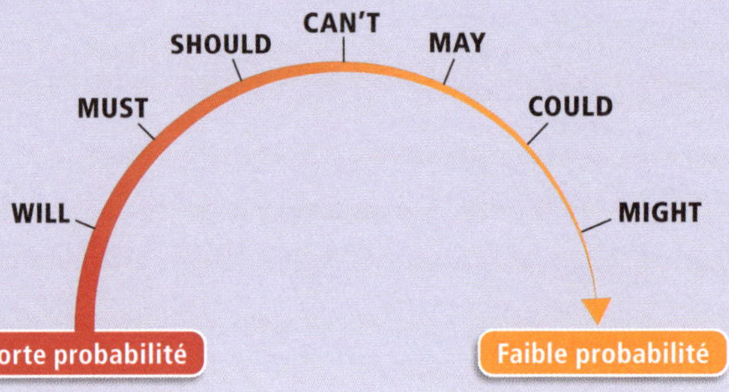

ASTUCE DU CHEF

Rappelez-vous qu'un auxiliaire, modal ou non, est toujours suivi d'une base verbale. Vous ne devez donc jamais conjuguer le verbe qui suit ces modaux.

À VOS FOURNEAUX – EXERCICE BREVET

Transformez les phrases en choisissant un auxiliaire modal.

1. I'm sure Harry is at home. → Harry **might/may/must** be at home.
2. There is a slight chance that Gwen is absent. → Gwen **may/might/must** be absent.
3. It's impossible, James is not cheating. → James **can't/might/must** be cheating.
4. Vlad was late for school today. Maybe he woke up late. → Vlad **must/may/should** have woken up late.
5. As I know her, logically she is sleeping now. → She **should/may/might** be sleeping.
6. Issa didn't finish reading the book. Maybe he didn't have the time. → Issa **may/mustn't/shouldn't** have had the time.
7. It was her first rehearsal, Abby was certainly stressed. → Abby **may/must/might** have been stressed.
8. Neil isn't answering his mobile, perhaps he is at the cinema. → Neil **must/may/should** be at the cinema.
9. With the great players they have, the team is surely going to win the match. → They **may/will/might** win the match.
10. She broke her leg during the game, it surely hurts. → It **must/may/might** hurt.

▶ Corrigés en fin d'ouvrage

Les noms dénombrables et indénombrables

21

Les ingrédients

En anglais, il existe deux types de noms

Countable nouns

Ce sont les **noms dénombrables**, c'est-à-dire ceux **que l'on peut compter** (on peut dire un, deux, trois, etc.).

Exemples : *pen, book, chair, table, cat…*

Uncountable nouns

Ce sont les **noms indénombrables**, c'est-à-dire ceux **que l'on ne peut pas compter** (on ne peut pas dire un, deux, trois, etc.).

Exemples : *flour, water, rice, chocolate…*

- Pour parler de la **quantité d'un nombre indénombrable**, on est obligé de désigner le récipient dans lequel il se trouve.
Exemples : *a bag of flour, a bottle of water, a cup of rice, a bar of chocolate.*
- Il n'est pas possible de dire « une farine », « une eau », « un riz » ou « un chocolat » (même si en français nous employons souvent « un chocolat » pour dire « un morceau de chocolat » ou encore « un café » pour dire « une tasse de café »). L'anglais ne permet pas de dénombrer ces noms : ils sont donc indénombrables.
- Les noms indénombrables peuvent être de la **nourriture**, des **matériaux**, des **choses abstraites**, des **activités**, des **sentiments** ou des **ensembles d'éléments**, etc.

Noms indénombrables

Nourriture	Sentiments	Activités	Choses abstraites	Ensemble d'éléments
Milk	Love	Travel	Time	Advice
Tea	Fun	Transportation	Air	Baggage
Pasta	Wisdom	Art	Heat	Applause
Bread	Knowledge	Poetry	Education	Grass
Beef	Help	Literature	Business	Garbage
Jam	Courage	Chess	Land	Dust
Fruit	Bravery	Judo	Rain	Traffic
Sugar	Curiosity	Yoga	Sunshine	Currency
Honey	Faith	Entertainment	Beauty	Mail
Salt	Grief		Humour	Paper
Cheese	Guilt		Nature	Dirt
Water			Freedom	Homework
Butter				

La recette pour réussir

SAVOIR FAIRE

Comment utiliser les noms indénombrables dans une phrase

- Les noms indénombrables ne se mettent pas au pluriel. Ainsi, on ne peut pas dire *waters* pour demander deux bouteilles d'eau, il faut dire : *two bottles of water.* Car *bottle*, contrairement à *water*, est un nom dénombrable.
- Les noms indénombrables sont suivis d'un verbe conjugué au singulier.

ASTUCE DU CHEF

Ne vous fiez pas au français : certains noms sont dénombrables en français, mais indénombrables en anglais.

Exemples : en français, je peux dire « un meuble », « deux meubles », alors qu'en anglais « meuble » se dit « *furniture* » et est indénombrable. On dira donc « *a piece of furniture* ».

Idem pour « bagage » : il est dénombrable en français et indénombrable en anglais. On dira donc « *a piece of luggage* ». Vous pouvez également choisir de désigner directement l'objet et parler d'une valise, qui est dénombrable à la fois en français et en anglais.

À VOS FOURNEAUX – EXERCICES BREVET

1 Classez dans un tableau les mots suivants, selon s'ils sont dénombrables ou indénombrables.

Egg – Milk – Tomato – Fish – Fruit – Flower – Bread – Snow – Cake – Apple – Juice – Dress – Lemon – Butter – Salt – Meat – Rice – Potato – Carrot – Grapes – Oil – Cucumber – Sugar – Onion – Plum – Coffee – Tea – Cheese – Cup – Salad – Berry – Chocolate – Money – Orange

2 Complétez les phrases en écrivant le mot correctement.

1. There are three .... (apple) on the plate.
2. I'd like to taste these .... (cookie).
3. Would you like these .... (orange)?
4. This .... (cheese) is too salty.
5. How much .... (water) is there in the bottle?
6. I usually drink .... (milk) in the morning.

3 Corrigez les erreurs

1. These carrot are sweet.
2. I don't like teas at all.
3. I'd like to cut some pear for this salad.
4. There is much waters in this jar.
5. How many sandwich have you bought?
6. You can take four potato from the basket.

▶ Corrigés en fin d'ouvrage

Some, *any*, *no* et leurs composés 22

Les ingrédients

SOME, *ANY* ET *NO*

- ***Some***, ***any*** et ***no*** s'emploient avec des **noms indénombrables**.

- ***Some*** sert à indiquer qu'il y a une **quantité positive**. Il s'emploie dans des **phrases affirmatives**, lorsque l'on souhaite évoquer, par exemple, une certaine quantité de chocolat, de farine, de riz ou d'eau.
Exemple : *There is **some** chocolate in the fridge.* → Il y a **du** chocolat dans le frigo.

- ***No*** sert à indiquer que la **quantité est nulle**. Il s'emploie lui aussi dans des **phrases affirmatives**, même s'il désigne l'absence de l'aliment en question.
Exemple : *There is **no** chocolate in the fridge.* → Il n'y a **pas** de chocolat dans le frigo.

- ***Any*** peut être utilisé dans deux cas :
– quand on souhaite dire **qu'il n'y a pas de quantité** de quelque chose ;
Exemple : *There isn't **any** chocolate in the fridge.*
– quand on **pose une question sur la quantité**.
Exemple : *Is there **any** chocolate in the fridge?* → On ne connaît pas la réponse, ce peut être à 50 % oui et à 50 % non.

> Contrairement à *some*, ***any*** s'emploie dans des **phrases négatives**. On ne peut pas dire « *there isn't some* » ou « *there is any* ».

- Il est également possible de **poser une question avec *some***, mais la question prend alors un sens différent.
Exemple : *Is there some chocolate in the fridge?* → Je suis à 99 % sûr que la réponse sera oui, soit parce que je l'ai vu de mes propres yeux, soit parce que je sais qu'après les courses le chocolat a été rangé dans le frigo. C'est alors une façon détournée de demander à quelqu'un de nous apporter du chocolat.

LES DÉRIVÉS DE *SOME*, *ANY* ET *NO*

- Les dérivés de *some*, *any* et *no* **s'emploient** exactement de la **même façon que les formes simples**.

- Lorsque l'on parle d'une personne, on ajoute -*one* ou -*body* : *somebody*, *anybody*, et *nobody*.
Exemples : *I met someone I knew. Do you know anyone here?*

- Lorsque l'on parle d'une chose on ajoute -*thing* : *something*, *anything*, *nothing*.
Exemples : *He bought something cheap. I can't see anything.*

- Lorsque l'on parle d'un endroit, on ajoute -*where* : *somewhere*, *anywhere*, *nowhere*.
Exemples : *I'm not going anywhere. Did you hide it somewhere?*

La recette pour réussir

SAVOIR FAIRE

Comment utiliser *some*, *any* ou *no*

Il faut d'abord se demander si le nom que l'on souhaite utiliser est dénombrable ou indénombrable.

→ S'il est **dénombrable** : aucun problème, on peut dire « un », « deux », etc.

→ S'il est **indénombrable** : il faut employer *some*, *any* ou *no* pour parler de la quantité de ce nom.

ASTUCES DU CHEF

- Retenez bien que *some* ne s'emploie **jamais** à la **forme négative** et *any*, à l'inverse, ne s'emploie **jamais** à la **forme affirmative**.
- Lorsque vous posez une question, demandez-vous si vous en êtes sûr à 99 % ou non. Si c'est presque sûr, employez *some*, si ce n'est pas le cas, alors employez *any*.

À VOS FOURNEAUX – EXERCICES BREVET

1 Complétez les phrases avec *some* ou *any*.

1. I am going to buy .... milk.
2. Sam hasn't got .... money.
3. Pam has got .... pens.
4. Have you got .... friends?
5. Dean has bought .... vegetables.
6. I haven't got .... brothers.
7. Polly has sent .... e-mails.

2 Complétez les phrases avec *any* ou *no*.

1. Are there .... pictures in the room?
2. I have .... dogs at home.
3. There aren't .... chairs here.
4. Have you got .... stamps at home?
5. There are .... books on the table.
6. I haven't got .... bananas.
7. They haven't brought .... flowers.

3 En vous aidant des indications entre parenthèses, complétez les phrases avec *some*, *any* ou *no*.

1. Who has .... pencils? (?)
2. There is .... butter on the table. (+)
3. I can't speak .... foreign language. (–)
4. There are .... trees there. (–)
5. I can buy you .... juice. (+)
6. Mike hasn't got .... camera. (–)
7. I'd like .... pizza, please. (+)

▶ Corrigés en fin d'ouvrage

Many, much, a lot of, few, little

23

ANGLAIS

Les ingrédients

En plus de *some*, *any* et *no*, ***many***, ***much***, ***a lot of***, ***few*** et ***little*** s'appellent des **quantifieurs**, c'est-à-dire qu'ils permettent d'**indiquer une quantité** au nom qu'ils précèdent.

MANY ET *MUCH*

- ***Many*** et ***much*** ont la même signification. Ils permettent de dire qu'une **quantité est importante**, qu'il y a beaucoup de quelque chose.

Exemples : *There are many cats on my street.* → Il y a beaucoup de chats dans ma rue.
I have much money in the bank. → J'ai beaucoup d'argent à la banque.

Comment les utiliser ?

Many	**Much**
Many s'emploie avec des **noms dénombrables**.	*Much* s'emploie avec des **noms indénombrables**.

LOTS OF ET *A LOT OF*

- Pour indiquer une **grande quantité**, on peut aussi utiliser ***lots of*** ou ***a lot of***. Mais attention à ne pas mélanger les deux : on ne peut pas dire *a lots*. Ce sont deux expressions bien distinctes qui veulent toutefois dire la même chose.
- Cependant, il est préférable d'utiliser un quantifieur tel que *much* ou *many* car ceux-ci sont plus recherchés et montrent une meilleure maîtrise de la langue.

LITTLE ET *FEW*

- ***Little*** et ***few*** sont utilisés pour parler d'une **petite quantité**.

Comment les utiliser ?

Little	**Few**
Little s'emploie avec des **noms indénombrables**. **Exemple :** *There is little rice left in the box.*	*Few* s'emploie avec des **noms dénombrables**. **Exemple :** *There are few people in the shops.*

- Pour ces deux quantifieurs, on accepte aussi la formule suivante : ***a little*** et ***a few***.

La recette pour réussir

SAVOIR FAIRE

Comment repérer les phrases avec un quantifieur

Souvent, les phrases contenant des quantifieurs sont introduites par *there is* ou *there are*.
Si le nom est indénombrable, on utilisera toujours la formule au singulier, alors que si le nom est dénombrable, on peut utiliser les deux formules.

ASTUCE DU CHEF

Commencez par repérer si le nom que vous souhaitez utiliser est dénombrable ou indénombrable. Ensuite, identifiez la quantité que vous voulez indiquer. Vous obtiendrez alors, en combinant ces deux éléments, le quantifieur adapté à ce que vous désirez exprimer.

À VOS FOURNEAUX – EXERCICES BREVET

1 Complétez les phrases en utilisant *a lot of*, *many* ou *much*.

1. Were there .... guests at Rose's party?
2. There are .... sequoias in this park.
3. Do they spend .... time playing football?
4. I don't take .... sugar in my tea.
5. My grandma has got .... hamsters.
6. Do they need .... time to paint the room?
7. Sorry, I haven't got .... money for you.
8. Are there .... things to buy?
9. There are .... questions he can't answer.
10. Did you visit .... countries?
11. I usually eat .... vegetables.
12. There weren't .... people at the bus stop.

2 Complétez les phrases en utilisant *a little* ou *a few*.

1. We will come back in .... days.
2. There is .... traffic here.
3. Would you like some juice? Just .... please.
4. There are only .... biscuits left.
5. Can I have .... pepper, please?
6. Would you like .... water?
7. There were .... taxis in front of the station.
8. Put .... salt and mix the ingredients.
9. The bottle was not empty, ... water was left.
10. .... students can answer the questions.
11. The weather was bad, but .... people came.
12. It's winter, but we still have .... flowers in the garden.

▶ Corrigés en fin d'ouvrage

Les propositions relatives

Les ingrédients

PROPOSITIONS RELATIVES

Les propositions relatives servent à **relier deux phrases simples entre elles**.
Exemple : *I saw a baby yesterday. He was beautiful.* → Au lieu de dire « J'ai vu un bébé hier. Il était joli. », la proposition relative permet de dire : « J'ai vu un bébé hier **qui** était joli ». On traduira alors cette phrase par : *I saw a baby yesterday **who** was beautiful.*

PRONOMS RELATIFS

Pour relier deux phrases entre elles, il y a cinq pronoms relatifs

who | which | whose | where | when

- On utilise ***who*** lorsque l'antécédent, c'est-à-dire le sujet de la première phrase, est **un être humain**. Il n'est pas possible d'utiliser *who* pour parler d'un animal par exemple.
Exemples : *The teacher **who** taught class today was very polite.*
*My sister, **who** is younger than me, loves to paint.*

- On utilise ***which*** lorsque l'antécédent est **un animal**, **un objet** ou **une plante**.
Exemples : *The tree **which** I saw was enormous.*
*My cat, **which** is usually lazy, ran after a mouse.*

- ***Whose*** s'emploie lorsqu'il y a un **lien d'appartenance** entre les deux termes de la phrase principale.
Exemple : *The boy **whose** book fell on the floor started to cry.* → Le garçon dont le livre est tombé par terre a commencé à pleurer.

- ***Where*** s'utilise lorsque l'antécédent est **un lieu**, comme **un pays** ou **une ville** par exemple.
Exemples : *The city **where** my sister lives is Paris.*
*The place **where** I dream of going is New York.*

- On utilise ***when*** lorsque l'antécédent est une **période de temps**.
Exemples : *I was sixteen years old **when** I moved house.*
*It was late in the afternoon **when** my mum came home from work.*

La recette pour réussir

SAVOIR FAIRE

Comment construire une proposition relative

1. Repérer l'antécédent dans la phrase principale.
2. Le faire correspondre à l'un des pronoms relatifs mentionnés dans la leçon.
3. Construire la proposition relative en assemblant les deux parties de phrase à l'aide des pronoms relatifs.

ASTUCE DU CHEF

On peut aussi utiliser *that* en tant que pronom relatif pour désigner un **être humain**, un **objet**, un **animal** ou une **plante**, mais ce dernier est moins soutenu que *which* et *who*. Privilégiez donc ces deux dernières formes lors de vos expressions.

À VOS FOURNEAUX – EXERCICES BREVET

1 Complétez les phrases en utilisant le pronom relatif adapté.

1. That car, ... is red, is my brother's.
2. I live in the house .... is at the corner.
3. Stephen, ... is sixty-five, is still working.
4. Those girls .... are playing volleyball are my friends.
5. That is the boy .... surname is the same as mine.
6. Is this the computer .... broke down?
7. Is this the café .... you met your boyfriend?
8. This is the girl .... shares the room with us.
9. Is this the girl .... father is a doctor?
10. I will never forget the day .... I saw the Alps.

2 Reliez les deux phrases entre elles à l'aide d'un pronom relatif.

1. March was the month. I was born then.
2. Mar del Plata is the place. I used to go on holidays.
3. This is my new shirt. I bought it in the new shop.
4. Here is the book. I told you about last week.
5. This is Mrs Taylor. Her daughter works in my office.

3 Choisissez la bonne option.

1. This is the book which/who I read yesterday.
2. This is the place who/where I met my friend.
3. Sally is the girl who/whose sister is my teacher
4. Omar is the boy who/whose lives opposite my house.
5. This is the city where/which I can't find on the map.

▶ Corrigés en fin d'ouvrage

L'infinitif

Les ingrédients

Les deux formes de l'infinitif

To + base verbale	Base verbale
Exemple : *to play, to understand.*	Exemple : *play, understand.*

L'INFINITIF *TO* + BASE VERBALE

- Certains verbes, tels que *want, hope, prefer, would like, expect, wish*, qui expriment une **volonté**, un **souhait** ou un **désir**, sont suivis de ***to* + base verbale**.
Exemples : *I would like **to eat** chocolate cake.*
*She hopes **to see** the Queen.*

- L'infinitif peut être **précédé d'un sujet** et **suivi d'un complément** derrière certains verbes tels que *advise, teach, tell, ask, want*…
Exemples : *Peter wants his daughter **to become** a doctor.* → Peter veut que sa fille (sujet) devienne un médecin.
*We expect her **to see** this film again.* → Nous nous attendons à ce qu'elle (sujet) voie ce film à nouveau.

L'INFINITIF BASE VERBALE

- L'infinitif peut également se construire sans le *to*. Dans ce cas, on garde la **base verbale** que l'on **ne conjugue pas**. On trouve ce type d'infinitif derrière les verbes comme *make, let, see, hear*…
Exemples : *My mum made me **do** my homework.*
*My father let me **drive** his car.*
*We saw her **laugh** at Yuri's joke.*
*We heard the teacher **shout** at Aaron.*

- Les expressions comme ***had better*** (devoir) et ***would rather*** (préférer) sont également suivies d'un infinitif sans *to*.
Exemples : *You had better **do** your homework.*
*She would rather **watch** TV than **go** to bed.*

La recette pour réussir

SAVOIR FAIRE

Comment utiliser l'infinitif dans une question

Pour poser une question, la règle ne change pas : on utilise la base verbale avec *to* derrière les verbes de souhait, et sans le *to* derrière les expressions vues précédemment.

Exemples : *Did she want to go to the cinema? Did she see her mother bake the cake?*

ASTUCE DU CHEF

Attention, *for* n'est jamais suivi d'un infinitif.

Retenez les formules suivantes : ***to* + infinitif** et ***for* + nom**. Ainsi, on dira, par exemple, *to cry* et non pas *for cry*.

À VOS FOURNEAUX – EXERCICES BREVET

1 Reconstituez les phrases suivantes.

1. to – horse – doesn't – me – want – his – ride – he – .
2. us – to – would – like – you – with – you – work – .
3. to – expect – answer – him – didn't – back – I – .
4. do – the – exercise – them – she – did – again – make – ?
5. let – their – watch – why – children – do – that – Jones – the – ?

2 Complétez les phrases avec l'infinitif du verbe.

1. He told me .... (try) .... (come) early.
2. I advised him .... (ask) the bus conductor .... (tell) him where .... (get) off.
3. A: Did you remember .... (give) him the money?
B: No, I didn't. I still have it in my pocket; but I'll .... (see) him tonight.
4. I saw the plane .... (crash) into the hill and .... (burst) into flames.
5. He is said .... (be) the best surgeon in the country.
6. We don't want anybody .... (know) we are here.
7. A: Why didn't you pay the bill for him?
B: I offered .... (pay), but he refused.
8. A: Do the boys tidy their own rooms?
B: They are supposed .... (tidy), but they don't always.
9. I hope the children won't go near the water. I warned them .... (not/go) near it.
10. Try .... (forget) it; it's not worth it.

▶ Corrigés en fin d'ouvrage

Le gérondif

Les ingrédients

QU'EST-CE QUE LE GÉRONDIF ?

- Le gérondif est un **verbe** auquel **on ajoute la terminaison *-ing***.

Exemple : *to read* → *reading*.

- Ce procédé **transforme le verbe en nom**.

COMMENT EMPLOYER LE GÉRONDIF

- Le gérondif peut s'utiliser comme **sujet**, **complément** ou **COD** d'une phrase.
- Lorsque le gérondif est **sujet de la phrase**, il se place **au début** car on respecte toujours la formule de construction d'une phrase : sujet + verbe + complément.

Exemples : ***Reading*** *is my favourite hobby.* → **La lecture** est mon passe-temps favori.
Smoking *is damaging for your health.* → **Fumer** est nocif pour la santé.

- Le gérondif peut également être **complément du verbe** (il est souvent complément du verbe *to be*).

Exemples : *My favourite hobby is reading.* → Mon passe-temps favori est la lecture.
What I love to do is dancing. → Ce que j'adore faire c'est danser.

- Le gérondif peut aussi se placer **après une préposition**.

Différentes prépositions

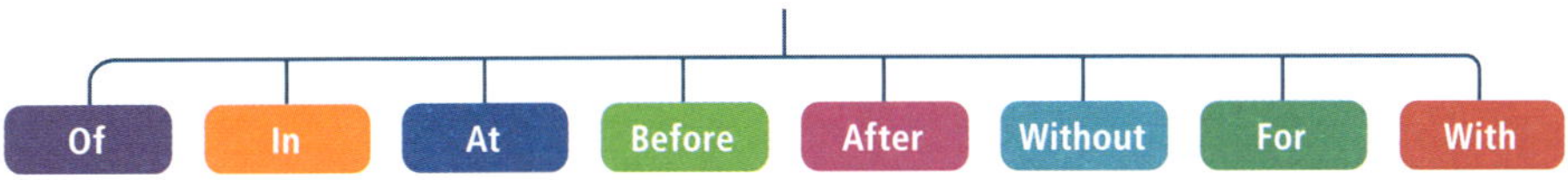

Exemples : *She is good* ***at*** *play****ing*** *tennis.* → Ici, la préposition est *at*, elle est suivie du gérondif *playing*.
There is no point ***in*** *go****ing*** *to the concert so early.* → Dans cette phrase la préposition est *in*, elle est suivie du gérondif *going*.

- On l'emploie également après **des verbes de goût**, tels que *to like*, *to love*, *to dislike*, *to adore*, *to hate*…

Exemples : *I dislike cooking.* → Je n'aime pas cuisiner.
I enjoy playing tennis. → J'aime jouer au tennis.

- Le gérondif s'utilise aussi **à la forme négative**, il correspond au participe présent en français. Pour le construire, il faut ajouter *not* devant le gérondif.

Exemples : *She enjoys not going to school.* → Elle aime ne pas aller à l'école.
He loves not doing anything. → Il aime ne rien faire.

La recette pour réussir

SAVOIR FAIRE

Comment utiliser le gérondif à la forme interrogative

Pour poser une question, on utilise le gérondif de la même manière que dans une forme affirmative ou négative.

Exemple : *Do you enjoy* ***watching*** *TV?*

ASTUCES DU CHEF

- Apprenez bien les prépositions derrière lesquelles on met un gérondif.
- Retenez également que les verbes de goût sont toujours suivis d'un gérondif.

À VOS FOURNEAUX – EXERCICES BREVET

1 Utilisez le gérondif ou l'infinitif dans les phrases suivantes.

1. After she had decided .... (stay) in Turkey, she got used to .... (eat) Turkish foods.
2. They seem .... (have) plenty of money.
3. I remember .... (go) to the cinema with my girlfriend when I was a teenager.
4. He is ashamed of .... (steal) that money.

2 Utilisez le gérondif pour relier les deux phrases.

Exemple : Peter's sometimes late. He can't help it. → Peter can't help being late.

1. Gordon has to get up early. He dislikes it.
2. Paul asked Mary to come home. He remembers it.
3. Jill occasionally speaks Spanish. She can't avoid it.
4. You may have an accident if you drive that car. You risk it.
5. Jim was speaking French when Bob came in. He stopped.

3 Réunissez les deux parties en utilisant le gérondif après une préposition pour faire une phrase.

Exemple : Grace drove all night. She is tired. → Grace is tired after driving all night.

1. David is studying. He's bored.
2. Eliott likes to watch football. He's keen.
3. Ravi wants to learn English. He's interested.
4. Sheila keeps her own room tidy. She's responsible.

▶ Corrigés en fin d'ouvrage

VOCABULARY

Parent: *père ou mère.* **Relative:** *parent proche.* **Camera:** *appareil photo.* **Video camera:** *camera.* **Car:** *voiture.* **Coach:** *car (autocar).* **Engaged:** *fiancé.* **Involved:** *engagé.* **Photograph:** *une photo.* **A photographer:** *un photographe.*

Les mots de liaison

27

Les ingrédients

UTILITÉ DES MOTS DE LIAISON

- Les mots de liaison, aussi appelés **connecteurs logiques**, sont des mots que l'on place dans un texte pour préciser la **construction de la narration d'un récit**. Ce sont les éléments qui permettent de relier et d'articuler les phrases entre elles.
- Ils permettent d'indiquer des **rapports de condition**, **de cause**, **d'opposition**, **d'objectif** ou **de but**. Certains sont réservés à l'argumentation ou aux récits.

EXEMPLES DE MOTS DE LIAISON

Les formules d'introduction			
first	en premier	*in/at the beginning*	au début
firstly	premièrement	*to begin/to start with*	pour commencer
first of all	tout d'abord	*in the first place*	en premier lieu

Pour développer, ajouter des éléments					
secondly, thirdly	deuxièmement, troisièmement	*on second thoughts*	à la réflexion	*in most cases*	dans la plupart des cas
then	ensuite	*next*	puis	*anyway*	de toute façon
at first sight	à première vue	*by the way*	soit dit en passant	*as well as*	ainsi que
besides	d'ailleurs	*and*	et	*also/too*	aussi
in fact	en fait	*on top of that*	de plus	*due to*	en raison de

Pour marquer l'opposition ou le désaccord					
instead of	au lieu de	*unlike*	à la différence de	*as against*	en opposition à
otherwise	autrement	*yet*	pourtant	*as if*	comme si
on the contrary	au contraire	*however*	cependant, toutefois	*in comparison*	par comparaison

Pour exprimer la condition					
provided	à condition que	*then*	alors	*supposing*	à supposer que
as long as	du moment que	*if*	si	*providing*	pourvu que

Pour exprimer la conclusion					
finally	finalement	*at last*	au final	*on the whole*	dans l'ensemble
in/at the end	à la fin	*in conclusion*	en conclusion	*to sum up*	pour résumer

La recette pour réussir

SAVOIR FAIRE

Où placer le mot de liaison dans une phrase

En général, les mots de liaison se placent soit en début de phrase, soit au milieu de deux phrases que l'on souhaite relier.

ASTUCE DU CHEF

Essayez d'utiliser ces formules le plus souvent possible pour articuler vos propos, car elles donnent du corps à votre argumentation, montrent que votre raisonnement est logique et permettent au lecteur de suivre le cours de votre pensée plus facilement. De plus, elles montrent que vous maîtrisez suffisamment bien la langue pour vous permettre de choisir les bonnes expressions.

À VOS FOURNEAUX – EXERCICES BREVET

1 Complétez les phrases avec un mot de liaison. Attention, n'utilisez pas deux fois le même.

1. Lily went to bed late yesterday, ... she overslept this morning.
2. My brother likes ballet ....
3. .... Paul arrives in ten minutes we still have a chance to see the show.
4. Because the weather forecast predicted a lot of rain, we stayed at home .... going to the beach.
5. .... Jim, I don't like swimming every morning.

2 Corrigez les phrases si nécessaire.

1. Despite of helping Mary, she didn't thank me.
2. The weather was terrible since we decided to stay at home.
3. I'll send you a message whether I am late for dinner.
4. Ellie sings very well. Beside, she plays the piano beautifully.
5. The meal was really salty, though nobody could finish it.

3 Reliez et récriver les phrases en utilisant les mots de liaison entre parenthèses.

1. Mark is learning German. He wants to apply for a job in Germany. (in order to)
2. The football match was cancelled. One of the goalkeepers was ill. (due to)
3. The guests ate all the food. Carl doesn't cook very well. (although)
4. My car has just broken down. I'll have to buy a new one. (since)
5. Paula didn't get the job. She had the right qualifications. (altough)

▶ Corrigés en fin d'ouvrage

Les mots interrogatifs

Les ingrédients

POSER UNE QUESTION

- Comme leur nom l'indique, les **mots interrogatifs**, aussi appelés **pronoms interrogatifs**, permettent de poser des questions.

Il existe deux types de questions

Les questions fermées	Les questions ouvertes
Je réponds par oui ou par non.	Je réponds autre chose que oui ou non.

- Pour poser une question, on respecte toujours la formule suivante :

auxiliaire + sujet + verbe.

LES QUESTIONS FERMÉES

Les questions fermées commencent par l'auxiliaire ***be***, ***have*** ou ***do***.
Exemples : ***Have*** *you got a brother?* ***Do*** *you like sushi?* ***Are*** *you tired?*

LES QUESTIONS OUVERTES

- Pour poser une question ouverte, il faut ajouter un mot interrogatif (ils commencent souvent par « *wh-* »). La question se construit donc de la manière suivante :

mot interrogatif + auxiliaire + sujet + verbe ?

Les mots interrogatifs

Who	Where	What	When	Why	How	Whose	Which
Qui	Où	Que/ Quel	Quand	Pourquoi	Comment	À qui	Lequel

Exemples : ***Where*** *do you come from?* ***How*** *old are you?* ***When*** *are you going to Spain?*

- Il existe aussi les mots interrogatifs dérivés de ***how***, tels que ***how much*** et ***how many*** (combien). Mais ils ne changent en rien la construction de la phrase.

La recette pour réussir

SAVOIR FAIRE

Comment poser une question

- Une question comporte toujours un **auxiliaire**. En anglais, il en existe trois : *do*, *be* et *have*.
- Il faut ensuite formuler une question ouverte ou une question fermée en fonction de ce que l'on souhaite exprimer.

ASTUCE DU CHEF

Derrière un auxiliaire, le verbe est toujours à l'infinitif. C'est **l'auxiliaire qui porte la marque du temps** et de la personne. On ne peut donc pas mettre de *s* au verbe, ni de *ed*.
Ainsi, si vous voulez poser une question (ouverte ou fermée) au prétérit, vous devez conjuguer l'auxiliaire au prétérit.
Exemples : *Where did you go on holidays last summer? Did you enjoy the film?*

À VOS FOURNEAUX – EXERCICES BREVET

1 Associez les questions et les réponses.

1. What is it?	a. It's downtown.
2. Who is she?	b. He's tall and very friendly.
3. How do you like your school?	c. It's a present for you!
4. Where is the bank?	d. It's on October 12th.
5. When is the next holiday?	e. I work with Diego and Juliet.
6. Where do you live?	f. I love it!
7. What is he like?	g. She's my grandmother.
8. Who do you work with?	h. I live in Brazil.

2 Complétez les phrases avec le bon mot interrogatif.

1. .... is she? She is my cousin.
2. .... is it? It's five to three.
3. .... are they? They are in the school bus.
4. .... is it? It's a famous museum.
5. .... is Christmas? It's on December 25th.
6. .... is he? He is nine years old.
7. .... are they? They are best friends.

3 Traduisez les questions suivantes.

1. À quelle heure arrive le train ?
2. Où puis-je acheter du lait, s'il vous plaît ?
3. Que fait ton frère en ce moment ?
4. Quel âge a ton père ?
5. Quel tee-shirt préfères-tu ? Le rouge ou le bleu ?

▶ Corrigés en fin d'ouvrage

Les subordonnées en *if*

29

Les ingrédients

LES SUBORDONNÉES EN *IF*

- Les subordonnées en *if* (ou *if clauses* en anglais) sont des phrases qui permettent de dire que **quelque chose pourrait ou aurait pu se produire**.

- Elles sont composées de **deux propositions** : une **proposition principale** qui explique ce qui pourrait se passer si la condition était remplie, et une **proposition subordonnée**, introduite par la conjonction *if*, qui indique la condition à remplir.

L'anglais a tendance à placer la proposition principale **à la fin de la phrase**, mais il est aussi possible de choisir de commencer par celle-ci.

LES QUATRE TYPES DE CONDITIONNEL

- Le **conditionnel zéro** : lorsque la condition est remplie, la proposition principale se réalise toujours. On l'utilise pour parler de **vérités générales** ou **d'habitudes**. Ici, la proposition subordonnée et la proposition principale sont au **présent simple**.
Exemple : *If you* ***go*** *out in the rain, you* ***need*** *to bring an umbrella.* → Il est certain que si tu sors sous la pluie, tu as besoin de prendre un parapluie.

- Le **conditionnel de type 1**, un peu **moins certain que le conditionnel zéro** : la réalisation de la proposition principale dépend de certaines conditions. Pour le construire, on utilise le **présent simple** pour la proposition subordonnée, et ***will*** pour la proposition principale.
Exemple : *If you* ***study*** *enough, you* ***will*** *get a good mark.* → Si tu travailles suffisamment, tu auras une bonne note. C'est un peu moins certain, mais si la condition de travailler est remplie alors tu auras une bonne note.

- Le **conditionnel de type 2**, aussi appelé **irréel du présent**, désigne une **condition qui n'est pas réalisable dans le présent** et qui a peu de chances de se réaliser dans le futur. Pour le construire, on utilise le **prétérit simple** pour la proposition subordonnée, et ***would*** pour la proposition principale.
Exemple : *If I* ***were*** *you, I* ***would*** *start studying for the test.* → Si j'étais toi, je commencerais à reviser pour le contrôle. Il y a peu de chance que l'on devienne la personne, c'est alors irréel.

- Le **conditionnel de type 3**, aussi appelé **irréel du passé**, sert à parler de quelque chose qui aurait pu se réaliser si la condition avait été remplie. Pour le construire, on utilise le ***past perfect*** pour la proposition subordonnée, et ***would have*** **+ participe passé** pour la proposition principale.
Exemple : *If I* ***had been*** *taller, I* ***would have been*** *a basketball player.* → Si j'avais été plus grand, j'aurais été basketteur. Je ne suis pas plus grand, je ne grandirai plus, je ne serai donc jamais basketteur.

La recette pour réussir

SAVOIR FAIRE

Comment choisir le bon conditionnel

Avant de construire une phrase, il faut d'abord se demander si la condition est **réalisable**, **moyennement réalisable** ou **totalement irréalisable**. Puis choisir ensuite le type de conditionnel qui convient et construire sa phrase en respectant bien les temps grammaticaux.

ASTUCES DU CHEF

- Au sein d'une même phrase, faites attention à **ne pas mélanger les types de conditionnel** : si vous commencez au conditionnel zéro, alors respectez bien le temps pour ne pas mélanger deux conditionnels.
- Au conditionnel on dit *If I were*, c'est la marque de la condition.

À VOS FOURNEAUX – EXERCICES BREVET

1 Complétez les phrases avec la bonne forme du verbe.

1. I don't think she's worried about us. If she .... (be) worried, she .... (phone) or something.
2. I have an appointment at 3.30 tomorrow. If I .... (manage) to finish before 4.30, I .... (do) the shopping on my way back.
3. Livio missed his flight. He .... (get) to the airport on time if he .... (not oversleep).
4. If I .... (have) such a large house as yours, I (invite) .... all my friends for the weekend.
5. If the child .... (not be playing) with matches, he .... (not burn) himself. Now he's in hospital.

2 Pour chaque phrase, choisissez la bonne option.

1. If we **take/will take** a taxi, we **will arrive/arrived** sooner.
2. You **wouldn't get/didn't get** wet if you **would have worn/were wearing** a coat.
3. If our team **had scored/scored** more goals, it **had won/would have won**.
4. I **had given/would have given** you the news if you **phoned/had phoned** me yesterday.
5. If you **took/would have taken** more exercise, you **might feel/had felt** better.

3 Corrigez les erreurs.

1. If you'd be more sensible, you didn't think about such stupid things.
2. Unless I don't have any problem, I won't bother you.
3. Will you help me if you can?
4. I'd have bought her a present if she invited me to her birthday party.
5. Nobody had noticed if you left the party before the others.

▶ Corrigés en fin d'ouvrage

Les *question tags*

Les ingrédients

☑ LES *QUESTION TAGS*

- Les *question tags* sont des **questions courtes** que l'on place **en fin de phrase** afin d'obtenir la confirmation de ce que l'on vient de dire, ou pour poser une vraie question dont on ne connaît pas la réponse.

Exemples : *You like chocolate,* ***don't you****?* → On pose une vraie question.
You are French, ***aren't you****?* → On demande confirmation.

- Les *question tags* sont **toujours séparés** de la première partie de la phrase par une **virgule**.

☑ COMMENT LES CONSTRUIRE

- Les *question tags* respectent la formulation des questions, c'est-à-dire qu'ils sont composés d'un **auxiliaire suivi d'un sujet** qui est **identique au sujet** de la première partie de la phrase.
- On peut employer les trois auxiliaires classiques de l'anglais : ***do***, ***be*** et ***have***. On emploie *be* dans le *question tag* lorsque l'auxiliaire *be* est conjugué dans la première partie de la phrase. Il en est de même pour *have*. Dans tous les autres cas, on emploie *do*.
- Attention, il faut conjuguer l'**auxiliaire** à la **bonne personne** et au **bon temps**.

Si dans la première partie de la phrase, le verbe est au présent… → **… alors, dans le *question tag*, l'auxiliaire est au présent.**
*She **is** English, **isn't** she?*

Si dans la première partie de la phrase, le verbe est au prétérit… → **… alors, dans le *question tag*, l'auxiliaire est au prétérit.**
*You **went** to school today, **didn't** you?*

Si dans la première partie de la phrase, le verbe est au futur… → **… alors, dans le *question tag*, l'auxiliaire est au futur.**
*John **will** read this book, **won't** he?*

- Lorsque la **phrase** est à la **forme affirmative**, le ***question tag*** est à la **forme négative** et lorsque la **phrase** est à la **forme négative**, le ***question tag*** est à la **forme affirmative**.

Exemples : *You* ***have*** *a dog,* ***don't*** *you? He* ***doesn't go*** *to the same school as you,* ***does*** *he?*

La recette pour réussir

SAVOIR FAIRE

Comment bien utiliser les *questions tags*

- Il faut commencer par analyser la première partie de la phrase afin de savoir quel auxiliaire employer, à quel temps et à quelle personne.
- Il est aussi possible d'utiliser des modaux comme ***can*** et ***will*** car ce sont aussi des auxiliaires (d'ailleurs bien souvent, nous les appelons des auxiliaires modaux).

ASTUCES DU CHEF

- N'oubliez pas que lorsque l'on se sert des *question tags* à l'oral, il est indispensable que l'intonation de votre voix monte.
- Au lieu de dire *Am I not*, l'anglais préfère l'emploi de *aren't I* dans la deuxième partie des *question tags*.

À VOS FOURNEAUX – EXERCICES BREVET

1 Choisissez le bon *question tag*.

1. He is your friend, **aren't/isn't/didn't** he?
2. She was in London, **won't/weren't/wasn't** she?
3. His father drives a car, **don't/won't/doesn't** he?
4. You can play the guitar, **couldn't/can't/can** you?
5. Liz won't come, **is/doesn't/will** she?

2 Complétez les phrases.

1. They are coming to the party, ...?
2. Emma doesn't like cooking, ...?
3. You are on duty, ...?
4. Abel hasn't got a dog, ...?
5. Sven is only twelve, ...?

3 Complétez les phrases.

1. Elijah .... (invite) you to his birthday party, didn't he?
2. Liu .... (make) a cake for you, won't she?
3. The girls .... (love) skiing, don't they?
4. I .... (be) good at playing chess, aren't I?
5. She .... (know) who was the thief, did she?

▶ Corrigés en fin d'ouvrage

VOCABULARY

Reunion: *retrouvailles.* **Meeting:** *reunion.* **Souvenir:** *souvenir (objet).* **Memory:** *souvenir.* **To suggest:** *proposer.* **To propose:** *demander en mariage.* **Surname:** *nom de famille.* **Nickname:** *surnom.* **To assist:** *aider.* **To attend:** *assister à.* **Additionally:** *de plus.* **Anyhow:** *de toute façon.* **Anyway:** *de toute manière.* **In no case:** *en aucun cas.*

Since, for et *ago*

Les ingrédients

Since, *for* et *ago* s'emploient en anglais pour dire « **depuis** ». Cependant, ils ne s'utilisent pas de la même manière et n'ont **pas tout à fait le même sens**.

SINCE

- *Since* s'emploie pour exprimer le **point de départ d'une action**. C'est un **moment précis** où l'action a débuté.

Exemple : *James has been working since 6 o'clock.* → *6 o'clock* est un moment précis : j'emploie donc *since*.

- Très souvent, *since* s'utilise avec le ***present perfect* en *be* + *-ing*** qui permet d'insister sur la notion de temps écoulé.

Exemple : *Sarah has been living in New York since 2008.* → Sarah réside toujours à New York (ce qui justifie l'emploi du *present perfect* en *be* + *-ing*) et l'action de vivre à New York a débuté en 2008.

> *Since* + le *present perfect be* + *-ing* permet aussi de donner une **notion de pénibilité de l'action**. Si l'on reprend l'exemple du premier point, on insinue que James travaille depuis longtemps et que c'est sans doute difficile.

FOR

On utilise *for* pour exprimer la **notion de durée** : lorsqu'une action se déroule depuis un certain temps, ou alors lorsque l'action est terminée mais que l'on souhaite insister sur le temps qu'elle a duré.

Exemples : *He has lived in Paris for thirty years.* → *thirty years* est une durée, on emploie donc *for* et non *since*.

She has been swimming for two hours. → *two hours* est la durée. Ici, le *present perfect* en *be* + *-ing* insiste sur cette notion et donne également le sens de pénibilité à la phrase.

AGO

- *Ago* s'utilise pour parler d'une **période révolue**, l'action s'est déjà déroulée et elle est à présent finie.

Exemples : *He broke his arm two days ago.* → L'action de se casser le bras est terminée et elle s'est déroulée il y a deux jours.

My mother baked a cake a week ago. → Idem, l'action de faire un gâteau est terminée et s'est déroulée il y a une semaine.

- À l'inverse de *for* et *since*, *ago* s'emploie dans la grande majorité des cas avec le **prétérit simple** car ce temps permet de **faire référence à une action passée**, **datée** et **terminée**, ce qui complète le sens de *ago*.

La recette pour réussir

SAVOIR FAIRE

- *For* + durée
- *Since* + début de l'action
- *Ago* + action terminée

ASTUCES DU CHEF

• Avant de commencer votre phrase, repérez si l'action est passée ou non. Ensuite, pour faire la différence entre *for* et *since*, regardez si vous avez une date précise, dans ce cas ce sera *since*, ou si l'on parle plutôt d'une durée, alors on emploiera *for*.

• Pensez également à bien respecter les temps : *for* et *since* s'emploient très souvent avec le *present perfect* simple ou en *be* + *-ing*, alors que *ago* s'emploie avec le prétérit simple.

À VOS FOURNEAUX – EXERCICE BREVET

Complétez les phrases suivantes avec *since*, *for* ou *ago*.

1. Auntie Mathilde hasn't visited us .... Christmas.
2. The baby has been crying .... hours and still hasn't stopped.
3. She has been a teacher .... she was twenty-five.
4. They've had their car .... twelve years.
5. Charlie hasn't dressed up .... Halloween.
6. He hasn't bought a new hat .... ages.
7. Ginny hasn't been to the dentist .... last May.
8. She has been teaching English .... twenty years.
9. Bill learnt to ride a bike years ...., thanks to his dad.
10. He has been looking for gold .... a long time and still hasn't found any.
11. My uncle Fred has been a farmer .... he was sixteen.
12. I had my new tattoo made two days ....
13. Mum has been working .... hours and still hasn't finished.
14. She has been a zookeeper .... she left school.
15. Yesterday, we waited for the bus .... two hours!
16. My dog has been playing with his ball .... hours.
17. My sister has been interested in planets .... she was six.
18. The English teacher started two days ....
19. She has been reading a book .... two hours.
20. My brother hasn't seen my grandparents .... March.

▶ Corrigés en fin d'ouvrage

Les pronoms personnels et possessifs

32

Les ingrédients

LES PRONOMS

Personnes	Pronoms personnels sujets	Pronoms personnels compléments	Pronoms possessifs sujets	Pronoms possessifs
1re pers. sing	I	me	my	mine
2e pers. sing.	you	you	your	yours
3e pers. sing. (masc.)	he	him	his	his
3e pers. sing. (fém.)	she	her	her	hers
3e pers. sing. (neutre.)	it	it	its	its
1re pers. plur.	we	us	our	ours
2e pers. plur.	you	you	your	yours
3e pers. plur.	they	them	their	theirs

LES PRONOMS PERSONNELS

- Les pronoms personnels peuvent être **sujets** ou **compléments** (COD).
- Les **pronoms personnels sujets** (fonction grammaticale : **sujet de la phrase**) se placent en début de phrase et donnent une indication sur la personne concernée.
Exemples : ***I*** *have a dog.* ***They*** *are going to school.*
- Les **pronoms personnels compléments** sont précédés d'une préposition, comme *at*, *about*, etc.
Exemple : *What do you know about* ***them****?*

LES PRONOMS POSSESSIFS

- Les **pronoms possessifs** indiquent **un lien** entre **la personne qui possède l'objet** et **l'objet possédé**. Ils sont placés devant le nom qui est souvent l'objet possédé.
- Attention, il est important de faire la différence entre les **pronoms personnels possessifs sujets** et **les pronoms possessifs simples**. Pour cela, il faut repérer s'il y a un nom commun qui suit le pronom. Si c'est le cas, le **pronom possessif** est **sujet**, s'il remplace un nom et que par conséquent il n'y a pas d'autre nom dans la phrase, alors il est **simplement possessif**.
- Attention, les pronoms possessifs *he*, *she* et *it* s'accordent en fonction de la personne qui possède l'objet. Si cette personne est **masculine**, on emploie ***his***. Si la personne est **féminine**, on emploie ***her***. Si la personne qui possède est un **animal**, une **plante** ou un **objet**, alors on emploie ***its***.
Exemple : *His parents are both very tall.* → Ses parents sont tous deux très grands.

La recette pour réussir

SAVOIR FAIRE

Tutoiement et vouvoiement

En anglais, on utilise le **même pronom personnel** et **possessif** pour dire « **tu** » et « **vous** ». Il n'y a pas de tutoiement, la différence se fait grâce au contexte de la phrase.

ASTUCE DU CHEF

Pour savoir s'il faut choisir un pronom possessif **simple** ou **sujet**, demandez-vous si c'est la personne qui fait l'action.

À VOS FOURNEAUX – EXERCICES BREVET

1 Associez à la personne le pronom personnel qui correspond.

1. Carmen → ....
2. Nadir → ....
3. Mr. White → ....
4. Teeth → ....
5. School → ....
6. You and Adam → ....
7. My brother and I → ....
8. Elephants → ....
9. Cat → ....
10. Sarah and Wilfrid → ....

2 En vous aidant des pronoms entre parenthèses, complétez les phrases avec un pronom possessif.

1. .... brother is 6 years old. (I)
2. .... house is big. (They)
3. .... bicycle is new. (You)
4. .... dog is very clever. (She)
5. .... hair is red. (He)
6. .... flat is small. (We)

3 Entourez le bon pronom.

1. This is our/they car.
2. Frank is he/my friend.
3. Ann is she/her daughter.
4. They/Their cousins live in France.
5. Erwan is he/his classmate.
6. Penny is Jill's cat. It's they/her cat.
7. Our/It country house is old.
8. This is his/she bicycle.

▶ Corrigés en fin d'ouvrage

Méthode : rendre compte d'un enregistrement

33

Les ingrédients

LA COMPRÉHENSION ORALE

- Avant de se lancer dans la compréhension orale, il est important de lire attentivement le titre de l'extrait car il peut déjà donner quelques indices sur le contenu du texte.

Exemple : *A day at the beach* → On sait que quelqu'un va parler d'une journée à la plage, peut-être des activités que la personne a pu faire, etc.

- Souvent, les compréhensions orales se passent en trois temps. C'est-à-dire qu'il y a trois écoutes, chacune espacée d'une minute. Certains professeurs peuvent ensuite choisir de faire rédiger un court paragraphe en français, pour s'assurer de la bonne compréhension du document, ou en anglais, ce qui permet de faire la correction avec le reste de la classe. Quelle que soit la méthode, les trois temps restent les mêmes.

COMMENT ORGANISER SES ÉCOUTES

- **Première écoute** → Identifier le nombre de personnes qui parlent, le lieu où se déroule la scène, le sujet principal du document, et commencer à noter certains détails sur une feuille.
- **Deuxième écoute** → Prendre des notes en séparant bien ce que dit chaque personne. Il peut être utile de réaliser un tableau avec le nom des personnes et d'y inscrire en dessous tout ce que l'on a compris concernant cette personne ou ce thème.
- **Troisième écoute** → S'attacher aux détails : relever les dates, les chiffres, les pourcentages, etc. Compléter ses notes en notant un maximum de détails.

RÉDIGER LE COMPTE RENDU (EN ANGLAIS OU EN FRANÇAIS)

- Pour rédiger le compte rendu, il est possible de procéder de deux façons différentes : soit en faisant un **compte rendu chronologique** (c'est-à-dire qu'il va suivre l'ordre dans lequel vous avez entendu les informations), soit en faisant un **compte rendu thématique** (si certains thèmes sont abordés plusieurs fois par des personnes ayant des points de vue différents, il sera préférable d'utiliser ce mode de fonctionnement plutôt que le compte rendu chronologique).
- Dans un premier temps, parler du nombre de personnes qui prennent la parole dans l'enregistrement, de la nature du document (si on a entendu le nom d'une chaîne de télévision ou de radio) et du thème principal.

- Ensuite, détailler les propos en s'aidant de ses notes. Il faut toujours partir d'un postulat et continuer en donnant un exemple.
- Une fois cette étape réalisée, donner un maximum de détails en se rapportant toujours au thème principal du document. Le but est de montrer que l'on a compris la majorité sinon l'intégralité du document. Il faut alors faire le tri entre les exemples et idées qui peuvent être utiles au développement et celles qui ne le sont pas.
- Conclure en réutilisant la conclusion entendue dans le document, mais en employant ses propres mots pour la reformuler. Elle doit tenir en une phrase.
- En totalité, le compte rendu doit faire environ quinze lignes.

La recette pour réussir

À VOS FOURNEAUX – EXERCICES BREVET

1 **Écoutez l'extrait suivant tiré de *The tale of Peter Rabbit* de Beatrix Potter et répondez aux questions suivantes.**

1. How many rabbits are in this tale?
2. Why is Peter different from his brothers and sisters?
3. Who did Peter see in the garden?
4. Why are they not allowed to go in the garden?
5. Where did Peter hide to escape from M. McGregor?
6. Why was Peter damp?

2 **Écoutez l'extrait suivant tiré d'*Oliver Twist* de Charles Dickens et répondez aux questions suivantes.**

1. Who is the main character?
2. What do the boys eat?
3. Why does the master want to hit Oliver?
4. Summarize the extract.

3 **Écoutez l'extrait suivant tiré d'*Alice in Wonderland* de Lewis Carroll et répondez aux questions suivantes.**

1. Who are the characters that are mentioned?
2. Where are they?
3. Why is Alice angry at the end?
4. Summarize the extract.

▶ Corrigés en fin d'ouvrage

Used to/Be used to

34

ANGLAIS

Les ingrédients

Used to et ***be used to*** sont deux expressions qui se ressemblent, mais elles ne s'emploient pas de la même manière et ne veulent pas dire la même chose.

USED TO

Used to → **Est utilisé pour indiquer ce que faisait quelqu'un avant ou autrefois**

Exemple : *He used to go swimming on Mondays but not anymore.*
→ *Avant, il allait nager le lundi mais plus maintenant.*

- *Used to* est suivi du **verbe à l'infinitif**.

Exemple : *I **used to ride** my bike to school everyday but now my dad drives me to school.*

- *Used to* est une expression qui s'utilise essentiellement au **passé**.
- Pour poser une **question** ou pour former une **phrase négative**, on utilise ***did***.

Exemples : ***Did** you use to live in a flat?* → On remarque que l'auxiliaire *do* a pris la marque du prétérit et que par conséquent *used to* devient ***use to***.
*I **didn't** use to live in London.* → Comme pour la forme interrogative, c'est l'auxiliaire *do* qui a pris la marque du prétérit.

- Attention, on **ne peut pas employer *used to*** lorsque la **durée d'une action** est indiquée dans la phrase. Ainsi, on ne dira pas : *I used to live in Paris for two years* mais *I lived in Paris for two years*.

BE USED TO

Be used to → **Signifie « avoir l'habitude de » ou « être habitué à »**

Exemple : *I'm used to reading books.* → *J'ai l'habitude de lire des livres.*

Pour utiliser cette formule, il faut placer le **sujet en début de phrase**, puis **conjuguer l'auxiliaire *be*** à la bonne personne et ajouter ***used to* + verbe *-ing***.
Exemple : *She**'s used to going** to school alone.* → Elle a l'habitude d'aller à l'école toute seule.

Attention, dans cette expression, le **verbe** est toujours **à la forme *-ing***.

La recette pour réussir

SAVOIR FAIRE

Comment différencier *used to* et *be used to*

Pour faire la différence entre les deux expressions, il est important de retenir qu'avec *used to* on parle d'une **période révolue**, donc du passé, et qu'avec *be used to* on parle d'une habitude. Il s'emploie donc majoritairement au **présent**.

ASTUCE DU CHEF

Attention à bien conjuguer les verbes derrière ces deux expressions :

- *used to* + **infinitif** ;
- *be used to* + **V-*ing***.

À VOS FOURNEAUX – EXERCICE BREVET

Complétez les phrases avec *used to* ou *be used to*.

1. When I was young, I .... (play) tennis five days a week.
2. My children .... (watch) TV after school.
3. We .... (have) a boat but we sold it last year.
4. My husband .... (get up) every day at 6 o'clock in the morning, but now he's retired so he doesn't have to.
5. I've been living in France for a long time now so I .... (drive) on the right.
6. When my son was young, he .... (be) afraid of the dark so I had to leave the light on.
7. When I was a humorist, I .... (eat) chocolate before a show.
8. My daughter .... (be) afraid of spiders, but she doesn't mind them too much now.
9. I .... (swim) but I gave it up last year.
10. He .... (not/speak) Italian before he went there to live.
11. We .... (go) in the countryside every summer.
12. I'm a chef so you can imagine, I .... (cook).

▶ Corrigés en fin d'ouvrage

VOCABULARY

Inconvenient: *gênant, pas pratique.* **A disadvantage:** *un inconvénient.* **Miserable:** *triste.* **Destitute:** *miséreux.* **Sensible:** *raisonnable.* **Sensitive:** *sensible.* **To cry:** *pleurer.* **To shout/to scream:** *crier.* **To ignore:** *ne pas faire attention à.* **Not to know:** *ignorer.* **As for me:** *en ce qui me concerne.* **To conclude:** *en conclusion.* **Despite:** *en dépit de.* **In a word:** *en deux mots.* **In fact:** *en effet.* **What's more:** *en outre.*

Le cas possessif

35

Les ingrédients

Le cas possessif sert à dire **à qui appartient un objet**.

FORMER LE CAS POSSESSIF

- Dans le **cas d'un possesseur unique**, on ajoute **'s** au **possesseur** afin d'indiquer la possession, et on supprime l'article devant le possédé.

Possesseur	+	's	+	Objet possédé

Exemple : *Tom's coat.* → Le manteau de Tom.

- Le cas possessif **s'attache toujours à la personne à qui appartient l'objet** et non à l'objet en lui-même. Pour reprendre l'exemple précédent, on ne peut pas dire « *the coat of Tom* ».
- Dans le cas d'un **possesseur multiple**, c'est-à-dire quand une chose appartient à plusieurs personnes, on ne fait porter la **marque du possessif** ('s) **qu'à la deuxième personne**.

Exemple : *Jane and Carl's cousin.* → Jane et Carl ont le même cousin, on ne fait donc porter la marque du possessif qu'à la deuxième personne.

> Mais, si on dit « *Jane's and Carl's* cousin », on comprendra alors que chacun a un cousin différent.

- Si le nom est au pluriel et qu'il se termine déjà par un *s*, alors on ajoute seulement l'apostrophe pour marquer la possession.

Exemple : *The grandparents' house.*

> Attention, si le mot au pluriel ne se termine pas par un *s*, alors on utilise *'s* pour indiquer la possession. Ex. : *Children's cat.*

- En revanche, si c'est un nom propre comme « James », « Paris » ou « the Jones », alors on peut utiliser le *'s* pour indiquer la possession.

Exemple : *James's coat.*

CAS PARTICULIERS

- Il existe aussi le cas possessif que l'on appelle **elliptique**, c'est-à-dire que l'on n'ajoute pas le nom de l'objet possédé derrière le possesseur.

Exemple : *It's not Tom's coat it's Jack's.* → Je n'ai pas besoin de répéter le mot « *coat* » une deuxième fois car je l'ai déjà mentionné et je fais référence au même objet.

- C'est également le cas pour les **noms de commerces** : *the butcher's, the baker's, the fishmonger's, the carpenter's, the shoemaker's*, etc.

La recette pour réussir

SAVOIR FAIRE

Le cas possessif elliptique

• Souvent, l'anglais fait l'ellipse pour les monuments connus.

Exemple : St Paul's → St Paul's Cathedral.

• On utilise également le cas possessif elliptique lorsque l'on souhaite désigner chez qui l'on a été invité.

Exemple : *I went to the Mason's yesterday.*

→ Je n'ai pas besoin d'ajouter *house*, le cas possessif suffit.

ASTUCE DU CHEF

Commencez par identifier si le possesseur est singulier ou pluriel, afin de déterminer si vous devez utiliser *'s* ou simplement l'apostrophe.

À VOS FOURNEAUX – EXERCICES BREVET

Choisissez le cas possessif qui convient.

1. Today is a great day at the **Mason's/Mason house/Masons'**.
2. It's **the birthday of Irina/Irina birthday/Irina's birthday**.
3. Dad goes to **the neighbour house/neighbour/neighbour's**. The neighbour isn't at home.
4. Dad has to drive to **the grocer's/grocershop/grocer** to buy some flour.
5. Irina, who is looking out of the window, cries out: "Mum, I can see **Aunt Lenas's and Uncle John's/Aunt Lena and Uncle John's/Aunt Lena and Uncle John** car in the street".
6. Aunt Lena is **the sister of Mum/Mum's sister/Mum sister's**.
7. Here are **Irina's and Davon's/Irina's and Davon/Irina and Davon's** presents.
8. Aunt Lena is a nice person, she knows that Davon will be pleased to receive a little gift even if it isn't his birthday but his **sister birthday/sisters/sister's**.
9. Davon, Irina and their cousin Mark go upstairs into **the children's room/room of the children/children room**.
10. When Mum looks for the children she finds them in the **parent's room/parents' room/room of the parents**.

▶ Corrigés en fin d'ouvrage

VOCABULARY

To pretend: *faire semblant.* **To claim:** *prétendre.* **Library:** *bibliothèque.* **Bookshop:** *librairie.* **College:** *université.* **Secondary school:** *collège.* **Price:** *prix.* **Prize:** *récompense.* **Phrase:** *groupe de mots.* **Sentence:** *phrase.*

Principaux verbes irréguliers

Infinitif	Prétérit	Participe passé	Traduction
awake	awoke	awoken	*se réveiller*
be	was/were	been	*être*
beat	beat	beaten	*battre*
become	became	become	*devenir*
begin	began	begun	*commencer*
bite	bit	bitten	*mordre*
bleed	bled	bled	*saigner*
break	broke	broken	*casser*
bring	brought	brought	*apporter*
build	built	built	*construire*
buy	bought	bought	*acheter*
can	could	could	*pouvoir*
catch	caught	caught	*attraper*
choose	chose	chosen	*choisir*
come	came	come	*venir*
do	did	done	*faire*
draw	drew	drawn	*dessiner*
drink	drank	drunk	*boire*
drive	drove	driven	*conduire*
eat	ate	eaten	*manger*
fall	fell	fallen	*tomber*
feel	felt	felt	*sentir*
fight	fought	fought	*se battre*
find	found	found	*trouver*

Infinitif	Prétérit	Participe passé	Traduction
forget	forgot	forgotten	*oublier*
get	got	got	*obtenir*
give	gave	given	*donner*
go	went	gone	*aller*
have	had	had	*avoir*
hear	heard	heard	*entendre*
hold	held	held	*tenir*
keep	kept	kept	*garder*
know	knew	known	*connaître / savoir*
learn	learnt	learnt	*apprendre*
lose	lost	lost	*perdre*
make	made	made	*fabriquer*
mean	meant	meant	*signifier*
meet	met	met	*rencontrer*
pay	paid	paid	*payer*
put	put	put	*mettre*
read	read	read	*lire*
ring	rang	rung	*sonner / téléphoner*
run	ran	run	*courir*
say	said	said	*dire*
see	saw	seen	*voir*
sell	sold	sold	*vendre*
send	sent	sent	*envoyer*
sing	sang	sung	*chanter*
sit	sat	sat	*s'asseoir*
sleep	slept	slept	*dormir*
smell	smelt	smelt	*sentir*
speak	spoke	spoken	*parler*

Infinitif	Prétérit	Participe passé	Traduction
spend	spent	spent	*dépenser / passer du temps*
stand	stood	stood	*être debout*
steal	stole	stolen	*voler / dérober*
swim	swam	swum	*nager*
take	took	taken	*prendre*
teach	taught	taught	*enseigner*
tell	told	told	*dire / raconter*
think	thought	thought	*penser*
understand	understood	understood	*comprendre*
wear	wore	worn	*porter (avoir sur soi)*
win	won	won	*gagner*
write	wrote	written	*écrire*

CORRIGÉS

CORRIGÉS MATHS

FICHE 1

1 On décompose en produit de facteurs premiers. $26 = 2 \times 13$ et $48 = 2^4 \times 3$. Le nombre $2^4 \times 13 \times 3 = 624$ est le plus petit commun multiple à 26 et à 48. Le pignon 1 doit donc effectuer $\frac{624}{26} = 24$ tours, et le pignon 2 doit effectuer $\frac{624}{48} = 13$ tours pour être dans la même position.

2 216 et 126 sont divisibles par 2, la fraction $\frac{216}{126}$ n'est donc pas irréductible.
$216 = 18 \times 12$ et $126 = 18 \times 7$, donc $\frac{216}{126} = \frac{12}{7}$ est irréductible.

FICHE 2

1 A = −8,5
B = +11,4 = 11,4
C = (−5,2) + (+4,2) = −1

2 D = 4 + 2 + 8 − 5 − 9 − 4 = 14 − 18 = −4
E = 6 + 7 − 4 − 5 − 8 − 10 = 13 − 27 = −14

3 A = (−5) + (+8) = 3
B = (+8) + (−11) = −3
C = 3 + (−3) = 0

FICHE 3

1 A = 3 × 5 = 15
B = −15
C = −15
D = 15

2 E = −2,5
F = 2
G = −17
H = 11

3 **a.** Faux ; **b.** Vrai ; **c.** Faux ; **d.** Vrai.

FICHE 4

1 $A = \frac{3}{5} + \frac{1}{2} \times \frac{4}{6} = \frac{3}{5} + \frac{4}{12} = \frac{3}{5} + \frac{1}{3} = \frac{9}{15} + \frac{5}{15} = \frac{14}{15}$

$B = \dfrac{\frac{2}{3} + \frac{5}{6}}{7} = \dfrac{\frac{4}{6} + \frac{5}{6}}{7} = \dfrac{\frac{9}{6}}{7} = \dfrac{\frac{3}{2}}{7} = \frac{3}{2} \times \frac{1}{7} = \frac{3}{14}$

2 $1 + \frac{1}{2} + \frac{2}{3} + \frac{3}{4} = \frac{12}{12} + \frac{6}{12} + \frac{8}{12} + \frac{9}{12} = \frac{12 + 6 + 8 + 9}{12} = \frac{35}{12}$

FICHE 5

1 **a.** $\sqrt{7} \simeq 2{,}65$

b. $\frac{\sqrt{5} + 1}{2} \simeq 1{,}6$

2 **a.** Route mouillée → $k = 0{,}14$. On résout $15 = 0{,}14\ V^2$ donc $V^2 = \frac{15}{0{,}14}$. $V^2 \simeq 107$, donc $V \simeq 10{,}35$ m/s.

b. Route sèche → $k = 0{,}08$. On résout $50 = 0{,}08\ V^2$ donc $V^2 = \frac{50}{0{,}08} = 625$. Donc $V = 25$ m/s.

FICHE 6

1 256 ÷ 3 ≃ 85,33, on peut donc télécharger 85 morceaux.

2 $2{,}53 \times 10^{15} = 2\ 530\ 000\ 000\ 000\ 000$

3 $(3 + 5 \times 2)^2 - 5^2 = (3 + 10)^2 - 5^2 = 13^2 - 5^2 = 169 - 25 = 144$

FICHE 7

1 **a.** $(x - 3)^2 = (x - 3)(x - 3) = x^2 - 3x - 3x + 9 = x^2 - 6x + 9$
b. Si $x = -2$, alors $(-2 - 3)^2 = (-5)^2 = 25$.

2 $A = 2x(x - 1) - 4(x - 1) = 2x^2 - 2x - (4x - 4) = 2x^2 - 2x - 4x + 4 = 2x^2 - 6x + 4$

3 On repère que $(3x + 2)$ est un facteur commun.
$B = (3x + 2)^2 - (x + 7)(3x + 2) = (3x + 2)((3x + 2) - (x + 7)) = (3x + 2)(3x + 2 - x - 7) = (3x + 2)(2x - 5)$

FICHE 8

1 **a.** $x + 3 = 7 \leftrightarrow x = 4$

b. $x + \frac{1}{7} = \frac{2}{3} \leftrightarrow x = \frac{2}{3} - \frac{1}{7} = \frac{14 - 3}{21} = \frac{11}{21}$

c. $5x = 7 \leftrightarrow x = \frac{7}{5}$

d. $3x = -7 \leftrightarrow x = -\frac{7}{3}$

e. $3x + 5 = x - 5 \leftrightarrow 3x - x = -5 - 5 \leftrightarrow 2x = -10 \leftrightarrow x = -\frac{10}{2} = -5$

f. $3(x + 7) = 5x \leftrightarrow 3x + 21 = 5x \leftrightarrow -2x = -21 \leftrightarrow x = \frac{21}{2}$

2 $2(x - 6) = 3(4x - 7) \leftrightarrow 2x - 12 = 12x - 21 \leftrightarrow 2x - 12x = 12 - 21 \leftrightarrow -10x = -9 \leftrightarrow x = \frac{-9}{-10} = 0{,}9$

3 **a.** $(x-5)(x+6)=0 \leftrightarrow x-5=0$ ou $x+6=0 \leftrightarrow$ $x=5$ ou $x=-6$. Les solutions sont 5 et −6.

b. $(2x+3)(x-2)=0 \leftrightarrow 2x+3=0$ ou $x-2=0 \leftrightarrow$ $x=-\dfrac{3}{2}$ ou $x=2$. Les solutions sont $-\dfrac{3}{2}$ et 2.

FICHE 9

1 **a.** 50 700 × 0,4 = 20 280.
0,4 kg d'or coûte 20 280 €.

b. Recherche d'une 4^e proportionnelle :
$\dfrac{10\,000}{50\,700} \simeq 0{,}197$. On obtient 0,197 kg d'or.

2 On baisse de 25 %, donc on multiplie le prix par 0,75. Le disque dur coûte 45 €.

3 **a.**

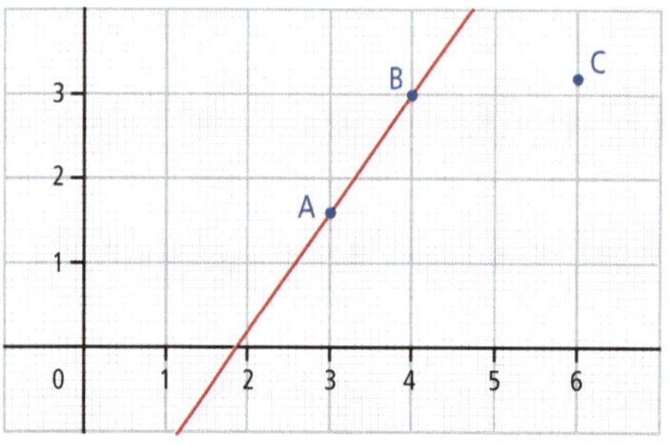

b. Les points A (3 ; 1,6), B (4 ; 3) et C (6 ; 3,2) ne sont pas alignés avec l'origine du repère, il n'y a donc pas proportionnalité.

FICHE 10

1 **a.** $f(0)=-25$
$f(-5)=25-25=0$
$f(4)=16-25=-9$
$f(3)=9-25=-16$

b. $x^2-25=0$, il y a deux solutions : 5 et −5.
$x^2-25=-26$, c'est-à-dire $x^2=-1$, ce qui est impossible car un carré est toujours positif.
$x^2-25=11$, c'est-à-dire $x^2=36$, il y a alors deux solutions : 6 et −6.

2 **a.** Les antécédents de 5 par f sont −1 et 1.
b. On a $f(0)=2$.

FICHE 11

1 **a.** La fonction f est linéaire, de coefficient égal à $R \rightarrow U=f(I)=RI$ donc $R=150$.

b. C'est une droite.

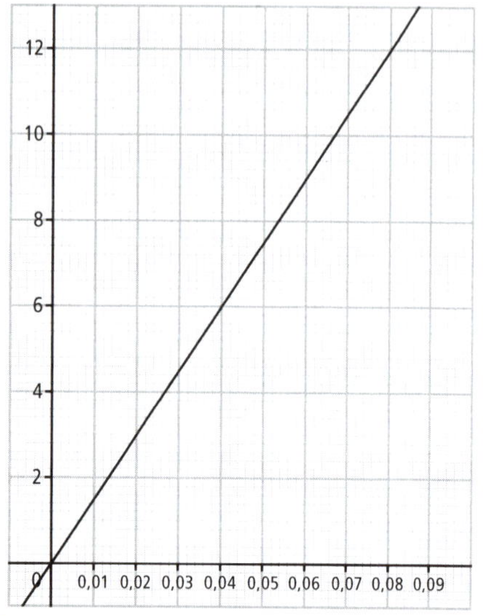

2 **a.** Si f est linéaire, elle est associée à une situation de proportionnalité. Donc, si on double la valeur du nombre, on doit doubler la valeur de l'image. Or, $f(1)=60$ et $f(2)=30$, il n'y a pas proportionnalité, la fonction f n'est donc pas linéaire.

3 $f(1)=1$ mais $f(2)=4$, il n'y a donc pas proportionnalité. La fonction n'est pas linéaire.

FICHE 12

1 **a.** Tarif 1 = $40x$.
b. Tarif 2 = $30+25x$.
c. Le tarif 1 est une fonction linéaire.
Le tarif 2 est une fonction affine.

2 En vert, la représentation graphique de f.
En rouge, la représentation graphique de g.

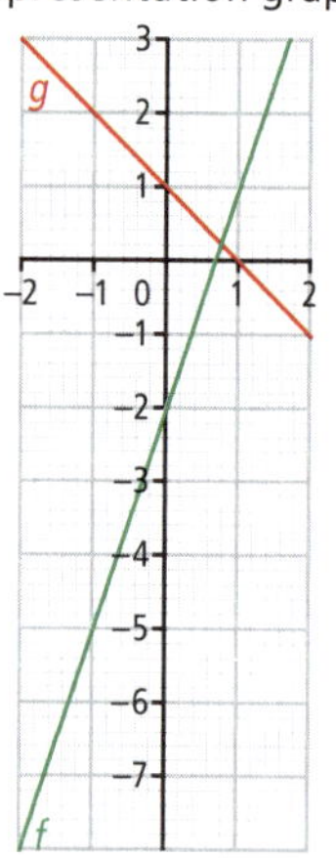

FICHE 13

1 Fréquence des élèves souffrant d'allergies alimentaires au collège : $\frac{32}{681} \simeq 0{,}047$, donc 4,7 %, c'est donc la même fréquence qu'au niveau national.

2 $\frac{8}{39} \simeq 0{,}205$, il y a donc 20,5 % d'allergiques aux fruits.

FICHE 14

1 **a.** Étendue = 48 – 30 = 18 kg.
b. On recherche la 13ᵉ valeur. Pour cela, on ordonne les valeurs par ordre croissant : on obtient 39. Il y a autant de récoltes de plus de 39 kg que de récoltes de moins de 39 kg.
c. Moyenne = $\frac{963}{25}$ = 38,52 kg de sel pour ce premier jour.

2 Étendue = 26 % – 12 % = 14 %.

FICHE 15

1 **a.** Il y a équiprobabilité, on a donc :
$p(\text{arrêt sur } 8) = \frac{1}{13}$.
b. $p(\text{arrêt case impaire}) = \frac{\text{nombre case impaire}}{\text{nombre total de cases}} = \frac{6}{13}$.
c. À chaque lancer, la probabilité que la boule s'arrête sur une case est la même : $\frac{1}{13}$.
$p(\text{arrêt sur } 9) = \frac{1}{13} = p(\text{arrêt sur } 7)$. Il n'y a donc pas plus de chance d'un arrêt sur 9 qu'un arrêt sur 7.

2 **a.** Nombres pairs que l'on peut former : 12 ; 16 ; 22 ; 26 ; 32 ; 36.
Nombres impairs que l'on peut former : 13 ; 15 ; 23 ; 25 ; 33 ; 35.
On a donc autant de chances d'obtenir un nombre pair qu'un nombre impair.
b. Nombres premiers que l'on peut obtenir : 13 et 23.
c. $p(\text{obtenir un nombre premier}) = \frac{\text{nombre de nombres premiers}}{\text{nombre total de nombres}} = \frac{2}{12} = \frac{1}{6}$

FICHE 16

1 **a.** Un rectangle qui n'est pas un carré admet deux axes de symétrie.
b. Un carré possède quatre axes de symétrie.

2 *La figure n'est pas à l'échelle.*

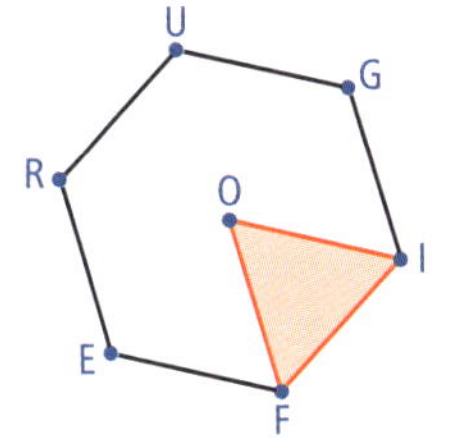

FIGURE semble être un hexagone régulier.

FICHE 17

1 **a.** Il s'agit d'un glissement rectiligne, c'est donc une translation.
b. Si on divise par 2 les dimensions, on effectue une réduction. Les aires seront donc divisées par $2^2 = 4$. Elle a donc tort.

2 **a.** L'hexagone 14 est transformé en hexagone 19.
b. L'hexagone 3 est transformé en hexagone 12.

FICHE 18

1 Il s'agit de la rotation de centre O et d'angle 240° dans le sens direct ou 120° dans le sens indirect. L'image du triangle BOC est DOE.

2 *La figure n'est pas à l'échelle.*

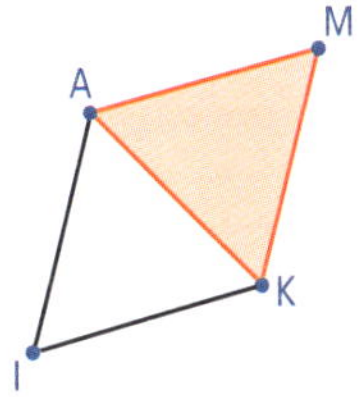

c. Le triangle AKI est équilatéral car KM = KI = KA. Il est isocèle en K.
$\widehat{MKI} = 120°$ or $\widehat{MKA} = 60°$ donc $\widehat{AKI} = 60°$.
Tous les angles sont égaux à 60°.

FICHE 19

1 **a.** La lecture du codage de la figure indique OC = 3 OA. Le rapport de l'homothétie qui transforme la figure A en figure C est donc 3.
b. $\frac{3}{5} = 3 \times \frac{1}{5}$ et OD = 5 OA, on applique d'abord l'homothétie de centre O de rapport $\frac{1}{5}$, la figure E devient la figure A. Puis on applique à la figure A l'homothétie de centre O et de rapport 3. On obtient alors la figure C. En conclusion, la figure E est transformée en figure C.

2 *La figure n'est pas à l'échelle.*

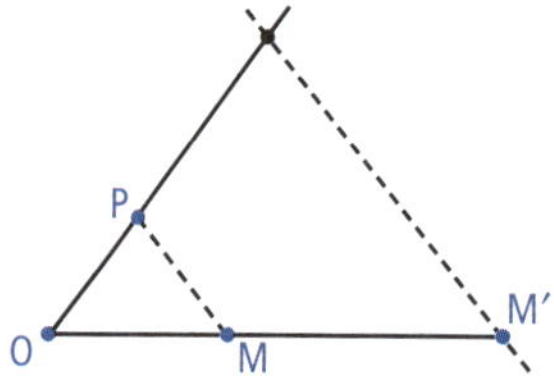

b. O, M et M′ sont alignés et OM′ = 2,5 OM, il s'agit donc de l'homothétie de centre O et de rayon 2,5.

FICHE 20

1 a. $\widehat{ABC} + \widehat{BCA} + \widehat{CAB} = 180°$, la somme des mesures des angles vaut 180°.
Donc $\widehat{CAB} = 180° - 65° - 25° = 90°$.
b. Le triangle ABC est donc un triangle rectangle en A.

2 a. AB = BC, le triangle ABC est donc isocèle en B. Les angles $\widehat{BCA}$ et $\widehat{CAB}$ ont la même mesure. Or, dans un triangle, la somme des mesures des angles vaut 180°. On obtient donc $\widehat{ABC} = \widehat{BCA} = \widehat{CAB} = 60°$. Le triangle ABC est équilatéral.
b. AC = BC, le triangle est donc isocèle en C.

3 a. Faux ; **b.** Vrai ; **c.** Vrai.

FICHE 21

1 *La figure n'est pas à l'échelle.*

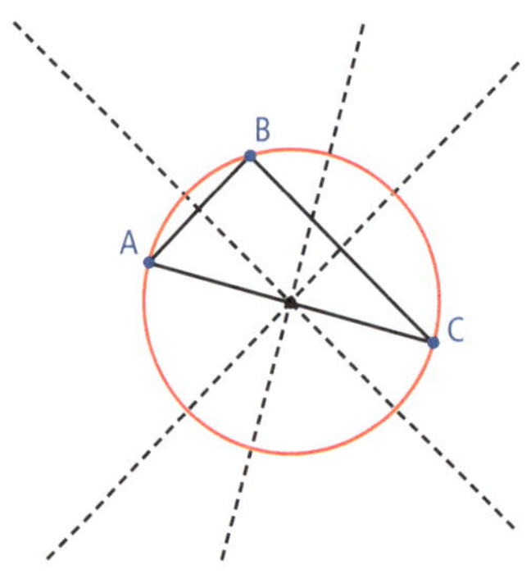

2 *La figure n'est pas à l'échelle.*

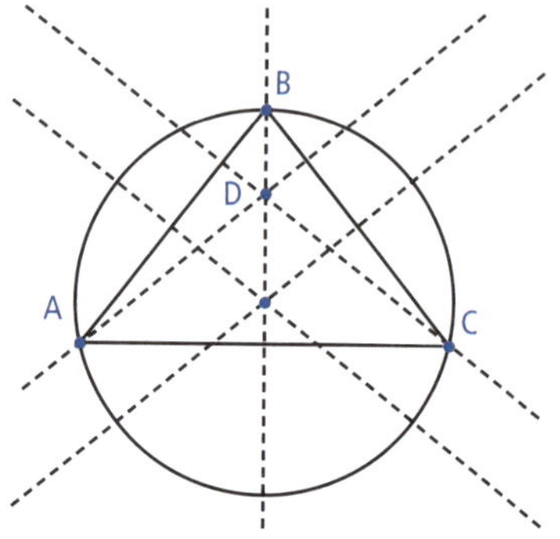

d. Ce point est l'orthocentre, c'est le point de concours des trois hauteurs du triangle ABC.

FICHE 22

1 a. On va montrer que les longueurs des côtés de l'un sont proportionnelles aux longueurs des côtés de l'autre.
$\frac{6}{7,5} = 0,8$; $\frac{3,2}{4} = 0,8$ et $\frac{6,8}{8,5} = 0,8$.
Les triangles CBD et BFE sont semblables.
b. Les triangles CBD et BFE sont semblables, l'un est donc l'image de l'autre par une homothétie, les angles ont donc les mêmes mesures. On a donc bien un angle droit.

2 a. $\widehat{BAH} = 60°$ car, dans un triangle rectangle, les angles non droits sont complémentaires.

On a $\widehat{HAC} = 30°$, puis $\widehat{ACH} = 60°$. On a donc deux couples d'angles égaux deux à deux, les triangles ABC et HAC sont donc semblables.
b. Le coefficient de réduction est donné par $\frac{AH}{AB} = \frac{3,5}{7} = 0,5$.

FICHE 23

1 Les droites (MP) et (BC) sont parallèles et la droite (AB) est une sécante. Les angles $\widehat{CBA}$ et $\widehat{AMP}$ sont des angles alternes-internes, puisque (MP) // (BC). Ils sont donc égaux.

2 a. Les angles $\widehat{FDB}$ et $\widehat{ADE}$ sont égaux car opposés par le sommet.
b. $\widehat{ADE} = 55°$
c. Les angles $\widehat{ADE}$ et $\widehat{EDB}$ sont supplémentaires. La somme de leur mesure vaut 180°
d. $\widehat{EDB} = 125°$.
e. Couples d'angles correspondants : $\widehat{FDB}$ et $\widehat{GED}$, $\widehat{FDA}$ et $\widehat{DEC}$, $\widehat{HEC}$ et $\widehat{EDA}$, $\widehat{HEG}$ et $\widehat{EDB}$.
Couples d'angles alternes-internes : $\widehat{ADE}$ et $\widehat{DEG}$, $\widehat{BDE}$ et $\widehat{CED}$.

FICHE 24

1 Le quadrilatère ABCD est non croisé et a ses diagonales qui se coupent en leur milieu, c'est un parallélogramme. Les côtés opposés sont donc parallèles deux à deux, d'où (AB)//(DC).

2

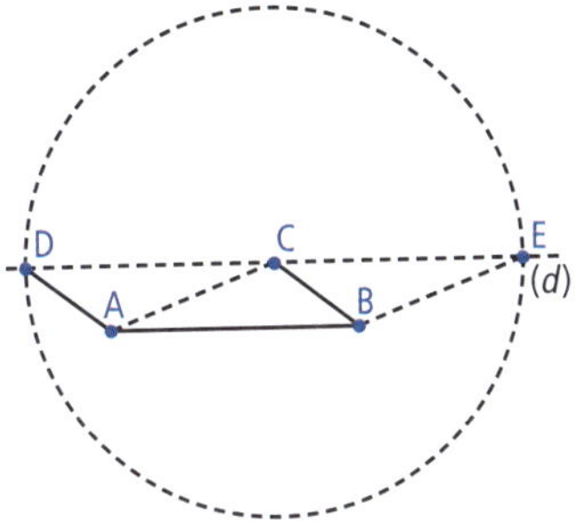

c. Le quadrilatère ABCD est un parallélogramme, tout comme le quadrilatère ABEC.

FICHE 25

1 Le codage indique OE = EL = LM = MO, OELM est donc un losange.

2 ABCD est un parallélogramme de centre O, donc les diagonales se coupent en leur milieu et OA = OB. Cela implique que les diagonales ont la même longueur, ABCD est donc un rectangle. Les droites (AC) et (BD) sont perpendiculaires, les diagonales sont donc perpendiculaires, ABCD est également un losange.
Conclusion : ABCD est à la fois un rectangle et un losange, c'est donc un carré.

FICHE 26

1 Le triangle BCD est rectangle en B, on peut donc utiliser le théorème de Pythagore : le carré de l'hypoténuse vaut la somme des carrés des deux autres côtés.
Autrement dit, $CD^2 = CB^2 + BD^2 \rightarrow 8{,}5^2 = 7{,}5^2 + BD^2$.
On a donc $BD^2 = 72{,}25 - 56{,}25 = 16$, d'où BD = 4 ou −4.
Or, BD représente une longueur et doit donc être positif → BD = 4 cm.

2 Le triangle DKA est rectangle en K, on peut donc utiliser le théorème de Pythagore.
On a alors $DA^2 = DK^2 + KA^2 \rightarrow 60^2 = 11^2 + KA^2$.
$KA^2 = 3\,600 - 121 = 3\,479$.
$KA = \sqrt{3\,479} \simeq 59{,}0$ donc 59 cm.

FICHE 27

1 a. Cas 1 : le côté le plus long est AC ($AC^2 = 100$).
On a $AB^2 + BC^2 = 8^2 + 5{,}9^2 = 98{,}91$.
$AC^2 \neq AB^2 + BC^2$, le théorème de Pythagore prouve que le triangle n'est pas un triangle rectangle.

b. Cas 2 : le côté le plus long est AC ($AC^2 = 100$).
On a $AB^2 + BC^2 = 8^2 + 6^2 = 100$.
$AC^2 = AB^2 + BC^2$, la réciproque du théorème de Pythagore prouve que le triangle est rectangle en B.

2 a. On utilise toutes les données de l'énoncé : 154 = AB + BC + AC ; 144 = AD + DC + AC ; BC = 56 ; AC = 65 et AD = 16.
On obtient alors 154 = AB + 56 + 65, c'est-à-dire 154 = AB + 121, donc AB = 33 m.
144 = 16 + DC + 65, c'est-à-dire 144 = 81 + DC, on a donc DC = 144 − 81 = 63 m.

b. Le côté le plus long est AC.
$AC^2 = 4\,225$
$AD^2 + DC^2 = 16^2 + 63^2 = 256 + 3\,969 = 4\,225$
On a $AC^2 = AD^2 + DC^2$, la réciproque du théorème de Pythagore prouve que le triangle ADC est rectangle en D.

FICHE 28

1 On calcule $\frac{PC}{PM}$ en utilisant une fraction irréductible : $\frac{3{,}78}{4{,}2} = \frac{378}{420} = \frac{18}{20} = \frac{9}{10}$.
On calcule $\frac{PT}{PW}$ en utilisant une fraction irréductible : $\frac{1{,}88}{2{,}3} = \frac{188}{230} = \frac{94}{115}$.
On compare les deux quotients : $\frac{9}{10} \neq \frac{94}{115}$.
Si les droites étaient parallèles, alors on pourrait appliquer le théorème de Thalès et les deux quotients seraient égaux. Ce n'est pas le cas, donc les droites (CT) et (MW) ne sont pas parallèles, les coutures ne sont donc pas parallèles.

2 a. On est dans la configuration de Thalès : (AB) et (AC) sécantes en A et R ∈ [AB] et T ∈ [AC].
Les droites (RT) et (BC) étant parallèles, le théorème de Thalès nous donne : $\frac{AR}{AB} = \frac{AT}{AC} = \frac{RT}{BC}$.
On remplace par les valeurs connues :
$\frac{4{,}5}{6} = \frac{AT}{7{,}2} = \frac{RT}{10}$.
Donc $AT = 7{,}2 \times \frac{4{,}5}{6} = 5{,}4$ cm.

b. $\frac{4{,}5}{6} = \frac{AT}{7{,}2} = \frac{RT}{10}$ donc $RT = 10 \times \frac{4{,}5}{6} = 7{,}5$ cm.

FICHE 29

1 a. (CD)//(AB) ; (AD) et (CB) sont sécantes en E.

On peut appliquer le théorème de Thalès, on a donc : $\frac{ED}{EA} = \frac{EC}{EB} = \frac{DC}{AB}$.

On remplace par les valeurs connues :

$\frac{6}{10} = \frac{EC}{16} = \frac{DC}{20}$. On a donc $\frac{6}{10} = \frac{DC}{20}$ d'où

$DC = CD = 20 \times \frac{6}{10} = 12$ cm.

b. Dans le triangle BEA, les points BFE et BGA sont alignés dans le même ordre. On calcule séparément les quotients $\frac{BF}{BE}$ et $\frac{BG}{BA}$.

$\frac{BF}{BE} = \frac{12{,}8}{16} = 0{,}8$ et $\frac{BG}{BA} = \frac{16}{20} = 0{,}8$. Il y a égalité, la réciproque du théorème de Thalès prouve que les droites (FG) et (AE) sont parallèles.

2 **a.** Les droites (OB) et (OA) sont sécantes en O et (AB) // (CD).

Le théorème de Thalès nous donne alors :

$\frac{OC}{OA} = \frac{OD}{OB} = \frac{CD}{AB}$, on remplace les valeurs connues :

$\frac{3}{3{,}5} = \frac{OD}{4{,}9} = \frac{1{,}8}{AB}$.

$\frac{3}{3{,}5} = \frac{OD}{4{,}9}$ donc $OD = 4{,}9 \times \frac{3}{3{,}5} = 4{,}2$ cm.

$\frac{3}{3{,}5} = \frac{1{,}8}{AB}$ donc $AB = 1{,}8 \times \frac{3{,}5}{3} = 2{,}1$ cm.

b. Les points AOE et BOF sont alignés dans le même ordre.

On calcule séparément les quotients $\frac{OE}{OA}$ et $\frac{OF}{OB}$.

$\frac{OE}{OA} = \frac{2}{3{,}5}$ et $\frac{OF}{OB} = \frac{2{,}8}{4{,}9} = \frac{4}{7}$; or $\frac{2}{3{,}5} = \frac{4}{7}$.

La réciproque du théorème de Thalès nous assure que les droites (EF) et (AB) sont parallèles.

FICHE 30

1 $\alpha \simeq 44°$

$\alpha = 60°$

$\alpha \simeq 6°$

2 **a.** ABC est rectangle en B, donc

$\tan \widehat{BAC} = \frac{BC}{BA} = \frac{7}{5} = 1{,}4$. Donc $\widehat{BAC} \simeq 54°$.

b. Dans un triangle rectangle, les angles non droits sont complémentaires donc $\widehat{ACB} \simeq 34°$.

FICHE 31

1 **a.** Dans le triangle ABC rectangle en B, le théorème de Pythagore nous donne

$AC^2 = AB^2 + BC^2 = 10^2 + 100^2 = 10\,100$,

donc $AC \simeq 100{,}5$ m.

b. Dans le triangle BCA rectangle en B, on a

$\tan \widehat{BCA} = \frac{AB}{BC} = \frac{10}{100} = 0{,}1$, donc $\widehat{BCA} \simeq 6°$.

2 **a.** Dans le triangle ABC rectangle en B, les angles non droits sont complémentaires, donc $\widehat{ACB} = 75°$.

b. BC est la longueur de l'hypoténuse,

$\cos \widehat{ABC} = \frac{BA}{BC}$, $\cos 15° = \frac{25}{BC}$,

donc $BC = \frac{25}{\cos 15°} \simeq 25{,}9$ m.

c. AC est la longueur du côté opposé à l'angle $\widehat{ABC}$, on a $\tan 15° = \frac{AC}{25}$, donc

$AC = 25 \tan 15° \simeq 6{,}7$ m.

FICHE 32

1 **a.** Le grenier est une pyramide à base rectangulaire. La partie « chambres » est une pyramide tronquée à base rectangulaire. La partie principale est un parallélépipède rectangle.

b. *Surface au sol* = *Surface du rectangle EFGH* = 12 × 9 = 108 m²

c. – *Volume de la partie principale* = 108 × 3 = 324 m³

– *Volume chambres* = *Volume pyramide IABCD* = $108 \times \frac{6{,}75}{3} = 243$ m³

– *Volume du grenier* = $RM \times \frac{MS}{3}$. Or, on a affaire à une réduction de coefficient $\frac{4{,}5}{6{,}75} = \frac{2}{3}$, donc $RM = \frac{2}{3} \times 12 = 8$ et $MS = \frac{2}{3} \times 9 = 6$.

D'où *Volume grenier* = $8 \times \frac{9}{3} = 24$ m³.

– *Volume chambres* = 243 – 24 = 219 m³

Donc *Volume à chauffer de la maison* = 324 + 219 = 543 m³.

FICHE 33

1 L'algorithme prend une valeur entrée par l'utilisateur, puis calcule et affiche le résultat de $(x - 10)^2$.

FICHE 34

1

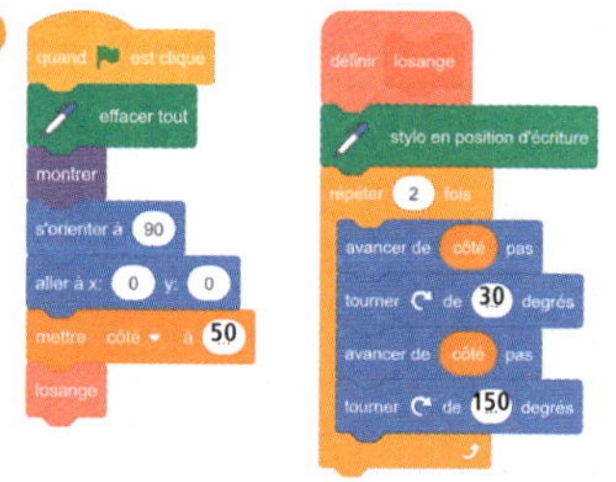

CORRIGÉS SVT

FICHE 1

1 1. Lorsque l'on compare les données du tableau, l'aléa sismique est quasiment identique pour les deux villes (magnitude et profondeur du foyer). Néanmoins, les dégâts matériels et humains sont beaucoup plus importants en Chine qu'en Californie, ce qui augmente le risque. La ville qui présente le risque sismique le plus grand est donc Longtoushan en Chine.

2. On peut émettre l'hypothèse que la différence se joue au niveau des mesures de prévention et d'atténuation prises dans chacune de ces deux villes. En effet, les dégâts sont moins importants en Californie, la région est donc sans doute mieux équipée pour faire face aux séismes (bâtiments parasismiques, éducation, préparation des populations…). De plus, les intérêts économiques sont peut-être plus « importants » dans cette région.

2 On observe sur la carte que les roches volcaniques qui composent l'île sont d'autant plus âgées qu'elles sont éloignées de la zone volcanique active. De plus, les roches sont disposées symétriquement selon des bandes parallèles de part et d'autre de cette zone. On en déduit que les roches volcaniques nouvellement formées sont repoussées de part et d'autre. Pour finir, on nous indique que la présence de failles dans cette zone active démontre un mouvement d'écartement. L'Islande est donc bien une partie émergée de la dorsale Atlantique. L'île se trouve ainsi à cheval sur deux plaques distinctes (Américaine, Eurasienne).

FICHE 2

1 1. Lors d'une brise de terre, le vent va de la terre vers la mer, donc le kitesurfeur risque d'être emporté vers le large. Tandis que s'il pratique lors d'une brise de mer, le vent va de la mer vers la terre et il risque donc de se faire projeter vers les rochers.

2. Lors d'une brise de mer, on observe que la température du sol est supérieure à celle de la mer (20 °C). On en déduit qu'il faut une durée d'ensoleillement plus longue pour réchauffer le sol, ce qui correspond à l'après-midi. Tandis que lors d'une brise de terre, la température du sol est inférieure à celle de la mer (20 °C). On en déduit que la durée d'ensoleillement est plus courte, ce qui correspond au matin.

2 Le graphique nous indique que l'accélération globale du réchauffement climatique mondial de ces trente dernières années a pour conséquence une augmentation de la fréquence (× 3,33) des catastrophes naturelles d'origine climatique qui passent de 300 en 1980 à plus de 1 000 en 2015.

FICHE 3

1 Le chalutage en eaux profondes est responsable de la destruction d'écosystèmes marins en anéantissant tout sur son passage (coraux, plantes, etc.), ainsi que de la disparition de certaines espèces, comme l'Empereur, car elles sont pêchées avant leur maturité sexuelle et n'ont pas le temps de se reproduire. En interdisant le chalutage en eaux profondes, on maintient donc la biodiversité marine et on exploite de manière raisonnée les ressources halieutiques.

2 On observe dans le document que les ressources utilisées dans la fabrication d'un smartphone présentent un impact néfaste pour l'environnement.
– Épuisement de certaines ressources non renouvelables, comme l'indium pour la fabrication des écrans.
– Impact sur les nappes phréatiques lors de l'exploitation du lithium pour la fabrication des batteries, ce qui implique une extinction d'espèces protégées et donc une baisse de la biodiversité.
– Utilisation d'un volume d'eau considérable (12 760 L) pour la fabrication d'un smartphone, ce qui implique l'augmentation de la pénurie en eau sur la planète.
On en déduit que le smartphone le plus écologique est celui que l'on ne produit pas. Être éco-responsable, c'est donc réfléchir aux actions permettant de minimiser l'impact de son smartphone sur l'environnement.

FICHE 4

1 On observe dans le document 1 que la sève élaborée est composée de 80 % d'eau. De plus, dans le document 2, on nous indique que l'amidon est une molécule organique de grande taille dont l'une des propriétés est qu'elle est insoluble dans l'eau.
On en déduit que l'amidon et l'eau ne sont pas compatibles. L'amidon ne peut donc pas circuler dans la sève élaborée.

2 On observe dans le tableau que la masse des plants séchés de sapin mycorhizé est presque dix fois plus importante (840 mg) que celle de sapin non mycorhizé (90 mg). De plus, on observe que la masse des plants séchés est presque deux fois plus importante pour les sapins mycorhizés que pour les sapins non mycorhizés auxquels on a fourni un maximum d'engrais.
On en déduit que les mycorhizes sont plus intéressantes pour la croissance des plantes que les engrais. On en conclut que les pépiniéristes utilisent ce bénéfice afin d'augmenter la croissance de leurs plants, et donc d'augmenter le prix de vente tout en limitant l'apport en engrais afin de faire baisser les frais.

FICHE 5

1 Dans cette illustration, le poisson présent dans l'eau de son aquarium rejette des bulles ; cela voudrait donc dire qu'il rejette de l'air. Or, on sait que les poissons présentent des branchies, ce sont des organes respiratoires très richement irrigués qui permettent d'extraire l'oxygène dissous dans l'eau et de le faire passer dans la circulation sanguine pour le distribuer aux organes.

2 Au début de l'expérience, l'animal réalise des échanges respiratoires. Il inspire du dioxygène (O_2) et expire du dioxyde de carbone (CO_2). La quantité de CO_2 étant infime, l'eau de chaux ne se trouble pas. Au bout de 55 minutes, l'animal a consommé l'intégralité du dioxygène présent sous la cloche. Il ne reste plus que du dioxyde de carbone qui vient alors troubler l'eau de chaux. L'animal meurt, car il ne peut plus approvisionner ses cellules en dioxygène.

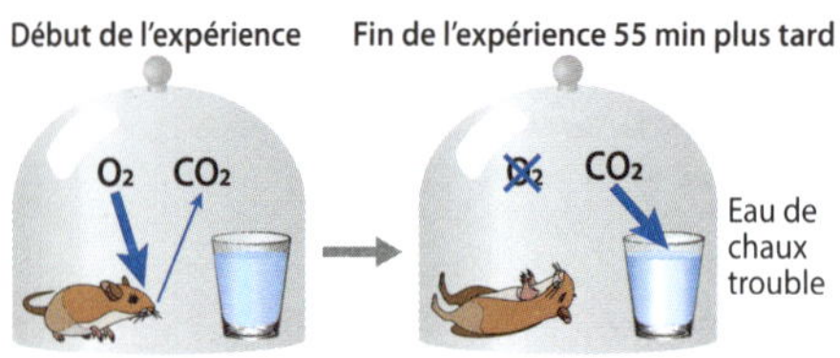

FICHE 6

1 **1.** La fougère possède les caractères suivants : de la chlorophylle, une tige, des feuilles nervurées, ainsi que des grandes feuilles présentant des sporanges.

2. Le caractère possédé à la fois par la laitue de mer (algue) et le coquelicot est la chlorophylle.

3. Le plus proche parent du coquelicot est le sapin, car ce sont ces deux espèces qui ont le plus de caractères en commun (chlorophylle, tige, feuilles nervurées et présence d'une graine).

2

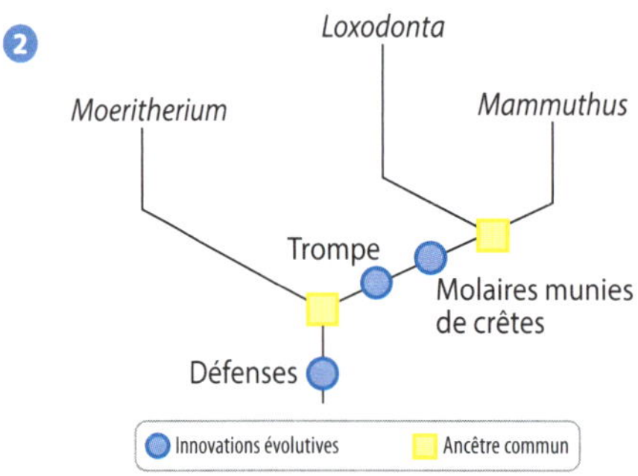

Arbre phylogénétique des Proboscidiens

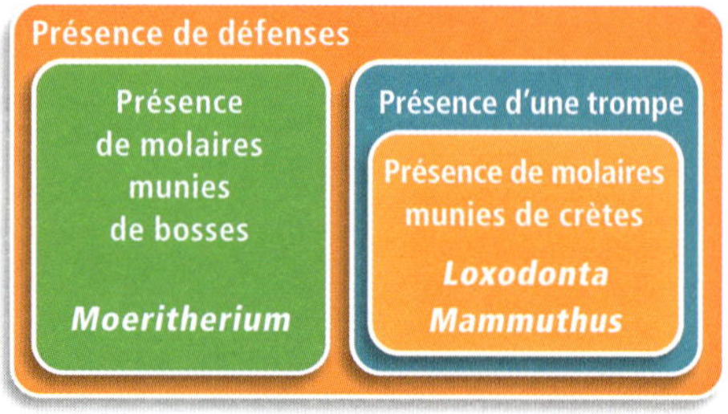

Classification en groupes emboîtés des Proboscidiens

L'arbre phylogénétique des Proboscidiens nous montre que le *Loxodonta* partage avec le *Mammuthus* plus de caractères en commun (présence de défenses, d'une trompe et de molaires munies de crêtes) qu'avec le *Moeritherium* (présence de défenses). On peut en déduire que le *Loxodonta* et le *Mammuthus* ont un lien de parenté plus proche. De plus, on remarque qu'ils partagent un ancêtre commun récent. On en déduit qu'ils descendent de cet ancêtre en ayant développé ces innovations évolutives. Ce serait donc une erreur de dire que le *Loxodonta* descend du *Mammuthus*.

FICHE 7

1 Ce document nous montre trois niveaux de la biodiversité. Le premier niveau est celui de la diversité des écosystèmes. En effet, on observe la présence de l'écosystème « mare », présentant une zone d'eau profonde, qui se différencie de l'écosystème « autour de la mare » qui, lui, présente une zone peu profonde. Cela implique des conditions de vie différentes, et donc un peuplement différent, d'un écosystème à l'autre. Le deuxième niveau est celui de la diversité des espèces. En effet, dans chacun des deux écosystèmes présentés, on observe la présence d'espèces différentes : élodée, carpe, nénuphar, salicaire et plantain d'eau qui vivent plutôt dans la zone profonde ; puis libellule, moustique et roseau massette qui sont plutôt dans la zone peu profonde. La diversité des espèces s'explique par le fait que chaque espèce présente une combinaison de gènes qui lui confère des avantages dans son environnement, et qui sont transmis aux autres générations. Enfin, le dernier niveau est celui de la diversité des individus, il s'observe chez les canetons. En effet, ces trois individus appartiennent à la même espèce, mais ne présentent pas exactement le même phénotype (couleur du plumage, forme du bec…), car ils ont leur propre composition allélique.

2 L'utilisation de pesticides pour lutter contre les ravageurs dans les cultures est une pratique utilisée en France, mais elle perturbe largement les écosystèmes et participe ainsi à la diminution de la biodiversité.

Nous allons montrer que la lutte biologique, notamment l'utilisation des trichogrammes dans les cultures de maïs, est moins néfaste pour l'environnement.
D'après le document 1, l'utilisation des pesticides chimiques dans les cultures est une source de pollution pour les cours d'eau voisins, tandis que les trichogrammes sont introduits à la main dans les cultures à l'aide de petits diffuseurs biodégradables.
De plus, on nous indique que le traitement se réalise assez rapidement et que cette pratique est aussi efficace que les pesticides.
Enfin, l'utilisation de la lutte biologique dans la pratique agricole conduit à la conservation des écosystèmes, et donc à la sauvegarde de la biodiversité.

FICHE 8

1 1. Pour visualiser ces chromosomes, on prélève des cellules (globules blancs par exemple). Puis, on fait éclater le noyau d'une cellule et on disperse les chromosomes. Ces derniers sont ensuite classés par paires et par ordre de taille décroissante, puis ils sont photographiés.

2. Dans le premier caryotype, on comptabilise 23 paires, dont une paire sexuelle. Tandis que dans le second, on comptabilise 24 paires, dont une paire sexuelle. Or, on sait que l'espèce humaine se caractérise par un caryotype comprenant 46 chromosomes (soit 23 paires). On en conclut que le premier caryotype est celui de l'humain et le second celui du chimpanzé.

3. On observe, dans le premier caryotype, la présence de deux chromosomes X, ainsi que trois chromosomes au lieu de deux sur la paire n° 21. On en déduit donc qu'il s'agit d'une femme de l'espèce humaine portant une trisomie 21. On observe dans le second caryotype la présence d'un chromosome X et d'un chromosome Y. De plus, tous les chromosomes sont bien classés par paires. On en déduit donc qu'il s'agit d'un mâle chimpanzé qui ne présente aucune anomalie chromosomique.

2 Sophie et Noah n'ont pas la mucoviscidose, mais ils ont un fils atteint. Or, pour que l'allèle défectueux s'exprime, il doit être présent sur les deux exemplaires du gène. On en déduit donc que Clément a reçu un allèle défectueux de son père et un autre de sa mère. On en conclut que Sophie et Noah sont des porteurs sains de la maladie tous les deux.

Voici le tableau de croisement des gamètes de ce couple :

		Cellule à l'origine des gamètes chez Sophie (m/M)			
Cellule à l'origine des gamètes chez Noah (M/m)	Formation des gamètes à la suite de la méiose	(M)	(M)	(m)	(m)
	(M)	(M/M)	(M/M)	(M/m)	(M/m)
	(M)	(M/M)	(M/M)	(M/m)	(M/m)
	(m)	(m/M)	(m/M)	(m/m)	(m/m)
	(m)	(m/M)	(m/M)	(m/m)	(m/m)

À partir de ces résultats, on peut conclure que le couple a 25 % de risque d'avoir de nouveau un enfant atteint.

FICHE 9

1 1.

Muscles	Au repos	Durant le sprint	Durant la marche
Consommation de dioxygène en (L/min)	0,5 L/min	3,5 L/min	1,5 L/min

2. Dans ce tableau, on observe que plus l'activité physique est intense, plus les muscles consomment de dioxygène. Mais on remarque également que les muscles en consomment même au repos (0,5 L/min). On peut donc en conclure que les muscles consomment du dioxygène en permanence.

2 1. A = poumons ; B = cœur ; C = muscles ; D = sang riche en dioxygène ; E = sang appauvri en dioxygène.

1 = capillaires pulmonaires ; 2 = artère aorte ; 3 = capillaires musculaires ; 4 = veine cave.

2. L'augmentation de la fréquence cardiaque entraîne une augmentation du débit du sang riche en dioxygène dans les muscles. Ils sont donc mieux approvisionnés en dioxygène et en nutriments, comme le glucose, pendant l'effort, ce qui leur permet de produire plus d'énergie. De la même manière, l'augmentation de la fréquence cardiaque permet l'augmentation du débit de sang appauvri en dioxygène dans les poumons, permettant une réoxygénation plus rapide du sang, ainsi qu'une élimination du dioxyde de carbone.

3. En utilisant la formule suivante :
FC max = 220 – âge, on a donc 220 – 180 = 40.
Un individu présentant une FC max de 180 battements/min a donc 40 ans.

FICHE 10

1 On remarque que lorsque Jennifer est exposée au virus de la varicelle transmis par Olivia, son taux d'anticorps augmente très fortement en quelques jours, contrairement à Yanis qui ne voit apparaître un taux faible d'anticorps que dix jours après la contamination. De plus, on remarque que Yanis présente un taux d'anticorps équivalent à celui de Jennifer un an plus tard, lorsque son petit frère lui expose de nouveau le virus. On en déduit que Jennifer n'est pas malade, car c'est la deuxième fois que son système immunitaire rencontre le virus. On sait alors que ce sont ses lymphocytes mémoire qui ont été activés, ce qui permet à la réaction spécifique d'être plus rapide et plus efficace pour stopper l'infection lors d'un deuxième contact avec ce même antigène.

2 On observe tout d'abord que certaines bactéries sont plus résistantes que d'autres à l'antibiotique. En effet, au bout du 4e jour du traitement, les bactéries les plus sensibles à l'antibiotique ont disparu, puis, au 5e jour, c'est au tour des bactéries peu résistantes. Les bactéries les plus résistantes survivent plus longtemps ; on en déduit qu'elles nécessitent une prise plus longue d'antibiotique. Or, on observe que lorsque le patient arrête le traitement plus tôt, les bactéries les plus résistantes ne sont pas complètement éliminées et recommencent à se multiplier. L'infection n'est donc pas stoppée et on favorise la capacité de développer une résistance complète à l'antibiotique.

FICHE 11

1 Des lésions de la moelle épinière empêchent l'information de circuler correctement entre le cerveau et les différentes parties du corps. Une personne tétraplégique capte les stimuli extérieurs grâce à ses récepteurs sensoriels et un message nerveux est alors transmis au cerveau grâce aux nerfs sensitifs. Le cerveau élabore une réponse motrice qu'il envoie à la moelle épinière afin de mettre en mouvement le groupe musculaire concerné. Or, la transmission ne peut se faire jusqu'aux nerfs moteurs. De plus, on observe dans le document que la hauteur de la lésion influe sur l'étendue de la paralysie. Dans le cas des personnes tétraplégiques, la lésion se situe au niveau des cervicales, donc aucun membre ne peut réaliser la commande motrice.

2 **1.** A = noyau ; B = axone ; C = dendrites ; D = synapse. On observe dans un neurone la présence d'un noyau, d'une membrane et de cytoplasme : ce sont donc les caractéristiques d'une cellule.

2. L'information débute au niveau du neurone 2 lors de la stimulation, un message électrique est généré. À l'extrémité de ce neurone, des neurotransmetteurs vont être libérés, permettant ainsi à l'information de passer vers le neurone 3 au travers de la synapse. Un message électrique est ensuite enregistré dans le corps cellulaire du neurone 3.

3. En comparant les deux enregistrements, on observe que le message nerveux survient 2 ms plus tard lorsque le modèle est alcoolisé. On en déduit que l'alcool diminue la vitesse de transmission des messages nerveux entre les neurones et que cet effet peut modifier la réactivité de la commande motrice qui en résulte, et donc le comportement de l'organisme.

FICHE 12

Afin de comparer la digestion des algues des makis chez les Européens et les Asiatiques, on réalise une digestion in vitro. On observe que chez les Européens, algues + microbiote = le tube reste bleu : il n'y a pas de formation de sucre simple. Chez les Asiatiques, algues + microbiote = le tube devient rouge : il y a présence de sucre simple. Or, on sait que la liqueur de Fehling est bleue en présence de sucre complexe et rouge brique en présence de sucre simple, donc cela signifie que seul le microbiote asiatique peut digérer les algues.
On observe que l'amylase et la cellulase sont produites par le microbiote européen et asiatique, et la porphyranase est uniquement produite par le microbiote asiatique. Cela signifie donc que les Asiatiques produisent une enzyme que ne fabriquent pas les Européens. On peut en conclure que le microbiote asiatique peut digérer le porphyrane de l'algue grâce à la porphyranase, contrairement aux Européens qui ne fabriquent pas cette enzyme.

FICHE 13

1 a : trompe utérine ; b : fécondation ; c : ovule ; d : ovaire (ovulation) ; e : cavité utérine ; f : paroi interne de l'utérus (muqueuse) ; g : col de l'utérus ; h : dépôt des spermatozoïdes ; i : cavité du vagin.

2

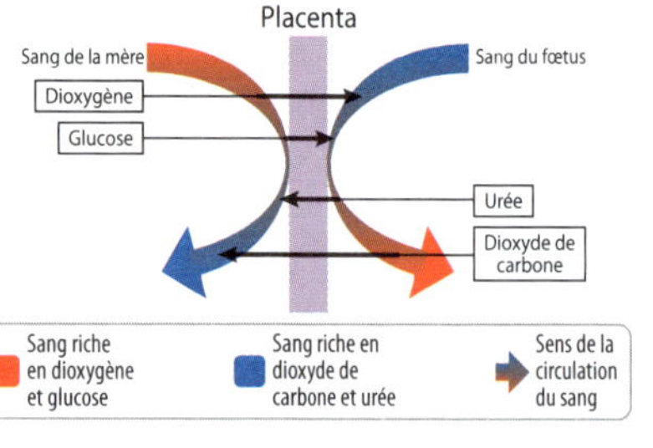

CORRIGÉS PHYSIQUE-CHIMIE

FICHE 1

1. La masse de la couronne est égale à celle du bloc d'or utilisé pour la confectionner, soit 3 150 g.
Le volume de la couronne est mesuré par déplacement d'eau avec l'éprouvette graduée :
$V_{final} - V_{initial} = 2\,050 - 1\,850 = 200$ cm^3.

2. La masse volumique est donnée par la formule $\rho = \frac{m}{V}$ avec m la masse en g, V le volume en cm^3 et ρ la masse volumique en g/cm^3.

3. $\rho = \frac{m}{V} = \frac{3\,150}{200} = 15{,}75$ g/cm^3. La masse volumique de cette couronne est de 15,75 g/cm^3.

4. Si la couronne avait été réalisée avec tout le bloc d'or, sa masse volumique aurait été celle de l'or, soit 19,3 g/cm^3 d'après le document 3. Or, on constate que la masse volumique de la couronne est inférieure à 19,3 g/cm^3 (15,75 < 19,3). On peut donc en conclure que la couronne contient bien de l'or, mais aussi un autre métal moins noble, tel que le plomb ou l'argent, et que l'orfèvre a bien gardé une partie de l'or pour lui.

FICHE 2

❶ 1. Le méthane CH_4 est composé de 1 atome de carbone et de 4 atomes d'hydrogène.

2. Le monoxyde de carbone CO est composé de 1 atome de carbone et de 1 atome d'oxygène.

3. Le butane C_4H_{10} est composé de 4 atomes de carbone et de 10 atomes d'hydrogène.

4. Le dioxyde d'azote NO_2 est composé de 1 atome d'azote et de 2 atomes d'oxygène.

❷ 1. L'ozone a pour formule O_3.

2. Le dichlore a pour formule Cl_2.

3. Le monoxyde d'azote a pour formule NO.

4. L'acide nitrique a pour formule HNO_3.

FICHE 3

1. Les réactifs de cette réaction sont l'éthylène (C_2H_4) et le dioxygène (O_2). Les produits de cette réaction sont le dioxyde de carbone (CO_2) et l'eau (H_2O).

2. On a formé 15 g d'eau et 7 g de dioxyde de carbone, soit au total 22 g de produits. Ce qui signifie que l'on a fait réagir 22 g de réactifs dont 12 g d'éthylène : 22 – 12 = 10 g. On a utilisé 10 g de dioxygène pur pour réaliser cette transformation chimique.

3. Éthylène + dioxygène → dioxyde de carbone + eau

4. $C_2H_4 + \mathbf{3}\ O_2 \rightarrow \mathbf{2}\ CO_2 + \mathbf{2}\ H_2O$

FICHE 4

1. Lorsque l'on dilue une solution acide avec de l'eau, elle devient moins acide, son pH augmente et se rapproche de 7 : bécher 1 → pH = 3,5 ; bécher 2 → pH = 4,9 ; bécher 3 → pH = 6,7.

2. Ces trois solutions sont acides, car elles ont un pH inférieur à 7.

FICHE 5

1. La molécule d'acide acétylsalicylique est composée de 9 atomes de carbone, de 8 atomes d'hydrogène et de 4 atomes d'oxygène.

2. L'oxygène a 8 protons, donc 8 électrons, et 16 – 8 = 8 neutrons.

3. L'ion oxyde est chargé négativement : il s'agit donc d'un anion.

4. L'ion oxyde a gagné deux électrons. Il est donc composé de 8 protons, de 8 neutrons et de 8 + 2 = 10 électrons.

FICHE 6

1. Les pilotes sont en mouvement dans le référentiel du public, des gradins, des spectateurs et de tout élément fixe sur le circuit (arbre, panneau d'affichage, stand…).

2. Le mouvement est rectiligne entre les points A et B. Le mouvement est circulaire entre les points D et E.

3. Le meilleur tour est de 1 minute et 12 secondes, soit 72 secondes. La distance parcourue est de 4 960 mètres. La vitesse moyenne sur ce tour est donc :

$v = \frac{d}{t} = \frac{4\,960}{72} \simeq 68{,}89$ m/s ;
$v = 68{,}89 \times 3{,}6 \simeq 248$ km/h.

FICHE 7

1. Poids de l'astronaute sur Terre :
$P_{Terre} = m \times g_{Terre} = 120 \times 9{,}81$
$P_{Terre} = 1\,177{,}2$ N
Poids de l'astronaute sur la Lune :
$P_{Lune} = m \times g_{Lune} = 120 \times 1{,}62$
$P_{Lune} = 194{,}4$ N

2. $F_{Terre/Lune} = G = \frac{m_T \times m_L}{d^2} =$

$$6{,}67 \times 10^{-11} \times \frac{5{,}97 \times 10^{24} \times 7{,}36 \times 10^{22}}{384\,400\,000^2} \simeq$$

$1{,}98 \times 10^{20}$ N

FICHE 8

1. Dans une centrale éolienne, la source d'énergie utilisée est le vent. Il s'agit d'une source d'énergie renouvelable, car ses stocks ne s'épuisent pas.

2.

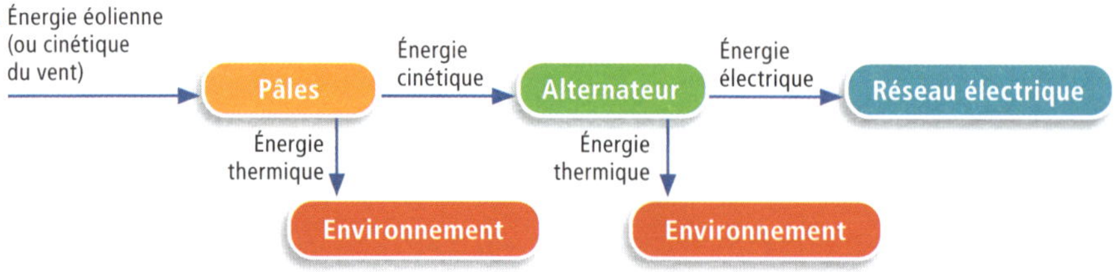

3. Conversion de la vitesse en m/s : $\frac{10,8}{3,6} = 3$ m/s

Calcul de l'énergie cinétique :

$E_c = \frac{1}{2} \times m \times v^2 = \frac{1}{2} \times 1,5 \times (3^2) = 6,75$ J

4. Les centrales éoliennes, aussi bien en France que dans le monde, ne peuvent pas être implantées partout. Leur implantation est soumise à de nombreuses conditions et nécessite une très grande surface. Qui plus est, une éolienne ne fonctionne pas en continu : en effet, elle ne se met en fonctionnement qu'à partir d'une certaine vitesse du vent et s'arrête si la vitesse est trop importante. L'utilisation de centrales éoliennes permet de diminuer l'émission de gaz à effet de serre et de produire une énergie plus propre, grâce à l'utilisation d'une source d'énergie renouvelable, mais ne peut suffire à répondre à la consommation énergétique des Français, en constante augmentation.

FICHE 9

1. L'intensité totale du courant est de 40 mA. Dans un circuit en dérivation, l'intensité est partagée dans les différentes branches dérivées :

$I_1 = I_2 = \frac{40}{2} = 20$ mA

L'intensité est de 20 mA dans chaque branche du circuit.

2. Dans un circuit en dérivation, la tension est la même partout. Dans chaque branche du circuit, la tension est donc identique à U, soit 15 V.

3. a. Les LED D_2, D_3 et D_4 s'arrêtent de fonctionner car elles sont branchées en série avec la LED D_1. Or, dans un circuit en série, si un dipôle cesse de fonctionner, les autres dipôles s'arrêtent également.

b. Les autres LED continuent de fonctionner normalement car elles sont branchées en dérivation avec la LED D_1. Or, dans un circuit en dérivation, les dipôles sont indépendants les uns des autres.

FICHE 10

1. D'après sa fiche signalétique, la puissance de cette cafetière est de 850 W.

2. $I = \frac{P}{U} = \frac{850}{240} \simeq 3,54$ A

3. L'utilisation de la cafetière est de 3 heures par mois, soit $3 \times 3\,600 = 10\,800$ s.

$E = P \times t = 850 \times 10\,800 = 9\,180\,000$ J.

4. Conversion en kWh :

$E = \frac{9\,180\,000}{3\,600\,000} = 2,55$ kWh.

5. Prix de la consommation électrique pour la cafetière :

Prix = $2,55 \times 0,1\,546 = 0,39\,423$ €

Louka paiera environ 39 centimes d'euros par mois pour cette cafetière.

FICHE 11

1. Caractéristique de la résistance :

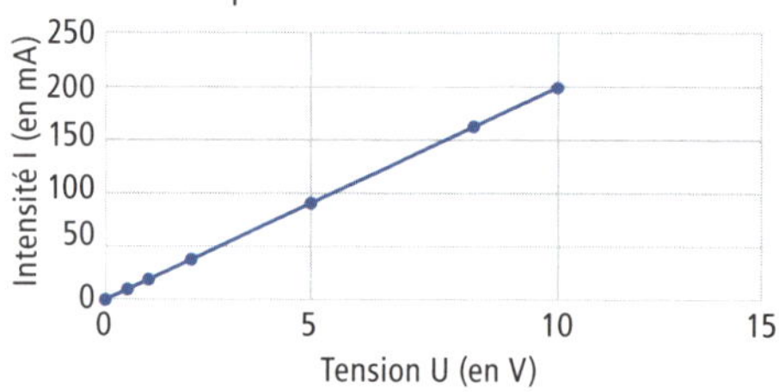

Attention, ce graphique n'est pas à l'échelle.

2. On obtient une droite qui passe par l'origine : l'intensité et la tension sont proportionnelles.

3. La loi d'Ohm s'énonce ainsi : $U = R \times I$ avec U la tension en V, R la résistance en Ω et I l'intensité en A.

4. $R = \frac{U}{I} = \frac{10}{0,2} = 50\ \Omega$

La résistance utilisée est de 50 Ω.

5. a. $U = R \times I = 200 \times 0,1 = 20$ V

La tension vaudra 20 V.

b. $I = \frac{U}{R} = \frac{3}{1\,000} = 0{,}003 \text{ A} = 3 \text{ mA}$
L'intensité vaudra 3 mA.

FICHE 12

1. Une année-lumière est une unité de distance. On peut la calculer en utilisant la formule d = v × t.
v est la vitesse de la lumière dans le vide, soit 3×10^5 km/s.
t est le temps en secondes d'une année : 1 an = 365 jours × 24 heures × 3 600 s = 31 500 000 s.
$d = v \times t = 3 \times 10^5 \times 31\,500\,000 = 9{,}4608 \times 10^{12}$ km.
Une année-lumière correspond bien à une distance d'environ $9{,}5 \times 10^{12}$ km.

2. Si Proxima b se trouve à 4,2 années-lumière de nous, cela signifie qu'elle se trouve donc à :
$d = 4{,}2 \times 9{,}5 \times 10^{12} = 3{,}99 \times 10^{13}$ km.
Proxima b se trouve à environ $3{,}99 \times 10^{13}$ km de nous.

FICHE 13

1. Les dauphins émettent des signaux sonores.

2. Le clic du dauphin est émis à des fréquences comprises entre 100 kHz et 150 kHz (soit 100 000 Hz et 150 000 Hz). Ce signal est donc un ultrason et n'est pas audible par les humains qui ne peuvent percevoir que des signaux de fréquence compris entre 20 Hz et 20 kHz.

3. La vitesse de propagation du son dans l'eau est d'environ 1 480 m/s (document 2).
Le temps mis entre l'émission et la réception du signal est de 50 ms, soit 0,05 s.
Calcul de la distance :

$d = \frac{v \times t}{2}$ $\quad d = \frac{1\,480 \times 0{,}05}{2} = 37$ m.

Le poisson se trouve à une distance de 37 m du dauphin.

CORRIGÉS TECHNOLOGIE

FICHE 1

1. Une brosse à dents rend service aux personnes en agissant sur les dents pour les nettoyer.
Un GPS rend service aux conducteurs en agissant sur l'orientation dans le but de ne pas se perdre.

2. L'enceinte Bluetooth permet d'écouter de la musique sans connexion filaire.

3. Respecter les normes de sécurité, tenir facilement dans la main, être autonome en énergie, avoir un prix abordable, être étanche à l'humidité, ne pas blesser la bouche, être esthétique.

4. Premier critère : léger. Pour ce critère, le niveau est le poids. Deuxième critère : petit. Pour ce critère, le niveau est la dimension.

FICHE 2

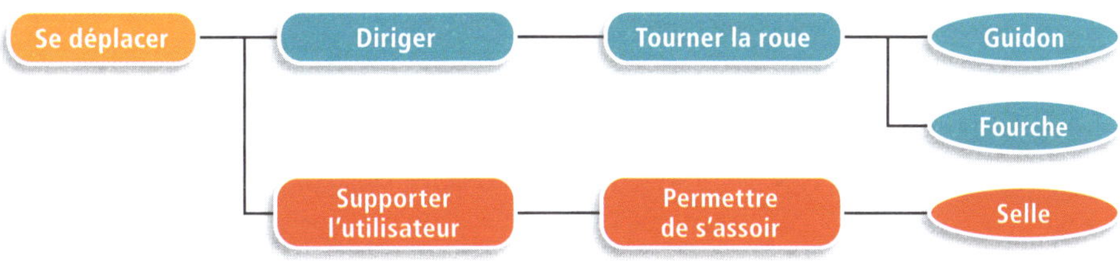

FICHE 3

1. Le produit est fabriqué en 11 jours.

2. Il faut 4 jours pour réaliser la tâche 3.

3. La tâche 1 sera terminée le jour 7.

4. Si la tâche 3 pouvait commencer un jour avant, la fabrication serait terminée le jour 11.

5. Si la tâche 1 pouvait être réalisée en 4 jours, le produit pourrait être terminé le jour 10.

6.

ÉTAPES	SEMAINE 1						
Jours	1	2	3	4	5	6	7
Tâche 1 : Découpes							
Tâche 2 : Mesures							
Tâche 3 : Perçages							
Tâche 4 : Pliages							

7. La fabrication du produit dure 7 jours.

FICHE 4

1. Feu de paille : gadget.
Cycle long : téléphone portable, gomme.
Apprentissage long : trottinette électrique.

2.

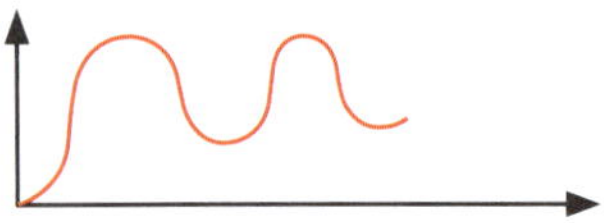

3. Pour une bouteille plastique, la matière première est le pétrole, et le composant, le plastique.

FICHE 5

1. Par exemple, découvertes : l'électricité, le pétrole. Inventions : l'automobile, le four. Innovations : la télévision écran plat, la lampe LED.

2. Le ski est plus performant grâce à l'évolution des matériaux qui sont devenus plus légers et plus résistants.

3. Nous pouvons citer, comme innovations, les aspirateurs sans sac, sans fils et autonome.

4. Nous pouvons citer le téléphone, les objets connectés, les radios, la télévision, le GPS, les objets télécommandés, etc.

5. Par exemple :
Famille 1 : les enceintes. Les lignées : filaires et Bluetooth.
Famille 2 : la chaîne Hifi. Les lignées : analogiques (disque vinyle) et numériques (CD, clés USB…).
Famille 3 : les casques. Les lignées : filaires et Bluetooth.

6.

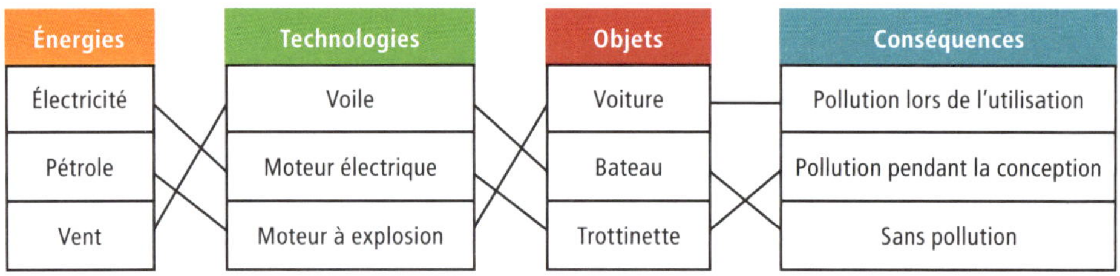

FICHE 6

1. Dans la chaîne d'énergie d'une enceinte Bluetooth, le composant associé au bloc « alimenter » est la batterie, et le composant associé au bloc « transformer » est le haut-parleur.

2. Le composant « réservoir » correspond au bloc « stocker », et le composant « moteur » au bloc « transformer ».

FICHE 7

1. Les consignes utilisateurs de la chaîne d'information d'un ascenseur sont : appel cabine/choix de l'étage/arrêt d'urgence/ouverture portes/fermeture portes.

2. Capteur de température : bloc « acquérir » ; Wifi : bloc « communiquer » ; interrupteur : bloc « acquérir » ; ordinateur : bloc « traiter » ; détecteur de présence : bloc « acquérir » ; afficheur étage : bloc « communiquer ».

3. Les ordres transmis par la chaîne d'information à la chaîne d'énergie sont : « avancer », « reculer », « tourner à droite », « tourner à gauche », « freiner ».

4. L'information fournie par les capteurs à la chaîne d'information d'un robinet automatique est la « présence des mains ».

FICHE 8

1. Les deux types de connexion qui permettent de connecter un ordinateur au réseau sont filaire et sans fils.

2. Le composant qui permet de relier une salle du collège au reste du réseau est le commutateur.

3. Dans le cas d'une connexion filaire, les technologies qui peuvent être utilisées sont le cuivre ou les fibres optiques.

4. Ce sont les protocoles.

5. Wifi ou Bluetooth.

6. L'information qui permet d'identifier chaque ordinateur sur le réseau est l'adresse IP.

7. On obtient l'adresse IP d'un ordinateur par la commande « ipconfig ».

CORRIGÉS ANGLAIS

FICHE 1

1 **1.** I ride my bike at the park every day. – **2.** She doesn't have a dog but she has a cat. – **3.** My sister speaks French very well. – **4.** The teacher gives the class some homework. – **5.** They love playing soccer.

2 **1.** I don't like to speak to Tom. – **2.** He doesn't drive his car to work every Monday. – **3.** We don't enjoy going to the cinema on weekdays. – **4.** You don't play the violin very well. – **5.** They don't join the group after school.

3 **1.** Do you go to the pool after class? – **2.** Does she like Paul? – **3.** Does he play rugby with his friends? – **4.** Does the cat eat all his food? – **5.** Does school start at eight o'clock?

FICHE 2

1 **1.** My sister is playing with her friend. – **2.** This man is walking his dog. – **3.** I am going grocery shopping in an hour. – **4.** Why are you crying? – **5.** Tomorrow evening, I'm watching the match on television.

2 **1.** Kate is cooking a turkey for dinner tonight. – **2.** The boys are watching TV at the moment. – **3.** The children are eating candy. – **4.** Mary isn't sleeping. – **5.** The dog isn't barking.

3 **1.** My sister is not eating lunch. – **2.** I am going to school right now. – **3.** Are you being serious at the moment? – **4.** When are you arriving at the train station? – **5.** The children are playing and enjoying the summer weather.

FICHE 3

1 **1.** washed up – **2.** rained – **3.** told – **4.** ate – **5.** made.

2 **1.** What pets did you have? – **2.** What did your sister do all day? – **3.** What did you do on Saturday? – **4.** Why couldn't you go out? – **5.** How was your holiday?

3 **1.** Clare didn't play tennis this weekend. – **2.** Dan didn't wash his car on Saturday. – **3.** Did Kate finish her homework? – **4.** Did Marta wait for the bus? – **5.** Dorothy didn't invite me to her birthday party.

FICHE 4

1 **1.** I arrived at school when the bell was ringing. – **2.** My cat was eating when I caught him. – **3.** The robbers were running when the policemen arrested them. – **4.** They were swimming when John fell in the water. – **5.** We were talking when the dog bit Jane.

2 **1.** I was studying Science for my test. – **2.** He wasn't doing his homework. – **3.** They weren't playing rugby because they think is boring. – **4.** Were they listening to music when you opened the door? – **5.** She was going to the cinema, but her friends didn't come.

3 It was a rainy day of November. We came from school at 2 o'clock. We weren't very hungry but we were too cold. While we were walking with my umbrella, we found a coin. It wasn't a normal coin, it was a strange coin. What should we do? Maybe, we had to put the coin where we found it. We did this. But we were walking on the street when a tall man asked us for the coin. So, we told him that the coin was at the beginning of the street.

FICHE 5

1 **1.** The train has stopped. – **2.** She hasn't packed her cases yet. – **3.** She has taken some photos. – **4.** Sally hasn't arrived yet. – **5.** I've never spoken to your mother.

2 **1.** She has gone to the supermarket. – **2.** So far this month I have seen three films. – **3.** I haven't had my lunch yet. – **4.** I haven't seen Helen yet today. – **5.** Our football team has won all its matches so far this year.

3 **1.** Have you chosen a new phone? – **2.** I have booked my flight to London. – **3.** He has recorded a new song. – **4.** Have you already been to Paris? – **5.** I have never driven a car.

FICHE 6

1 **1.** Somebody has broken that window. – **2.** Have you been working hard? – **3.** Have you ever worked in a factory? – **4.** No, it has stopped. – **5.** I've been reading the book you lent me but I have not finished it yet.

2 **1.** How long have you been learning Arabic? – **2.** How long has she been waiting for you? – **3.** Have you caught any fish? – **4.** How many people have you invited to your party? – **5.** How long has she been teaching?

3 **1.** known – **2.** been seeing – **3.** forgotten – **4.** been crying – **5.** been living.

FICHE 7

1 **1.** She soon realized that she had spent all her money. – **2.** He was tired because he hadn't eaten anything since the morning. – **3.** When all the guests had left I started tidying. – **4.** As soon as Jack had eaten his ice-cream, he went to buy another one. – **5.** The police never found out where the thief had hidden all the money.

2 **1.** The fire had already reached the roof by the time the firemen arrived. – **2.** John went to prison because he had stolen a lot of money. – **3.** Helen went to bed after she had watched her favourite TV program. – **4.** My father bought the new car after he had tried it a few times. – **5.** By the time Sonia got to the party, everyone had begun dancing.

3 **1.** When Pierre arrived at the airport the plane had left. – **2.** When I switched on the TV the program had started. – **3.** The thief ran away when he had stolen all the money from the cash register. – **4.** When Peter invited me to the party I had accepted to go with someone else. – **5.** When I got to the concert hall, the show had begun.

FICHE 8

1 **1.** Laura needed a break because she had been studying for three hours. – **2.** James had been learning English for three years before he moved to London. – **3.** I didn't go out last night because I had been working all day. – **4.** Carla felt ready for the marathon because she had been training all year. – **5.** We had been going out with each other for two years before I met his family.

2 **1.** *Past perfect* simple – **2.** *Past perfect simple* – **3.** *Past perfect be + -ing* – **4.** *Past perfect be + -ing* – **5.** *Past perfect be + -ing*.

3 **1.** Yes, I had visited the US with my parents in 2003. – **2.** Yes, I had been studying Spanish for two years. – **3.** I had visited London several times before. – **4.** They had been eating for over an hour before Carol arrived. – **5.** Brian had been studying English for six years.

FICHE 9

1. c. – **2.** c. – **3.** b.

FICHE 10

1 **1.** Coffee is grown in Brazil. – **2.** Patients are examined on the second floor. – **3.** The animals are fed twice a day. – **4.** The child was found in the park. – **5.** The glasses were broken with a stone.

2 **1.** Money isn't spent on magazines. – **2.** Lunch isn't made on Sundays. – **3.** Tomatoes weren't grown in his garden. – **4.** The planes weren't flown in the morning. – **5.** The song wasn't sung after the ceremony.

3 **1.** Who was the car driven by? – **2.** Where was the plane flown over? – **3.** Was the vase broken by the cat? – **4.** Was *Material Girl* sung by Madonna?

FICHE 11

1 **1.** She said Angela liked fashion magazines. – **2.** She said Charles was a wonderful person. – **3.** He said he was having a party the following day. – **4.** Nate said these were his favourite books. – **5.** They said they were having a great time.

2 **1.** Sally said she didn't like horror films. – **2.** Mary said she didn't go to school on foot. – **3.** She said Richard wasn't watching TV. – **4.** They said the fireplace wasn't working correctly. – **5.** Martha said he didn't take a bath every day.

3 **1.** She asked if Angela liked fashion magazines. – **2.** He asked where his suitcase was. – **3.** Ron asked if he/she enjoyed watching TV. – **4.** They asked why he/she wanted to work there. – **5.** You asked how she/he came to school.

FICHE 12

1. sensitive – **2.** loyal – **3.** selfish – **4.** strict – **5.** kind – **6.** clumsy – **7.** clever – **8.** shy – **9.** rude.

FICHE 13

1 **1.** He often listens to the radio. – **2.** They sometimes read a book. – **3.** Pete never gets angry. – **4.** Chloe is usually very friendly. – **5.** I sometimes take sugar in my coffee. – **6.** Ramon and Frank are often hungry. – **7.** My grandmother always goes for a walk in the evening. – **8.** Walter usually helps his father in the kitchen. – **9.** They never watch TV in the afternoon. – **10.** Christine never draws.

2 **1.** Ella usually reads the newspaper in the morning. – **2.** He is frequently late for class. – **3.** They are always happy. – **4.** Does she often help her mother? – **5.** Ann is generally in bed by 11.30. – **6.** Molly occasionally visits the museum. – **7.** You rarely study for the exam.

FICHE 14

1 **1.** the/the – **2.** Ø/the – **3.** Ø/a – **4.** Ø/an.

2 **1.** Lions are wild animals. – **2.** Stonehenge is an interesting site. It's also a unique site. – **3.** It will take us an hour to go to the mall. – **4.** Sherlock Holmes is a detective. – **5.** Oxford is a famous university.

3 **1.** the – **2.** ∅. – **3.** ∅.

FICHE 15

1 **1.** The book is more interesting than the film. – **2.** The dog is more affectionate than my cat. – **3.** The bus is bigger than the car. – **4.** This rose smells sweeter than yours. – **5.** He is happier than me.

2 **1.** She is as tall as her mother. – **2.** He is as intelligent as his brother. – **3.** John is as smart as his father. – **4.** A rose smells as good as a tulip. – **5.** This room is as comfortable as my bedroom.

3 **1.** My car is less small than my sister's/not as small as my sister's. – **2.** Today, the weather is less cold than yesterday/not as cold as yesterday. – **3.** I am less hungry than this morning/ not as hungry as this morning. – **4.** We are less lucky than my grandmother/not as lucky as my grandmother.

FICHE 16

1 **1.** This is the best film I have ever seen. – **2.** My sister is the tallest girl in her class. – **3.** My cat is the meanest. – **4.** This lesson is the most difficult. – **5.** China is the most populated country.

2 **1.** The Internet is the **best** source of information. – **2.** My teacher is **the** nicest teacher in my school. – **3.** The train ride was **the longest** I have ever been on. – **4.** This book is the **worst** I have ever read. – **5.** My school is **the furthest** away from home.

FICHE 17

Joseph Mallord William Turner was an English Romantic painter who took special interest in the sea. This painting, titled *Snow Storm: Steam-Boat off a Harbour's* Mouth, was painted in 1842.

As we can see in this painting, the sea is agitated. We are in the middle of a storm. On the left, there is a giant wave ready to destroy the little boat in the middle. Turner uses the technique of watercolour, which gives his painting a blurry effect and accentuates the danger that the sea represents. In the centre of the painting, there is a unique touch of colour, brown and yellow, which could mean that the boat has already begun sinking and that it has caught on fire. However, we can also see a little piece of blue sky right behind the boat, which could symbolize hope for those who are on the boat. They may not be condemned to a certain death. He also uses the technique of the clair-obscure to highlight some elements of his painting while accentuating the darkness of the sea surrounding the boat. The only light in the painting comes from the colour blue behind the boat, and it's only thanks to that parcel of light that we can guess that there is a boat caught in the middle of a storm. Turner was always fascinated by the sea and that is why he chose to paint this sort of paintings.

FICHE 18

1. He is going to sneeze. – **2.** Do you think people will travel to the Moon again? – **3.** Tomorrow we are rehearsing a school play in the gym. – **4.** Tidy your room now or you will stay at home tonight. – **5.** I am going to make a shelf for my technology project. – **6.** It is going to crash if the driver doesn't slow down. – **7.** If I don't know the answer, I will ask my elder sister. – **8.** We are going to have a picnic next weekend. – **9.** I'm sure your parents won't scold you for getting a D on the maths exam. – **10.** Patrick is going to watch a carton film with his little sister. – **11.** Tonight, at 8 o'clock, my parents are going to go to the theatre with their friends. – **12.** She is going to cry. – **13.** Kevin will probably bring his sister to the party.

FICHE 19

1 **1.** You must walk the dog. – **2.** You must do your homework. – **3.** You mustn't cheat at your Maths test. – **4.** You can go to Sophie's party. – **5.** John can ride a bike.

2 **1.** must – **2.** must – **3.** don't have to – **4.** mustn't – **5.** must.

3 **1.** You mustn't talk during the test. – **2.** You don't have to bring food. – **3.** I have to finish this letter before midday. – **4.** You mustn't leave the classroom without permission. – **5.** You don't have to pay for the tickets. They are free.

FICHE 20

1. must – **2.** may – **3.** can't – **4.** must – **5.** should – **6.** mustn't – **7.** may – **8.** may – **9.** will – **10.** must.

FICHE 21

1

Noms dénombrables	Noms indénombrables
egg – tomato – flower – apple – dress – lemon – potato – carrot – cucumber – onion – plum – cup – berry – orange.	milk – fish – fruit – bread – snow – cake – juice – butter – salt – meat – rice – grapes – oil – sugar – coffee – tea – cheese – salad – chocolate – money.

2 **1.** There are three apples on the plate. – **2.** I'd like to taste these cookies. – **3.** Would you like these oranges? – **4.** This cheese is too salty. – **5.** How much water is there in the bottle? – **6.** I usually drink milk in the morning.

3 **1.** These carrots are sweet. – **2.** I don't like tea at all. – **3.** I'd like to cut some pears for this salad. – **4.** There is much water in this jar. – **5.** How many sandwiches have you bought? – **6.** You can take four potatoes from the basket.

FICHE 22

1 **1.** some – **2.** any – **3.** some – **4.** any – **5.** some – **6.** any – **7.** some.

2 **1.** any – **2.** no – **3.** any – **4.** any – **5.** no – **6.** any – **7.** any.

3 **1.** Who has any pencils? – **2.** There is some butter on the table. – **3.** I can't speak any foreign language. – **4.** There are no trees there. – **5.** I can buy you some juice. – **6.** Mike hasn't got any camera. – **7.** I'd like some pizza, please.

FICHE 23

1 **1.** many/a lot of – **2.** many/a lot of – **3.** much – **4.** much/a lot of – **5.** many – **6.** a lot of/much – **7.** much/a lot of – **8.** many/a lot of – **9.** many/a lot of – **10.** a lot of/many – **11.** a lot of – **12.** many/ a lot of.

2 **1.** a few – **2.** a little – **3.** a little – **4.** a few – **5.** a little – **6.** a little – **7.** a few – **8.** a little – **9.** a little – **10.** A few – **11.** a few – **12.** a few.

FICHE 24

1 **1.** That car, which is red, is my brother's. – **2.** I live in the house which is at the corner. – **3.** Stephen, who is sixty-five, is still working. – **4.** Those girls who are playing volleyball are my friends. – **5.** That is the boy whose surname is the same as mine. – **6.** Is this the computer which broke down? – **7.** Is this the café where you met your boyfriend? – **8.** This is the girl who shares the room with us. – **9.** Is this the girl whose father is a doctor? – **10.** I will never forget the day when I saw the Alps.

2 **1.** March was the month when I was born. – **2.** Mar del Plata is the place where I used to go on holidays. – **3.** This is my new shirt which I bought in the new shop. – **4.** Here is the book which I told you about last week. – **5.** This is Mrs Taylor, whose daughter works in my office.

3 **1.** which – **2.** where – **3.** whose – **4.** who – **5.** which.

FICHE 25

1 **1.** He doesn't want me to ride his horse. – **2.** You would like us to work with you. – **3.** I didn't expect him to answer back. – **4.** Did she make them do the exercise again? – **5.** Why do the Jones let their children watch that?

2 **1.** He told me to try to come early. – **2.** I advised him to ask the bus conductor to tell him where to get off. – **3.** **A:** Did you remember to give him the money? **B:** I still have it in my pocket, but I'll see him tonight. – **4.** I saw the plane crash into the hill and burst into flames. – **5.** He is said to be the best surgeon in the country. – **6.** We don't want anybody to know we are here. – **7.** I offered to pay but he refused. – **8.** They are supposed to tidy, but they don't always. – **9.** I warned them not to go near it. – **10.** Try to forget it; it's not worth it.

FICHE 26

1 **1.** After she had decided to stay in Turkey, she got used to eating Turkish food. – **2.** They seem to have plenty of money. – **3.** I remember going to the cinema with my girlfriend when I was a teenager. – **4.** He is ashamed of stealing that money.

2 **1.** Gordon dislikes having to get up early. – **2.** Paul remembers asking Mary to come home. – **3.** Jill can't avoid occasionally speaking Spanish. – **4.** You risk having an accident if you drive that car. – **5.** Jim stopped speaking French when Bob came in.

3 **1.** David is bored of studying. – **2.** Eliott is keen on watching football. – **3.** Ravi is interested in learning English. – **4.** Sheila is responsible for keeping her own room tidy.

FICHE 27

1 1. Lily went to bed late yesterday, then she overslept this morning. – 2. My brother like ballet too. – 3. Supposing Paul arrives in ten minutes we still have a chance to see the show. – 4. Because the weather forecast predicted a lot of rain, we stayed at home instead of going to the beach. – 5. Unlike Jim, I don't like swimming every morning.

2 1. Despite helping Mary, she didn't thank me. – 2. The weather was terrible so we decided to stay at home. – 3. I'll send you a message if I am late for dinner. – 4. Ellie sings very well. Besides, she plays the piano beautifully. – 5. The meal was really salty, so nobody could finish it.

3 1. Mark is learning German in order to apply for a job in Germany. – 2. The football match was cancelled due to one of the goalkeepers being ill. – 3. The guests ate all the food although Carl doesn't cook very well. – 4. Since my car has just broken down, I'll have to buy a new one. – 5. Paula didn't get the job, although she had the right qualification.

FICHE 28

1 1. c. – 2. g. – 3. f. – 4. a. – 5. d. – 6. h. – 7. b. – 8. e.

2 1. Who – 2. What time – 3. Where – 4. What – 5. When – 6. How old – 7. Who.

3 1. When does the train arrive? – 2. Where can I buy (some) milk, please? – 3. What is your brother doing? – 4. How old is your father? – 5. Which tee-shirt do you prefer? The red one or the blue one?

FICHE 29

1 1. If she was worried, she would phone or something. – 2. If I manage to finish before 4.30, I will do the shopping on my way back. – 3. He would have got to the airport on time if he hadn't overslept. – 4. If I had such a large house as yours, I would invite all my friends for the weekend. – 5. If the child hadn't been playing with matches, he wouldn't have burnt himself.

2 1. take/will arrive – 2. wouldn't get/were wearing – 3. had scored/would have won – 4. would have given/had phoned – 5. took/might feel.

3 1. If you were more sensible, you wouldn't think about such stupid things. – 2. Unless I have a problem, I won't bother you. – 3. Would you help me if you can? – 4. I'd have bought her a present if she had invited me to her birthday party. – 5. Nobody would notice if you left the party before the others.

FICHE 30

1 1. isn't – 2. wasn't – 3. doesn't – 4. can't – 5. will.

2 1. aren't they? – 2. does she? – 3. aren't you? – 4. has he? – 5. isn't he?

3 1. Elijah invited you to his birthday party, didn't he? – 2. Liu will make a cake for you, won't she? – 3. The girls love skiing, don't they? – 4. I am good at playing chess, aren't I? – 5. She didn't know who was the thief, did she?

FICHE 31

1. since. – 2. for – 3. since. – 4. for – 5. since – 6. for – 7. since – 8. for – 9. ago – 10. for – 11. since – 12. ago – 13. for – 14. since – 15. for – 16. for – 17. since – 18. ago – 19. for – 20. since.

FICHE 32

1 1. She – 2. He – 3. He – 4. They – 5. It – 6. You – 7. We – 8. They – 9. It – 10. They.

2 1. My – 2. Their – 3. Your – 4. Her – 5. His – 6. Our.

3 1. our – 2. my – 3. her – 4. Their – 5. his – 6. her – 7. Our – 8. his.

FICHE 33

1 1. There are five rabbits in this tale, or six if you count Peter's deceased father.

2. Peter is different from his brothers and sisters because he is naughty.

3. Peter saw M. McGregor in the garden.

4. They are not allowed to go into the garden because Peter's father went in once and was caught and turned into a pie by Mrs. McGregor. So, it is dangerous for rabbits to go in there.

5. Peter hid in a watering can.

6. Peter is damp (or wet) because he was hiding in a watering can filled with water.

2 1. The main character is Oliver Twist

2. The boys mainly eat gruel but sometimes they get bread on special occasions.

3. The master wants to hit Oliver because he feels that he has disrespected him by asking for more food. It is something he is not allowed to do.

4. The extract describes the living conditions of the young orphans, one of which is Oliver Twist. We learn that the food they are served is

repulsive but they are so hungry, some of them even starving, that they have no other choice but to eat what is given to them, gruel. The staff serving them is extremely mean and hostile. One day, a boy says that he is so hungry that if he does not eat more he could devour another boy. So, they decide that one of the boys should ask for more food. Oliver Twist is chosen and he goes up to the master to ask for another serving. Immediately after doing that, he is smacked on the head by the master who has never seen such a rude little boy.

3 **1.** The characters mentioned are Alice, the Hatter, the March Hare and the Doormouse.

2. They are sitting around a table having a tea party.

3. Alice is angry because she has been called rude and because the other three characters keep making personal remarks about her.

4. The extract takes place during a tea party. There are three characters and Alice, the main character of the story. She sits down at the table and the Hatter, the March Hair and the Doormouse tell her that there is no space for her but there is. She sits down in a large armchair and is offered some wine while there is none on the table. The March Hare (a sort of rabbit) calls Alice rude for sitting down without being invited, while Alice finds all these characters rude for offering wine they don't have and making comments about her hair.

FICHE 34

1. When I was young, I used to play tennis five day a week. – **2.** My children are used to watching TV after school. – **3.** We used to have a boat but we sold it last year. – **4.** My husband used to get up every day at 6 o'clock in the morning, but now he's retired so he doesn't have to. – **5.** I've been living in France for a long time now so I am used to driving on the right. – **6.** When my son was young, he used to be afraid of the dark so I had to leave the light on. – **7.** When I was a humorist, I used to eat chocolate before a show. – **8.** My daughter used to be afraid of spiders, but she doesn't mind them too much now. – **9.** I used to swim but I gave it up last year. – **10.** He wasn't used to speaking Italian before he went there to live. – **11.** We used to go in the countryside every summer. – **12.** I'm a chef so you can imagine, I'm used to cooking.

FICHE 35

1. Masons' – **2.** Irina's birthday – **3.** neighbour's – **4.** grocer's – **5.** Aunt Lena and Uncle John's – **6.** Mum's sister – **7.** Irina and Davon's – **8.** sister's – **9.** children's room – **10.** parents' room.

Édition : Charlotte Cordonnier (partie Français) – Audrey Sandou (parties Mathématiques et Épreuve orale) – Olivia Germande (partie Histoire-Géographie-EMC) – Lucile Réveillon (parties Sciences, Anglais, Compil et Maxi Compil)

Conception graphique : Yannick Le Bourg et Muriel Ouziane

Cartographie et schémas : Marie-Christine Liennard, Valérie Goncalves et Christel Bassi-Parolini

Mise en pages : Nord Compo

Épreuve orale : fiche 1 : pictogrammes © Adobestock – fiche 7 : joueuse de tennis en fauteuil roulant © Adobestock ; affiche du film *Chacun pour tous* (2018) © Collection Christophel © Monkey Pack Films/ MES productions – fiche 8 : © Adobestock – fiche 9 : © Adobestock – fiche 10 : cuisinière en fonte de l'usine Godin © Adobestock ; le Familistère © Collection Familistère de Guise – fiche 11 : © Wikipédia – fiche 12 : statue de Jean-Baptiste André Godin © Adobestock ; la nourricerie et le pouponnat du Familistère © Collection Familistère de Guise – fiche 13 : © Wikipédia – fiche 14 : © Wikipédia – fiche 15 : © Wikipédia – fiche 16 : les étapes de la construction de la tour Eiffel © API/GAMMA-RAPHO ; édition spéciale du *Figaro* © Le Figaro/1889 – fiche 17 : portrait de Guillaume Apollinaire © Wikipédia ; « La tour Eiffel », *Calligrammes*, Apollinaire, 1918 © Wikipédia – fiche 18 : © Adobestock – fiche 19 : © Wikipédia – fiche 22 : © Adobestock – fiche 23 : punaise fouisseuse © ikuko1976/Depositphoto ; oyat © Adobestock ; crapaud © Adobestock ; affiche de prévention : © Agence territoriale ONF Pays de la Loire – fiche 24 : © Adobestock – fiche 25 : © Adobestock – fiche 26 : © Heritage Images/Fine Art Images/akg-images – fiche 27 : © akg-images/ADAGP Paris, 2022 – fiche 28 : l'école d'art Bauhaus © Claudio Divizia/Adobe Stock/ADAGP Paris 2022 ; reconstitution du bureau © akg-images/Florian Monheim/Bildarchiv Monheim GmbH/ADAGP Paris, 2022 – fiche 29 : © Collection Christophel © Vertigo Productions/Les Films de la Baleine/SND/France 2 Cinéma/France 3 Cinéma/Les Productions du Renard – fiche 30 : portrait officiel de Charles de Gaulle © François Guenet/LA COLLECTION ; caricature de Pol Ferjac © DR – fiche 31 : © Wikipédia – fiche 34 : © Adobestock – fiche 35 : éco-délégué © Adobestock ; affiche © Collège La Marquisanne/Mme Dubois Lacoste – fiche 36 : © Adobestock – fiche 38 : © akg-images/Erich Lessing/ ADAGP Paris, 2022.

Anglais : Fiche 17 : © Collection Dagli Orti / Tate Gallery Londres / Eileen Tweedy / Aurimages

5, allée de la 2e DB - 75015 PARIS
www.magnard.fr

Dépôt légal : décembre 2021 – N° éditeur : MAGSI20220606
Achevé d'imprimer en novembre 2022 par Bona SpA en Italie

PEFC/18-31-407